中国文学图像关系史

总主编　赵宪章　副总主编　许结　沈卫威

魏晋南北朝卷

本卷主编　邹广胜

江苏凤凰教育出版社
Phoenix Education Publishing, Ltd

"十三五"国家重点出版物出版规划项目

2020 年国家出版基金资助项目

南京大学"985"工程重点项目

北京大学人文社会科学研究院支持项目

编　委（按音序排列）：

包兆会　陈　明　陈平原　高建平　高小康　顾华明

黄万华　李昌舒　李彦锋　马俊山　沈卫威　沈亚丹

汪正龙　王瑞书　吴　昊　解玉峰　徐兴无　徐宗文

许　结　衣若芬　章俊弟　赵宪章　周　群　周欣展

朱良志　邹广胜

彩图1 列女仁智图(局部),顾恺之,北京故宫博物院藏

彩图2 女史箴图(局部),顾恺之,大英博物馆藏

彩图3　洛神赋图,顾恺之,北京故宫博物院藏

彩图 4　司马金龙墓屏风漆画(局部),作者不详,山西省大同市博物馆藏

彩图 5 竹林七贤与荣启期砖刻画，作者不详，南京博物院藏

彩图 6　陶渊明诗意图册,石涛,北京故宫博物院藏

目 录

绪　论

第一节　魏晋南北朝文学图像关系概说

魏晋南北朝时期是中国历史上政权更迭最频繁的时期,也是文学和艺术异彩纷呈的辉煌时代。所谓"异"是指魏晋时代在不同艺术形式、不同领域都取得了令后世惊叹不已的成就,所谓"辉煌"是指其文学、艺术领域无论是形式技巧,还是理论问题的探讨都达到了前所未有、后来也很难超越的高度。曹植、陶渊明、刘勰、顾恺之、谢赫、王羲之、王献之等,他们的成就与影响即使在今日都是难以企及的。而且《文心雕龙》所谓"文"也不仅仅是指情感辞章,同时还指音乐绘画,《文心雕龙·情采》说:"一曰形文,五色是也;二曰声文,五音是也;三曰情文,五性是也。五色杂而成黼黻,五音比而成韶夏,五情发而为辞章,神理之数也。"①《文心雕龙·通变》说"根干丽土而同性,臭味晞阳而异品"。② 魏晋文学与图像艺术都是魏晋这个特殊时代的土壤中所开出的奇葩,因此,在文图关系成为时代学术焦点的今天,深入思考探讨魏晋时期文图发展的内在关联已成为不可回避的重大理论问题。

刘勰《文心雕龙·时序》中评建安文学:"观其时文,雅好慷慨,良由世积乱离,风衰俗怨,并志深而笔长,故梗概而多气也。"③其实"世积乱离""风衰俗怨""志深而笔长""梗概而多气"乃是整个魏晋南北朝文学图像艺术的基本特点。魏晋南北朝时期战争频繁、社会动乱,是中国历史上罕有的乱世。大部分文人很难通过仕途实现自己的人生理想,他们难以回避残酷的现实,要么挺身而出,纠缠其中,惨遭横祸;要么远离祸患,保全性命,不议论时事,亦不臧否人物,也就自然地转向抽象的理论或纯粹的审美等虚无缥缈的领域了。但政治的罗网又使他们很少能保全自身。所谓天下多故,名士少有全者,如曹植、杨修、孔融、祢衡、嵇康、王弼、向秀、刘伶、陶渊明、阮籍、陆机、陆云、郭璞等的悲惨命运多与政治密不

---

① 刘勰:《文心雕龙·情采》,范文澜《文心雕龙注》,人民文学出版社 1958 年版,第 537 页。
② 刘勰:《文心雕龙·通变》,范文澜《文心雕龙注》,人民文学出版社 1958 年版,第 519 页。
③ 刘勰:《文心雕龙·时序》,范文澜《文心雕龙注》,人民文学出版社 1958 年版,第 674 页。

可分。他们或因抗争被害，或因卷入政治的残酷纷争而被杀，或处体制之外而备感寒苦凄冷，或因政治打击抑郁苦闷而终。他们立意玄远的文学与艺术，在虚无缥缈的寄托中逃避现实苦难，在铁与血的网罟里不断感受到难全其身的困惑，在残酷的现实中对精神自由的追求与不得已的委曲求全形成了鲜明的对照，而这一切正是影响后来中国文学艺术的重要方面，因为大多数的中国文人艺术家常常身不由己地游移于政治权力与艺术追求之间而不能自拔。他们既可躲避于宫殿、山野、饮酒、服药等世俗的生活方式之中，也可隐居于文学、绘画、书法等艺术的精神世界里。魏晋山水诗、山水画的兴起与魏晋士大夫个体生命的自觉与避开乱世颐养性情密切相关。无论是王羲之《兰亭序》"可乐"于"崇山峻岭、茂林修竹"之中，还是宗炳《画山水序》中"卧游"于所画山水之中等都证明了魏晋时期山水对文人艺术家避世的重要性。他们中虽然有些人采取了与主流话语截然对立的人生姿态，从而使魏晋风度及魏晋风骨成为魏晋知识分子标志性的人生价值及审美取向，但更多的知识分子则依靠根深蒂固的门阀士族制度、世袭的财产和丰富的学养及掌控的大量社会文化资源，把自己对政治及社会黑暗的恐惧逐步转移到以文学和艺术审美为目的的人生中来，传统儒家"修身、齐家、治国、平天下"的人生理念也就在不得已中消解了，出现了大量非主流的、经济与社会地位相对独立的士人阶层。他们注重抒发自我的情感与个性，在文学与图像艺术的创作中展示自己对人生与艺术的理解及感受，这是时代的基本特点。我们从张彦远《历代名画记》卷五《晋》记载的戴逵改变范宣对绘画态度的故事中，可以看出这种转变。"逵尝就范宣学，范见逵画，以为亡用之事，不宜虚劳心思。逵乃与宣画《南都赋》。范观毕嗟叹，甚以为有益，乃亦学画。"[1]这个故事的实质乃是讲述绘画的作用，绘画与文学、政治之间的关系问题。更令人感兴趣的是戴逵选择了以绘画的手段来表现文学所要表达的东西，那就是建筑的宏伟景象，而这种客观的外在物象是语言的难处，却正是绘画的易处，戴逵以他令人叹为观止的技艺打动了保守的范宣，并使他也喜欢上了绘画。这个故事在《世说新语·巧艺》中也被讲述过。很多文人士大夫在理论上也对绘画的作用进行了说明，张彦远在《历代名画记》中就引用了陆机与曹植对绘画的基本看法："记传所以叙其事，不能载其容；赞颂有以咏其美，不能备其象；图画之制，所以兼之也。故陆士衡云：'丹青之兴，比雅颂之述作，美大业之馨香。宣物莫大于言，存形莫善于画。'此之谓也。"[2]逐步兴起的对艺术的强烈爱好不仅直接导致了文人士大夫的多才多艺，从而使文学与图像艺术的完美融合成为可能，同时也使文学与图像艺术逐渐成为表现情感、宣扬个性的重要手段，文学、绘画、书法、造像等各种艺术形式进入了一个成熟繁荣的发展阶段。

---

① 张彦远：《历代名画记》，人民美术出版社 1964 年版，第 123 页。
② 张彦远：《历代名画记》，人民美术出版社 1964 年版，第 3 页。

　　魏晋南北朝时期的文人艺术家摆脱了传统儒家思想的束缚,追求感官上的享受与精神上的自由与解脱,这既是对混乱时代的逃避,更是对它的超越。思想解放与人性自觉成为魏晋文图共同繁荣的必然前提。晋人文论、画论、书论中充满了对感觉与趣味的宣扬与强调,显示了魏晋是一个感觉发达,有闲人放纵欲望,追求审美感受的时代,也是艺术发展的时代。汉代以儒家理论来加强对社会思想及伦理道德的控制,从某种程度上也形成了特定历史时期的艺术特点。但魏晋士人不再过多地关注政治,特别是不再斤斤计较于士人的政治身份,通过他们对文人,特别是他们的外在形貌的品评中看出这一点。在当时,魏晋士人通过品评人的外在形貌来认识人的内在精神修养已经成为一种时尚,品评人物形貌正如欣赏艺术品,把现实中的人纳入画框中一样,如描写何晏“美姿仪,面至白”,夏侯玄与毛曾共坐,时人谓“蒹葭倚玉树”,夏侯玄为“朗朗如日月之入怀”,李安国为“颓唐如玉山之将崩”,嵇康“风姿特秀”,看到的人都惊叹说“肃肃如松下风,高而徐引”,“嵇叔夜之为人也,岩岩若孤松之独立;其醉也,傀俄若玉山之将崩”。[1] 王羲之被人称为“飘如游云,矫若惊龙”,像浮云一样飘逸,又像惊龙一样矫健,而王羲之自己也很注重人的外在神态之美,当他见到杜弘治时感叹道“面如凝脂,眼如点漆,此神仙中人”,深为杜弘治具有像凝脂一样白嫩的脸庞及像漆一样黑亮的眼睛赞叹不已,并认为是“神仙中人”,其对外在风姿的注重是可想而知的。[2] 但这不仅仅是少数人的爱好及审美情趣,而是整个社会风气的表现,所以当有人称王濛美貌时,蔡谟就说“恨诸人不见杜弘治耳”。嵇康潇洒挺拔,风度翩翩,如松下之风,他的为人也是品格坚挺,如孤松之挺立岩石,即使是醉酒的神态也是如将要崩倒的玉山一样,令人倾慕不已。这个被文学史所反复提到的例子无非说明容貌举止,这个更多富有情感审美趣味的话题已成为时尚,在当时的主流社会中,甚至是普通民众中流传开来,上至皇帝,下至普通人无不如此。魏明帝招待何晏就是为了验证何晏白净的脸色是不是“傅粉”而成,故意在夏天让他吃热汤面使他汗流满面。至于普通人,当貌美的潘岳走在洛阳大街上时,见到的妇女们无不手拉着手围着他看,其情景与今日明星上街无异。丑陋的左思也企图仿效潘岳,但招来的是民众对其东施效颦的大骂,甚至是一身的唾沫。至于卫玠由于“观者如堵墙。玠先有羸疾,体不堪劳,遂成病而死。时人谓‘看杀卫玠’”。[3] 卫玠的被“看杀”乃成了另一种类型的红颜薄命,由此可见当时社会普遍流行的审美趣味。《世说新语》专列一章探讨“容止”,并对各种容止之美,如眼睛之美、皮肤之美、容貌之美等进行详细刻画,特别是对各种各样美男子的描述更是令人印象深刻,其中有形神兼备的王羲之、嵇康、杜弘治,也有外表丑陋但神

---

① 刘义庆著,张㧑之译注:《世说新语译注》,上海古籍出版社 1996 年版,第 511—513 页。
② 刘义庆著,张㧑之译注:《世说新语译注》,上海古籍出版社 1996 年版,第 523、525 页。
③ 刘义庆著,张㧑之译注:《世说新语译注》,上海古籍出版社 1996 年版,第 519 页。

采飞扬的曹操、刘伶、庾子嵩,不一而足,这充分显示了当时评价人物从两汉的注重政治道德到魏晋注重外在审美形态的趣味转变。但这并不意味着魏晋士人仅仅把外在的美貌作为唯一引人注目的缘由,其人物内在的精神之美同样甚至是更加令人重视,所以《世说新语》说:"王敬豫有美形,问讯王公,王公抚其肩曰:'阿奴,恨才不称。'"①虽然外人都把儿子王恬当作与父亲王导一样的名人,但王导却认为王恬并不如自己,他仅仅是遗传了自己的长相,并没有继承自己的才华,所以他说自己的儿子并不具有与外貌相配的才华。由此可见,注重精神世界自由的魏晋士人更加注重内在精神的彰显,他们不会因为对人物外貌的关注而忽视对内在精神的把握,所以《颜氏家训·勉学》对梁朝仅仅关注外表的风气进行了批评:"贵游子弟,多无学术,……无不熏衣剃面,傅粉施朱,驾长檐车,跟高齿屐,坐棋子方褥,凭斑丝隐囊,列器玩于左右,从容出入,望若神仙。"②这些不学无术、修鬓剃面、涂脂抹粉、乘长檐车、穿高齿屐的花花公子已经是走向仅仅关注形式的极端了。总之,我们从魏晋对人的品评中可以看出文学艺术对人的命运、人的生存的关注,人已从儒家文化过分强调人对政治权力与道德伦理的依附中解放出来,人的主题已成为魏晋时代哲学、文学、艺术的共同主题,如《文心雕龙·原道》一开始就讲:"仰观吐曜,俯察含章,高卑定位,故两仪既生矣。惟人参之,性灵所钟,是谓三才;为五行之秀,实天地之心。""言之文也,天地之心哉!"③人和天地相配,为万物之灵,天地之心,他们的文学艺术也是如此。正如文杜里对文艺复兴时期的艺术评论一样:"在整个 15 世纪中,艺术的基础和科学的基础一样,是建立在对于人,对于人的美、人的力量、人的智慧的强烈信赖之上的。""人不再是一种不被注意的附属品,而是站到了宇宙的中心。他用不着走出自己的活动范围去获取对真知的认识,因为从他自己身上,他就能理解一切,他自身就是一个反映了大世界的小世界。"④文艺复兴注重人,魏晋也是如此,虽然魏晋还远没有达到文艺复兴艺术中对人的自信,它更多的是对人的悲剧命运的思考,正是魏晋时期不同的艺术形式,特别是文学、绘画、书法、造像等,在思考、表现动荡时期的社会、艺术家、艺术、民众,在思考人与自然、自我与他者各种复杂的纠葛中给我们以深刻的启迪。

艺术觉醒的一个标志就是艺术家的重要性。魏晋时期产生了中国文学史上很多影响深远的文学家,如曹操、曹植、嵇康、阮籍、陶渊明、谢灵运等,他们对艺术形式的追求可谓是苦心孤诣。仅如齐梁时期诗文的对仗、声律、用典等已经表明诗文追求形式之美达到了极致,特别是骈体文经常运用的对仗,使读者不仅在

---

① 余嘉锡:《世说新语笺疏》,中华书局 2011 年版,第 525—536 页。

② 颜之推著,檀作文译注:《颜氏家训》,中华书局 2011 年版,第 96 页。

③ 刘勰:《文心雕龙·原道》,范文澜《文心雕龙注》,人民文学出版社 1958 年版,第 1—2 页。

④ 文杜里著,迟轲译:《西方艺术批评史》,江苏教育出版社 2005 年版,第 46、50 页。

阅读中能感受到押韵、节奏匀称、声律调和的音乐之美，同时在视觉上也呈现出一种对称的形式之美。也就是刘勰所谓"辘轳交往，逆鳞相比"，在声音上做到"异音相从谓之和，同声相应谓之韵"，无论在视觉上还是在听觉上都做到了"累累如弹珠""圆美流转如弹丸"的景致。这种形式之美在当时已成为文人普遍的价值诉求，如阮籍的很多书信都是用非常精美的骈体文书写的，王弼的《老子指略》骈句几乎占据一半以上，陆机的《文赋》、刘勰的《文心雕龙》本身就是精彩的骈体文文学作品。对审美与情感的强调，即使在魏晋文学与艺术的鉴赏方面也得到了强调，如姚最《续画品》中所说的"夫丹青妙极，未易言尽"，《文心雕龙·知音》中所说的"文实难鉴"，都认为艺术鉴赏会为情所抑扬，而难有定论。姚最与谢赫对顾恺之的争论，谢安对王献之的不屑，关于二王书法成就孰高孰低的争论等都说明了文学艺术鉴赏中情感及价值立场问题。魏晋南北朝时期还产生了在中国绘画史影响深远的大画家，如顾恺之、张僧繇、陆探微、戴逵、曹仲达、杨子华等，同时还产生了在中国书法史上影响更为深远的书法家钟繇、王羲之、王献之、王珣、陆机等，甚至还出现了多位帝王以热衷书画而闻名，如三国魏废帝曹髦、晋明帝司马绍、梁元帝萧绎等都对书画乐此不疲。这种艺术的文人化、精英化，甚至是专业化都是魏晋艺术繁荣的根本特征。魏晋文学与艺术齐头并进的繁荣发展为魏晋文图关系的充分融合提供了必要的前提。令人遗憾的是，由于社会的动乱与中国画所特有的纸绢材质使得他们的书画真迹很少得以流传，后世只能依靠摹本，依靠历史文献记载以及对其他艺术作品的影响来揣测其艺术风格了。魏晋文人艺术与世俗的墓室壁画甚至是石窟造像不同，它更多的是在追求艺术自身的价值，围绕哲学、文学、艺术自身的问题思考、创作，而不仅仅以模仿外在世界或宣传道德来体现自身的价值，这也就是鲁迅在《魏晋风度及文章与药及酒之关系》中指出的，曹丕《典论·论文》中"诗赋欲丽""文以气为主"乃是艺术自觉的标志，"用近代的文学眼光看来，曹丕的一个时代可说是'文学的自觉时代'，或如近代所说是为艺术而艺术（Art for Art's Sake）的一派"①。当然，魏晋艺术的自觉还没有完全达到今日所谓为艺术而艺术的境界，《文心雕龙》在反对过分追求形式美以至达到"追讹逐烂"地步的形式主义的同时，主张应以儒家的"文质彬彬"为标准，其深刻内容与骈体文形式完美的融合就是证明，而书法、绘画也无不如此，它们在追求艺术审美效果最大化，同时以接受者所应该达到的终极身心效果为指归，注意道德与审美的完美结合，无论是顾恺之的"传神写照，正在阿堵之中"，还是《历代名画记》中张怀瓘所说的"象人之妙，张得其肉，陆得其骨，顾得其神"，甚至是"吴带当风，曹衣出水"②，都还没有脱离"摹仿"的观念，他们也是在艺术理想与人生现实的密切结合中坚守着自己的审美原则。

---

① 鲁迅：《鲁迅全集》第三卷，人民文学出版社 2005 年版，第 526 页。
② 金维诺：《中国美术·魏晋至隋唐》，中国人民大学出版社 2004 年版，第 204、216、218 页。

　　随着魏晋文学艺术的繁荣,画家与艺术家的地位越来越受到重视,很多政治权贵本身就是艺术家,但这并不意味着画家与艺术家完全取得了与文学家,甚至与政治权贵一样的重要地位。关于魏晋艺术家的地位,王僧虔以拙笔见容于宋孝武帝的故事就是典型一例:宋孝武帝欲擅书名,僧虔不敢显露才能,遂常用拙笔作书,以此见容。齐太祖尝与赌书,书毕问曰:"谁为第一?"僧虔曰:"臣书臣中第一,陛下书帝中第一。"太祖笑曰:"卿可谓善自为谋矣。"①王僧虔在《论书》中又提到了韦诞书匾白头的故事来说明这个问题。《世说新语》中也记载了韦诞书匾的故事:"韦仲将能书。魏明帝起殿,欲安榜,使仲将登梯题之。既下,头鬓皓然。因敕儿孙:'勿复学书。'"②韦诞因受权力的支配登梯题匾而鬓发皆白,并由此告诫子孙不要再学习书法,其对书法家地位的深刻体验只有身临其境的人才能道出。姚最在《续画品》中虽说"语迹异途,而妙理同归一致",不同的艺术都是五味一和,五色一彩,各尽其美,魏晋诗、书、画都是魏晋时期不同的艺术形式,都是魏晋艺术花园里盛开的不同花朵,但这些花朵并非都受到同样的重视,从他对当时流行的"今莫不贵斯鸟迹,而贱彼龙文"的批评来看,绘画在当时的地位也是很低的。我们在《颜氏家训》中也可看出当时流行的士大夫对绘画的基本看法:"画绘之工,亦为妙矣;自古名士,多或能之……若官未通显,每被公私使令,亦为猥役。吴县顾士端出身湘东王国侍郎,后为镇南府刑狱参军,有子曰庭,西朝中书舍人,父子并有琴书之艺,尤妙丹青,常被元帝所使,每怀羞恨。彭城刘岳,橐之子也,仕为骠骑府管记、平氏县令,才学快士,而画绝伦。后随武陵王入蜀,下牢之败,遂为陆护军画支江寺壁,与诸工巧杂处。向使三贤都不晓画,直运素业,岂见此耻乎?"颜之推对书法的看法也是如此:"此艺不须过精。夫巧者劳而智者忧,常为人所役使,更觉为累;韦仲将遗戒,深有以也。"③我们在赵壹的《非草书》中也可看到当时正统文人对草书这种以异乎寻常的方式来展示个性及艺术效果的书法艺术的强烈反对,赵壹对草书非难的根源在于他认为草书的地位与价值根本不能与经书相提并论,草书仅是"示简易之指"的权宜之变,是"伎艺之细",而"非圣人之业",很显然,"乡邑不以此较能,朝廷不以此科吏,博士不以此讲试,四科不以此求备,征聘不问此意,考绩不课此字。善既不达于政,而拙无损于治,推斯言之,岂不细哉?"以"钻坚仰高,忘其疲劳。夕惕不息,仄不暇食"的精神来从事草书的研究和"俯而扪虱,不暇见天"没什么区别。④然而令人欣慰的是草书的发展并没有因为赵壹的反对而终止,魏晋书法反而成为中国书法史上最为辉煌的一章。当然,多才多艺的士大夫虽受社会的崇尚,但仅仅善于书画是很难

---

① 潘运告编:《汉魏六朝书画论》,湖南美术出版社 1997 年版,第 155 页。

② 余嘉锡:《世说新语笺疏》,中华书局 2011 年版,第 619 页。

③ 颜之推著,檀作文译注:《颜氏家训》,中华书局 2011 年版,第 302—307 页。

④ 潘运告编:《汉魏六朝书画论》,湖南美术出版社 1997 年版,第 28、32 页。

得到社会的认可的,所谓书以人贵,在今日也是如此。书画虽在魏晋士人生活中占据重要地位,但很少出现职业性质的文人书画家,因此,我们在大量流传下来的魏晋墓室壁画、碑刻、造像等多不见作者姓名,即使偶尔署名,也多是名不见经传。张彦远在记载画家蒋少游时说:"敏慧机巧,工书画,善画人物及雕刻。虽有才学,常在剞劂绳墨之间,园湖城殿之侧,识者叹息,少游坦然以为己任,不告疲劳。"①蒋少游和当时很多没有地位的画家艺术家一样常常拿着绳墨和各种雕刻用的工具不辞辛苦地奔走在江海湖泊、城楼庭院之中,并以此为乐,只有如颜延之所教导的那样,以贵族身份自居,不愿以艺劳身,宁愿以老庄之道来保身清静的世外高人才能保持自娱自乐的生活状态。我们从蒋少游的状况就可明白,时至今日我们为何能在魏晋造像、碑刻、壁画中看到这么多精美而又无名的艺术精品。同时我们也可看到张彦远所继承的儒家文化对艺术的一个根本态度与价值判断:"彦远以德成而上,艺成而下,鄙亡德而有艺也。君子依仁游艺,周公多才多艺,贵德艺兼也。苟亡德而有艺,虽执厮役之劳,又何兴叹乎!"②所谓"德"也就是儒家之"修身齐家治国平天下",书画之事和它们相比无疑是小事,正如苏格拉底所说,荷马如果能成为英雄,他就不会成为歌颂英雄的诗人,其道理都是一样的。魏晋时代虽然艺术的地位已经取得了很大的提高,但它们作为贵族手中消遣取乐的玩物,虽然含有知识高雅的成分,但和成就政治事业还是不能相提并论的,艺术家的地位也永远无法和文人政治家的地位相比,字画因人而贵的传统在整个中国古代都没有发生根本的变化。我们从谢安看不起子敬书、石涛写诗记述其受康熙召见并作《海晏河清图》献给康熙就可看出。

魏晋南北朝时期文学与书画进入成熟和繁荣时期,文人兼善文学与书画艺术是当时普遍的现象,这使得文图关系不仅体现在传统的文学与绘画,还有文学与造像、文学与书法、图像诗、题画诗等各个方面,文学与图像的关系呈现出繁荣与复杂的状态。魏晋出现了很多身兼多能,文学、书画兼善的多才艺术家,诗、书、画全才的艺术家从魏晋开始,到宋元明清就更多了。此时诗、书、画三者兼善的大艺术家就有嵇康、曹髦、荀勖、王廙、司马绍、王羲之、王濛、戴逵、王献之、顾恺之、桓玄、宗炳、谢灵运、谢惠连、王微、谢庄、陶弘景、刘瑱、陆杲、萧绎等,可谓是名家辈出,令人目不暇接。魏晋文图关系最为典型的表现就是文学与图像艺术会通式的创作成为深受文人青睐的一种创作方式,出现了大量著名的文学与图像艺术完全融合在一起的艺术作品,也就是诗、书、画互相融合在一个文本的艺术作品。当时也有很多书法家在自己的画上题诗、题赋,遂成诗书画三绝。如《历代名画记》记载司马绍的画上有王献之的题字,甚至王献之也在自己的画《桪

---

① 冈村繁著,俞慰刚译:《历代名画记译注》,上海古籍出版社 2002 年版,第 382 页。
② 张彦远:《历代名画记》,人民美术出版社 1964 年版,第 155 页。

牛图》上题《牯牛赋》，[①]以显示自己的多才多艺，这无疑是一幅字、画、文三美合一的精品。现流传下来的顾恺之的《洛神赋图》（辽宁本）、《女史箴图》、《列女仁智图》，萧绎的《职贡图》等都有大量的文字配图，以说明绘画内容。我们从大量出土文物与墓葬壁画、佛教造像中也可看出这种文图结合的艺术追求。如北魏皇兴《佛传故事造像》背阴上有七层佛教故事画，下有文字说明，类似连环画。北魏正光佛座所刻的《礼佛图》[②]下也有文字说明，说明文图结合已成为当时普遍流行的艺术形式。

文图结合不仅构成了文、书、画结合的艺术形式，同时也增加了文图结合的文献功能，如没有文图结合的艺术形式，现今的读者很难再揣测到图画所描述的基本内容了。其艺术效果虽没有完全达到宋元以来文图完美结合的高度，但已开创了文图结合的先河。这些不同艺术形式的齐头并进与互相融合无不是魏晋士人在混乱时代追求感官全方位的享受与满足、精神自由与解脱的必然结果。魏晋文图关系的基本特点表现在以下几个方面：第一，文学与艺术共同繁荣，这是文图充分融合的必要前提。第二，产生了很多文学、艺术兼善的大艺术家，这是文图融合的一个重要表征，虽然后代也有文学家与艺术家联合创作艺术品的做法，但文学艺术兼善的艺术家从事艺术创作更容易把不同的艺术内容、艺术形式融合在一起，同时由于创作主体只有一个，文图的融合也更直接、更充分、更富有个性。第三，出现了很多重要的文图融合的艺术品，其中最具有代表性的就是顾恺之《洛神赋图》、王羲之《兰亭集序》、苏蕙《璇玑图》等。这种标志性的艺术成果是前代所没有的，也开创了后来艺术创作的先河。第四，文学理论与艺术理论的共通。共同的时代、共同的审美趣味与价值取向为文学艺术的共同繁荣与相通提供了有力的理论支撑，人们对文学与书画等图像艺术的理论认识也进入了一个成熟阶段，它们受到当时兴盛的儒、道、佛等多种哲学思想的影响，在文学与书画艺术中表现出较为一致的审美诉求，并形成了一套完整的话语体系，如对言、象、意关系的论述，对"传神写照"的强调等，都是文学与图像艺术共有的理论思想。特别是《文心雕龙》作为此时期重要的文学理论著作，其文图理论同样是魏晋文图关系的重要成就，主要包括对言、象、意关系的论述，对形似与神似、形神兼备、神用象通、写气图貌、境生象外等问题的论述等，可谓是影响深远。因此，魏晋文图理论的互相影响与融合是魏晋文图关系的一个重要组成部分。

我们在魏晋文图复杂的关系中看到了魏晋时期文学与图像艺术发展过程中的具体联系，多才多艺的艺术家如何把自己对艺术及人生的理解融合在一起，并

---

① 张彦远：《历代名画记》，人民美术出版社 1964 年版，第 111 页。

② 中国美术全集编辑委员会编：《中国美术全集·绘画编 19 石刻线画》，上海人民美术出版社 1988 年版，第 2—3 页。

以不同的艺术形式完美地融合在一个共同的艺术文本里,正如顾恺之画出曹植的《洛神赋》、王羲之书写自己的《兰亭集序》、王献之书写曹植的《洛神赋》一样。同时我们还能在理论的层面看到魏晋时期艺术发展过程中语言与图像的共时性关联,文学家与画家及书法家在自己的艺术作品中如何反映社会、人生及表达自我,他们在表达人的欲望、向往与理想,塑造人物,理解人性,甚至是表达自身的人格等方面又有哪些不同或共通的特性,这些特性对我们理解艺术及人生,甚至是今日的艺术和人生有何启示。魏晋山水画及山水诗的兴盛,佛教造像中图像、文学、书法的完美融合都揭示了魏晋不同艺术形式在文化形成与发展中的巨大意义。对魏晋文图关系的探讨无疑为我们探讨文图基础理论,甚至是美学基础理论提供无限丰富的资源。

总之,魏晋文图的自觉并不意味着艺术的完全独立,而是仅意味着文学与艺术独立价值的强调,因为文学艺术仍被当作持家修行、治国立业的基本手段。所以《文心雕龙·程器篇》说:"摛文必在纬军国,负重必在任栋梁。"文学必须有助于军国大事,更为重要的还是要成为国家的栋梁之材,至少在刘勰自己看来,写作《文心雕龙》并不是他最理想的人生生活,最理想的应该是在政治上有一番作为。《颜氏家训》也是如此,《杂艺篇》虽然反复强调文学艺术的作用,但也仅仅是把文学艺术当作一种修身养性的方法,甚至反复劝诫后代不要在文学艺术上花费太多的功夫,以至于得不偿失。可见颜之推非常同意《世说新语·巧艺》中韦诞告诫后代儿孙"勿复学书"的结论。究其原因,乃是艺术的独立应该以艺术家个体在政治、经济地位上的独立为依据,而魏晋时期艺术家还大多是身兼数职,具有艺术家、政治家等多重身份,而这种多重身份仍以政治上的身份为根本,其他的身份仍不能同政治上的身份相提并论,在这种背景下,文学的与艺术的才能被称为"杂艺"也就不足为奇了。

第二节 魏晋南北朝图像中的前代文学

魏晋南北朝绘画、造像、书法受前代文学影响主要表现在以下两个方面:一方面是从前代文学中获取大量的创作题材,如孔子及其弟子的形象、以图像表现《诗经》《庄子》《史记》等作品中的内容、历代帝王与明君名臣图像、《列女传》中的列女形象、各种孝子形象、神话传说与各种仙人神怪形象等。如 1965 年山西大同出土北魏司马金龙墓五块木板漆画内容多为帝王忠臣、烈女孝子、圣贤逸士画像,其故事多采自刘向《列女传》或班固《汉书》,且每幅均有文字题记和榜题以说明故事内容与人物身份。另一方面是魏晋南北朝图像艺术,如纹饰、祥瑞符号、神仙世界、历史故事、礼教故事、爱情故事中所体现出的审美观念、艺术风格、价值判断、道德观念深受老庄及孔孟思想的影响。

魏晋时代用图画来表现古圣贤及诗歌内容的做法已较为普遍,张彦远《历代名画记》卷八就记载梁武帝的外甥萧放到北齐后受后主高纬的任命选出自古以来的美丽诗篇和贤哲，并就此画成图画，皇上非常喜欢这些作品。① 魏晋图像艺术常常以前代文学中的各种形象为题材，如神话中的各种神仙、怪兽，《左传》《战国策》《史记》中的历代帝王将相及其故事传说等常在壁画中有所表现。如魏晋大量墓室壁画中呈现了前代文学作品所反复出现的人物形象或意象，如魏晋彩绘木棺《伏羲女娲图》中的伏羲与女娲形象。② 南北朝玉朱雀纹佩一面是口衔圆珠展翅欲飞的朱雀，一面是飘洒下落的花朵和流云。③ 十六国北凉《月和西王母》壁画中的西王母形象，画像中西王母头有三髻两簪，肩披帔巾，双手合拢端坐于若木之上，左边为一仕女，手持一曲柄华盖，上有满月，月中有蟾蜍，再上有一倒悬龙头，两侧画满流云，左下为九尾狐，右下为三足乌，脚下为昆仑山，山上有三只青鸟。技巧娴熟，线条流畅，造型生动。十六国北凉《白鹿、羽人和"汤王纵鸟"》④壁画中则出现了羽人和白鹿的形象，其中白鹿昂首奔驰，身上画满花纹，鹿角修长。羽人长发单髻，肩生双翅，面有朱砂，衣裙脚缀满羽毛，在太空中飘荡遨游。下面则是著名的"汤王纵鸟"的故事画。汤王为一老者，手执网绳端坐于若木之上，前有一网，网前有一只鸟在徘徊，再远处有一只鸟在观望。整幅画的上方有一倒悬龙头，两侧画满流云，下为昆仑山，山中有怪兽一只。关于汤王纵鸟的故事，《易经·比卦》中就讲"王用三驱，失前禽"，《礼记·王制》中也讲"天子不合围，诸侯不掩群"，至于《史记·殷本纪》中记载的商汤故事更为生动："汤出，见野张网四面，祝曰：'自天下四方，皆入吾网。'汤曰：'嘻，尽之矣！'乃去其三面。"所以说"汤德至矣，及禽兽"，⑤这个简单的故事阐明了儒家文化中对自然及人宽大仁爱的道理。此外，北魏石棺盖《仙人》（局部二幅）中绘刻的四个蛇身人首守护神，为首两个手持日月，或是神话传说中的伏羲和女娲。北魏石棺《升仙图》（局部二幅）的左右神分别为飞驰的青龙白虎守护神，北魏墓志装饰画（四幅）中分别刻有青龙、朱雀、白虎、玄武四方神，皆衣带飘举，作奔驰之状。⑥ 1977 年洛阳邙山出土的升仙石棺上面布满了与升仙有关的画像，有山林、畏兽、羽人引龙飞升、乘龙仙人、导护仙人、摩尼宝珠、各种吉祥纹饰等。通过这些绘画形象，我们就可更清晰地了解到先秦两汉文学中用语言塑造的这些稀奇古怪的升仙艺

① 张彦远：《历代名画记》，人民美术出版社 1964 年版，第 156 页。

② 中国美术全集编辑委员会编：《中国美术全集·绘画编 1 原始社会至南北朝绘画》，人民美术出版社 1986 年版，第 116—117 页。

③ 中国美术全集编辑委员会编：《中国美术全集·工艺美术编 9 玉器》，文物出版社 1986 年版，第 116 页。

④ 中国美术全集编辑委员会编：《中国美术全集·绘画编 12 墓室壁画》，文物出版社 1989 年版，第 38—39 页。

⑤ 司马迁：《史记》第 1 册，中华书局 2013 年，第 124 页。

⑥ 中国美术全集编辑委员会编：《中国美术全集·绘画编 19 石刻线画》，上海人民美术出版社 1988 年版，第 25、26、28—29 页。

术形象了。

　　魏晋南北朝的文学与艺术同样继承了两汉文艺具有功利性的传统，虽然从汉末开始出现重抒发个人情怀的、非功利的倾向，但注重功利，注重文艺的教育功能仍是魏晋文学艺术的一个重要特征。我们在魏晋绘画、造像、书论中都能看到这种观念的深刻影响，如绘画的取材，如列女、孝子、政治人物形象等无不如此，甚至其表述方式的发乎情止乎礼等也都是这种原则的具体体现。曹植的《画赞序》就继承了汉官府为表彰功臣列女，宣扬儒学，为画做赞的传统。刘大杰在《魏晋思想论》中关于魏晋诗画与两汉诗画的关系说："汉晋的画，我们现在虽无法看见，但在史书中的记载里，我们还可考见其内容，和由那些内容所反映出来的意识。汉代的图画，史书告诉我们壁画居多，其内容或为历代帝王及忠臣烈士的肖像，或为孔子及七十二门徒的肖像。在这里有两点我们必得注意：（一）因其题材可以知道汉画是儒家伦理观念的表现，是封建社会对于帝王圣贤的崇拜。（二）因其为墙壁的装饰品，可以知道图画还未能成为一种独立的艺术。但到了魏晋，无论题材还是作用，都改变了。其改变与文学的变动是一致的步调。那便是由伦理的趋于个人的，由现实的趋于玄虚的，由实用的而趋于艺术的了。"①在刘大杰看来，魏晋画的题材主要分为三大类：神仙释道、高人隐士、山水，所以，他认为魏晋的题材与汉代的帝王将相有着极其显著的区别，而这种区别是与魏晋的社会思想及其哲学思想密切联系在一起的。其次他又认为："中国的画，到了魏晋，渐渐地脱离了汉代的装饰的实用的意味，而走向独立的艺术的地位了。"②这种追求艺术独立的取向主要表现在文人士大夫的艺术中，在更为广泛普通的大众艺术民间艺术中，如墓室壁画、石窟造像，甚至是书画作品中，我们仍能发现大量的宣扬忠孝道德的主题。如东晋顾恺之的《列女仁智图》、北魏屏风漆画《列女古贤图》、北魏漆棺彩画《孝子图》、北魏石棺线刻《孝子图》等，都是反映儒家忠孝主题的作品。除了刘向《列女传》较为流行外，孝子的主题也是当时流行的主题。如现藏美国明尼阿波利斯美术馆的洛阳北魏元谧墓出土的孝子棺石刻，左右两边刻有孝子故事，左边为丁兰、韩伯余、郭巨、闵子骞、眉间赤，右边为卫原谷、舜、老莱子、董永、伯奇，画旁均有题榜以说明所画故事及人物名称。如丁兰侍木母，上有"丁兰侍木母"文字说明。现藏美国堪萨斯纳尔逊美术馆的洛阳北魏孝子棺石刻则雕刻三组、六幅孝子图，分别为舜、郭巨、原谷、董永、蔡顺、尉，上有文字作标题说明。河南郑县南朝画像砖也有孝子郭巨埋儿得金的故事，图正面刻有"郭巨"二字作标题说明。湖北襄阳贾家冲南朝画像砖也有以孝子郭巨为题材的。由此可见，孝子故事在魏晋砖画中流传之广，这是中国传统忠孝文化观念的反映。

---

①② 刘大杰：《魏晋思想论》，上海古籍出版社 1998 年版，第 154—155 页。

第三节　魏晋南北朝文学图像的互生与融合

魏晋南北朝时期是文学与图像艺术高度融合的时代,这首先表现在魏晋南北朝时期产生了大量诗、书、画兼善的大艺术家,无论是先秦,还是后来的唐宋都有文学与艺术兼善的大文人,如王维、苏东坡等,但如魏晋如此众多,如此集中,甚至以家族方式集中在某个区域的时代在中国历史上应该说是绝无仅有。在两汉长达四百余年的历史中书法家屈指可数,这与两汉对政治的强调和对艺术的忽视密切相关,魏晋南北朝不到三百年书法家就数倍于前代,画家也是如此,祖孙父子以书法著名者不在少数,且魏晋书法,特别是二王书法,如李杜之诗一样在中国文化史上影响深远,书法家与艺术家的地位在当时已受到重视,特别是受到有地位的文人雅士的重视。以“韵”见长的魏晋书法所达到的艺术高度也一直是后世书法艺术的楷模,魏晋笔墨遗迹多是亲人朋友之间简短的问候致意,随性而至,举笔即书,妍丑不介,虽无流传千古之意,然由于心无挂碍,挥洒淋漓,正是其潇洒自然性情的真实流露,所以魏晋书法也是百态横生,生动感人,图像形式与语言内容达到了高度的统一。至于以龙门造像记为代表的北魏碑刻则与造像、题记直接融为一体,从而形成了另一种与南书温雅不同的雄健书风,魏碑雄强俊厚、奇逸神飞的书风虽长期受到二王书风的排斥,正如德国汉学家雷德侯在谈到南北不同的书法传统及二王如何成为中国正统的古典传统的时候所说:“公元3—6世纪由于中国南北分裂,发源于东晋的书法传统无法影响北方。只是随着隋朝的建立,中国南北统一,南方的传统才在帝王的提倡下开始在全国传播,成为古典传统。当晋代名家正把书法推向一个新时代的时候,北方仍沿袭旧法。北方没有从碑转向帖,碑仍是书法作品的主要形式,不过不再是汉代那种碑,而是佛教石窟中的造像题记之类。北方由此发展出一种方正严峻的楷书字体,自有其美丽处。南北书法遂大相径庭。隋朝皇帝把妍美流便的南方书法立为正宗,唐代诸帝也相继鼓吹。尽管两朝帝王均为北人,其所推行的文化政策则以南方的成就为基础。此种文化政策亦有助于王氏传统的推广,这决定了中国书法在此后千年的发展道路。”[①]然而这种雄强的书风才真正展示了魏晋慷慨悲凉多灾多难的时代,而且我们在唐代颜真卿的《祭侄文稿》与韩愈摒斥六朝矫揉造作的骈体文风,提倡复古的文章中仍能强烈感受到这种雄强崇高的美感。

魏晋南北朝文图融合的标志性成就就是出现了大量文图完美结合的艺术作品,如顾恺之《洛神赋图》与《女史箴图》,辽宁本《洛神赋图》则更是文、书、画三者结合的艺术品了,王献之《洛神赋十三行》则是用小楷对《洛神赋》文的书法呈现,为后来很多书法家用书法的形式来书写《洛神赋》开了先河。这些与《洛神赋》相

---

① 雷德侯著,许亚民译:《米芾与中国书法的古典传统》,中国美术学院出版社2008年版,第41页。

关的综合艺术品是先有《洛神赋》文,再有与《洛神赋》有关的绘画与书法,是通过绘画与书法把文学描述的故事固定在图像上,并以另一种美的形式呈现出来,同时也使语言的含混性与抽象性得到了具象化。王羲之的《兰亭集序》是王羲之文学作品与书法作品的完美融合,后代很少出现文学与书法能如此完美融合的艺术品,至于张僧繇《五星二十八宿真形图》、司马金龙墓漆画等都是文图结合的艺术品,魏晋南北朝时期诗、书、画融为一体丰富多彩的时代后来也很少出现,这应该是与魏晋诗、书、画各自独立发展的初创时代有关,正如先秦时期的文人大多是文、史、哲不分一样。这其中最著名的就是《洛神赋图》,它是根据曹植《洛神赋》所创作的人物画,按照《洛神赋》对故事的叙述,以人物为主,以山水为辅,以图像的形式叙述了作者与洛神的故事,图像的故事性与赋的故事性是一致的。虽然其中的山水画还不能和后来宋元的山水画相提并论,也无法与《洛神赋》中的语言描绘相媲美,但对山水画意义的揭示、山水所具有的构图意义以及辽宁本所配文字具有的构图意义都是文图完美结合的标志。辽宁《洛神赋图》文图一体本与故宫本根本不同就在于《洛神赋》语言作为图像的构成部分介入了《洛神赋图》,使得《洛神赋》的语言文本与图像文本同时进入读者的视觉及其意象之中,而故宫本则必须借助图画之外的《洛神赋》或观画者的记忆才能把《洛神赋图》与《洛神赋》融合在一起。辽宁本《洛神赋图》充分展示了魏晋南北朝时期山水文学与古代山水画和书法的密切结合,及其所出现的共同的兴趣及价值取向。现藏日本大阪市立美术馆的张僧繇《五星二十八宿真形图》也和顾恺之《女史箴图》一样,是一系列有文字说明隔开的画作,《真形图》的篆文说明了每一个星宿的故事及对其崇拜的方式。萧绎和画家江僧宝都画有《职贡图》,南京博物院藏传宋摹《职贡图》残卷,有12位人物和13段长幅题记,人物及题记内容与文献记录中梁时入贡的境外使者相符合。①

魏晋南北朝时期产生了大量描绘事物的赋文,说明语言文学仍企图传达视觉的审美要求,也就是《易经》所谓"拟诸形容,象其物宜",其实赋的语言之美是无法立像以尽意的,无法传达事物的图像之美的。与此相关,魏晋南北朝出现了大量以文学作品为题材的绘画,《历代名画记》就记载了魏晋南北朝时期大量以当时文学作品为题材的绘画,如司马绍的《息徒兰圃图》《洛神赋图》,顾恺之的《陈思王图》《洛神赋图》《女史箴图》,史道硕的《嵇中散诗图》,谢稚的《轻车迅迈图》,戴逵的《南都赋图》《嵇阮十九首诗图》等。其中最出名的自然是顾恺之以曹植《洛神赋》为题材的《洛神赋图》、以张华《女史箴》为题材的《女史箴图》,至于顾恺之残卷《斫琴图》可能取材自嵇康《琴赋》,也是一幅绘画史上的杰作。画作取自诗文一是为了用图画的形式更准确地再现语言中所描绘的图像,二是用文图结合的方式来充分展示艺术家所追求的艺术及人生境界。顾恺之传世的三幅画

① 宿白:《张彦远和〈历代名画记〉》,文物出版社2008年版,第55页。

作都来自文学作品:《洛神赋图》来自曹植的《洛神赋》,《女史箴图》来自张华的《女史箴》,《列女仁智图》来自前代刘向的《列女传》。但是绘画取材自文学作品与把文学作品直接书写在艺术作品上是两个根本不同的艺术形式,后者是文学、书法、绘画三者直接融合在一个艺术文本中,读者不仅能直接欣赏图像作品与书法的形式之美,也可直接阅读文学文本,并把自己的阅读感受与视觉的审美共时性地结合在一起,如若图像文本没有语言文学文本的依托,那对图像文本的欣赏显然就会根本不同,就像一个没有阅读过《洛神赋》的人来欣赏《洛神赋图》一样。如《中国美术全集·绘画编 19 石刻线画》曾收集一幅北魏画像①,图中描述了高山巨树中有两人在向深山走去,山间高树下一人在向另一人指点。山树均显示出张彦远"水不容泛,人大于山"的特点,这是山水画发展早期不以形似为标准而仅仅表明或暗示故事发生的现实环境的特点,有现代剪纸的风格,从画作的整体来看,此画像似应来自某一故事,但由于没有文字说明,所以故事的原本形态就无法找到了。从另一角度讲,我们借助图像艺术也能更清晰更深刻地感受到魏晋时代人的精神面貌。如我们在曹操诗《龟虽寿》中读到"神龟虽寿,犹有竟时",神龟的文化语境我们自然可以从魏晋文字记载的文献中阅读到,但如借助魏晋的图像艺术,如《中国美术全集·书法篆刻编 7 玺印篆刻》卷中就收集了大量龟印钮,这样我们就会从另一个与语言文学根本不同的艺术视角,也就是从实物与图像的角度来深刻认识"神龟虽寿"所针对的当时对龟异常重视的文化语境。

魏晋绘画艺术处于中国绘画史的重要转折期,人物画已非常成熟,和简单质朴的汉画相比更加严谨写实,生动传神,取得了在中国艺术史上能和文学艺术相提并论的巨大成就,虽然我们目前已无法看到以二王为代表的书法高峰和以顾恺之、陆探微、张僧繇、戴逵为代表的绘画高峰时期的实物作品,但我们从仅有的二王、顾恺之的唐宋摹本及魏晋出土文物中可以看出当时诗、书、画互相融合的审美风尚。魏晋南北朝文学与图像的密切交融不仅表现在这一时期产生了大量的文学与艺术兼善的大艺术家,出现了山水诗与山水画的共同繁荣,甚至出现了像《文心雕龙》这样对文学与图像艺术都进行了深入探讨的理论著作,而且还表现在魏晋人物画与文学中人物形象——如《世说新语》中各种人物形象的相通,文学与图像中共同主题与意象的相通上。

第四节　魏晋南北朝文学对后世图像的影响

魏晋南北朝文学对后世书、画等图像艺术的发展产生了深远的影响,其一是魏晋南北朝文学成为后世书画艺术的共同的题材或主题,后世书画家往往直接

---

① 中国美术全集编辑委员会编:《中国美术全集·绘画编 19 石刻线画》,上海人民美术出版社 1988 年版,第 19 页。

取材自魏晋文学,如三曹、陶渊明、竹林七贤的故事及诗文,《三国志》《洛神赋》《世说新语》《孔雀东南飞》《兰亭集序》《木兰辞》《千字文》中的人物故事,此外还有达摩与二祖的传说、虎溪三笑、苏蕙图像诗的故事等都是后世书画家非常喜爱的题材。曹植《洛神赋》就常常成为后世画家的题材,如北宋佚名《洛神赋图卷》、元卫九鼎《洛神图》(上有倪瓒的题诗:"凌波微步袜生尘,谁见当时窈窕身。能赋已输曹子建,善图唯数卫山人。云林子题卫明铉洛神图,戊申")、明剧作家汪道昆《洛水悲》插图、清萧晨《洛神图》扇画、现代画家任率英年画《洛神》、傅抱石《象牙微雕洛神赋方章》、梅兰芳主演京剧电影《洛神》等。根据陈葆真的统计,曾见载于历代画录的《洛神赋图》至少有 30 件以上,其中有些仍传于世。① 这些作品中的图像创作无不与曹植《洛神赋》直接相关,说明了曹植《洛神赋》在"洛神"图像艺术创作中的重要性。其二就是魏晋南北朝文学艺术复杂多样的审美趣味,特别是建安风骨、魏晋风度、晋人尚韵等对后世图像艺术的发展产生了极为深远的影响,无论从题材的选择,还是绘画的基本风格,甚至到最基本的技法所传达的审美趣味等各个方面,无不表达了魏晋士人追求超越物质存在形式的精神自由以及在宇宙及哲学的层面上把空灵的意境与宇宙万物密切融为一体的精神境界。特别是《世说新语》中所竭力刻画的魏晋各种潇洒自由的人物形象及其奇谈怪论更是后世艺术家所极力效法的对象,这正是魏晋文学与图像艺术的根本价值所在。

魏晋南北朝文学对后世绘画的影响首先表现在它为后世绘画的发展提供了丰富的题材,魏晋文人追求自由、个性的理想成为后来艺术发展过程中有着同样追求的艺术家的榜样,他们都会直接在自己的艺术作品中表现出来,其中最典型的就是陶渊明对后世绘画的影响。袁行霈在《陶渊明影像——文学史与绘画史之交叉研究》一书中对中国绘画史中出现的与陶渊明密切相关的绘画进行了分类研究,他把它们分为三大类。第一类是取材于陶渊明的文学作品,如《归去来兮辞》《桃花源记》《归园田居》等,有些是单幅作品,有些是组画,用一系列图画表现一个连续性的故事情节。第二类是取材于陶渊明的生活轶事,如采菊、漉酒、虎溪三笑等。第三类则是陶渊明的肖像画。同时他还对历代著名的与陶渊明有关的图像进行了文学与图像相互关系的分析说明。② 最早与陶渊明有关的图像是台北"故宫博物院"藏传南朝宋陆探微《归去来辞图》。较早且比较著名的陶渊明像是唐代郑虔所绘《陶潜像》,《宣和画谱》卷五有记载,但今已不存。至于唐李道昭、五代荆浩所绘《桃源图》虽史籍有记载,但均已不传。历代以《桃花源记》为绘画题材的作品很多,唐韩愈在他的长诗《桃源图》中就讲述了根据《桃花源记》所作图画的情景:"神仙有无何渺茫,桃源之说诚荒唐。流水盘回山百转,生绡数幅垂中堂。武陵太守好事者,题封远寄南宫下。南宫先生忻得之,波涛入笔驱文

① 陈葆真:《〈洛神赋图〉与中国古代故事画》,浙江大学出版社 2012 年版,第 233 页。
② 袁行霈:《陶渊明影像——文学史与绘画史之交叉研究》,中华书局 2009 年版,第 1 页。

辞。文工画妙各臻极，异境恍惚移于斯。架岩凿谷开宫室，接屋连墙千万日。……种桃处处惟开花，川原近远蒸红霞。"①清郑板桥曾书韩愈《桃源图》诗，潇洒自然，给人纵横飘逸之感。据袁行霈《以〈桃花源记〉为题材的作品》一文统计，从南宋赵伯驹、赵伯骕兄弟画《桃源图》起，曾画过《桃花源记》的画家有：宋李唐，元钱选、王蒙，明文徵明、文嘉、张瑞图、仇英、陈洪绶、周臣、丁云鹏、宋旭，清吴伟业、查士标、萧晨、王炳、王翚、黄慎等。此外，宋王十朋、魏了翁，元王恽、钱选、赵孟頫、吴澄、揭傒斯、黄溍，明文嘉、朱彦昌、沈周等都有题桃源图的诗。② 其中，现藏台北"故宫博物院"的南宋马和之款《桃源图》虽有争议，但也是一幅非常著名的以《桃花源记》为题材的绘画作品。王蒙《桃源春晓图》、周臣《桃源问津图》、文徵明《桃园别景图》、仇英《桃园仙境图》与《桃源图》、张瑞图《渊明涉园图》、查士标《桃源图》、萧晨《桃花源诗意图》、王翚《桃花鱼艇图》、黄慎《桃花源图》，可谓是诗书画并美，这些都是历代以《桃花源记》为题材的著名画作，由此可见《桃花源记》已成为中国艺术史中一个非常重要的诗图结合的艺术母题。对大多数中国文人来说陶渊明已经成为一个精神符号，特别是到宋代以后，经苏轼、朱熹的大力推动，陶渊明在中国文化史上地位逐步崇高起来，其诗歌所反映的清高、气节、追求自然等基本价值理念在中国文化史上，特别是在文人士大夫中愈来愈占有重要地位，陶渊明也成为象征文人超凡脱俗的对象与文化符号，即使那些人生理念和现实生活与陶渊明截然对立的文人也依然标榜自己对陶渊明的向往，在艺术创作中采用与陶渊明相关的题材。最为典型的就是南宋以阿谀秦桧父子出名毫无气节可言的周紫芝的《和陶彭泽归去来词》，明以阿谀魏忠贤出名"素无节概"的张瑞图的《渊明涉园图》。皇帝乾隆也曾在钱选《归去来图》上题诗，正如元好问在《论诗绝句》中所说的"心画心声总失真，文章宁复见为人。高情千古闲居赋，争信安仁拜陆尘"，③诗品文品互相的矛盾是文学史与艺术史共通的话题。陶渊明为中国历代文人所共仰，其对中国绘画的影响反映了中国古代文人内心深处的另一面。当然这其中也有不少文人对陶渊明的人生理念持有批评态度，其中最典型的就是王维在其《与魏居士书》中所说的："近有陶潜，不肯把板屈腰见督邮，解印绶弃官去，后贫。《乞食诗》云'叩门拙言辞'，是屡乞而多惭也。尝一见督邮，安食公田数顷。一惭之不忍，而终身惭乎！此亦人我攻中，忘大守小，不恤其后之累也。"④杜甫在《遣兴五首》中也批评陶渊明说："陶潜避俗翁，未必能达道。观其著诗集，颇亦恨枯槁。达生岂是足，默识盖不早。有子贤与愚，何

① 屈守元、常思春主编：《韩愈全集校注》，四川大学出版社 1996 年版，第 629—630 页。

② 袁行霈：《陶渊明影像——文学史与绘画史之交叉研究》，中华书局 2009 年版，第 82 页。

③ 杜甫、元好问著，郭绍虞集解、笺释：《杜甫戏为六绝句集解·元好问论诗三十首小笺》，人民文学出版社 1978 年版，第 62 页。

④ 王维、孟浩然：《王维全集附孟浩然集》，上海古籍出版社 1997 年版，第 104 页。

其挂怀抱。"①陶渊明出于愤世嫉俗,不愿与权贵合作,毅然弃官归隐自然有其积极的一面,王维迎合李林甫、唐玄宗、安禄山从而稳坐官位安食俸禄时自然不会采取陶渊明的价值取向,正如阮籍的隐忍与嵇康的抗争不可同日而语一样,陶渊明与王维所谓乱世的超脱与悠然自得又怎能与杜甫的"再使风俗淳"的悲壮与希望相提并论呢? 对文学史中反复选择陶渊明《归去来兮辞》与《桃花源记》,鲁迅在《〈题未定〉草》一文中说:"被选家录取了《归去来辞》与《桃花源记》,被论客赞赏着'采菊东篱下,悠然见南山'的陶潜先生,在后人的心目中,实在飘逸得太久了。但在全集里,他却有时很摩登,'愿在丝而为履,附素足以周旋,悲行止之有节,空委弃于床前',竟想摇身一变,化为'阿呀呀,我的爱人呀'的鞋子,虽然后来自说因为'止于礼义',未能进攻到底,但那些胡思乱想的自白,究竟是大胆的。就是诗,除论客所佩服的'悠然见南山'之外,也还有'精卫衔微木,将以填沧海。刑天舞干戚,猛志固常在'之类的'金刚怒目'式,在证明着他并非整天整夜的飘飘然。这'猛志固常在'和'悠然见南山'的是一个人,倘有取舍,即非全人,再加抑扬,更离真实。譬如勇士,也战斗,也休息,也饮食,自然也性交,如果只取他末一点,画起像来,挂在妓院里,尊为性交大师,那当然也不能说是毫无根据的,然而,岂不冤哉! 我每见近人的称引陶渊明,往往不禁为古人惋惜。"②艺术史与文学史中对陶渊明《归去来兮辞》和《桃花源记》共同的追捧,反映了中国古代文人在复杂的政治权力斗争中所处的极为尴尬的生存困境与避世的心态。文学和艺术中对陶渊明"菊""松""酒""琴""山水""田园"等的赞颂也是如此,这不仅是一个艺术的技术问题,更是一个在艰难困苦的时代中国古代知识分子的价值取向问题。其实,绘画史上的陶渊明也仅仅是想象性的人物,如北京故宫博物院藏传唐陆曜《六逸图》中"陶潜葛巾漉酒"图中陶渊明身材魁伟,体胖肚圆,袒腹露背,双目圆睁,面目严肃,上面虽有陶潜《饮酒》诗之五,但既无文学作品中所反映出的清高淡然,也无画史中隐逸高士的潇洒自由之姿,图像上也仅有葛巾、漉酒这一用以表现陶氏形象的基本手段而已。北宋李公麟所绘《渊明归隐图》也是如此,此图将《归去来兮辞》分为七部分,配有七图,完整地描绘出陶渊明归去来的具体情节。③ 李公麟之所以取材于此就在于其与陶渊明极其相似的个性及生活特征,李公麟在陶渊明身上寄托了自己的人生理想及价值追求。但图画第五段中描述"或命巾车"到"感吾生之行休",表现陶渊明乘巾车前往耕耘的情景,有人驾车,前后有童子随从担挑衣食随行,至于第七段描述"植杖而耘籽",陶渊明在菊花田中头戴葛巾,左手持杖,蹲在地上,右手拔草,旁有童子侍立,正如鲁迅在《风波》中所嘲笑的文人雅士在傍晚欣赏无思无虑的田家乐一样,这一切都表现

---

① 杜甫著,仇兆鳌注:《杜诗详注》,中华书局 1979 年版,第 563 页。
② 鲁迅:《鲁迅全集》第六卷,人民文学出版社 2005 年版,第 436 页。
③ 袁行霈:《陶渊明影像——文学史与绘画史之交叉研究》,中华书局 2009 年版,第 8—15 页。

了李公麟自己对陶渊明劳动情景的浪漫想象,和陶渊明的生活及文学作品并不一致,和真正的劳动生活也应相差甚远。至于整幅画作所呈现出的精美儒雅,如精美的篱墙,整洁的衣着,雅致的厅堂房舍,齐整的田苗,高大的松树等无不体现了艺术家自身生活的现实场景,及其对田园隐居生活的浪漫想象。当然,中国古代人物画由于与被画者之间的时代差距不可能采取写实的手法,这与欧洲文艺复兴时期人物画大都采用写实手法根本不同,其原因主要是中国古代人物画除了表达人物基本特点外,这些特点往往借助于历史文献的记载及其文化身份等类型化与格式化的程式,更多是作为画家表现自身价值倾向及艺术理想的媒介,正如中国古代诗歌是抒情言志的产物一样,绘画也是如此,所以画家与陶渊明基本价值倾向的相似性乃是其选择陶渊明及其诗歌作为绘画题材的重要原因,他们取材陶渊明及其诗歌主要是为了推崇陶氏之为人及其人生价值理念。历代对陶渊明隐居生活的描述多是"闲适""高雅""生动"的一面,而忽略了隐居生活清寂、无奈的一面,像"乞食""责子"这样的诗题,如此明显的字眼都被画家所忽略或省略了,简直把陶渊明当成了一个对生活的困苦麻木不仁的人,正如鲁迅所指出嵇康《诫子书》中对孩子各种烦琐细致入微的训导反映了隐逸高士的现实的另一面,他是教育孩子要游刃于时代与环境之中,而不是被生存环境所困缚,而变得艰难困苦不堪。

在陶渊明的众多画像中以明末清初陈洪绶《博古叶子》"空汤瓶"一幅描述陶渊明坐像的较为著名,画像中的陶渊明头戴葛巾,长髯浓眉,宽衣博带,眼睛微闭,席地而坐,似正养神,后怪石上有一空酒瓶,杖藜置左前方,杖头已长花叶。画左边有题词:"其卧徐徐,其觉于于。瓶之罄矣,其乐只且。"取自《庄子》《诗经》的词句表达了陶渊明即使无酒仍能保持闲适从容的精神境界,这与陆曜《六逸图》中"陶潜葛巾漉酒"图相比较呈现出截然不同的风格。陈洪绶另一幅著名的陶渊明画像为台北"故宫博物院"藏《孤往》,描写陶渊明手持团扇,宽衣博带,悠然行走的情景,应取材自陶渊明《归去来兮辞》中"怀良辰以孤往"这一诗句。至于台北"故宫博物院"藏另一幅陶渊明画像为《玩菊图》,则描写了陶渊明手持长杖,坐于根凳之上,注视着立于石上花瓶中的菊花的情景。此画像中陶渊明相貌已无《孤往》中温和平静之情态,而是鼻梁高耸,大耳下垂,长脸细目,似有异象,给人以超凡脱俗之感。现藏夏威夷美术学院的陈洪绶《归去来兮》卷,表现了陶渊明典型的性格特征:宽衣博带盘坐在一巨大怪石之上,右手抚着无弦的琴,左手持菊花嗅闻,前有一壶酒,人物形象清癯,潇洒自然,以采菊为标题,其好酒、好菊花、好音乐的品性完全表现出来了。上有题词:"黄花初开,白衣酒来,吾何求于人哉?"可谓是文图完全一致地表达了同一个陶渊明。[①] 其实陶渊明的具体相貌大都是画家根据自己的理解而作出的具体化,文学上除了陶渊明的性格喜

---

① 高居翰著,李渝译:《图说中国绘画史》,三联书店 2014 年版,第 181 页。

好外,对其形象并无细致具体的文字描述,据相关统计陈洪绶共画陶渊明图十几幅,陈洪绶对陶渊明题材情有独钟与他自己和陶渊明类似的人生经历密切相关。至于石涛最为著名的陶渊明画则是《陶渊明诗意图册》册页十二帧,现藏北京故宫博物院。各开内容为:之一"狗吠深巷中,鸡鸣桑树巅",取自《归园田居》。之二"悠然见南山",取自《饮酒》。之三"若复不快饮,空负头上巾。但恨多谬误,君当恕罪人",取自《饮酒》。之四"一士长独醉,一夫终年醒。醒醉还相笑,发言各不领",取自《饮酒》。之五"带月荷锄归",取自《归园田居》。之六"遥遥望白云,怀古一何深",取自《和郭主簿》。之七"平生不止酒,止酒情无喜",取自《止酒》。之八"饥来驱我去,不知竟何之",取自《乞食》。之九"虽有五男儿,总不好纸笔",取自《责子》。之十"连林人不觉,独树众乃奇",取自《饮酒》。之十一"东方有一士,被服常不完",取自《拟古》。之十二"清晨闻叩门,倒裳往自开。问子为谁欤,田父有好怀",取自《拟古》。① 各开对面有王文治题诗和题识,整幅长卷诗、书、画完美结合,特别是石涛的画风与陶渊明的诗风和谐一致,融为一体,给人以天衣无缝之感,似画家或诗人一人所作。现藏华盛顿弗瑞尔美术馆的石涛《桃源图》,描绘了深山之中几间茅屋,村人在和一位持船桨的远方客人交谈的情景,山外即停着来者的小船。画面多深墨,并无桃花绚烂之色。整体而言石涛的画作往往仅取陶渊明诗之大意,达到以意表意,以神表神的效果,而不是简单地对诗内容惟妙惟肖的刻画。如石涛《陶渊明诗意图册》之一自识"狗吠深巷中,鸡鸣桑树巅",既无鸡,也无狗,只有一人独自站在荒郊野外的草屋之中,望着远方,似乎在等待着什么,房屋四周与庭院之中荒草野树丛生,好似无人之地的隐居之处,门口有一小河静静流过,河上有一小桥,远山隐隐,更加深了整幅画的寂静幽远的氛围。之二自识"悠然见南山",图中画一隐者手持盛开的菊花,遥望着远山,倾斜的篱笆正是陶渊明"采菊东篱下"的写照,虽然画题中没有出现"采菊东篱下",但画的内容已经充分表达出来了。即使没有读过原诗的人也能知道是画家或诗人在东篱下采着菊花,遥望着远山,和第一首相比,真是诗画完全融合在一起了。之五自识"带月荷锄归",图中画一隐者,身处傍晚的雾霭之中,周围似花树盛开,远山隐隐之中既无星光,也无月色,只有荷锄从外而归的隐者向自己的房屋走来,表明了这已是一天劳作的结束,是回家休息的时候了。由此可见,石涛的陶渊明诗意画是要在整体诗意上来表达陶诗的精神境界,而不在具体的细枝末节上。画中反复出现的孤独隐者,隐隐远山,依依杨柳,累累岩石,空旷的小溪,无人的小桥,笔挺的松柏,沉默的对者,即如褚德彝在跋中所说的:"画家于摩诘杜陵诗,多节取诗句写作画册。独陶诗图写者甚罕,泉明诗意渊深,非浅人所能窥测。此苦瓜僧取彭泽诗画成十二叶,如二叶之悠然见南山,四叶之一士长独醉,六叶之遥遥望白云,八叶之饥来驱我去,皆于画中将陶公心事传出。实即自

---

① 故宫博物院编:《石涛陶渊明诗意图册》,紫禁城出版社 2007 年版,第 1—22 页。

己写出心曲,所谓借他人酒杯浇自家块垒。寻常画士岂能梦见?"①由此可见,石涛用陶渊明诗意来作画,乃是与古之知音对话。这与他以墨竹顶天立地,以兰花清逸不俗来自比是一致的。这套画作是他从北京回扬州之后所作,也是他从归隐到仕途,再回到归隐的人生旅途的艺术展现,正如陶渊明从仕途回归田园一样。在图画中我们似乎很难再找到陶渊明与石涛对仕途的思考了。画册之九自识为"虽有五男儿,总不好纸笔",王文治跋中说:"蓬头王霸之子,椎髻梁鸿之妻。先生传,先生之子亦传矣,爱纸笔也奚事。"联想到嵇康《诫子书》中对儿子的告诫,也许陶渊明对不好纸笔的五男儿并非有什么过多的赞赏之意吧,当然石涛作为出家人,他的态度如何,我们只能从画中体会到一种田野儿童一起游玩的无忧之情吧。至于此画册所附清代著名书法家王文治书写的诗跋,王氏书法清晰自然,平整而时现摇曳之姿,与石涛画作可谓相得益彰。

　　《世说新语》所记述的大量魏晋文人雅士故事成为后世绘画的题材。其中中国书法史上的书圣王羲之的兰亭聚会对后世书画的发展产生了深远的影响,中国历史上绵延不绝的"兰亭真伪之争"不仅是文学、文字之争,更是图像及其审美风格之争。历代取材自王羲之的图像艺术也是数不胜数,历代对王羲之书法,特别是对《兰亭集序》的临摹自不必说,这是任何从事书法研究的人所必不可少的功课,王羲之个人的爱好与兰亭雅集更是历代画家乐于选择的题材。如现藏纽约大都会美术馆钱选的《羲之观鹅图》,描写了王羲之在茂林修竹的亭中观池中之鹅的情景,后有一侍童相伴,亭前池塘有两只白鹅在戏水游动。② 至于王羲之喜欢养鹅,与支道林喜欢养鹤养马、王徽之喜欢种竹一样,都是寄情山水,取法自然审美观念的具体表现,都对后来绘画题材产生了很大影响。唐代就有《羲之爱鹅》的艺术作品③,作品中的王羲之便服敞胸,盘腿抱鹅,神态潇洒。明成化斗彩高士图杯④,斗彩纹饰两种:一为陶渊明爱菊,陶渊明站立双手下垂,作观菊状,一童子腋下夹琴侧立;一为王羲之爱鹅,王羲之坐岸边观鹅,一童子捧书侍立。明陆治《幽居了事图册》⑤内容有《梦蝶》,柳树下一人在卧石酣睡,使人联想到陶渊明,《笼鹤》使人想到王羲之的《笼鹅》,《停琴》使人想到竹林七贤中也有很多音乐达人,《踏雪》自然使人想到王徽之冒雪访友的故事。清任颐《支遁爱马图》以

① 故宫博物院编:《石涛陶渊明诗意图册》,紫禁城出版社2007年版,跋。

② 高居翰著,李渝译:《图说中国绘画史》,三联书店2014年版,第117页。

③ 中国美术全集编辑委员会编:《中国美术全集·工艺美术编12民间玩具剪纸皮影》,人民美术出版社1988年版,第18页。

④ 中国美术全集编辑委员会编:《中国美术全集·工艺美术编3陶瓷(下)》,上海人民美术出版社1988年版,第82页。

⑤ 中国美术全集编辑委员会编:《中国美术全集·绘画编7明代绘画中》,上海人民美术出版社1992年版,第116—119页。

东晋名僧支遁爱马为题材。① 支遁站在高大芭蕉前,手持一长杖观马,马则回望支遁,似在答谢。清苏六朋《曲水流觞图轴》描写了王羲之修禊兰亭曲水流觞的故事。② 画中山高林密,有飞流急湍,有人似乎已经大醉,还有侍人从桥上抬大酒坛而来。明永乐《兰亭修禊图》③,上有各种人物、山水,全长9米,宽6米,原图传为宋李公麟作,明永乐十五年(1417)摹刻。图卷开始于王羲之坐于亭榭之间,持笔抚纸,对溪沉思,溪中白鹅戏水。结束于侍童于河边桥上收拾空杯盏,似一连环叙事画卷。清道光彩粉人物图套杯④,套杯胎轻釉白,粉彩装饰,绘画内容有王羲之爱鹅等。浙江省绍兴市兰亭有"曲径",两旁为成片竹林,"鹅池"为纪念王羲之爱鹅,鹅池对岸为小山,山后为流觞曲水和流觞亭,"康熙笔亭"为康熙御笔"兰亭",此亭后有八角重檐碑亭,亭中为康熙临《兰亭集序》,碑阴刻乾隆撰写的《兰亭即事诗》,"右军祠墨华亭"为右军祠内池塘中一亭。⑤ 明清北京故宫宁寿宫花园"禊赏亭"应来自《兰亭》中的"修禊"一词,"禊赏亭石栏杆"上用浅浮雕雕刻竹子作装饰,"禊赏亭流杯渠"为纪念古代风俗,三月初三亲朋好友在环曲的流水旁罚酒宴乐故事,称为曲水流觞,为《兰亭》中一重要标志,"禊赏亭"从整体构思到细节韵味无不显示出深受《兰亭集序》的影响。⑥ 至于王羲之的儿子王徽之,也是一位寄托山林的高人,《世说新语》中记述了他的一个故事:王子猷尝暂寄人空宅住,便令种竹。或问:"暂住何烦尔?"王啸咏良久,直指竹曰:"何可一日无此君?"另一个故事则更为著名:王子猷居山阴,夜大雪,眠觉,开室命酌酒,四望皎然。因起彷徨,咏左思《招隐诗》。忽忆戴安道。时戴在剡,即便夜乘小舟就之。经宿方至,造门不前而返。人问其故,王曰:"吾本乘兴而行,兴尽而返,何必见戴?"⑦第一个故事可视为苏东坡"宁可食无肉,不可居无竹"的先声。第二个则是东晋士人所神往的随性而至的自由风度。北宋郭熙就有《雪山访友图》,又题为《溪山访友图》。⑧ 元黄公望《剡溪访戴图》⑨就描绘了王子猷雪夜到山阴剡

① 中国美术全集编辑委员会编:《中国美术全集·绘画编11清代绘画下》,上海人民美术出版社1988年,第192页。

② 中国美术全集编辑委员会编:《中国美术全集·绘画编11清代绘画下》,上海人民美术出版社1988年,第139页。

③ 中国美术全集编辑委员会编:《中国美术全集·绘画编19石刻线画》,上海人民美术出版社1988年版,第88—89页。

④ 中国美术全集编辑委员会编:《中国美术全集·工艺美术编3陶瓷(下)》,上海人民美术出版社1988年版,第191页。

⑤ 中国美术全集编辑委员会编:《中国美术全集·建筑艺术编3园林建筑》,中国建筑工业出版社1988年版,第170—172页。

⑥ 中国美术全集编辑委员会编:《中国美术全集·建筑艺术编2陵墓建筑》,中国建筑工业出版社1988年版,第97—100页。

⑦ 余嘉锡:《世说新语笺疏》,中华书局2011年版,第656—657页。

⑧ 中国美术全集编辑委员会编:《中国美术全集·绘画编3两宋绘画上》,文物出版社1988年版,第58页。

⑨ 中国美术全集编辑委员会编:《中国美术全集·绘画编5元代绘画》,文物出版社1976年版,第47页。

图0-1　剡溪访戴图，黄公望，云南省博物馆藏

溪访戴安道的故事，图中雪山皑皑，秃树荒寂，船上的人似乎在赏雪，四周荒凉寂静，萧瑟寒冷，离山中的房子还有一段距离，反而转向回家的方向。巨石耸立的山峦在大雪之中给人以宁静神秘的感觉。元张渥《雪夜访戴图》①也描写了同一个图式，图画近景描绘了陋船中的王徽之，王双臂紧抱，蜷坐在船中，望着流动的江水，一副淡然无思的样子，船尾的船夫则在尽力地划船，岸边的大树已枝叶尽落，显示了隆冬的萧杀寂冷。线条多用白描，简洁流畅，准确表达了王徽之心性超脱自然，无拘无束的境界。此外，以此为题材的著名画作还有明戴进、明夏葵、明周文靖、近人吴昌硕等人创作的《雪夜访戴图》与日本画家狩夜友益创作的屏风《剡溪访戴》，至于其他著名画作，如宋夏圭《雪堂客画图》、北宋郭熙著名的《雪山访友图》②、明周臣《雪村访友图》③、明钟钦礼《雪溪放艇图》④、明蒋干《雪江归棹图》⑤、清王云《雪溪舟行图轴》⑥等都使人联想到王徽之雪夜访友的故事。清孙祜《雪景故事册》⑦还描述了魏晋时期其他关于雪的故事，其中《赤脚嚼雪》的故事描述了晋铁脚道人赤脚走在雪上饿了以梅花和雪为食的故事，《谢庭咏雪》取自《世说新语》谢太傅下雪天招家人谈论诗文咏雪的故事，《王恭涉雪》则是描述孟旭评论晋人王恭披鹤氅涉雪而行为"神仙中人"的故事，至于"谢庄点雪""孙康映雪"也都是晋人故事，"袁安卧雪"则描

---

① 中国美术全集编辑委员会编：《中国美术全集·绘画编5元代绘画》，文物出版社1989年版，第157页。

② 中国美术全集编辑委员会编：《中国美术全集·绘画编1原始社会至南北朝绘画》，人民美术出版社1986年版，第58页。

③ 中国美术全集编辑委员会编：《中国美术全集·绘画编7明代绘画中》，上海人民美术出版社1992年版，第31页。

④ 中国美术全集编辑委员会编：《中国美术全集·绘画编6明代绘画上》，上海人民美术出版社1988年版，第160页。

⑤ 中国美术全集编辑委员会编：《中国美术全集·绘画编7明代绘画中》，上海人民美术出版社1989年版，第163页。

⑥ 中国美术全集编辑委员会编：《中国美术全集·绘画编10清代绘画中》，上海人民美术出版社1989年版，第102页。

⑦ 中国美术全集编辑委员会编：《中国美术全集·绘画编10清代绘画中》，上海人民美术出版社1989年版，第194—195页。

写了东汉袁安竹林雪房读书的故事。

　　《三国志》所记述的大量三国人物及其故事也成为后世画家所喜爱的题材，特别是曹操、诸葛亮、刘备、关羽、张飞、吕布等，《三国演义》小说出版流行之后更是如此。其中著名的有明商喜《关羽擒将图》①，图画描绘了关公水淹七军、生擒庞德的故事。画中生动形象地描绘了两位三国名将的超人风采，一个是高大威猛的常胜将军，一个是宁死不屈、战败不言败的豪杰，图像的戏剧化效果给人以深刻的印象。全图共六人，首先映入观者眼中的就是名将关公。关公的形象《三国志》与《三国演义》中都有精彩的描述。关公头戴蓝巾，身穿金黄铠甲以示其高贵，身披绿色战袍，袍脚与美髯随风飘舞，黄、绿、蓝三色对比，鲜艳夺目，笔画刚劲有力，更加强了整幅画的紧张气氛。关公丹脸凤眼，长髯飘拂，高大挺拔，器宇轩昂，是经典式的关公形象，图中的他作为一个胜利者双手搂抱右膝，似在展示胜利者的悠闲自得，但他又被庞德宁死不屈的英雄气概所折服，关羽的脸上似乎有些许的困惑，他好像在对庞德说：难道现在不已证明了你的失败吗？你还有什么道理不屈服呢？然而关公整体泰然自若的神情也似乎暗示了庞德的必死命运。与神情镇定的胜利者关公的形象不同，被俘者庞德却是一个被压制的扭曲的畸形形象：头发被绑在身后的柱子上，由于奋力地挣扎导致了头发的紧绷与脸的拉长扭曲，以致眉毛倒竖，双眼直立，咬牙切齿，鼻孔怒张，双臂也被死死地绑在身后的柱子上，但露出的左手还拳头紧握，神情似在咒骂关公。令人印象深刻的是两位副将的手在极力地将庞德死死地摁住，二者的手按在庞德身上似乎已深入肌肉，像两只老鹰的利爪紧紧地困住猎物，以防其逃跑。一位副将在全力地钉住捆着庞德右脚的木桩，另一位似乎在向关公展示他的无奈：庞德这样宁死不屈，我们又能怎么办呢？两位副将一黑一白，显示了画家卓越的构图技巧。至于另外两个配角，一个是拔剑威慑的关平，另一个则是在一旁吆喝的周仓，二者也是一动一静，但都显出无可奈何的神情。关平离关公更近，神情也略有相似，都时刻关注着紧张挣扎的庞德，而周仓已显示了自己的不耐烦，脸上的神情已向观画者表明了那即将到来的结局。至于整幅画作的松树背景及河川简图，与其说是描述了故事发生的场景，倒不如说展示了作者文人画家的情趣，因为生死攸关的残酷战争又怎能与这优雅的山川相表里呢？明清大量出现的关公木版年画也都表现了武圣关公高大威猛的形象，如朱仙镇在明嘉靖六年（1527）就盖有关帝庙戏楼，关公的形象经常出现在朱仙镇年画中也就在情理之中了。关公是中国历史上最为著名流传最广的男性英雄形象，关公年画把关公战勋卓著、吉祥平安的寓意与中国传统儒家文化的忠信及民间文化的侠义精神完美结合在一起，从而成为中国民间文化的一个象征性的符号。著名的关公画像如明天启

---

① 中国美术全集编辑委员会编：《中国美术全集·绘画编6明代绘画上》，上海人民美术出版社1988年版，第99页。

《关圣像》①，上有宋马远之作，可能是托马远之名。关羽魁梧威严，气宇轩昂，周仓持刀伺后，豹头圆眼，威猛异常。明太原关帝庙泥彩塑②，黑帽，金面，绿袍，如意文靴，右手握带端，左手扬起，两足叉立，威猛挺拔。清顺治《关圣真君像》③，关羽正襟危坐，雍容大度，有帝王之气象，即所谓关帝。关平满目慈祥，似文臣伺坐一旁，周仓则手持宝刀，豹头圆眼，似恶鬼站立于后，上有长篇画像赞。清康熙《关圣帝君像》④，此图最上有篆书"关圣帝君像"，下有红色"汉寿亭侯之印"印章一枚，带印纽之印在上，朱色印文在下。再下为关公手持偃月刀立于马上，关公身披绿战袍，脸为红色，赤兔马身为红色，鬃、尾、四蹄为黑色。整幅图画书法、绘画、印章完美结合，人物造型生动，色彩对比鲜明，构图别致。清末天津《单刀会》⑤描写了关羽坐船头，周仓持青龙偃月刀站立身后，岸上鲁肃携众将迎接。河南省洛阳市关林为关羽首级埋葬地。历代封建帝王为弘扬忠君思想封关羽为"帝君""关圣"，今关林基本为明清面貌，苍松翠柏，庭院石坊，庄严肃穆。此外，四川省成都市武侯祠、重庆市奉节县白帝城明良殿、湖北省襄阳市古隆中、湖北省襄阳市诸葛武侯祠、四川省云阳县张飞庙、山西省解县关帝庙、四川省资中武圣殿等均有大量与刘备、关羽、张飞、诸葛亮有关的诗文、绘画、塑像等。

《木兰诗》中花木兰的形象与"木兰从军"的系列图像同样是中国绘画的重要题材，花木兰参军的题材与《三国志》中记载的官方人物形象及《世说新语》中所展示的文人雅士的奇闻逸事所表现的情趣根本不同，它更多是表现了民间文化坚强不息的生命力。这是中国古代性别与战争的主题，缇萦救父可谓是花木兰的前身，两个故事思考的都是女性代替男性担当家庭或国家责任的问题。美丽动人、武艺高强的女性依靠性别的暂时转换——女扮男装——在危难之时保家卫国，揭示了中国古代强烈的性别意识，描绘了女性以一种奇特方式救国与自我拯救的乐观想象。《再生缘》中孟丽君男扮女装成为朝廷重臣，徐渭《雌木兰替父从军》中的木兰、《女状元辞凰得凤》中的黄崇嘏、美华裔作家汤亭亭的《女勇士》、常香玉现代豫剧《花木兰》中的花木兰、严凤英现代黄梅戏《女驸马》中的冯素珍、现代京剧《红色娘子军》中"不爱红装爱武装"的女性战士等都是以花木兰为原型，戈湘岚的《木兰从军图》也刻画了木兰女扮男装的形象。花木兰传奇把性别、

---

① 中国美术全集编辑委员会编：《中国美术全集·绘画编 19 石刻线画》，上海人民美术出版社 1988 年版，第 104 页。

② 中国美术全集编辑委员会编：《中国美术全集·雕塑篇 6 元明清雕塑》，人民美术出版社 1988 年版，第 108 页。

③ 中国美术全集编辑委员会编：《中国美术全集·绘画编 19 石刻线画》，上海人民美术出版社 1988 年版，第 110 页。

④ 中国美术全集编辑委员会编：《中国美术全集·绘画编 19 石刻线画》，上海人民美术出版社 1988 年版，第 113 页。

⑤ 中国美术全集编辑委员会编：《中国美术全集·绘画编 21 民间年画》，人民美术出版社 1985 年版，第 59 页。

战争、民族、家庭等因素融合在一起,在具有政治价值的同时也同样具有现代商业价值。徐渭作《雌木兰替父从军》,卜万苍执导的影片《木兰从军》轰动孤岛上海,常香玉演花木兰为抗美援朝捐飞机就是典型几例。花木兰女扮男装的传奇经历又有着特殊的文化意义及商业娱乐价值,徐渭《雌木兰替父从军》重点刻画了木兰更换戎装重回女儿身的过程,甚至有关于缠足的心理描写。花木兰在今日媒体时代仍能获得青睐也是因为花木兰从军故事的内在丰富性,所以一再被改编为电影,其中包括 1927 年天一公司出品的黑白故事片《木兰从军》,1928 年民新公司出品的黎民伟执导的影片《木兰从军》,1939 年新华公司出品的欧阳予倩编剧、卜万苍执导的影片《木兰从军》,1943 年马少波创作的京剧《木兰从军》,抗美援朝时期上演的陈宪章改编、常香玉主演的河南豫剧《花木兰》,1998 年迪士尼卡通电影《花木兰》(Mulan),2004 年迪士尼卡通电影《花木兰 2》(Mulan Ⅱ),1999 年发行的袁咏仪与赵文卓主演的武侠言情电视连续剧《花木兰》,2009 年北京星光国际传媒有限公司拍摄的赵薇主演的电影《花木兰》,2013 年河南影视集团和东阳江山多娇公司联合出品、侯梦瑶主演的电视连续剧《花木兰传奇》等。

　　禅宗的初祖达摩与二祖慧可也常常成为后世画家取材的重要内容。如现藏日本东京正法寺的五代末宋初画家石恪的《二祖调心图》,描写了禅宗二祖高耸双肩,单臂俯卧在熟睡的老虎背上打盹的情景,笔墨潇洒飘逸,与禅宗所表达的精神价值完全一致。① 南宋梁楷《八高僧故事图》②第一为"达摩面壁",现画后附有明人用赵体行书撰写的简要说明文字。金《达摩只履西归图》③,《只履西归》故事见《佛祖统记》,此图像有文字说明。明宋旭《达摩面壁图轴》据南朝梁释慧皎《高僧传》所画,描绘了达摩面壁独坐,坚韧淡然的情态——身披红色披风,打坐于竹垫之上,身边小溪静静流过,四周叶草丛生,空寂无人。明画家吴彬也画有《达摩像图轴》④。明石刻线画《达摩面壁图》⑤描写达摩托钵坐于棕垫之上,怒目斜视,虬髯博衣,造型生动。明何朝宗达摩立像⑥,为福建德化窑白瓷雕像,此达摩像光头长耳,双眉紧锁,口角含笑,双手合抱藏于袖中,眼睑低垂,向下俯视

① 高居翰著,李渝译:《图说中国绘画史》,三联书店 2014 年版,第 49 页。

② 中国美术全集编辑委员会编:《中国美术全集·绘画编 4 两宋绘画下》,文物出版社 1988 年版,第 98—101 页。

③ 中国美术全集编辑委员会编:《中国美术全集·绘画编 19 石刻线画》,上海人民美术出版社 1988 年版,第 78 页。

④ 中国美术全集编辑委员会编:《中国美术全集·绘画编 8 明代绘画下》,上海人民美术出版社 1988 年版,第 79 页。

⑤ 中国美术全集编辑委员会编:《中国美术全集·绘画编 19 石刻线画》,上海人民美术出版社 1988 年版,第 109 页。

⑥ 中国美术全集编辑委员会编:《中国美术全集·工艺美术编 3 陶瓷(下)》,上海人民美术出版社 1988 年版,第 121 页。

汹涌波涛,线条流畅,衣服有漂浮之感,彰显了达摩的仁慈与庄严,此瓷塑雕像通体"象牙白"釉,造像细腻逼真,精美异常。明永乐《释氏源流插图》中的《达摩渡江》[①],描绘了达摩手持竹竿放于左肩之上渡江的情景。他回望青山,脚踩一叶芦苇于碧波之上,左上角有几株翠竹点缀。清康熙《达摩祖师像》[②],上有赞诗,达摩卷发虬髯,右手执笔,左手拿贝叶,盘坐于古树根座椅之上,似在沉思,欲写经卷,一童子双手举砚,伺立跟前。

图 0-2　二祖调心图,石恪,东京国立博物馆藏

　　除以上著名魏晋人物故事常常出现在后世绘画中,其他也有很多著名故事常为后世画家所钟爱,如明代万历熊冲宇《新锲京本校正按鉴演义三国志传》刻画了"允宴吕布许配貂蝉"图。明倪端《聘庞图轴》[③]取材汉末荆州刺史刘表聘请隐士庞德公的历史故事。清上官周《庐山观道图》描写了东晋僧人慧远于庐山结莲社,谢灵运高帽长髯手执如意端坐在画面中央的情景。清华嵒《金谷园图轴》描绘了西晋石崇在别墅中聆听绿珠吹箫奏乐的情景。清苏六朋《东山报捷图轴》[④]描写淝水之战时东晋丞相谢安在东山树下与人下棋等待战争胜利的情景。

　　魏晋文学对后世书法的发展也同样产生了重要影响,其一就是魏晋文学常常成为后世书法家书写的内容,如唐张旭《古诗四帖》所书内容为庾信作《道士步虚词》十首中的两首与谢灵运作《王子晋赞》和《岩下一老公四五少年赞》。虽然

① 中国美术全集编辑委员会编:《中国美术全集·绘画编20版画》,上海人民美术出版社1988年版,第34页。

② 中国美术全集编辑委员会编:《中国美术全集·绘画编19石刻线画》,上海人民美术出版社1988年版,第112页。

③ 中国美术全集编辑委员会编:《中国美术全集·绘画编6明代绘画上》,上海人民美术出版社1988年版,第80页。

④ 中国美术全集编辑委员会编:《中国美术全集·绘画编11清代绘画下》,上海人民美术出版社1988年,第2、13、138页。

关于此帖作者有不少争论,但其笔势纵逸,跌宕起伏,"悬岩坠石""疾风狂雨"式的狂草书法风格受到历代书法家的称赞,张旭以头濡墨,颠张醉素的传奇更是加深了此作品的文化意义。至于《步虚词》是对道家所追求的虚无缥缈的神仙境界的描写,充满了对各种如梦如幻贤人高士的刻画,这与狂草的外在形式在精神追求上保持着高度的一致。正如赵孟頫所书《归去来兮辞》《洛神赋》《绝交书》完全符合谢朓所谓"好诗圆美,流转如弹丸"的审美理想一样。至于王羲之所书《快雪时晴帖》成为乾隆三希堂中"三希"之一,其所含有的明丽吉祥的寓意同样为历代画家所喜爱,如明徐贲《快雪时晴图》①就绘有雪后晴空,图中长松挺立,红日高照,人或在屋内读书,或在屋外赏雪,远山在浮云之间时隐时现,气象清冷明丽,卷首有赵孟頫书"快雪时晴"四字。另一对后世书法影响深远的就是《千字文》。《梁史》记载,梁武帝曾命从王羲之书法中选取一千个不重复的汉字并命周兴嗣以每句四字韵文编纂成《千字文》,其简洁明了,对仗工整,既是影响巨大的古代儿童启蒙读物,也是历代书法家经常书写的重要内容。② 其中最著名的有王羲之七世孙隋智永书《真草千字文》、唐欧阳询《千字文》、唐孙过庭《千字文》、唐怀素草书《千字文》、宋代皇帝书法家赵佶瘦金体《千字文》与狂草《千字文》、宋王升草书《千字文》、五代徐铉篆书《千字文》、元赵孟頫行书《千字文》、明沈粲草书《千字文》、明徐霖篆书《千字文》等。

魏晋文图理论的巨大发展也对后来文图的创作及其理论的发展产生了深远的影响。魏晋是一个政治上纷繁复杂而艺术上多彩多姿的时代,既有错彩镂金之美,也有清水芙蓉之美,既有建安文学慷慨悲凉的崇高之美,也有谢朓、潘岳、陆机的绮丽之美,而陶渊明的冲淡自然之美同样对后世产生了深远影响。虽然后世多取魏晋清水芙蓉之美,但错彩镂金之美在当时应占据更重要的地位,从《文心雕龙》以骈体文写成,以及顾恺之《洛神赋图》的华美就可见一斑,它们与曹丕《典论·论文》中"诗赋欲丽"与陆机《文赋》中"赋体物而浏亮"③的观点是一致的。左思主张赋应该写实,《三都赋》就是以写实为基础的,正如他在《三都赋序》中所说的"山川城邑则稽之地图,其鸟兽草木则验之方志"④一样。至于《文赋》"遵四时以叹逝,瞻万物而思纷。悲落叶于劲秋,喜柔条于芳春"的物感说及其注重感情、想象、灵感在文艺中的作用,及对创作过程中想象情感活动的揭示可谓是千古绝唱,其精美的骈体文也是错彩镂金的表现,因为在陆机看来,语言的美好与图画的美好是一致的,"其为物也多姿,其为体也屡迁。其会意也尚巧,其遣

---

① 中国美术全集编辑委员会编:《中国美术全集·绘画编 6 明代绘画上》,上海人民美术出版社 1988 年版,第 9 页。

② 启功:《草书千字文》,中国和平出版社 1991 年版,第 25 页。

③ 张少康:《文赋集释》,人民文学出版社 2002 年版,第 99 页。

④ 萧统编,李善注:《文选》,上海古籍出版社 1986 年版,第 174 页。

言也贵妍。暨音声之迭代,若五色之相宣。"①文章用不同音调韵律来构成语言之美,同锦绣用五色的对比来构成色泽之美同样都能给人愉悦。宗炳在《山水画序》中提出"山水以形媚道","应目会心",表达了山水画的相似性与愉悦性、心与眼、意与形、画家的主观情感思想与山水外在形式完美融合的终极追求,而这种追求始终影响着后来中国古代绘画的发展。魏晋文图理论多受《易》、老、庄思想的影响,其言意之辩与言、意、象及形神兼备的问题一直是当时玄学家谈论的重要问题,也对后来绘画及画论的发展产生了深远的影响。《易·系辞上》"书不尽言,言不尽意",②《老子》"道可道,非常道;名可名,非常名",③《庄子·天道篇》"语之所贵者意也,意有所随。意之所随者,不可以言传也",《庄子·秋水》"可以言论者,物之粗也;可以意致者,物之精也",《庄子·外物》"筌者所以在鱼,得鱼而忘筌;蹄者所以在兔,得兔而忘蹄;言者所以在意,得意而忘言"④等都是当时玄学家们经常谈论的话题。王弼《周易略例·明象》中关于言意问题的论述,基本与此相同,他说:"言者,所以明象,得象而忘言;象者,所以存意,得意而忘象。犹蹄者所以在兔,得兔而忘蹄;筌者所以在鱼,得鱼而忘筌也。得意在忘象,得象在忘言。故立象以尽意,而象可忘也;重画以尽情伪,而画可忘也。忘象以求其意,义斯见矣。"⑤王弼、荀粲、蒋济、钟会、傅嘏等的言、意、象之辩与魏晋诗歌和绘画中都注重神采的描述、注重形神兼备是一致的,其根源于魏晋品鉴人时对人道德与精神层面的强调,同样对山水的描绘也要充分表达山水及山水画所具有的养生、自由、愉悦的特点,对后世图像创作及画论的发展产生了重要的影响。

① 张少康:《文赋集释》,人民文学出版社 2002 年版,第 137 页。

② 陈鼓应、赵建伟注译:《周易今注今译》,商务印书馆 2005 年版,第 639 页。

③ 陈鼓应:《老子注释及评介》,中华书局 1984 年版,第 53 页。

④ 陈鼓应:《庄子今注今译》,中华书局 1983 年版,第 356、418、725 页。

⑤ 楼宇烈:《王弼集校释》(下册),中华书局 1980 年版,第 609 页。

第一章　魏晋南北朝图像与前代文学

第一节　魏晋南北朝绘画与前代文学

　　魏晋南北朝绘画除了直接取材自现实生活外,还大量从前代文学中获取创作题材。用图像表现《诗经》《论语》《庄子》《左传》《战国策》《山海经》《史记》等内容的作品也很普遍,如镇江东晋画像砖墓出土的人首鸟身画像砖、兽首噬蛇画像砖、兽首人身画像砖、虎首戴蛇画像砖等均为汉画像石中常见的《山海经》上的神怪故事。① 同时,图像所体现出的道德观与价值判断、审美观与艺术风格也多继承了前代文学与艺术的基本观念,特别是老庄的审美观及儒家的忠孝观念。

　　两汉文论有注重政治功利与宣传教化的基本特点,这是儒家思想影响的直接结果,司马迁、扬雄、班固、王充等无不如此,正如《毛诗序》所说,文学的作用就是教化,所谓"经夫妇,成孝敬,厚人伦,美教化,移风俗",艺术也是如此。王充《论衡》提出人物画像"善可为励,恶可为戒"的观点,东汉王延寿《鲁灵光殿赋》所谓"图画天地,品类群生""写载其状,托之丹青""忠臣孝子,烈士贞女""恶以诫世,善以示后"的观点等都表明了绘画与叙事一样都指向最后的道德训诫。② 三国魏王肃《孔子家语·观周》中记载了孔子关于绘画的言论:"孔子观乎明堂,睹四门墉,有尧舜与桀纣之象,而各有善恶之状,兴废之诫焉。又有周公相成王,抱之负斧扆南面以朝诸侯之图焉。孔子徘徊而望之,谓从者曰:'此周之所以盛也。夫明镜察形,望古者所以知今。'"③孔子从四门墙上历史人物的画像中明白了国家兴亡的道理。同样,曹植在《画赞序》中也明确表达了这种表彰功臣歌颂列女的儒家道德观念:"观画者见三皇五帝,莫不仰戴;见三季暴主,莫不悲惋;见篡臣贼嗣,莫不切齿;见高节妙士,莫不忘食;见忠臣死难,莫不抗首;见放臣斥子,莫不叹息;见淫夫妒妇,莫不侧目;见令妃顺后,莫不嘉贵;是知存乎鉴戒者,

---

① 镇江市博物馆:《镇江东晋画像砖墓》,《文物》1973 年第 4 期。
② 周积寅:《中国画论辑要》,江苏美术出版社 1985 年版,第 14 页。
③ 王国轩等译注:《孔子家语》,中华书局 2011 年版,第 132 页。

图画也。"①这种鲜明的文艺教化立场明显继承了孔子及《毛诗序》中儒家文化价值观,魏晋大量文学图像艺术作品都继承了这个基本观点。魏晋南北朝与秦汉文学图像基本观念的相通表现了刘勰《文心雕龙·时序》中所说的"时运交移,质文代变,古今情理,如可言乎"这一基本规律,即文学和艺术既要创新,要跟随时代的发展,表达时代的需要,抒发个人情感,又要稽古,向古人学习,阐明古今不变的道德与审美要求,最终达到通变的完美结合。这也是魏晋文学、绘画、书法的基本观念,图画中大量帝王将相、忠臣孝子主题及题材的出现就是证明。山东嘉祥东南武宅山武氏祠东汉石室的《武氏祠画像题记》就反映了这一价值倾向。室内四壁刻画内容多为古代帝王忠臣与孝子义妇的事迹,既有古代神话传说,也有反映现实生活场景的内容,且画上多有揭示内容的题记,其目的也是为了表达刻画者的初衷与对观画者的警示。魏晋南北朝的图像艺术在注重抒发个人情怀及审美价值的同时也继承了两汉儒家文化强调文艺教化功利的传统,无论是绘画的取材,如帝王忠臣、列女孝子人物画像,还是其表述方式的发乎情止乎礼都接受了两汉对于文学与绘画的基本观念,道德劝诫成为融通在魏晋文图会通中的思想纽带。文人士大夫在追求"神仙释道""高人隐士""世外山水"主题之时,现实生活与绘画作品中仍然充满着大量的宣扬忠孝道德的主题。如以古代帝王将相为题材的作品有安徽省马鞍山三国朱然墓出土的三国吴漆盘《彩绘季札挂剑图》,绘制了春秋吴国季札挂剑徐君冢树的故事。图的左边为冢和树,树上一把宝剑,穿红袍向树而立者为季札,神情凄婉,似乎在怀念过去的友谊,后有两随从在对话,上方为山峰,山中有两人,墓前两野兔在奔跑,以烘托悲凉之氛围。四周装饰莲蓬、鳜鱼、白鹭啄鱼、童子戏鱼等。三国吴漆盘《彩绘武帝相夫人图》则绘有武帝、相夫人、丞相、侍郎、王女五人,人物旁有榜题,辅以云气纹与蔓草纹。②《历代名画记》等古代画史所著录的绘画作品如嵇康的《巢由图》、杨修的《严君平像》《吴季札像》、曹髦的《新丰放鸡犬图》《祖二疏图》《盗跖图》《黔娄夫妻图》等均取材于古代事典,以呈现教化之功用,或以警醒世人,或警醒观画者。唐张彦远《历代名画记》还记载了多幅名画家的孝子图,如卷五《晋》记载谢稚曾画有《孝子图》《孝经图》等,卷七《南齐》记载戴蜀画有《孝子图》等。春秋战国时期忠孝观念已经产生,如《孝经》与儒家各经典忠孝观念的形成,但到两汉"家之孝子,国之忠臣"的观念才在察举孝廉的政治措施下真正和政治密切结合起来。魏晋政治与社会的混乱虽然动摇了忠的观念,但孝的观念在某种程度上无论是民间还是官方都没有弱化。所以张彦远在《历代名画记·叙画之源流》中论述绘画的作用及绘画与文学的功能时说:"以忠以孝,尽在于云台,有烈有勋,皆

---

① 潘运告编:《汉魏六朝书画论》,湖南美术出版社 2011 年版,第 257 页。
② 中国美术全集编辑委员会编:《中国美术全集·工艺美术编 8 漆器》,文物出版社 1989 年版,第 64—66 页。

登于麟阁。见善足以戒恶，见恶足以思贤。留乎形容，式昭盛德之事，具其成败，以传既往之踪。记传所以叙其事，不能载其容，赋颂有以咏其美，不能备其象，图画之制所以兼之也。"①从张彦远强调绘画相对于文学所具有的独特意义来看，图画，特别是人物画具有语言所不可替代的意义：它不仅具有《诗经》雅颂记述盛德伟绩的作用，同时还具有雅颂所不能的描绘三皇五帝形象容貌的功能，因此，图画所描绘的高风亮节之士、为国捐躯的忠臣都能使观者慷慨激昂，进而达到教育感化人的作用。但是，图像化的神话传说、历史故事、本生故事及文学叙事虽彻底改变了以语言文本为基础的叙事模式，但绘画的核心与目的仍不是故事本身，而是故事所隐含的道德训诫，所以故事的人物形象、人物动作、故事发生的环境、故事结构及叙述模式大多具有图式化、程式化的特点。因为无论是故事的讲述者，还是故事的绘画者，甚至是故事的接受者无不是为了借用语言叙述或图像描述的方式来传达故事的道德指向，从而使文学艺术与政治道德密切联系在一起。绘画虽有模仿自然万物的功能，但在"随类赋彩"展示事物客观自然形状颜色的同时，也要充分表达事物所具有的文化及其象征意义，特别是在帝王忠臣图像、宫殿寺院壁画、墓葬绘画中更是如此，题材的丰富性与造型及色彩的程式化形成了对比，因为造型与色彩不仅来自客观外界，也更多地来自文化传承，来自长期形成的审美理念。

张彦远《历代名画记》中记载了大量魏晋南北朝时期取材自古代著名文学及历史故事的画作，由此可见魏晋时代用图画来表达古代文学作品内容的做法已较为普遍。虽然《历代名画记》记载的这些取材自古代文学作品的画作在今日已大多无法目睹其庐山真面目，只能靠文献的记载来判断其基本内容与绘画风格，但至少可以看出魏晋图像艺术与前代文学之间复杂而密切的关系。魏晋画像中丰富的关于仙界的各种图像描绘，如山泽林涧、羽人仙人、举日伏羲、擎月女娲、三足乌、神禽怪兽、伎乐飞天、蟾蜍玉兔、桂树宝珠等无不是追求永生信仰与升仙主题的反映。如《楚辞·远游》就讲"仍羽人于丹丘兮，留不死之旧乡"，《山海经》也讲有羽人之国，不死之民，或说人得道升天，身生毛羽，所谓羽人也就是飞仙，《史记·司马相如列传》中也说"相如以为列仙之儒居山泽间"等等，这些都说明了魏晋是继承了先秦以来的永生升仙主题并加以形象化的。据张彦远《历代名画记·述古之秘画珍图》记载的《南都赋图》（戴安道）、《论语图》二卷、《孝经谶图》十二卷、《老子黄庭经图》一卷、《山海经图》六卷、《古圣贤帝王图》二卷、《列仙传图》一卷、《搜神记图》四卷等，均直接取材自先秦两汉的文献典籍。②（以下引自《历代名画记》的引文不再单独注明出处。）虽然此处张彦远除了标明《南都赋图》作者为戴安道外，没有指明其他作者，但至少能表明张彦远时仍然保留有大

---

① 张彦远：《历代名画记》，人民美术出版社1964年版，第4页。
② 张彦远：《历代名画记》，人民美术出版社1964年版，第76—80页。

量取材自秦汉题材的画作。此外，张彦远还记载了魏晋时期大量取材自秦汉文学典籍的画作，可谓数不胜数。具体记载有：晋郭璞有《山海经图赞》二卷、《孙子八阵图》一卷、《尔雅图》十卷。魏帝曹髦曾画有《祖二疏图》，取材自《汉书》卷七十一《疏广传》，讲汉宣帝时太子太傅疏广与侄疏受辞官回归故里的故事，其《盗跖图》则取自《庄子》，《新丰放鸡犬图》取自汉高祖刘邦在长安近郊建造新城新丰放养鸡犬的故事。《历代名画记·后汉》记载，杨修画《西京图》《严君平像》《吴季札像》上都有晋明帝的题字。《历代名画记》卷五《晋》记载，晋明帝司马绍除了画有《列女图》两幅、《史记列女图》两幅外，还曾画有《豳诗七月图》《毛诗图》《息徒兰圃图》《洛神赋图》等，其中《豳诗七月图》取自《诗经·国风·豳风》中《七月》之诗，《毛诗图》取自《诗经》。卫协除了画有《史记列女图》《小列女图》《大列女图》外，还画有《毛诗邶风图》《史记伍子胥图》《张仪像》《毛诗黍稷图》《卞庄子刺虎图》。其中《毛诗邶风图》与《毛诗黍稷图》均取自《诗经》，《史记伍子胥图》《张仪像》《史记列女图》《卞庄子刺虎图》等取自《史记》，《小列女图》取自《列女传》。由此可见，当时的绘画作品主要取材于先秦两汉在政治文化领域占有重要地位的帝王将相、文人墨客，作品也是取自在政治主流意识形态占据主导地位的文学作品。《历代名画记》卷五《晋》记载，王廙也画有《列女仁智图》，同时为鼓励王羲之学习书法曾画有《孔子十弟子图》，并书写了画赞，内容是称赞王羲之的才能，并鼓励他"积学可以致远"，"学画可以知师弟子行己之道"的道理。王廙《孔子十子弟图》可谓是画、书法、文章三美。顾恺之除画有取材自《列女传》的《阿谷处女》《小列女》外，还画有《木雁图》《古贤荣启期》《荡舟图》等，其中《木雁图》取自庄子《山木篇》，《古贤荣启期》取自《列子·天瑞篇》及《高士传》，《荡舟图》取自《左传》及《史记》中蔡姬与齐侯荡舟的故事，《周本纪图》取自《史记·周本纪》，《伏羲神农图》取自上古传说，《汉本纪图》有历代汉帝王像，《孙武图》《穰苴图》取自春秋战国兵法家孙武与穰苴的故事，《壮士图》有荆轲刺秦王的故事，《烈士图》有蔺相如像与荆轲对秦王像。戴逵《临深履薄图》取自《诗经·小雅·小旻》中"战战兢兢，如临深渊，如履薄冰"的诗句。史道硕画有《古贤图》《八骏图》《燕人送荆轲图》等。其中《八骏图》取自《穆天子传》，《燕人送荆轲图》取自《史记·刺客列传》。谢稚曾画有多幅取自《列女传》的画作，如《列女图》《列女母仪图》《列女贞洁图》《列女贤明图》《列女仁智图》《列女画》《列女图》《大列女图》，还有《孝子图》《孝经图》《孔子十弟子图》《孟母图》，取自《庄子》的《濠梁图》等等。由此可见，《论语》《庄子》《左传》《史记》《列女传》等乃是当时绘画取材的主要来源，由于当时忠孝的伦理价值占据主导地位，所以忠孝的主题——其实也是文学的主题，仍成为绘画的基本主题。夏侯瞻画有取自《庄子·徐无鬼》的《郢匠图》。戴逵曾画有取自孔子故事的《阿谷处女图》《孔子弟子图》《金人铭图》。此外还有取自《庄子》的《濠梁图》，可能取自屈原《楚辞·渔父》的《渔父图》等。《历代名画记》卷六《宋》记载，陆探微画有取自孔子题材的《孔子像》《孔子》《颜回图》《十弟子像》,取自《诗经》的《诗经新台图》,取自《吕氏春秋·本味篇》与《列子·汤问篇》的《钟子期图》,取自《列子·天瑞篇》《孔子家语·六本篇》与《高士传》的《荣启期》,取自《左传》的《蔡姬荡舟图》,取自《列仙传》的《萧史图》。《历代名画记》卷六《宋》记载,宗炳曾画有《孔子弟子像》《周礼图》,此外还为自己《狮子击象图》作有《狮子击象序》。《历代名画记》卷六《宋》中曾引用姚最论述袁质的话说:"曾见《庄周木雁图》《卞和抱璞图》,笔势劲健,继父之美,若方之体物,则伯仁龙马之词,比之书翰,则长胤狸骨之方。虽语迹异途,而妙理同归一致。"袁质取材自《庄子》与和氏璧故事的图画在姚最看来能和晋朝周凯描述龙马的赋一样美,如果和书法相比的话,也可与荀舆的《狸骨方》相提并论。虽然,文学与绘画表现事物的方法不同,但它们在传达精妙的世界之美上都是一样的。《历代名画记》卷六《宋》记载,史艺曾画《屈原渔父图》。刘斌曾画有《诗黍离图》,取自《诗经·王风·黍离》。蔡斌有《游仙图》《苏武像》。《历代名画记》卷七《南齐》记载,沙门僧珍画有《姜嫄像》,取材于《诗经·大雅·生民》和《列女传·母仪篇》,讲述后稷为母踏巨人脚印而生的故事。戴蜀有《孝子图》及春秋贞妇《息妫图》。陈宫恩画有《列女贞节图》《列女仁智图》,及取自《汉书》的《朱买臣图》。《历代名画记》卷七《南齐》记载,毛惠远画有取自刘向《新序·杂事第五》的《叶公好龙图》。《历代名画记》卷七《梁》记载,张僧繇曾在南齐江陵天皇寺画毗卢舍那佛和孔子十弟子像,张僧繇还曾画有取材自《汉书》汉武帝射蛟龙的《汉武射蛟》画。《历代名画记》卷八《北齐》记载梁武帝的外甥画家萧放就曾受北齐皇帝高纬的命令,"采古来丽美诗及贤哲充画图",选择自古以来的魅力诗篇和先贤哲人画成图画,皇上非常喜欢这些作品。很显然,高纬深刻感受到语言艺术与图像艺术的结合能加深对观者的感染力,给人以更加深刻的印象。

从张彦远《历代名画记》的记载来看,魏晋南北朝时期画家常取材的文学作品有《诗经》《庄子》《楚辞》等,《史记》《左传》《吕氏春秋》《汉书》《列女传》《孝子传》等著作中大量富有文学色彩的历史故事也常常受到画家的青睐。特别是《诗经》《论语》《孝经》从西汉开始就已成为儿童启蒙的基本读物,其中关于孔子及其弟子、帝王将相、高士名流、列女孝子更以绘画的形式被反复描述。因此魏晋图像中大量出现列女与孝子的画像就不足为奇了。据文献记载,刘向在编完《列女传》后,就曾将其绘在屏风上。[①] 现存汉武梁祠壁画中就有多幅列女石刻作品。《南史·齐高帝诸子传》与《南史·王慈传》中都提到儿童看《孝子图》的事。《魏书》卷九十五也曾记载后赵石虎用历代忠臣、列女画像装点太武殿的情景。《历代名画记》也有大量关于列女画的记载:《历代名画记》卷四《后汉》记载蔡邕画有《小列女图》传于后代。《历代名画记》卷五《晋》记载荀勖有《大列女图》与《小列女图》,晋明帝司马绍画有《列女图》两幅、《史记列女图》两幅,等等。《历代名

---

① 徐坚:《初学记》,中华书局 1962 年版,第 599 页。

画记》卷七《南齐》记载沙门僧珍画有《姜嫄像》，取材自《列女传·母仪篇》，陈宫恩画有《列女贞节图》《列女仁智图》。这其中最为著名且流传至今仍能看到摹本的就是顾恺之的《列女仁智图卷》摹本。以儒家伦理道德为核心的两汉仕女画大都是仁女、列女、智女形象，其艺术核心无不是以宣扬儒家教化，规范女性贞德操行为指归，顾恺之《列女仁智图》《女史箴图》就是其主题之延续，因此，女性的忠孝、沉静、矜持、端庄就是其形象与精神的基本特点，《洛神赋》中女性精神形貌的特点也是如此。《洛神赋》与《洛神赋图》中对洛神向往沉迷的刻画，对自我情感的宣泄，对人神道殊的感慨，虽与"明劝诫，助升沉"的道德训诫不同，但仍能保持在"发乎情，止乎礼义"的道德规范之内，这都表现了魏晋士人在追求自我，寄情幽远的精神世界里仍无法彻底摆脱现实道德的束缚与儒家理论的框架。

《列女传》是魏晋非常流行的绘画题材，在以此为题材的画作中，顾恺之的《列女仁智图》自然是最著名的。《列女传》是西汉刘向为劝诫汉成帝勿沉溺酒色以致危及国家政权而作，全书以儒家观点记载了自上古至西汉约一百多位通才卓识、奇节异行的女子，分母仪、贤明、仁智、贞顺、节义、辩通、孽嬖七卷，顾恺之《列女仁智图》则是选择《仁智传》中记载的妇女故事绘制而成的。现故宫博物院藏本存八个较为完整的故事，分别为"楚武邓曼""许穆夫人""曹僖氏妻""孙叔敖母""晋伯宗妻""灵公夫人""鲁漆室女""晋羊叔姬"，每一段都有简要的题记及人物名字说明。①

《列女仁智图》第一段描述楚武王在出征前和夫人邓曼相视对话的情景，邓曼似在叮嘱楚王以德治国的道理，楚武王似在倾听。两人上面有"楚武王""邓曼"字样以表明人物身份。第一段题记为"楚武邓曼，见事所兴。谓瑕军败，知王将薨。识彼天道，盛衰所增。终如其言，君子扬称。"故事内容为：楚武王大臣屈瑕为人刚愎自用，并对下属严厉凶狠，邓曼曾预言他的失败，后来事情果然如此。所以说"谓瑕军败"。后来，邓曼又预言了楚武王的死，所以说"知王将薨"。② 邓曼并没做什么惊天动地的事业，也没有什么惊人的举动，她的贡献就是"言说"，在言说中表达对人、国家、自然之道的认识，所以图画选择了她言说时的情景应该说是抓住了邓曼聪慧明理的特点，反映了当时女性在社会文化生活中所担当的基本角色。

第二段描述卫懿公接待许、齐两国使者，欲嫁女儿，即后来的许穆公夫人，齐国和许国使者代表国君来求婚及卫懿公与妻子、女儿商量婚事的情景。《列女仁智图》第二段题记为"卫女未嫁，谋许与齐。女因母曰，齐大可依。卫君不听，后

---

① 中国古代书画鉴定组编：《中国美术分类全集·中国绘画全集第 1 卷　战国—唐》，文物出版社 2005年版，第 28—35 页。

② 王照圆著，虞思征点校：《列女传补注》，华东师范大学出版社 2012 年版，第 96 页。

图1-1　列女仁智图——"楚武邓曼"，顾恺之，北京故宫博物院藏

果遁逃。许不能救，女作载驰。"故事内容为：许国、齐国派使者到卫国求婚，在父亲认为应该嫁给远而小的许国时，女儿与母亲却出于保家卫国的考虑建议嫁给近而大的齐国，这样在国家有难时可以使国家得到保护，自然也就使自己的父亲及家庭得到保护，然而卫懿公并没有采纳她们的建议。事情的发展也是如此，等到后来卫国遭到翟人的攻击时，远而小的许国并不能相救。因此整个故事显示的不仅是许穆夫人的忠诚，还有她的智慧——一种保家卫国的智慧。图画分两部分，一部分为两国使节持节相向，似在辩论求婚事宜。第二部分为卫懿公回首与妻子、女儿交谈的情景，画像上有"卫懿公""母""许穆夫人"字样以表明人物身份。画像中的卫懿公伸出右手，做出似在拒绝的样子，而妻子与女儿也似在讲话辩解，他们三位在进行着那名垂千古的对话，而对话的内容与声音是无法用图像来表达的，只能借助于语言文本的记述。母亲站在中间，左边是一张单独的许穆夫人画像，画像中的许穆夫人双手抱于胸前，高髻博衣，衣带飘舞，给人稳重优雅的感觉，旁边两行文字讲明了整个故事的发展过程，而图像则表明最富有教育意义的一幕，也就是他们谈话的情景。

　　第三段故事是：春秋时期晋公子重耳在流浪曹国期间遭到曹共公的无礼侮辱，但曹国大臣僖负羁的妻子却从重耳气概不凡的神情中看出他将来必能东山再起，所以她劝丈夫厚待重耳，给他饭食和玉璧。后来重耳果然再次夺回王位，讨伐曾侮辱他的曹国，僖负羁一家也由于妻子的远见而躲过了灾祸。本图题记为："负羁之妻，厥智孔硕。见晋公子，知其兴作。使夫馈飧，且以自托。文伐曹国，卒独见释。"此题记讲述了故事发展的整个过程。图像则描述了曹僖负羁听从妻子的建议，在妻子的劝说下拿出食物与玉璧准备去款待晋公子重耳的情景，妻子伸出左手,扬起右手,似在劝说僖负羁要善待重耳。画像上有"曹僖负羁""妻"字样以说明人物身份。

第四段讲述春秋楚国名相孙叔敖幼时见到一条两头蛇,他因听说见到两头蛇的人会死,为避免别人再次看到,便把蛇打死埋了。孙叔敖回家把此事告诉母亲,担心自己可能活不了了,但母亲告诉他这是积阴德的好事,不会伤害性命只会得到好报,事情后来发展果如母亲所料。画题记为:"叔敖之母,深知天道。叔敖见蛇,两头歧首。既埋而泣,母曰阴德。必寿侯禄,终相楚国。"图像描述了孙叔敖向母亲述说两头蛇的事,孙叔敖在擦泪,而母亲伸出右手,似正在用"这是在积累阴德,会得到好报"的话来安慰他。画像上有"叔敖母""楚孙叔敖"字样以表明人物身份。

第五段是讲述晋大夫伯宗在朝廷上气势凌人,妻子伯州黎担心他的败亡,多次提醒他,希望他能谨慎行事,但伯宗一直没有悔改。后来妻子终于还是劝说让伯宗把她托付给自己的朋友毕羊,后来伯宗果然遇害,而毕羊也保护了伯州黎。此段题记为:"伯宗凌人,妻知且亡。数谏伯宗,厚托毕羊。属以州黎,以免咎殃。伯宗遇祸,州黎奔荆。"画像中伯宗在与毕羊交谈,伯宗似在嘱托毕羊,希望他将来能保护自己的家人,而毕羊在抱手聆听。妻子伯州黎则抱着孩子在一旁聆听,似乎在准备着逃走。画面上标有人物名称。

第六段描写卫灵公与夫人深夜听到蘧伯玉从门口过车,从车声来判断蘧伯玉为贤臣的故事。卫灵公与夫人夜坐闻车声辚辚,至阙而止,过阙复有声。公问夫人是谁,夫人说:"此蘧伯玉也。"灵公便问:"何以知之?"夫人便说:"妾闻礼下公门,式路马,所以广敬也。夫忠臣与孝子不为昭昭信节,不为冥冥堕行。蘧伯玉,卫之贤大夫也,仁而有智,敬以事上,此其人必不以暗昧废礼,是以知之。"灵公派人去打听,果如其言。第六段题记为:"卫灵夜坐,夫人与存。有车辚辚,中止阙门。夫人知之,必蘧伯君。维知识贤,问之信然。"讲述了整个故事。画面则分为两部分,第一部分描述了卫灵公与夫人对话的情景,图上两人均标有"卫灵公"及"卫夫人"来点名人物身份,卫灵公坐在有围屏的坐床上,探身与跪坐在前面座席上伸手敬酒的夫人对话;第二部分则刻画了蘧伯玉驾车子勒住缰绳作停车状的情景。图画卫灵公和夫人夜坐的情景,与蘧伯玉"不欺暗室"夜深仍然保持君臣礼节的情景并置在一起,既表明了蘧伯玉的忠心侍君,更表明了灵公夫人一心侍夫,且善为忠臣知音的优良品德。

第七段描述了鲁国漆室邑之女并不为自己年龄大没有出嫁而伤心,她倚柱痛哭的原因是担心鲁国会因为国王年龄大而太子小而受到侵略,后来果然如此。图像正是描写她"倚柱而啸,旁人闻之莫不为之惨者",并与其对话的情景。第七段题记为:"漆室之女,计虑深妙。唯鲁且乱,依柱而□。君老嗣少,愚悖奸生。鲁果扰乱,齐伐其城。"正讲明了此故事。图画描述的则是一个女子依着柱子,似正在交谈,一大臣模样男子似在颔首倾听,露出钦佩之情,正表达了对漆室邑之女胸怀天下的崇敬之情。

第八段是"晋羊叔姬"的故事。晋羊叔姬为羊舌子的妻子,有两个儿子为叔向、叔鱼。羊叔姬聪明有智慧,曾劝羊舌子埋掉村人送的偷来的羊而躲过一场灾祸。后来她又规劝儿子叔向不要娶貌美性恶的夏姬的女儿,因为她多次给家人带来灾难。在娶了夏姬的女儿之后生子食我,食我生下即哭声如狼嚎,后果然作乱被剿灭,羊舌氏家也因此灭绝。本段题记为:"叔向之母,察□□□。□□□□,□□□□。叔鱼食我,皆贪不正。必以货死,果卒分□。"据《列女传》应为:"叔向之母,察于情性。推人之生,以穷其命。叔鱼食我,皆贪不正。必以货死,果卒分争。"①图像描述了晋羊叔姬正在给两个儿子叔向、叔鱼交谈,似乎在教育他们,上面有名字标记,旁有一男人在站立观看,应是羊舌子。

从以上分析来看,《列女仁智图》画像内容与所附题记文字内容及《列女传》所叙述内容基本相同,它们都通过对典型场景的刻画来讲述整个故事的发展,更准确地讲是暗示整个故事的存在,如"卫灵夫人"以两个画面同时展现了卫灵公与夫人夜坐及蘧伯玉途经门外停车以示君臣之礼的两幅场景。卫灵公的坐具、他与卫灵公夫人坐着对话的情景、蘧伯玉途径阙门揽缰停车的情景往往成为卫灵公夫人画像标志的因素,甚至此画像中高高的燃灯也成为显示故事发生在深夜的标志,我们在其他卫灵公夫人画像中也能看到这种基本结构,熟悉整个故事的读者依靠这些标志性的情景,即使离开题榜也能理解图像的基本内容。再如孙叔敖见到的双头蛇也成为孙叔敖画像的基本标识。当然我们也不能从图像中解读出整个故事的全部内容,特别是对那些程式化的图像,如站立图像、坐像、二人对话画像,如"楚武邓曼""鲁漆室女""曹僖氏妻"都是一男一女在对话,"卫灵公夫人"其一也是一男一女坐着对话,"孙叔敖母"则是一大人与一小孩在对话,"晋羊叔姬"则是两大人在对话,旁有两小孩。这些典型的程式化的画像对那些不熟悉故事或不借助文字提示的读者来说是很难理解故事所表述的内容及意义的,文字的标题与题榜为简洁的画像提供了想象的翅膀,使观者的理解跨越了不可逾越的障碍。同时画像也能充分展示题榜所无法具有的直观强烈的视觉效果,图像的丰富性、直观性、具体性也更能直接打动大量不识文字的女性观画者,特别是"灵公夫人"用两幅图像展示了同时发生的两件事情,这是更富有时间性的语言叙述所无法做到的,但图画却能够描述这同时发生的两件不同事情,只是观者的视觉也有先后的移动罢了。当然,这些生动形象的画像并不如今日画像或今日照相一样是对历史真实人物的再现,图画中的人物在某种程度上和真实人物也没有任何相似性,图画者既不认识被画者,也没有任何关于被画者的个人体貌特征的资料,他仅仅知道一些简单的纪传中描述的人物特征,如美丽、聪明、温柔、孝敬、坚强、勇敢等,如班婕妤的政治远见如何用一个具体的人物形貌特征

---

① 刘向著,绿净译注:《古列女传译注》,三联书店 2014 年版,第 133 页。

来呈现,在画家的心中与笔下应该是没有任何定型的。更为重要的是,画家的目的并不在于准确地描绘当初这些女性如何创立了令世人瞩目的业绩,而在于揭示她们行为本身所隐含的道德意义,人物形象、故事情节、故事环境都不过是展示道德寓意的工具,画中人物的形象也仅仅是激发观者情感的手段,自身并不具有决定性的意义,所以画中人物形象的雷同性也就是理论的必然了,这也是中国古代早期人物画或以人物为主的画作大多类型化的根本原因。因为绘画的根本目的不是在于被画者个体的形象及其价值,或画中人物形象与所画人物之间的相似性与艺术性,而在于画作或绘画故事所隐含的道德意义,被画人物的身份、地位及文化价值,他的神情、衣着、体态等无不是展示其社会及文化价值的符号而已,这些以个人像与群像出现的人物画大多以叙事与历史故事为依托,其根本目的还是为了彰显儒家扬善贬恶的道德含义。当然,从艺术层面上讲,这种早期简单的文图一体的表现形式,也就是画像旁的简单说明,如人物姓名、事物名称、故事内容,甚至画者姓名、佛像供奉者的名称、时间、地点等,还没有达到文图在艺术层面上的完美融合,正如《汉书·苏武传》中所记载的宣帝甘露三年"图十一人于麒麟阁,法其形貌,署其官爵姓名"一样,这样的"官爵姓名"式的标识与作画者题写与人物有关的诗文不同,简单的称呼及标识与所画人物形象还不具有内在的一致性,还不能如辽宁本《洛神赋图》那样书写的赋文已构成整幅绘画的有机组成部分,它仅仅是激发读者联想故事叙事的媒介而已。

魏晋绘画不仅对秦汉文学艺术有所继承,同时由于社会的发展与动荡,再加当时佛教的流行,所以魏晋南北朝是一个多元共存的时代。《南齐书·张融传》记载张融遗命入殓时要左手执《孝经》《老子》,右手执《般若经》《法华经》,已表明自己三教兼修,以保证冥途的平安。所以我们在出土的此时期画像中常常能够见到儒道释三家同存的景象。老庄思想的流行确是此时与前期的根本不同,对于老庄思想的盛行,汤用彤在论述汉魏老庄地位之转变时说:"汉代儒家已称独尊。班固《人表》列孔子为圣人,与尧、舜、禹、汤、文、武相同。老子则仅在中人以上。庄子且在中人以下。圣人以儒家之理想为主,而老、庄乃不及圣人。此类品评,几为学术界之公论。及至汉末以后,中华学术渐变,祖尚老、庄。"①而老庄对魏晋绘画艺术的影响可谓是巨大的,无论是取材还是绘画的具体技术层面都是如此。与汉代重视人的道德操守不同,魏晋士人的品评更加注重人物外在的形貌及其内在的精神气质,这些更富有审美意味的标准显示了魏晋士人的价值趣味。更为重要的是,至此之后,老庄思想对中国诗、书、画的影响大有愈演愈烈之势。魏晋山水诗与山水画的兴起与《庄子》的影响密不可分。《庄子》被魏晋士人称为"三玄"之一,《庄子·知北游》中说:"天地有大美而不言,四时有明法而不议,万物有成理而不说。圣人者,原天地之美而达万物之理。是故至人无为,大

---

① 汤用彤:《魏晋玄学论稿》,上海古籍出版社 2001 年版,第 98 页。

圣不作,观于天地之谓也。"这就是魏晋士人以山水为皈依的根本原因,所以"山林与！皋壤与！使我欣欣然而乐与"！自然山水不仅彰显了自然万物的根本原则,给人以哲学的启迪,同时也能给人以艺术般的无限快乐！①《文心雕龙·明诗》说"山水方滋",山水成为魏晋文学艺术的公共主题,不仅是魏晋社会的原因,也是魏晋士人在游山玩水中发现了山水自身所蕴含的无穷无尽的美所决定的。当然魏晋山水诗与山水画以山水为审美对象不仅与老庄思想的影响密切相关,也必然与魏晋社会生产力的巨大发展密不可分,必然是由时代经济的进步与审美文化趣味的共同激发所产生。欧洲浪漫主义时期对自然美的关注也是如此,一个在自然环境中艰难求生存的时代与社会阶层是不可能在自然中发现美的,这也是生活无忧,甚至是非常优裕的魏晋文人畅享山水美的根本原因,所以我们在图画中常常能够见到谢安在美女的簇拥下,跟随着伺童,带着大量的衣食在山中游玩的情景,明沈周《仿戴进谢太傅游东山图轴》描写了太傅谢安隐居会稽东山不仕,携众乐妓出游的情景,青峰苍松、云气宫殿、流水乐妓,一幅典型的深山享乐图。北宋李公麟所绘《陶渊明归隐图》中的陶渊明也是在童子的陪伴下坐着牛车前去耕田,这种以山水为欣赏游玩对象的心态和《木兰辞》中描写的"旦辞爷娘去,暮宿黄河边,不闻爷娘唤女声,但闻黄河流水鸣溅溅"的环境是根本不同的,在"旦辞黄河去,暮至黑山头,不闻爷娘唤女声,但闻燕山胡骑鸣啾啾"的山野中"万里赴戎机,关山度若飞。朔气传金桥,寒光照铁衣",哪有什么闲情逸致去欣赏自然呢？在"将军百战死,壮士十年归"的悲歌中,自然山水不过是艰难生存的背景罢了。由此可见,魏晋山水诗与山水画的审美趣味是继承了中国传统文人士大夫独有的审美趣味,这在中国传统文化中,特别是民间文化中并不具有普遍的意义。所以张彦远在《历代名画记》中所说的:"自古善画者,莫匪衣冠贵胄,逸士高人,振妙一时,传芳千祀,非闾阎鄙贱之所能为也。"②这就指出了自古中国文人绘画所具有的贵族气质,它的产生背景、创作者、绘画内容、服务对象、审美趣味等无不是为了迎合社会的士大夫阶层,他们绘画取材自前代文学作品的帝王将相、高士大儒、烈女贞女及其依托的深山幽景、深宫大院也无不受此视界控制,《毛诗邶风图》《毛诗黍离图》《濠梁图》《渔父图》等都是如此。

魏晋言意之辨在继承《易经》《庄子》开始的言意之辨的基础上展开进一步的讨论,对绘画中的形神之辨也产生了非常重要的影响。言意之辩与形神之辨密切相关,是魏晋画论的一个基本问题,以王弼为代表的"言不尽意"派对当时甚至是后来中国传统画论思想的发展产生了深远的影响。虽然《易经·系辞》中讲"书不尽言,言不尽意",但同时也讲"圣人立象以尽意,设卦以尽情伪,系辞焉以尽其言",王弼却强调了"言不尽意"的一面。他在《周易略例》中说:"言者所以明

① 陈鼓应:《庄子今注今译》,中华书局 1983 年版,第 563、588 页。
② 张彦远:《历代名画记》,人民美术出版社 1964 年版,第 25 页。

象,得象而忘言;象者,所以存意,得意而忘象。犹蹄者所以在兔,得兔而忘蹄;筌者所以在鱼,得鱼而忘筌也。然则,言者,象之蹄也;象者,意之筌也。是故,存言者,非得象者也;存象者,非得意者也。象生于意而存象焉,则所存者乃非其象也;言生于象而存言焉,则所存者乃非其言也。然则,忘象者,乃得意者也;忘言者,乃得象者也。得意在忘象,得象在忘言。"①这就是魏晋现实个体生活中注重精神价值,绘画中追求"以形写神""形神兼备",特别是人物画注重传神,注重人的精、气、神的表现的哲学依据。顾恺之"传神"说,宗炳"畅神"说,谢赫"气韵"说都与此密切相关。刘勰《文心雕龙·神思》也讨论了言语难以表达思想的观点:"方其搦翰,气倍辞前,暨乎篇成,半折心始。何则?意翻空而易奇,言征实而难巧也。"当然,与王弼不同的是刘勰看到了言意关系的两个方面,即"是以意授于思,言授于意,密则无际,疏则千里",在文章的写作中,作家的语言与要表达的思想内容既能贴切而天衣无缝,也能疏漏而相差千里,这一切都取决于作家自己的"秉心养术"与"含章司契"的功夫与技巧。② 由此可见,魏晋言意之辨不仅继承与扩展了《易经》《庄子》开始的言意之辨的基本问题,同时在更为广泛、更为深入的文论与画论中也能结合具体的文学艺术实践问题展开讨论,而不是仅仅在一个更加大而无当的玄学领域自言自语。

第二节　魏晋南北朝石刻造像与前代文学

上节主要考察魏晋南北朝卷轴形式的纸绢画与前代文学的关系,此节则主要探讨墓室壁画、漆画、画像石和画像砖与前代文学的关系。

根据《历代名画记》和现今发现的大量线刻画、雕塑、砖画、墓室壁画、画像石、漆画等文物,我们可以看到魏晋绘画中大量人物画像与故事画来自先秦两汉历史的古圣贤帝王故事、文学作品、神话传说,其他流行绘画题材如羽人武士、吉祥动物、云汉星宿、妖怪祥瑞、兽首人身等,也与此前文学历史典籍有着紧密的联系。魏晋南北朝时期绘画与前代文学密切而复杂的关系主要表现为:其一,绘画以前代文学作品为题材,主要包括帝王将相画像、逸人高士画像、史传故事、民间传说、神仙鬼怪等。其二,绘画继承了前代文学的基本主题,如列女孝子、歌功颂德、道德训诫、审美趣味等。线刻画、雕塑、砖画与卷轴形式的纸绢画根本不同,它们是以刀为笔、以石为纸的造像艺术,纸绢画则是执毛笔在纸、绢、帛上绘画书写,它们借助不同的手段与媒介产生不同的艺术作品。石刻造像除了最终呈现出与纸绢画根本不同的审美效果外,更为重要的是由于它们是以岩石、砖、墙壁、颜料等为媒介,并保存在墓室山岩之中,所以能保留更长时间,这也是我们

---

① 楼宇烈:《王弼集校释》,中华书局 1980 年版,第 609 页。
② 刘勰:《文心雕龙·神思》,范文澜《文心雕龙注》,人民文学出版社 1958 年版,第 494 页。

现今能看到的魏晋图像艺术最常见的存在方式。我们发现,魏晋南北朝大量保存下来的墓室壁画、石刻画像、画像砖所表现的图像大都是此前文学、艺术或历史文化中流传下来的形象,如伏羲、女娲、西王母、东王公、雨师风伯、飞仙羽人、蟾蜍玉兔、龙凤、青龙白虎、朱雀玄武、九尾狐、三足乌、兽身人面鸟及兽首人身等,艺术作品中的各种纹饰则有饕餮纹、夔龙纹、云气纹等,历史故事则有羿射九日、大禹治水、孔子及老子像等。这些艺术形象与直接来自现实生活场景的宴飨、游乐、习射、采桑、战争等根本不同,它们大多是对此前文学或绘画题材的继承,只是加入了自己时代新的阐释与新的理解。《中国美术全集》各卷就收集了大量魏晋南北朝墓室壁画及线刻画,这些绘画作品往往以前代文学历史故事中的帝王将相、故事传说及各种神仙怪兽等为题材,如魏晋《木棺彩绘伏羲女娲图》中的伏羲与女娲形象,南北朝《玉朱雀纹佩》中口衔圆珠展翅欲飞的朱雀形象,十六国北凉《月和西王母》壁画中三髻两簪的西王母形象以及月中蟾蜍、倒悬龙头、九尾狐、三足乌、昆仑山、青鸟形象,十六国北凉《白鹿羽人和汤王纵鸟》壁画中肩生双翅飘荡遨游的羽人和昂首奔驰的白鹿的形象以及以一老者形象出现的手执网绳在昆仑山边捕鸟的汤王形象。再如龟的图像,《礼记·礼运》中就讲,“麟凤龟龙,谓之四灵”,古代把龟看成灵兽。《国语·周语》甚至说“我姬氏出自天鼋”,所以在魏晋之前的文学、图像艺术中就经常出现龟的形象,汉代就有陶龟[1],特别是用龟形作印纽的更是常见:西汉“右夫人玺”金印和“泰子”金印、东汉“广陵王玺”金印[2]等玉玺印纽上都雕刻着一只金龟。曹操《步出夏门行·龟虽寿》中有“神龟虽寿,犹有竟时”的感慨。魏晋也继承了龟为灵兽的观点,《抱朴子·论仙》中就说“谓生必死,而龟鹤长寿焉”,东晋早期的玉龟纽印就为龟形纽饰[3],北齐壁画《玄武》[4]中一神龟昂首挺胸驮着一手执长剑之神,神龟有巨蛇护绕,配以红发鬼怪,给人以威武不可侵犯之气。至于书法艺术也接受了书画来自模仿“鸟迹”“龟纹”“龙鳞”的观点,从而追求书法艺术的象形性。佛教造像也是如此。魏晋南北朝绘画常常以对中国禅宗文化影响深远的维摩诘为题材,如炳灵寺石窟169窟西秦维摩诘及侍者像[5],上有题榜“维摩诘之像”“侍者之像”。维摩诘半卧于长榻之上,似在辩论讲解,为石窟壁画中最早维摩诘画像。《历代名画记·论画体工用拓写》

---

[1] 中国美术全集编辑委员会编:《中国美术全集·工艺美术编12民间玩具剪纸皮影》,人民美术出版社1988年版,第10页。

[2] 中国美术全集编辑委员会编:《中国美术全集·工艺美术编10金银玻璃珐琅器》,文物出版社1987年版,第16—19页。

[3] 中国美术全集编辑委员会编:《中国美术全集·工艺美术编9玉器》,文物出版社1991年版,第111页。

[4] 中国美术全集编辑委员会编:《中国美术全集·绘画编12墓室壁画》,文物出版社1989年版,第51页。

[5] 中国美术全集编辑委员会编:《中国美术全集·绘画编17麦积山等石窟壁画》,人民美术出版社1987年版,第7页。

中则指出顾恺之首创了维摩诘的画像，画像形象生动，特别是准确表现了维摩诘为求道而身心俱忘的神态，"有清羸示病之容，隐几忘言之状"，可在此画像中看出顾恺之的画风，顾恺之的《维摩诘像》与戴逵的五躯佛像及狮子国的玉像共称为南京瓦官寺的三绝。陆探微、张僧繇均有模仿，但都无法达到顾恺之的水平。[①]

目前考古出土的大量墓室壁画、漆画、线刻画、画像砖中列女及孝子的形象占据了重要地位，成为魏晋南北朝图像与前期文学联系的重要纽带。"孝"作为中国儒家文化的一个核心原则，《礼记·内则》就讲孝子养老要"乐心""乐耳"，《周礼·地官·大司徒》中有"不孝之刑"为"乡八刑"第一刑的规定，《论语·学而》有孝为"仁之本"，"三年无改父之道"的论述，《为政》讲孝要"事之以礼，葬之以礼，祭之以礼"，《孟子·离娄下》有对"五不孝"的规定，作为十三经之一的《孝经》更是对"孝"进行了全面的论述，《孝经》认为"孝"为天之经，地之义，民之行[②]。汉代继承了先秦的儒家传统，特别是汉武帝时实行了以察举孝廉的方式选拔官吏，在帝王、普通民众及社会各个阶层广泛开展对《孝经》及儒家经典的研习，汉代孝子题材的绘画已经在宫殿、祠堂、画像石、画像砖、墓室及各种日常用具中大量出现，文献考古都已发现汉代大量孝子画像流传下来，著名的如山东肥城的东汉"丽姬计杀申生"画像石，[③]河南登封启母阙的东汉"郭巨埋儿"画像石，河南开封白沙镇的东汉"丁兰母木为像"及"孝孙原穀"等画像，山东嘉祥宋山一号、二号汉墓的"丽姬计杀申生"及"舜后母焚廪"画像，嘉祥南武山汉画像石"舜后母焚廪"，[④]内蒙古自治区和林格尔汉墓壁画"舜""闵子骞""曾子母""木丈人""伯禽母"等孝子画像。其中最著名的就是山东嘉祥武梁祠的忠孝故事，其中大多有题榜，分别为：三州孝人、魏汤、颜乌、赵徇、原穀、曾子、闵子骞、老莱子、丁兰、韩伯瑜[⑤]、邢渠、董永、蒋章训、朱明、李善、金日磾、羊公等著名孝子故事。[⑥]其他汉代著名的孝子画像还有大汶口汉画像石墓、肥城汉画像石墓、开封白沙镇汉画像石墓等。魏晋虽没有承续汉代厚葬之风而推行薄葬，但我们仍从大量的墓室壁画中发现了流行的孝子主题。魏晋时期统治者与世家大族继续宣扬孝道思想并更进一步与天人感应的阴阳谶纬思想融合在一起，演化成"孝悌之至，通于神明，光于四海，无所不通"的流行观念，因此，孝子图也就融合了一种更加神秘诡异的色彩，使一种普通的日常理论上升为一种与天地融为一体的无所不能的大法，并常常出现在卷轴画、殿阁、祠堂、屏风、画像砖、日常用具以及墓室壁画中。魏晋绘画，特别是北魏绘画继承了这一题材，出现了大量的孝子画像，其中

① 张彦远：《历代名画记》，人民美术出版社 1964 年版，第 41 页。

② 汪受宽：《孝经译注》，上海古籍出版社 2004 年版，第 30 页。

③ 王恩田：《泰安大汶口汉画像石历史故事考》，《文物》1992 年第 12 期。

④ 嘉祥县武氏祠文管所：《山东嘉祥宋山发现汉画像石》，《文物》1979 年第 9 期。

⑤ 原文如此，又作伯榆，见下文。今通常写作伯愈或伯俞。

⑥ 巫鸿：《武梁祠：中国古代画像艺术的思想性》，三联书店 2015 年版，第 275 页。

郭巨埋儿、蔡顺伏棺、董永行孝等是较为常见的题材,他们感天动地的孝行正是其得以普遍流行的重要原因。中国其他地区魏晋出土文物中也多有孝子画像,如安徽马鞍山三国吴朱然墓漆盘画"榆母""伯榆""孝妇""榆子""孝孙"等孝子画,[1]河南邓县(今邓州市)南朝彩色画像砖"郭巨""金壹釜""妻子""老莱子彩衣娱亲",[2]湖北襄樊(今襄阳市)贾家冲南朝"郭巨埋儿"画像砖等。[3] 当然魏晋孝子画像不仅是取材自前代流传的孝子故事,同样也是前代孝子画像的延续。

　　魏晋期间曾流传多部《孝子传》,它们大多与《孝经》、刘向所编《孝子传》有着密切关系,《魏书·孝感传》就承继了《晋书·孝友传》的体例收录了北魏孝子孝行的故事,其他如王韶之、王歆、萧广济、宋躬、郑缉之、师觉授等多部《孝子传》均已失传,其内容也多散见于《初学记》《艺文类聚》《太平御览》等书中,并无一部完整的《孝子传》流传下来,流传下来的只是散见各处的孝子故事与各种孝子画像。北魏常见孝子画像有舜、董永、郭巨、丁兰、蔡顺、老莱子、闵子骞、董晏、眉间尺、李充、董笃父等,此外司马金龙漆画上还有鲁义姑姊和李善的节义画。多数孝子画像取自当时流行的各种《孝子传》,为与古文献记载相吻合,画像一般按照《孝子传》中孝子的先后顺序展开,如舜与董永的画像往往在前,郭巨、原穀、蔡顺、王巨尉(琳)等故事随后,画像内容与情节也常常按照《孝子传》中的记载,特别是选择具有代表性的情节或情境来代表人物个性及其孝行故事以不至误读,这充分说明图像来自文本的客观事实。每个具体画像也许有一定的底本存在,这是由墓室壁画追求量大及所特有的寓意性决定的。其他装饰性的插画,如山林流云、飞龙走兽、升天入仙等都往往随墓主身份、孝子及绘画者个体的兴趣而发生变化。

图1-2　襄阳贾家冲南朝画像砖孝子画,作者不详,河南博物院藏

① 安徽省文物考古研究所:《马鞍山东吴朱然墓发掘简报》,《文物》1986年第3期。
② 河南省文化局文物工作队:《邓县彩色画像砖墓》,文物出版社1958年版,第17—19页。
③ 襄樊市文物管理处:《襄阳贾家冲画像砖墓》,《江汉考古》1986年第1期。

在出土的大量魏晋南北朝时期墓室壁画与石棺刻画中，河南洛阳发现的北魏元谧石棺画像与北魏宁懋石室画像、山西大同的北魏司马金龙漆围屏画、宁夏固原的北魏彩绘漆棺绘图等雕刻在石室、石棺与石棺床上或绘在屏风上的列女图与孝子图最为著名。北魏元谧石棺于1930年在洛阳陲沟村出土，现藏美国明尼苏达州明尼阿波利斯美术馆。石棺左右两帮分别刻有孝子画：左帮为孝子伯奇母赫儿、孝子伯奇耶父、孝子董笃父赎身、老莱子年受百岁哭内、母欲煞舜焉得活、孝孙弃父深山，右帮为丁兰侍木母、韩伯俞母与丈和颜、孝子郭巨赐金一釜、孝子闵子骞、眉间尺妻、眉间尺为父报仇。此外还绘有群山流云、青龙白虎、朱雀畏兽、凤鸟仙人等。画旁均有题榜以说明所画故事及人物名称，如丁兰侍木母，上有"丁兰侍木母"文字说明。"孝子董笃父赎身"的内容是否为董永的故事虽然有争议，但其主题为孝确是定论。孝子石棺上所绘树木、云石、人物及人物高贵的身份、华丽的衣着、优雅的气质，却与《孝子传》中所叙述的人物身份不尽吻合，因为墓葬的一个主要目的是为了表现墓主人及其后代对死后荣华富贵世界的向往与憧憬。据《中国美术全集·绘画编19石刻线画》载北魏孝昌线刻画《孝行图一　宁懋石室》，图画有房屋和各种树木作为装饰及故事背景，从图上的题字说明我们可以得知图画内容有董永卖身葬父的故事，图上部分由三棵大树分为两部分，图右部分董永与父亲头扎双髻，双手握锄，一起在田间劳动，左边为一富人坐在车上，上有伞盖；下半部分为"董晏母供王寄母语时"。北魏孝昌《孝行图二　宁懋石室》中，上面为丁兰刻木侍亲的故事，下面为帝舜的故事。根据《史记·五帝本纪》记述，舜的父亲瞽叟、后母与后母所生的弟弟象屡次迫害舜，舜在掘井的时候，瞽叟与象就抬土填井以害舜，但舜从另一个井口逃出，舜出来后仍对父亲恭孝，对弟弟慈爱，图画就描述了这个故事。图画被大树房屋分割成不同部分，以叙述不同的故事，显示出早期树木与山水所担当的叙事与构图功能。[1] 现藏美国堪萨斯纳尔逊阿特肯斯美术馆的洛阳北魏孝子石棺左右两帮的孝子画像分别为"子舜""子郭巨""孝孙原毂"与"子董永""子蔡顺""尉"，上有文字作标题说明。左帮"尉"字榜题的故事表现的是汉代孝子王琳，其字巨尉。1981年宁夏固原出土现藏固原博物馆的北魏彩绘漆棺不仅有墓主、侍从、菩萨、东王父、西王母、天河、日、月等常见墓室画像及各种吉祥花纹，同样棺左右侧上段还绘有孝子故事并有题榜，中段为连珠龟背纹，故事自右向左发展，右侧前四幅为孝子舜故事连环画像，后面为孝子郭巨故事画三幅，左侧为蔡顺、尹伯奇故事，其他残缺难辨。各题榜分别为"东家失火蔡顺伏身棺上""舜后母将火烧屋欲煞（杀）舜时""使舜□井灌德金钱一枚钱赐□石田时""舜德急□从东家井里出去""舜父朗萌（盲）去""舜后母负□□□市上卖""舜来卖（蒿）""舜母父欲德见舜""市上相见"

① 中国美术全集编辑委员会编：《中国美术全集·绘画编19石刻线画》，上海人民美术出版社1988年版，第8—9页。

"舜父共舜语""孝子郭巨供奉老母""以食不足敬□曹□母""相将□土冢天赐皇今(黄金)""□□德脱私□德与""尹吉符(甫)□□伯奇化作非(飞)鸟""上肩上""将假鸟□□□树上射入□""供养老母"。其人物形象为墨线勾描,技巧不高,应为鲜卑族工匠制作。[1] 更引人注意的是,这里的孝子像,无论是舜还是蔡顺或郭巨,全都是鲜卑装扮,和其他孝子画像相比异常少见,如不借助榜题,观者很难确认绘画的人物身份及其内容。这也充分反映了孝子画像作为一种忠孝观念的媒介价值,画像及其故事的目的在于其所宣讲的道德含义,画像中的人物相貌、衣着、环境等都是可以置换的图像构成要件。即使在中原地区流行的各孝子画像,服饰与相貌虽为汉族,但除来自相同底本的孝子画像以外,其他画像之间的相似度也是很低的。判断画像的根据在于画像所展示的故事内容及其故事中的标志性物件,如舜故事中的井、董永故事中的车、丁兰故事中的木母、原穀故事中的舆、郭巨故事中的黄金、伯奇故事中笼子里的蛇、孙叔敖故事中的双头蛇等,而非画像人物的衣着与形貌。

图1-3　邙洛孝子石棺线刻画,作者不详,美国堪萨斯纳尔逊阿特肯斯美术馆藏

在魏晋南北朝墓室壁画及线刻画中北魏司马金龙墓墓室屏风画具有特殊的地位。首先是因为此屏风画是一幅文、图、书法完美结合的艺术作品,这在魏晋南北朝现存艺术品中异常少见。第二就是它熔列女、孝子、帝王将相、文学艺术、仁人义士等各种题材于一炉,题材的丰富性也是其他作品,特别是单一题材的艺术作品所无法相比的,和武梁祠具有相同的特性。第三就是它是一幅漆画作品,

---

[1] 固原县文物工作站:《宁夏固原北魏墓清理简报》,《文物》1984 年第 6 期。

图1-4　邓县彩色画像砖孝子画像,作者不详,河南博物院藏

漆画不仅具有帛画的艺术趣味,同时也具有雕刻的艺术风格,在漆上作画、书写与直接在绢帛上绘画或在石头上刻画根本不同,其所产生的艺术效果也迥然有异。木板板面为朱漆,在榜题与题记处再涂上黄色用墨书写字,题记精美。人物线条为黑色,面、手部为铅白,服饰器具为黄、红、白、青、绿、蓝,整幅画面以红、黄、黑为主,给人富贵华丽之感。司马金龙墓室屏风漆画1965年在山西大同石家寨出土,其画像内容多为帝王忠臣、列女孝子、圣贤逸士,这些名臣像、列女图、孝子图、高士图无不是儒家道德观的图像化与视觉化,其故事多采自刘向《列女传》《孝子传》及历代史书故事,且每幅均有文字题记和榜题以说明故事内容与人物身份,特别是其中有大量列女画像与孝子画像,如舜、鲁义姑姊、李善、李充的孝子画,周室三母、班姬辞辇、鲁师春母、素食赡宾、孙叔敖母、启母涂山、卫灵夫人、齐田稷母的列女图,其他还有如履薄冰的诗句题材及介子推、晋公子重耳等历史先贤故事。木板漆画有面积较大者五块,每块长约0.8米,宽约0.2米,分上下四层,每层高19—20厘米。司马金龙墓墓室屏风画具体内容如下:第一幅为舜孝顺父母的故事。画像中央一老年男子与一年轻男子在亭下相对,伏在井栏上,正抬石头状物掩埋方形井口,榜题为“舜父瞽叟”“与象填井”,刻画了舜的父亲与弟弟在舜淘井时掩埋井口的情景。左侧一妇女站立仰望,画像不全,似为举火把状,榜题为“舜母烧廪”,描绘了舜继母在舜修补谷仓时放火烧仓的情形。右侧为一男子与二女子相对站立,男子右手扶锹,似在讲话,二女子拱手站立,似在倾听。中间榜题为“禹帝舜”“帝舜二妃娥皇女英”,描述了舜帝与他的两位妃子娥皇与女英对话的情景。本漆画中“有虞二妃”取材自刘向《列女传》,描述了舜与两个妻子娥皇和女英的故事。《列女传》讲述了娥皇和女英虽为天子之女,但能简朴谦恭,从不骄奢淫逸,并能一心帮助舜摆脱父母与弟弟迫害,最后接受禅让的天子位子的故事。第一个描述舜持锹与二妃相向而立的画像描述了《列女传》中所记载的“二女承侍舜于畎亩之中,不以天子之女故而骄盈意慢,犹谦谦

恭俭，思尽妇道"的内容，另一画面则描述了舜的父亲瞽叟与弟象在舜浚井时塞上井口以害舜的故事。《列女传》记载为："象复与父母谋，使舜浚井。舜乃告二女，二女曰：'俞，往哉。'舜往浚井。格其出入，从掩。"第三幅虽已模糊，但从标题"舜后母烧廪"中看出是描述了《列女传》中"瞽叟与象谋杀舜，使涂廪"，在舜涂刷仓廪的时候撤掉梯子，纵火焚廪以害舜的情景。① 第一幅画面是用图像来描述语言故事中所叙述的情景，包括对人物的评价及尊崇的情感，这些在图像中不如在语言中容易表述，而另两个图画则是用图像来表述一个富有曲折性的故事，图像只要抓住富有代表性的情节、情景、物件，如盖井口、烧仓廪等都能暗示整个故事的发展，当然如能把语言与图像结合在一起则更能给读者以清晰明了的故事叙述与生动自然的情景刻画。第二幅为三妇女拱手站立的画像，均宽衣博带，榜题为"周太姜""周太任""周太姒"，刻画了周室三母的形象，即周文王之祖母周太王妃太姜、周文王之母太任、周武王之母太姒，左侧有题记四行，题记内容与《列女传·母仪传》中"周室三母"的故事基本一致。第三幅中间立一妇女，右侧一妇女坐方榻上，伸出右手，似在讲话，榜题为"春姜女""鲁师春姜"，刻画了鲁师春姜教育女儿奉守为人妇之道的情景，左侧题记六行。第四幅中间四人抬一舆，舆上有伞盖与布篷，中一带冕旒帝王独坐，身体往后张望，后跟随一妇人，帝王右手扶舆轼，左手伸出，似在召唤后面的女性一同乘坐。榜题"汉成帝""汉成帝班婕妤"，讲述了汉成帝制造大舆与班婕妤同坐，但被通晓大义的班婕妤拒绝的故事，左侧有题记四行。其他画像还有：一男子高冠拱手坐方榻之上，上有一侍者举起的曲柄华盖，一男子跪拜，一妇女侍立，榜题为"孝子李充奉亲时""李充妻"，右侧题记两行。一高冠男子坐席上进食，前列食具，榜题为"素食瞻（赡）宾"。榜题为"如履薄冰"的画像为：左边一男子行走冰河上，中间有用曲线表现的涡旋流水，右边是站在山崖临渊而视的男子。其题材来自《诗经·小雅·小旻》中的诗句"战战兢兢，如临深渊，如履薄冰"，告诫世人要像面临深渊或脚踏薄冰一样，小心翼翼地对人处事，《历代名画记》中记载戴逵也有同名画作。一男子和一妇女相对而立的画像榜题为"启""启母"，描述了夏禹的妻子涂山氏，也就是"启"的母亲变石的故事。一人坐于一辆有篷双轮车中的画像榜题为"鲁母师"。一男子拱手站立，榜题为"孙叔敖"，左侧题记五行。一妇人坐围屏风之方榻上，一女子捧物站立其前，四侍女在后的画像榜题为"和帝□后"。孙叔敖挥刀斩双头蛇并向其母跪言的画像榜题为"孙叔敖""孙叔敖□母"。一头戴王冠男子坐在有三面围屏的方榻上，右侧一妇女跪坐，手捧食器，向男子献酒，榜题为"卫灵公""灵公夫人"，正描述了《列女传》中"夫人酌觞，再拜贺公"的场面。② 一男子高冠博带作长跪的画像榜题为"□元"，右侧题记四行。一人高冠坐席上，一男子拱手立对面的画像榜题为"齐宣王""匡青"。一高冠男子

---

① 王照圆著，虞思征点校：《列女传补注》，华东师范大学出版社 2012 年版，第 1 页。
② 王照圆著，虞思征点校：《列女传补注》，华东师范大学出版社 2012 年版，第 109 页。

坐方榻上，后面三人拱手侍立，榜题为"晋公子重耳"，题记不清。一妇女拱手站立，榜题为"蔡人妻"，左侧题记五行。一站立妇女，榜题为"□□（黎庄）公夫人"，左侧题记五行。一幅残缺三人对话图，榜题"□（张）孟谈""高赫"，左侧题记五行。一人高冠拱手坐席上，一人拱手立对面，榜题为"鱼""鱼之子"，左侧题记五行。此外还有一帝王头戴冕旒、穿十二章服、手持麈尾、后有二侍者的画像，及"李善养□兄姊""□人死长人赐善姓为李郡表上诏拜河内太守""鲁义姑姊"等画像。[①]从这些大量的题记画像来看，其题材有些与顾恺之《列女仁智图》《女史箴图》类似，有些取自《列女传》，有些取自《孝子传》，有些则取自历史故事或《诗经》诗句，画像多是帝王将相、高人逸士、孝子列女，如孙叔敖的故事还反复出现，故事内容则是忠孝仁义，画像绘在屏风之上也是取自《礼记》"天子当宸而立"的

图1-5　司马金龙墓室屏风漆画，作者不详，山西省大同市博物馆藏

含义。漆画在构图上以黄线分格，人物采用丝线勾描、色彩渲染的方法，构思精美，线描准确，色彩富丽，文图搭配，每图都有文字题记，竖行正书，在说明故事内容及人物身份的同时以充分显示绘画所具有的成教化、助风俗、示警诫、助标榜的功能。其书法风格劲挺挺拔，宽博舒展，意兼楷隶，板上有朱漆，题记榜题再涂黄色，字黑色，呈现出强烈的视觉效果，是一幅完美的文图结合艺术品。[②]

　　至于司马金龙墓室屏风漆画中"鲁义姑姊"及"李善"的故事画，则更属于"义"的范畴，女性能像男性那样按照"义"的原则行事，那就更富有传奇色彩。从另一个角度讲，鲁义姑姊在关键时刻保护哥哥的孩子，也就是为了维护娘家的血

① 山西省大同市博物馆、山西省文物工作委员会：《山西大同石家寨北魏司马金龙墓》，《文物》1972年第3期。

② 中国古代书画鉴定组编：《中国美术分类全集·中国法书全集·第2卷魏晋南北朝》，文物出版社2009年版，第296—297页。

统,同样也是孝的一种体现。① 鲁义姑姊的绘画在武梁祠已经出现,北魏司马金龙墓室屏风漆画则刻画了一位为逃避齐兵而抱子携侄逃跑的妇女形象,故事较为简略。至于李善的故事,《后汉书》是这样记载的:"李善字次孙,南阳淯阳人,本同县李元苍头也。建武中疫疾,元家相继死没,唯孤儿续始生数旬,而资财千万,诸奴婢私共计议,欲谋杀续,分其财产。善深伤李氏而力不能制,乃潜负续逃去,隐山阳瑕丘界中,亲自哺养,乳为生渒,推燥居湿,备尝艰勤。续虽在孩抱,奉之不异长君,有事辄长跪请白,然后行之。闾里感其行,皆相率修义。续年十岁,善与归本县,修理旧业。告奴婢于长吏,悉收杀之。时钟离意为瑕丘令,上书荐善行状。光武诏拜善及续并为太子舍人。善,显宗时辟公府,以能理剧,再迁日南太守。从京师之官,道经淯阳,过李元冢。未至一里,乃脱朝服,持锄去草。及拜墓,哭泣甚悲,身自炊爨,执鼎俎以修祭祀。垂泣曰:'君夫人,善在此。'尽哀,数日乃去。到官,以爱惠为政,怀来异俗。迁九江太守,未至,道病卒。"②从这种记述来看,李善的故事是讲一个没有血缘关系,仅仅是出于道义而行的义士的故事。李善的故事既是义的行为,更是忠的行为。东汉武梁祠已有李善画像,北魏司马金龙墓室屏风漆画也有李善画像,画面为一侍女手执伞盖,下有一女子坐于矮榻之上,前有题榜为"□人死长人赐善姓为李郡表上诏拜河内太守",前坐一男子,身前书"李善养□兄妹",构图简略。

在孝子的故事中,舜与瞽叟及象的故事、董永侍亲的故事、郭巨埋儿得金的故事、丁兰侍木母的故事、蔡顺伏棺的故事由于其故事富有传奇色彩与戏剧性,因此也更受绘画者青睐,再加图像中有容易表现的标志性元素,如舜故事中的井与仓廪、董永故事中的鹿车、郭巨故事中的金子、丁兰故事中的木母、蔡顺故事中的大火及伏棺情景都具有令人惊奇的魅力,同时也使孝的故事更具有感天动地的传奇色彩。在这些孝行故事中,舜的故事应该是最为著名的,这首先是因为舜是儒家最为推崇的帝王之一,他的行为的示范意义也是其他孝子所无法比拟的。司马迁《史记·五帝本纪》中据此记载了舜的孝行,③司马金龙墓漆画、宁懋石室、元谧石棺、孝子棺、固原漆棺均有舜的图像,其中司马金龙墓漆画舜孝子图与《史记》较为吻合,描绘了"填井"及"舜与二妃"两个情景。第一幅画像描述了"舜与二妃"情景:舜与二妃似在交谈,二者在聆听。标题为"虞帝舜及帝舜二妃娥皇女英",第二张画像则刻画了瞽叟与象正抬着东西以盖住井口的情景。固原漆棺情节较为丰富,其他都较为简单。宁懋石室主要描述了舜从井中探身而出的情形,元谧石棺的舜画像最无故事性,它仅仅描绘了一个跪在毯子上向正襟危坐的后母作揖的舜,仅从标题"母欲煞舜焉得活"来判断这是关于舜的故事。关于

① 王照圆著,虞思征点校:《列女传补注》,华东师范大学出版社 2012 年版,第 198—199 页。
② 范晔著,李贤等注:《后汉书》,中华书局 1965 年版,第 2679—2680 页。
③ 司马迁:《史记》一,中华书局 2013 年版,第 38—40 页。

舜的画像中"焚廪"和"填井"两个情景最为常见,主要是因为这两个情景最富有故事性及观赏性,然而由于画像往往只有一至两张,也只有用少数"最富有包容性的瞬间"来表现整个故事的发展,甚至暗示整个故事的过程,然而要了解图像所隐含的故事,仅仅依靠图像还是不行的,图像必须依靠标题来点明故事主旨,甚至依靠题记来了解图像故事的具体内容,当然图像中的关键要素必须与故事中的构成要素,如人物特征、故事发生的场景、标志性的道具等相吻合。如舜的画像中必须有挖井的舜、填井的瞽叟和象、焚廪的瞽叟,有具体的场景山林、井或仓廪和挖井的工具等来构成图像的几大要素,同时也要依靠故事本身的完整性来弥补图像的不足。董永行孝的故事在民间流传较广,其与织女相逢的传说就更使董永行孝的故事蒙上了天人感应的色彩,从而具有更为广大的影响力及感染力。董永的故事在刘向《孝子传》中有记载,《太平御览》卷四一一人事部五十二孝感讲述了董永与仙女的故事。① 这个故事与严凤英所演黄梅戏电影《天仙配》基本类似,只是增加了爱情与抗争的时代主题。董永孝父的画像在汉武梁祠中已出现,也是魏晋孝子的典型形象,其内容往往表现为以车载父,耕地田野的情景。宁懋石室上的董永画像就表现了此内容,父亲拄杖坐在双轮车上,董永在车旁伺候,及二者在田间劳动的情景,其来自敦煌本《孝子传》中关于董永"至于农月,永以鹿车推父至于畔上,供养如故"的记载。② 纳尔逊美术馆藏孝子棺董永画像不仅表现了董永照看父亲的情景,而且表现了董永遇见飘然而至的仙女的情景,两个画面以树木分开,右边董永手持锄头站立与仙女相对,左侧持锄头的董永正回望坐在三轮车中的父亲。原榖与董永一样纯孝,但董永表现得更为纯朴,而原榖则更富有哲学智慧,所谓"以其人之道,还治其人之身",使那些没有忠孝思想的人同样也得不到忠孝的保障,因为生命是循环的,每个人都有老的时候,都需要孝行来保证老年的平安。原榖的故事在东汉就已流传,武梁祠已有画像,《太平御览》卷五一九引逸名《孝子传》讲其劝诫父亲对祖父孝顺的故事。③ 北魏元谧石棺、孝子棺、洛阳古代艺术馆藏石棺床等均有原榖谏父的故事。其中孝子棺和文字叙述的故事较为密切,表现了抬祖父进山丢弃与拾舆还家以备父用的情节。元谧石棺画两人对坐,上有题榜为"孝孙弃父深山",以表明此画表现的是原榖的故事。洛阳古代艺术馆藏石棺床画像则画两人对坐,较为粗略。老莱子孝行的逻辑与原榖的类似,都是讨论"养"的问题,只不过老莱子更进一步。《论语·为政》中子游问孝时,孔子讲:"今之孝者是谓能养,至于犬马皆能有养,不敬,何以别乎?"原榖的问题还是"养",而老莱子的问题是"敬",更让人称奇的

---

① 李昉:《太平御览》二,中华书局 1960 年版,第 1899 页。
② 王重民等:《敦煌变文集》,人民文学出版社 1957 年版,第 904 页。
③ 李昉:《太平御览》三,中华书局 1960 年版,第 2360 页。

是,老莱子为了让母亲高兴就自己装扮自己,重新回到了儿童时代,以取悦母亲。① 汉武梁祠已有老莱子画像。元谧石棺、洛阳古代艺术馆藏石棺床、邓县画像砖等均有老莱子画像。其中元谧石棺老莱子画像刻画了老莱子正在为坐在帐内的父母舞蹈娱乐的场面,榜题为"老莱子年受百岁哭内",邓县彩色画像砖则与此类似。洛阳古代艺术馆藏石棺床老莱子画像则描述了老莱子侍奉坐于榻上的父母的情景。

郭巨、丁兰、蔡顺的孝行故事都具有令人惊奇的故事情节,因此在表现为绘画时也就更容易展现出来,特别是郭巨埋儿得金、丁兰侍木母、蔡顺火中抱棺的情景被描绘为图像都具有惊人的震撼力,所以三个故事都常常赢得画像者的青睐。《太平御览》卷四一一引刘向《孝子传》记载郭巨埋儿的故事②郭巨的故事在东汉就已流传,河南登封太室山南麓启母阙就刻有"郭巨埋儿"画像。北魏固原漆棺、元谧石棺、孝子棺、洛阳古石棺床上均有孝子郭巨的故事画像。其中固原漆棺画像以连续三幅图像的方式叙述了郭巨得金的故事:第一幅内容为郭巨夫妇坐在屋内榻上,上有题榜"孝子郭距(巨)供养老母";第二幅为郭巨站立,妻子抚摸肚子,似在暗示孩子即将出生,题榜有"以食不足敬□曹母"及"相将□土冢天赐皇今(黄金)一父(釜)";第三幅为郭巨用铲掘出黄金一釜,题榜为"□衣德脱私不德与",人物着鲜卑服装,但故事核心没变。③ 元谧石棺郭巨画像中郭巨跪坐榻前,两位坐着的老人、一个坐着的小孩、一坛黄金、题榜"孝子郭巨赐金一釜"等置放在一个画面内,仅仅把郭巨掘金的各个要素置放在一起以暗示整个故事情节的发展。河南邓县画像砖则把题榜与具体的画像结合得更为紧密,还描述了进山埋儿的情节,妻子抱儿站在右侧,上书"妻子",郭巨执铲掘地,上书"郭巨",中间一坛黄金,上书"金一釜",人物以树木相隔,可谓是简明扼要。丁兰侍木母则是汉魏孝子故事中另一个著名的绘画题材,经常出现在孝子画像中,武梁祠也有其画像。丁兰侍木母的故事《太平御览》中记载为:"丁兰者,河内人也。少丧考妣,不及供养,乃刻木为人,仿佛亲形,事之若生,朝夕定省。后,邻人张叔妻从兰妻借看,兰妻跪投木人。木人不悦,不以借之。叔醉疾来酣骂,木人杖敲其头。兰还,见木人色不怿(悦),乃问其妻,具以告之,即奋剑杀张叔。吏捕兰,兰辞木人去。木人见兰,为之垂泪,郡县嘉其至孝通于神明,图其形像于云台也。"④宁懋石室、元谧石棺、洛阳古代艺术馆藏石棺床均有丁兰画像。其中宁懋石室题榜为"丁兰事木母",刻画木母依树而坐,前面丁兰夫妇二人正站立手持食盘,服侍木母。元谧石棺画像为丁兰跪着侍奉坐在榻上的母亲。洛阳古代艺术

---

① 李昉:《太平御览》二,中华书局 1960 年版,第 1907 页。
② 李昉:《太平御览》二,中华书局 1960 年版,第 1898—1899 页。
③ 宁夏固原博物馆:《固原北魏墓漆棺画》,宁夏人民出版社 1988 年版,第 12 页。
④ 李昉:《太平御览》卷二,中华书局 1960 年版,第 1909 页。

馆藏石棺床的丁兰画像则刻画了二人对坐于榻上。至于蔡顺的故事则更为复杂，也更富有天人感应的传奇神话色彩，所以蔡顺画像多见于北魏画像中。蔡顺的孝行主要为"噬指悟儿""伏棺得免""闻雷泣墓"三件事迹。《后汉书》中记载蔡顺的故事为："蔡顺，字君仲，亦以至孝称。顺少孤，养母。尝出求薪，有客卒至，母望顺不还，乃噬其指，顺即心动，弃薪驰归，跪问其故。母曰：'有急客来，吾噬指以悟汝耳。'母年九十，以寿终。未及得葬，里中灾，火将逼其舍，顺抱伏棺柩，号哭叫天，火遂越烧它室，顺独得免。太守韩崇召为东阁祭酒。母平生畏雷，自亡后，每有雷震，顺辄围冢泣，曰：'顺在此。'崇闻之，每雷辄为差车马到墓所。后太守鲍众举孝廉，顺不能远离坟墓，遂不就。年八十，终于家。"①固原漆棺、孝子棺上都刻有蔡顺画像及榜题。二者都描述了蔡顺于火中救棺，火烧邻室的情形，其中，固原漆棺有榜为"东家失火蔡顺伏身棺上"等，孝子棺则题为"子蔡顺"，描写了山石树木间蔡顺于大火中俯身棺上的情景，还有邻家在拿水救火的情景。还有一些画像表现了蔡顺"闻雷泣墓"的故事。

闵子骞、伯奇、董晏、李充、眉间尺等孝子故事跟上述几个故事相比则较为少见，而画像也较少出现，其影响远不如以上几个故事。闵子骞的故事流传较早。《论语·先进》中就讲到孔子对闵子骞的称赞："孝哉闵子骞！人不间于其父母昆弟之言。"孔子都称赞闵子骞孝顺，认为没有人不同意他的父母兄弟称赞他的话。敦煌本《孝子传》记载闵子骞的孝子故事："闵子骞，名损，鲁人也。父取后妻，生二子，骞供养父母，孝敬无怠。后母嫉之，所生亲子，衣加棉絮，子骞与芦花絮衣。其父不知，冬月，遣子御车，骞不堪甚。骞手冻，数失辔靷，父乃责之，骞终不自理。父密察之，知骞有寒色，父以手抚之，见衣甚薄，毁而观之，始知非絮。后妻二子，纯衣以棉。父乃悲叹，遂遣其妻。子骞雨泪前白父曰：'母在一子寒，母去三子单，愿大人思之。'父惭而止，后母改过，遂以三子均平，衣食如一，得成慈母。孝子闻于天下。鲁哀公召骞为费邑宰，名列孔子之从，周敬王时。"②闵子骞的孝行在武梁祠中已有图像表现，并有题榜，刻画了闵子骞冬日驾车失棰的情景，图像与文字记述吻合。北魏元谧石棺刻画像则较为简略，刻画了一男子跪拜在一坐榻女子前的情景，也就是一普通孝子图，图像构成已和闵子骞的传说故事相关不大。伯奇的文字故事则流传较少，曹植《令禽恶鸟论》中记述最详："昔尹吉甫用后妻之谗，而杀孝子伯奇；其弟伯封求而不得，作《黍离》之诗。俗传云：吉甫后悟，追伤伯奇。出游于田，见异鸟鸣于桑，其声嗷然。吉甫动心曰：'无乃伯奇乎？'鸟乃抚翼，其音尤切。吉甫曰：'果吾子也。'乃顾谓曰：'伯奇，劳乎！是吾子，栖吾舆；非吾子，飞勿居。'言未卒，鸟循声而栖于盖。归入门，集于井干

---

① 范晔著，李贤等注：《后汉书》卷五，中华书局1965年版，第1312页。
② 王重民等：《敦煌变文集》，人民文学出版社1957年版，第904页。

之上,向室而号。吉甫命后妻载弩射之,遂射杀后妻以谢之。"①固原漆棺多幅伯奇画像均有残缺,描绘了尹吉甫骑马肩上立一鸟、水池中有一鸟、尹吉甫射杀后妻等情景。元谧石棺伯奇画像则描绘了伯奇后母以毒蛇计杀伯奇的情节,据日本传船桥本《孝子传》记载为:"伯奇者,周丞相尹吉甫之子也。为人孝慈,未尝有恶。于时后母生一男,始而憎伯奇。或取蛇入瓶,令赍伯奇遣小儿所。小儿见之,畏怖泣叫。后母语父曰:'伯奇常欲杀吾子,若君不知乎,往见畏物。'父见瓶中,果而有蛇。"②元谧石棺伯奇画像中的一大一小两儿童应为伯奇与圭,中间一瓮口有蛇探出头来,上有题榜"孝子伯奇母杀儿",与故事讲述的情景基本吻合。另一幅则是伯奇拱手站立在父亲旁边,似在回答父亲询问的情景,上有题榜"孝子伯奇耶父"。洛阳古代艺术馆藏石棺画像与其他画像结构基本相同,并无题榜,席上有男女二人,前方有一蛇盘旋上升,应取自伯奇故事。董晏孝母的故事与其他孝子故事相比,虽更生活化,然无特异之处,在画像中也较少呈现。董晏的故事敦煌本《孝子传》记载为:"董晏,字孝理,会越州勾章人也。少失其父,独养老母恭甚敬,每得甘果美味,驰走献母,母常肥悦。比邻有王寄者,其家剧富。寄为人不孝,每于外行恶,母常忧怀,形容赢瘦。寄母谓晏母曰:'夫人家贫年高,有何供养,恒常肥悦如是?'母曰:'我子孝顺,是故示也。'晏母后语寄母曰:'夫人家富,美膳丰饶,何以赢瘦?'寄母答曰:'故瘦尔。'寄后闻之,乃煞三牲,致于母前,拔刀胁抑令吃之。专伺候董晏出外,直入晏家,令他母下母床,苦辱而去。晏寻知之,即欲报怨,恐母忧愁,嘿然含爱。及母寿终,葬送已讫,乃斩其头持祭于母。自缚诣官。会赦得免。"③可能由于董晏的故事既无典型的可以入画的情景,又有报复杀人的凶险情节,所以和其他孝子故事相比较而言更少受到画像者的关注,仅宁懋石室有董晏故事画像,内容是董晏、王寄的母亲在交谈的情景,题榜为"董晏母供王寄母语时",图像内容和故事记载相关。李充的故事也无甚特异之处,在画像中也较少出现。李充的故事记载在《后汉书·独行列传》中为:"李充字大逊,陈留人也。家贫,兄弟六人同食递衣。妻窃谓充曰:'今贫居如此,难以久安,妾有私财,愿思分异。'充伪酬之曰:'如欲别居,当酝酒具会,请呼乡里内外,共议其事。'妇从充置酒宴客。充于坐中前跪白母曰:'此妇无状,而教充离间母兄,罪合遣斥。'便呵斥其妇,逐令出门,妇衔涕而去。坐中惊肃,因遂罢散。充后遭母丧,行服墓次,人有盗其墓树者,充手自杀之。服阙,立精舍讲授。"④李充故事正如董晏故事一样,并无令人惊异的场面与情节,较少受到画像者的青睐,北魏也仅见于司马金龙墓室漆围屏画中,描写了李充母坐于帷帐中矮

---

① 曹植著,赵幼文校注:《曹植集校注》,人民文学出版社1984年版,第305页。
② 赵超:《关于伯奇的古代孝子图画》,《考古与文物》2004年第3期。
③ 王重民等:《敦煌变文集》,人民文学出版社1957年版,第904—905页。
④ 范晔:《后汉书》卷九,中华书局1965年版,第2684页。

榻上，李充跪拜在她前面，左边站立着一位标为"李充妻"的女子，画题榜为"孝子李充奉亲时"，也就是李充向母亲回报要休妻的情景，与故事讲述的内容基本一致。眉间尺的故事则流传较广，但一般读者多关注于此故事中"干将、莫邪、雌雄之剑"的传奇成分，而较少关注其忠孝的寓意，当然，"客"的智慧与侠肝义胆也常常使读者心潮澎湃，而这都弱化了其孝的因素，所以，孝子图像中也较少呈现。眉间尺的故事在《搜神记》中有详细记载，名为《三王墓》："楚干将、莫邪为楚王作剑，三年乃成，王怒，欲杀之。剑有雌雄。其妻重身当产，夫语妻曰：'吾为王作剑，三年乃成。王怒，往必杀我。汝若生子，是男，大，告之曰："出户，望南山，松生石上，剑在其背。"'于是即将雌剑往见楚王。王大怒，使相之：'剑有二，一雄一雌。雌来，雄不来。'王怒，即杀之。莫邪子名赤比，后壮，乃问其母曰：'吾父所在？'母曰：'汝父为楚王作剑，三年乃成。王怒，杀之。去时嘱我："语汝子，出户，望南山，松生石上，剑在其背。"'于是子出户，南望，不见有山，但睹堂前松柱下石砥之上，即以斧破其背，得剑。日夜思欲报楚王。王梦见一儿，眉间广尺，言欲报仇。王即购之千金。儿闻之，亡去。入山，行歌。客有逢者，谓：'子年少，何哭之甚悲耶？'曰：'吾干将、莫邪子也。楚王杀吾父，吾欲报之。'客曰：'闻王购子头千金，将子头与剑来，为子报之。'儿曰：'幸甚！'即自刎，两手捧头及剑奉之，立僵。客曰：'不负子也。'于是尸乃仆。客持头往见楚王，王大喜。客曰：'此乃勇士头也。当于汤镬煮之。'王如其言。煮头三日三夕，不烂。头踔出汤中，瞋目大怒。客曰：'此儿头不烂，愿王自往临视之，是必烂也。'王即临之。客以剑拟王，王头随堕汤中。客亦自拟己头，头复堕汤中。三首俱烂，不可识别。乃分其汤肉葬之，故通名'三王墓'，今在汝南北宜春县界。"[1]《搜神记》把眉间尺的故事进行了艺术化的加工，使其更具有传奇性，更富有神话色彩。元谧石棺眉间尺画像为丛林山峦中跪坐两人，一人为眉间尺妻，题榜为"眉间尺妻"，另一为眉间尺跪坐于坟边，题榜为"眉间尺与父报仇"，并没有出现《三王墓》中杀戮惨烈的场面，也许是画像者认为这与墓葬追求吉祥完美的氛围不合而省略。洛阳古代艺术馆藏石棺床眉间尺画像则更为含混，仅刻画了山林间两个一坐一立的人物图像而已。

孝子画像中董笃父的故事则有争议，各种《孝子传》并无记录，有人认为是董永故事的误传或改写。其画像仅在元谧石棺画像中出现，内容为一人坐于榻上，一人坐于地上持递东西，似为董笃父，榜题"孝子董笃父赎身"，图像构成与其他孝子图相比，并无特殊特征，也就是一般孝子侍奉父母的情形的再现。由于无董笃父孝子相关记载，又无其他相关故事互相比对，图像也无显著特点以供参照，所以也就找不到有力的证据来判断其故事来源。至于韩伯俞孝母的故事在《太平御览》中记载为："伯俞有过，其母笞之，泣，曰：'他日笞子未尝泣，

---

① 干宝著，马银琴译注：《搜神记》，中华书局2012年版，第240—241页。

今日何泣也?'对曰:'俞他日得答常痛,今母力衰,不能使痛,是以泣也。'"①武梁祠与朱然墓漆盘画都描述过此故事,北魏元谧石棺上刻有伯俞画像,并题为"韩伯俞母与丈和颜",但没有表现刘向所叙述的这一著名故事情节。北魏孝子棺绘有"尉"的孝子故事,一般认为是关于王琳的故事。《后汉书》记载王琳的故事为:"时汝南有王琳巨尉者,年十余岁丧父母。因遭大乱,百姓奔逃,唯琳兄弟独守塚庐,号泣不绝。弟季,出遇赤眉,将为所哺,琳自缚,请先季死。贼矜而放遣,由是显名乡邑。后辟司徒府,荐士而退。"②北魏孝子棺画像中有关于王琳的故事,但题榜仅为"尉"一字,从绘画内容来看,左边一人被缚跪在地上,一人自缚站在人前似在求情,这是描述王琳自缚救弟弟的情景,右边则表现王琳兄弟被赤眉军放回家的情景,画面内容与故事叙述可算为基本吻合。

由以上分析可见,无论是列女画还是孝子画在当时石刻、线画、画像砖中都占据重要地位,它们都是中国传统忠孝文化观念特别是孝子观念的流行的直接反映。魏晋孝子故事画基本上刻画了各孝子故事中的中心情节,如舜掘井逃跑、董永推车卖父、郭巨得金、原穀拾辇、蔡顺火中伏棺、闵子骞驾车失棰、伯奇瓮中之蛇等,这些核心情节及情景正是各孝子故事的根本标志,当然画像的核心目的还是为继承两汉的忠孝思想,并以绘画的形式表现出来,再加孝子画一般为单幅或两幅,很难表述整个故事情节的发展,只能通过表现有标志性的故事节点来显示整个故事的发展过程,有些画像由于只是些常见的孝子动作或姿态,无显著的标志性因素,仅以题榜来判明其故事内容,虽然省略了故事的基本情节,但其孝的象征教育意义并没有因此而削弱,这也许是画像者为省略工序或画像者艺术水准较低所致。至于各个具体画像的艺术水准、画像人物的设定、场景的刻画、氛围的烘托等,则依据墓主人的身份与刻画者的艺术水准而定,较少有固定的程式,一般都是依据故事画所描述的有代表性的情景及其题榜来判定画像所表现的人物及其故事内容。

总之,魏晋南北朝图像艺术对前代重要文学主题、人物、故事情节等的呈现是文图跨越不同历史时空的对话,它不仅继承了前代文学的成就与思想,同时也反映前代艺术的基本观念,这种跨越不同历史时空的解读与同时代艺术家之间的互相阐发不同,它们往往使文图之间的对话超越了时空的局限与艺术家境遇的差异而更加丰富多彩,不同的人生感悟、不同的艺术视角、不同的价值取向都充分展示在一个崭新的图像文本中,同时也增强了前代伟大文学作品恒久的艺术生命力,它不仅是对原初作者意图的承继,同时也是对传统文学母题的超越与发展。然而,汉代文学艺术中充满了动感,与汉代稳定的政治统治形成了对比,而魏晋动荡的政治与艺术家所追求的精神上的宁静形成了反差。无论在汉代的

---

① 李昉:《太平御览》二,中华书局 1960 年版,第 1907 页。

② 范晔:《后汉书》,中华书局 1965 年版,第 1300 页。

文学还是汉画像砖中都很难见到阮籍式的沉思与内心独白，更难见到陶渊明式的悠然恬淡与闲适轻吟。当然阮籍和嵇康的对比，陶渊明诗歌与《木兰辞》的对比都是魏晋时代不同艺术的表现，魏晋艺术的恬淡乃是时代走向没落的根本标志，因为艺术已经不能反映广阔动荡的现实，而仅仅映射着少数人用来躲避时代的想象的角落。

第二章　魏晋南北朝文学与魏晋南北朝图像

第一节　魏晋南北朝文学与绘画

　　魏晋南北朝时期文学与绘画产生了广泛而深刻的联系，其主要关系表现为：一，绘画直接取材自文学作品，或以各种文化典籍中的史传故事、民间传说、爱情故事等为绘画内容。据《历代名画记》卷五《晋》记载，晋明帝司马绍曾画有《息徒兰圃图》，取自嵇康《赠秀才入军》第十四首之"息徒兰圃，秣马华山"一句，《洛神赋图》则取自曹植《洛神赋》。顾恺之曾画有《赠秀才入军》《桓温像》《桓玄像》《苏门先生像》《中朝名士图》《谢安像》《阮修像》《阮咸像》《司马宣王像》《七贤图》《陈思王诗图》等，均取自魏晋文化名流。谢稚曾画有取自嵇康诗的《轻车迅迈图》，取自潘岳《秋兴赋》的《秋兴图》。[1]《历代名画记》卷六《宋》记载，史艺曾画有《王羲之像》《孙绰像》。[2]《历代名画记》卷七《南齐》记载，王奴画有取材自晋成公绥《啸赋》的《啸赋图》。[3] 其他以当时文学作品为题材的还有顾恺之的《陈思王图》《洛神赋图》《女史箴图》，史道硕的《嵇中散诗图》，戴逵的《南都赋图》《嵇阮十九首诗图》等，这其中最出名的自然是顾恺之以曹植《洛神赋》为题材的《洛神赋图》、以张华《女史箴》为题材的《女史箴图》，王献之书写的《洛神赋》。至于顾恺之残卷《斫琴图》可能取材自嵇康《琴赋》，也是一幅绘画史上的杰作。梁萧绎《职贡图卷》[4]以文图结合的方式展现了各国使者朝贡时的形象，使者身后有楷书榜题，以说明使者的身份国别及其自然文化风情，也是一幅著名的文图完美结合的艺术品。画作取材自文学作品，或直接采用图文一体的艺术形式，一、为了用图画的形式更准确地再现语言中所描绘的人物或图像，用文图结合的方式来充分展示艺术家所表达与追求的艺术及人生理想，如《南都赋图》《洛神赋图》，另一个重要的原因乃是为了使用更为直观的方式进行教育劝诫，也就是

---

① 张彦远著，俞剑华注释：《历代名画记》，上海人民美术出版社 1964 年版，第 107、121 页。

② 张彦远著，俞剑华注释：《历代名画记》，上海人民美术出版社 1964 年版，第 136 页。

③ 张彦远著，俞剑华注释：《历代名画记》，上海人民美术出版社 1964 年版，第 141 页。

④ 中国美术全集编辑委员会编：《中国美术全集·绘画编 1 原始社会至南北朝绘画》，人民美术出版社 1986 年版，第 148—152 页。

范晔《后汉书》所谓"载其高节，图画形象"，如《女史箴图》等，以文图一体的形式来更加生动形象地展示诗人画家对人生及社会的理解及感受。二、文学家以绘画、书法为创作题材创作出诗歌、咏、赋、赞等文学作品。魏晋时期出现了大量以绘画为咏叹对象的文学作品，如何晏《景福殿赋》中对壁画的描写，傅咸《画像赋并序》、江淹《扇上采画赋》等都是著名的咏画赋。至于当时非常流行的于画像后附赞的做法更是文图完美结合的范例，其中最著名的就是曹植的《画赞序》，此文是曹植为邺宫历代圣贤像而作。此外著名的还有傅玄的《古今画赞》，夏侯湛的《管仲像赞》《鲍叔像赞》《东方朔画赞》，潘岳的《故太常任府君画赞》，郭璞的《山海经图赞》《尔雅图赞》，王廙的《孔子十弟子图赞》，陶渊明的《扇上画赞》，顾恺之的《魏晋胜流画赞》，傅亮的《汉高祖画赞》《班婕妤画赞》，萧绎的《职贡图赞》，沈约的《绣像赞并序》，江淹的《云山赞序》，刘孝标的《辟厌青牛画赞》，戴逵的《徐则画像赞》，庾信的《自古圣帝明贤画赞》等，同时产生了大量咏书诗赋，如鲍照《飞白书势铭》、蔡邕《篆势》《笔赋》、王僧虔《书赋》、杨泉《草书赋》、卫恒《隶势》等。三、直接在一幅作品中呈现出诗书画的完美融合，其代表作品就是王羲之的《兰亭集序》，这是一幅书法与文学完美结合的艺术品，而且也是当时艺术家创作的常见方式。据张彦远《历代名画记》卷五《晋》记载，桓温曾请王献之为其画扇面，王献之误落墨于扇上，便顺势画了斑马与雌牛，并题写了《牸牛图》于其上，传为美谈，此图也可称为三美。在这些文图一体的艺术品中最著名的自然是顾恺之的绘画作品，虽然其真迹不存，但其现存三个重要的绘画摹本，均取材自文学作品，现存不列颠博物馆的《女史箴图》取材自张华的《女史箴》，故宫与辽宁博物馆藏《洛神赋图》取材自曹植《洛神赋》，故宫藏《列女仁智图》取材自刘向《列女传》，其内容多是文学或历史故事，同时，在构图方式上，也多采取文图一体的形式，特别是辽宁省博物馆藏《洛神赋图》为文图一体作品，由此可见魏晋艺术家已经常取材自文学历史文本，或把文图一体当作绘画构图的基本样式。

魏晋文学与图像密切相关的四个最为典型的艺术作品就是顾恺之的《洛神赋图》《女史箴图》、王羲之的《兰亭集序》、南京西善桥的砖画《竹林七贤与荣启期》。《洛神赋图》另有专章介绍，下以《女史箴图》为例略加阐述。

《女史箴图》有现存英国伦敦大英博物馆的九段唐摹本[①]与现存故宫博物院的十一段宋摹本，一般认为唐摹本优于宋摹本，但故宫本较为完整，本文也以唐摹本为图像依据，并附以宋摹本来加以分析。唐摹本与宋摹本都是依据西晋张华《女史箴》创作的，内容为歌颂封建女子的贞操与道德，绘画以线描为主，辅以淡彩，风格庄重肃穆，并以书画相间、图文一体的方式再现了《女史箴》的全部内

---

① 中国古代书画鉴定组编：《中国美术分类全集·中国绘画全集 第 1 卷战国—唐》，文物出版社 1997 年版，第 22—27 页。

容。《女史箴》十二节,见于《文选》①。故宫本的开始就是张华《女史箴》的开篇,强调自然、社会、人伦的基本原则及其必然联系,特别是强调了女性道德原则:"妇德尚柔,含章贞吉。婉嫕淑慎,正位居室",这也是全文及画作的根本目的。第一段为"樊姬感庄,不食鲜禽"的故事,描述了樊姬为劝诫楚庄王"即位,好狩猎"的缺点,而"谏,不止,乃不食禽兽之肉"的过程,最后终于感动了庄王,达到了"王改过,勤于政事"的结果。② 第二段讲述了"卫女矫桓,耳忘和音"的故事。齐桓公好郑卫淫乐,其夫人卫侯的女儿为感化桓公而反复劝戒桓公淫乐攻伐的过程,最后终于使桓公"立卫姬为夫人,号管仲为仲父","夫人治内,管仲治外",从而达到了"虽愚,足以立于世"的效果。③ 唐摹本的前两节图已缺失。唐摹本存世各段内容分别为:"冯媛当熊"故事。内容为:汉元帝游园观看斗兽时被一只突然从围栏里跑出来的大熊袭击,其妃子冯媛不顾个人安危勇敢地保护元帝,图画正表现了元帝被黑熊袭击的情景:一只黑熊从左边直扑过来,冯媛与两位持戟的卫士直逼黑熊,冯媛则显示出不畏生死,挺身而出的气概,而元帝则远远地躲在他们的身后,更远的还有另外两位妃子,似在惊慌逃跑,并不时地回首张望。画像题记应为"玄熊攀槛,冯媛趋进。夫岂无畏? 知死不吝",似缺失。第二部分为"班姬辞辇",故事内容是:汉成帝对班婕妤宠爱有加,特制一大辇与班婕妤同游,但被班婕妤拒绝,因为在她看来,贤君应该与名臣在一起,只有夏商周三代亡国之君才会如此。图像刻画了班婕妤站立在辇后张望成帝的情景。班婕妤端庄挺立,成帝则与另外妃子同坐,并不时回望班婕妤,众人在奋力地抬着大辇。画像题记为"班婕有辞,割欢同辇。夫岂不怀? 防微虑远"。第三部分为"道罔隆而不杀",画面描绘了高耸山峦间有两只鸟在飞翔,山上一红色太阳与一黄白月亮相对,山下一人在张弓射鸟,用图像的意境向宫女们表述了《易经》中日月相替,盛衰无时,宠辱不定的道理。题记为"道罔隆而不杀,物无盛而不衰。日中则昃,月满则微。崇犹尘积,替若骇机"。第四部分为"修容饰性",内容为两位皇后在装扮,一位对镜独坐,另一位由侍女在梳理发髻,表达了女性在装扮外表的同时也要修养内心的观点。题记为"人咸知修其容,莫知饰其性;性之不饰,或愆礼正;斧之藻之,克念作圣"。第五部分为"同衾以疑",表现了夫妻室内生活的场景。内容为床帏间一对夫妻,二人目光相视,似在发生争执,女子坐在床里,男子坐在床边,作欲走状。床大精美,帷幔飘拂,给人以华丽之感。题记为"出其言善,千里应之,苟违斯义,同衾以疑",意思是,无论是室内还是室外言语都要分清善恶。第六部分为"微言荣辱",内容为夫妇并坐,有侍女儿童多人相伴,表明夫妇一体,荣辱与共,只要敬天奉神,保持中道就能人丁兴旺,子孙满堂。题记为"夫言如微,荣辱由兹;忽谓玄漠,灵鉴无象;勿谓幽昧,神听无响;无矜尔荣,天道恶盈;无

① 萧统编,李善注:《文选》,中华书局1977年版,第768—769页。
② 王照圆著,虞思征点校:《列女传补注》,华东师范大学出版社2012年版,第59页。
③ 王照圆著,虞思征点校:《列女传补注》,华东师范大学出版社2012年版,第50—51页。

恃尔贵,隆隆者坠;鉴于小星,戒彼攸遂,比心螽斯,则繁尔类"。第七部分为"专宠
渎欢",画像为男女二人相向站立,男子对女子做举手相拒之势,似打算离开。题记
为"欢不可以渎,宠不可以专;专实生慢,爱极则迁,致盈必损,理有固然。美者自
美,翩以取尤。冶容求好,君子所仇,结恩而绝,实此之由"。第八部分为"靖恭自
思",画一娴静端坐妃子,告诉女子要如此谦恭自思才能荣华富贵。题记为"故曰翼
翼矜矜,福所以兴;静恭自思,荣显所期"。第九部分为"女史司箴",画像内容为一
女子在站立执笔而书,前有两妃子相伴走来,并相视而语。题记为"女史司箴,敢告
庶姬",描写写作《女史箴》以告诫诸宫妃的情景,应是对宣讲场面的刻画。

图2-1　女史箴图(局部)——"敢告庶姬",顾恺之,大英博物馆藏

　　从以上分析来看,整幅画作内容、题记内容与《女史箴》内容相差无几。这些
列女故事及对女性的教导经过顾恺之的加工变成了一幅图像化的列女教科书,
画面的道德含义必须借助画面上的榜题及其画面所隐含的故事内容来得到较为
完整合理的解释。张华出于尽忠匡辅、弥缝补阙、讽谏贾后的目的创作了《女史
箴》,其内容亦源自刘向《列女传》,如《女史箴图》与司马金龙墓室漆画都选择了
班婕妤辞成帝同辇的故事,此故事《汉书》也有记载。文学图像的目的虽然都是
表达匡扶劝谏的政治需要,但其构图与表现手法都根本不同,即使两幅"辞辇图"
也都不同。"辞辇"故事是讲汉成帝后宫游玩邀班婕妤同辇,但婕妤以君臣大义
辞谢,以此来劝谏成帝不要因色误国。司马金龙墓室漆画是四人抬辇,成帝一人
坐辇并回视婕妤,婕妤跟随。《女史箴图》"辞辇"部分则八人吃力抬辇,辇上坐着
成帝与王妃,成帝无聊慵懒而王妃正襟悠闲。与司马金龙墓室漆画以班婕妤为
视觉中心的以强调"臣事君以忠"的女德主题不同,《女史箴图》"辞辇"部分则更
强调了女色误国的政治含义。这种简单并置的人物画像正如故事所叙述的人物
一样其着眼点不在于故事或图像如何真实地再现历史或现实,而是在于如何能
更鲜明地凸显道德或政治伦理主题。

　　《女史箴图》正表现了王延寿《鲁灵光殿赋》中提出的绘画要"恶以诫世,善以

示后"的观点,这种强调绘画社会道德价值作用的看法与《毛诗序》中强调文学道德教育作用的逻辑是完全一致的,曹植《画赞序》也是如此。此《画赞序》不仅是我国画论史上第一篇重要的专题论画的文章,同时也是一篇优美的骈体文,它主要讨论了绘画的伦理教化作用。文章首先否定了王充、徐幹贬低绘画的说法,指出绘画与文字具有同样的意义,甚至绘画在描述人物形象、激发读者感情时有超于语言的功效。王充在《论衡·别通》中贬低绘画的作用,认为绘画画人不如文字记述人的"言行"给人的教育更大,与曹植同时期的徐幹也贬低绘画的作用,曹植则与他们不同,明确提出绘画能"存乎鉴戒",特别是曹植对观画者感情的描述更是揭示了读者情感与画面内容的互动,能引起观画者的强烈感情反应,如"悲惋""切齿""忘食""抗首""叹息""侧目"等各种感情,这与文学激发读者的感情是一致的,从而为道德的教育打下了基础。他说:"昔明德马后,美于色,厚于德,帝用嘉之。尝从观画,过虞舜之像,见娥皇女英。帝指之戏后曰:'恨不得如此人为妃。'又见陶唐之像。后指尧曰:'嗟乎!群臣百僚,恨不得戴君如是。'帝顾而咨嗟焉。""观画者见三皇五帝,莫不仰戴;见三季暴主,莫不悲惋;见篡臣贼嗣,莫不切齿;见高节妙士,莫不忘食;见忠节死难,莫不抗首;见放臣斥子,莫不叹息;见淫夫妒妇,莫不侧目;见令妃顺后,莫不嘉贵。是知存乎鉴戒者,图画也。"[①]所以图画既能美好动人,又能忠义励人,这与曹丕在《典论·论文》中认为文章"经国之大业,不朽之盛事"的观点也是一致的,曹植在《洛神赋》里满怀激情地描述了洛神的美后,提出"骨像应图",如果用图画来描绘洛神的形象应该会更为生动传神,其视觉上直接的冲击力也远大于语言上的冲击力,但二者所隐含的道德价值都是一致的。

无论是《洛神赋图》还是《洛神赋》都出现了大量对山水的描绘,由此可见山水在魏晋文学艺术中的重要作用。魏晋山水诗、山水画也出现了空前的繁荣,山水已成为魏晋士人生活的一部分,出现了很多山水诗人、山水画家,其中最著名的山水诗人有谢灵运、谢朓、鲍照、陶渊明、阮籍等,郦道元的《水经注》虽是著名的地理学著作,但其中对山水的描写使其成为中国文学史上著名的作品。他们的很多诗文往往成为后来山水画的重要题材,至于陶渊明的田园诗和当时很多描绘田园生活的画作一起开创了中国文学艺术中描写田园生活、向往宁静祥和的日常生活的先河,并对后来中国诗画的发展产生了深远的影响。《历代名画记》就记载了很多描绘田园生活的画作,如曹髦的《新丰放鸡图》、司马绍的《人物风土图》、史道硕的《田家十月图》、王廙的《吴楚放牧图》等,其中最著名的山水画家就是顾恺之,他的山水画有《庐山图》《山水》《望五老峰图》,《洛神赋图》中也有大量对山水的描绘,这些作品虽然大多数仅仅是艺术史上的记载,但仍能说明当时山水画的兴盛,他的著名画论《画云台山记》与宗炳著名的画论《画山水序》一

---

① 潘运告编:《汉魏六朝书画论》,湖南美术出版社 1997 年版,第 257 页。

起对中国传统山水画产生了深远的影响。至于戴逵则有《吴中溪山邑居图》,戴勃则有《九州名山图》,惠远则有《江淮名山图》,可见当时山水画已是绘画中不可缺少的部分,更为重要的是,魏晋山水画已发展成为独立的山水画,并"确实已经迈过了古拙的装饰性表现阶段,开始走上了写实的途径","发展成独立的画科","由背景变为主体,由形成到完善",是"独立山水画的萌芽"。① 山水画的发展表明它和前期的成就相比已经实现了革命性的变革,这种革命性的变革不仅表现在魏晋文人在山水中"觅"道,而是表现在宗炳《画山水序》中提出的"以形写形,以色貌色"理论,用绘画来表现真实的山水。追求"以形写形,以色貌色"说明了当时山水画已经突破了此前顾恺之《洛神赋图》中以山水为象征、《画云台山记》中以山水为衬托道教主题角色的做法,转变到以自然本身为中心主题,以写实的手法来表现独立的自然之美的道路上来了,"形似"已成为山水诗与山水画所共同追求的基本审美原则。追求"形似"是魏晋艺术的一个根本原则,也是评价艺术成就的重要标准。《颜氏家训》就记载了梁武烈太子萧方因画人物"逼真"而得到赞赏的故事:"吾家尝有梁元帝手画蝉雀白团扇及马图,亦难及也。武烈太子偏能写真,坐上宾客,随宜点染,即成数人,以问童孺,皆知姓名矣。"② 用儿童的相识来判定绘画的相似与写真的程度可谓是简单明了。《历代名画记》也记载了曹不兴"落墨成蝇"与徐貌"悬鱼获徽"的故事,《世说新语·巧艺》则记述了荀助在门堂画钟会父亲肖像以感动钟会兄弟的故事,这都说明绘画的"相似性"在魏晋绘画中的重要性。宗炳再把"形似"的理论用在山水画上,使山水画的独立有了自己的理论根据。与此相关的则是山水诗的"形似",在诗歌方面真正用力加以客观描写山水的,谢灵运可谓代表。谢灵运在脚步极尽登临名都胜境,眼底尽收江山之美时,还创作了大量著名的山水诗,如《游南亭寺》《过始宁墅》《晚出西射堂》《富春渚》《登永嘉绿嶂山》《登石门最高顶》《酬从弟惠连》等,对所历山水形、色、光、声极尽描述之能事,对山水的刻画面面俱到,特别注重情景交融、全景式的描写,充满了五彩缤纷的诗情画意,这既是他们日常漫游的山水,也是他们梦游、卧游的山水世界,其中有很多如画的诗句,如写春天"池塘生春草,园柳变鸣禽"(《登池上楼》),写秋色"野旷沙岸净,天高秋月明"(《初去郡》),写冬景"明月照积雪,朔风劲且哀"(《岁暮》)等等,读其诗使人产生如入画境的感觉。魏晋大量的山水诗词句往往都是由名词和少量的形容词及简单的动词构成,整诗的意境往往由静态的意象组成,而不是在叙述故事与事件的发生,这些既无时间也无情节,极具静态美的画面就构成了魏晋山水诗及山水诗人的内心世界。谢朓"好诗圆美流转如弹丸""天际识归舟,云中辨江树"等精美的诗句都是极力追求以精确的语言来描述视觉图像,给人以身临其境的感觉。陆机《文赋》中对物象

---

① 金维诺:《中国美术·魏晋至隋唐》,中国人民大学出版社 2004 年版,第 212—213 页。
② 颜之推著,檀作文译注:《颜氏家训》,中华书局 2011 年版,第 307 页。

的描述也可谓是用心至极,特别是大量叠字的运用,加强了对事物声音、色彩、节奏、氛围的描述,增强了读者对事物动作、神态、画面的感受,达到了他在《文赋》中所说的"期穷形而尽相",也就是《文心雕龙·物色篇》所说的:"自近代以来,文贵形似。窥情风景之上,钻貌草木之中。"当然这种对外形的描写,必须借助于想象,所谓"神与物游",这种在想象下的"视通万里"乃是一种内视,是一种"收视反听",是外在的形象与内在的想象互相融合的结果。

魏晋时期出现了大量的咏物诗、咏物赋,萧统在《文选序》中就讲述了当时咏物赋之盛:"若其纪一事,咏一物,风云草木之兴,鱼虫禽兽之流,推而广之,不可胜载矣。"①刘大杰在《中国文学发展史》中也指出:"到了魏晋,赋的题材扩展了。抒情、说理、咏物、叙事各种体制,登临、凭吊、悼亡、伤别、游仙、招隐各种题材的赋都出现了。而最多的是咏物赋。如飞禽走兽,奇花异草,天上的风云,地下的落叶,都是他们的题材。橘子、芙蓉、夏莲、秋菊、蝙蝠、螳螂、麻雀、小蛇都被他们赋到了。"②此类篇制可谓数不胜数,如费祎《麦赋》、曹丕《槐赋》与《柳赋》、曹植《芙蓉赋》与《橘赋》、傅咸《桑树赋》、钟会《菊花赋》与《葡萄赋》、傅玄《郁金赋》《桃赋》、潘岳《秋菊赋》、陆机《瓜赋》《草木赋》《鹦鹉赋》等,可谓是不胜枚举,其外还有大量的咏物诗。此时的赋即使是关于情感、说理的篇章,也多采用描述的手法来表现事物的特征,正如陆机《文赋》中对想象的描写。在这些著名的赋中最为著名的,如曹植的《洛神赋》、王粲的《登楼赋》、左思的《三都赋》、郭璞的《江赋》、谢灵运的《山居》、庾信的《哀江南》等对事物、情感的描述可谓是形象细致鲜明,完全追求一种《文心雕龙·诠赋》中所说的"拟诸形容,则言务纤密;象其物宜,则理贵侧附"绘画式的审美效果,赋事无巨细的描述功能就是为了用语言呈现如画一般的视觉艺术效果,《文心雕龙·诠赋》中说"'赋'者,铺也;铺采摛文,体物写志也",《文心雕龙·明诗》讲"驱辞逐貌,唯取昭晰之能","情必极貌以写物",《文心雕龙·物色》讲得更清楚:"自近代以来,文贵形似;窥情风景之上,钻貌草木之中。吟咏所发,志惟深远;体物为妙,功在密附。故巧言切状,如印之印泥,不加雕削,而曲写毫芥。故能瞻言而见貌,即字而知时也。"③这种"体物写志""功在密附"的语言艺术,其主要功用就是"极声貌以穷文",这种"写气图貌""模山范水"就是以语言来描述事物,追求形似的语言功用即语言对图像的逆势模仿,④就是西方文图理论中所说的"造型描述"(Ekphrasis)⑤。沈约说相如巧为形似之言就是指司马相如的赋能够准确地描述事物的外在形貌。对事物的直接描述并不是中国传统诗论中所说的抒情言志,而是把山当作山,把水当作水直呈事物本

---

① 萧统编,李善注:《文选》,中华书局 1977 年版,第 1 页。

② 刘大杰:《中国文学发展史》上卷,复旦大学出版社 2006 年版,第 101 页。

③ 刘勰著,范文澜注:《文心雕龙注》,人民文学出版社 1958 年版,第 694 页。

④ 赵宪章:《语图互仿的顺势与逆势——文学与图像关系新论》,《中国社会科学》2011 年第 3 期。

⑤ James A. W. Heffernan, *Ekphrasis and Representation*, New Literary History, Vol. 22, No. 2.

身的白描手法,这种"不隔"的审美效果使诗歌与绘画在心理感受方面走到了一起,虽然绘画的根本手段在于形体和色彩,绘画与诗文都在共同追求在读者心中引起相同的视觉印象。魏晋的很多山水诗都是为了追求这种艺术效果,这就是极尽铺陈之能事的魏晋辞赋中语言的描述功能的根本目的,所以刘熙载说:"戴安道画《南都赋》,范宣叹为有益,知画中有赋,即可知赋中宜有画矣。"①刘熙载就指出了赋与绘画的相通之处。这种审美观念与当时大量出现的花鸟植物画也是一致的。当时出现大量的关于花鸟动物、竹梅植物的画作,很多著名的大画家如顾恺之、陆探微、戴逵、张僧繇、曹不兴、卫协、史道硕等都擅长画这类事物,甚至还有自己的专长:毛慧远的马、史道硕的马与鹅、曹不兴的龙、杨子华的牡丹、范怀珍的孔雀等,都名盛一时。文学家与画家都在"极貌写物"方面发挥各自所长。至于南朝梁简文帝时开始流行的宫体诗与宫廷画则是把女性当作把玩的主题,如简文帝萧纲的《咏美人看画诗》、庾肩吾的《咏美人看画应令》,与善"画嫔嫱,当代第一"的刘瑱,"绮罗一绝"的袁昂等都是以宫廷美女为绘画主题,也是"极貌写物"的表现。②

　　魏晋书法如绘画一样重视字体的象形性,也就是所谓"因声会意,类物有方",书论家往往用自然万物的各种形状,特别是动物山石的形状来刻画描摹书法形体的形象性,这与文学用语言、绘画用线条与色彩刻画事物的形体一样,如自然万物本身一样直接呈现在观赏者的脑海里,都是为了激发观赏者的想象力与审美感受。对书法象形性的描述可谓不胜枚举,如崔瑗《草书势》中说草书的点画,"旁点邪附,似螳螂而抱枝","若山蜂施毒,看隙缘巇;腾蛇赴穴,头没尾垂"。蔡邕《篆势》中说,"字画之始,因于鸟迹","或象龟文,或比龙鳞","颓若黍稷之垂颖,蕴若虫蛇之棼缊","若行若飞,蚑蚑翾翾。远而望之,若鸿鹄群游,络绎迁延"。《笔论》中说,"为书之体,须入其形","纵横有可象者,方得谓之书矣"。王羲之在《书论》中更说,"凡作一字,或类篆籀,或似鹄头;或如散隶,或近八分;或如虫食木叶,或如水中蝌蚪;或如壮士佩剑,或似妇女纤丽","或竖牵如深林之乔木,而屈折如钢钩;或上尖如枯秆,或下细如针芒;或转侧之势似飞鸟空坠,或棱侧之形如流水激来"。袁昂在《古今书评》中评论各家书法的书法风格时也常常用自然的特点或人的风格来比拟书法的风格,他说:"钟繇书意气密丽,若飞鸿戏海,舞鹤游天,行间茂密,实亦难过。萧思话书走墨连绵,字势屈强,若龙跳天门,虎卧凤阙。薄绍之书字势蹉跎,如舞女低腰,仙人啸树,乃至挥毫振纸,有疾闪飞动之势。"萧衍在《古今书人优劣评》中则把王羲之的字称为"如龙跳天门,虎卧凤阙"。③ 他们甚至经常用"肥""瘦"来评论书法家两种不同的艺术风格,这是

---

① 刘熙载:《艺概》,上海古籍出版社 1978 年版,第 103 页。

② 张彦远:《历代名画记》,人民美术出版社 1963 年版,第 143、151 页。

③ 潘运告编:《汉魏六朝书画论》,湖南美术出版社 1997 年版,第 3、39—43、112、204、222 页。

用人的形体特征来表达书体风格的一种常用方法,如萧衍《观钟繇书法十二意》中"元常谓之古肥,子敬谓之今瘦",羊欣《采古来能书人名》中所谓"胡书肥,钟书瘦",王僧虔《论书》中"刘德升为钟、胡所师,两贤并有肥瘦之断"等都是如此。这些书论家为了表现书法是动静结合的产物,在论述书法描写书法象形性时常常把字体的造型看作是一个动静结合、似动非动、时刻处于动静之间的鸟兽,着力刻画鸟兽开始飞动时瞬间欲动未动的形象,如"蚑蚑翾翾,言未动而似动,未飞而似飞也","鸾凤翱翔,矫翼欲去。或若鸷鸟将击,并体抑怒,良马腾骧,奔放向路","虫跂跂其若动,鸟飞飞而未扬","兽跂鸟跱,志在飞移;狡兔暴骇,将奔未驰","盖草书之为状也,婉若银钩,漂若惊鸾,舒翼未发,若举复安"。① 这些对书法形象的描述与顾恺之提出的绘画要"传神写照""以形写神""迁想妙得"是一致的,都是"学穷性表,心师造化"的结果,对于一个书画家仅仅是外师造化,那不过是死板地刻画事物的外部形状罢了。当然书法的象形性与文字的起源密切相关,许慎在《说文解字·序》阐述文字的源流时就强调文字"象形"这一特点,他把文字的起源与《周易》的八卦联系起来,指出八卦是庖羲氏"仰则观象于天,俯则观法于地,视鸟兽之文与地之宜,近取诸身,远取诸物"制作出来的,仓颉作书也是如此,"依类象形,故谓之文。其后形声相益,即谓之字。文者,物象之本;字者,言孳乳而浸多也;著于竹帛谓之书,书者如也"②。"书者如也"的观点正是书法象形性的理论根源。当然文字不可能纯客观地取"象"于物,而是对客观事物做理性的说明,如用八卦来象征人事的吉凶祸福一样夹杂着人的价值判断与主体意识,带有强烈的感情成分,并同政治伦理道德宣传联系起来。书法也是一样,书法家在注重形体美的同时,更注重书法造型所表现出的精神价值,逸品也就是指书法所表现出的超越世外的精神气质。总之,二者都反映了中国古代书画所追求的"天人合一""天人相通"的审美思想,也就是把艺术的实用性与道德教化的儒家观念及强调艺术的纯粹审美性的道家审美思想密切结合。赵壹《非草书》中对草书的批评就鲜明地表达了对儒家艺术道德教化的强调。在赵壹看来,草书家唇齿常黑地钻研草书乃是一种"天地至大而不见者,方锐精于蚊虱"的行为,这种"俯而扪虱,不暇见天"的怪癖是背经趋俗的,和儒家修身、齐家、治国、平天下的理念根本相对,因此,在赵壹看来"乡邑不以此较能,朝廷不以此科吏,博士不以此讲试,四科不以此求备,征聘不问此意,考绩不课此字"是正常的,"善既不达于政,而拙无损于治"的草书既与政治民生毫无联系又有何用呢? 况且"务内者必阙外,志小者必忽大",书法对人的影响也就可想而知了。③ 赵壹对草书的反对和柏拉图反对文学的道理完全一样,草书的张扬个性、抒发性情都和儒

---

① 潘运告编:《汉魏六朝书画论》,湖南美术出版社 1997 年版,第 41、57、69、84、88 页。

② 潘运告编:《汉魏六朝书画论》,湖南美术出版社 1997 年版,第 10 页。

③ 潘运告编:《汉魏六朝书画论》,湖南美术出版社 1997 年版,第 26—36 页。

家的节欲自持有着矛盾的关系。

魏晋文学、绘画、书法以形似作为追求艺术独立价值的标志,但这并不意味着魏晋艺术家忽视了对现实人生的关注,甚至可以说他们过分地追求形似正是对现实关注的反映。魏晋南北朝是中国历史中动乱最为严酷的时期,从东汉末年宦官专权到魏晋统治集团内部的纷争使无数追求个性的文人惨遭不幸,孔融、杨修、丁仪、何晏、嵇康、卫恒、王衍、张华、陆机、陆云、潘岳、谢灵运等无不如此,更不要说大多数普通文人了,正如《晋书·阮籍传》所说,魏晋之际,天下多故,名士少有全者,竹林七贤各自不同的命运也是如此。因此悠游山林、寄情艺术、纵酒豪饮就是他们逃避现实的共同抉择,嵇康"游心于寂寞,浊酒一杯,弹琴一曲",王微"望秋云神飞扬,临春风思浩荡",无不是在一个艰难困苦的时代追求精神与艺术的自由的写照,正如《洛神赋》《洛神赋图》《兰亭集序》这些伟大的艺术作品在动荡得令人心碎的现实之外建立了一个精神上的王国,正如他们在一个具体的艺术作品中追求顾恺之在《论画》中提出的"以形写神"的观点一样,这正表明了魏晋士人对精神价值的追求。对山水美的欣赏也是如此,对山水美的追求使庄子所主张的朴素清新的自然之美超越了人工烦琐的矫揉造作之美,也就是"初发芙蓉"比"错彩镂金"更美。《南史·颜延之传》讲,当颜延之问鲍照自己与谢灵运孰优孰劣时,鲍照就说:"谢五言如初发芙蓉,自然可爱;君诗若铺锦列绣,亦雕绘满眼。"所以,钟嵘在《诗品》中把颜延之的诗评为中品,并说:"其源出于陆机。尚巧似。体裁绮密,情喻渊深。动无虚散,一字一句,皆致意焉。又喜用古事,弥见拘束,虽乖秀逸,是经纶文雅才。雅才减若人,则蹈于困踬矣。汤惠休曰:'谢诗如芙蓉出水,颜诗如错采镂金。'颜终身病之。"①钟嵘是把颜延之这种崇尚巧似,风格绮靡,古事密意,局促内敛的文学作品放在较为低级的地位,也就是把"错采镂金"的颜诗放在"如芙蓉出水"的谢诗之下,把颜延之放在第二品,把谢灵运放在第一品,从颜延之"终身病之"的自我评价上也可看出,颜延之在某种程度上也是认同这个结论的,而这正是整个时代把艺术精神价值放在艺术"形似"价值之上的表现。魏晋士人追求精神价值与在艺术中对人物精神世界的刻画是一致的,顾恺之《论画》强调要"传神写照""以形写神",张怀瓘《画断》中说顾恺之"神气飘然在烟霄之上","像人之美,张得其肉,陆得其骨,顾得其神",就是重"神"的结果。谢赫《古画品录》中也认为要达到"气韵生动",不仅包括人物画,还包括山水画的气韵生动,就必须"但取精灵,遗其骨法。若拘以体物,则未见精粹",要"取之象外""略于形色",才能达到"颇得神气"的微妙境界。王僧虔《笔意赞》提出的"神彩为上,形质次之",同样说明了魏晋士人以追求精神自由把形、貌、声、色置于"神"之下,以"达神""畅神"为目的的艺术价值观。无论是顾恺之的"传神"理论,还是宗炳的"澄怀观道"都是要求画家追求超出象外的精神世界,

---

① 钟嵘著,周振甫译注:《〈诗品〉译注》,江苏教育出版社2006年版,第94页。

人的"神"与山水中的"道"都是一致的,也就是庄子所说的"技近乎道"的艺术境界,都是绘画"气韵生动"的根源。陶潜的"无弦之琴"也是为了表达艺术的目的在于追求"乐无声兮情逾倍,琴无弦兮意弥在"的境界。文人在有形的现实世界里无法找到的自由,在艺术的精神世界里却可以得到,潇洒不滞于物,空灵以无为本,都是他们精神寂寞,逃避现实的写照,当然优越的社会地位与充裕的物质生活也给了他们创作审美的而非实用的、自由的而非功利的自由空间的可能性。

第二节　魏晋南北朝文学与魏晋南北朝石刻造像

　　魏晋南北朝产生了很多重要的文学家,如三曹父子、竹林七贤、陶渊明、谢灵运等,还出现了很多重要的文学理论著作,特别是曹丕的《典论·论文》、陆机的《文赋》、刘勰的《文心雕龙》等都是名垂千古的著作,他们从各个角度对当时的政治、经济、文化、艺术、人的生存状况进行了全方位的反映与思考,产生了大量描述现实生活的诗、乐府、赋等文学作品,同样也有歌功颂德的赞、颂、传、碑等实用文学作品。同样,在魏晋造像雕刻等各种图像艺术中也全方位地反映了魏晋南北朝时期的现实生活,由于它们的作者多是优秀的民间艺术家,其艺术风格及审美趣味也与那些高高在上的士大夫根本不同,虽然魏晋大量的造像、雕塑、墓室绘画也描绘了当时贵族及普通世人生活的各个方面,如宴饮出游、习武骑射、采桑劳作、战争斗争等各项内容,这些造像壁画中的各种图像,既描述了死者生存的现实世界,也向我们今日的读者展现出他们对那些未知世界的丰富想象。如西晋青釉堆塑楼阁人物罐陶瓷①上有层层楼阁、人物、鸟兽,结构复杂,此类明器象征地主豪门的谷仓。西晋越窑堆纹瓶的层层楼阁间布满了歌舞杂技、仆役、狗、羊等各类动物,这都是豪门地主楼阁庄园生活场景的现实写照。此类器物虽无甚高的艺术水准,但仍能从另一个角度充分反映当时赋等各类文学作品中所反映的层叠高耸的建筑风格及富人优裕的生活场景和审美观念。

　　魏晋南北朝时期由于统治者的提倡,特别是南朝时期随着偏安时局的形成,江南优美的山水、富庶的经济、高大的园林、文人集团的形成等都使宴饮文学走向繁荣,产生了大量宴饮诗、宴饮赋、宴饮文,及大量各类著作中对宴饮的描写与记述,曹植、曹丕、庾信、鲍照、谢灵运、陶渊明等文学作品中都有宴饮的描写,宴饮文学寄情山水,咏物抒情,游戏饮酒,无不表现了文人雅士互相酬唱应和,纵情人生的情形。我们在出土的艺术作品中就可看到魏晋文人宴乐的情景。三国彩

---

① 中国美术全集编辑委员会编:《中国美术全集·工艺美术编 1 陶瓷(上)》,上海人民美术出版社 1988 年版,第 146—147 页。

绘贵族生活图漆盘上有宴宾图、梳妆图、对弈图、驯鹰图、出游图，人物体态修长，笔墨简练传神。三国彩绘宫闱宴乐图漆案上为宫廷宴乐场面，有五十五个人物，四周有禽兽纹、云气纹等，背面黑漆中有朱书"官"字。三国彩绘鸟兽鱼纹漆榼上有天鹿、凤鸟、神鱼、麒麟、飞廉、双鱼、白虎等神鸟神兽，魏晋墓室壁画中的各种怪兽、怪人虽可视为民间文化的象征，但也由此可看出魏晋士人对未知世界的幻想与困惑。三国彩绘人物扁形漆壶残片上有皇帝命素女鼓瑟图，人物图像根据题榜为立印石、醉子溺、女子醉、小儿、张主史、龙信妇、龙椎过、俳儿、康大家等，人物奔放，画风独特，处秦汉写意与魏晋写实之间。[1] 这些图像都鲜明地反映了统治阶层妄想权贵永恒，富贵不易的价值追求，如 1966 年新疆阿斯塔纳出土的北朝—隋的套环"贵"字纹绮[2]，以横排交切的椭圆形为基本骨架，形成套环，内填"贵"字，周围有双鸟及其他花朵、钩藤等作为纹饰。1966 年新疆阿斯塔纳出土的北朝—隋"天王化生"纹锦，锦面织莲花，半身像及"天王"字样，描绘了天王刚从洁净的莲花中化生出来的形象，均为回文诗织锦的雏形，这些寓意吉祥的纹饰正是当时士人生活及其价值观的真实反映。当然宴饮往往离不开山水，离不开宫殿庭院，我们从《洛神赋图》及出土的各种壁画及墓室壁画中均可看出山水及山水画在当时现实生活中的重要地位，反映了魏晋士人的山水观念及山水艺术在魏晋绘画艺术中的重要作用。敦煌壁画中就有大量关于山水的描绘，其题材虽然取自佛教故事，但山水部分的内容却与其他壁画无根本差异。如敦煌 257 窟西壁中层北魏《九色鹿本生》之一、之二、之三，壁画有简单的山水以说明故事的发生背景，但较为简略，图画用一些高低不平的土块代表山，体现了"人大于山，水不容泛"的画史记载。敦煌第 249 窟窟顶南披有西魏《西王母帝释天妃》，以锯齿状土块以代表昆仑山，山中有树、鹿、狼等动物奔跑。这些简略的艺术构图以山水的形式点明了故事发生的客观环境，同时也给图像以美的装饰。敦煌第 299 窟北周《睒子本生》图[3]，窟顶藻井外沿有高山小溪，密林小鹿，山体已比人大，山体不再是如五指一般大小，但人山比例仍不协调，主要是为了叙述故事，告诉读画人故事发生的背景，而不是纯粹为了描述山水环境。约公元 4 世纪末到 5 世纪中南北朝时期克孜尔第 114 窟《鹿王本生》特写图[4]，描写了鹿王在森林发生大火时以身作桥，让动物从身上通过的故事。画中重峦叠嶂，河面宽

---

① 中国美术全集编辑委员会编：《中国美术全集·工艺美术编 8 漆器》，文物出版社 1989 年版，第 67—71 页。

② 中国美术全集编辑委员会编：《中国美术全集·工艺美术编 6 印染织绣（上）》，文物出版社 1985 年版，第 124—126 页。

③ 中国美术全集编辑委员会、敦煌研究院编：《中国美术全集·绘画编 14 敦煌壁画上》，上海人民美术出版社 1985 年版，第 24—27、71、151 页。

④ 中国美术全集编辑委员会编：《中国美术全集·绘画编 16 新疆石窟壁画》，文物出版社 1989 年版，第 65 页。

广,鹿王以身作桥,表现了山不如鹿大的绘画比例。北魏麦积山石窟127窟《睒子本生·国王见睒子盲父母》[1],描写了国王误射睒子后去看睒子盲父母的情景,图中有人物、山水、树木,是一幅完整的山水人物画,构图严谨合理,说明北魏晚期山水画已经达到了较高的水准。我们在北魏流行的各种线刻孝子画像中也能看到山水画的流行,如元谧石棺孝子画像中舜、原穀、董永、蔡顺、尉故事的发生往往

图2-2 元谧石棺孝子图(局部),作者不详,美国明尼苏达州明尼阿波利斯美术馆藏

都有山林的背景,当然舜掘井、填井、整理粮仓,原穀随父亲去山上丢弃祖父,董永和父亲一起劳作,最后一边田间劳动一边在照看父亲,蔡顺伏在发生大火的棺上、四周房屋都在着火,王琳从赤眉军中救出弟弟等,这些故事大多发生在山林之中。但丁兰侍木母的故事为何要以山林为背景呢? 无论故事发生的环境,还是侍母的情景都与山林无关,丁兰侍母画中出现山林的情景主要是为了画面的装饰作用,山水已成为魏晋绘画中必不可少的组成部分,孤零零的人物画已失去它重要的地位。由于石棺的丧葬作用,上面还画满了龙虎风云等各种仙道图像,与山林一起组成了一个神秘而又令人神往的仙界景象。

魏晋时期仙道盛行,出现了大量的游仙诗与游仙画,如曹操的《陌上桑》《气出唱》《秋胡行》《精列》等诗,曹植的《五游咏》《仙人篇》《游仙篇》《洛神赋》《远游篇》等,阮籍的《咏怀诗》,傅玄的《云中白子高行》,王粲、陈琳的《神女赋》,郭璞、庾信、张华、张协、嵇康的《游仙诗》等都充满了神道的典故,创造了各种神奇而又美丽的虚幻世界。游仙画则有顾恺之的《列仙女》、张僧繇的《摩衲仙人图》、谢安的《列仙图》、谢稚的《游仙图》等,在魏晋大量出土文献及墓室壁画中也出现了大量的游仙图。其中对绘画影响最大的就是曹植的《洛神赋》。著名画论顾恺之《画云台山记》则取材自张道陵的仙道故事,根据顾恺之《画云台山记》的内容我们可以看到,张道陵天师和二弟子的构图设计及其天、山、云、水的安排多来自葛洪撰《神仙传》,虽然绘画内容与传记所载有所不同。[2] 曹植诗《灵芝篇》也对孝子董永发出了"天灵感至德,神女为秉机"的感叹,表现了对后来影响很大的董永

① 中国美术全集编辑委员会编:《中国美术全集·绘画编17麦积山等石窟壁画》,人民美术出版社1987年版,第67页。
② 宿白:《张彦远和〈历代名画记〉》,文物出版社2008年版,第42页。

与仙女的故事。不仅魏晋文学、绢帛绘画中有着丰富多彩的表现,在魏晋造像、壁画及墓室壁画中同样也有着广泛的反映。十六国北凉《月和西王母》壁画中的西王母头有三髻两簪,肩披帔巾,双手合拢端坐于若木之上,左边为一仕女,手持一曲柄华盖,上有满月,月中有蟾蜍,再上有一倒悬龙头,两侧画满流云,左下为九尾狐,右下为三足乌,脚下为昆仑山,山上有三只青鸟,其造型技巧娴熟,线条流畅,造型生动。十六国北凉《神马》中白马红鬃,四肢奔腾,形象生动,神采飞扬,四周画满飞云,下为昆仑。东魏茹茹公主墓门墙壁画,中央绘一只展翅飞翔的绿羽大朱雀,颈戴绶带,喙衔瑞草,神武威严,再配以兽面人身鸟爪之方相氏,作伸爪之状,有驱鬼辟邪之效用。升仙的世界比现实的世界更神秘,也更威严。① 江苏省南京市南朝萧景墓墓前石兽②,此辟邪形体硕大,背有羽翼,昂首挺胸,威武雄壮,守护陵墓,为南朝艺术珍品。魏晋南北朝雕塑中的人首鸟身和兽首人身画像与邓县墓写明"千秋万岁"的画像砖一样有着"长生不老"之意。其内容也以传统的汉文化思想意识为主流,如四神,麒麟,凤凰,属于道教神仙故事的浮丘公、王子乔、羽人,宣扬儒家思想的"老莱子"等③。 南京、丹阳出土的六朝时期的帝王和皇室贵族陵墓画像砖中就充满了企求升仙的佛、道纹饰,如各种羽人戏龙、羽人戏虎、飞天、神兽、莲花纹、忍冬纹等。这些仙道故事与直接反映现实生活的各种文学及绘画作品不同,它们从另一个侧面反映魏晋士人对神仙世界及死后冥界的想象、思考与恐惧。

人的形象则是魏晋造像中最直接的基本主题。魏晋南北朝的造像雕塑作品多取自佛教题材,但其人物形象的塑造与绢帛画及文学作品中所描写的人物形象却往往追求相似的审美气质,也就是当时所流行的"秀骨清像",这种人物形象在顾恺之《女史箴图》《洛神赋图》、南朝砖像画《竹林七贤》中都有具体的表现,都追求一种体态修长、面貌清秀、气质俊逸潇洒、衣饰简洁流畅之美,这与魏晋士人强调形貌,追求世外的宁静高远,饮酒服药,甚至男性追求女性之美有着必然的联系,因此以吸引打动普通信众为目的的佛像雕塑自然也就容易把世俗的审美观念用来雕塑与佛教内容有关的雕像。炳灵寺北石窟寺 237 窟北魏《供养人浮雕像》,身材修长,俊美清秀,衣服宽博潇洒,体现了典型的魏晋风度。炳灵寺 126 窟北魏《菩萨像》,身体修长,清俊秀美,似一少女亭亭玉立。另一北魏《菩萨

---

① 中国美术全集编辑委员会编:《中国美术全集·绘画编 12 墓室壁画》,文物出版社 1989 年版,第 38、40、50 页。

② 中国美术全集编辑委员会编:《中国美术全集·建筑艺术编 2 陵墓建筑》,中国建筑工业出版社 1988 年版,第 26 页。

③ 中国美术全集编辑委员会编:《中国美术全集·雕塑编 3 魏晋南北朝雕塑》,人民美术出版社 1988 年版,第 24 页。

像》也是风格清俊秀美。① 这些佛教雕像虽然取材自佛教,但其反映的人的精神气质,衣着风貌与魏晋人物论中所推崇的人物风格基本吻合,与大唐庄严华贵风格不同。龙门石窟宾阳洞主佛释迦牟尼像也表现了北魏人尚瘦的审美观念,面部清瘦,脖颈细长,体态颀长,衣纹细密。古阳洞北壁中层北魏《供养人行列》,人物修长,有南朝"秀骨清像"的画风,应是当时人物真实描绘,古阳洞法生龛下部北魏另一《男女供养人行列》则虔诚肃穆,风格基本相似。古阳洞南壁中层北魏《佛传故事龛楣》以释迦成道为中心,向两边展示出佛陀一生的故事,有乘象投胎,树下诞生,步步生莲,九龙灌顶,王宫报喜,阿私陀占相,立为太子,游观园林,山林之思,苦修称道等,是龙门唯一完整的佛传故事。② 这些取材自佛教故事的连环塑像从整体上反映了魏晋人对佛教的基本理解,而造像却完全按照现实中的人及其生活方式来刻画。麦积山石窟雕塑中北魏第 133 号窟第 10 号造像碑③是十八通造像碑中最珍贵的一通,以一佛生平传记为题材,上有"树下思维""阿育王施土因缘""佛入涅槃""深山说法""乘象入胎""降服外道""树下诞生""九龙灌顶""布发掩泥""燃灯授记""文殊问疾""鹿野苑初转法轮"等,故事生动,人物鲜明,有树木、花草、鸟兽等,丰富多彩,完全是现实生活世界的写照。从这些精美的佛教雕像中我们能看到魏晋士人、民众的现实生活与审美情趣,如果把它们与魏晋绢帛摹本画中的人物画像进行比较,也能发现其中的相似性关系。很显然,这些不同形质的艺术品都来自当时士人、民众的现实生活,来自他们对生活、生命鲜活而生动的丰富感受,所以金维诺在谈到宋代摹本《洛神赋图》与原作关系时,说:"《洛神赋图》有不少摹本,而以故宫博物院所藏宋代摹本最接近原作,以所描绘的曹植及仆人与北朝石窟供养人像、龙门宾阳洞礼佛图等相较,以整个故事画的处理与洛阳出土的北朝石刻画像以及麦积山本生图等相较,可以很明确地证明这一点。所以这虽然是一件宋代摹本,但在一定程度上仍然代表了顾恺之那个时代的艺术水平。"④这些人物画像、山水风景、奇珍怪兽都是魏晋士人及普通民众对现实及未来世界的基本理解。

在魏晋南北朝时期造像中洛阳龙门石窟是最为典型的融造像、雕塑、文学、书法为一体的综合艺术体中的代表作品,是典型的文图密切结合的艺术宝库,龙门造像记也往往都是雕刻、书法、文学兼美的艺术体。龙门石窟本为一个艺术整体,但在以往的艺术研究中研究者往往都从自己的角度出发,对龙门石窟做分别

---

① 中国美术全集编辑委员会编:《中国美术全集·雕塑编 9 炳灵寺等石窟雕塑》,人民美术出版社 1988 年版,第 80、92、93 页。

② 中国美术全集编辑委员会编:《中国美术全集·雕塑编 11 龙门石窟雕刻》,上海人民美术出版社 1988 年版,第 15、20、21 页。

③ 中国美术全集编辑委员会编:《中国美术全集·雕塑编 8 麦积山石窟雕塑》,人民美术出版社 1988 年版,第 51 页。

④ 金维诺:《中国美术史论集》,人民美术出版社 1981 年版,第 93 页。

的研究,佛教造像、浮雕石刻、碑刻书法等为此而被分离,研究书法者仅仅关注石窟中的书法部分,对图像不做任何的关注,很少从文图一体的角度进行考察。魏晋文图关系的研究则必须重新回归整体,使书法、绘画、文学重新结合在一起研究。

北魏孝文帝迁都洛阳后即在龙门开凿石窟,雕刻石像,并附有大量的碑刻题记,形成雄伟浑厚的风格。洛阳龙门石窟现存石窟总数有 2 100 个,造像 10 万余尊,造像记及其他铭文石刻 3 600 余件,洞窟中还布满了各种装饰性的花纹图饰,可谓是多种艺术的完美集合,其中最为著名的古阳洞就是集石刻、造像、书法、题记于一体的综合艺术群体。魏晋南北朝大量石窟造像、碑刻都是以一种理论认识为前提的,那就是具体的图像有抽象的语言所无法企及的艺术效果,这也就是图像相对于语言所具有的价值。从佛教造像、雕塑、绘画来看,图像有语言所无法达到的东西,特别是佛教美学所追求的彼岸世界完美、崇高、圆满、自由的精神境界往往是语言所无法表达的,所以佛教与禅宗中往往以拈花微笑,不立文字为指归,然而信众却可以通过目睹释迦牟尼的画像来体悟其精神的最高修养来感化自己,这也是佛教造像的根本目的。北魏洛阳龙门石窟造像《说法维摩诘》[①]中维摩诘圆头圆脑,宽袍大袖,高冠无髻,右手执鹿麈,左手舒展,似在高谈阔论,虽与传统所谓"清羸示病之容,隐几忘言之状"不同,是魏晋士人真实生活的表现,但世人仍能从中发现佛教最终追求的精神自由的境界。即使如今日蔡志忠的佛教插图,也是如此。蔡志忠所绘《漫画佛学思想》中有一长段关于佛陀一生的叙述与解释,这些解释都是常见的,甚至在任何关于佛教的书籍都可找到,如:"出生后即丧母,悉达多自幼多愁善感,受传统婆罗门教育,常感世事无常,于29 岁时出家,先随沙门思潮的两位大师阿罗达迦罗摩和乌陀迦罗摩子学习禅定,后来又自性苦行了六年,最后在菩提树下悟道成佛。智度论二曰:'佛陀,秦言智者。有常无常等一切诸法,菩提树下了了觉知,故名佛陀。'"[②]这简明扼要的叙述并不能告诉我们佛陀的相貌神态及相貌中所显示出的精神世界,这种内在的精神通过外表形象的显示是如此重要,中国传统言意之辨的主要争论之处就在于语言能否传达这个所谓的"拈花微笑"与佛教最终追求的心神的宁静高远,至于菩提树的高矮及形貌更是我们无法想象的。但蔡志忠的绘画却能使我们对此种想象略感一二,减少了语言阅读中所无法解释的各种困惑,在某种程度上可以说,佛教的境界更适合于图像来表达,特别是对于那些较少接受教育的普通信众更是如此,所以魏晋佛教造像的巨大发展也是逻辑与历史的必然了。佛教艺术最终追求的乃是一种理想的境界,而不仅仅是一种和现实图像一致的"相像"

---

① 中国美术全集编辑委员会编:《中国美术全集·雕塑编 11 龙门石窟雕刻》,上海人民美术出版社 1988 年版,第 66 页。

② 蔡志忠编绘:《漫画佛学思想》上册,商务印书馆 2009 年版,第 15 页。

"摹仿"。艺术并不仅仅只要真实,只追求与事物的相似而不要美与善,正如宙克西斯所画的葡萄只能引来小鸟的啄食一样,"和原物一样"并不是绘画存在的唯一原因和动机。绘画还有另一个更为重要的原因,那就是它要美,要感动观众,激发人们强烈的审美愉悦和热爱,在内心的深处能够打动观者,为他们将来的行动做准备。至少是在欣赏的当时能够使他们流连忘返,沉浸在艺术所特有的迷人之中,无论是新奇式样或是花哨色彩对普通人的感染,还是绘画的哲理与深沉的理念所特有的崇高对寻道者的打动,都是艺术存在的不可或缺缘由,因为艺术吸引人比食物吸引小鸟要具有更重要更深刻的内涵。希腊雕塑中理想与现实密切结合的原则我们在魏晋造像与绘画中也能深刻体察到,特别是佛教造像更是如此。古今中外伟大的思想家、伟大的艺术品无不以此为最终目的,苏格拉底、柏拉图、亚里士多德、孔子、孟子、老子、庄子,无不把道德的内容作为文学与艺术批评的基本原则,虽然他们对道德的认识有着不同,但他们对艺术作品评价的基本原则与对人的评价的基本原则有着相通之处。由此看来,言意之辨的本质在某种程度上可以引申为文图关系问题,也就是文与图哪个更能达意。这个意不仅仅是指人的思想,更是指人应该达到的最终追求,语言在某些方面并不如图更能传达佛的拈花微笑所追求的内在精神的平静与自然,博爱的精神用图像往往表达得更加淋漓尽致。这也是僧人书法、绘画与佛教造像、雕塑所表现出的基本审美特征,所以在佛教的传播中图像起着非常重要的作用,特别是在教育非常不发达的中国古代社会更是如此。魏晋时期伟大的佛教造像雕塑都充分利用了雕塑自身所特有的坚硬、静穆、永恒、崇高、对俗世的超脱,并与自然完美融为一体来充分体现宗教所追求的庄严而神圣的境界。这种境界是由纯真的虔诚、崇高的追求、坚忍的信念、深挚的情感与形式上完美的质朴一起来实现的,它所追求的伦理与社会原则使它成为一座从现实通向理想的桥梁,再加上石窟整体上追求审美的崇高与宗教的超越使得它成为今日的我们理解魏晋文化一个不可缺少的维度,无论文学还是艺术都表现出魏晋文化出世与入世的融合与对立,特别是佛教艺术的发展更彰显了这个方面。北魏南北朝开凿的石窟、建筑与雕塑不仅是集体记忆的标志,也是当时社会影响人、改造人的精神世界与整个社会文明程度的基本手段,时至今日也是如此。大量的佛教造像雕塑既有对佛超脱世俗风格的精彩描绘,也有关于世俗生活及现实人物形象的刻画,这是为了使接受者能把世俗人生与佛教所最终追求的解脱性的人生密切结合在一起。魏晋时期的宗教艺术在某种程度也可称为民间艺术就在于:一方面是它与民间广泛密切的联系,另一方面是它往往很难找到真正的创作者。关于佛像的存在价值,我们也可以借用西塞罗对朱庇特的解释来说明其原因,虽然佛像的存在对早期的佛教来说是违反佛教的基本原则的:"雕塑家或画家靠他们自己不能再现出智慧与聪敏,他们永远无法把纯粹的聪敏智慧行之于具体形式,因为这种形式是超乎常人经验之外的,是虚幻的,因之,人们只能依赖一个我们或可承认它代表了某种精神价值的人体形象。由于缺乏神的模特儿,于是用一个像是器皿般的装载了理性和智慧的人体来代表神。我们试图利用可视可感的材料作为象征去表现一种看不见和把握不到的东西。这种象征比那些野蛮人把野兽或其他荒诞低下之物奉为神明的象征要高明得多。"基督教的基本教义也是反对圣像的存在,因为《摩西十诫》中就明确反对制造圣像,但时至今日我们仍然看到大量的圣像存在,究其原因,正如圣山阿道斯的《指南书》中所说的:"我们不说这幅画或那幅画描绘的是耶稣或圣母,但是当我们向某个形象致以敬意时,我们认为这是在向这个形象所代表的典范致敬。"我们对各种佛像也可这样理解,在这里,艺术造像不过是一座桥梁,它是通向理想价值理念的中介,也是指向月亮的手指。关于艺术与道德,文杜里在《西方艺术批评史》中说:"道德与宗教需要艺术作品去表现,但这并不是说艺术的作用就在于进行宗教和道德教育(这种场合产生的是说教而非艺术)。不过,从需要上看,艺术家对自己的创作活动采取的态度,常常是由严肃的道德感和对于无限的宇宙的向往而形成的。"①

石窟造像作为石窟艺术的主要形式,其造像记的内容大多是造像者、造像时间、造像动机、发愿对象、发愿文、经文等,其字体自然是适于表达庄重神圣的正体字,孙过庭《书谱》说"趁变适时,行书为要;题勒方幅,真乃居先",行书灵活方便,可以应时急需,所以王羲之大量书简多是行书,典诰文册用楷书书写则更能表达典雅庄重的需要,所以魏碑的各种书体大都是庄重典雅的楷体。造像记还往往配合着造像的各种题材,如佛、菩萨、飞天、比丘、供养人或佛教故事等被雕刻师分布在不同的位置,以使整个石窟、佛龛、雕像碑显得更为和谐且富有变化。有时造像记字体和镌刻面积都很大,便以碑刻的形式出现,其螭龙、碑额、底座便与造像记一起成为碑刻的一个有机组成部分,其造型设计、雕刻风格、书风特征、装饰纹样、石质题材无不具有装饰之美,体现着不同时代、不同地域、不同艺术家审美趣味的艺术风格。造像记多为骈文,其后的祈愿结尾往往以"颂""辞"的方式重复题记的内容,用词精美,音韵和谐。现保存下来的魏晋南北朝造像雕塑中大量的造像都有铭文,如北魏《黄兴造像》上半部为方格中线刻浮雕佛教人物故事,下为长造像铭文,以说明造像起因及供养人姓名。其他如北魏《刘保生造像》、北魏《朱双炽造像》、北周道教造像石刻《马洛子石造像》、北周《陈海龙等造四面像碑》等,有些文字占据画面很大比例。② 北魏洛阳龙门石窟造像也多有题记、造像记等,其中《比丘惠成造像记》《魏灵藏等造像记》《杨大眼造像记》《孙秋生等造像记》《比丘法生造像记》等均是著名造像记。如《魏灵藏等造像记》文辞富丽,运用了大量的骈体文,氤氲和谐,气势连贯。如"乘豪光东照之资,阙兜率

---

① 文杜里著,迟轲译:《西方艺术批评史》,江苏教育出版社 2005 年版,第 25、39、239 页。
② 中国美术全集编辑委员会编:《中国美术全集·雕塑编 3 魏晋南北朝雕塑》,人民美术出版社 1988 年版,第 75、78、79、161、162 页。

翅头之益""舍百郡则鹏击龙花,悟无生则凤升道树"等句,华美遒劲,具有很强的文学性。① 其中最为著名的还是龙门四品,后又扩充为龙门二十品,其中十九品都在古阳洞。② 这些造像题记分别记载着佛龛的雕凿时间、人物、目的等,其风格端正大气、刚健质朴。龙门四品分别为《始平公造像记》《孙秋生造像记》《魏灵藏造像记》《杨大眼造像记》,其书法作品已是中国书法史上最富有时代艺术风格的作品集之一。其中洛阳龙门石窟古阳洞北魏孝文帝太和年间《始平公造像记》③全用阳刻,有界格,线条刚劲有力,风格宽博挺拔,撼人心魄,虽是无名之辈的作品,实是中国书法史上的不朽之作。造像记除阐明了造像的原因——佛教信仰外,还讲明了造像对于加深信仰的功效:"夫灵踪弗启,则攀宗靡寻;容像不陈,则崇之必□。"正如北魏《比丘尼法柯造像记》中所说:"夫圣觉潜晖,绝于形相。幽宗弥邈,攀寻莫晓。自非影像,遗训安可崇哉。"④提出展示佛的形象及其可为众信徒的崇拜和瞻仰提供可能,这种借助图像艺术感染力以加强宗教情感的做法,无论在基督教还是在儒家文化传统都是如此。其中《魏灵藏造像记》中也阐明了这个观点,所谓"应真悼三乘之靡凭,遂腾空以刊像",寻求解脱的人,可以根据自己的想象来塑造佛像以完成自己追随佛法的心愿。北魏各造像记除了方正严谨、刚劲有力的书法作品外,文字多是表达造像者虔诚的心愿,因此也是精挑细刻,辞藻华丽,且文体多用骈体,对仗工整,排比罗列,音律和谐,典故相应,富有感染力,再加以佛像的雕刻,应该是文、图、书三项完美结合的典范。其中《石门铭》中关于石门险要环境的描写及石门开凿后盛况的刻画都让人对这一历史功绩心生无限敬佩之情,令人惊奇的建筑壮举、惊心动魄的记述与潇洒自然不拘一格的书体相统一,实是三美一体,充分展现了造石门者的伟大及书写《石门铭》者的虔诚。这些魏晋南北朝碑刻的书写者大都是处理文书的普通小吏,且均不署名,所以很多著名碑刻的作者,如《孙秋生造像记》之萧显庆、《始平公造像记》之朱义章、《石门铭》之王远,也多史无记载。这些石窟造像的民间艺术家,他们饱尝风吹日晒,在文人雅士游山玩水之际,他们用汗水与艰辛雕琢了一件件完美的艺术品,而这种艰苦的劳动是那些生活优裕身体柔弱无力的达官贵人所无法承担的。同时这些不囿于成见的无名书法家又往往具有无限的创新魄力,其生动自然、不拘一格的鲜活精神也是那些生活在沉闷死板的宫廷之中的文人雅士所不及的,因此魏碑造像的宏大有力、舒展刚强的风格是在那些文人艺术家中所根本没有的。魏晋造像碑刻保留的这些大量民间艺术家的伟大成就正从另一个角度展示了中国文化强大的生命力与坚韧不拔的气概。

---

① 俞丰:《经典碑帖释文译注》,上海书画出版社 2009 年版,第 183—184 页。

② 俞丰:《经典碑帖释文译注》,上海书画出版社 2009 年版,第 169 页。

③ 中国美术全集编辑委员会编:《中国美术全集·书法篆刻编 2 魏晋南北朝书法》,人民美术出版社 1986 年版,第 162—163 页。

④ 俞丰:《经典碑帖释文译注》,上海书画出版社 2009 年版,第 169 页。

我们从被称为魏碑第一、现藏山东曲阜孔庙的北魏《张猛龙碑》[1]可以看出北魏碑刻中这种文采、书法一体的艺术风格。此碑结体雄健严密，笔法斩钉截铁，除其被书法界长期称颂的笔力精绝、真行兼美外，其文字内容也可谓是精金美玉，令人赞美。特别是描写张猛龙对父母的孝顺与怀念："年廿七，遭父忧，寝食过礼，泣血情深。假使曾、柴更世，宁异今德？既倾乾覆，唯恃坤慈。冬温夏清，晓夕承奉。家贫致养，不辞采运之勤。[2] 其冬天为母亲暖被，夏天为母亲扇席的纯孝令人感动，所以启功读此帖常常感动万千，唏嘘不已。他说："清颂碑流异代芳，真书天骨最开张。小人何处通温清，一字千金泪数行。"并解释说："功获此碑帖旧拓本，温清未泐。小子早失严怙，近遭慈艰，碑文不泐，若助风木之长号也。"[3]由于魏晋石刻一般不著名字，所以很多碑的书写者并不为史所知。启功对《张猛龙碑》非常珍爱，认为此碑为北朝诸碑之"冠冕"，不惜以旧拓多种易得，盖因碑上"冬温夏清"四字未泐，正反映了自己幼年失怙近又失母的艰难人生，所以说"小人何处通温清，一字千金泪数行"。从这个角度，碑帖中的文学抒情与书法形式上的完美充分融合在一起了。书法的书写本身就是一个视觉化的过程，与绘画以图像与色彩表现事物的图像化过程不同，书法是以字形之美来展示书法家对美的理解，《兰亭集序》的书写乃是王羲之将文学的语言艺术与书法的视觉艺术完美结合的结果。当然在书法史上也常常出现仅仅注重书法形式美而完全忽略文学内容，甚至是语言内容的情况，也就是说如同欣赏绘画一样，很少顾及书法语言所表述的内容，正如启功《论书绝句百首》之四一说："买椟还珠事不同，拓碑多半为书工。滔滔骈散终何用，几见藏家诵一通。"启功在解释文字内容与书法形式之间的关系时又说："然自书法言之，崇碑巨碣，得名笔而益妍；伟绩丰功，借佳书而获永。是知补天之石，尚下待于毛锥；建国之勋，更旁资于丹墨。虽燕许鸿文、韩欧妙制，于毡腊之前，仅成八法之楦，又何怪藏碑者多而读碑者少乎？夫撰文所以纪事，濡丹所以书文，而往往文托书传，珠轻椟重。岂谀墓过情者，有以自取耶？"启功阐明了碑帖的流传过程中言语内容与书法形式在不同时间所起到的不同作用，开始是为了让书写的内容能借助书法的形式得以流传，但随着时间的流逝，书法的形式最终占据了主导的地位，从而取代了书写的内容，最终竟然到了书写的内容被完全忽视的地步，以至于出现了王羲之书《兴福寺碑》，而碑的主人竟是宦官并在碑记中说其妻"圆姿替月，润脸呈花"。柳公权更是虽然以"心正笔正"来论书法，但他为险恶宦官书写《神策军碑》、为奸僧端甫歌功颂德书《玄秘塔碑》。所以启功说："劲媚虚从笔正论，更将心正哄愚人。书碑

---

① 中国美术全集编辑委员会编：《中国美术全集·书法篆刻编2魏晋南北朝书法》，人民美术出版社1986年版，第181—183页。

② 俞丰：《经典碑帖释文译注》，上海书画出版社2009年版，第234页。

③ 启功：《启功论书绝句百首》，荣宝斋出版社1995年版，第19—20页。

试问心何在,谀阉谀僧颂禁军。"①而现今的书论很少再论及柳公权所书二碑是为奸臣佞党了,其主要原因就在于二碑的内容被淹没在柳公权劲媚丰腴的书法之美中,形式之美已完全取代了文字所记述的内容。虽然柳公权为权奸歌功颂德的目的也许是一时之权宜,但"心正""笔正"的矛盾确是书法形式美与文学内容之间不能完全统一的表现,如《兰亭集序》那样能把书写的内容与书写的形式高度完美地统一确是中国书法史上少有的杰作。

魏晋南北朝造像、雕像、画像石、画像砖是艺术家们以刀代笔在坚硬的石、砖面上创作的精美图像艺术,这些精美的艺术与山林、石窟、墓室、石阙等融为一体,再加以其内容丰富多彩,多为历史故事、神仙鬼怪、奇禽异兽、花草树木等,往往都是文图一体的综合艺术体。魏碑造像记虽有书法的基本特性,它书写的内容是文字,其外在的形式则与绘画相通,书法的笔墨、色彩、构图,对线条美的无上追求,线条本身的形状、变化、质地就是形象,彰显了书法作为视觉艺术的本质,所以书法是以语言为载体,同绘画一样是以笔墨线条为图像,供人欣赏的空间图像艺术。但魏碑造像记不仅是一种书写艺术,更是一种雕刻艺术,是文、书、刻三者合一的综合艺术。新疆和甘肃敦煌藏经洞发现大量魏晋南北朝时期的经卷和残纸说明当时纸已经取代帛书和竹木成为主要的书写工具,用笔在纸张上书写与在竹简上书写根本不同,从而也产生了根本不同的审美效果。与纸张和竹简都根本不同,魏晋广泛流行的石窟造像与摩崖石刻则依山势造窟凿石,雕刻与书写也常常随山体的高低之势与石质的硬软不同而不同,造像与山体融为一体,往往产生宏大震撼人心的效果,与拿在手中直接观看的纸质书卷所产生的优美可爱根本不同,其审美效果迥然有异。书法的媒介有石、木、铜、玉、竹、帛、砖、墙壁等,其中墨迹的书写与金石的碑刻给人以截然不同的审美感受。在《兰亭》的墨迹的临摹与碑帖的翻刻流传过程中,翻刻的尺寸、行列的安排、字迹的缺失、字口的磨损、字的界格及装裱等,这些因素都直接影响《兰亭集序》的视觉审美效果,再加翻刻过程中具体的技术问题,如双钩、填墨、上石木、雕刻、翻拓等,在这过程中不同人的技术工拙、材质的不同、操作的时间与环境等都对其呈现在世人面前的面目有直接影响。这一切最后都要呈现在翻拓的纸张上,翻拓就是二次创作,纸张的质地、薄厚、燥湿,用墨的浓淡、轻重、明暗也都使《兰亭集序》翻拓的效果不同。中国书法史上刀笔、碑帖之争乃是关于两种根本不同的审美媒介所产生的美感不同的争论,启功所谓"透过刀锋看笔锋"的说法也是要尽力融合二者的审美特点,既要看到用笔的特点,又能明确字的结构,使人不要偏废刀笔给人的不同审美感受。

书法中的用笔书写与用刀刻碑也是书法美学中的关键问题,因为王羲之的《兰亭序》纸本早已不存,流传下来的除了几本唐摹本外,大都是从刻石上复制下

---

① 启功:《论诗绝句》,三联书店 1990 年版,第 88、89、110 页。

来的拓片，其艺术效果与书写在纸上的原初效果根本不同，正如各种兰亭拓本与陆机《平复帖》的效果不同一样，这也是中国书法史上的"刀笔""碑帖"之争的根本问题。因为刀、笔的不同书写方式直接影响，甚至决定了书法的不同审美气质。关于碑帖之争，如果你以帖的风格与尺度来评价碑，那确实只是看到生硬与土气，但如果以它自身的尺度，那就会看到刚强与朴素。不仅如此，甚至每个艺术家都有自己的风格与创造，即使是他自己的每部作品都带有不同的颜色，体现了独特的追求。关于《兰亭序》的问题既有"真赝"的问题，也有"妍媸"的问题，前者是求真的考古学问题，后者则是求美的图像学问题。郭沫若 1965 年发表了著名的《由王谢墓志的出土论到〈兰亭序〉的真伪》，以南京附近出土的东晋王兴之夫妇墓志、谢鲲墓志及其他晋代砖刻文字基本上是隶书的特点，认为王羲之的字体也应该是"没有脱离隶书笔意"的，而《兰亭序》的字体则和唐代的楷书一致，因此，《兰亭序》的真实性是存在问题的。① 郭沫若的观点受到了高二适、商承祚等学者的反对。究其两派争执的焦点除了历史、文学、书法等内容外，还有一个根本的书法图像学问题，也就是书法作为一种图像艺术，其字体、书体、书风的发展与时代的关系问题。关于《平复帖》的争论也是如此。陆机《平复帖》为现存最早的书法真迹，比王羲之《兰亭序》略早五十年，其草书与篆隶结合，浑圆高古，然其文让历代鉴赏家"苦不尽识"。历代关于《平复帖》内容的争论不仅仅是文字语义的争论，更是书法字形字体的争论，对《平复帖》内容合理的解读必然要把当时的语言文字与草法书写的规范合理结合在一起才能完成。同样关于《兰亭序》的真伪之争，不仅仅是关于《兰亭序》的文字内容之争，更是关于兰亭序的书写风格之争。郭沫若认为《兰亭序》是伪作不仅仅是因为《兰亭序》所表达的思想内容与王羲之的思想不尽吻合，更重要的是《兰亭序》的书体与当时出土的各种墓志的书风不同，而反驳者高二适也是从这两个方面进行了自己的论证。总之对《兰亭序》的认识是从两个根本不同的方面来进行的：其文字的内容与书写的外在图像之美，清新自然的文风与朴实畅达的书写完全融为一体，的确与《平复帖》给人的阅读及视觉审美效果迥异。在书写不同的作品时，由于书写内容的不同，再加以书写者的精神状态不同，作品最后所呈现出的精神气质也是不同的，《书谱》所谓"五乖""五合"，"乖合之际，优劣互差"，这一切都会直接导致书法的不同结果。孙过庭《书谱》在谈到王羲之的书法形式与其书写内容之间的关系时说："写《乐毅》则情多怫郁；书《画赞》则意涉瑰奇；《黄庭经》则怡怿虚无；《太师箴》又纵横争折；暨乎兰亭兴集，思逸神超；私门诫誓，情拘志惨。所谓涉乐方笑，言哀已叹。"②王羲之在写《乐毅论》《东方朔画赞》《黄庭经》《太师箴》《兰亭集序》等不同的文章时，文章不同的内容，如《乐毅论》中的感伤忧郁、《东方朔画赞》的瑰丽奇

---

① 郭沫若：《由王谢墓志的出土论到〈兰亭序〉的真伪》，《文物》1965 年第 6 期。
② 孙过庭著，马永强注译：《书谱·书谱译注》，河南美术出版社 1986 年版，第 88 页。

妙、《黄庭经》的虚无缥缈、《太师箴》抗争曲折、《兰亭集序》的惠风和畅、《告誓文》的压抑悲惨等都对王羲之的书写产生了不同影响。人在高兴时就发出笑声,悲哀时就发出叹息,文学内容的书写不仅能直接反映同时也能影响书法家心情,语言的表达与书法形式的表达都与书写者的内心情感联系在一起,如同自然时序的变化一样不可强作为体。清中后期随着碑学兴起,书法界也就出现了魏碑风格的《兰亭集序》,启功就曾发现清代伪造的魏碑《兰亭集序》。① 但至少能让欣赏者看到不同风格书写的《兰亭集序》,这种以刚劲的魏碑风格书写的《兰亭集序》,和传统的典雅潇洒的风格相比,给人以一种怪异的感觉。也许这正是主张目前存世《兰亭集序》为假的学者所认为《兰亭集序》应该具有的风格,因为这正是那个时代普遍具有的风格。但从陆机的《平复帖》来看,魏晋流行的书风也并非全是魏碑的风格,魏碑刚劲峭拔的风格主要出现在造像石刻之中,且是多由刀刻的加工手段造成。

　　书法作为一种图像艺术,它的主要价值还是体现在它的书写的外在形式上,像《兰亭集序》这样文学与书法完美结合的作品在魏晋文学与图像关系史中确实是一个非常有代表性的个案,至于《兰亭集序》为何没有入选《文选》,历来多有争论,但无论如何,王羲之对文学的影响与他对书法的影响是不可同日而语的。《兰亭集序》作为中国文化一个富有象征性的符号,不仅仅是由于其文学内容,而是其书法形式与文学内容完美融合所呈现出的一种内外合一、本末兼修的审美价值取向。但是这种内容与形式完美结合的艺术品在后代的流传中其书法的形式之美更受到了重视,而文学内容的优美却往往被视而不见了。历代心摹手追王羲之字的人,包括帝王、书法家、鉴赏家不计其数,历代《兰亭集序》临本也数不胜数。首先就是他的儿子王献之——虽然关于王献之与王羲之书法成就的高低历来就争论不断,至于帝王有唐太宗、宋徽宗、宋高宗、康熙帝、乾隆帝,书法家有虞世南、欧阳询、褚遂良、薛稷、颜真卿、柳公权、徐浩、张旭、苏轼、米芾、赵孟頫、文徵明、董其昌等可谓是各得右军之一体,或得其遒劲,或得其温秀,或得其清爽,或得其变化,但这都是指其书法的形式之美。在唐贞观年间唐太宗就命赵模、韩道政、冯承素、诸葛贞等四人,各拓《兰亭集序》数本,用以赏赐皇子、王公大臣,其根本动机乃在于推广《兰亭集序》的书法之美,而不在于《兰亭集序》的文字内容,因为即使书写再多,其文字内容也是不会发生变化的。唐代还出现很多著名的《兰亭集序》临本,如褚遂良、虞世南、欧阳询、柳公权、陆柬之等书法家的临本,敦煌就有临《兰亭集序》残本,虽无名家的严谨大气,却也顺畅自然,表现了《兰亭集序》追求内在潇洒自由的书风。历代不断临摹、书写兰亭的根本原因也是为了充分展现《兰亭集序》的书法之美。姜夔《续书谱》中强调学习书法的人要从临摹入手,把古人的名帖置于书案,朝夕揣摩,达到毫发无爽的地步。米友仁

---

① 郭沫若等:《兰亭论辩》,文物出版社 1973 年版,第 72 页。

在跋米芾临《右军四帖》中说："所藏晋唐真迹，无日不展于几上，手不释笔临习之。夜必收于小箧，置枕边乃眠。"这些书法家所追慕的主要是王羲之的书法成就，而并非其文学成就。临与摹虽然都是学习古帖字形、书法风格的重要途径，但二者又有不同，所谓"临书易失古人位置，而多得古人笔意，摹书易得古人位置而多失古人笔意①。正如黄庭坚强调临摹《兰亭集序》要肥瘦适中、形神兼备，这个神并不是书法的文字内容所展示的精神气质，而是书法字体所展示出的书法家及其书体的精神气质。同时集王羲之字也是取其书法形式之美的一种重要方式，最为典型的就是唐贞观年间弘福寺僧人怀仁从唐内府藏王羲之书法及民间王字遗墨中集字，历时二十余年完成了唐太宗的《大唐三藏圣教序》、唐高宗的《述三藏圣记》，及二者给玄奘的答谢启，碑后附有玄奘所译《心经》，成为中国书法史上百代楷模。② 怀仁集王羲之《圣教序》更是选择了王羲之书写的字的外形来表达佛教的内容，这至少表达了书法的形式与书写内容之间并不必然的自由关系。

孙过庭在《书谱》中说："然君子立身，务修其本，扬雄谓诗赋小道，壮夫不为；况复溺思毫厘，沦精翰墨者也！"③在扬雄看来，无论是诗赋，还是雕虫篆刻，都是小道，不是君子修身立命的根本，更不用说是用笔书写诗词赋以仅仅追求其外在的视觉形式之美了，想想赵壹的《非草书》中对各种喜爱草书的人的批评就可理解了。

---

① 华东师范大学古籍整理研究室编：《历代书法论文选》，上海书画出版社 1979 年版，第 390 页。

② 俞丰：《经典碑帖释文译注》，上海书画出版社 2009 年版，第 407 页。

③ 孙过庭著，马永强注译：《书谱·书谱译注》，河南美术出版社 2002 年版，第 65 页。

第三章　魏晋南北朝山水诗与山水画

　　山水诗与山水画在魏晋文学艺术的发展中具有重要意义,同时在中国古代艺术发展史上产生了深远的影响。魏晋山水诗与山水画共同兴起的过程与原因,自然意识在山水审美背后所起的重要作用,山水诗画发展过程中产生了哪些互相影响的因素,山水诗画之间的交互影响又是如何超越了诗画之外等一系列问题,都为后世山水诗画的发展及中国古代美学的发展产生了极为深远的影响。

第一节　山水方滋

　　"宋初文咏,体有因革,庄老告退,而山水方滋"[1]是《文心雕龙·明诗》篇中被频繁征引的一句话,一般用来说明文学史中山水诗歌的发展脉络。但在文图关系的视域下,山水是作为一个逐渐成熟的语汇,一个唤起人心中"统觉共享"的"原型"[2],几乎同时兴起于诗歌和绘画两大艺术门类中。因此本章在论述两种艺术类型的"山水方滋"时,既不是从文学史出发,将图像作为诗歌发展的旁证,也不是从美术史出发,描述绘画类型的渐变过程,而是尊重两种意指系统各自的发展规律。本文先单独分析,再从二者的交互出发,探寻是什么力量在背后滋养这同一枝干上分叉的两种艺术形式。

一、魏晋南北朝图像中的山水元素

1. 山水画的界定和诞生

　　山水画不是风景画,也并不隶属于风景画,这是站在东西方绘画艺术比较的角度上做出的合理判断。山水画是东方所特有的绘画门类,它从诞生之日起就不是以对自然的单纯模仿为目的,而是要反映人在天地自然之间自由往来的精

---

① 刘勰著,范文澜注:《文心雕龙注》,人民文学出版社1958年版,第67页。
② 关于"统觉"与"原型"的意义详见赵宪章:《文学和图像关系研究中的若干问题》,《江海学刊》2010年第1期。

神,反映文人阶层的审美意趣和哲学体悟。在图像表达上,山水画以山水景色为主题,不依附于人物、建筑等其他元素。

山水画作为一种独立的绘画题材正式确立于晋宋之际,约公元 4 世纪至 5 世纪之间,这已成为艺术史界的共识。① 虽然现在我们所能见到的最早的山水卷轴画——展子虔的《游春图》,已经是隋代的作品,但是仍有很多证据可以证明在这之前山水画已经兴起,如《历代名画记》中保存的当时各位画家名下的绘画目录,后人所临摹的该时期卷轴画中的山水部分等。更直接的证据还在于这一时期出现了顾恺之的《画云台山记》《论画》《魏晋胜流画赞》,宗炳的《画山水序》及王微的《叙画》这一系列与山水画有关的画论。顾恺之的《画云台山记》是一篇山水画的文字设计稿,着重于"六法"的"经营位置"和"随类赋彩""应物象形"三个方面,顾氏的另一篇《论画》在讨论画山时则涉及"骨法用笔"的技术要领②,因此可以认为顾恺之在技法层面上革新了绘画中的山水题材。而宗、王的两篇画论则将山水提升到了可以借之以感悟宇宙本体的高度,在"媚道"与"畅神"这两条命题的覆盖之下,山水题材真正取得了绘画中的独立地位。甚至绘画这一艺术门类的地位也随之得到理论上的提升,获得了"与易象同体"的评估。因此可以认为,山水画成为独立绘画题材,从顾恺之开始,至宗炳、王微完成。必须要加以说明的是,绘画作为一项从洞穴开始伴随人类成长的艺术形式,与文学一样有自身形式的发展规律,晋宋之际的画论并不是凭空产生,绘画不可能如政治运动一样,先立纲领以限制实践。陈绶祥在《魏晋南北朝绘画史》中论及山水画的兴起时说道:"绘画题材的趋向选择是绘画基础语汇扩展并要求付诸实践的结果。"③实际上"山水树石"作为中国绘画的基础语汇,自春秋战国始便以各种形态存在于美术作品中。关于"山水树石"等各种形态的进化及绘画技法的演变,已在多本美术史论著、美术史专业硕博士论文和学术期刊文章中有详细论述,早已取得了丰硕的成果。④

2. 魏晋以前图像中的山水元素

在魏晋以前出现山水内容的图像主要可分为两类:神话观念中的山水与生

---

① 提出或赞同此说的美术史例如:郑午昌《中国画学全史》,上海书画出版社 1985 年版,第 38 页;陈传席《中国山水画史》,天津人民美术出版社 2001 年版,第 1 页;陈绶祥《魏晋南北朝绘画史》,人民美术出版社 2000 年版,第 59 页。也有提出不同看法的,如王宁宇《麦积山壁画〈睒子本生〉对中国早期山水画史的里程碑意义》,《美术研究》2002 年第 1 期。

② 俞剑华认为《历代名画记》所载顾恺之的《魏晋胜流画赞》实际上应该是传授模拓之法的《论画》,本文从俞说,详见张彦远著,俞剑华注释:《历代名画记》,上海人民美术出版社 1964 年版,第 108 页。

③ 陈绶祥:《魏晋南北朝绘画史》,人民美术出版社 2000 年版,第 62 页。

④ 涉及这一研究成果的著作例如:陈绶祥主编《中国美术史·魏晋南北卷》,齐鲁书社 2000 年版,第一章第三节举例说明树木描绘发展的变化;赵声良《敦煌壁画风景研究》,中华书局 2005 年版,第一章中对敦煌壁画中的山岳、树木、圣树等做了详细的跨时间和空间的比较研究。另有陈永红《中国早期画山水中的图式初探》,四川大学美术学 2006 年硕士论文,也对不同树木山峦水波形态做了分析比对。

存环境中的山水。前者主要表现在几种固定神仙题材,如东王公、西王母、伏羲、女娲、雷神、雨师、河伯等,这一类的题材起初只有简单的神化形象,到东汉才出现作为衬托背景的山石树木。例如河南新野出土的《西王母》画像砖(图3-1),在西王母下方为"山"字形的山峰耸立,靠近底部还有层峦映衬,群山上丛林茂密,动物游弋其间。又如河南南阳出土的《河伯出行》画像砖(图3-2)。《河伯出行》虽然没有把水波纹刻在画像上,但通过鱼车、周围护从的游鱼,以及车轮的漩涡间接表现所处的环境是在水中。

图3-1 《西王母》画像砖,河南新野　　　图3-2 《河伯出行》画像砖,南阳汉画馆藏
画像砖博物馆藏

后一类主要表现为射猎、农耕、渔获等题材,这一类题材在东周时期的青铜器和漆器上就已经有质朴的艺术表现,如1988年在山西太原金胜出土的线刻狩猎纹匜,其上有松柏和水波纹作为狩猎的背景。又如随州曾侯乙墓出土的漆箱,其箱盖上画有相对立的桑树两株,一人在树下仰头射击。到了汉代有了更成熟的表现,如在成都出土的东汉《盐场》画像砖(图3-3)、《采莲》画像砖(图3-4)。人类在对山川河流进行审美观照之前必须先满足自身的基本生存需求,因此山水树石最早就出现在这一类题材中充当场景,这正反映了当时人们试图改变

 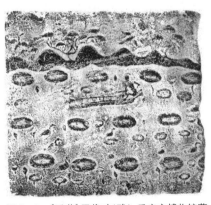

图3-3 《盐场》画像砖,重庆市博物馆藏　　　图3-4 《采莲》画像砖(残),重庆市博物馆藏

人与自然关系之中人类所处的被动、受制地位。

3. 魏晋时期图像中的山水元素

进入魏晋时代,造型艺术出现了许多新的形式,如石刻线画、佛教壁画、卷轴画等,图像中的山水形态也随之更加丰富和逼真,山水元素在图像中也扮演着更多样的角色。这些都反映了人们对自然的认识开始逐渐变化,作为图式或能指的山水元素和作为生存环境的外在自然统一了起来。① 山水在不同种类绘画中所扮演的角色,陈传席在《中国山水画史》中做了以下分类:"一是人物背景,二是实用性的地图之类,三是独立的山水画。"②本文做出的分类以此为基础,只是将作为人物背景的山水元素进一步细分为狩猎生产题材、神仙宗教题材和故事背景三种。这样分类既是为了条分缕析地明确一些自魏晋以前就频繁出现的主题,也是为了在进一步的比对之中梳理山水元素的进化脉络。

另外,将实用性地图之类置于讨论范围之外,《历代名画记》中《述古之秘画珍图》一节内列举的《地形图》《地形方丈图》等明显为实用地图。又有记载:"孙权尝叹魏蜀未平,思得善画者,图山川地形,夫人乃进所写江湖九州山岳之势。""又于方帛之上,绣作五岳列国地形。"③赵夫人所绘地图虽技艺超绝,然而终究是以提供军事参考为目的,对山水画的独立并无实际影响。以实用为目的的地图绘制最终需要走向科学,在艺术精神自觉之时必然与艺术分道扬镳,这是地图与绘画两方面发展成熟的结果。《晋书·裴秀传》记载裴秀在进呈《禹贡地域图》时有感于古时地图"各不设分率,又不考证准望,亦不备载名山大川。虽有粗行,皆不精审,不可依据"④,进而制定了严谨的绘制原则,即其所总结的:"制图之体有六焉:一曰分率……二曰准望……三曰道里……四曰高下……五曰方邪……六曰迂直。"《禹贡地域图》完成于公元 268 至 271 年⑤,也就是说,在山水画独立的一个多世纪前,实用性地图就基本与艺术性绘画分道扬镳了。

(1) 狩猎场景

根据已有的文史研究成果,田猎活动大致经过了三个阶段:第一个阶段是满足基本生存需要的围猎。从远古先民茹毛饮血开始,一直到种植农业成为主要生产方式之前,这都是田猎的主要目的。第二个阶段是通过田猎活动来进行军事演练。自商王朝开始的大规模围猎活动,除了获取祭品以外,另一主要目的

---

① 关于自然的于内于外的发现,及其作为山水诗画滥觞的动力,将另有专文论述。

② 陈传席:《中国山水画史》,天津人民美术出版社 2001 年版,第 21 页。

③ 张彦远著,俞剑华注释:《历代名画记》,上海人民美术出版社 1964 年版,第 90—91 页。

④ 房玄龄:《晋书》卷三十五,中华书局 1974 年版,第 1040 页。

⑤ 陈连开:《中国古代第一部历史地图集——裴秀〈禹贡地域图〉初探》,《中央民族学院学报》1978 年第 3期。

是操练阵型,加强军队战斗力,检查后勤系统运行等等。① 第三个阶段是以伦理原则加以制约的捕杀活动,进而发展为政治化、礼仪化、审美化的田猎活动。农耕文明已非常发达的周代,田猎的生存资料获取功能逐渐降为次要,文明的发展已不再能容忍原始的杀戮,伦理道德体系的完善也对人的意志和行为做出了更高要求。《礼记》中《月令》《郊特牲》等篇章中明确记载了种种制约。在完善了道德体系,解决了生存问题之后,人们(首先是贵族)才开始关注田猎活动中的自然环境,产生审美的观照。此时,青铜器上的田猎活动开始出现了树林和水纹,《诗经》的田猎诗中出现了对自然风景的简单描写,如《召南·驺虞》《郑风·大叔于田》等。在汉代晚期,射猎活动碰到老庄思想以后,便开始否定捕杀行为本身,而将注意力进一步转移到射猎时的自然环境上来。东汉张衡的《归田赋》中对弋猎活动的记叙完全是对自然情景和隐逸情调的点缀。在成都出土的《盐场》画像砖中,山峦不再是简单的几何图形,人与山的比例关系也更加合理。与东周青铜器中的狩猎活动相比,最大的区别就在于将人物置于起伏的山峦之中,而不是将山峦、树木点缀于人物周围。另一块出土于成都平原的《弋射·收获》画像砖,在上半幅画面"弋射"部分中,岸上的树木巧妙地展现了与人物间的远近关系,水中的荷叶、荷花间接表现水的同时,用超过弋射活动的画幅再现了和谐的自然美。但是受制于艺术表现形式和生存条件,这些画像砖中的山水只能说明山水审美意识的萌芽状态。真正山水画的独立,还需要更成熟的艺术技巧。我们将汉代与魏晋时代的三幅画面放在一起对比,就不难看出射猎主题在图像中一直延续的过程中,人的行为几乎没有发生变化,但是作为背景的山水却发生了进化。

新莽时期的狩猎图(图3-5),画面主要描述猎人骑马持弓箭,追猎一只白鹿。山峦只是用简单的曲线来表现。至西魏时期莫高窟的这幅狩猎图(图3-6),山峦有了多种明显不同的形状变化,高矮缓陡皆有,并用颜色的浓淡来表

图3-5　狩猎壁画,陕西定边县郝滩1号墓墓室后壁　　图3-6　狩猎图,敦煌莫高窟第285窟南壁
　　　　下部

① 孟世凯:《殷商时代田猎活动的性质与作用》,《历史研究》1990年第4期。

现山面的明暗关系。顾恺之《女史箴图》(局部)中同样处于画面左侧的猎手,与画面的主要部分分离,而日、月、山、川完全可以成为一幅单独的山水画。

图 3 - 7　女史箴图(局部),顾恺之,大英博物馆藏

(2) 灵山仙境

与现实中自然环境相对立,作为神的栖居之地,灵山仙境应该只在观念中存在,但在魏晋时代观念与现实、仙境与人间发生了交融。自西汉以来西王母的形象总是与昆仑山组成一个完整的意指系统,到了敦煌壁画中,中原神仙传说的东王公与西王母又与佛教故事中帝释天与帝释天妃的身份发生重叠。[1] 在甘肃酒泉丁家闸五号墓前室顶部所画的十六国时期的东王公(图 3 - 8)和西王母(图 3 - 9)与汉代画像石中同样的形象相比,人物形象自然更加饱满,线条自然更加流畅。作为神仙形象不可或缺的一部分,山峦继续处在人物下方衬托神仙的高远神圣。这种构图形式中山峦的位置和作用在北朝西魏时期的敦煌莫高窟第249 窟窟顶得到了又一次的应用,绘画技法上的进步使得这里的山峦虽然同样是作为人物背景却更加接近现实世界。这里出现的一些简单的皴法和颜色的变化,使得山坡表面的明暗变化、岩石的质地都凸显出来,山峦整体的立体感增强。然而,249 窟与丁家闸五号墓相比,最值得注意的两个变化在于:一、249 窟窟顶

---

① 关于敦煌 249 窟窟顶南、北坡中究竟是西方世界的帝释天、帝释天妃还是中原传说中的东王公、西王母,尚存争议,但其至少是受到中原汉代以来的神仙信仰的影响,这一点是肯定的。详见张元林:《兼容并蓄,融会中西——灿烂的莫高窟西魏艺术》,《中国敦煌壁画全集 2：西魏》序言部分,天津人民美术出版社 2002 年版,第 28 页;斋藤理惠子著,贺小萍译:《敦煌第 249 窟天井中国图像内涵的变化》,《敦煌研究》2001 年第 2 期。

图3-8 东王公壁画,甘肃酒泉丁家闸5号墓前室顶部东披　　图3-9 西王母壁画,甘肃酒泉丁家闸5号墓前室顶部西披

四周边缘的山峦背景(图3-10,图3-11)虽然在构图位置上并不处于主体,但其中关于射猎、动物生存等种种情景都可以作为一幅单独的山水题材绘画。层峦叠嶂在整体上是背景和底衬,在局部题材中却是画面的主要成分之一,尽管这里还没有将这些山水作为独立的审美对象。二、因为描绘对象的丰富,层峦叠嶂的地位不仅仅是彼岸世界的装饰,更是现实世界的基底。与了无生气、不食人间烟火的仙界神山相比,249窟的下界是一个生机盎然的世界,群品万类在山水间生存竞逐,人类、马、牛、羊、鹿、豺狼、猪、猴处在一个动态的环境内。这里的画工们,虽然并没有像此时南方吟啸山林的文人士大夫一样,在观念世界中寻找形而上的统一,但是这种真实世界与观念世界上下并立的关系,也反映出了画工们对山水自然赤忱的热爱。这些山水描绘,包括后面的佛教本生故事画中作为人物背景的山水,从时间上看是基本与南方文人山水画并行发展的,在"山水方滋"的过程中,他们还未体现出宗炳所倡导的"山水以形媚道"的主题。但是这些逐渐丰富的山水部分为后来唐代山水卷轴画的成熟、繁盛,提供了前提和基础。

图3-10、图3-11 山林动物,敦煌莫高窟第249窟南披最下部局部

在敦煌壁画中除了此岸世界的山川以外,也有不少关于圣山的描绘,直接反映了佛教的世界观,赵声良在《敦煌壁画风景研究》中对佛教世界观念中的"须弥山"做了精细的分析①。隋代420窟法华经变中的灵鹫山,虽然将山体画成了一

---

① 详见赵声良:《敦煌壁画风景研究》第一章第二节,中华书局2005年版。

只鸶的形状,但是观念成分与现实成分结合的痕迹还是相当明显,因为该壁画所表现出的山体颜色深浅的不同、明暗变化的妖娆、怪石嶙峋的质地和山间植物的茂密等,都是对现实世界中的山川仔细观察后才能达到的艺术效果。

(3) 故事背景

美术史在论及六朝山水绘画发展轨迹时总要引述《历代名画记·论画山水树石》中的一句话:"其画山水,则群峰之势,若钿饰犀栉,或水不容泛,或人大于山,率皆附以树石,映带其地,列植之状,则若伸臂布指。"① 其中"水不容泛""人大于山"这八个字,几乎成为判断画中山水成熟与否的标志。借此,许多人认为作为人物背景的山水树石元素在魏晋绘画中处于无足轻重的地位。的确,现在所能看到的南北朝时期绘画遗迹或摹本,人物与山水之间比例很多是失真的,但也并不完全失真。王伯敏《中国绘画通史》中详细论述了"水不容泛""人大于山""伸臂布指"的原因。② 山水元素在表述完整故事情节的绘画中,不仅仅是人物背景与装饰,更有不可替代的作用,因为这些作用,作为故事背景的山水元素与独立的山水画有着更近的血缘关系。

无论是《洛神赋图》还是莫高窟中的本生故事画,都善于使用空间分割来暗示时间上的先后顺序,山水树石就被利用来实现该种最具中国美学特质的分割方法,而作为山水画实质的审美意境在这种分割方法中却被连贯了起来。众所周知,绘画是空间艺术,而在时间表现上处于劣势。莱辛在《拉奥孔》中提出著名的"顶点顷刻"理论,认为"在一种激情的整个过程里,最不能显出这种好处的莫过于它的顶点",因为一旦达到了顶点"眼睛就不能朝更远的地方去看,想象就被捆住了翅膀"。因此绘画需要选择顶点前的一个包前孕后的时刻,即拉奥孔叹息而不是哀号的时刻,美狄亚母爱与嫉妒发生冲突而还未动手杀害自己亲生女儿的时刻。这样"所能显示出来的一切要远得多"。诗歌因为是一种时间艺术而不受上述"顶点"的限制。③ 在魏晋时代的故事画中,莱辛的理论则并不完全适用,以《洛神赋图》(图3-12)为例,画面从左往右的顺序完整表现了从"日既西倾,车殆马烦"至"揽䡮辔以抗策,怅盘桓而不能去"的《洛神赋》全文内容。画卷总共可以分为若干个场景,随着画卷的展开,情节在欣赏者的眼前流动,欣赏者不需要将注意力集中在一点上来发挥自己的判断力与想象力,而是应该将自己完全置于画家所经营布置的情境之中进行体验。这恰恰是卷轴画同时也是山水画的美学特质:欣赏卷轴画时画卷缓缓展开,人的视线也随之移动。挂轴一般从上往下展开,首先进入视野的是邈远虚无之境,次为中段山峰耸立,再次为近段溪桥人物,典型如马远的《踏歌图》。长卷一般从右往左展开,展卷之时,人的视觉

---

① 张彦远著,俞剑华注释:《历代名画记》,上海人民美术出版社1964年版,第26页。
② 王伯敏:《中国绘画通史》,三联书店2008年版,第164页。
③ 莱辛著,朱光潜译:《拉奥孔》,人民文学出版社1979年版,第18、20、23页。

图 3-12　洛神赋图(局部)，顾恺之，北京故宫博物院藏

带领着精神，似乎抛开肉体的束缚，在卷轴之中自由行走，步移景异，典型如王希孟的《千里江山图》。中国山水画中与生俱来的对于体验意境的崇尚在郭思的《林泉高致》中有过一次总结：

> 看此画令人生此意，如真在此山中，此画之景外意也。见青烟白道而思行，见平川落照而思望，见幽人山客而思居，见岩扃泉石而思游。看此画令人起此心，如将真即其处，此画之意外妙也。①

"真在此山中""真即其处"的"景外意""意外妙"实际上恰恰是将欣赏者代入画之中，体会基于诸种感官而又超越诸种感官的审美愉悦感。在莫高窟壁画中，如同在《洛神赋图》中一样，这种代入感由山水树石来完成。在克孜尔石窟壁画中，本生故事的情节画面被分隔于菱形格之中，如第 17 窟券顶东侧壁画（图 3-13），自上而下一共分为 5 排，最上端为树木装饰，最下部为半个菱形画面，一共有须达拏太子本生、象王施牙等 14 个完整的本生故事画面，每个故事选取一个有代表性的情节，每个画面相对独立，基本没有情节的连贯。菱形格的分隔代表了须弥山的分界，两个方格代表两个不同的世界。而在莫高窟壁画中再也没有这种绝对的分隔，北魏时期的 257 窟北壁的九色鹿本生故事画中开始采用横卷式构图，山峦在其中既是分割情节的屏障更是画面的有机组成部分，整个故事由两头开始至中间结束，显得一气呵成、流转灵动。同样在 257 窟的沙弥守戒自杀故事，山峦的作用也是一样，不同的是其采用的从左往右的顺序形式，更加靠近《洛神赋图》的卷轴画形式。由于这一时期敦煌壁画中的山峦描绘还较为质朴，只能增加情节的流动感与故事的整体感，还无明显向欣赏者展现意境的代入感。但是从阻隔世界的须弥山到仅仅阻隔时间的现实山峦，已经露出山水审美意识的端倪。随着山水树石绘画技法的进步，代入感逐渐增强，画面的整体性逐渐增加。西魏时期的第 285 窟南壁《五百强盗因佛成缘图》、北周时期 428 窟的萨埵太子舍生饲虎本生、须达拏太子施象本生都体现了这一趋势。在萨埵太子本生故事中（图 3-14），山峦与树木的位置经营更加多变，其分隔作用的痕迹得到了一定程度的隐藏，并且开始融入情节，在"兄长报信"这一情节中，树木随着

———————

① 郭思著，杨伯注释：《林泉高致》，中华书局 2010 年版，第 42 页。

图 3-13　菱形格本生故事画，新疆克孜尔石窟，第 17 窟主室券顶东侧壁

图 3-14　萨埵太子本生故事画（局部），敦煌莫高窟第 428 窟东壁南侧

疾驶而过的马匹发生了倾斜。一方面映衬马匹速度之快、萨埵太子兄长心情之悲伤与急切，另一方面在欣赏者眼中，作为背景的自然环境也取得了移情的效果，从而产生意境代入感。

　　莫高窟壁画主要通过情节的流动、山水树石的位置经营和少量的移情手法来增加意境代入感。但在通过对自然的逼真描绘进而获得审美意境这一点上，同样为故事画的北魏孝子石棺线刻画要远远超过了同时期的壁画艺术。出土于河南邙洛的孝子石棺共记载了舜、郭巨、原谷等六人的孝行故事，一共 12 个情节。不同故事之间基本是以山水树石相隔。远处起伏的山峦，在云气氤氲之中若隐若现，近处装置场景的种种树木形态各异，树叶不但有精细的刻画而且能表现出微风轻拂后的动感。其技法之精湛，完全摆脱了"人大于山""水不容泛""伸臂布指"等技巧上的质朴阶段。（图 3-15、图 3-16）

　　在莫高窟本生故事画中所能追寻到的卷轴画时空超越感，在孝子石棺上所能感受到的真实再现感，以及《洛神赋图》中展现出的对欣赏者体验的召唤，这三者结合起来便是山水画意境产生的先决条件。

图 3-15、图 3-16　邙洛孝子石棺线刻画（局部），美国纳尔逊艺术博物馆藏

二、魏晋山水诗的滥觞

1. 山水诗的界定与诞生时间

山水诗与山水画一样，既以山水冠名，就必须以山水作为独立的审美对象。但是作为一种诗歌类型的定义这还明显不够，以田园风光、天地日月、风云雷电等自然现象为描写对象的诗歌能不能算作山水诗？存在于想象之中的灵山仙境是不是属于山水诗的描写范围？萧统《文选》中对诗歌题材所做的分类多达 23 种，公认的山水诗祖谢灵运的诗歌也在所集之内，但分类中并无"山水"这一类。① 相对于其他文学史或文学辞典中较为宽泛的定义，李亮在《山水诗的界定与分类》一文中的总结，要言不烦地抓住了界定山水诗的关键："山水诗是各具性情的诗人和各有气象的山水之情景交融的产物，是一种审美发现。只有这样的作品才称得上山水诗。"所以山水诗最本质的特征在于主客交融、物我一体。"情景"的"情"不一定是狭义的情感，也可以是一种领悟、趣味，或者就是一种畅快的感受，一瞬间体会"天地与我并生，而万物与我为一"的超脱。所以，山水诗中的山水景物有着何种具象，是秩秩斯干还是洪波涌起，是堂前桃李还是窗外大江，都不是判断是否为山水诗的标准。标准在于以上所讲到的"情景"统一性。

关于断定山水诗诞生的时间，许多文学史以"宋初文咏，体有因革，庄老告退，而山水方滋"为证据，以晋宋之际为山水诗诞生时间，以谢灵运为山水诗的开创人。但因为山水诗的诞生是诗歌发展史上的关键点，无论在形式上、风格上、题材上，诗歌在晋宋之际都经历着转变，这些转变对后代诗歌发展有着深远影

---

① 研究山水诗题材范围与界定的文章并不多，比较有代表性的有：李亮《山水诗的界定与分类》，《诗画同源与山水文化》，中华书局 2004 年版；方芳《山水诗的界定》，《乐山师范学院学报》2002 年第 2 期；段跃庆《试论山水诗的义界》，《贵州大学学报》1989 年第 1 期。

响。所以学术界对"庄老告退，而山水方滋"的研究和讨论颇多。① 根据上文所做出的界定，山水诗是以对自然的静观而产生的情景交融为存在基础的，并且是以山水景致为独立审美对象的。这样我们就可以将以起兴为目的的景色描写，如"山有扶苏"（《诗·郑风·山有扶苏》）、"节彼南山"（《诗·小雅·节南山》），或以交游应酬为目的的园林景色点缀，如曹丕的《芙蓉池作诗》《于玄武陂作诗》，或以求仙为目的的神话再现，如郭璞的《游仙诗》等，都排除在山水诗之外，尽管如此，这些诗在形式、题材层面为山水诗提供的基础仍是不可否认的。山水诗是渐而发展的结果，但是以第一个全力写生山水的诗人谢灵运作为山水诗独立的标杆，仍是最可靠的。另一方面，山水诗歌之中情景交融与魏晋玄学中"言""象""意"关系的认识，以及庄子哲学中"玄同彼我""心斋坐忘"的思想有着渊源关系。所以刘勰所说的"庄老告退"指的是刘宋之后许询、孙绰所写的那种纯粹讨论玄理的诗歌逐渐销声匿迹了，而不是指老庄玄学思想的消失。②

2. 诗歌中山水元素的发展

与山水画的分析一样，本文将以诗歌题材为分类标准，选取与山水诗歌亲缘关系最近的几种描写题材，分析山水景物成分在该类题材中的发展变化，展示"山水方滋"的发展路径。

（1）弋钓与宴游

不管是在诗歌还是在绘画中，狩猎活动都反映了人与自然关系的变化，因而对探寻自然审美意识的诞生与演变具有重要的意义。时至魏晋，尽管那种在艺术风格上承接汉赋、对具有军演性质的大规模狩猎场景进行铺陈的诗歌仍然存在，如曹植的《孟冬篇》、张华的《游猎篇》等，但这种对强力的国家武装和国家意志的歌颂，在魏晋南北朝这样一段中央集权孱弱的时代并不占诗坛主流。张华《游猎篇》尽管对围猎时的车架、装备、人员、动作、猎获等做了精彩的润色，但结尾还是继承张衡《归田赋》的格调，使用"游放使心狂，覆车难再履"的道家劝导式格言。魏晋士人们的游猎活动开始娱乐休闲化，从与自然生态的对立趋向与自然的和谐统一。具体渐进表现为三个阶段：一、游猎的重点放在了"游"上，捕猎活动简化为弋钓游戏。二、对自然风景的关注超过了对弋射游戏的关注。三、自然风景之美成为一个触发点，激起诗人胸中对于宇宙时空、生死盛衰的感慨，进而引起对于超越性的玄理的感悟。在这一过程中弋钓游戏与宴会游乐向着谢灵运的山水诗歌逐渐靠拢。

---

① 孙明君：《庄老告退，山水方滋——东晋士族文学的特征及其流变》，《北京大学学报（哲学社会科学版）》2009 年第 5 期。

② 关于魏晋玄学和山水诗歌的关系论述详见：钟元凯《魏晋玄学与山水文学》，《学术月刊》1984 年第 3 期；葛晓音《山水方滋庄老未退——从玄言诗的兴衰看玄风与山水诗的关系》，《学术月刊》1985 年第 2 期。

在自然之中欢游以消忧,自东汉抒情小赋兴起时就已开始成为文人时尚,而弋钓活动也点缀其中,《归田赋》中记叙了返归自然之时也不忘"仰飞纤缴,俯钓长流"。建安时代,人生苦短的文学母题搭载于五言诗形式之上开始泛滥,从"昼短苦夜长,何不秉烛游"(《古诗十九首》)至"对酒当歌,人生几何"(曹操《短歌行》),"天长地久,人生几时"(曹植《金瓠哀辞》),愉悦性情被提到了事业功名之上而成为人的方向和目的。在政治、学术体系重构,虚无主义盛行的时代,宴乐游玩便成了愉悦性情的主要方式之一,"公子敬爱客,终宴不知疲"(曹植《公宴》),"白日既匿,继以朗月。同乘并载,以游后园"(曹丕《与朝歌令吴质书》)。对于生命转瞬即逝的痛惜,使得人们的时间、空间意识空前开阔,对于自然美异常敏感。

"七子之冠冕"王粲有一首缺题诗:"列车息众驾,相伴绿水湄。幽兰吐芳烈,芙蓉发红晖。百鸟何缤翻,振翼群相追。投网引潜鲤,强弩下高飞。白日已西迈,欢乐忽忘归。"①在这首篇幅不长的诗中,主要表现对象是驾车出游时的自然景色和畅快心情,射猎活动只是一种轻松的点缀。诗中所展示的色彩浓烈而清新,诗人自觉地再现自然中具有视觉冲击的景物。这一点在后来谢灵运的山水诗中可以找到很多类似的地方。

但王粲的诗过于简短,潘尼的《三月三日洛水作诗》较为完整地描述了节日游会所必备一些元素:

> 暑运无穷已,时逝焉可追。斗酒足为欢,临川胡独悲。暮春春服成,百草敷英蕤。聊为三日游,方驾结龙旗。廊庙多豪俊,都邑有艳姿。朱轩荫兰皋,翠幕映洛湄。临岸濯素手,涉水搴轻衣。沈钩出比目,举弋落双飞。羽觞乘波进,素卵随流归。②

流觞、斗酒、射猎,这些是节日活动保留节目,然而,还有另一种必备的元素:自然风景。与上面王粲的诗一样,人们只有在畅快、轻松、衣食无忧的情况下才能发现自然之美。这也是为何宴游之诗的景色都如此鲜亮、浓烈。与潘尼同时代的阮修所作的《上巳会诗》中同样可以发现这些要素,但弋射活动的性质又悄然发生了变化:

> 三春之季,岁惟嘉时。灵雨既零,风以散之。英华扇耀,翔鸟群嬉。澄澄绿水,澹澹其波。修岸逶迤,长川相过。聊且逍遥,其乐如何。坐此修筵,临彼素流。嘉肴既设,举爵献酬。弹筝弄琴,新声上浮。水有七德,知者所娱。清濑潋潵,菱葭芬敷。沉此芳钩,引彼潜鱼。委饵芳美,君子戒诸。③

"沉此芳钩,引彼潜鱼"本来应是将自身融入自然的一种游乐方式,在这里却与

---

① 逯钦立辑校:《先秦汉魏晋南北朝诗》,中华书局 1983 年版,第 364 页。
② 逯钦立辑校:《先秦汉魏晋南北朝诗》,中华书局 1983 年版,第 767 页。
③ 逯钦立辑校:《先秦汉魏晋南北朝诗》,中华书局 1983 年版,第 729—730 页。

"委饵芳美,君子戒诸"的悟道格言联系在了一起。《道德经》第三十五章:"乐与饵,过客止。道之出言,淡乎其无味,视之不足见,听之不足闻,用之不足既。"王弼注曰:"人闻道之言,乃更不如乐与饵,应时感悦人心也。乐与饵则能令过客止,而道之出言淡然无味,视之不足见,则不足以悦其目,听之不足闻,则不足以娱其耳。"①"饵"在诗中象征了世间一切可以挑动人感官的诱饵,而山水清音正是涤荡面对诱饵的心灵,体验超越性的重要工具。从诗艺技巧的角度看,该诗结尾两联的引申未免有些生硬牵强,但是它提醒读者:山水风景、琴筝乐声因此不再是单纯负责愉悦性情,而是开始向宗炳后来所提出的"以形媚道"靠拢了。同样写于三月三日佳节的另一首诗,虽然过于简短,但仍可以作为这方面的佐证。王彬之于兰亭集会所作《兰亭诗》:"鲜葩映林薄,游鳞戏清渠。临川欣投钓,得意岂在鱼。"②庄子中"得鱼忘筌"的典故在晋代玄言诗中被不断地使用,但并非每一次的使用都像该诗一样与清新的林泉结合在一起。"投钓"这一活动相比阮修诗又进一步虚化,至此与山水及山水触发的玄理完全融合在了一起。

渔父钓叟在山水诗和山水画中是一个包涵隐逸与萧散的象征符号,已有文章详尽分析了其内涵的完成过程。③《林泉高致》中提到"得渔钓而旷落",将其与"草木""烟云""亭榭"等一起作为营造山水意境不可或缺的元素之一。④ 从先秦至魏晋,从围猎的王侯至弋钓游戏的公卿,再到怀抱玄理临川投钓的诗人,渔钓逐渐完成符号内涵的过程,也正是山水审美意识进入文人内心、山水诗独立于诗坛的过程。

(2) 仙境与隐逸

游仙诗源于楚辞中的《离骚》《远游》和秦朝的《仙真人歌》,魏晋时期,曹操的《气出唱》《精列》等乐府诗继承了汉代求仙问药的传统。此后,曹丕、曹植所作之乐府游仙诗基本与其类似,主旨都是远上昆仑、蓬莱,追寻王乔、丹邱,以求长生等。此时的灵山仙境作为现实世界理想化的替代,与在现实自然中发现美的理想还相差甚远。如同前文所提到的,莫高窟壁画中仙境与人间山水自然并置,这种并置预示着山水审美的独立。在游仙诗中,如果诗人不再寻求于虚无缥缈的神仙传说,而反求诸即目所见之名山大川,那么这同样也预示了山水诗黎明的到来。这种转变和趋势,韦凤娟称之为游仙诗的"人间化"⑤,并认为真实的山林景色之所以能代替仙境,是由于西晋时期隐逸之风的兴盛,使得隐逸诗与游仙诗合流。其观点在《灵境诗心——中国古代山水诗史》一书中的第一编第二章第三节

① 王弼注,楼宇烈校释:《老子道德经注校释》,中华书局 2008 年版,第 87 页。

② 逯钦立辑校:《先秦汉魏晋南北朝诗》,中华书局 1983 年版,第 914 页。

③ 王春庭:《渔樵:隐逸文学的一个象征性符号》,《唐代文学研究》,广西师范大学出版社 1998 年版,第 21 页。

④ 郭思著,杨伯注释:《林泉高致》,中华书局 2010 年版,第 64 页。

⑤ 陶文鹏、韦凤娟主编:《灵境诗心——中国古代山水诗史》,凤凰出版社 2004 年版,第 56 页。

里论之已详,本文尝试着补充两点。一、隐逸与游仙的交错在西晋诗坛发生,但在正始时代就已露出迹象。二、隐逸与游仙的合流往往伴随着玄言的加入,而玄言的加入对山水成为独立审美意象起着重要作用。

在三曹所作的游仙诗中,目的往往是寻仙求药、超脱死生。如曹丕《折杨柳行》中:"与我一丸药,光耀有五色。服药四五日,身体生羽翼。"又如曹植《远游篇》中:"齐年与天地,万乘安足多。"①嵇康的游仙诗中,开始透露出了远离尘垢的孤傲,如《五言诗三首》其三:

> 俗人不可亲,松乔是可邻。何为秽浊间,动摇增垢尘。慷慨之远游,整驾俟良辰。轻举翔区外,濯翼扶桑津。徘徊戏灵岳,弹琴咏泰真。沧水澡五藏,变化忽若神。恒娥进妙药,毛羽翕光新。一纵发开阳,俯视当路人。哀哉世间人,何足久托身。②

起首两联便给这首以游仙为主要内容的诗歌定下了狷介不群的基调,结尾更是点明游仙的目的是为了超脱尘世,但是该诗的主体部分缺少对现实自然的生动摹写。这一点在他的另一首《游仙诗》中得到了些许补偿:

> 遥望山上松,隆谷郁青葱。自遇一何高,独立迥无双。愿想游其下,蹊路绝不通。王乔弃我去,乘云驾六龙。飘摇戏玄圃,黄老路相逢。授我自然道,旷若发童蒙。采药钟山隅,服食改姿容。蝉蜕弃秽累,结友家板桐。临觞奏九韶,雅歌何邕邕。长与俗人别,谁能睹其踪。③

严格来说,这里对松树的描写算不上是摹写自然,而是诗人自己脱俗高蹈的内心的象征,"长与俗人别"说明了嵇康还是以隐士的内心来写游仙。周游天地以寻仙只是一种手段,其实质与其《述志诗》中所写的"慷慨思古人""轻举求吾师"是一致的。高压的政治环境、人生世事进退维谷迫使他诗意之中逃离当下,"详观凌事务,屯险多忧虞"(《答二郭》)、"欲寡其过,谤议沸腾。性不伤物,频致怨憎"(《忧愤诗》),④然而诗人并未完全寄托于幻想,而是将情与意送入山水与玄理之中,因此才得以升华为超脱。

> 羽化华岳,超游清霄。云盖习习,六龙飘飘。左配椒桂,右缀兰苕。凌阳赞路,王子奉辀。婉娈名山,真人是要。齐物养生,与道逍遥。⑤

该首《四言诗》的结尾将游仙的目的进一步拔升,体悟玄理、齐物逍遥成为隐逸背后更深层的主导力量。但是如果嵇康未将这种力量与山水自然联系起来,我们就还不能完全肯定他对山水诗独立所做出的贡献。而该种联系在《四言赠兄秀才入军诗》中淋漓尽致地得到了体现:

---

① 逯钦立辑校:《先秦汉魏晋南北朝诗》,中华书局 1983 年版,第 394、434 页。
② 逯钦立辑校:《先秦汉魏晋南北朝诗》,中华书局 1983 年版,第 489 页。
③ 逯钦立辑校:《先秦汉魏晋南北朝诗》,中华书局 1983 年版,第 488 页。
④ 逯钦立辑校:《先秦汉魏晋南北朝诗》,中华书局 1983 年版,第 481、487、489 页。
⑤ 逯钦立辑校:《先秦汉魏晋南北朝诗》,中华书局 1983 年版,第 485 页。

息徒兰圃，秣马华山。流磻平皋，垂纶长川。目送归鸿，手挥五弦。俯仰自得，游心太玄。嘉彼钓叟，得鱼忘筌。郢人逝矣，谁与尽言。

琴诗自乐，远游可珍。含道独往，弃智遗身。寂乎无累，何求于人。长寄灵岳，怡志养神。①

"华山""兰圃""灵岳"并未得到后来谢灵运诗歌中那样"极貌写物"的待遇，但是没有"含道独往"的精神，山水作为纯粹的物象也不会获得诗与画中如此崇高的地位。

嵇康以文学家与玄学家的双重身份，将诗歌中的游仙境、遁尘世、览山川和悟玄理四者糅合在自己的精神之内，为山水诗独立的道路树立了一块重要的里程碑。

（3）玄言

因为老庄玄理的加入，山水除了解忧散怀、怡志养神外，第一次有了使人体悟玄理的作用。"琴诗自乐，远游可珍。含道独往，弃智遗身。"远游与琴、诗一起成为个人孤独的体"道"之路上绝弃世俗小智、忘却身体羁绊的重要工具。诗人、画家在山水之中见到自然，自然代表了"道"的无为，从而灌注于艺术家的心灵之中，成为率性与纯真。《世说新语·容止》第十四"庾太尉在武昌条"刘孝标注引孙绰《庾亮碑文》："公雅好所托，常在尘垢之外。虽柔心应世，蠖屈其迹，而方寸湛然，固以玄对山水。"②玄理与山水的两位一体是士族阶层朝隐的精神支柱。

然而，自钟嵘《诗品》开始，玄言诗一直作为表现性情与意境的山水诗的对立面而饱受批评："永嘉时，贵黄、老，稍尚虚谈。于时篇什，理过其辞，淡乎寡味。爰及江表，微波尚传，孙绰、许询、桓、庾诸公诗，皆平典似《道德论》，建安风力尽矣。"③《宋书·谢灵运传论》中曰："有晋中兴，玄风独振。为学穷于柱下，博物止乎七篇，驰骋文辞，义单乎此"，"莫不寄言上德，托意玄珠，遒丽之辞，无闻焉尔"。④《文心雕龙·明诗》曰："江左篇制，溺乎玄风。嗤笑徇务之志，崇盛忘机之谈。"⑤萧统编纂《文选》时于数量庞大玄言诗几乎一概不录，钟嵘将孙绰、许询等玄言诗人列为下品。玄言诗确实与中国诗歌在先秦诗、骚中就已确立的抒情言志传统格格不入，它束缚诗人的想象力与情感，尤其当它蔓芜于诗坛，霸占其他风格的生存空间时，其弊端就到了不得不革新的地步。但玄言诗中的玄理是否与山水诗中的自然之美格格不入，就另当别论了。用晋宋之际山水诗的两位巨人——谢灵运与陶渊明的诗歌就可以很好地说明该问题。

多数文学史一直认为谢灵运的诗歌拖着玄言的尾巴，是其瑕疵之处，但他的

---

① 逯钦立辑校：《先秦汉魏晋南北朝诗》，中华书局 1983 年版，第 483 页。
② 刘义庆著，刘孝标注，余嘉锡笺疏：《世说新语笺疏》，中华书局 2007 年版，第 727 页。
③ 钟嵘著，曹旭集注：《诗品集注》，上海古籍出版社 1994 年版，第 24 页。
④ 沈约：《宋书》卷六十七，中华书局 1974 年版，第 1779 页。
⑤ 刘勰著，范文澜注：《文心雕龙注》，人民文学出版社 1958 年版，第 65 页。

诗中受山水感发而自然流露的理趣，却不得不用玄言的尾巴来表达。问题在于诗艺的角度上是否与写景贯通一致、不留痕迹，如果做到这一点，那么玄言也将为山水增色。

> 绤綌虽凄其，授衣尚未至。感节良已深，怀古亦云思。不有千里棹，孰申百代意。远协尚子心，遥得许生计。既及泠风善，又即秋水驶。江山共开旷，云日相照媚。景夕群物清，对玩咸可喜。①

这一首《初往新安桐庐口》，与其他玄理与山水有明显脱节的诗歌不同。它将《庄子》的《逍遥游》篇中"列子御风而行"和《秋水》篇中"秋水时至，百川灌河"的典故完全纳入景色描绘的体系之中，一方面间接表现游览中顺风、涨水以致行船顺利，另一方面暗示此次游览之中可以领悟逍遥、俯察万物，使得"江山共开旷，云日相照媚"的开阔博大有了诗人精神内涵的映射。另一首《石门岩上宿》则更加将理趣与景色混而为一，不辨痕迹：

> 朝搴苑中兰，畏彼霜下歇。暝还云际宿，弄此石上月。鸟鸣识夜栖，木落知风发。异音同致听，殊响俱清越。妙物莫为赏，芳醑谁与伐。美人竟不来，阳阿徒晞发。②

"异音同致听，殊响俱清越"暗含庄子的齐物思想，《齐物论》开篇便用"吹万不同"来引出"均彼我、齐死生"的观点。而该首诗中寻不着一丝说理的痕迹，"异音殊响"之叹完全由夜中鸟鸣声、风声自然感发，并非为说理而说理。通过"异音殊响"，可以感觉到夜景不光是"石上月"的宁谧意境，更包含着灵动与玄机。

当然，真正将"意趣""理趣"融入景色之中而不留痕迹，做到"羚羊挂角，无迹可求"的，古今公认陶渊明为第一人。被传颂最广的莫过于他的《饮酒》其五、其八：

> 结庐在人境，而无车马喧。问君何能尔，心远地自偏。采菊东篱下，悠然见南山。山气日夕佳，飞鸟相与还。此中有真意，欲辨已忘言。

> 青松在东园，众草没其姿。凝霜殄异类，卓然见高枝。连林人不觉，独树众乃奇。提壶抚寒柯，远望时复为。吾生梦幻间，何事绁尘羁。③

又如《拟挽歌辞》其三：

> 荒草何茫茫，白杨亦萧萧。严霜九月中，送我出远郊。四面无人居，高坟正嶣峣。马为仰天鸣，风为自萧条。幽室一已闭，千年不复朝。千年不复朝，贤达无奈何。向来相送人，各自还其家。亲戚或馀悲，他人亦已歌。死去何所道，托体同山阿。④

在陶诗中，玄言完全走出了寻章摘句的拙劣阶段，玄言的核心"真意"脱去了老庄成

① 叶笑雪选注：《谢灵运诗选》，古典文学出版社1957年版，第97页。
② 叶笑雪选注：《谢灵运诗选》，古典文学出版社1957年版，第89页。
③ 逯钦立辑校：《先秦汉魏晋南北朝诗》，中华书局1983年版，第998页。
④ 逯钦立辑校：《先秦汉魏晋南北朝诗》，中华书局1983年版，第1013页。

语的外衣,与天地自然紧密相拥在一起。"欲辨已忘言"还能看出"大辨不言"的痕迹,"吾生梦幻间"也可联想到"方其梦也,不知其梦也"的影响。而《拟挽歌辞》中"死去何所道,托体同山阿"则是将"齐死生,一彭殇"的超然思想进行了完美的艺术包装。从"含道独往"到复归自然,玄理为山水开辟了一条跨越死生的道路。

三、意境作为山水方滋的主线

通过对上述诗画题材的分析,我们不难发现:虽然诗歌和绘画的题材类别纷繁多样,但在山水元素的参与下,所有的题材大致都可以概括为三类:山水画中的狩猎、仙界、故事,山水诗中的弋钓、游仙、玄言。这三类正是山水诗画共同走向意境生成的三个阶段,即作为客观对象的原始自然、作为神化观念的自然象征、作为精神统一的自然回归。在最后一个阶段中由于玄理的加入,山水诗画获得了除客观物境之外的另一个重要条件——"意",从而达成内外主客的统一而使意境完美。

从原始的游猎活动中对自然景物的关注,到公宴之中游山戏水借以忘却诸种烦恼,山水被发现、被描摹和歌颂,并作为一种精神上的解药而开始构筑独立的语汇系统,隐逸与游仙诗的出现加速了这一语汇系统的丰富,而玄理则使得诗人将山水作为自己诗化人生目标的实现方式。弋射渔猎、耕种采桑图像中的山水,从对自然单纯的再现开始,进而出现了自然审美意识的萌芽。灵山仙境、宗教世界中的山水经过象征化处理,由纯粹出于观念想象之内,到与现实自然并立。故事画中的山水,从简单的分隔符号、人物背景,到与情节一致进而构成召唤读者体验的情境。这些转变使山水画一步一步接近意境生成,但并未完全完成从原始、象征、统一的转化中最终生成意境,直到宗炳《画山水序》的出现,将玄理系统代入山水,山水意境才最终完成。

古人论述意境的文史材料不可胜数,但大多将意境描述为一个有虚有实、有真有幻、有有我有无我、有可见有不可见的层级组合,在这些层级之中"意"一直处于高于"景"或"情"的位置,并作为诗与画的最高旨趣和目的。"夫理绝于中古之上者,可意求于千载之下;旨微于言象之外者,可心取于书策之内。况乎身所盘桓,目所绸缪,以形写形,以色貌色也。"[①]宗炳将"理"与"旨"作为"书策"与"以形写形""以色貌色"的绘画的共同目的,其实已经暗含了这种层级的区分。"旨"实际就是"意"。王弼《周易略例·明象篇》曰:"尽意莫若象,尽象莫若言","言者所以明象,得象而忘言;象者所以存意,得意而忘象。"[②]在言象意的层级系统中,"意"被确立为最终的目的。魏晋时期的言意之辨,为后来作为山水诗画共通点的意境提供了理论基础。王昌龄的《诗格》中提出诗分"物境""情境""意境"三

---

① 张彦远著,俞剑华注释:《历代名画记》,上海人民美术出版社 1964 年版,第 130 页。
② 王弼撰,楼宇烈校释:《周易注》,中华书局 2011 年版,第 414 页。

境,处身于境,视境于心,莹然掌中,进一步详述"物境"为:"欲为山水诗,则张泉石云峰之境极丽艳秀者,神之于心,然后用思,了然境象,故得形似。"①这是"山水诗"这一概念最早被提出,但山水诗并不仅仅以"得形似"为目的,因而后面又有"娱乐愁怨皆张于意而处于身,然后驰思,深得其情"的情境与"亦张于意而思之于心,则得其真矣"的意境,从而在创作角度完成了对情景统一性的阐释。值得说明的是,这里的"意境"是指"内心意识的境界"②"内在哲理意味"③,是现在所提出的意境概念的有机组成部分。"山水诗"的概念出现在王昌龄的"三境"理论中并非偶然,这表示视觉体验、主观情思与哲理感悟在诗人胸中的融合统一,是山水诗歌与生俱来的审美特质。意境不是诗论专用的概念,明人李日华在《紫桃轩杂缀》中分析道:"凡画有三次第:一曰身之所容。凡置身处非邃密,即旷朗,多景所凑处是也。二曰目之所瞩。或奇胜,或渺迷,泉落运升,帆移鸟去是也。三曰意之所游。目力虽穷而情脉不断处是也。然又有意所忽处,如写一树一石,必有草草点染取态处。写长景必有意到笔不到,为神气所吞处,是非有心于忽,盖不得不忽也。"④李日华所说的"身之所容""目之所瞩"即是构成王昌龄所说的"神之于心"的两项基本条件:体验与观察。而"意之所游"与其中的"情脉不断"即包含王昌龄"情境"与"意境"。清人笪重光的《画筌》中有"实境""真境""神境"三者的划分:"山下宛似经过,即为实境","山之厚处即深处,水之静时即动时。林间阴影无处营心,山外清光何从着笔?空本难图,实景清而空景现;神无可绘,真境逼而神境生。位置相戾,有画处多属赘疣;虚实相生,无画处皆成妙境"。⑤

至此我们可以将作为诗画共通点的意境透析为三种基本美学旨趣:一、以体验和对"形色"的观察连接诗画的创作者与接受者,宗炳所提到的"澄怀观道,卧以游之"便是基于对自然山水的热爱而唤醒自己的审美经验。创作者需要对客观物象仔细观察,而接受者需要对自然有着身与心的体验。无论是"物境"还是"实境","目之所历"还是"身之所容"都是以客观自然为核心。《文心雕龙》物色篇中讲"窥情风景之上,钻貌草木之中",与宗炳所说"以形写形,以色貌色",都是将观察与体验作为意境实现的最基本要求。二、以情感触发联想,将纯粹客观的物象纳入主观世界之内,即宗白华所讲"景中全是情,情具象而为景,因而涌现了一个独特的宇宙"⑥。三、重视在诗画之外的"意"。陆机在《文赋》中感叹"恒患意不称物,文不逮意,盖非知之难,能之难也",可见表意之难。谢赫却提出"若

① 陈应行:《吟窗杂录》卷四,中华书局1997年版,第207页。
② 叶朗:《中国美学史大纲》,上海人民出版社1985年版,第213页。
③ 贺天忠、杨丽娟:《论王昌龄以"三境"说为核心的意境论》,《中南民族大学学报(人文社会科学版)》2010年第5期。
④ 周积寅:《中国历代画论》,江苏美术出版社2007年版,第613—615页。
⑤ 周积寅:《中国历代画论》,江苏美术出版社2007年版,第616页。
⑥ 宗白华:《美学散步》,上海人民出版社1997年版,第126页。

拘以体物,则未见精粹;若取之象外,方厌高(《书画谱》作膏)腴,可谓微妙也"①。这种舍象忘言的取向,使得代表意识境界和哲理意味的"意",往往会以超越语言和图像的沉默、留白形式表现,而空白是留给接受者以审美体验与情感来进行填充的。因此,"意"是前两种美学旨趣升华后所达到的一种高度,而不能将失语与空白本身作为一种单独的美学旨趣,从而脱离前面的景与情,成为纯粹的神秘与虚无,这样就违背了山水诗与山水画所共有的基本美学准则。

关于玄理为何能导致山水审美因素的勃兴,魏晋时代的士人伦理准则、时代环境都与其有何种关系,还有哪些因素施加于艺术家的生活,进而构成了他们进行山水艺术创作的原则,这些问题将在下一节中进行论证。

第二节 自然的发现

从先秦至汉魏六朝,山水元素作为诗歌与绘画的共同语汇经历了从萌芽至繁盛的过程,这是潜藏在诸多题材内的发展趋势。我们可以用"意境""意象"等概念统摄这些趋势和影响,并将其认定为这背后的推动力量,这些在前一章中已有粗略论述。然而,如果从语言—图像关系的角度来分析山水诗与山水画共同兴起的原因,前章的论述还只是材料的归纳整理,所得出的结论也仅适用于诗画材料本身。用潘诺夫斯基的话来说,属于"狭义图像志"(Iconography)的领域,而在艺术"母题"(Motifs)之外更需要探寻"内在意义"以及与其关联的"根本原理"。潘诺夫斯基断言:"这些原理揭示了一个民族、一个时代、一个阶级、一个宗教和一种哲学学说的基本态度,这些原理会不知不觉地体现于一个人的个性之中,并凝结于一件艺术品里;不言而喻,这些原理既显现在'构图方法'与'图像志意义'之中,同时也能使这两者得到阐明。"②因此在本章中将更进一步从政治背景、精神信仰、历史轨迹等维度对诗画语汇进一步剖析,并且,希望如潘诺夫斯基所言,可以使自然审美意识兴起的原因在历史的玄冥晦暗和艺术精神的交错纠葛中得到点明与理清。

自然审美意识兴起的过程是审美主客体统一和谐的过程,是人对自然的发现过程,这种发现既是外在的也是内在的,既是自律的也是他律的。本节将从以下四个方面递进地阐释自然如何从被克服的环境进化为被观赏的对象,再进一步融入文化中成为国人传统文化意识基底的一部分。

一、自然、风景与山水

在分析开始之前有必要厘清一些概念,首先是"自然"。在现代汉语中"自然"

---

① 张彦远著,俞剑华注释:《历代名画记》,上海人民美术出版社 1964 年版,第 140 页。

② 欧文·潘诺夫斯基著,戚印平、范景中译:《图像学研究:文艺复兴时期艺术的人文主题》,三联书店 2011 年版,第 5 页。

有两种基本含义：一是指自然界；二是指自然而然、顺势而为、不经人力干预，从而引申出理所当然、不勉强、不呆板的意义。"自然"在魏晋玄学中是一个系统性很强的哲学概念，本章在第五部分将单独论述。如果没有特别说明，本章提到的"自然"统指自然风景。其次，自然风景和自然界的关系。自然风景当然是自然界的一部分，但是何为自然风景？什么样的自然才能成为自然风景？风景的存在是否嵌入了主观意识或文化习惯？马尔科姆·安德鲁斯(Malcolm Andrews)在《风景与西方艺术》(*Landscape and western art*)一书中认为风景的形成是一种有意义的组织(Significant Organization)，一种内在和外在因素共同作用的结果。在风景的形成过程中框架(Frame)起了决定性的作用，框架决定了视野的边界、设定了风景。风景同时也是在与非风景因素的对立中存在的。W. J. T. 米歇尔对风景这种两面性的分析更为通俗明了："风景不是一种艺术体裁而是一种媒介，风景是一种人与自然之间、自我和他者之间交流的媒介。在这方面，它像是金钱：本身毫无益处，却表达了一种潜在的无限的价值储藏。风景是一种经文化调和的自然场景。它既是再现的也是当下的空间，既是能指也是所指，既是一个框架也是一个框架所包含的东西，既是真实的空间又是它的幻影，既是包装也是包装里的商品。"①这些观点启发我们：在艺术作品中对自然风景的再现没有绝对的客观，人的价值观念以可见或隐含的方式注入其中。从另一方面讲，自然风景也因这种价值观念的注入而获得价值。西方风景审美意识在突破中世纪神学对于感官愉悦的禁锢之后开始在诗歌、美术作品中兴起，但在这之前自然界的种种景象早已存在，彼特拉克登上阿维尼翁的山顶眺望河谷之前，这些景象并不对人类关闭；卢梭在比尔湖的小岛上避难之前，湖边早就有人定居。因此，自然并不是显现的过程，而是发现的过程，且这发现并不仅仅是探索式的外在发现，更是内省式的内在发现。东西方自然审美意识的兴起与表现有着巨大的差异，因此我们必须谨慎地对待西方风景艺术和东方山水艺术的概念互通及两者所传达的价值取向的不同。

二、江山之助

1. 关注自然

《文心雕龙·物色》中写道："若乃山林皋壤，实文思之奥府，略语则阙，详说则繁。然屈平所以能洞鉴风骚之情者，抑亦江山之助乎？"②刘勰在这里用一种幽默的语调肯定了自然环境对艺术创作不可忽视的作用，这种作用被一个"助"字所概括，多少显得有些模糊不清、有待推断。其中一种推断便是：地理环境决

---

① W. J. T. Mitchell, *Imperial Landscape*, in W. J. T. Mitchell ed., *Landscape and Power*, University of Chicago Press, 1994, P. 5.

② 刘勰著，范文澜注：《文心雕龙注》，人民文学出版社 1958 年版，第 694—695 页。

定一个群体的性格,从而决定一种艺术风格。从先秦时代开始就有地理环境影响民众性格的理论,如《礼记·王制》:"凡居民材,必因天地寒暖燥湿,广谷大川异制,民生其间异俗,刚柔轻重迟速异齐,五味异和,器械异制,衣服异宜。"①《管子·水地》开篇就讲:"地者,万物之本原,诸生之根菀也,美恶贤不肖愚俊之所生也。水者,地之血气,如筋脉之通流者也。"②《淮南子·坠形训》:"土地各以其类生,是故山气多男,泽气多女,障气多喑,风气多聋,林气多癃,木气多伛,岸下气多肿,石气多力,险阻气多瘿,暑气多夭,寒气多寿,谷气多痹,丘气多狂,衍气多仁,陵气多贪。轻土多利,重土多迟,清水音小,浊水音大,湍水人轻,迟水人重,中土多圣人。皆象其气,皆应其类。"③对于这一类文献,我们并不认为将西方的"环境决定论"与其类比是明智的。我们更倾向于将其解读为:人是自然所生,因此人的身上便具备了与自然相同的特点,人与自然的统一是先天的、无条件的。结合魏晋诗歌史的发展背景,我们不难发现,刘勰也并不赞同环境决定论。④ 刘勰提出"江山之助"的用意是提醒诗人们更多关注眼前的自然界,保存真实存在的景物所引发的真实存在的情感,并用诗歌的语言把握人的"本原"与"根菀"。人来自自然,因此亲近山水符合人的本性,诗歌就是需要在这种本性、本真的流露中寻找语言的美感,就像屈原的作品中表露出的美感一样。刘勰在《辩骚》中借赞赏楚辞对诗歌的理想美做了进一步的阐述:"故其叙情怨,则郁伊而易感;述离居,则怆怏而难怀;论山水,则循声而得貌;言节候,则披文而见时。"又说:"若能凭轼以倚雅颂,悬辔以驭楚篇,酌奇而不失其真,玩华而不坠其实,则顾盼可以驱辞力,欬唾可以穷文致,亦不复乞灵于长卿,假宠于子渊矣。"⑤很明显,"山水""节候"的"时、貌",是诗歌内容的必备,在"奇""华"与"真""实"之间的平衡是诗歌风格的正途。结合《序志》一篇中提出的"擘肌分理,唯务折衷"的美学方法⑥,我们可以对"江山之助"的"助"字给出一个合理的解释,"助"字所连接的自然、诗人和诗歌三者,它的作用在《物色》篇前文中已经有所暗示,即"岁有其物,物有其容,情以物迁,辞以情发"。钟嵘《诗品》也有类似的文字:"气之动物,物之感人,故摇荡性情形诸舞咏。"⑦自然界的变化都需通过情感催化才能对审美主体起作用,山川秀美、岁月变迁只是外在的触发点,没有诗人的情感或性灵,没有诗人亲近自然的本性,"江山"只是一堆不可变动的物质实体。因此,与其说江山助诗人成就诗篇,不如说江山助诗人发现内心的自然。

然而,摒弃环境决定论,并不是要完全否认自然环境影响艺术家生活方式进

---

① 朱彬著,饶钦农点校:《礼记训纂》,中华书局 1996 年版,第 191 页。

② 黎翔凤撰,梁运华整理:《管子校注》,中华书局 2004 年版,第 813 页。

③ 何宁撰:《淮南子集释》,中华书局 1998 年版,第 339—340 页。

④ 关于这点已有学者撰文透析,见汪春泓:《关于〈文心雕龙〉"江山之助"的本义》,《文学评论》2003 年第 3 期。

⑤ 刘勰著,范文澜注:《文心雕龙注》,人民文学出版社 1958 年版,第 47、48 页。

⑥ 张少康:《擘肌分理唯务折衷——刘勰论〈文心雕龙〉的研究方法》,《学术月刊》1986 年第 2 期。

⑦ 钟嵘著,曹旭集注:《诗品集注》,上海古籍出版社 1994 年版,第 1 页。

而影响艺术品风格的客观事实。下文将"江山之助"的因素从众多影响艺术风格的因素中离析出来,探寻从汉末至南朝,士人群体、文人集团所处的地理环境发生的剧烈变化如何导致艺术内容的转变,进而山水审美意识在这过程中成为一种独特的文化属性,并在民族的基因中持续流传。

2. 南皮高韵

众所周知,中古时期的历史以永嘉之乱、衣冠南渡为转折点,政治文化中心自此南迁,籍贯中原世家大族子弟们在东晋百年间经过江南山水丝竹的浸淫,终于在晋宋之际促使成熟的山水艺术作品诞生。对自然与生命的关注是自《诗经》以来的固有传统,在南渡之前虽没有会稽、匡庐、潇湘的相助,却不妨碍诗人们沉醉自然、忘乎所以。以曹丕为首的邺下文人群体的宴游活动拉开了魏晋自然发现的序幕。曹丕《与吴质书》:"每念昔日南皮之游,诚不可忘。既妙思六经,逍遥百氏,弹棋闲设,终以六博,高谈娱心,哀筝顺耳。驰骛北场,旅食南馆。浮甘瓜于清泉,沉朱李于寒水。白日既匿,继以朗月。同乘并载,以游后园。舆轮徐动,参从无声。清风夜起,悲笳微吟。乐往哀来,凄然伤怀。"[1]在建安十六年的春天,曹丕与吴质、阮瑀、应场、陈琳、徐干等文士一起游玩了距邺城500里的南皮小城,[2]而后又一起畅游了西园。这时的诗风刘勰概括为"造怀指事,不求纤密之巧;驱辞逐貌,唯取昭晰之能"。[3] 王粲《杂诗》:"北临清漳水,西看柏杨山。回翔游广囿,逍遥波渚间。"[4]此时对山水的关注表现在诗歌中大多像这首诗一样,简明洗练,古朴率真。尽管如此,这次"南皮—西园"之游对于南渡之后山水审美意识的发展仍有重要意义,邺下、南皮的景色不如江南秀丽多姿,描写手段也不及谢灵运纤毫毕现,但这种与志同道合者一起返归自然、抒发怀抱的方式,与在自然中发出生命无常的感叹,如一条经脉,贯穿在自然发现的过程之中。山水诗祖谢灵运有《拟魏太子邺中集诗八首》,沈约在《宋书·谢灵运传论》中纵论文坛发展大势,述及西晋元康时潘、陆等人"缀平台之逸响,采南皮之高韵,遗风余烈,事极江右"[5]。

3. 金谷与洛水

司马氏承祚代魏之后,政治中心的改变使得文士游宴的地点发生迁移,于是出现了可与曹丕的南皮、西园并称的石崇的金谷园。石崇的父亲石苞助司马氏代魏有功,官至大司马,石苞恰巧是南皮人,历史的巧合似乎早就预示了艺术中心的起承转合。据考证金谷园在今河南省孟津县邙山南麓的浅谷中,黄河以南

① 严可均辑:《全三国文卷七》,《全上古三代秦汉三国六朝文》,中华书局1958年版,第1089页。

② 时间、地点考证引自俞绍初:《"南皮之游"与建安诗歌创作》,《文学遗产》2007年第5期。

③ 刘勰著,范文澜注:《文心雕龙注》,人民文学出版社1958年版,第66—67页。

④ 逯钦立辑校:《先秦汉魏晋南北朝诗》,中华书局1983年版,第364页。

⑤ 沈约撰,王仲荦点校:《宋书》卷六十七《谢灵运传》,中华书局1974年版,第1778页。

图3-17　金谷园图(局部),华嵒,上海博物馆藏

洛阳以北,据洛阳城约200里。石崇《金谷诗序》:"有别庐在河南县界金谷涧中,去城十里。或高或下,有清泉茂林、众果、竹柏、药草之属。有田十顷,羊二百口,鸡猪鹅鸭之类,莫不毕备。又有水碓、鱼池、土窟,其为娱目欢心之物备矣。"①又其《思归引序》曰:"晚节更乐放逸,笃好林薮,遂肥遁于河阳别业。其制宅也,却阻长堤,前临清渠,柏木几于万株,江水周于舍下,有观阁池沼,多养鱼鸟,家素习技,颇有秦赵之声。出则以游目弋钓为事,入则有琴书之娱,又好服食咽气,志在不朽。"②从潘岳的《金谷集作诗》中也可以窥见金谷优美的环境:"朝发晋京阳,夕次金谷湄。回溪萦曲阻,峻阪路威夷。绿池泛淡淡,青柳何依依。滥泉龙鳞澜,激波连珠挥。前庭树沙棠,后园植乌椑。灵囿繁石榴,茂林列芳梨。饮至临华沼,迁坐登隆坻。"③相比邺下文人集团游宴时的创作,共游金谷园的诗人们更愿意在景色的细节上花费笔墨。

金谷园随永嘉之乱早已灰飞烟灭,但石崇所得意的"放逸"之情、"林薮"之好以及"琴书之娱"、"不朽"之志,这几项潇洒的精神元素一直为士族子弟所企羡,其涟漪被王、谢诸公在江右衍化至波澜壮阔。难怪《世说新语·企羡》中有:"王右军得人以兰亭集序方金谷诗序,又以己敌石崇,甚有欣色。"④清代扬州画派的华嵒有一幅《金谷园图》(图3-17),石崇本人置于画面中央,环绕在他周围的便是上面所提到的精神元素:园艺山石笼罩,秦赵之声入耳,娇妾美色当前,僮仆侍奉左右。杜牧的《金谷园》中写道:"日暮东风怨啼鸟,落花犹似坠楼人。"然而这幅画中似乎看不到任何悲剧宿命的蛛丝马迹。用工笔描绘的纤细的柳枝、繁密的树叶,和映衬绿珠的繁花都透露出富贵淡雅的情调,相比于坠楼的悲剧,历史更愿意记住金谷短暂的繁华。另有一幅题名北宋王诜的《金谷园图》,此图长达五米,完整而细致地再现了金谷园一带的山水地貌,靠前一段的楼阁之内有人在宴乐聚会,全景式的描绘、浓重的色彩、细致的笔触,都似乎把人们带回富贵逸乐的

① 严可均辑:《全晋文卷三》,《全上古三代秦汉三国六朝文》,中华书局1958年版,第1651页。

② 逯钦立辑校:《先秦汉魏晋南北朝诗》,中华书局1983年版,第643页。

③ 逯钦立辑校:《先秦汉魏晋南北朝诗》,中华书局1983年版,第632页。

④ 刘义庆著,刘孝标注,余嘉锡笺疏:《世说新语笺疏》,中华书局2007年版,第743页。

金谷,不同于前一幅《金谷园》的是,壮阔的山水映衬之下,人物身份、地位、财富,甚至一切情节都与现在的观者拉开了距离,山水突然获得一种超越的形态,在"六朝如梦"的若干年后,山水审美意识超越了其他的精神元素,凌驾于其上。

除了围绕在豪强石崇身边聚会金谷以外,还有一个地方也聚集大量的文人墨客,与金谷园的应酬不同,这里的聚会更加自觉、更加学术,这就是洛水之会。《世说新语·言语》记载名士王衍对一次洛水聚会的评论:"诸名士共至洛水戏,还,乐令问王夷甫曰:'今日戏,乐乎?'王曰:'裴仆射善谈名理,混混有雅致;张茂先论《史》《汉》,靡靡可听;我与王安丰说延陵、子房,亦超超玄著。'"①这次汇聚了王衍、裴頠、张华、王戎等数位名流的玄学史学研讨会选择了洛水作为会议地点并非偶然,名士们聚会洛水也不仅仅是为了清谈、论史。何劭的《洛水祖王公应诏诗》较为完整地记录了一次洛水边的钱别:"游宴绸缪,情恋所亲。薄云钱之,于洛之滨。嵩崖严严,洪流汤汤。春风动衿,归雁和鸣。我后飨客,鼓瑟吹笙。举爵惟别,闻乐伤情。嘉宴既终,白日西归。群司告旋,鸾舆整绥。我皇重离,顿辔骖骈。临川永叹,酸涕沾颐。崇恩感物,左右同悲。"②从诗歌的题目与内容可以推断这是一次规格很高的皇家宴会,但是我们更加关注这首诗中的情与景,"祖"是一种临行之前祭祀路神的仪式,"祖"的过程本身就包含了"钱",即以酒食送行③,离别之情与洛水之景糅合在了一起,这不禁让人想到曹植的《洛神赋》。顾恺之的《洛神赋图》虽然是在江南完成,但是追根溯源,诗人在恨别之中怅然凝望的却是洛水的景致。因此江山之助,不仅有江南山水的直接助力,也有中原山水的间接助力。除何劭这首外,还有王浚的《从幸洛水钱王公归国诗》,作为一个高规格宴会场所,洛水云集当时精英探讨学术自然也不意外。除祖钱仪式外,洛水之滨的还有更经常举行的、更加大众化的仪式,即每年三年初三上巳节的"祓除畔浴"活动。除了完成仪式之外,上巳节还是文人必须捕捉的展示诗意的时机,在西晋时除潘尼的《三月三日洛水作诗》之外,还有闾丘冲《三月三日应诏诗》、荀勖《三月三日从华林园诗》、张华《太康六年三月三日后园会诗》等。王羲之于永和九年三月三日所主持的兰亭集会在山水审美意识萌发的过程中起着重要的作用,然而他并不是无所承接,凭空发明的。

4. 东山与兰亭

南渡之后,士族子弟对山水的态度不仅是欣赏和喜好,更是沉醉和耽乐,这其中有政治原因,也部分因为道家思想和隐逸之风的兴盛,但地理环境的变化仍是不可缺少的现实前提。《晋书·谢安传》记载谢安"寓居会稽,与王羲之及高阳许

---

① 刘义庆著,刘孝标注,余嘉锡笺疏:《世说新语笺疏》,中华书局 2007 年版,第 100—101 页。
② 逯钦立辑校:《先秦汉魏晋南北朝诗》,中华书局 1983 年版,第 648 页。
③ 关于祖钱仪式与相关题材诗歌的研究可参看郗文倩:《祖钱仪式与相关文体的生成空间》,《中山大学学报(社会科学版)》2014 年第 1 期。

图3－18　雪山红树图，张僧繇，台北"故宫博物院"藏

询、桑门支通游处，出则渔弋山水，入则言咏属文，无处世意"，"尝往临安山中，坐石室，临浚谷，悠然叹曰：'此去伯夷何远！'"①从谢安开始，孙绰、许询、王羲之、谢灵运、顾恺之、戴逵等诗画艺术家与浙东会稽一带的山水结下不解之缘，他们在这里酬唱、宴饮、攀登、流连以至筑室定居、死后化身于此。《世说新语·赏誉》"王右军语刘尹"条，刘孝标注引《续晋阳秋》："初，安家于会稽上虞县，优游山林，六七年间，征召不至，虽弹奏相属，继以禁锢，而晏然不屑也。"②高卧会稽山水之间不愿出仕的何止谢安，《世说新语·栖逸》"戴安道既厉操东山"条，刘注引《续晋阳秋》："逵不乐当世，以琴书自娱，隐会稽剡山，国子博士征，不就。"③《晋书·王羲之传》有："羲之雅好服食养性，不乐在京师，初渡浙江，便有终焉之志。会稽有佳山水，名士多居之，谢安未仕时亦居焉。孙绰、李充、许询、支遁等皆以文义冠世，并筑室东土，与羲之同好。"④究竟是什么样的自然环境激发了这些士人的箕山之志呢？顾恺之的一句话成为千古流传的经典，《世说新语》将其收录在《言语》一目下："顾长康从会稽还，人问山川之美，顾云：'千岩竞秀，万壑争流，草木蒙笼其上，若云兴霞蔚。'"⑤一句精练的概括瞬间勾勒出浙东山水的总貌，虽是名言，也与天才画家所具备的捕捉形态特征的能力相吻合。同目下还记有王献之的只言片语："王子敬云：'从山阴道上行，山川自相映发，使人应接不暇。若秋冬之际，尤难为怀。'"《水经注》中记录了类似的话："王逸少云：'从山阴道上，犹如镜中行也。'"⑥顾恺之在《画云台山记》中也表现了对山川倒映在溪流中所形成的美妙景观的执着："下为涧，物景皆倒。"⑦"秋冬之际，尤难为怀。"在署款张僧繇的《雪山红树图》(图3－18)中我们找到答案，被雪色浸染的山峰中透出松柏的青色，在远处隐约可见；近景中

---

① 房玄龄：《晋书》卷七十九，中华书局 1974 年版，第 2072 页。

② 刘义庆著，刘孝标注，余嘉锡笺疏：《世说新语笺疏》，中华书局 2007 年版，第 552 页。

③ 刘义庆著，刘孝标注，余嘉锡笺疏：《世说新语笺疏》，中华书局 2007 年版，第 776 页。

④ 房玄龄：《晋书》卷八十，中华书局 1974 年版，第 2098—2099 页。

⑤ 刘义庆著，刘孝标注，余嘉锡笺疏：《世说新语笺疏》，中华书局 2007 年版，第 170 页。

⑥ 郦道元著，陈桥驿校证：《水经注校证》，中华书局 2007 年版，943 页。

⑦ 张彦远著，俞剑华注释：《历代名画记》，上海人民美术出版社 1964 年版，第 116 页。

的绿树和红叶与白色的天地山川形成强烈的颜色对比，一对主仆骑驴越溪而来，从右下角的小桥上正准备进入这艳丽绝伦的画面之中，晋人对山水的痴情跃然纸上。

谢安的东山之志并同东山景色之美一直被历代文人赞颂，余嘉锡《世说新语笺疏》引《施注苏诗》卷七《游东西岩诗》题下注曰："东山在会稽上虞县西南四十五里，晋太傅文靖公谢安所居，一名谢安山。岿然特立于众峰间，拱揖亏蔽，如鸾鹤飞舞。其巅有谢公调马路，白云、明月二堂址。千嶂林立，下视苍海，天水相接，盖绝景也。下山出微径，为国庆寺。乃安石故宅。"①施元之在考证地理的同时，字里行间透露着对此"绝景"的惊叹。谢安保全东晋政权，也为华夏正统文化留下血脉，这样的丰功茂德正是儒家的理想成就，然而他又具备淡薄的隐士情怀，服食丹药、携妓远游又体现了六朝士人标示性的放荡与逍遥。种种行为构成了后世文人梦想中的完美人格。完美的人格又配上完美的景色，谢安东山在后世成为一种固定的绘画题材频繁出现也就在情理之中，《宣和画谱》录有北宋崔白《谢安东山图》一幅，《石渠宝笈》录有《刘松年东山司竹图》一幅，刘松年为南宋宫廷画家，也有认为这幅其实为元代无名氏所作。②可见到实物的最早的谢安东山题材的作品可能是北京故宫博物院所藏题为赵孟頫所作的《仙庄图》（图3-19），赵孟頫的落款已被证伪，图画应为元代后期画家的作品。这幅画远近层次分明地展现了会稽东山的山水景致，古木、溪谷、瀑布、烟云以及形态各异的崇山峻岭组成一派仙境意象，画面近处可能为谢安的人物率丝竹伎乐似是迎客于别业门口。明代沈周的《临戴进谢安东山图》（图3-20）的画面与其多有相似可

图3-19 仙庄图（局部），佚名，北京故宫博物院藏

图3-20 临戴进谢安东山图（局部），沈周，美国私人藏品

① 刘义庆著，刘孝标注，余嘉锡笺疏：《世说新语笺疏》，中华书局2007年版，第552页。
② 关于谢安东山图题材的流传，可参见黄小峰：《真伪之外——沈周〈临戴进谢安东山图〉研究》，《苏州文博论丛》2012年。

比之处，只是画面人物更加清晰，更容易被辨认身份。其中游仙享乐、丝竹伎乐等主题与《仙庄图》并无二致，更重要的是都展现了具有代入感的情境——山水景色。在这类综合山水、人物、楼阁等类型的绘画中，山水成了观者进入内容与主题的通道。

《兰亭集序》：“会于会稽山阴之兰亭，修禊事也。”《水经注》卷四十“浙江水”（据《校注》考证，“渐江”系浙江之误）注：“浙江又东与兰溪合，湖南有天柱山，湖口有亭，号曰兰亭，亦曰兰上里。太守王羲之、谢安兄弟，数往造焉。吴郡太守谢勖封兰亭侯，盖取此亭以为封号也。太守王廙之，移亭在水中，晋司空何无忌之临郡也。起亭于山椒，极高尽眺矣。”陈桥驿补注：“历史上著名的兰亭修禊，其时兰亭在天柱山下的鉴湖湖口。”①又：“长湖即今鉴湖，唐以前统称镜湖，宋代起流行鉴湖之名，后汉会稽郡守马臻于永和五年初创，围堤蓄水，南起会稽山北麓，北至今萧甬铁路以南，东西长，南北狭，面积逾二百平方公里。”②兰亭倚山临湖，是“尤难为怀”的会稽山阴景色的一部分，《兰亭集序》作为书法圣典从古至今被无数书家摹写，兰亭修禊也与谢安东山一样成了绘画艺术的重要“母题”（Motifs），在这些绘画作品中“尤难为怀”的会稽山川之美获得了直观的再现。《中国古代书画图目》共收录与兰亭相关的古代绘画28幅。现可查的最早与兰亭相关的绘画是唐代阎立本的人物画《萧翼赚兰亭图》，辽宁省博物馆与北京故宫博物院各有一幅，均为宋人摹本。台北“故宫博物院”所藏的五代南唐巨然的《萧翼赚兰亭图》虽与前两幅同名，却是山水画的创作而不是人物画的临摹。宋人作品有：郭忠恕《摹顾恺之兰亭宴集图》、刘松年《曲水流觞图》、马远的《王羲之玩鹅图》、钱选《兰亭观鹅图》，其中钱选的《兰亭观鹅图》（图3-21）将兰亭的位置交代得非常清楚：鉴湖的茫茫湖面占据了画面的大部分，远峰渺茫，画面左边一隅是被竹林和树木包裹的兰亭与庭中兴致正浓的王羲之，画面青绿浓艳的色调似是刻意要仿写晋唐古风。

王羲之《兰亭集序》：“此地有崇山峻岭，茂林修竹，又有清流激湍，映带左右。”从这句如《世说新语》一样简练的画稿式语言中可以确定“崇山峻岭”“茂林”“修

图3-21 兰亭观鹅图，钱选，美国大都会艺术博物馆藏

---

① 郦道元著，陈桥驿校证：《水经注校证》，中华书局2007年版，第940—941页。
② 郦道元著，陈桥驿校证：《水经注校证》，中华书局2007年版，第977页。

图 3-22　兰亭修禊图,文徵明,北京故宫博物院藏

竹""清流"四种景观元素,而同时赋诗的诸位诗人虽然对景物描写使用的语词、句法各不相同,但这些景观元素完全一致。如孙绰《兰亭诗》中写道:"修竹荫沼,旋濑萦丘。穿池激湍,连滥觞舟。"①谢万《兰亭诗》中有:"肆眺崇阿,寓目高林。青萝翳岫,修竹冠岑。谷流清响,条鼓鸣音。"②王玄之《兰亭诗》也有:"松竹挺岩崖,幽涧激清流。"③现存有两幅题为文徵明所作的《兰亭修禊图》,一幅藏于北京故宫博物院(图 3-22),另一幅在台北"故宫博物院"。两幅作品的艺术风格截然不同,北京藏卷根据文徵明自题,作于嘉靖二十一年,台北藏卷也有款识,作于嘉靖三年。北京藏卷为金笺设色,使用仿古的青绿山水,色调明快艳丽,线条为工笔细描。台北藏卷为纸本墨画,人物众多,且表情各不相同。这幅画虽未上色,但细腻和逼真程度胜过北京藏卷。对于我们来说,最值得注意的是两幅画的构图和景观的差别,北京藏卷上人物一共十人,亭内三人,流水旁七人,亭为茅草搭盖,架空于溪流之上,倚靠竹林和树林。台北藏卷人物多达四十九人,亭内是六人,多了三名僮仆,亭明显更为精致与牢固,以石台为基础,背靠山石,溪水从庭后的山上流下,绕亭而过,画面最下方还多了一座木桥。这两幅画的景观共同点显而易见,王羲之所提到的"崇山峻岭""茂林""修竹""清流"便是。但是同一位画家对于同一场景的再现何以有如此大的差别? 这其实正好说明寄存于文学语言中的山水审美观念,影响了后代艺术家的创作意识。文徵明不可能见到一千多年前的集会场景,只能通过一个画家的形象重构能力,以语言为材料进行想象,如北京藏卷中他的自题诗一样:"高音漫传幽谷操,清真重见永和人。"该诗的尾联似乎隐喻式地回答了之前的问题:"何必流觞须上巳,一帘芳意四时春。"只要萧散情怀存于心性之中,吟咏山水不必受时间局限。同样,只要衣冠士族对自然的钟情见于画中,景物位置、构图程式也不会束缚观赏者的理解。在翻译过程

① 逯钦立辑校:《先秦汉魏晋南北朝诗》,中华书局 1983 年版,第 901 页。

② 逯钦立辑校:《先秦汉魏晋南北朝诗》,中华书局 1983 年版,第 906—907 页。

③ 逯钦立辑校:《先秦汉魏晋南北朝诗》,中华书局 1983 年版,第 911 页。

中，一句话往往可以翻译成许多语法不同而意思相同的句子，绘画对文学语言的模仿也是如此，北京藏卷为横式构图，如果像台北藏卷的竖式构图一样，将一座耸立的孤峰作为兰亭的背景可能欠妥。同样，如果台北藏卷不将溪流绕亭而过，而采用横式构图中的顺地势由西向东单向而下，似乎也无法布置。画家用色彩线条的语汇、勾斫皴染的言说方式叙述了跨越时间的意境，叙述结果必然带有强烈的个人化与程式化色彩。金谷、鉴湖与兰亭的遗迹画家并非无法看到，但以上这些绘画作品的意兴并非源于考察实地而引起怀古情结或一种再现自然美的冲动，画家是由于在六朝文学作品的山水意境中长期浸淫，希望表达一种对于人文自然的钦慕。"江山之助"中的"江山"在山水审美意识的传承中只留下了"茂林修竹"一类的词语。诚然，它替最初的发现者涤荡心胸、开拓意象，但在自然发现的道路上它止步于此。它所开拓出的意象，后来的继承者们用来发现新的山水之美。

三、自然的呈现

1. 四时动物

人们对于自然界的关注首先起源于对时间的切身感受。时间、空间本是二维一体的，不管你认为是时间背负着自然界周而复始地飞速奔跑，还是自然的生生不息赋予时间以确定的名称，对于人的日常生活来讲都是一样的，都意味着春耕夏耘、秋收冬藏。时间迫使人关注自然界的变化进而维持自身的存续。《诗·豳风·七月》中的内容体现了先民对时节变化的熟稔。"春日载阳，有鸣仓庚""四月秀葽，五月鸣蜩""五月斯螽动股，六月莎鸡振羽""十月蟋蟀入我床下""十月陨萚"。[①] 这种对于动植物随季节变化的记载在《礼记·月令》中有了官方的系统整理[②]，刘勰在《文心雕龙·物色》中也有"四时之动物深矣"的感叹，然而《月令》对四时变化描述的目的是为施政提供根据，在这里顺应天时是最基本的政治理性。孟春之月是万物萌发之时，于是保护万物的萌芽、与民休息、不妨农时成为施政的主题："牺牲勿用牝""禁止伐木""毋覆巢，毋杀孩虫、胎、夭、飞鸟，毋麛毋卵""毋聚大众，毋置城郭""不可以称兵"。仲春之月，动植物继续生长，植

---

① 程俊英、蒋见元著：《诗经注析》，中华书局，1991年版，第409，410—411页。

② 孟春之月"东风解冻，蛰虫始振，鱼上冰，獭祭鱼，鸿雁来"。仲春之月"始雨水，桃始华，仓庚鸣，鹰化为鸠"。季春之月"桐始华，田鼠化为鴽，虹始见，萍始生"。孟夏之月"蝼蝈鸣，蚯蚓出，王瓜生，苦菜秀"。仲夏之月"小暑至，螳螂生，鵙始鸣，反舌无声"。"鹿角解，蝉始鸣，半夏生，木堇荣"。季夏之月"温风始至，蟋蟀居壁，鹰乃学习，腐草为萤"。孟秋之月"凉风至，白露降，寒蝉鸣，鹰乃祭鸟，用始行戮"。仲秋之月"盲风至，鸿雁来，玄鸟归，群鸟养羞"。季秋之月"鸿雁来宾，爵入大水为蛤，鞠有黄华，豺乃祭兽戮禽"。孟冬之月"水始冰，地始冻，雉入大水为蜃，虹藏不见"。仲冬之月"冰益壮，地始坼，鹖旦不鸣，虎始交"。季冬之月"雁北乡，鹊始巢，雉雊，鸡乳"。见［清］朱彬著，饶钦农点校：《礼记训纂》，中华书局1996年版，第218、239、256、271页。

物抽芽未及苗壮,动物出生仍然幼小,施政主题为助生长,即"安萌牙,养幼少,存诸孤",为顺应万物生长的自然趋势,在刑罚、讼狱等法律执行事务上也要相应减轻惩处力度:"命有司,省囹圄,去桎梏,毋肆掠,止狱讼。"①而刘勰关注的则是自然环境的变化之于人的情感的影响力。通过"岁有其物,物有其容,情以物迁,辞以情发"简明阐述了"岁"——时节、"物"——自然环境、"情"——诗人情感和"辞"——文学作品四者之间逐层递进的关系。这种影响力是如此不可抗拒:"物色相召,人谁获安",这种影响力又是诗歌创作的先决条件:"是以诗人感物,联类不穷。流连万象之际,沉吟视听之区;写气图貌,既随物以宛转;属采附声,亦与心而徘徊"。②《礼记·月令》和《文心雕龙·物色》对于自然界物象变化的不同态度反映了两者以政治、伦理、他律为出发点和以诗歌、审美、自律为出发点的差异。实际上,从前者到后者的转换正是魏晋自然审美意识兴起的推动力,而毫不意外的是,时间在这转换过程中扮演了主持者与推动者的角色。

"时"与"景"并发,"情"与"境"交融,是诗歌的一脉相承的传统,这也是自然审美意识在魏晋勃兴的基础。曹丕《燕歌行》:"秋风萧瑟天气凉,草木摇落露为霜。群燕辞归雁南翔,念君客游思断肠。"阮籍《咏怀》:"凝霜被野草,岁暮亦云已。"陶潜《读山海经》:"孟夏草木长,绕屋树扶疏。"③由此可以看到,自然与时间的纵横交错、互相发现。真情与实景交合而生产出意境当然不是魏晋时代的发明,但是在这个时代诗人像认识到其他文学原理一样,开始自觉认识到这一点并加以理论化。《文赋》:"遵四时以叹逝,瞻万物而思纷。悲落叶于劲秋,喜柔条于芳春。心懔懔以怀霜,志眇眇而临云。"④陆机在传授如何作文之前先解释了作文的缘由和前提,文须有感而发,感除了来自钻研典籍、参悟前人教导之外,就来自观察四时万物的纵横变化。《诗品》:"若乃春风春鸟,秋月秋蝉,夏云暑雨,冬月祁寒,斯四候之感诸诗者也。"⑤钟嵘与刘勰的观点基本一致,即四时动物进而感荡心灵,况且"非陈诗何以展其义?非长歌何以骋其情?"诉诸诗文成了自然所要求的必然。之后的文坛领袖们一再论述,成为不刊之论,萧统《答湘东王求文集诗苑书》、萧纲《答张缵谢诗集书》、萧子显《自序》、陈后主《与詹事江总书》等皆结合自己的创作经验而重申这一理论。⑥

魏晋文论发现了自然审美意识就存在于诗文生发的根源处,并与时间意识紧密相连。而魏晋画论也有同样的论述,王微《叙画》曰:"望秋云,神飞扬;临春风,思浩荡。"神思是绘画的灵魂,是达到谢赫所谓"气韵生动"的一条途径。不单

---

① 郑玄注,孔颖达疏:《礼记正义》,北京大学出版社 2000 年版,第 545,552—553 页。

② 杨明照校注:《增订文心雕龙校注》,中华书局 1958 年版,第 693 页。

③ 萧统编,李善注:《文选》,中华书局 1977 年版,第 391、323、425 页。

④ 萧统编,李善注:《文选》,中华书局 1977 年版,第 240 页。

⑤ 钟嵘著,曹旭集注:《诗品集注》,上海古籍出版社 1994 年版,第 47 页。

⑥ 黄侃:《文心雕龙札记》,上海古籍出版社 2000 年版,第 226 页。

在触发兴致上,在创作实践中四时变化也为历代名画家所重视,把自己内心所体会到的美感在形象中传达给他人就需要"学穷性表,心师造化"(姚最《续画品录》赞萧绎语),而"造化"即宇宙时空的纵横变化。

宋人所著托名梁元帝萧绎的《山水松石格》中用"秋毛冬骨,夏荫春英"概括山水画入门时所应抓住的四时景物变化。旧题王维所作的《山水诀》开篇便讲:"东西南北,宛而目前;春夏秋冬,生于笔下。"旧题荆浩所作的《山水赋》中写道,应该以四时变化的真实情景来布置山水画面:"凡画山水,须按四时:春景则雾锁烟笼,树林隐隐,远水拖蓝,山色堆青;夏景则树木蔽天,绿芜平阪,依云瀑布,行人羽扇,近水幽亭。"《林泉高致》对四时变化与山水景致的影响做了详尽而精彩的分析:

真山水之云气,四时不同:春融冶,夏蓊郁,秋疏薄,冬黯淡。

真山水之烟岚,四时不同,春山淡冶而如笑,夏山苍翠而如滴,秋山明净而如妆,冬山惨淡而如睡。

山:春夏看如此,秋冬看又如此,所谓"四时之景不同"也。

春山烟云绵连人欣欣,夏山嘉木繁阴人坦坦,秋山明净摇落人肃肃,冬山昏霾翳塞人寂寂。[1]

该书并未满足于对"四时之景"这样粗略的划分,随后又列举夏、秋、冬、晓、晚等因时节、时间不同而景致、趣味各异的若干种画题,[2]根据郭若虚《图画见闻志》所载,五代的关仝、荆浩、黄荃、北宋王士元、李成、范宽、刘永、王端、李宗成等均有同名为"四时山水"的作品,虽无一件流传至今,但可见对四时景致的描绘随着山水画艺在五代、北宋的成熟,已成为检验画家水平的基本试题。[3]

《石涛画语录》中记录了这样一段话:

凡写四时之景,风味不同,阴晴各异,审时度候为之。古人寄景于诗,其春曰:"每同沙草发,长共水云连。"其夏曰:"树下地常荫,水边风最凉。"其秋曰:"寒城一以眺,平楚正苍然。"其冬曰:"路渺笔先到,池寒墨更圆。"亦有冬不正令者,其诗曰:"雪悭天欠冷,年近日添长",虽值冬似无寒意。亦有诗曰:"残年日易晓,夹雪雨天晴。"以二诗论画,欠冷、添长、易晓、夹雪,摹之不独于冬,推于三时,各随其令。亦有半晴半阴者,如"片云明月暗,斜日雨边晴"。亦有似晴似阴者,"未须愁日暮,天际是轻阴"。予拈诗意以为画意,未有景不随时者。满目云山,随时而变。以此哦之,可知画即诗中意,诗非画里禅乎?[4]

画家与诗人都须仔细地观察时令节候的变化细节,在石涛"拈诗意以为画意"并非凭空模仿,而是自己"审时度候"观察到的景象恰好被诗人一语道破。诗、画中

---

① 郭思著,杨伯注释:《林泉高致》,中华书局 2010 年版,第 35—42 页。

② 郭思著,杨伯注释:《林泉高致》,中华书局 2010 年版,第 119 页。

③ 现存最早的完整描绘四时山水景色的组图为南宋刘松年的《四景山水图》,《庚子销夏记》著录,现藏于北京故宫博物院。

④ 道济著,俞剑华标点:《石涛画语录》,人民美术出版社 1959 年版,第 58 页。

的意境空间在四时变化的时间维度上是如此一致。

2. 生命意识

从汉末至东晋，士人们在空间上横向移居的过程中，对山水的热爱逐渐加强，活动中心由北往南迁移、地貌风土一变再变，然而不管是恣意金谷、高卧东山还是流连荆巫、论道匡庐，魏晋士人对于"生命情调"和"宇宙意识"①的关注一直作为描绘这些壮美景色的情感支撑，贯穿于自然审美意识的发展过程。面对人在时空维度的有限性，诗和画成为突破限制的艺术方法，曹丕赞文章是"经国之大业，不朽之盛事"，因"年寿有时而尽""荣乐止乎其身"，只有文章才能流传后世，突破"常期"。宗炳图画山川为了在老病之时"卧以游之"。建安七子中"徐、陈、应、刘，一时俱逝"，"太康之英"陆机与潘岳俱死于权力角逐，元嘉之雄谢灵运弃市于广州。乱世文人命如草芥，客观上使得他们更加看重每一刻宴饮的欢乐、每一段绝佳的景致，《兰亭集序》中曰："向之所欣，俯仰之间，已为陈迹。"因此，摹写景物、纵情山水的文字与图画中总能发现生命与时间感叹，桓温北征见到自己所种柳树已长到十围粗，慨然："树犹如此，人何以堪。"庾信《枯树赋》表达了与桓温相同的感叹："若乃山河阻绝，飘零离别。拔本垂泪，伤根沥血。火入空心，膏流断节。"②人在时空中被动流转的痛苦被全部注入了这棵枯树之中。魏晋所兴起的山水审美意识不仅仅来自对自然静观式的审美体验，更是把时空变迁所引发的情感寄托于自然之中，把作为客观世界的自然印刻于人精神上的种种图像，通过主观世界再次还给自然。完成从自然到人、再到自然的回归。在这个回归的过程中艺术的语言和图像是最重要的两种实现途径。

四、自然的道德隐喻

《世说新语》中记载的人物品评使用了大量的比喻，这类比喻在儒家典籍中都有明显的根源，且其作为道德隐喻系统的一部分一直在传统文化中占有重要的地位，在诗画互仿的过程中被当作重要的母题。

1. 高山流水

《论语·雍也》中有："知者乐水，仁者乐山。知者动，仁者静。知者乐，仁者寿。"先秦儒家对孔子的这句话有很多阐释发挥，《孟子·尽心上》曰："流水之为物也，不盈科不行。君子之志于道也，不成章不达。"《离娄下》曰："源泉混混，不舍昼夜。盈科而后进，放乎四海，有本者如是，是之取尔。苟为无本，七八月之间

---

① 详见宗白华：《论〈世说新语〉和晋人的美》，收于《艺境》，北京大学出版社 1987 年版，第 131 页。
② 庾信著，倪璠注：《庾子山集注》，中华书局 1980 年版，第 51 页。

雨集,沟浍皆盈;其涸也,可立而待也。故声闻过情,君子耻之。"①在《孟子》中水不仅象征智者,而有了更为广泛的劝喻功能:对于道的探索、对于善的向往、以实在的德行而非虚幻的声名作为立身之本,这些都是孟子投射于水中的儒者精神。至《荀子》水则几乎成了诸种儒家完美德行的综合体,《荀子·宥坐》中记录孔子答子贡君子观水之问:"夫水,大遍与诸生而无为也,似德。其流也埤下,裾拘必循其理,似义。其洸洸乎不淈尽,似道。若有决行之,其应佚若声响,其赴百仞之谷不惧,似勇。主量必平,似法。盈不求概,似正。淖约微达,似察。以出以入,以就鲜洁,似善化。其万折也必东,似志。是故君子见大水必观焉。"②水所象征的德行逐渐泛化,但它不会超出儒家所颂扬的真善美的范围,二者之间发生联系的方式也不会超出类比之外,这就是"比德"作为一种文化意识所具有的基本特性。汉代刘向在《说苑》、王逸在《楚辞章句》中继续发挥这一理论模式。③将山水自然之美与人格之美并置的倾向在随后的魏晋时代也十分明显,人物品评的兴盛是原因之一。《世说新语·德行》中郭太品评黄宪:"叔度汪汪如万顷之陂,澄之不清,扰之不浊,其器深广,难测量也。"用水来比喻器量深广。《言语》中谢中郎经曲阿后湖,问左右:"此是何水?"答曰:"曲阿湖。"谢曰:"故当渊注渟著,纳而不流。"用水来暗喻治学方法只有兼收并蓄,才能渊博而深厚。④《赏誉》中王衍评郭象的议论之才像"悬河写水,注而不竭",在《庄子注》中我们可以感受到他体系严密而滔滔不绝的哲学、语言天赋。以水喻人如此,以山喻人亦如是。《诗经·小雅》中的:"高山仰止,景行行止。"⑤被司马迁用来赞美孔子的德行,以山喻人因此往往与"高"联系在一起。《世说新语·赏誉》中:"王公目太尉:'岩岩清峙,壁立千仞。'""王丞相云:'刁玄亮之察察,戴若思之岩岩,卞望之之峰距。'""世目周侯'嶷如断山'。"⑥"岩岩""清峙""峰距"都是形容山峰的峻险超拔,用最形象的方法突出这些人的才能与品行远远高出一般世人。

　　人物品评需要用片言只语概括一个人的德行,并能在士林中广泛传播,于是它从《诗经》的比兴传统中继承了类似于诗歌的修辞方法,又从儒家典籍对山水的道德寄托中找到了类比对象。然而儒家思想并非唯一的来源,魏晋的山水比德意识并未因为"玄风独扇"而停止,部分因为老、庄对"水"也有特殊的寄托。最为人熟知的文本莫过于《道德经》中的"上善若水,水善利万物而不争,处众人之所恶,故

---

① 焦循撰,沈文倬点校:《孟子正义》,中华书局 1987 年版,第 563、914 页。

② 王先谦撰,沈啸寰点校:《荀子集解》,中华书局 1988 年版,第 524—526 页。

③ 周均平:《比德、比情、畅神——论汉代自然审美观的发展和突破》,《文艺研究》2003 年第 5 期。

④ "曲阿"指曲折的山脚,曲阿易为蓄水,曲阿湖名副其实,故谢万发此议论。见张万起:《世说新语译注》,中华书局 1998 年版,第 114 页。另一种解释是:曲阿为曲己逢人,停著不流即藏污纳垢。见朱铸禹:《世说新语汇校集注》,上海古籍出版社 2002 年版,第 124 页。本文从张说。

⑤ 程俊英、蒋见元著:《诗经注析》,中华书局 1991 年版,第 692 页。

⑥ 刘义庆著,余嘉锡笺疏:《世说新语笺疏》,中华书局 1983 年版,第 524、537、539 页。

几于道"。① "玄之又玄"的道让人难以把握或参悟,需要有一种实际存在来类比,然而为了与"道"的形而上的性质相符,这种实际存在又不能让人完全把握。水就是这样一种被看见却不能被把握其动向、存在却不具备恒定性质、永不停止变化与流动的绝佳喻体。《世说新语·文学》:"殷中军问:'自然无心于禀受,何以正善人少,恶人多?'诸人莫有言者。刘尹答曰:'譬如写水著地,正自纵横流漫,略无正方圆者。'一时绝叹,以为名通。"②刘孝标注引庄子《齐物论》中"天籁"的解释,以及郭象注"无既无矣,而不能生有"一段,对刘惔比喻的思想源头做了精确的定位。不受客观意志支配、不带既定目的的自然、自生之道,在魏晋的自然审美意识中水与自然之道的类比,不仅仅是本体论上的思考,也可以很自然地推衍至道德论。《庄子·德充符》:"仲尼曰:'人莫鉴于流水而鉴于止水,唯止能止众止。受命于地,唯松柏独也在冬夏青青;受命于天,唯舜独也正,幸能正生,以正众生。'"③以水之静止比喻道之无为,唯有在清净无为、心如止水的人格面前方能洞鉴世事。《世说新语·赏誉》中记载卫瓘称赞名士乐广:"此人,人之水镜也,见之若披云雾睹青天。"④正是《庄子》文本的应用。儒道两家都将最高理想寄托于高山流水之间,魏晋士人将其应用在人物品评中则是理所当然的事情。

2. 松柏长青

在比兴传统中,不光是山水,自然界的万物都可用来联类排比,由于儒、道经典的流传,一些动植物的象征意义被固定下来。《论语·子罕》:"岁寒,然后知松柏之后凋也。"顾悦巧借这一喻义做了自谦的回答,《世说新语·言语》:"顾悦与简文同年,而发蚤白。"⑤简文曰:"卿何以先白?"对曰:"蒲柳之姿,望秋而落;松柏之质,经霜弥茂。"松柏的特质是不畏严寒、四季常青,常用来比喻逆境下的坚定与高洁,《世说新语》中常将松树与魏晋风度相联系:《容止》中载嵇康"肃肃如松下风""岩岩若孤松之独立",⑥《言语》评王徽类似:"人想王荆产佳,此想长松下当有清风耳。"⑦《赏誉》中评和峤:"森森如千丈松。"⑧《伤逝》中哀悼和峤曰:"峨峨若千丈松崩。"⑨经历魏晋时代之后松树作为艺术符号又多加了一层孤立不群的隐士意味。在山水画中松树始终是一类重要的语汇,画家不能像诗人一样用两三个词语的组合概括松树的神韵,他们需要从造型姿态、线条细节中将松

① 王弼注,楼宇烈校释:《老子道德经注校释》,中华书局 2008 年版,第 20 页。

② 刘义庆著,刘孝标注,余嘉锡笺疏:《世说新语笺疏》,中华书局 2007 年版,第 273 页。

③ 郭庆藩撰,王孝鱼点校:《庄子集释》,中华书局 2012 年版,第 193 页。

④ 刘义庆著,刘孝标注,余嘉锡笺疏:《世说新语笺疏》,中华书局 2007 年版,第 514—515 页。

⑤ 刘义庆著,刘孝标注,余嘉锡笺疏:《世说新语笺疏》,中华书局 2007 年版,第 138—139 页。

⑥ 刘义庆著,刘孝标注,余嘉锡笺疏:《世说新语笺疏》,中华书局 2007 年版,第 716 页。

⑦ 刘义庆著,刘孝标注,余嘉锡笺疏:《世说新语笺疏》,中华书局 2007 年版,第 150 页。

⑧ 刘义庆著,刘孝标注,余嘉锡笺疏:《世说新语笺疏》,中华书局 2007 年版,第 506 页。

⑨ 刘义庆著,刘孝标注,余嘉锡笺疏:《世说新语笺疏》,中华书局 2007 年版,第 751 页。

树的象征寓意具体化。五代荆浩的《笔法记》中记载：

> 松之生也，枉而不曲遇，如密如疏，匪青匪翠，从微自直，萌心不低。势即独高，枝低复偃。倒挂未坠于地下，分层似叠于林间，如君子之德风也。[①]

画家将自己的价值评判与思想意志投射到如松树之类的景物元素上，使得原本固定的象征类型有了艺术个性。这类景物元素共有以下三种表现形式：作为人物背景而与故事题材的寓意一致、作为山水景物构图的主要部分突出寓意、从环境中抽出单独描绘。南宋李唐的《采薇图》（图3-23），伯夷与叔齐分别坐在一棵松树与一棵枫树下，人物的潇洒神态与树木的繁茂枝叶相得益彰，松枫的暗示与映衬作用不言自明，伯夷叔齐是商代遗民，但在画面中我们却分明看到了魏晋风度。元代倪瓒《六君子图》（图3-24）中画松、柏、樟、楠、槐、榆六种树木立于土坡上，背景是一片旷野，山峦矗立在极远处。君子孤介不群的寓意跃然纸上。黄公望题诗云：“远望云山隔秋水，近有古木拥披陀。居然相对六君子，正直特立无偏颇。”没有人物出现在图画中，但好友的题诗将画中所言之“志”道明。南宋赵孟坚的《岁寒三友图》（图3-25）将松枝、梅花、竹叶组合在了一起，象征意味更加明显。

图3-23　采薇图，李唐，北京故宫博物院藏

图3-24　六君子图，倪瓒，上海博物馆藏

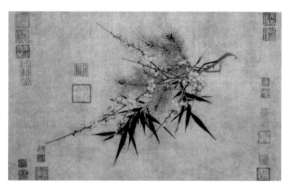

图3-25　岁寒三友图，赵孟坚，台北“故宫博物院”藏

---

① 周积寅编：《中国历代画论》，江苏美术出版社2007年版，第686页。

清代盛大士的《溪山卧游录》中记载这样的观点：

作诗须有寄托，作画亦然。旅雁孤飞，喻独客之飘零无定也；闲鸥戏水，喻隐者之徜徉肆志也；松树不见根，喻君子之在野也；杂树峥嵘，喻小人之昵比也；江岸积雨而征帆不归，刺时人之驰逐名利也；春雪甫霁而林花乍开，美贤人之乘时奋兴也。[①]

山水诗画以传达意境和召唤体验为存在根据，如果纯粹用这种对号入座的方法解读一定会损失它的真正价值成分。但是这段话与上述种种文图材料至少说明：在中国特定的文化语境下山水艺术作品无法摆脱与道德隐喻千丝万缕的联系，山水审美意识一开始也就隐含了"比德"意识。

五、自然的价值

前文提到，自然有两种含义，因此对自然的发现也就不仅仅是对风景的发现，或一切呈现于视觉体验之上的发现，更包含了形而上意义上的自然，即作为事物生产方式的发现，以及由此而推衍出人的行为方式与全新价值观的发现。

《老子》中所提到的"自然"一词都是指"自然而然"，即天地万物无为而自生的存在状态，如第十七章："功成、事遂，百姓皆谓：我自然。"[②]第二十五章："人法地，地法天，天法道，道法自然。"[③]自然在这里明显不具备任何实体性的意义，《庄子》一书中出现的"自然"一词与《老子》中的区别不大，如《德充符》中："吾所谓无情者，言人之不以好恶内伤其身，常因自然而不益生也。"[④]换言之，老庄提到自然只是具有与无为等概念连称时的修辞意义，而并未提出一个"自然"的哲学概念。这一点在魏晋玄学中发生了改变。

王弼在解释"道法自然"时说道："道不违自然，乃得其性，法自然者，在方而法方，在圆而法圆。于自然无所违也，自然者，无称之言，穷极之词也。"[⑤]也就是说"道"作为本体，必然不会违背事物本身的特性，所谓自然就是事物本性、本来的状态，与"道"一样，看不见、摸不着、不可违背、不可把握，并不离开方圆而单独存在，所以无法用言语去描述。这似乎与《老子》二十五章对道的描述有些关联："有物混成，先天地生。寂兮寥兮，独立而不改，周行而不殆，可以为天下母。吾不知其名，字之曰道，强为之名曰大。"[⑥]王弼也说："自然，其端兆不可得而见也，

<hr>

① 周积寅编：《中国历代画论》，江苏美术出版社 2013 年版，第 698—699 页。
② 楼宇烈：《老子道德经校释》，中华书局 2009 年版，第 40 页。
③ 楼宇烈：《老子道德经校释》，中华书局 2009 年版，第 64 页。
④ 郭庆藩撰，王孝鱼点校：《庄子集释》，中华书局 1961 年版，第 221 页。
⑤ 楼宇烈：《老子道德经校释》，中华书局 2009 年版，第 64 页。
⑥ 楼宇烈：《老子道德经校释》，中华书局 2009 年版，第 62—63 页。

其意趣不可得而睹也。"①但是王弼的注解与老子原文对于"道法自然"的理解有一根本性的区别，即王弼一方面同意"万物皆由道生"，将道解释为独立的精神实体，另一方面又提出"体用如一"，认为本体无法独立于末用而存在。因此"自然"的概念在王弼哲学体系中的定位还有一些模糊，而至嵇康、阮籍时，"自然"作为"名教"的对立面，开始成为明晰而被广泛接受的概念。而至郭象时，"自然"则有了更加丰富和深邃的含义。

在《庄子注》中"自然"一词出现了很多次，使用目的各不相同，然而其中却有一条贯穿始终的逻辑线索。汤一介透彻地分析了郭象"自然"的五种彼此联系的含义，说明了其在郭象哲学体系中的位置，"自然"包涵了"天然""无待""自为""性""命"这些郭象注中经常出现的概念，由郭象关于"有"的解释作为逻辑起点，最终指向"物各自造"的"独化"。② 汤一介关于"自然"在概念上的论述已经透彻见底、无所遗漏，但在这部著作中并未提到郭象的"自然"与魏晋自然审美观念的关系。李昌舒在《郭象哲学与山水自然的发现》中一方面认为郭象的自然观不能直接导致山水自然的发现，另一方面论述郭象自然观对魏晋美学思想的震动，从而导致山水美学的兴起。文中提到郭象哲学对山水自然的发现所起到的作用主要在于："使山水自然摆脱了各种束缚，以其自身的本然状态，不牵涉概念世界，不牵涉道德比附，直接地呈现给我们。"③本文认为，在郭象的思想体系中并未把"自然"作为主语从而成立一个独立的命题，它被无为、任性、自为等概念所包围，这些概念具备两个共同点：独立自律的本、如其自身的真。自然在魏晋是一种审美范畴，在当时园林、书法、绘画、诗歌、音乐等诸种艺术形式时有出现，其常常形容与山水自然有关的艺术，因为山水自然可以给人带来本真的超悟与体验，山水在种种人为的实体剧烈变动的同时，在制度、思想、正义标准、伦理、阶层、意识形态、身体等代谢的过程中，始终恒定如其本身。郭象阐释《逍遥游》曰："对大于小，所以均异趣也。夫趣之所以异，岂知异而异哉？皆不知所以然而自然耳，自然耳，不为也。此逍遥之大意。"④自足逍遥就是返归自然状态的一种表现。然而在世事纷扰的现实中自足逍遥的可能性在哪里？庄子所谓"知不可奈何而安之若命"仅是态度而不是方法，仅是路标而不是地图。直到郭象提出"体与物冥"（《德充符注》）才算是给出了可行的方案，在这种"与万物为体"的境界中，"人们感觉自己就是天地万物，而天地万物也就是自己。"⑤事物的本原与事物的存在是浑然不分的，人的意识与人所观察到的现象也难以清晰判定主客、彼此。人在面对山水自然的时候需要"玄同彼我"（《齐物论注》），在这种高度"专注"中获得

---

① 楼宇烈：《老子道德经校释》，中华书局 2009 年版，第 41 页。

② 汤一介：《郭象与魏晋玄学》，北京大学出版社 2000 年版，第 228—245 页。

③ 李昌舒：《郭象哲学与山水自然的发现》，《复旦学报（社会科学版）》2006 年第 2 期。

④ 郭庆藩撰，王孝鱼点校：《庄子集释》，中华书局 2012 年版，第 10 页。

⑤ 朱汉民：《玄学、理学"身心之学"的发展理路》，《哲学研究》2010 年第 10 期。

了思索与推理无法到达的玄冥之境,内外之别、彼我之分都已消解,世事纷扰就更难存乎心中。《洛阳伽蓝记》载姜质《亭山赋》:"悟无为以明心,托自然以图志,辄以山水为富,不以章甫为贵。""心托空而栖有,情入古以如新。既不专流荡,又不偏华上,卜居动静之间,不以山水为忘。"①"流荡、华上""章甫、富贵"这些与山水形成对立面,恰似《齐物论注》中所讲到的"责此近因而忘其自尔,宗物于外,丧主于内,而爱尚生矣"②。要不忘"自尔",做到物我同一,"以玄对山水"则是必然的途径,而山水自然也正因为这样"玄同"的过程而成为审美对象的山水自然,从而摆脱了野生环境或道德喻体的地位。

魏晋山水自然的发现是由各方面原因综合形成的,这已是共识。然而,在这些原因之中,仍有内外之别,内因更具有普遍性。地理环境的发现往往伴随着对时间与生命的感慨,而对生命无常的唏嘘时常又继以超越的哲学思考。自然发现的原因是综合的,但不是静态与独立的。人类艺术对风景的偏爱和沉迷往往有着跨越文化的类似性,这些类似性下隐藏着自然发现的最深层的原因。我们相信,如潘诺夫斯基所言的民族性、宗教性、时代性都能在诗歌与绘画之中寻根溯源,并且这底下还有一种哲学性因素支撑并跨越了以上各种因素。

第三节　山水诗画的交互关系

诗画交互关系问题是一个从未停止过论争的问题,由于山水题材在古典诗画中的特殊地位使得山水诗画关系问题更成了这一论争的焦点,南宋之后出现的题画诗与诗意画提供了最直接的论证材料。尽管题于画上的山水诗作品未必都是绝妙的佳句,许多被目为神品的山水画当初也不曾有题诗,但有一点几乎得到了公认,即诗画合璧之后所带来特殊艺术价值是单独的山水诗与山水画所不具备的。那么山水诗画交互关系的起始点是否应在诗画同体之后呢? 同体之后所产生的艺术价值是否有明确可循的历史根源呢? 山水诗画共同兴起于晋宋之际,其发展轨迹与兴起缘由在前两节已有阐述,诗歌与绘画中的山水元素,逐渐从对仙境、游宴、叙事等题材的描绘中独立出来,在这过程中诗与画并非是两条各自生长的主干,而是两条互相纠缠的藤蔓。魏晋南北朝时期并没有严格意义上的山水画作品传世,但在晋宋交接之前,山水诗画的交互关系已经可以从中窥见萌发的状态,而在晋宋之后,成熟的山水画论与山水诗及文学理论之间也有着明显的同源和呼应关系,本节试图从这两个特殊的角度说明山水诗画交互关系的另外一种实现可能,进而探索山水诗画两种艺术形式在五代宋初以后互相吸引以致走向同体的历史根源。

---

① 杨衒之著,范祥雍校注:《洛阳伽蓝记校注》,上海古籍出版社 1978 年版,第 100—101 页。
② 郭庆藩撰,王孝鱼点校:《庄子集释》,中华书局 1985 年版,第 112 页。

一、魏晋南北朝诗画中山水元素之间的关系

1. 文学中山水元素对绘画中山水元素的影响

魏晋南北朝时的卷轴画几乎没有可靠原作存世，但是通过详查《贞观公私画史》与《历代名画记》等画史所录入的画作题目，我们仍可以找到一些很有可能出现山水树石的画作，其中有一些被作为绘画母题在唐代以后反复出现，这些仿作或同题作品也是推断其原作有可能出现山水景物的参考证据。整理后得到下表①：

表一

朝代	画家	《历代名画记》	《贞观公私画史》	唐代以后同题作品
魏	曹髦	《黄河流势图》	《黄河流势图》	
晋	司马绍	《游清池图》《息徒兰圃图》《洛神赋图》《畋游图》《禹会涂山》	《息徒兰圃图》《洛神赋图》《畋游图》	顾恺之《洛神赋图》宋摹本，北京故宫博物院、辽宁省博物馆、美国弗利尔美术馆藏。
	卫协	《毛诗邶风图》《诗黍稷图》《白画上林苑图》	《毛诗邶风图》《毛诗黍离图》	
	王廙	《吴楚放牧图》《村社齐屏风》	《吴楚放牧图》《村社会集图》	
	顾恺之	《庐山会图》《山水》（绢六幅画，山水为其中一）《荡舟图》	《庐山图》	
	史道硕	《金谷园图》《田家十月图》	《金谷园图》	清·华嵒《金谷园图轴》，上海博物馆藏。
	谢稚	《濠梁图》《秋兴图》《秦王游海图》	《濠梁图》《秦王游海图》	宋·李唐（传）《濠濮图卷》，天津博物馆藏。清·金廷标《濠梁图》，台北"故宫博物院"藏。

① 傅抱石在《中国古代山水画史的研究》中曾广搜文献列举过自汉至隋的山水画题，其中张僧繇《雪山红树图》、陆探微《风雨出蛰图》等并未有确证真伪，本表未录，《历代名画记》《贞观公私画史》因年代最接近魏晋南北朝，因此本表只取这两种画史，而《石渠宝笈》《清河书画舫》等所录书画谨慎起见而不取。

朝代	画家	《历代名画记》	《贞观公私画史》	唐代以后同题作品
晋	夏侯瞻	《倕山图》	《吴山图》	
晋	戴逵	《濠梁图》《渔父图》《嵇阮十九首诗图》《吴中溪山邑居图》	《渔父图》《十九首诗图》《吴中溪山邑居图》	宋·许道宁《渔父图卷》，美国纳尔逊美术馆藏。
晋	戴勃	《九州名山图》《风云水月图》	《九州名山图》	
宋	陆探微	《诗新台图》《蔡姬荡舟图》	《毛诗新台图》《蔡姬荡舟图》（《贞观公私画史》定为摹写本，非陆真迹）	
宋	宗炳	《永嘉屋邑图》	《永嘉屋邑图》	
宋	袁倩（一作"蒨"）	《苍梧图》	未载此人的山水题材画作	
宋	史艺	《屈原渔父图》	《渔父图》	明·无款《屈原问渡图》，北京故宫博物院藏。
宋	刘斌	《诗黍离图》	未载此人	
宋	顾景秀	《王献之竹图》《树相杂竹怀香画》《陆机诗图》	《杂竹样》《怀香图》《陆士衡诗会图》	
南齐	章继伯	《藉田图》	未载此人	
南齐	谢约	《大山图》	未载此人	
南齐	刘瑱（一作"填"）	《吴中行舟图》	《吴中舟行图》	
南齐	毛慧秀	《剡中溪谷村墟图》	《剡中溪谷村墟图》	
梁	萧绎	《游春苑白麻纸图》《鹈鹕陂泽图》	《游春苑图》《鹈鹕弄陂泽图》	
梁	张僧繇	《梁北郊图》	未载此人的山水题材画作	
北齐	杨子华	《北齐贵戚游苑图》	《北齐贵戚游苑图》	
北齐	曹仲达	《弋猎图》	《弋猎图》	宋·无款《射猎图》，北京故宫博物院藏。清·夏露《射猎图》，苏州博物馆藏。

朝代	画家	《历代名画记》	《贞观公私画史》	唐代以后同题作品
北周至隋	展子虔	《弋猎图》《南郊白画》	《南郊图》《弋猎图》	同上。
	郑法士	《北齐呡游像》《游春苑图》	《北齐呡游图》	同上。
	董伯仁	《周明帝田游图》《弘农田家图》	《周明帝田游图》《农家田舍图》	

通过上表我们可以发现,这些题目大多与文学作品有关,《濠梁图》源于《庄子》,《渔父图》出于《楚辞》,《毛诗邶风图》《毛诗新台图》《毛诗黍离图》出于《毛诗》,《息徒兰圃图》出于嵇康《赠秀才从军》中"息徒兰圃,秣马华山;流磻平皋,垂纶长川"一句。除嵇康外,阮籍、陆机的诗歌也被用来作画,还有最为著名的《洛神赋图》。可以说山水画萌芽的土壤中,充满了文学作品的养分。山水画从萌发之初就有着与文学作品不可脱离的联系。

然而在魏晋六朝的诗画交互关系中,文本中的语言文字占有绝对的中心地位,图像的作用是用来转译语言文字,这具体表现为两点:一、画家的创造性被文本严格局限,文本中出现的具体事物必须描绘到,而文本中没有的画面中必须不能出现。二、图像对于文本有着很强的依附性,脱离文本的图像将很难被接受者理解。如辽宁本《洛神赋图》中表现文本中"其形也,翩若惊鸿,婉若游龙。荣曜秋菊,华茂春松。仿佛兮若轻云之蔽月,飘摇兮若流风之回雪。远而望之,皎若太阳升朝霞。迫而察之,灼若芙蕖出渌波"[①]一段,曹植为了给人更直观的感受、引起人更丰富的联想,排列了八个比喻以形容洛神的绝代芳华,这八个比喻中除了"游龙"外其余七个都是自然界可见的山水景物元素,顾恺之完全按照文句的顺序将这些形象一一绘于图上,严格依照曹植的意图,将这些在意义连接于洛神的自然景观转换为平面空间上围绕着洛神。

图 3 - 26　洛神赋图,顾恺之,辽宁博物馆藏

---

① 曹植著,赵幼文校注:《曹植集校注》,人民文学出版社 1984 年版,第 283 页。

在图像向文本靠拢的过程中,山水景物元素除了将人物形象具体化之外,还可以作为将抽象概念具体化的通道,《女史箴图》中"道罔隆而不杀"一段,所要表现的文本题于其右:"道罔隆而不杀,物无盛而不衰。日中则昃,月满则微。崇犹尘积,替若骇机。"盛极必衰的抽象道理,在原文中通过日、月、山三组动态形象来说明,而在画面中本是相互独立的三组形象被整合为一个形象整体:崇山峻岭立于中间,被云朵遮盖的日月分列天空左右。但这样协调的画面并不足以表现原文的抽象意义,高山看不出尘土积累而造成的羸弱,山中反而郁郁葱葱、生机盎然,没有半点要崩塌的意思。画面中的表现方式之所以与原文产生分歧是因为图像在转译文本的过程中必须首先考虑画面本身的美感与结构。顾恺之在山的左侧添入了两只野雉,并用猎人张弓准备猎杀的形象来表现"替若骇机",这种转译手法看似将"崇犹尘积,替若骇机"机械分裂为两组形象,舍"机"比喻义而取它的原义,实则是一种变通的手法,既不伤害崇山部分和谐对称的美感,又可以表现由盛转衰那一瞬间的紧张。与《洛神赋图》相同的是,山水景物元素同样作为比喻与象征,在图像与文本中发挥一致的作用。而与《洛神赋图》不同的是,山水景物元素获得了图像形式上独有的审美价值。

2. 咏画诗、题画诗与画赞中的山水元素

在可循的魏晋南北朝绘画遗迹中山水景物并不是画作的主体,这时也不可能出现纯粹以表现自然美为目的的画作。山水景物大多是作为人物背景而存在的,目的是为了更好地突出人物的个性与神态,诗歌与绘画中的山水元素因为共同服务于这一目的而第一次发生了联系。魏晋南北朝的画赞与题画诗数量十分可观,然而咏赞对象以人物肖像画为主,陶渊明的《扇上画赞》主要内容是对荷蓧丈人、长沮桀溺、于陵仲子、张长公、丙曼容、郑次度、薛孟尝、周阳珪等八位古籍与传说中的隐士画像的赞述①,但在郑次度赞中有"垂钓川湄,交酌林下"一句,周阳珪赞中有"翳翳衡门,洋洋泌流。曰琴曰书,顾盼有俦",其化用《诗经·陈风·衡门》中"衡门之下,可以栖迟。泌之洋洋,可以乐饥"句。由此可推断山水景物可能作为画中人物的活动背景而存在,我们虽然无法看到陶渊明所赞的原画,却可以找到与其相似的图像实例,1960 年发现的南京西善桥南朝墓中《竹林七贤与荣启期》砖刻画(图 3 - 27)同样为山水景物所环绕的人物画像,所选人物具有类似的品质,即逍遥真性、纵情自然,并且其创作年代与陶潜相去不远。②另,1968 年 8 月和 10 月分别在丹阳胡桥吴家村墓和建山金家村墓中发现了南

---

① 陶渊明著,逯钦立校注:《陶渊明集》,中华书局 1979 年版,第 176 页。

② 关于该壁画及墓葬年代争议颇多,但大多断于陶潜所生活的年代相去不远的时期,最初定为晋宋之际,20 世纪 80 年代又倾向于宋代晚期以至南齐,近期又有定为宋中后期。见罗宗真:《南京西善桥南朝墓及其砖刻壁画》,《文物》1960 年增刊 1 期;韦正:《南京西善桥宫山"竹林七贤"壁画墓的时代》,《文物》2005 年第 4 期。

图 3-27　竹林七贤与荣启期砖刻画,南京博物院藏

朝齐梁时代的砖刻画,其构图与西善桥的基本一致。[1]

顾恺之曾画谢幼舆于一岩里,《世说新语》引顾云:"一丘一壑,自谓过之,此子宜置岩壑中。"[2]这表明在当时山水树石作为人物背景,在很多情况下并不仅仅是起到装饰画面的作用,它还具有图像志寓意,即通过人与自然景物在同一画面的空间关系,暗示人物和自然景物所代表的品质之间的逻辑联系。谢鲲对山水的热爱正是其任性自然的性格特征的体现。从另一方面来说,因为所画人物内心对山水的钟情热爱、身体与山水的亲近,要想完整地表现人物,山水景物则不能缺席,也不能草率敷衍,山水因人而贵。《竹林七贤与荣启期》砖刻画中每相邻的两棵树都截然不同,如果仅仅是作为人物之间装饰性的间隔,则完全没有必要如此费周章。这样做的目的一是通过对树木精妙的描绘突出自然环境与竹林七贤"把臂入林"的共同喜好,另一是辅助人物的不同动作、神态描绘以表现八人之间个性差异。陶渊明的《扇上画赞》并没有一味地宣扬荷蓧丈人等八人的道德品质,而是将他们置于有代表性的自然环境之中,荷蓧丈人"日夕在耘",长沮桀溺"耦耕自欣",于陵仲子"甘此灌园",郑次度"垂钓川湄"等。

魏晋南北朝的咏画诗与画赞是最直接反映这一时期诗画交互关系的材料,除了陶渊明这首以外还有很多人物画赞之中也夹杂了山水景物的描写,其中有些诗歌明确为了再现画中山水而进行的修辞,并非诗人的创造,如江淹的《云山赞》序曰:"壁上有杂画,皆作山水好势,仙者五六,云气生焉。"其中《王太子》:"山无一春草,谷有千年兰。云衣不蹰躅,龙驾何时还。"《阴长生》:"日夜明山侧,果

---

[1] 南京博物院:《江苏丹阳县胡桥、建山两座南朝墓葬》,《文物》1980 年第 2 期。

[2] 刘义庆著,刘孝标注,余嘉锡笺疏:《世说新语笺疏》,中华书局 2007 年版,第 848 页。

得金丹道。"①又如支遁的《咏禅思道人诗》,诗序中说:"孙长乐作道士坐禅之像,并而赞之,可谓因俯对以寄诚心,求参焉于衡轭,图岩林之绝势,想伊人之在兹。"可见原画中对僧人坐禅所处的自然环境有详细描绘,而该诗开头也先对林泉景致有精彩描述:"云岑竦太荒,落落英岊布。回壑仁兰泉,秀领攒嘉树。蔚荟微游禽,峥嵘绝蹊路。"而后才写到坐禅之人"会衷两息间,绵绵进禅务"②。另一些因原画不传,不知诗中山水景物原画中是否也有,如庾信《自古圣帝名贤画赞》二十七首中《禹渡江》:"三江初凿,九谷新成。风飞鹢涌,水起龙惊。"《武丁迎傅说》:"虞田路断,辞涧泉飞。"《文王见吕尚》:"言归养老,垂钓西川。岸止磻石,溪唯小船。"《袁盎谏文帝》:"千乘峻辙,六辔危行。迹回松坂,山斜柳城。"《李陵苏武别》:"归骖欲动,别马将前。河桥两岸,临路凄然。"③诗画共同描绘的这些传说、历史人物往往与其身处的自然环境绑定在了一起,以致形成一个稳定的母题。绘画所要表达的寓意是史传、传说中一些具体事件已经包涵的,而单独的人物形象无法构成这一事件。这也是山水景物元素除了暗示与衬托人物品质之外在诗与画中不可或缺的另一个重要理由。

在庾信的《自古圣帝名贤画赞》的《武丁迎傅说》一首中,"虞田路断,辞涧泉飞"④一句指的是武丁在进行劳役的奴隶之中发现傅说的典故,"路断泉飞"是傅说在劳役之中的情境,没有这个环境则无法表现武丁不拘一格提拔贤才的主旨。同样,《文王见吕尚》中的渭水垂钓一景也是如此表现。《袁盎谏文帝》中的"迹回松坂,山斜柳城"出自《史记·袁盎晁错列传》:"文帝从霸陵上,欲西驰下峻阪。袁盎骑,并车擥辔,上曰:'将军怯邪?'盎曰:'臣闻千金之子坐不垂堂,百金之子不骑衡,圣主不乘危而侥幸。今陛下骋六骓,驰下峻山,如有马惊车败,陛下纵自轻,奈高庙、太后何?'上乃止。"⑤峻阪之上的情境是为了表现袁盎的忠诚。宋元时代流传下来的《折槛图》与《锁谏图》等类似题材的画作均有再现自然环境的部分,其作用也是如此。

二、魏晋南北朝山水画论与山水诗论之关系

1. 从"传神"到"写形"——魏晋南北朝再现观的流变与山水诗画的交互发展

关于"再现"问题的争论一直未停止过,其普遍性笼罩了自原始艺术至现代

① 江淹:《江文通集汇注》,中华书局 1984 年版,第 197 页。
② 逯钦立辑:《先秦汉魏晋南北朝诗》,中华书局 1983 年版,第 1083 页。
③ 严可均辑:《全上古三代秦汉三国六朝文》,中华书局 1958 年版,第 3936 页。
④ 庾信:《庾子山集注》,中华书局 1980 年版,第 631 页。
⑤ 庾信:《庾子山集注》,中华书局 1980 年版,第 634 页。

艺术的各个时间段、各种风格的造型艺术作品，而恰恰是这种争论的不同形态标识了艺术史研究不同发展阶段。"再现"（Representation）是一个舶来的概念，将这一概念强加在魏晋时代的艺术理念上去解释这一时期的诗画交互关系显然是值得商榷的。但是在魏晋南北朝，无论是诗歌还是绘画都经历了对待山水自然的态度上的转变。而正是这种转变使得山水诗画走向了深层的紧密交互，甚至和谐统一。

"凡画人最难，次山水，次狗马。台榭一定器耳，难成而易好，不待迁想妙得也。此以巧历，不能差其品也。"①顾恺之将山水画的地位列于人物画之下，但凡对中国古典艺术略知一二的人一定会对此有疑问。在宋代之后价值与数量都远超人物画的山水画，何以在晋代位居次席？《历代名画记》中记载的这段文字的后半句："难成而易好，不待迁想妙得也。此以巧历，不能差其品也。"②是对所有非人物画而言，"迁想"即发挥主观想象，体会所描绘对象的情感、个性与气质。③而山水、动物、建筑不具备这些人性中的灵动因素，因而画家也就只需要以纯技巧来应付，也就不如人物画难，并使作品缺少"神"的内涵。顾恺之所主张的"传神"是对后世有重大影响的美学标准，《论画》中有"凡生人亡有手揖眼视而前亡所对者，以形写神，而空其实对，荃生之用乖，而传神之趋失矣"。然而顾氏所强调应传之"神"，乃是仅限于人物画，从《论画》中我们可以推断，"神"是指人的神态与精神，是一个有生气的人的必备条件，这其中暗含了"如真"与"对应现实"的原则，只是这种真实是"神"的真实，而非"形"的真实。《世说新语》记载："顾长康画裴叔则，颊上益三毛。人问其故，顾曰：'裴楷俊朗有识具，正此是其识具。'看画者寻之，定觉益三毛如有神明，殊胜未安时。"④为了"传神"，裴楷本人肖像的相似性也可以牺牲。然而顾恺之用以求"传神"的方法毕竟还是"以形写神"，对于如实再现视觉中的自然并非没有建树，《画云台山记》中写道："山有面，则背向有影。""所以一西一东而下者，欲使自然为图。""下为涧，物景皆倒。"⑤所有这些意图在图画上表现的景物显然都不是对实景一一对应的临摹，但都符合自然界的真实情况。

在顾恺之的画论中形象的再现都是为"传神"服务，无论是对于人物眼睛的重视（《世说新语》中"传神写照正在此阿堵中"），还是讲究刻画人物面对的事物（《论画》中"悟对之通神"），都说明了这一点。可以说，"形"是因，而"神"是果。而在宗炳以及王微的山水画论中，"神"并非局限于人物范畴，而是具备了更普遍

① 张彦远著，黄苗子点校：《历代名画记》，人民美术出版社 1963 年版，第 116 页。
② 张彦远著，俞剑华注释：《历代名画记》，上海人民美术出版社 1964 年版，第 102 页。
③ 对"迁想妙得"的阐释详见：李泽厚、刘纲纪主编：《中国美学史》，中国社会科学出版社 1987 年版，第487—491 页。
④ 刘义庆著，刘孝标注，余嘉锡笺疏：《世说新语笺疏》，中华书局 2007 年版，第 847 页。
⑤ 张彦远著，俞剑华注释：《历代名画记》，上海人民美术出版社 1964 年版，第 112—117 页。

的本体论意义。"形"与"神"不再是分立而是浑然一体的，万物之形自然体现了"神"的存在，山水自然的本真状态恰好印证了趣灵法身寄寓其中。宗炳这样的画论宗旨用其在《明佛论》中引用的一句佛经可以概括："一切诸法，从意生形"。因此可以认为，"神"是因，而"形"是果。

《画山水序》中所体现的对于形神关系的重新认识，将山水画的理念由"传神"论中解放出来。"神本亡端，栖形感类，理入影迹，诚能妙写，亦诚尽矣。"①笔者倾向于将"端"理解成"征兆"即"发端的迹象"，这句提出"神"没有迹象可循，但它寄存于群品万类的形象之中，如果能对这些形象加以精妙的描写，那么对于我们做到感悟通神也是足够了。宗炳告诉我们，不再需要为"传神"而"写形"，"写形"的本身就是在"传神"。宗炳的佛学思想主导了中国第一篇山水画论的理念，而慧远作为宗炳思想的源头，在其《万佛影铭序》中我们可以找到对以上观念更详细的理论阐释：

> 何以明之？法身之运物也，不物物而兆其端，不图终而会其成。理玄于万化之表，数绝乎无形无名者也。若乃语其筌寄，则道无不在。是故如来或晦先迹以崇基，或显生涂而定体，或独发于莫寻之境，或相待于既有之场。独发类乎形，相待类乎影。推夫冥寄，为有待邪，为无待邪，自我而观，则有间于无间矣。求之法身，原无二统，形影之分，孰际之哉。而今之闻道者，咸摹圣体于旷代之外，不悟灵应之在兹。徒知圆化之非形，而动止方其迹，岂不诬哉。②

序中后来所提出的"神道无方，触象而寄"即是"神本亡端，栖形感类"原型，这段论述的开始关于"法身运物"的解释与魏晋玄学并无冲突，但在破除形影之分后与玄学"贵无"的思想分道扬镳，法身、圣体固然无目的、无迹象，但是同时也是寄于现象，以至于"动止方其迹"③。慧远法师的思想改变了对于山水自然的观看方式，为表现自然提供了新的理论基础，从而使得无论是图画还是诗歌对山水的描绘方式都出现了新的特点。《全晋文》中存有慧远所作《庐山记》对于庐山的地势、形胜、变幻莫测的景致有着精细的描绘，又有《游山记》《游石门诗并序》《庐山东林杂诗》《陵峰采药触兴为诗》等吟咏山水的诗文。然而法身寄寓万端，慧远为何将山水置于除了佛影之外最值得再现的形象范畴呢？在《游石门诗序》中慧远将其游兴与玄思用极富感染力的文字表达了出来：

> 于是拥胜倚岩，详观其下，始知七岭之美蕴奇于此：双阙对峙其前，重岩映带其后，峦阜周回以为障，崇岩四营而开宇。其中则有石台石池，宫馆之象，触类之形，致可乐也。清泉分流而合注，渌渊镜净于天池。文石发彩，焕若披面，柽松

---

① 张彦远著，俞剑华注释：《历代名画记》，上海人民美术出版社 1964 年版，第 130 页。

② 严可均辑：《全上古三代秦汉三国六朝文》，中华书局 1958 年版，第 2403 页。

③ 蔡彦峰将其称为"形象本体"之学，并将慧远的"形象本体"之学作为魏晋山水审美意识与山水艺术兴起的缘由。详见蔡彦峰：《慧远"形象本体"之学与宗炳〈画山水序〉的理论建构》，《南京师范大学文学院学报》2011 年第 2 期。

芳草,蔚然光目。其为神丽,亦已备矣。斯日也,众情奔悦,瞩览无厌。游观未久,而天气屡变。霄雾尘集,则万象隐形。流光回照,则众山倒影。开阖之际,状有灵焉,而不可测也。乃其将登,则翔禽拂翮,鸣猿厉响。归云回驾,想羽人之来仪,哀声相和,若玄音之有寄。虽仿佛犹闻,而神以之畅;虽乐不期欢,而欣以永日。当其冲豫自得,信有味焉,而未易言也。退而寻之,夫崖谷之间,会物无主。应不以情而开兴,引人致深若此。岂不以虚明朗其照,间邃笃其情耶。并三复斯谈,犹昧然未尽。俄而太阳告夕,所存已往。乃悟幽人之玄览,达恒物之大情,其为神趣,岂山水而已哉。于是徘徊崇岭,流目四瞩:九江如带,丘阜成垤。因此而推,形有巨细,智亦宜然。乃喟然叹,宇宙虽遐,古今一契,灵鹫邈矣,荒途日隔,不有哲人,风迹谁存,应深悟远,慨焉长怀。①

其前半段对于石门附近景色的再现犹如一组绝美的山水画册页,富有动态和变幻,让人目不暇接。面对这样的景色,他感慨道:"状有灵焉,而不可测也。"接着又说"信有味焉,而未易言也"。"灵"与"味"似乎已经透露出他感受到山水之不同于其他形象物体的审美特质,这种特质让人"虽乐不期欢,而欣以永日","欣"不同于"欢",是一种无功利的愉悦,是否"神以之畅"已与此画上等号?宗炳于《画山水序》中写道:"余复何为哉?畅神而已。"似乎畅神就是山水再现全部目的,结合《游石门诗序》,我们发现宗炳的"畅神"与慧远的"畅神"一样除了"冲豫"这种精神愉悦之外还有另外一层意义。《游石门诗序》结尾揭示了这种意义:"俄而太阳告夕,所存已往。乃悟幽人之玄览,达恒物之大情,其为神趣,岂山水而已哉。"原来畅神之"神"除了人的精神之外,也有"神趣"的意义,宗炳提到的"应会感神,神超理得"也是这个意义,宗炳没有铺开阐述讲所得之"理",即慧远的"恒物之大情",指事物固有颠扑不破的道理。观看山水绮丽变幻的同时能够获得一种对宇宙时空的超越感,以世俗中难以获得的高度俯视幻灭、把握恒定,这是"畅神"的哲学意义,也是再现山水的终极意义。

以上分析了从"传神"到"写形"转变的发生与理论缘由,以及在这转变之中山水自然作为形象的介入。受慧远思想的影响,对于山水以"写形"方式进行再现的倾向同时渗入了山水诗与山水画之中,是为山水诗画发生联系的开始。山水诗画在各自艺术领域独立兴盛的共同原因,决定了这两者先天的血缘关系与共同创造审美价值的可能。

《画山水序》中写道:"是以观画图者,徒患类之不巧,不以制小而累其似,此自然之势。"那么"类之以成巧"在宗炳看来是对山水画作的基本要求,这不仅仅表现在早已被研究者频繁阐述的比例、透视问题上:"且夫昆仑山之大、瞳子之小,迫目以寸,则其形莫睹。迥以数里,则可围于寸眸。诚由去之稍阔,则其见弥小。今张绡素以远映,则昆阆之形可围于方寸之内。竖划三寸,当千仞之高;横

---

① 逯钦立辑:《先秦汉魏晋南北朝诗》,中华书局 1983 年版,第 1085—1087 页。

墨数尺，体百里之迥。"①更在于他提出的"身所盘桓、目所绸缪，以形写形、以色貌色"，对于山水的体验主要是由视觉经验构成的，也只有视觉再现才能唤起精神中山水所留下的愉悦与超越感，宗炳绘山水于壁上"卧以游之"目的就在于此。"旨微于言象之外者，可心取于书策之内。"看似矛盾的一句话，实际与王弼在《周易略例·明象》中所表达的"言生于象，故可以寻言以观象；象生于意，故可以寻象以观意"是同一逻辑。这样的理论铺垫同样也是为了说明形象的相似性是体悟趣灵的前提。

这样的再现观同样出现在了诗歌之中，也同样以山水为主要对象。《文心雕龙·明诗》叙述历代诗风时讲到建安时代是："造怀指事，不求纤密之巧；驱辞逐貌，唯取昭晰之能。"②晋代以后"稍入轻绮"，而到了宋初则是"情必极貌以写物，辞必穷力而追新"。《物色》也提道："自近代以来，文贵形似，窥情风景之上，钻貌草木之中。"③所谓"近代"即是宋初以后，而在宋初文坛标志着这种形似风格转向的人物就是谢灵运。钟嵘的《诗品》与刘勰有类似评价："尚巧似""颇以繁芜为累"，又说他"寓目辄书，内无乏思，外无遗物，其繁富宜哉"。翻开谢灵运诗集的目录，根据他所作每首诗歌的题目就可以发现其山水诗大多即时即景而作，极少见到游仙诗式的空幻想象，取而代之以即目所见的剪辑，"寓目辄书"是中肯的评价。谢灵运之前并非没有人写山水，也并非没有诗人擅长摹物写真，只是没有如此纤毫毕现地将山中景色尽收笔下，"极貌写物"也没有夸张。这些都可以认为是谢灵运意图极致表现视觉可感知的内容，涂抹色彩则有："连鄣叠巘嵫，青翠杳深沉。晓霜枫叶丹，夕曛岚气阴"（《晚出西射堂诗》）；"白云抱幽石，绿筱媚清涟"（《过始宁墅诗》）；"初篁苞绿箨，新蒲含紫茸"（《于南山往北山经湖中瞻眺诗》）。布置局势则有："积石竦两溪，飞泉倒三山"（《发归濑三瀑布望两溪诗》）。勾勒线条则有："侧径既窈窕，环洲亦玲珑"（《于南山往北山经湖中瞻眺诗》）；"密林含余清，远峰隐半规"（《游南亭诗》）。④ 这种对于转瞬即逝的视觉形象的尊崇与再现源于慧远，而又与宗炳有着联系。⑤

谢灵运的《辨宗论》则说："释虽曰一合，而云物有佛性。"既然"物有佛性"，那么一花一草、一露一滴、一溪一流、一声猿啼、一道余晖都可以作为体悟无上真理的途径。"夫五岳四渎，谓无灵也，则未可断矣，若许其神，则岳唯积土之多，渎唯积水而已矣。得一之灵，何生水土之粗哉？而感托岩流，肃成一体，设使山崩川

① 张彦远著，俞剑华注释：《历代名画记》，上海人民美术出版社 1964 年版，第 130 页。
② 刘勰著，范文澜注：《文心雕龙注》，人民文学出版社 1958 年版，第 66—67 页。
③ 刘勰著，范文澜注：《文心雕龙注》，人民文学出版社 1958 年版，第 694 页。
④ 逯钦立辑：《先秦汉魏晋南北朝诗》，中华书局 1983 年版，第 1160—1161、1172、1178 页。
⑤ 谢灵运的《辩宗论》与宗炳的《明佛论》所阐述的佛学思想也有很多的差异，本文不做详细说明，可参见：胡遂：《谢灵运与宗炳佛学理论之异同及其对文艺理论与创作的影响》，《三峡大学学报》2003 年第 5 期。

竭，必不与水土俱亡矣。"宗炳《明佛论》中的观点在《画山水序》中就体现为"山水质而有趣灵"，而与谢文中"物有佛性"又是同一道理。

谢灵运应慧远邀请撰写《佛影铭》，其中主旨虽为赞颂佛影形象，却有意将"地势之美"与"像形之笃"并提，暗含山水自然的空灵为佛影增色，可以从山水中见出佛性的观点。

……望影知易，寻响非难。形声之外，复有可观。观远表相，就近暖景。匪质匪空，莫测莫领。倚岩辉林，傍潭鉴井。借空传翠，激光发囧。金好冥漠，白毫幽暖。日月居诸，胡宁斯慨。曾是望僧，拥诚俟对。承风遗则，旷若有概。敬图遗纵，疏凿峻峰。周流步栏，窈窕房栊。激波映墀，引月入窗。云往拂山，风来过松。地势既美，像形亦笃。①

谢灵运的诗歌创作将在山水中的感受毫无保留地抒发了出来，除了白居易所说的"细不遗草木"的逼真再现之外，这是谢诗中另外一种与"画山水"精神密切交通的特质。《登江中孤屿》一诗中，在登上永嘉江中的小岛，观赏到江天云日的辽阔景色后，诗人发出了"表灵物莫赏，蕴真谁为传"的感叹，实则指谓自己：面对这样蕴藉趣灵的山水景色，如果我不用盖世的文采"极貌写物"，那么今日的壮丽与壮丽之后的真韵都要失传了。《石室山诗》中"灵域久韬隐，如与心赏交"也表达了发现与顿悟后的"冲豫"之感。

2. "势"——欣赏山水诗画共用的美学范畴

中国传统的美学范畴往往是文学批评与艺术批评共同使用而又交互影响的，在魏晋南北朝由于书、画、乐、舞等艺术形式的发展成熟，这种交互影响更加明显。② 而"势"这一范畴是将魏晋时期的画论与文论联系最为紧密的范例。"势"最早进入艺术品评话语中是在汉代的书法评论中，《书史会要》中记载了萧何论书势的一段话，东汉蔡邕有论书的《九势》。③ 晋代卫恒的《四体书势》则对书法之势进行了系统的概括总结。"势"进入绘画理论则见于顾恺之的画论中，在宗炳、王微的山水画论中也有重要意义，需要注意的是，魏晋画论中的"势"有两种不同的意义，一种是表现动态的情势与趋势，另一种是表现宏观视野中的态势与形势。顾恺之《魏晋胜流画赞》中评《三马》："隽骨天奇，其腾踏如蹑虚空，于马势尽善也。"评《七佛》及《夏殷与大列女》："二皆卫协手传而有情势。"都是于静止的图像之中动态逼真的如生之"势"，而评《清游池》中："不见京镐，作山形势

---

① 顾绍柏校注：《谢灵运集校注》，中州古籍出版社1987年版，第248页。

② 关于这一时期审美范畴的研究成果非常丰硕：如张少康《文心与书画乐论》，北京大学出版社2006年版；张克峰《魏晋南北朝文学与书画的会通》，中国社会科学出版社2010年版。蔡钟翔主编的《中国美学范畴丛书》对于"自然""势""风骨""气韵""雄浑"等一系列美学范畴的发展都分门别类做了详细的论述。

③ 详见涂光社：《因动成势》，《中国美学范畴丛书》之五，百花洲文艺出版社2001年版，第57页。

者,见龙虎杂兽,虽不极体,以为举势,变动多方。"①前一个"势"是指山的连绵起伏的态势,后一个"势"则是指龙虎变动之势。在《画云台山记》中"势"多是指静止的形态形势:"当使赫巇隆崇,画险绝之势""并诸石重势,岩相承以合"。然而在山水画中并非不可表现动态的情势,《画云台山记》在画的第一段描绘山石时写道:"发迹东基,转上未半,作紫石如坚云者五六枚,夹冈乘其间而上,使势蜿蟺如龙,因抱峰直顿而上,下作积冈,使望之蓬蓬然凝而上。"②"蜿蟺"指的是盘旋而上的状貌,马融《长笛赋》中有:"蚡缊繙纡,緸冤蜿蟺。"文选李善注曰:"緸冤蜿蟺,盘屈摇动貌。"③王微的《叙画》中说:"夫言绘画者,竟求容势而已。"④这里的"势"就包含了山水画中静态形状与动态情势的两种含义,后面详述道"曲以为嵩高,趣以为方丈",即从宏观上把握山形的特点;"孤岩郁秀,若吐云兮。横变纵化,故动生焉",即是在整体的静态之内藏有动态。

"势"于是成为形容山水的常用范畴,江淹的《云山赞序》有:"壁上有杂皆作山水好势","好势"两字高度精练地褒奖了画家的技法。不但在评论山水画中,在六朝山水诗也常出现:

东晋袁宏《从征行方头山诗》:"峨峨太行,凌虚抗势。"

东晋苏彦《西陵观涛诗》:"洪涛奔逸势。骇浪驾丘山。"

东晋湛方生《游园咏》:"谅兹境之可怀,究川阜之奇势,水穷清以澈鉴,山邻而无际。"

东晋支遁《咏禅思道人诗并序》:"图岩林之绝势,想伊人之在兹。"

宋鲍照《登庐山诗》:"千岩盛阻积,万壑势回萦。"《山行见孤桐诗》:"上倚崩岸势,下带洞阿深。"

梁沈约《游钟山诗应西阳王教》"势随九疑高,气与三山壮。"

梁萧雉《赋得翠石应令诗》:"依峰形似镜,构岭势如连。"⑤

山水诗中的"势"也是有动有静,然而无论动静都是依照形体发生,因而以上的诗歌在写到"势"字的同时,也都如画者起笔草拟线条一般,将山水最具视觉冲击力的形体特征简练地勾勒了出来。"凌虚""奔逸""无际""回萦""崩""绝""远""壮""高""连"这些词概括了各种各样的山水之"势",用语言的技巧力图达到逼真的再现。

形与势的关系可以理解为实体与状态的关系,这种关系由描绘自然进入了抽象的文学理论中,《文心雕龙》对"势"有着系统的论述。《文心雕龙·诠赋》:

---

① 张彦远著,俞剑华注释:《历代名画记》,上海人民美术出版社 1964 年版,第 105—107 页。

② 张彦远著,俞剑华注释:《历代名画记》,上海人民美术出版社 1964 年版,第 112 页。

③ 萧统:《文选》,上海古籍出版社 1986 年版,第 816 页。

④ 张彦远著,俞剑华注释:《历代名画记》,上海人民美术出版社 1964 年版,第 131—132 页。

⑤ 逯钦立辑校:《先秦汉魏晋南北朝诗》,中华书局 1983 年版,第 920、924、946、1083、1282、1310、1633、1805 页。

"延寿《灵光》,含飞动之势."刘永济《文心雕龙校释》:"文考《灵光》,专赋宫殿,篇中凡阶堂壁柱,扉室房序,栌枅栭掌,以及栋窗之雕刻,槾楣之绘画,一一铺写,皆能得营造之精意,读之觉鸟革翚飞之状,如在目前.故曰含飞动之势."[①]这里所讲到的"势"与山水诗画中形状再现的"势"还是一致的意义,然而《文心雕龙》中"势"大多与"体"并称,指与体裁相应的文章风格.《诸子》中有:"两汉以后,体势漫弱."《封禅》中说:"故称《封禅》丽而不典,《剧秦》典而不实,岂非追观易为明,循势易为力欤."[②]文章体势的意义也是从自然形势意义中衍生出来,且为刘勰首创,《定势》一篇专门论述体势之"势"的由来:"势者,乘利而为制也.如机发矢直,涧曲湍回,自然之趣也.圆者规体,其势也自转;方者矩形,其势也自安;文章体势,如斯而已."末尾《赞》中又重申:"形生势成,始末相承.湍回似规,矢激如绳."[③]黄侃在《文心雕龙札记》中解释"势"说:"势当为'槷','槷'者'臬'之假借."臬即是古代用来测日影的标杆,引申为标准、法式、法度.又说:"言气势者,原于用臬之辨趋向.""文之有势,盖兼二者之义而用之."[④]刘永济并不赞同黄说:"统观此篇,论势必因体而异.势备刚柔奇正,又须悦泽,是则所谓势者,姿也,姿势为联语,或称姿态;体势,犹言体态也."[⑤]反复体味刘勰"机发矢直,涧曲湍回"的比喻,笔者认为刘说比黄说更接近原意,也更接近魏晋六朝艺术理论的实际状态.什么样的形体就应具备什么样的天然姿态,体裁与风格的关系也是如此,刘勰的"如机发矢直,涧曲湍回,自然之趣也"与顾恺之的"所以一西一东而下者,欲使自然为图"同源亦同义,所不同的是刘勰将绘画中形象的自然引用到文学理论中"即体成势"的抽象自然.

第四节　山水画的构成

在历代山水画论中关于经营位置、置陈布势的经验之谈中我们发现:中国山水画中的建构意味明显大于再现.建构并不意味抛弃客观自然,而只是将对山水自然的经验装入胸中、融入建构的法则之中.这也是为何中国山水画虽很少亦步亦趋地模仿自然的现象,却更能唤起观赏者对自然的经验与幻想.建构的规则、律令就是山水画的语法.语言是线性的,其要素一个一个按顺序排列在链条上,索绪尔在描述语言的"在场""句段关系"时曾举了一个例子,他将语言单位比作一个建筑物的一根柱子,柱子与它所支撑的轩橼的关系是同样在空间

①　刘永济:《文心雕龙校释》,中华书局 1962 年版,第 28 页.

②　刘勰著,范文澜注:《文心雕龙注》,人民文学出版社 1958 年版,第 310、394 页.

③　刘勰著,范文澜注:《文心雕龙注》,人民文学出版社 1958 年版,第 529—532 页.

④　黄侃:《文心雕龙札记》,上海古籍出版社 2000 年版,第 110 页.

⑤　刘永济校释:《文心雕龙校释》,中华书局 1962 年版,第 113 页.

中出现的单位的排列,因而会让人想到句段关系。① 这为我们提供了启示,线性中的要素因为与前后的对立而产生价值,而山水画中山峦、溪桥、人物的位置都是与周围景物的联结才产生可解读的意义。

南齐谢赫《画品》总结的"六法"是中国画的恒定准则,其影响流波弥远,"经营位置"为其中一法,六法是根据已经成熟的绘画技巧和不断累积的艺术经验透析而成的,在谢赫之前的画作与画论之中可以发现关于"经营位置"的作品实例与理论表述,其中顾恺之的《画云台山记》最为典型也最为重要,顾氏画论为后世山水画创作中的形式结构、景物组成建立了许多规则,我们将其看作山水画语法形成的开端,本节从《画云台山记》入手,研究魏晋南北朝山水画成为独立画科的过程中形成了哪些不容逾越的语法规则。

一、总体原则——自然为图

《画云台山记》中云:"乃因绝际作通冈,伏流潜降,小复东出,下涧为石濑,沦没于渊。所以一西一东而下者,欲使自然为图。"②"自然为图"的意思很明显就是:贴近山水景物的本真状态,使观赏者能够像进入自然之境一样进入画境。为了能做到这一点在许多细节处理上需要画家有高超的技巧,"山有面,则背向有影"是基于这样原则的山水画技法的重大进步,山有阴面和阳面,在光影作用之下的山峰给人的视觉感受不可能是统一色调,顾恺之首先将其运用到绘画实践中,后人据此有了更为详尽的阐述。《林泉高致》中说:"今山,日到处明,日不到处晦,山因日影之常形也。明晦不分焉,故曰无日影。"③宋人的认识与顾恺之完全一致,只是表达得更为具体,"无日影"的山在自然中是见不到的,出现在画中则是不真实、不自然的,画论中提醒初学者应当避免。顾恺之并没有讲如何用笔法表现山的阴阳色调,只是在《魏晋胜流画赞》中提到"美丽之形,尺寸之制,阴阳之数,纤妙之迹,世所并贵"④。如此重视光影的效果,不可能对表现光影的技法一无所知,大概是年代久远,文字未得流传。笪重光《画筌》中有:"虚白为阳,实染为阴","山坳染重,端因阴影相遮;山面皴空,多是阳光远映"。⑤ 这可以作为顾氏更详细的注脚。山体表面的阴阳在实际情况下也不可能是两面的绝对对立,山体表现的凹凸质地也会影响其明暗度与色彩,清代沈宗骞为顾氏的"山有面,则背向有影"做了更为细致的补充和发展,《芥舟学画编》中有:"而其凹处,天光所不到,石之纹理,晦暗而色黑。至其凸处,承受天光,非无纹理,因其明亮而

① 费尔迪南·德·索绪尔著,高名凯译:《普通语言学教程》,商务印书馆 1980 年版,第 170—171 页。

② 张彦远著,俞剑华注释:《历代名画记》,上海人民美术出版社 1964 年版,第 115 页。

③ 郭思著,杨伯注释:《林泉高致》,中华书局 2010 年版,第 58 页。

④ 张彦远著,俞剑华注释:《历代名画记》,上海人民美术出版社 1964 年版,第 106 页。

⑤ 笪重光:《画筌》,四川人民出版社 1982 年版,第 25 页。

色常浅。"①

在顾氏的画论中光影的自然效果不仅仅表现在山面上,还体现在倒影中,画中云台山里有两处表现倒影,一处出现在第一段山中:"清天中,凡天及水色尽用空青,竟素上下以映日,西去山,别详其远近。"②另一处出现在第三段山中:"下为涧,物景皆倒。"尽管顾恺之这样表现光影的计划与魏晋南北朝的绘画实践并不相符,但是他所表达的关于山水景物的再现理念为后来的山水画创作提供了方向。

《画云台山记》中还有着关于比例与透视的初步理解,也是"自然为图"原则的体现。"凡画人,坐时可七分。衣服彩色殊鲜微,此正盖山高而人远耳。""七分"意为人坐时的高度是站着时十分之七,"殊鲜微"指由于距离的关系,人物衣服上艳丽的色彩需要减淡许多。传为荆浩所作的《山水赋》中有:"丈山尺树,寸马豆人。此其格也。远人无目,远树无枝。"③后世的绘画理论中对于顾恺之比例观的发展在五代、宋初的绘画实践中也有体现。

二、主次

在句法上主谓是一种最基本的结构类型,主语或主句是一句中的核心,非但句子成分中有宾主,在山水画中也有宾主之分。在顾恺之的这篇文字画稿中,云台山被分为三段,中间一段为主峰。俞剑华认为这里的主峰未必要画出来,而是围绕主峰景物以衬托主峰。马采则认为关于主峰描述的文字脱失了。不管怎么说,山群之间的主次关系是存在的,一是因为文中两次提到"次峰"或"次复一峰",有次即有主,二是根据"一东一西而下"的山涧,可以判断中段山峰为水流源头,即是最高处的主峰。再以《女史箴图》中"道罔隆而不杀"一段所绘山峰为参照,可知中间一段应是描绘主峰的区域。立山峰的主次几乎成为后世画家的共

---

① 沈宗骞:《芥舟学画编》,人民美术出版社 1959 年版,第 57 页。

② 关于这一句各家意见并不统一,傅抱石认为"日"为"之"误,应该是"竟素上下以映之",指用空青色满满涂上以映水天一色,顾文中并未涉及阳光与朝暮时辰。俞剑华将该句断为:"竟素上下以映日,西去山,别详其远近",并将"清天"理解为"晴天",因为是晴天所以画天画水都用空青的颜色,把绢素上下有天有水处画满,以表示晴天有太阳,但并不把太阳画出。马采与伍蠡甫断为:"竟素上下以映,日西去山,别详其远近。"认为这句点出太阳的位置在山的西侧,并把它距离山的远近详细规定下来。陈传席断句同俞剑华,并认为文字画稿与实际绘画时不同,在传统绘画中"素上下"是不能"尽用"颜色的。本文综合各家说法,认为不管太阳是否画出,通过水色反映阳光是肯定的,山既有阴阳向背,不可能不表现水对于光的反映。见傅抱石:《中国古代山水画史的研究》,上海人民美术出版社 1960 年版,第 23 页;俞剑华校注:《历代名画记》,上海人民美术出版社 1964 年版,第 115 页;马采:《顾恺之〈画云台山记〉校释》,《中山大学学报》1979 年第 3 期;陈传席:《六朝画论研究》,天津人民美术出版社 2006 年版,第 69—70 页。

③ 郭思著,杨伯注释:《林泉高致》,中华书局 2010 年版,第 129 页。

识,传为王维所作的《山水诀》中有:"主峰最宜高耸,客山须是奔趋。"①《林泉高致》中说:"大山堂堂,为众山之主,所以分布以次冈阜林壑,为远近大小之宗主也。""长松亭亭,为众木之表,所以分布以次藤萝草木,为振契依附之师帅也。"②沈宗骞的《芥舟学画编》中告诫学画者:"凡作一图,若不先立主见,漫为填补,东添西凑,使一局物色,各不相顾,最是大病。"③

三、勾连

句子中的各个语法成分是按规则连接在一条时间线上的,为表达词与词之间的逻辑关系,我们使用连词,在山水画中景物之间的连接也需要遵循一定的规律,也有一定的手法可供使用。"中段:东面丹砂绝崿及荫,当使嶻嵳高骊,孤松植其上,对天师所壁以成涧,涧可甚相近。相近者欲令双壁之内,凄怆澄清,神明之居,必有与立焉。可于次峰头作一紫石亭立。以象左阙之,夹高骊绝崿⋯⋯"④第一段天师所坐的丹崖与第二段"丹砂绝崿及荫""嶻嵳高骊"的山崖并立,而且甚近,然而这并不是简单的并列,因为在两崖之间还有一道山涧。傅抱石认为这段的布置和经营是全图最精彩的部分,看来这不仅仅是因为渲染了"神明之居"的神秘不凡,营造了凄怆澄清的境界,更在于两段画之间这种精彩的连接方法。水泉道路是连接山水势脉的重要关节,除了山势在整体上的勾连之外,山水画需要蜿蜒崎岖的小道、曲折婉转的泉涧来使画面成为富有活力的、有机的一体。连接画面两段的山涧并没有随后势绝,而是曲曲折折,若隐若现一路连接画面上下:"临东涧其西,石泉又见。乃因绝际作通冈,伏流潜降,小复东出,下涧为石濑,沦没于渊。""对云台西凤所临壁以成涧,涧下有清流。其侧壁外面作一白虎,匍石饮水,为之降势而绝。"后代名家对于水的勾连活络的妙用可谓烂熟于心,《林泉高致》:"山以水为血脉","水者,天地之血也,血贵周流而不凝滞。"⑤笪重光《画筌》:"山脉之通,按其水径;水道之达,理其山形。""水道乃山之血脉贯通处,水道不清,则通幅滞塞。"⑥沈宗骞曰:"先要将疏密虚实,大意早定。洒然落墨,彼此相生而相应,浓淡相间而相成。拆开则逐物有致,合拢则通体联络。自顶及踵,其烟岚云树,村落平原,曲折可通,总有一气贯注之势。"⑦除了达到"一气贯注"之外,顾恺之关于水的处理还有两点经验为后代山水画家所吸取

---

① 郭思著,杨伯注释:《林泉高致》,中华书局 2010 年版,第 176 页。

② 郭思著,杨伯注释:《林泉高致》,中华书局 2010 年版,第 39 页。

③ 沈宗骞:《芥舟学画编》,人民美术出版社 1962 年版,第 51 页。

④ 张彦远著,俞剑华注释:《历代名画记》,上海人民美术出版社 1964 年版,第 114 页。

⑤ 郭思著,杨伯注释:《林泉高致》,中华书局 2010 年版,第 64、67 页。

⑥ 笪重光:《画筌》,四川人民出版社 1982 年版,第 3 页。

⑦ 沈宗骞:《芥舟学画编》,人民美术出版社 1962 年版,第 51 页。

以成为法则,其一是"伏流潜降",即水的脉络时在明处、时在暗处,并没有让人一览无遗,《林泉高致》中总结道:"水欲远,尽出之则不远,掩映断其派则远矣。"其二是曲折而下,水并未从头至尾飞流直下、一泻如注,且线条与造型富有变化,从"涧"变为"石泉",又变为"濑",最后没入"渊",夹于两山之间的称为"涧",流淌于砂石之上的称为"濑",积于深谷的称为"渊",水的形态变化恰好应随了山势地形的变化,这种绘画语汇的丰富组合如同一首辞藻华丽的诗歌。《林泉高致》中对此也有回响:"画水,齐者、汨者、卷而飞激者、引而舒长者,其状宛然自足,则水态富赡也。"①至清代则描绘得更为具体、动态更加丰富,然其基本类型仍是源于顾氏的画论,《画筌》:"濑层层如浪卷,石泛泛似沤浮。众水汇而成潭,两崖逼而为瀑。""无风而澜平,触石而湍激。折浏如倾沸,涌浪若腾骧。派流远近,为断续之分;波纹有无,由起灭之异。"②

除了水流之外,道路在描绘云台山的过程中,也起到勾连的作用:"可于次峰头作一紫石亭立,以象左阙之,夹高骊绝崿,西通云台以表路。"傅抱石、俞剑华、马采等均认为这应该是一条由画面自东向西一直通往云台山主峰的道路,在"次峰"之东已出现,之所以写在"次峰"之后,是因为它被"次峰"挡住,在西边又重新出现。而这条路其实还应不止通向主峰,后面写道:"云台西北二面可一图冈绕之,上为双碣石,象左右阙。"因为两阙之间必有道路,因此这条西去的道路在经过主峰之后还往西北的山岗之上环绕而去。无论《山水诀》中的"次布路歧,莫作连绵之道"、郭熙说的"无道路则不活",还是沈宗骞说的"路要有藏",都在这里有所体现。

四、虚实

在语言表达的过程中,虽然声音是一个连贯、线性的整体,但人的气息决定了表达过程中不可能没有停顿,停顿不仅是人类身体特征所要求的,更是在特定环境下表达某种意义的需要,停顿意味着沉默,而在山水画中也需要一些沉默的地方以表达自然的意境。画面上的沉默首先表现为留白与不着色,这就是画论中常说的与"实"相对的"虚",《画云台山记》中没有明确将这组概念引进,却在内容上有明显的实际表现:"作清气,带山下三分倨一以上,使耿然成二重。""路左阙峰似岩为根,根下空绝。"③这样虚实相间的处理手法在五代以后的山水画中极为常见,后世的画论也将其定为准则。清人蒋和的《学画杂论》中说:"大抵实处之妙因虚处而生,故十分之三天地位置得宜,十分之七在云烟锁断。"又曰:"山

---

① 郭思著,杨伯注释:《林泉高致》,中华书局 2010 年版,第 57 页。

② 笪重光:《画筌》,四川人民出版社 1982 年版,第 10 页。

③ 张彦远著,俞剑华注释:《历代名画记》,上海人民美术出版社 1964 年版,第 115、117 页。

水篇幅以山为主,山是实,水是虚。"①笪重光曰:"山实,虚之以烟霭;山虚,实之以亭台。"②但这样的准则,也不能生搬硬套,石涛在"三叠两段法"的论述中说道:"分疆三叠者:一层山,二层树,三层山。望之何分远近? 写此三叠,奚翅印刻? 两段者:景在下,山在上。俗以云在中,分明隔做两段。为此三者,先要贯通一气,不可拘泥。"③

画面中的虚实相间还表现为详略安排得当,"凡三段山,画之虽长,当使画甚促,不尔不称。"意为这幅画画面虽然长但内容却布置得十分翔实,不然则匀称,即使顾恺之自述如此,他也并没有将画面填塞得密不透风,在画面第一段开始时,就不见有山林景物的出现,只有水、天、云等线条十分简略的形象,"可令庆云西而吐于东方。清天中,凡天及水色尽用空青,竟素上下以映日",④这是一段绚丽但十分空旷的卷首,随后在第一段西面接近中段之时,形象的密集程度剧增,因为这里需要描绘"张天师七试赵升"这一故事中"第七试"的情境,人物增加,相应的景物衬托也在增加。至中段,人物不再出现,但山中的景致却更加丰富,线条也更加密集,泉流道路交叉,奇岩怪石罗列,山势在此达到顶峰。虽然还是"实"与"密",却与前一段表现人物情境的"密"大不相同。最后一段山涧流下,山势渐缓以至于无,又将回归到画面开始的最略,然而在山势将绝的地方点缀了一只白虎"踞石饮水",其"略"与开头一段又有区别。纵观全画稿,从头至尾,有详有略,三段之中为中段最为详密,而每段之内又各有详略之处,且详密的地方与疏略的地方都无重复。这样的操作实践,也被引申为画法规则出现在历代画论之中。董其昌《画禅室随笔》中有:"有详处必要有略处,实虚互用。疏则不深邃,密则不风韵,但审虚实,以意取之,画自奇矣。"⑤沈宗骞则说:"密不嫌迫塞,疏不嫌空松,增之不得,减之不能,如天成,如铸就,方合古人布局之法。"⑥

顾恺之的《画云台山记》对于后世绘画语法的确立有着重要的作用,但其主要是在理念上革新了当时"水不容泛""人大于山"的朴拙状态,而绘画语汇的丰富、技法的成熟是一个渐变的过程。我们不能根据宗炳、顾恺之的画论就判定当时的艺术创作水准,魏晋的绘画理论具有超前性,高于当时的绘画实践,正是因为这种超前性,魏晋六朝时期在山水画发展的历史过程显得如此重要。

---

① 周积寅编:《中国历代画论》,江苏美术出版社 2013 年版,第 407 页。

② 笪重光:《画筌》,四川人民出版社 1982 年版,第 5 页。

③ 道济著,俞剑华标点:《石涛画语录》,人民美术出版社 1962 年版,第 49 页。

④ 张彦远著,俞剑华注释:《历代名画记》,上海人民美术出版社 1964 年版,第 112 页。

⑤ 董其昌:《画禅室随笔》,华东师范大学出版社 2012 年版,第 63 页。

⑥ 沈宗骞:《芥舟学画编》,人民美术出版社 1962 年版,第 51 页。

第四章 曹植《洛神赋》与"洛神"图像

曹植的《洛神赋》是中国古代文学史上的经典之作。曹植以超群的艺术手法对前代文学家笔下的洛神进行加工和改造,使其成为中国神女形象中最广为人知的一位。同时,在《洛神赋》传播与发展的过程中,以《洛神赋》为题材的图像作品也是层出不穷,并且逐渐形成了中国古代绘画史上一套完整的图像脉络。从目前可见的《洛神赋图》和《洛神图》可以清晰地看到,它们均是以《洛神赋》为文学文本进行的图像创作,在曹植的《洛神赋》与其图像创作中明显存在着一种文图关系,而这种文学与图像之间的艺术跨界又为后人营造出了一个丰富的"洛神"文化氛围。

第一节 从"宓妃"到"洛神"的文图演绎

洛神是中国古代神话中耳熟能详的女神,她的形象之所以广为人知,主要得益于曹植创作的文学名篇《洛神赋》以及后人根据其内容而描绘的《洛神赋图》和《洛神图》等绘画作品。曹植的千古名篇《洛神赋》主要以曹植和洛神之间的相遇、相恋、相离为主要叙事线索,以洛神形象为主要描写对象,为人们塑造了一个外表美丽而又独具个性的洛神形象。其实,洛神形象并非是曹植所独创,在曹植之前已经有许多作家描写洛神的形象。在曹植之前洛神主要以"宓妃"的神话形象出现在各种文学作品之中,而对其人物外貌和个性品格的描述也不尽相同。相较而言,在曹植《洛神赋》出现之前,有关洛神形象的图像作品却少之又少,并未形成如其文学形象一样的流变轨迹。

一、从"宓妃"到"洛神"的文学演绎

早在曹植《洛神赋》之前,洛神形象就已经出现在许多文学作品之中,只不过习惯称"洛神"为"宓妃"。曹植《洛神赋》中也说:"古人有言,斯水之神名曰宓妃。"①可见《洛神赋》中的洛神形象主要是从前代的"宓妃"演变而来的。

---

① 曹植著,赵幼文校注:《曹植集校注》,人民文学出版社1984年版,第282页。

屈原的《离骚》和《天问》中就有对"宓妃"形象的简略描写。《离骚》曰：

吾令丰隆乘云兮，求宓妃之所在。解佩纕以结言兮，吾令蹇修以为理。纷总总其离合兮，忽纬繣其难迁。夕归次于穷石兮，朝濯发乎洧盘。保厥美以骄傲兮，日康娱以淫游。虽信美而无礼兮，来违弃而改求。①

而在《天问》中对"宓妃"的描写则更加简单："帝降夷羿，革孽夏民。胡射夫河伯，而妻彼雒嫔。"②

后世的学者对于这两篇文章的注解极为详细，而且见解也颇为不同。如果从时间顺序来看，曹植之前出现且具有代表性的主要是王逸的注解。王逸注："宓妃，神女，以喻隐士。言我令云师丰隆，乘云周行，求隐士清洁若宓妃者，欲与并心力也。"③这条注解比较注重对于屈原文章象征意义的阐释，说明屈原写作此文的目的和愿望，但是对于理解"宓妃"的帮助并不大，而王逸在《天问》中的注解倒是对于"宓妃"的身世做了详细的介绍：

雒嫔，水神，谓宓妃也。传曰：河伯化为白龙，游于水旁，羿见射之，眇其左目。河伯上诉天帝，曰：为我杀羿。天帝曰：尔何故得见射？河伯曰：我时化为白龙出游。天帝曰：使汝深守神灵，羿何从得犯？汝今为虫兽，当为人所射，固其宜也。羿何罪欤？深，一作保。羿又梦与雒水神宓妃交接也。④

在屈原的笔下，对"宓妃"形象的描写相对简短，但还是能体现出"宓妃"是一位美貌女子的特质，只不过屈原描写的"宓妃"在性格上有些骄傲和难以相处，"虽信美而无礼"。这与曹植描写的"洛神"明显有一定的距离，但是又密切相关，这就为曹植对这一形象的改造提供了解释的空间。

到了汉朝，"宓妃"的形象得到了进一步演绎，而其形象背后所蕴含的象征意义则更加丰富多彩，作家对这一神话形象的态度也是大相径庭。在司马相如《上林赋》中写道："若夫青琴、宓妃之徒，绝殊离俗，妖冶娴都，靓妆刻饰，便嬛绰约，柔桡嬛嬛，妩媚姌弱。曳独茧之褕绁，眇阎易以恤削，便姗嫳屑，与俗殊服，芬芳沤郁，酷烈淑郁；皓齿粲烂，宜笑的皪，长眉连娟，微睇绵藐，色授魂与，心愉于侧。"⑤司马相如注重对"宓妃"的外貌进行刻画，主要是突出其美丽优雅，超凡脱俗的神女形象，意在塑造一个不食人间烟火的天仙形象，对于她的爱慕之情虽然不如后来的曹植那么直白，但是也是可以看到他对"宓妃"美貌的爱恋。他继承了屈原对"宓妃"美丽外貌的描写，对其性格特征则并未突出描写。而在扬雄的文章中，对于"宓妃"的态度则与司马相如截然相反。其《甘泉赋》中曰：

---

① 洪兴祖：《楚辞补注》，中华书局 1983 年版，第 31—32 页。

② 洪兴祖：《楚辞补注》，中华书局 1983 年版，第 99 页。

③ 洪兴祖：《楚辞补注》，中华书局 1983 年版，第 31 页。

④ 洪兴祖：《楚辞补注》，中华书局 1983 年版，第 99 页。

⑤ 萧统选，李善注：《文选》（卷八），商务印书馆 1935 年版，第 111—112 页。

想西王母欣然而上寿兮，屏玉女而却宓妃。玉女无所眺其清眸兮，宓妃曾不得施其蛾眉。方揽道德之精刚兮，侔神明与之为资。①

这里"屏玉女而却宓妃"明显是对"宓妃"的批评，主要是扬雄认为"宓妃"是"好色而败德"的典型。而在扬雄的另外一篇文章《羽猎赋》中，对于"宓妃"的批判更是到了一种极端的状态。《羽猎赋》云：

鞭洛水之宓妃，饷屈原与彭胥。于兹乎鸿生钜儒，俄轩冕，杂衣裳，修唐典，匡《雅》《颂》，揖让于前。②

这里扬雄直接将"宓妃"视为儒家统治精神的对立面，认为"宓妃"背后的象征意义是搅乱统治秩序，祸害封建制度的重要力量，应该予以革除。在《反离骚》中扬雄说过"初累弃彼虙妃兮，更思瑶台之逸女"③（这里的"虙妃"即"宓妃"）也表达了类似的思想，对于"宓妃"持有鲜明的批判色彩。而另一位汉朝文学家张衡对"宓妃"的态度则较扬雄缓和许多。张衡在《思玄赋》中云：

载太华之玉女兮，召洛浦之宓妃。咸姣丽以蛊媚兮，增嫮眼而蛾眉。舒诧婧之纤腰兮，扬杂错之袿徽。离朱唇而微笑兮，颜的砾以遗光。献环琨与琛缡兮，申厥好以玄黄。虽色艳而赂美兮，志皓荡而不嘉，双材悲于不纳兮，并咏诗而清歌。④

张衡承认"宓妃"是美丽的女神，但是这种美丽带有魅惑和不洁的色彩，所以，他虽然十分详细地描写了"宓妃"的体貌特征并且突出了其"美"的色彩，但是依然认为她是"虽色艳而赂美兮，志皓荡而不嘉"的神话形象。应该讲，他对"宓妃"的态度还是和扬雄相一致的。

到了东汉末年，蔡邕对"宓妃"的态度又发生了变化，他和司马相如对这位女神的态度倒是颇为一致。在他的《述行赋》中有"想宓妃之灵光兮，神幽隐以潜翳"的内容，这里非常明显地能够看到他对"宓妃"的爱慕之情，将其当作心中的一位美丽女神进行描写。

根据上面的材料可以看到，曹植之前的文人对于洛神（亦即"宓妃"）形象的认识是存在很大出入的，对其形象的褒贬也非常不同。本来作为一位古代神话中的女神，"宓妃"形象的原初状态应该已经是定型的，但是由于各个时期的文学家对其认识和描绘的方式与立场不同，就导致了其流传中的各种演绎与变化。但是，我们依旧可以从中发现一些规律，"宓妃"形象主要被塑造成两个对立的女子形象。

其一，理想化的女神形象。虽然在屈原的《离骚》中，"宓妃"被认为是傲慢无

---

① 萧统选，李善注：《文选》（卷七），商务印书馆 1935 年版，第 98 页。
② 萧统选，李善注：《文选》（卷八），商务印书馆 1935 年版，第 117 页。
③ 班固撰，赵一生点校：《汉书》（卷八十七），浙江古籍出版社 2000 年版，第 1063 页。
④ 萧统选，李善注：《文选》（卷十五），商务印书馆 1935 年版，第 230 页。

礼、乐游无度的女神,因此被作者所违弃,但是,作者并未否定其美丽优雅的女性特质,并且在文章中极力描述其美貌,这就为后来文人对其进行理想化描述奠定了基础。《楚辞·远游》"祝融戒而还衡兮,腾告鸾鸟迎宓妃"一句后有王逸注曰:"屈原得祝融止己,即时还车,将即中土,乃使仁贤若鸾凤之人,因迎贞女,如洛水之神,使达己于圣君……"①可见,这里的"宓妃"已经被理想化为一个富有诗意的女神形象。随后,司马相如、蔡邕等文人对"宓妃"形象的塑造主要集中在对其女神形象的理想化描述。

其二,淫乐无度的妖艳女子。屈原在《离骚》中描写的"宓妃"只是一个象征符号,她具有多层阐释意义。屈原赋予了其鲜明的个性,认为她是一位信美而无礼的独立女神,这只是一个诗人创作的意向,然而这种"无礼"的形象符号被后来人逐渐扩大,最终成了扬雄、张衡所塑造的妖娆魅惑,有碍礼法的负面形象,在他们的笔下女神已作为情欲的化身,具有难以抵御的诱惑魅力。而男性只有在砥砺自我道德修养的过程中,才能经受住女性美色的诱惑,他们主要依靠的是自身以礼自持,从而彰显自身的道德素养,颇具魅惑力的宓妃成为检验作者道德修养的女性形象。

可以说,这两种"宓妃"形象的对立其实都是出于屈原《离骚》中对于"宓妃"形象的经典塑造,使其有了多层阐释的空间。不过,为何在曹植《洛神赋》之前会有这样的一个洛神形象的演绎过程?这主要是由于历史原因和文化原因造成的。在对"宓妃"形象的塑造过程中,其实在秦末至汉武帝时期并未有一个特殊的褒贬立场。"在秦末(或稍后)至司马相如的时代,却还存在一些异于屈原、扬雄、张衡之类姿态鲜明的否定性评价的描述,而将宓妃作为作者希望与之相伴的美丽形象。"②在《楚辞·远游》、司马相如《上林赋》中的"宓妃"形象可以在一定程度上体现当时社会风气的宽松。这一段时期,刚好是汉代开国之初,为了休养生息,统治者重视黄老之学,而儒家的"克己复礼"则不被重视。《史记·司马相如列传》中司马相如与卓文君私奔的故事,可以看出这个时期的社会风气相对自由,所以也就不难理解司马相如《上林赋》中会直接大胆地表露自己对于"宓妃"的爱恋和赞美,这是完全不顾及儒家道德要求的。同样的,到了东汉末年,由于封建统治的动荡,在思想领域的封建束缚也相对软弱,才有了像蔡邕《述行赋》这样的狎昵之作,这种个人情感的自觉与时代风气有直接的关系。

反观对"宓妃"形象进行严厉批评的扬雄、张衡等人,其实也是在一定的历史条件下产生了对这一形象的阐释性认识。"从战国屈原到东汉中期张衡的时代,除了中间的一段短暂时期外,宓妃主要以'虽信美而无礼'的神女或'精灵'的形

---

① 洪兴祖:《楚辞补注》,中华书局 1983 年版,第 172 页。
② 吴冠文:《论宓妃形象在中国古代文学史上的演变——兼论由此反映的中国文学发展的趋势》,《复旦学报(社会科学版)》2011 年第 1 期。

象出现,因其'无礼'而遭到舍弃和斥逐。"①这主要是因为儒家思想逐渐成为主流,而屈原笔下那个"无礼"而美丽的"宓妃"自然也就成为儒家礼教传统的对立面,加以贬低。特别是在汉武帝推行"独尊儒术"的政策之后,儒家思想在意识形态上的高度统一,导致对于"宓妃"形象的解释也趋于一致,因而,扬雄的《甘泉赋》和《羽猎赋》均是在这样一种文化传统下,承继了屈原违弃"宓妃"的思想。《甘泉赋》批评"宓妃"的形象其实本来就是有所暗示的。为此赋做注解的李善曰:"言既臻西极,故想王母而上寿,乃悟好色之败德,故屏除玉女而及宓妃,亦以此微谏也。"②在《汉书·扬雄传》中记载:"是时赵昭仪方大幸,每上甘泉,常法从,在属车间豹尾中。故雄聊盛言车骑之众,参丽之驾,非所以感动天地,逆厘三神。又言'屏玉女,却宓妃',以微戒斋肃之事。赋成,奏之,天子异焉。"③汉成帝宠幸后宫赵昭仪,作者以却神女宓妃微谏之,其实是以"宓妃"暗示皇帝应该摒弃女色,不可荒政。可见,扬雄对"宓妃"的批评是具有强烈的现实指向的,完全是儒家政治思想的体现。东汉依然如此,在张衡《思玄赋》之中也表达了相近的思想,只不过他要比扬雄缓和许多,但仍不失对"宓妃"批评的锋芒。

通过上面对"宓妃"形象在曹植《洛神赋》之前流变演绎的梳理,我们可以看到,虽然对于这一位女神形象的认识经历了许多的变化和波折,对其态度也褒贬不一。但是,"宓妃"形象始终是以屈原《离骚》中的那个"宓妃"为再创造的底本,无论她是美丽还是"无礼",貌似后世文学家对其进行的形象创作都能在《离骚》中找到一些根据。不过,有一个不争的事实,虽然在前人的作品中有对"宓妃"的排斥和违弃,将其视为乐淫无度的浮华女神,但是有一点他们却和赞美"宓妃"的文学家相一致,那就是对于"宓妃"美丽外貌的描写与认可并没有任何的异议,甚至是对其批评最甚的扬雄也不例外。屈原《离骚》中尽管因其尤礼而弃之,但其形象仍然是"信美"。只不过,批评这位女神的人只是将她的美视为一种诱惑人们堕落的因素。可见,在"宓妃"形象的流变中,对于其美丽的外貌和优雅的气质并未随着对其认识的变化而变化,反而一再被后来的文学家演绎。而这一传统也被曹植所继承,他在《洛神赋》中以高超的文学造诣来描绘这位美丽的女神。"蔡邕《述行赋》谓'想宓妃之灵光兮,神幽隐以潜翳',显然是将宓妃作为一个心中思慕的神女来表现,这便为曹植开启了先声。""曹植《妾薄命》篇谓'想彼宓妃洛河'时,正是蔡邕《述行赋》'想宓妃之灵光兮'的进一步发展"④,而至于"宓妃"高傲无礼、乐游无度的特点在《洛神赋》中其实也有所体现,只不过被曹植艺术化

---

① 吴冠文:《论宓妃形象在中国古代文学史上的演变——兼论由此反映的中国文学发展的趋势》,《复旦学报(社会科学版)》2011年第1期。
② 萧统选,李善注:《文选》(卷七),商务印书馆1935年版,第98页。
③ 班固撰,赵一生点校:《汉书》(卷八十七),浙江古籍出版社2000年版,第1065—1066页。
④ 吴冠文:《论宓妃形象在中国古代文学史上的演变——兼论由此反映的中国文学发展的趋势》,《复旦学报(社会科学版)》2011年第1期。

地处理成为了"洛神"形象中执着与单纯的独立女性特质，从而前人笔下充满争议的"宓妃"就成了后来家喻户晓的"洛神"。

二、《洛神赋》之前的"宓妃"图像

"宓妃"是中国广为人知的神话形象，在古代历史文献和文学作品中常有描写。在曹植《洛神赋》之前，"宓妃"形象已然是一个广为文学家青睐的文学形象，那么她自然也很有可能成为其他艺术形式的创作素材，可是在曹植《洛神赋》之前，有关"宓妃"的视觉图像文献少之又少，甚至对于流传下来的"宓妃"图像仍旧存在许多争论，需要进一步的辨识和解读。

图4-1 湖南长沙楚墓帛画龙凤人物图，作者不详，湖南省博物馆藏

目前已知的流传下来的在曹植《洛神赋》创作之前就已经出现的洛神（"宓妃"）图像是1949年在湖南长沙战国楚墓出土的一幅帛画（图4-1）。因为画幅上绘有龙、凤、人三种形象，被称为"龙凤人物帛画"。自从此画出土以来，对其内容的解读就众说纷纭。在经过细致的考证和研究后，王仁湘认为此画的内容与"宓妃"相关，画中人物应为"宓妃"。他认为这幅帛画出土在古代楚国境内，而楚人经常将神话作为历史来表达，也乐意创作神话题材的艺术作品。根据相关历史资料和出土文献，他还认为这幅画主要是以白描的方式勾画了三个形象：侧立的贵妇，腾飞的鸾鸟和蜿蜒的神兽。然后，他对其中的三个形象逐个考证，认为鸾鸟应该是在《远游》中"腾告鸾鸟迎宓妃"中出现的文学形象，这里的鸾鸟是迎接"宓妃"的使者。帛画中的神兽则是丰隆，《离骚》中有"吾令丰隆乘云兮，求宓妃之所在"的描写。帛画中的这两只动物形象刚好与"宓妃"文学形象中经常伴随她出现的两个动物相一致，所以在作者看来很有可能这位妇人就是"宓妃"。"从帛画上看，丰隆与鸾鸟都是在迎接一位贵客，它们且歌且舞，奔腾跳跃，引导着那个丽人向前趋进。"在图像中，这三个形象共同构成了一幅完整的故事画面。图像中的鸾鸟和丰隆线条简洁，富有动感，绘画体现了早期先民绘画的质朴，但是又极富想象力。而帛画中的妇人则垂髻着冠，裙裾曳地，腰若约素，拱手而行，形象十分庄重优雅。王仁湘在论争之后得出的结论是这位女子既不像是巫女，也不是一般的民妇，更不是出土帛画的墓主人，而是神话中的一位女神，就是"宓妃"。他认为这幅画描绘的真正内容应该是"丰隆求宓妃""鸾鸟迎宓妃"的场景，而这些场景在曹植《洛神赋》之前的先秦和汉代文学中已经大量出现，所以有一

定的论据,他认为这幅图像也该定名为"丰隆鸾鸟迎宓妃"或"迎宓妃图"。①

应该讲,当"宓妃"的形象转化为曹植笔下的"洛神"形象之前,就已经有"宓妃"图像的出现,但是目前所发现的图像材料却非常稀少。从这幅《丰隆鸾鸟迎宓妃》中,我们可以看到,它虽然被王仁湘认为是再现了"丰隆求宓妃""鸾鸟迎宓妃"的相关场景,但是由于它的构图简略,线条主要是以白描为主,所以基本可以肯定,它与在曹植《洛神赋》出现之后,以其为文学文本创作的《洛神赋图》和《洛神图》之间并不存在直接的谱系关系或者借鉴和继承关系。可见,这幅帛画即使是模仿了曹植之前文学家笔下的"宓妃"形象,也基本可以断定与后来的图像创作没有演绎和继承的关系。

同时,我们还可以看出一个现象,那就是"图因文贵"。在曹植《洛神赋》这样的千古名篇尚未问世之前,"宓妃"这个古代神话中的女神形象虽然在许多文学家笔下常有出现,但是她的文学形象尚不及成为一个文化上的经典符号,所以,艺术家对其进行视觉艺术创作的兴趣自然也就不会十分强烈。而反观曹植《洛神赋》之后,由于曹植的文学才华将"洛神"塑造成为了一位美丽动人、独具个性的女神形象,逐渐在中国艺术审美中成了一个独立的审美对象,人们对她的描写和讨论也逐渐以曹植的《洛神赋》中的艺术形象为经典符号,故而,由文学形象上升为艺术审美的对象,曹植笔下的"洛神"自然也就成了画家所热衷的艺术素材,进而才会在此之后出现大量的以"洛神"为题材的绘画作品,并且在中国绘画史上成为具有谱系的绘画创作系列。

在从"宓妃"到"洛神"的文图演绎过程中,可以看到在文学上,从"宓妃"到曹植笔下的"洛神"有明显的形象演绎过程,但是由于现存的古代图像较少,我们还不能断言有关"宓妃"到"洛神"图像的形象是否具有明确的演绎过程。不过,有一点还是可以肯定的,那就是在从"宓妃"到"洛神"的这个过程中,绘画是以文学描写为素材,对其进行再现和创作的。

第二节 《洛神赋》与《洛神赋图》的创作

在魏晋南北朝时期,由曹植创作的《洛神赋》堪称中国文学史上的传世名篇。作品主要描写了作者归返自己的封地时,在洛水河畔邂逅美貌的洛神,作者与洛神相互爱恋,但是由于"人神殊道",双方不能结合,只能满怀遗憾地含恨而别,作者在文章中主要表现了有情之人不能长相厮守的惆怅,并且还塑造了美貌多情的洛神形象。正如前文所述,洛神在我国古代神话中早已存在,并非是曹植的个人创举,她原名为"宓妃",是伏羲的女儿。有一种传说是她因为渡洛水覆舟淹死,成了美貌的洛神,她与黄河之神河伯门当户对,结合为夫妻,可是河伯吩咐巫

---

① 王仁湘:《研究长沙战国楚墓的一幅帛画》,《江汉论坛》1980 年第 3 期。

妪每一年为他挑选一个年轻美貌的女子为新娘,对洛神感情不专。受到伤害的洛神,在偶遇侠骨热血的后羿之后,便与后羿产生了爱情。在曹植《洛神赋》之前的文学作品中,她都是以美貌多情、率真独立、无视礼节的女神形象出现的。而对于这些性格特征所引起的文学家对其形象的褒贬之词在前文也有所涉及。然而,随着魏晋之后社会状况的变化和文化的发展,玄学与宗教中人性自觉的思想逐渐兴盛,人们开始关心个体的自由和个性,因而"宓妃"的性格和形象中自由独立,无视礼节的特质不但没有再像以前一样为人所诟病,反而成了她形象中的"闪光点"。曹植的《洛神赋》正是在这样的历史背景下出现的,它结合过去"宓妃"形象的特点,在继承的基础上又为洛神形象赋予了全新的内涵,从而在我国文学艺术史中占有特殊地位,也为后来《洛神赋图》的图像创作奠定了文学文本基础。

一、洛神形象的演变

曹植《洛神赋》在文学创作上的重要地位就在于它不仅承接了先前对于洛神形象的文学创作传统,并且还能结合自己的历史境遇和情感心境进行创造性的开拓。曹植创作《洛神赋》时存在着独特的历史背景,这也是后来人们研究它时不得不提及的方面。文章以第一人称的方式,讲述了作者黄初三年(222)[实际是黄初四年(223)]亲赴洛阳朝觐魏文帝曹丕,而后返回封地,在洛水之旁邂逅洛水女神,并且相互爱慕,最终含恨离别的凄美爱情故事。从内容上来讲,曹植无非是在讲述一段人神之恋的离奇故事,但是要是我们结合一下这个时期的历史,就会发现许多不解之处。曹植自幼天赋异禀,文采斐然,曹操一直非常宠爱这个儿子,本来打算将家业传给他,但是由于曹植生性洒脱,放浪不羁,在后来的政治斗争中败给了曹丕。曹丕是曹操的次子,颇有文武之才,在随同曹操击败袁熙之后,夺其妻甄氏。曹操去世后,曹丕废献帝自立,建都洛阳,立甄氏为皇后。由于曹植之前与曹丕有过争斗,曹丕自立之后,便报复曹植等人。曹植不得不远离京城,并且屡次变更封地,不得久住一地。黄初二年(221),曹丕命曹植入京师洛阳,反省平日里的言辞不当,曹植为此作《责躬》诗。《洛神赋》就是在这样的历史背景下创作的,并且由于其特殊的历史背景,后世研究者都不大相信曹植只是为了表现他对于洛神的爱慕而创作此文,因此对于其写作的主旨有许多的质疑。关于曹植《洛神赋》创作的主旨一直以来就有许多的争论,主要观点有两个,一是"感甄说",一是"寄心文帝说",这两种说法的产生主要是由于"洛神"形象背后所隐喻的内涵未被曹植直接言明,对于"洛神"形象的阐释就出现了个人情感和政治隐喻等方面的争论。

"感甄说"应该是相对较早出现的一种解释,其中较有影响的是唐代李善对《洛神赋》进行的注解,他认为《洛神赋》表达的是曹植与甄氏之间的爱情故事。

《文选》中的《洛神赋》收录了李善征引《记》的注文云：

> 记曰：魏东阿王，汉末求甄逸女，既不遂，太祖回与五官中郎将，植殊不平，昼思夜想，废寝与食。黄初中入朝，帝示植甄后玉镂金带枕，植见之，不觉泣。时已为郭后谗死。帝意亦寻悟，因令太子留宴饮，仍以枕赍植。植还，度辗辕，少许时，将息洛水上，思甄后，忽见女来，自云：我本托心君王，其心不遂，此枕是我在家时从嫁前与五官中郎将，今与君王。遂用荐枕席，欢情交集，岂常辞能具。为郭后以糠塞口，今被发，羞将此形貌重睹君王尔。言讫，遂不复见所在。遣人献珠于王，王答以玉佩，悲喜不能自胜。遂作《感甄赋》。后明帝见之，改为《洛神赋》。①

李善的这个观点影响非常广泛，唐代诗人元稹、李商隐等人的作品中引用《洛神赋》的典故均是化用了李善的解释。这一派的观点认为曹植是借描写自己与洛神之间的悲剧爱情来暗示曹植与甄氏之间的缠绵而又隐秘的苦恋。

不过，"感甄说"却遭到后世许多学者的批评，特别是清代学者认为这种解释乃"禽兽之恶行。千古奇冤，莫大于此"②。许多学者更倾向于将《洛神赋》解读成为一种政治隐喻，并且认为"洛神"指称的应该是曹丕。这样的解释主要是它可以与《离骚》中的政治隐喻传统相结合，有一种逻辑上的继承关系。清代杭世骏就认为："《洛神赋》是子建不得于君，因济洛而作。此托词宓妃之难合，冀幸文帝之感悟，犹屈子'吾令丰隆乘云兮，求宓妃之所在'意也。何焯瞻云然，甚是，感甄之说殊属无稽。"③所以，这一派观点认为《洛神赋》应该是"寄心文帝说"。

对于《洛神赋》主旨的争论古已有之，从未一锤定音，吸引众多的学者对其进行研究。比如，当代学者傅刚研究之后就认为李善的注释是后人妄加之词，这为《洛神赋》研究又蒙上了一层神秘的面纱。④ 学者木斋则认为曹植的《洛神赋》是其为自己的辩诬之辞，曹植与甄氏之间确有爱情故事，然而后来的结局却是"收和颜而静志兮，审礼防以自持"，改为《感甄赋》，应是流传中附会。曹叡不能容忍道及曹植与生母的关系，遂改作《洛神赋》。⑤

各家之论述貌似都能找到自圆其说的相关证据，但是，本质上几乎都是出于在材料基础上的推测，并不能找到足以令人信服的证据来表明《洛神赋》的真正主旨。而且讨论本身也带有许多的感情色彩。不过，这也足以见得曹植《洛神赋》在文学审美上的巨大吸引力。南宋刘克庄《后村诗话》在评价《洛神赋》时说过："《洛神赋》，子建寓言也，好事者乃造甄后事以实之。使果有之，当见诛于黄初之朝矣。"⑥刘克庄的假设当然有一定的道理，不过我们反思他的话貌似也能

---

① 萧统选，李善注：《文选》（卷十九），商务印书馆 1936 年版，第 254 页。
② 潘德舆著，吴宗海笺注：《养一斋诗话笺注》，新天出版社 1993 年版，第 59 页。
③ 杭世骏撰，陈抗点校：《订讹类编·续补》，中华书局 1997 年版，第 175 页。
④ 傅刚：《曹植与甄妃的学术公案——〈文选·洛神赋〉李善注辨析》，《中国典籍与文化》2010 年第 1 期。
⑤ 木斋：《论〈洛神赋〉为曹植辩诬之作》，《山西大学学报（哲学社会科学版）》2010 年第 1 期。
⑥ 河北师范学院中文系古典文学教研组编：《三曹资料汇编》，中华书局 1980 年版，第 116 页。

做出这样的理解,《洛神赋》本来就是曹植的寓言故事,如同曹植之前大多数赋文一样,往往假虚无不实之事,以寓己意。所以,这里的主旨模糊本来就是文学寓言的隐喻特性,应该以一种开放文本来看待它。对于《洛神赋》的解释,可能多样化更为合理,它只是曹植创作出来的文学寓言而已。与屈原《离骚》中对"洛神"决绝的态度相比,《洛神赋》中则显得犹豫踟蹰,心理的矛盾更加让人纠结。从阅读者角度看,也正是《洛神赋》中包含的丰富情绪、情感,使得人人可以在其中感同身受。曹植笔下的"洛神"形象已经成为美好的象征符号,不仅后来的读者可以以开放的方式进行解读,实际上甚至曹植本人从文学创作的角度来讲也已经溢出了非此即彼的意义主旨方式,况且曹植《洛神赋》之前的"宓妃"形象所具备的身份、经历的复杂也为其主旨阐释提供了多种外部因素。如果今天的人再来看待它,不如就将其视为借助神话女神抒发凡人之情的优美文学作品。

曹植《洛神赋》的卓越之处就在于它塑造了一位独具特色的女神形象,他笔下的"洛神"形象较之前的"宓妃"形象有许多新的特点:

一方面,曹植笔下的洛神形象更加丰富,特别是对其美貌的描述汇集了各种修辞方式。在《洛神赋》中,曹植描绘洛神外形,如仪态、容貌、服饰和神情等更加栩栩如生,使用的比喻意象也更加传神精妙。比如,描写洛神的容貌"荣曜秋菊,华茂春松",洛神的服饰"奇服旷世,骨象应图",洛神的外形"翩若惊鸿,婉若游龙",洛神的神情"远而望之,皎若太阳升朝霞。迫而察之,灼若芙蕖出渌波"。在一系列美妙动人的比喻和描绘中,作者表现出了洛神轻捷柔婉的动态之丽和娴静庄重的静态之美,并以"鸿""龙""太阳""朝霞""芙蕖""渌波"等具象的喻体将洛神的具象之美进行抽象化处理,同时,又以秋菊、春松作比,将洛神无形的高贵仪态与独立品格进行有形化的确指。这些修辞方式是曹植之前的"宓妃"形象创作中罕见的,屈原或者张衡等人在描写"宓妃"形象时往往只是以直接的形容词进行简单的"代入式"修饰,难以让人对"洛神"产生艺术上的想象空间,而经过曹植加工后的洛神形象则更加鲜活和具有生命力。

同时,对洛神美丽形象的细致刻画还源于作者对洛神在情感上的变化。从作者与洛神的交往角度来讲,大致分为三个阶段:悦其淑美而心旌摇荡,托秋波、解玉佩以传情,又"惧其欺我"而以礼克制自己;然而又无法抵御洛神真挚情感的感染、动人容貌的诱惑、优美举止的迷恋,终于"令我忘餐",陷入情感的泥淖而难以自持;最后,洛神鸣玉鸾偕逝,并不知其所踪,自己怅然若失,神魂颠倒。在这个动情—定情—悲情的过程中,作者情感上的细腻变化也使得他对洛神美丽容貌和动人气质的观察在不断深入,逐渐地引导读者走向对洛神美貌的进一步欣赏之中。应该讲,曹植对洛神形象的塑造是在文学创作中描述女子美的各种修辞的集大成者。

另一方面,曹植笔下的洛神形象更加可亲可近,特别是在女神形象中表现了人性的光芒。在古代传说中洛神是神灵,而在曹植的《洛神赋》中这位洛水之神有了人的外貌形象、人的情感品行,也有了人的儿女私情,她不再是高高在上的神灵,而是走下了神坛,从天上来到人间,成为一个拟人化的形象。尤其是她与作者之间人神之恋的曲折跌宕更是展现了一个充满人类情感的可亲可近的凡人形象。在曹植之前的"洛神"形象中,洛神大多因过于执拗而被儒家批评为"无礼",但是在《洛神赋》中,曹植则对于这一态度进行了辩证的处理。他并不否定"礼"和美之间的联系,从"嗟佳人之信修兮,羌习礼而明诗"可以看到曹植认为守礼是一种美德,同时也是其爱慕洛神的一个重要方面。但是,洛神之美的主体并不是体现在守礼这一个方面,而是她人性的自我张扬,她炙热的情感和对爱情的执着与渴望。显然,曹植看重的是洛神的这些品质,而是否守礼则只是一个相对不重要的评价标准。最终,曹植与洛神的人神疏离也是由于过分"守礼"所致,洛神信守人神之"礼"却失去了爱情,"恨人神之道殊兮,怨盛年之莫当",在作者与洛神的爱情之前被一条"礼"的界限所分隔。可见,曹植更加注重的是洛神的人性而非压抑人性的礼节。

曹植的《洛神赋》可以说是洛神题材文学作品的一个高峰,在此之后,专门创作有关洛神或者宓妃的文学作品逐渐减少。特别是在赋体作品中,此类作品更是越来越少,这可能与赋体作为一种文学体裁的逐渐衰落有关。但是,曹植创作的洛神形象渐渐成为一种经典形象,成为后世文学家文学创作中经常出现的典故和素材。"曹植笔下的宓妃不但前无古人,也可以说后无来者,因为后代文学作品中的洛神宓妃尽管在性情上仍有种种演变,但形貌上却几乎不出曹植的表现范围。"①虽然在文学创作方面,《洛神赋》的地位再无人撼动,可是在图像创作上,曹植的《洛神赋》却为绘画创作提供了重要的文学文本,为其在文学领域之外又打开了一片视觉艺术的天空。

二、《洛神赋图》创作概况

曹植《洛神赋》为洛神形象赋予了新的内涵,体现了人性的自觉与个性的独立,在继承的基础上走出了远古神话的束缚,成为日后文艺创作实践中不断被再现的艺术对象。尤其是在视觉艺术领域,曹植的《洛神赋》成为图像艺术领域的常客,以它作为文本基础进行的图像创作更是数量庞大。根据陈葆真的统计,仅是目前已知的流传下来的《洛神赋图》和《洛神图》就多达 32 幅,这还不算在流传过程中佚失但又有史料可查的相关图像。② 图像作为一种表现形象的符号有着其特殊的符号特征,它无疑可以拉近曹植在《洛神赋》中对洛神的形象化创作与

① 吴冠文:《论宓妃形象在中国古代文学史上的演变——兼论由此反映的中国文学发展的趋势》,《复旦学报(社会科学版)》2011 年第 1 期。

② 陈葆真对于洛神题材的图像统计可参见其著作《〈洛神赋图〉与中国古代故事画》附录四中的介绍。

读者想象之间的距离,使得读者对洛神形象的接受更加直观。

虽然现存的《洛神赋图》和《洛神图》相对较多,但是良莠不齐,这里挑选具有代表性和艺术成就较高的图像作品进行介绍和分析。

1.《洛神赋图》

目前存世的可称为《洛神赋图》的共有九卷,据传作者应为东晋顾恺之,原作已经遗失,现在所见均是后人摹本。根据前人的研究和描述来看,这九卷在绘画类型上应该都是或多或少继承了顾恺之原作的风貌,是对其原作的直接模仿或者是对摹本的再次摹写。辽宁博物馆藏有一本,北京故宫博物院藏有三本,台北"故宫博物院"藏有两本,弗利尔美术馆藏有两本,大英博物馆藏有一本。目前最早关于《洛神赋图》的文献记载是元代汤垕的《画鉴》,随后的许多画录中都有收录,但是很难确定记载的究竟是以上九本画作中的哪一本,或者是其他已经遗失的画作。这九本《洛神赋图》中内容相对完整并且相对接近顾恺之时代绘画风格的是辽宁博物馆所藏的画作(图4-2),相对其他版本更具代表性。这幅《洛神赋图》是以曹植《洛神赋》的内容为依据创作的,它用卷轴的形式进行连环构图,将《洛神赋》的故事进行了图像再现和叙述。这幅画根据原文内容,大概可以分为邂逅—定情—情变—分离—怅归五个部分,其中画作中的邂逅部分和情变部分由于年代久远出现了一定的残缺,但是整体上还是能够展现曹植与洛神人神相恋的故事。画卷第一部分"邂逅",以简略的风景和树木为依托,描绘了曹植在众人的簇拥之下遇到洛神的场景。画面中,画家为了结合原文中对洛神外貌的

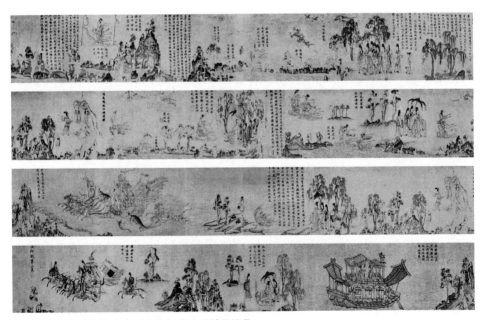

图4-2 洛神赋图(辽宁本),顾恺之,辽宁省博物馆藏

描绘,直接将形容洛神"惊鸿""游龙""秋菊""春松""轻云蔽月""流风回雪""太阳升朝霞""芙蕖出渌波"的比喻性词句不加转喻直接在画作中进行表现。画卷第二部分"定情",主要描写曹植解玉佩送洛神的场景,画中曹植居左,朝右而立,身后有三个侍从陪伴。画家有意将曹植与洛神之间的空隙留出来,暗示人神之间的不同和最后爱情的悲剧结尾。画卷第三部分"情变",表现了原文中一些跟随洛神的神灵的活动情况,反映了原文中"戏清流""翔神渚""采明珠"和"拾翠羽"等内容,并且还描绘了曹植坐在榻上被一群侍者拥在前面,而曹植则远望着洛神徘徊不肯离去的场面。画卷第四部分"分离",描绘了原文中屏翳、川后、冯夷和女娲四位神灵在为洛神离去做准备的场面,画面充满动感。而后,画家根据原文的叙事顺序描绘了洛神乘云车,在许多水灵护送之下离开曹植的情景,虽然图像只能呈现静态的场景,但是画家还是在努力运用水波充满流动感的线条来表现运动的场面,以显示洛神离去的浩浩荡荡,并且图像中离去的浩荡与洛神面部表情的冷静和眷恋形成了一组鲜明的对比。最后一部分"怅归",这部分主要表现原文中曹植懊悔不已,打算泛舟而上寻找洛神,但是已经杳无音讯,只能孤单地夜坐不寐,在盘桓惆怅之中驾车东归的场面。

总之,辽宁本《洛神赋图》以卷轴绘画的形式在"连环画"中再现了《洛神赋》的基本内容,它的图像创作体现了《洛神赋》的精神内涵,为人们呈现了一个美貌飘逸、多情守礼的洛神形象,也为洛神形象的视觉化提供了有效的转译途径。在图像创作中,画家运用了色彩、构图、光线等符号图像化的表现手段,传达了《洛神赋》中文学文本所富含的意义。如洛神的轻捷飘逸,画家以"春蚕吐丝"般的手法细致地刻画了这种美的状态,后人称这种技法为"高古游丝"描,这种表现方式对后世的中国画造型产生很大影响。画家为了突出《洛神赋》中文学文本传达的浪漫风格,图卷借用色彩、空间构图等加以体现,很好地表现了《洛神赋》中文学文本传达的浪漫特质。在对人物的描绘上,色彩成为重要的表现元素,从画中可以看到人物衣着的色彩,其明暗程度具有较大差别,侍从以绿灰为主,而红色与黄色则集中在主人公的衣着上,使得男女主人公从群像中能够凸显出来,也能融入整体的自然背景中,既突出了男女主人公的情绪与情感,也营造了他们情绪与情感生成的美好氛围,很好地体现了《洛神赋》中自由情感的感性力量。

2.《洛神图》

到了元代以后,以单幅图像来暗示整个《洛神赋》故事成了一种比较常见的形式,这种图像创作方法就好像是文学创作中对典故的引用,恰好在曹植创作《洛神赋》之后,大多数的文学家也是以其故事作为自己文学创作的典故在使用,在图文创作中,它们有着相似的轨迹。而这其中最具代表性的作品就是元代卫九鼎创作的《洛神图》(图4-3)。图中主要表现洛神粉黛不施、素衣无华、体态轻盈、凌波江上的形象。画中洛神以斜角站姿侧对观者,脸型呈椭圆形,五官细致,柳叶眉、丹凤眼、悬胆鼻、樱桃嘴,身上不多加饰物,造型端庄。她的长发中分后束,一部分结为盘髻,一部分梳为长辫后再绕成扭转的单鬟,微微高耸于脑后。她的衣着也非常朴实,宽襦长裙,腰带数条下垂到膝后,并且向右方起伏飘动。而披肩则绕过手肘落在两端并且夸张地以连续的"S"形向右方的空中和水上回曲飘扬。飘扬的衣带刚好加强了洛神的飘逸感,给静止的画面带来了韵律感和动感。洛神的右臂自然下垂,而左臂微微弯曲,手中拿着一把长柄椭圆形羽扇,扇面靠在左臂上。画家以简略朴实而又清雅高逸的笔调表现了洛神的含情脉脉。江上云雾缭绕,水波粼粼,画面上方远处有山势起伏。在画面右上方的空白处出现倪瓒作于洪武元年(1368)的小楷题画诗:

图4-3 洛神图,卫九鼎,台北"故宫博物院"藏

> 凌波微步袜生尘,谁见当时窈窕身。
>
> 能赋已输曹子建,善图唯数卫山人。
>
> 云林子题卫明铉洛神图,戊申。

通过倪瓒的题画诗可以发现他受到了李善"感甄说"的影响,认为曹植能写出旷世名作的动力就是当时他见过"洛神"的"窈窕身",这显然是在暗示洛神就是甄后。这幅画作以白描的手法图写古代文学作品,在古代图像与文学的互动中常有出现,卫九鼎以单独描绘洛神的方式来对《洛神赋》的故事进行整体精神的再现,是一种以一代全的方式,其重要地位就在于为后来明清甚至近代画家表现《洛神赋》故事提供了一种开创式的构图方式,为后世经常使用的构图模式。

3.《洛神图》扇画

洛神形象在明清时期成为扇画中的重要题材,并且主要是继承了卫九鼎《洛神图》中的单幅构图模式。明清时期画家王声、禹之鼎、闵贞、顾洛、沙馥等画家均画过此类题材的扇画。而这其中艺术性较高的是清代萧晨创作的《洛神图》扇画(图4-4)。画图以细笔淡墨勾画晕染出烟波浩渺的水面,画面中间洛神风姿飘摇,凌波而行,再现了曹植《洛神赋》中洛神的美丽轻盈和灵动飘逸。人物以白描手法写出,只略以艳色点染,却能够传达出《洛神赋》中洛神形象的清新与灵动。画中线条流畅宛转,意境幽远空漾,落寞哀怨之情隐隐露出,表现了《洛神赋》中人神有情却不能厮守的惆怅和遗憾。

图4-4　洛神图扇画，萧晨，北京故宫博物院藏

4. 京剧电影《洛神》

电影《洛神》是北京电影制片厂1955年摄制的，由京剧大师梅兰芳饰演洛神，是"梅派"京剧中优秀的代表作品之一。这部电影将曹植的《洛神赋》理解为感念甄后之作，根据李善注解的"帝示植甄后玉镂金带枕"为影片的开始，曹植拜见其兄曹丕，曹丕赐他甄后当年使用过的玉缕金带枕。曹植在归途中宿于洛川驿，夜中有神女示梦自称宓妃，嘱明日赴洛川一会，曹如约往，果有汉滨游女将他引至洛川与宓妃相会，宓妃告诉曹植与之有前缘。虽然彼此心心相印，但最终还是互通款曲，珍重而别。电影《洛神》的故事源自《洛神赋》与李善的《文选》注本，在表演中梅兰芳改变了京剧旦角传统的化妆方法，扮相妩媚高雅，楚楚动人，并以行云流水、倏忽万变的舞蹈再现《洛神赋》中洛神轻盈优雅的体态。洛神之美在电影动态摄影和开放自由的构图中得到动态化的呈现，这是与传统绘画最大的不同之处。人物唱词则与《洛神赋》直接呼应，如洛神有段台词"翩若惊鸿来照影，婉如神龙戏水滨。徙倚彷徨行无定，看神光离合乍阳阴。"即来源于《洛神赋》。电影《洛神》运用现代电影摄像技术，将传统京剧的唱词、扮相和表演完美地进行融合，为人们在传世名作《洛神赋》的文学领域之外又呈现了一种新的艺术接受方式。

第三节　《洛神赋》与《洛神赋图》的诗情画意

虽然《洛神赋》的赋文很短，只有176行，但是这并不影响它在中国文学史上的地位，它以华丽的辞藻、凄美的情节、生动的形象为后世留下了一篇千古绝唱。虽然人们对它的创作时间和主旨意义仍旧存在很大的争论，但是这些只是文学研究的"外部"因素，并不能遮蔽其本身所蕴含的文学审美价值。相反，这些学术性的"外部"研究对于后世以《洛神赋》为基础进行创作的画家来讲似乎并没有什么太大的影响。画家们所关心的也并非是《洛神赋》内涵的隐喻意义和它与真实历史事件的关联，而是竭力突出其在图像创作上的美学意义。从美学角度来讲，

《洛神赋》与《洛神赋图》的创作中往往体现出了一种艺术上的相互交融，使得今天的人无论是在阅读还是观看之中都能获得一种诗情画意的审美感受。

一、《洛神赋》中的"画意"

谢灵运曾经有过这样的一段话："天下才有一石，曹子建独占八斗，我得一斗，天下共分一斗。"[①]虽然谢灵运的这段话是为了夸耀自己，但是也可以看出曹植在艺术上的造诣之高，《洛神赋》就是他文学水平的直接体现。为了便于分析此文，现将原文中与洛神有关的部分列出：

黄初三年，余朝京师，还济洛川。古人有言，斯水之神名曰宓妃。感宋玉对楚王说神女之事，遂作斯赋，其词曰：

……

余告之曰：其形也，翩若惊鸿，婉若游龙。荣曜秋菊，华茂春松。仿佛兮若轻云之蔽月，飘飖兮若流风之回雪。远而望之，皎若太阳升朝霞。迫而察之，灼若芙蕖出渌波。秾纤得中，修短合度。肩若削成，腰如约素。延颈秀项，皓质呈露。芳泽无加，铅华弗御。云髻峨峨，修眉连娟。丹唇外朗，皓齿内鲜。明眸善睐，辅靥承权。瓌姿艳逸，仪静体闲。柔情绰态，媚于语言。奇服旷世，骨象应图。披罗衣之璀粲兮，珥瑶碧之华琚。戴金翠之首饰，缀明珠以耀躯。践远游之文履，曳雾绡之轻裾。微幽兰之芳蔼兮，步踟蹰于山隅。于是忽焉纵体，以遨以嬉。左倚采旄，右荫桂旗。攘皓腕于神浒兮，采湍濑之玄芝。

余情悦其淑美兮，心振荡而不怡。无良媒以接欢兮，托微波而通辞。愿诚素之先达兮，解玉佩以要之。嗟佳人之信修兮，羌习礼而明诗。抗琼珶以和予兮，指潜渊而为期。执眷眷之款实兮，惧斯灵之我欺。感交甫之弃言兮，怅犹豫而狐疑。收和颜而静志兮，申礼防以自持。

于是洛灵感焉，徙倚彷徨。神光离合，乍阴乍阳。竦轻躯以鹤立，若将飞而未翔。践椒涂之郁烈，步蘅薄而流芳。超长吟以永慕兮，声哀厉而弥长。尔乃众灵杂沓，命俦啸侣。或戏清流，或翔神渚。或采明珠，或拾翠羽。从南湘之二妃，携汉滨之游女。叹匏瓜之无匹兮，咏牵牛之独处。扬轻袿之猗靡兮，翳修袖以延伫。体迅飞凫，飘忽若神。凌波微步，罗袜生尘。动无常则，若危若安。进止难期，若往若还。转眄流精，光润玉颜。含辞未吐，气若幽兰。华容婀娜，令我忘餐。

于是屏翳收风，川后静波。冯夷鸣鼓，女娲清歌。腾文鱼以警乘，鸣玉鸾以偕逝。六龙俨其齐首，载云车之容裔。鲸鲵踊而夹毂，水禽翔而为卫。于是越北沚，过南冈，纡素领，回清扬，动朱唇以徐言，陈交接之大纲。恨人神之道殊兮，怨盛年之莫当。抗罗袂以掩涕兮，泪流襟之浪浪。悼良会之永绝兮，哀一逝而异

---

① 无名氏：《释常谈·八斗之才》，中华书局1985年版，第12页。

乡。无微情以效爱兮,献江南之明珰。虽潜处于太阴,长寄心于君王。忽不悟其所舍,怅神宵而蔽光。①

前文中已经对于其创作的历史背景和主旨有相关的介绍,这里不再对其"外部"内容进行探究,而是从文学研究的"内部"展开对其故事内容、辞藻修饰和形象塑造进行分析,从而研究其美学上的价值。《洛神赋》主要是以第一人称描述曹植从京都东返,经过洛水与女神相遇,两人之间倾慕爱恋,后来又分离的凄美恋情。文章的序幕是在曹植与随从离开洛阳后展开的,曹植一行在傍晚时分来到洛水,并邂逅了洛神,惊艳于洛神的美貌于是对其仆从描述了洛神的外貌。然后,曹植与洛神相互倾心进而互送信物,但是由于曹植顾及两人身份不同,害怕自己的情感会被洛神欺骗而改变了心意。洛神感到伤心,几经徘徊犹豫之后决定离开。曹植见状后悔不已,追寻洛神的踪迹,但是无迹可寻。于是,在黯然神伤中彻夜独坐,在天亮之后与随从东归,但是他在心中依旧眷恋洛水之神。

《洛神赋》是典型的"小赋",这篇赋文一共只有176句,其中散文有20句,韵文则有156句。序言部分和曹植与御者的对话为散文,而故事的叙述部分则全以韵文写就。此赋故事开始以曹植和御者对话为引子,然后再进行主体叙事,这种风格是综合了"骋驰赋"和"骚体赋"的美学特色。"赋"是一种叙述文体,是中国古代文学中与"比""兴"并肩的一种文学表现方式。刘勰认为"赋"是"体物言志"的文体,虽然表面上是一种叙述性和描写性的文体,但是本质却是为了表达作者的情感。"赋"一般有"骚体赋""说理赋"和"骋驰赋"三类。"骚体赋"主要以《离骚》为代表,辞藻华丽优美,多为音节长短变化丰富的韵文;"说理赋"则是以荀子《智赋》为代表,兼及儒道两家的论辩为主;"骋驰赋"以司马相如的《上林赋》为代表,往往虚设主客对话的引子,然后开始大篇幅的形象丰富、辞藻华丽、描写详尽的叙述韵文。曹植的《洛神赋》在文章结构上吸收了"骚体赋"的简短精练、辞藻华丽和有节奏的抒情特征,同时又有限度地将"骋驰赋"的"主客对话"的引子模式吸收进来,这样就使得文章的故事情节更加引人入胜,在兼具故事叙述的同时也照顾了抒情效果,而这其中最重要的是能够凸显一种文章上的音乐性,而这种音乐性又是使得《洛神赋》能够以文学文本展现图像中的"画意"的因素。

在《洛神赋》中作家运用了高超的艺术技巧使得赋文的文字内容在长短句的穿插和韵脚的转换过程中体现出灵动跳跃的韵律感和节奏性。从其主体韵文部分来讲,这篇赋文的156句韵文中,每句字数长短不一,并且差距甚大,短则只有3字,而长则达9字。短句多是以四言为主,主要为体现文中人物鲜明的形象,例如"翩若惊鸿,婉若游龙。荣曜秋菊,华茂春松",还有一些为了体现人物身体的灵动,例如"忽焉纵体,以遨以嬉。左倚采旄,右荫桂旗",另外一些则体现人物情感上的惊讶,例如"洛灵感焉,徙倚彷徨。神光离合,乍阴乍阳"。总之,文中的

---

① 曹植著,赵幼文校注:《曹植集校注》,人民文学出版社1984年版,第282—285页。

短句主要用以体现人物形象和情态；长句以六言为主，主要为体现文中人物复杂的情感变化，例如，为抒发哀伤忧郁之情，"竦轻躯以鹤立，若将飞而未翔。践椒涂之郁烈，步蘅薄而流芳"，而为了体现人物的犹豫不安又有"余情悦其淑美兮，心振荡而不怡。无良媒以接欢兮，托微波而通辞。愿诚素之先达兮，解玉佩以要之。嗟佳人之信修兮，羌习礼而明诗。抗琼珶以和予兮，指潜渊而为期。执眷眷之款实兮，惧斯灵之我欺。感交甫之弃言兮，怅犹豫而狐疑。收和颜而静志兮，申礼防以自持"这样的长句群描写。曹植《洛神赋》主体的这156句韵文能够在其写作中均衡搭配着使用，使得长短句的配合错落有致，又不会出现混杂纷乱的局面。而且这些长短句在押韵上也体现出一定的节奏感和音乐感，例如有时长短句同押一个韵，而这些相同的韵脚有时又会在其他的段落中重复出现，好似音乐节奏的重复韵律。有时为了追求音乐上的跳跃感和变化，在长短句之内押韵会出现两种不同的韵脚，营造出声律的变化。这些长短句虽然押韵不同，但是在曹植的笔下却不显复杂反而在创作中形成一定的规律，充满音乐上的旋律感。

无论是《洛神赋》中的长短句群的安排，还是其押韵的分布与转换，在给人以音乐感的同时其实是在以一种结构性的空间布局达到审美上的和谐，曹植在文章中非常善于把握和谐在审美中的作用。这种音乐性的和谐其实并非是听觉上的认知结果，而是在视觉上展现篇幅段落的膨胀和收缩，例如长句和短句的搭配和参差出现，正是这种视觉上的长短与收放才能够在音乐上体现出旋律的节奏所在。在此基础上的押韵也是以空间的视觉散布为依托进行的音乐节奏的轻重缓急转换，再加之各段长短句群内部以及相互之间音韵和节奏上的配合都是一种结构性的体现，使得整篇赋文产生了结构上的视觉感受，而其实这种音乐上的节奏韵律最终是以视觉上的结构布局和层次得以具体化的。所以，这里的音乐性在最后其实是一种美学上和谐安排的空间视觉布局，或者称其为一种"画意"。

然而，《洛神赋》的"画意"并非只是单纯体现在文学叙事结构中的空间具象中，还表现在其修辞上。《洛神赋》中的文学修辞是曹植艺术功力的高度体现，赋文辞藻华丽，文辞优雅，尤其是一些描述性的文辞具有十分明显的可视化效果，这也为其能够体现出具象化的"画意"提供了条件，并且为后来的图像创作提供了基础。"赋"作为一种文体本身就以辞藻华美铺陈而著称。《洛神赋》在文辞方面深受《楚辞》影响，特别是屈原的《离骚》对其影响甚大。如前所讲，对"洛神"形象本身的描述有许多就是直接化用而来。比如，《洛神赋》中之"怅犹豫而狐疑"，是化用《离骚》中之"心犹豫而狐疑"。"泪流襟之浪浪"化用《离骚》之"沾余襟之浪浪"等。《离骚》用词华美宛丽，细腻精巧，这些特征在《洛神赋》中都有体现。但是在这些借用之中，《洛神赋》又有意在精巧之中将抽象的意向化为具体的具象。例如，文中有关"洛神"形象的经典描述（其形也，……采湍濑之玄芝），可以明显看到《离骚》的影响，但是曹植对于洛神的描写没有停留在一种文辞的夸饰中，因为曹植这个阶段的赋文已经意识到以"形容词"去描述一个事实或具体形象是几乎不可能的,而以比喻的方式用一个可见的事物来描述另一个事物似乎效果会更好。所以,在以文辞铺陈洛神形象的时候,他大胆地以"惊鸿""游龙""秋菊""春松""轻云""流风"等具体的事物来指代洛神的仪态,更加具有可视效果。

可见,在曹植的《洛神赋》中,作者有意在文学文本中凸显视觉上的"画意",使得文学之"诗情"与图像艺术的"画意"在和谐之中达到共存。为了达到这种共存关系和文图互文,作家在艺术结构和艺术语言上体现了高深的造诣,以文字的音乐性和韵文的律动感营造视觉的空间感,以语言的修辞方式将抽象的人物外貌化为具体的物象,在这个过程中"赋"的叙事抒情的文体特征得到了展现,并为其在视觉艺术领域的开拓提供了文学上的便利。

二、《洛神赋图》中的"诗情"

如果说在《洛神赋》中可以体现视觉性的"画意",那么在后人以其创作的《洛神赋图》中则相应地能体现出文学性的"诗情",而正是因为《洛神赋》与其图像之间的这种文学与绘画的默契才造就了《洛神赋》艺术边境的延宕。这里所指的《洛神赋图》应当在广义上包含前文所介绍的传说为顾恺之所作的流传的摹本,还包括后世画家以"洛神"为题材所创作的其他类型的"洛神"图像。总之,在这些图像中为了显示与原文的关联,它们的图像创作都或多或少地体现了与文学有关的"诗情"。在各种形式的《洛神赋图》创作中,其体现"诗情"的方式主要有三种:

其一,直接将《洛神赋》原文作为绘画创作中的构图要素。这种以文入画的形式在中国非常普遍,本来中国画的笔法就脱胎于中国的书法,将文字书写作为一种视觉艺术形式在中国绘画中被认为是顺理成章的事情。在《洛神赋》的图像创作中,画家为了体现自己是对原文的模仿经常会直接将《洛神赋》原文置于绘画之中。最为人熟知的就是辽宁博物馆藏的《洛神赋图》,这幅图的情况在前文中已经有所介绍。在这幅图卷中作者将《洛神赋》原文全部运用到图像的创作之中,全文被分为长短不一的段落,并伴随相关的图像分布在全卷之中。这些文字并非只是一种装饰或点缀,而是承担着特殊的构图和视觉效果。一方面这些图像中的文字就好像文章的分段和标点一般,为整个画卷分割出清晰可辨的情节。在这卷《洛神赋图》中,画家利用长段赋文配合背景中的山丘和树木作为两段情节间的分隔,这里的文字主要用途是将每一个场景进行有效区分,以便让人们能够顺利地理解每一个场景对应的原文内容。另一方面《洛神赋》能够起到旁白的作用,主要是表现人物的内心世界。例如,在表现曹植向御者描述洛神的美貌一幕中,这幅图像(图4-5)包括两组人物:一组是右边的曹植和他的侍从,他们站在河岸的两棵柳树下,代表人间世界。另一组是左边的洛神和各种被画家具象

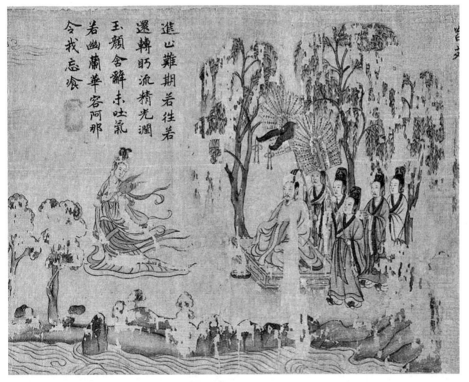

图4-5 洛神赋图(局部),顾恺之,辽宁博物馆藏

图4-6 洛神赋图(局部),顾恺之,辽宁博物馆藏

化的比喻(对应原文中"翩若惊鸿,婉若游龙……")。在这个场景的赋文伴随着相关的图像出现在相应的各处,起到详细的旁白和解释作用。又如,在图4-6的一景中,为了表现洛神感觉曹植心意不定,因此伤心想要离去但又不忍心的彷徨场面,在这里用文字将图像中洛神与曹植局限在狭小的封闭空间之中,二者相互配合,文字的内容就像是对人物内心的解释,将从图像中不易得知的内心的徘徊犹豫,欲去还留的凄楚心情体现出来。而图像中的洛神和曹植的形象、姿态和表情又与赋文形成了交相呼应的状态。

这里出现在《洛神赋图》中的文字不但是一种旁白,更有一种特殊的图像功能。这些文字既是《洛神赋》的记载,也成为《洛神赋图》画面的重要部分。既要提醒观者阅读赋文,也在有意无意之中影响着观者的观看顺序与观看感受。可以说,其可视为文字与图像之间的使者,可以互通有无,使得两种艺术表达方式可以更好地融通,传达艺术效果。

不仅是在辽宁博物馆藏《洛神赋图》中直接出现的文字对图像中"诗情"的体现十分重要,在后来的单幅《洛神图》中亦是如此。例如,前文中所提及的元代卫九鼎《洛神图》,在其画作的右上方空白处留有倪瓒的题画诗。这里的题画诗在艺术审美上与画作浑然天成,在解释画作内容的基础上又提升了图像本身的艺术内涵,引导观者将其与洛神形象经验进行融合,带来视觉心理上的崇高感。同时,这一段文字还能从反向角度分析画家的创作心理,这一点是十分有趣的,通过倪瓒的题画诗可以发现他认为画家多少是受到了李善"感甄说"的影响,而画作的作者应该也是支持这一观点才有意以甄后的形象来看待洛神。通过研究可以发现单幅《洛神图》的形象创作中文字直接出现在画作中非常普遍,这是因为仕女画在中国创作甚多,如果没有题画诗之类的直接说明很难辨别画作中的人物,所以可见,文字直接配合图像在图像传达"诗情"中的重要性。

其二,画幅创作以连续构图的方式,借以表达时间和情节的推进。这种表现图像中的文学"诗情"的方式只限于故事画之中,在洛神图像的创作中主要是《洛神赋图》画卷。因为文学有别于图像的一个重要特征就是它的线性叙述模式,它必须以时间为顺序进行情节的推进,而这一点恰恰是图像所不擅长的地方,所以在创作《洛神赋图》的时候,画家为了克服这一图像符号的缺憾就必须模仿文学的线性叙事方式,于是就有了连环构图这样的模式。因为对文学中的"诗情"进行表现的前提就是要将文学中所叙述的故事进行完整的文学再现。

目前所存世的九卷《洛神赋图》应该都是以传说顾恺之的摹本或再摹本进行的创作,虽然有些已经出现大范围的剥落和遗失,但还是可以推断它们大都应该是以连续构图的方式进行创作的。在这些图卷中,基本上都是以《洛神赋》为底本,在忠实于原著的基础上画家以最大的技术手法克服图像艺术上的线性叙事不足,将图像符号的空间转化为文学艺术的时间。在这个连环构图的模式中最具代表性的应该是北京故宫博物院藏的乾隆皇帝题识本《洛神赋图》。它的保存相对完整,而且与辽宁博物馆藏本最大的不同就是在图像创作中这一本没有直接将《洛神赋》原文誊写在画面的空白位置,自然也就没有将文字作为构图的重要要素进行布局。相反,它完全是依靠图像自身的叙述能力来引导观者读图,当然这里隐秘的《洛神赋》原文并未消失,只是以读图的视野背景出现在观者审美认知之中。在图像之上,画家似乎在很努力地试图从一种摹本衍生出一种创新的模式,那就是让文字在图像中退场,但是又不会影响图像的叙事功能。与辽宁博物馆藏本比较,这一本乾隆题识的《洛神赋图》将过去由文字作为情节分段和勾连的功能交给了山水树木这些背景画面来完成。在这里山水树木的功能不再是早期六朝画作中的一种可有可无的衬托,而是有着实实在在的技术功能。同时,画家为了保证图像模仿的线性时间能够顺利推进,沿用了古代卷轴画的人物特点——大部分人物都是面向左边,因为古代卷轴画是从右向左打开的,这样人物的面向位置就是在暗示观者需要以连环构图的时间性为观看的顺序和方式，也有利于图像内涵的达成。而极个别的人物面朝右边的情况也是符合艺术要求的，它们并非是无故违反古代卷轴画的构图逻辑，而是为了服务《洛神赋》原文中的情节，例如，为表现原文中的"恨人神之道殊兮，怨盛年之莫当。抗罗袂以掩涕兮，泪流襟之浪浪。悼良会之永绝兮，哀一逝而异乡。无微情以效爱兮，献江南之明珰。虽潜处于太阴，长寄心于君王。忽不悟其所舍，怅神霄而蔽光"。洛神是面朝右边的，而且她的目光也非"空对"，而是符合中国画创作中的"实对"原则，即必须眼光要与另外的人物相配合。这里的回头反顾刚好符合哀伤的情景。在这样一个整体上连环构图结构中，又出现了局部范围的回环往复，而这些也是在对原文"诗情"再现中的图像艺术处理。

综上所述，在《洛神赋》与《洛神赋图》中存在着文学艺术与图像艺术的互文默契，这种默契以在场或者不在场的方式体现出来，它们之间往往会产生一种艺术上的跨界，文学中有图像的"画意"，而图像中又有文学的"诗情"。《洛神赋》虽然以文字写就，但是它的内容和艺术手法包含了一种可以被视觉化再现的因素，而《洛神赋图》虽然以图像符号来模仿原文，但是它又能够在图像创作中顺利地让文学中的叙事和情感自然地流溢。可见《洛神赋》与《洛神赋图》之间的文图创作与互文性是它们自身艺术中的"跨界"特征所决定的。

第四节 《洛神赋》与《洛神赋图》的文图互文

根据前文所述，可以清楚地看到《洛神赋》与《洛神赋图》之间微妙而默契的关系，这种文学与图像精妙而和谐的联系为后人生成了一个跨越艺术界限的多重审美领域，这一领域就是文图互文。在对《洛神赋》与《洛神赋图》的研究中，我们发现其文学文本和图像文本的相互关系存在一定的艺术规律，正是这些规律特征使得二者能够在和谐的艺术沟通中不囿于单一的艺术领域。

《洛神赋》与《洛神赋图》之间的文图互文其实是一个宏大而复杂的问题，虽然文学文本的内涵相对单纯，但是图像文本的丰富和历史流传中的一些问题使得研究变得困难。不过，根据存世的资料和画作可以推断《洛神赋图》在出现之初到后来的很长时间都是以再现《洛神赋》为目的，其初衷是高度地忠实并还原原著的艺术内涵。所以，在二者的文图关系上主要呈现两个特点：其一，《洛神赋图》高度重视对《洛神赋》原文的表现；其二，两者艺术表现形式主要体现在图文配合的方式之上。

一、《洛神赋图》中的以图写文

在流传下来的九卷《洛神赋图》中，基本可见的一个现象是它们都是以对《洛

图4-7　洛神赋图(局部),顾恺之,辽宁博物馆藏

神赋》的忠实模仿为前提的,画家的艺术创造也是在文学文本的根基之上进行的。这里依旧以辽宁博物馆藏《洛神赋图》为例进行分析,因为据研究发现它应该是目前可见诸本中最接近原作的一本。根据陈葆真的研究,她认为《洛神赋图》在创作中对于《洛神赋》原文的表现方式主要有四种:直译法、隐喻法、暗示法、象征法。① 她主要以图像实例为依据,分析详细,但是她冷静地以技术手法分析这四种方式却未看到在文图互文中的一些本质上的符号差别。接下来我们主要介绍一下这四种方式。

第一,直译法。这种方法就是画家直接将《洛神赋》中出现的原文描绘的景象照搬到画作之上。最典型的例子就是在图4-7这段图像中,画家直接将曹植在远观洛神后描绘其形象的八个比喻性词语转化为八个具体的图像——双雁、龙、菊、松、月、雪、太阳、芙蓉——排列在洛神四周,以期达到以图释文的效果,从而能够与赋文"翩若惊鸿,婉若游龙。荣曜秋菊,华茂春松。仿佛兮若轻云之蔽月,飘摇兮若流风之回雪。远而望之,皎若太阳升朝霞。迫而察之,灼若芙蕖出渌波"形成互文效果。画家采取这样的图文转化方式可能是图像对文字的一种妥协,对于曹植的抽象化描述画家很难以固定的图像符号精妙地传达其所指。当然,这并非是画家的过失,而是由于文字符号在转化成为图像符号时的一种局限,在这段文字中曹植对洛神的描写是以比喻的方式进行的,而这里的喻体与本体之间可以被看作是一种曹植自己建立的能指和所指的搭配,这种不具有文化传统意义的比喻的文学符号很难在图像视觉中进行传达。画家又不愿意擅自以自己主观想象去将这些描绘洛神的具体图像以自己的理解再现在画作之上,所以,画家只能索性将具象化的喻体进行直接的移植转义,从而使得图像不至于漏掉赋文中的内容,这也体现了画家对文学文本的忠诚。可见,直译法并非是画家

① 陈葆真:《〈洛神赋图〉与中国古代故事画》,浙江大学出版社2012年版,第9、46页。

自愿的技术选择，而是面对语言与图像中那部分不能逾越的符号限制所作的妥协。

第二，隐喻法。这种方法主要是为了体现赋文中不易被表达的态度和情感。因为《洛神赋》主要是在叙述过程中体现曹植和洛神情感的萌发和波澜，所以直接以图像的静止符号去描绘这种变动隐匿又稍纵即逝的情感是非常困难的。如果能够使用图像中的一些画面情节去暗示此时的叙事进程和赋文中蕴含的感情则是比较好的办法。在此卷《洛神赋图》中最典型的图像片段是曹植向洛神赠物的场景。在此场景中(图4-8)，站在曹植身边的一群侍者中，最左边的侍者特别引人注目，因为他是背向观者的。据此，陈葆真认为这是"以此暗喻曹植对洛神爱情的背信"。[1] 仔细观察这位背向的侍者，他貌似是孤立在曹植和侍从组成的人物群的边缘，虽然人物服饰和线条笔法并无不同，但是他在图像中出现的情况确实让人感到突兀和不自然，就好像是画家"补笔"的人物。因此，陈葆真认为这是画家有意让这个人背向观者借以再现曹植既想"愿诚素之先达兮，解玉佩以要之"，但是又"感交甫之弃言兮，怅犹豫而狐疑。收和颜而静志兮，申礼防以自持"的矛盾心情。由人物的"背向"引导观者想到曹植的"背信"，在这样的一个图像要素中展现图像所不易表现的人物复杂多变的矛盾纠结与挣扎。其实，这种图像表现文学内在含义的方式在绘画中不是不可能做到，毕竟这也是在文图互文中克服符号樊篱的一种方式。只是这种方式是否已经被《洛神赋图》的作者发现并运用到图像创作中，这一点尚无资料支撑，也只是陈葆真的个人观点和假设，她也没有进一步地证明。但是，这种在图像构图中有意与其他人物不同，甚至以不和谐的突兀方式吸引人们的关注似乎确实是画家想要告诉读者一些什么，但是这里的突兀要素究竟是什么，却只能成为后世观者的阐释空间，而难下定论。

图4-8 洛神赋图(局部)，顾恺之，辽宁博物馆藏

---

[1] 陈葆真：《〈洛神赋图〉与中国古代故事画》，浙江大学出版社2012年版，第9页。

图4-9　洛神赋图(局部),顾恺之,辽宁博物馆藏

　　第三,暗示法。它和前面的隐喻法有些相似,不过它较之隐喻法相对直观一些。暗示法是将赋文中的内容以图像的方式展现出来,它不像直译法那么生硬,只需要一点艺术想象就可以理解,是相对效果较好的图像转义方式。例如,在曹植怅归泛舟的图像中(图4-9),图像主要描绘曹植在江面上追寻洛神离去的情境。曹植和侍者坐在轻舟的上层凉棚之中,周身衣饰受江风吹拂,下方船夫则呈努力划桨状,加之图中表现江水的波纹让人很容易联系到曹植欲追寻洛神,故命人快速前进的场景。"画家借此暗示他渴望再见洛神行踪的心情"[1],这幅图像所对应的赋文应该是"冀灵体之复形,御轻舟而上溯"的内容。就图像对文学文本的再现来讲,后半句"御轻舟而上溯"在图像中已经是十分顺利地达成了,观者可以毫不费力地明白它所要展现的场景。而且画家还进行了合理的想象与加工,因为文章中的"轻舟"究竟为何物并未有具体的记载,虽然画家笔下的"轻舟"更像是古代的"楼船",但是这并不能视为一种对原文的不忠,因为根据曹植当时的身份貌似也不至于只配驾驭"轻舟"而已。但是,问题的关键在于画家要如何将"冀灵体之复形"这句话在画面中充分地展示出来。图像对于与文学的互文关系不仅是表现在文学文本中可以顺利转义的那些内容,图像更是要将文学艺术中含蓄而复杂的心理感受化作视觉形象直观地表现在观者面前,这才是图像对语言的互文中真正体现艺术功力的地方。所以,真正考验画家艺术功力的是对前半句"冀灵体之复形"的艺术处理,为此画家借以暗示的方法将之体现在图像中。再回过头来讲,前面画家对赋文中"轻舟"这一要素的"背离"是故意而为之的,他要将曹植和侍从放在"楼船"的顶层,这样才能让主人公表现出远望江面搜寻洛神的急切。另外,在曹植目光的前方,画家进行留白,有意让曹植的目光"空对",不让他的视线有相应的对应物,这样一来可以暗示曹植此时内心的落魄和

---

[1] 陈葆真:《〈洛神赋图〉与中国古代故事画》,浙江大学出版社2012年版,第46页。

图4-10 洛神赋图（局部），顾恺之，辽宁博物馆藏

惆怅。

第四，象征法。这种方法与前面所讲的方法略有不同，它并非是一种图像对文学的模仿或者再现，而是需要观者参与进来，在对《洛神赋》赋文主旨有充分理解的基础上进行的一种感悟和发现。当图像与文学能够在这样的文图互文中相互沟通和表现才说明这两种艺术形式在和谐之中又上升到了一个超越形式的纯然审美领域。就《洛神赋》与《洛神赋图》而言，在《洛神赋图》中许多场景都是以一种象征的方式表现《洛神赋》中的主旨与内涵，而这些又不单纯是图像在模仿文学，而是上升到艺术形式的相互支持。例如，在图4-10中，曹植与八个侍者出现在这段画作的右方，他穿戴象征藩王的身份与地位的服饰，陪同的侍者们则手持不同的器物，包括两柄华盖、一件席褥和一把羽扇。这群人物的装扮和仪态都在说明他们存在于人间世界，而在同一幅图像中，与之相对应的是左边的洛神以及表现其美丽形象的八种被画家直译过来的自然景象（在第一种直译法中提及过），它们则共同展现与曹植和侍者不同的神灵世界的景象。画家有意以这种强烈的对比来将两种赋文中展现的世界进行并置，这段对比鲜明的图像占整幅《洛神赋图》近五分之一的比例，画家为了体现人神相隔的世界，甚至不惜大量留白。其目的就是让这两组人与神在性质上和形式上产生强烈的反差，正好配合曹植赋文中"恨人神之道殊兮"的感慨，画家在深刻地体验到赋文故事的凄美哀怨以及爱情悲剧产生的根源之后，用这种象征的手法将人神殊道的场景并置在观者面前，十分容易将观者引导到对于《洛神赋》悲剧的思考和理解。

为了将《洛神赋》赋文中抽象的主旨和含蓄的情感表达出来，有时候画家还会巧妙地运用文字的空间物理位置来象征赋文的内容，这其实是将文字看作有形的图像符号来完成空间布局的作用，实际上是对文图互文的另一种创新理解和使用。在《洛神赋图》中，曹植和数名侍者站在右边的岸渚之上，他们和乘坐在云车中的洛神和其他神灵之间隔着一长段的赋文。这一段长赋文是从"腾文鱼以警乘，鸣玉鸾以偕逝"一直到"忽不悟其所舍，怅神宵而蔽光"，总计162个字，其内容与这里的图像表现基本相一致，说明这段图像展现的是曹植与洛神在顾盼不忍中分离的场面。但是这里赋文的形式作用要大于其内容作用，画家让大段的长赋文出现在这里是一种极具象征性的安排。多达 162 字的长赋文在空间位置上给人的阻隔感是显而易见的,画家将这段空间壁垒横阻在洛神与曹植之间是在象征人神之间的沟通是十分困难的,就好像一道不可逾越的"雷池",这样的象征手法虽然并未让赋文的内容直接站出来说话,但是其反而利用了形式上的效果来加深观者对人神之隔的遗憾。陈葆真在对这段图像进行研究后也认为"这段文字如此布列便具有隐喻之意。它象征了人间与神界的两者之间所存在的一道无法跨越的鸿沟"①。

总之,在《洛神赋》与《洛神赋图》之间的文图互文关系中,图像对于赋文的表现主要是在以上介绍的四种方式中展开,它们有的是以较为直接的方式体现语言与图像之间的关系,有的则是以较为含蓄的方式让图像展示文学的内涵。不过,这些方式的运用都体现出图像创作者对于赋文的忠实和对传达其基本精神的渴望,在这样的文图互文中《洛神赋》与《洛神赋图》的艺术境界都得到了升华。

二、《洛神赋图》中文学与图像的配合

《洛神赋》与《洛神赋图》之间的文图互文关系除了表现在图像对于语言的模仿和对文学内涵的演绎上,还有一个重要的方面就是在图像中语言与图像的相互配合。实际上,这种图文配合的关系在前文论述中稍有涉及,这里进一步再对这种图文关系进行详细论述。就《洛神赋》与《洛神赋图》之间的图像与文字的配合方式来看,主要有两种类型:一类是单纯图像中暗示了文字的存在;一类是图文并茂的文图配合。从时间顺序上来看,传世的《洛神赋图》(包括《洛神图》)中,图文并茂的图像作品应该出现得更早一些,所以往往这类作品较能保持传统的绘画形式。伴随着《洛神赋》与"洛神"视觉形象的流传和普及,观者形成了一定的欣赏经验使得图像中不必誊录《洛神赋》原文依旧可以辨识和欣赏《洛神赋图》。

根据现存传世的九卷《洛神赋图》卷轴画,其中除了两卷由于残缺过多不能辨识,其余七卷中三卷有文字在图像中出现,分别是辽宁博物馆藏本,北京故宫博物院藏的《唐人仿顾恺之洛神赋图》,大英博物馆藏本。还有四卷是在图像中无文字出现的,它们分别是北京故宫博物院藏乾隆皇帝题识本《洛神赋图》,弗利尔美术馆所藏的两本和台北"故宫博物院"藏的丁观鹏《摹顾恺之洛神赋图》。根据这些图像的断代研究②可以看出有文字配合的《洛神赋图》摹本出现最早,大约是 12 世纪,而其他无文字配合的图像创作时间则要相对晚许多,最晚有甚至到 18 世纪的。所以,可见在《洛神赋图》中有文字配合的图像应该是要早于无文

① 陈葆真:《〈洛神赋图〉与中国古代故事画》,浙江大学出版社 2012 年版,第 44 页。
② 陈葆真:《〈洛神赋图〉与中国古代故事画》,浙江大学出版社 2012 年版,第 301 页。

字配合的图像。

《洛神赋图》中无文字配合的单纯图像创作并非是画家摒弃了文学在图像创作中的互文作用,相反它是以一种含蓄的暗示方式存在的。图像中没有赋文的《洛神赋图》对于文字的依赖看似大为减少,其实不然。根据对无赋文出现的《洛神赋图》断代研究和艺术技法的比照,我觉得这些无文字配合的图像更像是对摹本的再次模仿,它们此时的模仿不单纯是"以形写形",更是在一种对于《洛神赋》和《洛神赋图》熟知后的洛神文化氛围中的创作。这种单纯图像的模式是在一定的文化信心中产生的,因为这种图像模式出现较晚,《洛神赋》的故事对于古代有修养的观者都是耳熟能详的,加之前面历代出现的带有赋文的《洛神赋图》的传播和普及使得人们具有一定的读图能力和文化视野。所以,这里的单纯图像是将《洛神赋》赋文看作更深层次的一种文化上的互文关系,它不是需要伴随文字辨识的具体的情节上的一一对应,而是需要借助《洛神赋》文学作品广泛的影响力,让观者主动依靠自己的文化积累,自主辨识文学与图像之间的关系,从而让其对《洛神赋》与《洛神赋图》之间的互文关系有一个自主构建的文化互文过程。此时虽然文字不在场,但是它却以隐匿的方式与图像形成文化上的互文关系。

上面所谈的是无文字的《洛神赋图》与《洛神赋》之间存在的一种不在场的互文关系,现在主要论述一种更加普遍的图文并茂的互文关系。如前所述,目前有三本《洛神赋图》是有文字配合的。在这三个藏本中,辽宁博物馆藏本在前面的文图互文关系研究中介绍较多,而另外两个藏本即北京故宫博物院藏的《唐人仿顾恺之洛神赋图》和大英博物馆藏本则属于同一个版本模式。

前文对于辽宁博物馆藏本的文字和图像配置关系有过较为细致的介绍,而这里则是从宏观角度对它的图像与文字配置关系进行整体上的效果分析。在这一藏本中,文字与图像的配置采用了图文融合的方式,将赋文分为许多长短不一的段落,并且将这些长短不一的段落和相关的图像形成不同的组合搭配。这些组合有时被安置在相关的图像旁边,有时则是用来区隔或连接两段场景。被安置在相关图像旁边的赋文多为较短的赋文,它们在辽宁博物馆藏本中随处可见,主要目的是配合内容相关的图像并有一定的释图功能。例如,反映赋文"于是屏翳收风,川后静波。冯夷鸣鼓,女娲清歌"的内容就被画家有意分为三个短句(图4-11),然后将其配置于图像中分别表现这三句短文内容的场景周围,形成紧密的文字与图像的融合关系。而较长的赋文则被用来作为区分或沟通不同场景的工具。这种较长的赋文经常出现在画面中场景转换的地方,目的就是提示场景的转换,有时也象征空间的疏离(这种情况在前文已经论述)。例如,图像中为了将曹植描述洛神美丽的场景顺利地过渡到洛神"于是忽焉纵体,以遨以嬉。左倚采旄,右荫桂旗。攘皓腕于神浒兮,采湍濑之玄芝"的场景,就在这两个场景之间加入了大段的长赋文,这些长赋文的主要内容其实是第一场景中有关洛神美貌的描述,不过这里它的实质内容并不重要,重要的是它的空间位置的作用。

图4-11　洛神赋图(局部),顾恺之,辽宁博物馆藏

这些长短赋文的搭配运用不止于上面所述的功能,如果从宏观角度观赏这幅画,可以窥见画家在图像中运用文字的别具匠心。画家实际上在利用这种文字上的搭配在规律的构图中创造不规律的变化,在这种文字看似不大规律的起伏变化之中,画家实际上在整体上制造出来音乐性的旋律感。图像过于规律的构图好似主旋律,而文字在图像上的跳跃感则可以防止图像整体上的重复和单调,运用这样的艺术技巧可以防止图像在转译赋文时出现枯燥的重复和叠沓,这样就使得文图互文的关系更加富有表现力。这些文字和图像的相互融合,实际上形成了有机的整体,辽宁博物馆藏本在本质上是一件由诗文、绘画和书法组合而成的多媒介艺术品。

另外两个带有赋文的《洛神赋图》在展现图文并茂的文图关系中又呈现出有别于辽宁博物馆藏本的不同特色。这两个版本的文字与图像搭配模式在本质上属于一种类型,根据创作时间和艺术技法的比较很有可能是大英博物馆藏本在模仿北京故宫博物院藏的《唐人仿顾恺之洛神赋图》,所以这里以后者为研究对象进行分析说明。

北京故宫博物院藏的《唐人仿顾恺之洛神赋图》更像是介于从图文并茂的图文配置模式向单纯图像模式的过渡之作。因为这一图卷所誊录的赋文并非《洛神赋》全文,而只是摘录了与某些画面相关的15段赋文。这些赋文也是长短不一,相对辽宁博物馆藏本它们与图像的关系更加密切,文字依照次序分布在各个相关场景的上方,它们的位置所在与所指涉的画面相当密切,图文彼此之间形成一一对应的互动关系。概括起来主要有三个特点:其一,这幅画卷的15段赋文都书写在矩形区域中,这种赋文引用方式有意将赋文与图像进行划界,画家既需要赋文的释图作用,又不愿意让赋文过分干预构图。其二,在辽宁博物馆藏本中所体现的那种以长短句的错落分布配上活泼的人物动作生成生动的视觉效果或将抽象概念具象化的图文互动模式在这一本《洛神赋图》中则完全不采用。其三,本卷画家在运用所节录的赋文时特别偏好赋文中简单而具体的文辞,配以具体的人物动作。北京故宫博物院藏的《唐人仿顾恺之洛神赋图》在图文关系的运用上显然不及辽宁博物馆藏本开放多元,画家似乎将文字作为图像创作的羁绊,只有在不得已的情况下才会采用,甚至以为文字是阻碍图像艺术审美的负面效果而有意限制其活动的区域,因而也导致这一摹本和与其类似的大英博物馆藏本不是特别闻名。

以上着重介绍的是《洛神赋图》在图文配置中所展现的文图互文关系,然而,在《洛神赋》的图像演绎中自元代以后以卫九鼎《洛神图》为代表的一种新的图像传统逐渐形成,这一新的图像构成方式由于打破了传统《洛神赋图》的制像成规,所以其文图之间的关系也跟着发生了变化。卫九鼎的《洛神图》不仅略去了《洛神赋》中的赋文,甚至连图像的形制与基本构图也发生了重大改变。可以说,虽然这里的《洛神图》依旧与《洛神赋》原文构成文图互文的关系,但是它已经与传统的《洛神赋图》不再有任何传承关系。当以卫九鼎《洛神图》为代表的新图像传统舍弃了《洛神赋图》大部分的故事情节与细节之后,观者在观赏《洛神图》时就不再有义务或者有意识回溯到《洛神赋图》的制图传统。就其画作的风格来讲,画作的山水构图更像是宋代山水画以后的风格,观者的审美心理也不会被带回遥远的《洛神赋图》原作,而是会以近代的文人画洛神制图为脉络进行文化上的理解。也就是说,这里尽管《洛神赋》原文不再出现,但是由于《洛神赋》和《洛神赋图》所生成的文化场域已经潜移默化地成为文人画家必备的文化基础,所以像卫九鼎《洛神图》这样的单幅洛神画像也不会妨碍到观者将其与《洛神赋》相联系。这里文字与图像的关系看似扑朔迷离,其实是《洛神赋》与其图像创作的关系变得更加密切共生。此时,观者已经不再被限制于以《洛神图》为基础来回溯《洛神赋》原文的初级阶段,而是在一个"洛神"文化的场域中,观看画家和文学家独立自主地表达自己对洛神形象的理解。就画家而言,他们已经跳脱了对经典化的《洛神赋图》中"洛神"制像的束缚,反而以《洛神赋》文本为创作的基础,更加彰显自身的艺术特色;就文学家而言,他们也更加愿意配合图像表达自己对洛神的观点和态度,以期用文字说明自己想象中的洛神形象,在卫九鼎《洛神图》中最为典型的就是倪瓒在其画作中以小楷题诗,表达其对洛神形象来源的看法。在这幅单景式的画作中,画家和文学家在文字与图像的配合中其实是在讨论他们对于洛神形象的理解,只是他们所使用的艺术手段不同,而且这样的一种文字和图像的交流显得这幅《洛神赋》作品更具主体性和开放性,使用两种艺术形式的艺术家在无障碍的文图环境中相互交流自己心目中的洛神形象。

在元代卫九鼎之后,此类单景式的《洛神图》广泛流传,也相应形成了与之前长卷连续式《洛神赋图》比肩的另一种图像传统。而且,后来的这种单景式《洛神图》越来越不受《洛神赋》原文的控制,在图像上对洛神形象的描绘也罕有程式化的沿袭,多是文人画家的自主创作。

综上所述，在《洛神赋》与《洛神赋图》的文图互文中，文学家和画家在以不同的艺术手法相互交融，以期为观众创造一个美妙的艺术世界。这种文图互文关系主要体现在两个方面：一是《洛神赋图》的视觉文本对《洛神赋》文学文本的模仿、转义和再现上；二是《洛神赋图》与《洛神赋》在表现艺术的过程中对文字和图像配置方式上。这些文图互文关系在具体的操作中又呈现纷繁复杂的个性特征，但是它们的最终目的依旧是为了在艺术领域开拓出一种图像和文学相交融的多元化艺术世界。

第五节　文图实践中的"洛神"母题

在文图互文关系中创作出来的《洛神赋》与《洛神赋图》逐渐成为古代文学和绘画中的重要艺术主题，而伴随着这一艺术主题的发展及其影响力的扩大，在图文创作的实践中"洛神"成了一种母题形象被广泛地接受和演绎。文学和图像属于两种不同的艺术创作方式，但是在表现"洛神"母题的演进过程中它们对于"洛神"母题的凸显貌似有共同的追求。

一、"洛神"母题的文学创作

在文学创作实践中，"洛神"母题的文学创作可谓历史悠久，历久弥新。前文我们已经介绍了在曹植《洛神赋》出现之前，中国先秦两汉就已经出现了大量以"洛神"（宓妃）为题材的文学创作，许多文学家都进行过相关的文学实践，例如前面已经提及的屈原、司马相如、扬雄、张衡、蔡邕等人。而曹植《洛神赋》的出现是对"洛神"母题文学创作的一次意义重大的超越，他将"洛神"形象中前代所表现的负面因素全部剔除，只留下了一个完美优雅、独立美好的洛神形象。在曹植之后，古代历朝历代的文学家对于"洛神"母题的文学创作并没有结束，相反在各种形式的文学创作中"洛神"及其故事被反复演绎和创新，形成了独特的洛神文化。

根据笔者所见，至少在诗词创作方面就有不下数十人创作过和洛神相关的诗歌作品。同时，随着文学体裁的创新和发展，到了明清以后，"洛神"母题被戏曲和小说这样的通俗文学形式所吸收，出现了各种形式的文学演绎。可以说，"洛神"母题创作出的文学作品在历朝历代都有优秀的作品产生，这里仅以艺术成就较高和具有代表性的作品为例进行分析说明，以期梳理"洛神"母题在文学创作中的大概演绎脉络。

对于"洛神"母题的文学创作大量出现在唐代，这一时期文学家对于《洛神赋》的接受已经成为一种非常普遍的现象。元稹在《卢十九子蒙吟卢七员外洛川怀古六韵，命余和》中写道：

> 闻道卢明府,闲行咏洛神。
>
> 浪圆疑靥笑,波斗忆眉颦。
>
> 蹀躞桥头马,空蒙水上尘。
>
> 草芽犹犯雪,冰岸欲消春。
>
> 寓目终无限,通辞未有因。
>
> 子蒙将此曲,吟似独眠人。①

可见,此时的文人阅读《洛神赋》是一件非常平常的事情,甚至是在平时闲暇时能够用来吟诵自娱的事情,这说明洛神形象在唐代依然是一种文化符号。所以,这一时期的诗歌创作中大量涉及"洛神"母题,例如孟浩然《宴崔明府宅夜观妓》一诗:

> 画堂观妙妓,长夜正留宾。
>
> 烛吐莲花艳,妆成桃李春。
>
> 髻鬟低舞席,衫袖掩歌唇。
>
> 汗湿偏宜粉,罗轻讵着身?
>
> 调移筝柱促,欢会酒杯频。
>
> 倘使曹王见,应嫌洛浦神。②

这首诗虽然没有正面描写洛神,但是它将洛神的美貌与歌姬的容貌进行对比,以一种夸张的方式赞美歌姬的美丽,认为即使是曹植见到这位歌姬也会嫌弃洛神的。诗中虽然认为洛神不及歌姬美丽,但是也可以看到,在唐代人们已经认可洛神是美丽的化身,是美女形象的典型代表。与此相似的诗作还有杜牧的《书情》:

> 谁家洛浦神,十四五来人?
>
> 媚发轻垂额,香衫软着身。
>
> 摘莲红袖湿,窥渌翠蛾频。
>
> 飞鹊徒来往,平阳公主亲。③

这首诗和前一首修辞方式相类似,都是将洛神作为女性美丽形象最高标准,然后将其与要赞美的人进行对比,这种表现手法在中国古代诗歌中也是非常常见的。这里杜牧所要赞美的可能是历史上的平阳公主,他首先将其比喻成"洛神",让读者对作者所要描写的人有一种审美上的期待,然后再逐步对其外貌和服饰进行细致入微的描写,最后点明这位神似洛神的女子的真实身份。

在唐代还有一些文学家,他们对"洛神"形象和母题的创作则是承接了《洛神赋》对洛神形象的描述,在文学创作中以自己的文学想象让洛神形象更加丰满充

---

① 元稹撰,杨军笺注:《元稹集编年笺注·诗歌卷》,三秦出版社 2002 年版,第 178 页。

② 孟浩然撰,李景白校注:《孟浩然诗集校注》,巴蜀书社 1988 年版,第 253 页。

③ 杜牧:《中国古代名家诗文集·杜牧集》,黑龙江人民出版社 2005 年版,第 479 页。

实。例如，温庭筠的《莲花》：

> 绿塘摇滟接星津，轧轧兰桡入白蘋。
>
> 应为洛神波上袜，至今莲蕊有香尘。①

诗人将自然景象中出现的醇美意境与洛神"凌波微步，罗袜生尘"的美好仪态相联系，让洛神清新脱俗的美好形象与大自然的纯洁美景相互映衬，更加显示出诗人对洛神高洁形象的赞美。而对于"洛神"形象情有独钟的诗人李商隐则与一般的文学家关注"洛神"所体现的母题有所不同，他更愿意将洛神与曹植之间的人神之恋作为自己诗歌创作的重点。例如他的《东阿王》：

> 国事分明属灌均，西陵魂断夜来人。
>
> 君王不得为天子，半为当时赋洛神。②

这首诗将曹植政治上的失败归结为对于"洛神"的过分迷恋，当然是对历史的演绎，但是李商隐有意在这里强调曹植对洛神的迷恋与剪不断理还乱的情思。而在另外一首《无题》诗中，李商隐将洛神和曹植之间的爱情写得更加凄婉动人：

> 飒飒东风细雨来，芙蓉塘外有轻雷。
>
> 金蟾啮锁烧香入，玉虎牵丝汲井回。
>
> 贾氏窥帘韩掾少，宓妃留枕魏王才。
>
> 春心莫共花争发，一寸相思一寸灰。③

李商隐很明显是接受了李善的观点，认为洛神就是甄后，曹植与洛神之间的人神之恋只是一种艺术上的隐喻。曹植真正的目的是要祭奠逝去的甄后，在此诗中，作家借用曹丕将甄后遗物玉镂金带枕送给曹植的传说，暗示曹植与甄后间的爱情。诗中对曹植和洛神的爱情故事表现得更加凄美感人，同时加之作者别具一格的诗才让"洛神"母题中的人神之恋被演绎得如歌如泣。

在唐代洛神形象不仅出现在诗歌创作中，晚唐传奇中其形象得到了进一步的丰满，传奇应该算作中国小说的雏形，这种文学形式在内容上和故事性上为"洛神"形象演绎提供了新的可能。裴铏《传奇》中一则发生在唐代太和年间的传奇故事就是其中一例，这则故事也为后来清代蒲松龄《聊斋志异》中的甄后形象奠定了基础。

应该讲在唐代以后，对于"洛神"母题的发掘和创作相对放缓，而且对洛神形象的关注点主要还是在洛神的美丽容貌之上。例如，宋代刘克庄在《杂咏五言八首》中对洛神的美丽形象依旧赞赏有加："燕燕莺莺喻，工于状妇容。不如洛神赋，比拟作惊鸿。"④明代唐寅《和沈石田落花诗三十首之十》："崔徽自写镜中真，

---

① 温庭筠撰，董乡哲译：《温庭筠诗集译意》，三秦出版社 2010 年版，第 479 页。

② 李商隐撰，郑在瀛编：《李商隐诗全集》，崇文书局 2011 年版，第 216 页。

③ 李商隐撰，郑在瀛编：《李商隐诗全集》，崇文书局 2011 年版，第 80 页。

④ 刘克庄著，辛更儒校注：《刘克庄集笺注》（第六册），中华书局 2011 年版，第 2363 页。

洛水谁传赋里神？节序推移比弹指，铅华狼籍又辞春。红颜仙蜕三生骨，紫陌香消一丈尘。绕树百回心语口，明年勾管是何人？"①清代龚自珍《己亥杂诗其一百八十五》："娇小温柔播六亲，兰姨琼妹各沾巾。九泉肯受狂生誉？艺是针神貌洛神。"②他们虽然都在以独特的方式来重新表现自己对洛神形象的赞美，但是毕竟还是在洛神美女形象的这个框架内进行创作，难有新意。

明代汪道昆创作的戏剧《洛水悲》主要描写了甄后魂魄化为洛水之神与曹植了却相思之苦的人神爱情故事。《洛水悲》以神话艺术的方式将李善所宣扬的《洛神赋》主题的"感甄说"化为感性的文学创作，在一定程度上富有新意，也为"洛神"母题中的人神之恋提供了更多的故事版本。

而在小说创作上，蒲松龄的《聊斋志异·甄后》则别具一格。在这篇小说中，甄后被作者赋予了一定的女性思想解放的含义。蒲松龄笔下的甄后依旧美丽动人，充满魅力。不过，蒲松龄显然是在一定程度上接受了洛神形象中独立自主的特点和先秦一些文学家对其淫游无礼的批判，但是蒲松龄并未将其视为洛神光辉人格的污点，而是借此反映女性独立解放的思想。文中，甄后因为被萧旷的音乐所感动，于是在萧旷面前现身，主动提及自己当初曾是曹丕的皇后以及与曹植间的感情际会，而且交代了她恋上曹植以致被文帝怒而幽死的原因是"为慕陈思王之才调"，这里可见这位洛神在爱情面前的奋不顾身。而甄后在说起自己的丈夫曹丕和旧情人曹植时语言很随意，并且她仍然会记挂为自己的美丽而获罪的刘桢。刘桢与洛神仅一面之缘，据《三国志》记载因为其留恋甄后美色，多看了甄后几眼，被曹丕嫉恨，最终获罪。可见，在蒲松龄的笔下"洛神"的形象越来越率真，她不受封建礼教束缚，洒脱不羁，对于传统的夫妻忠诚并不看重，而是更加大胆地追求自己的爱情，这与传统的贞淑女性形象相比颇具现代女性色彩，这是对传统"洛神"母题的一次创新和超越。

从"洛神"母题的文学创作可以看到，文学家对于其内涵的关注有两个方面：一是有关描写洛神美丽容貌和淑雅气质的内容；二是洛神与曹植之间的人神之恋。从历史的角度来讲，"洛神"母题主要是围绕这两个方面进行演变和发展的，在这个过程中，洛神形象被各种不同的文学形式所把握，而且还被赋予了一些新的内涵，例如女性解放和爱情自由等内容。应该说，这些文学创作为丰富"洛神"母题起到了很大的作用。

而在图像创作领域，"洛神"母题又被演绎成什么样的内涵呢？

以《洛神赋》为底本而创作的《洛神赋图》和《洛神图》被视为中国古代绘画艺术的重要图像传承系统，它们在千百年来的继承和创新过程中为"洛神"母题的演变提供了重要的图像依据。前文已经介绍过，目前以"洛神"母题创作的画作

① 唐寅著，周道振、张月尊辑校：《唐伯虎全集》，中国美术学院出版社 2002 年版，第 69 页。
② 龚自珍著，刘逸生、周锡䂮笺注：《龚自珍编年诗注》，浙江古籍出版社 1995 年版，第 677 页。

主要有图写赋文全部情节的《洛神赋图》和仅图写洛神形象的《洛神图》两大类型。而目前存世可见的有三十余件。

根据这些图像是展现全部情节还是单幅作品,可以分为元代之前和元代之后两种"洛神"母题图像类型。这里以元代为界并非以画作创作的年代进行划分,而是在元代前后存在两种主流构图模式不同的图像类型。

二、元代之前的"洛神"母题图像创作类型

元代之前的很长一段时间,《洛神赋》的图像创作是用以图写文的方式将全部赋文情节转化为图像。前面所介绍的九卷存世《洛神赋图》都是元代之前的"洛神"母题图像创作类型。因为存世的传为顾恺之创作的《洛神赋图》最早的祖本应该是在六朝时期创作的,随着其影响力的扩大,从宋代到清代各代都有摹本制作。因此这九卷本依据的是它们属于同一个祖本系统而被称为元代之前的图像类型,而非一定是其创作在元代之前。在这些版本中由于它们与祖本的相似程度不同又有进一步的区分。根据摹本间的构图和图像上表现出来的相似性和差异性,元代之前的"洛神"母题图像类型又可以分为更加接近祖本的六朝类型和在临摹过程中体现一定宋代风格的宋代类型,可见虽然都是以同一祖本为创作的基础,不同版本间对于"洛神"母题的图像展示还是有各自的特色的。

六朝类型的《洛神赋图》主要有辽宁博物馆藏本,北京故宫博物院藏乾隆皇帝题识本《洛神赋图》,弗利尔美术馆藏的两本《洛神赋图》,台北"故宫博物院"藏的丁观鹏《摹顾恺之洛神赋图》和台北"故宫博物院"藏的册页本《洛神赋图》,总共六本。根据陈葆真的研究[①],它们的图像特点主要有:

第一,以连续式构图法表现全本《洛神赋》故事。

第二,将故事情节分为 5 幕 12 景。

第三,图像各伴以相关赋文,有的省去赋文。

第四,背景山水的造型和结构简单。

第五,人物造型质朴。

第六,人物比例大于山水。

而另外一类同属传为顾恺之《洛神赋图》摹本的宋代类型虽在图写故事情节方面遵循六朝原型,但在构图方式和图像表现上则是宋代风格,包括其对于山水背景和复杂人物造型的处理。此类型在构图上又可分为连续式构图与单景式构图。

第一种连续式构图主要有北京故宫博物院藏的《唐人仿顾恺之洛神赋图》和

---

① 陈葆真:《〈洛神赋图〉与中国古代故事画》,浙江大学出版社 2012 年版,第 234 页。

大英博物馆藏本这两个版本,呈现出的图像特征主要是:

第一,仿六朝类型,原则上将全本的故事情节分为 5 幕 12 景。

第二,节录赋文置于框内,伴随相关图像。

第三,背景山水的造型和结构复杂,表现宋代山水画的立体感与空间感。

第四,人物服饰繁复,呈现重量感。

第五,山水比例大于人物。

第二种单景式构图主要指现在藏于北京故宫博物院的一本《洛神赋图》,它目前只存有《洛神赋》赋文中表现曹植描绘洛神部分的图像场景,全套应该是有 12 景组成,并且各自独立构图,而非其他元代之前类型的连续式构图。它的主要特色是背景山水为南宋风格,造型精致,立体感和空间感强。人与物的图像细节表现了宋代的衣饰风格。山水比例大于人物。

六朝类型和宋代类型的《洛神赋图》应该都是以同一祖本进行模仿创作的,主要的差别是背景山水所体现的时代风格上的不同,六朝类型保存了古老的图式,而宋代类型则展示了流传过程中后来模仿者的个性特征。但是,它们之间在构图上并没有根本的区别,即便是单景式《洛神赋图》也运用共同的构图方式表现《洛神赋》的故事情节。不过,这种《洛神赋图》还是在祖本的束缚中进行"洛神"母题的图像创作和演绎,始终未能突破其束缚。简言之,它们还是对《洛神赋》赋文的转译和图写,仅执着于如何还原文学文本的基本故事情节而忽视其艺术内涵的创新,直到元代之后的图像类型出现,这种情况才有所改变。

三、元代之后的"洛神"母题图像创作类型

在中国历史上宋元虽是两个前后相继的朝代,但是在中国绘画史上,这两个朝代的绘画风格可是大为不同。宋代渐兴的文人画传统,在元代得以兴盛。加之元代宫廷绘画的衰落,画坛上几乎以文人为主导。《洛神赋图》的图像传统在整个绘画环境的此消彼长中也产生了新变,从元代开始由文人创作的专门描绘"洛神"形象的单景《洛神图》成为主流,元代以后"洛神"母题图像创作对于《洛神赋》赋文的图译越来越精简并逐渐成为一种趋势。这一类型的主要特征有:

第一,单幅单景构图。

第二,只取洛神为代表性图像。

第三,省去背景,余下相关象征物,如江岸、水面、芙蕖、松、菊等物,以暗示人物图像为洛神。

第四,幅上或录赋文,或题诗,或引用《洛神赋》典故。

卫九鼎《洛神图》为此类代表作。图中洛神以白描写就,凌波而立,轻盈素洁。倪瓒在画中题七绝一首,他的小楷古拙沉静,与此图的风格正好相配。相比于六朝类型《洛神赋图》中的洛神形象,其发式更为简约,后扬的鬟髶不但表现了

轻盈感,也增加了视觉韵律感。[1] 洛神上半身服饰的线条主要呈上下之势,这一后扬的鬓辫正好是横向走势,打破了单纯上下线条的单调,也与洛神下半身飘动的服饰呼应。远景的山水暗示距离非常遥远。画中洛神仅执一把团扇,略去了繁复的饰物,与本幅简约如倪瓒山水画一般的构图,以及描写洛神所用的白描手法,共同营造了不同于前此图写《洛神赋》的新风格。尤其值得一提,画中洛神的一条衣带凌空飘举,虽然画中的洛神安然娴静,但衣带的这一造型,为之增加了灵动的韵律。此前《洛神赋图》中的衣带飘举,几乎是到达水平走向,而卫九鼎的大胆之笔,应是他自己的独特创造。

卫九鼎之后的《洛神图》创作依旧延续这种元代之后的类型,其创作数量也更多,前文已经进行过介绍,此处不再赘述,大致上还是运用单一图像描写洛神,再配以简单的诗文进行暗示和指涉其图像内涵。尽管洛神形象在明清时期广泛流传,出现在不同的媒介之上,但可以说并没有出现溢出此种类型的图像传统。

以"洛神"母题进行的图像创作至少有千年历史,这一图写《洛神赋》的传统一直在发展和延续,甚至今天仍旧有画家对此情有独钟,这也反映出"洛神"母题在中国绘画中的独特地位和重要影响。但是元代之前的图像类型确实只能作为图像对《洛神赋》的忠实模仿,它总是要依附文字,图文并存的方式,使它独立表达对"洛神"母题的认识和新解几乎是不可能的。而以卫九鼎这种单一图像创作为代表的元代之后的图像类型则为传统的"洛神"母题图像创作提供了独立表达的可能性,它们在图像中表达的重要主题就是将"洛神"从《洛神赋》的故事情节中单独提炼出来,在图像中作为一种单独的审美主体。在元代之后的图像类型中,洛神成了图像创制的主要内容,其背后的故事情节和《洛神赋》中讲述的曹植与她之间的人神之恋也被隐藏在广大而深厚的文化背景中,这种类型的图像创作中洛神开始接近于中国的仕女画传统,其神女形象也被画家阐释为具体的女子形象,显得可亲可近。故此,在"洛神"母题的图像创作中其母题主要是表现洛神的美丽形象和飘逸魅力,同时她也越来越靠近人间形象。

总而言之,在图文实践中的"洛神"母题一直都在发展和变化,文学与图像对这一母题的理解和表达在本质上是一致的,它们对于洛神女神形象的理解没有十分相左的看法,但是在演绎和发展的过程中由于具体艺术形式和文化环境的影响不同,对于"洛神"母题理解的着重点也有不同。不过,"洛神"母题在图文互动的二元艺术表现形式中所展现的艺术魅力则使得这个母题成为中国艺术史中不可或缺的一个重要文化艺术符号。

---

[1] 陈葆真:《〈洛神赋图〉与中国古代故事画》,浙江大学出版社 2012 年版,第 259 页。

第五章　文学与图像中的竹林七贤

第一节　《竹林七贤与荣启期》砖画中的七贤形象

竹林七贤历来都是中国文人墨客喜爱传颂的对象，他们早已成为中国历代文人知识分子逃避政治，隐逸山水的标志性形象。竹林七贤故事中最著名的记述就是刘义庆《世说新语·任诞》中所说："陈留阮籍、谯国嵇康、河内山涛，三人年皆相比，康年少亚之。预此契者，沛国刘伶、陈留阮咸、河内向秀、琅邪王戎。七人常集于竹林之下，肆意酣畅，故世谓'竹林七贤'。"①虽然史上对七人是否常聚竹林时有争论，但他们确有着很多共同的人生理念，虽然深究起来，他们之间的差异和共性简直是一样大，但文人雅士仍然坚持把他们放在一个共同的文学或图画主题里，中国历代从未断绝过关于竹林七贤的文学与绘画作品。无论是《世说新语·巧艺》还是《历代名画记》都记载了顾恺之对嵇康的向往，特别是他非常喜欢嵇康的《赠秀才入军》诗，将其画成一幅画，并说："手挥五弦易，目送归鸿难。"张彦远非常称赞顾恺之的《竹林七贤图》，并说："唯嵇生一像欲佳，其余虽不妙合，以比前诸竹林之画，莫能及者。"②由此看来，顾恺之的竹林七贤像在当时同类画像中是非常突出的。此外，史道硕、戴逵、陆探微、宗炳、毛惠远、谢稚等都曾以竹林七贤为题材作画，其中以实物流传至今最为著名的作品就是南京西善桥大型砖印壁画《竹林七贤与荣启期》。《竹林七贤与荣启期》大型砖印壁画目前有三处：一为 1960 年南京西善桥南朝砖墓出土，③另两处为 1968 年丹阳胡桥吴家村及建山金家村的两座南齐墓。④ 据考证，丹阳墓为南齐帝王陵寝，⑤南京西

---

① 余嘉锡：《世说新语笺疏》，中华书局 2011 年版，第 628 页。
② 张彦远：《历代名画记》，人民美术出版社 1964 年版，第 98、107 页。
③ 中国美术全集编辑委员会编：《中国美术全集·绘画编 1 原始社会至南北朝绘画》，人民美术出版社 1986 年版，第 144—147 页。
④ 南京博物院：《江苏丹阳胡桥南朝大墓及砖刻壁画》，《文物》1974 年第 2 期。
⑤ 罗宗真：《江苏丹阳胡桥六朝大墓及砖刻壁画》，《文物》1974 年第 2 期。尤振尧：《江苏丹阳胡桥、建山两座南朝墓葬》，《文物》1980 年第 2 期。

善桥墓为东晋至南朝初皇室亲王墓葬。[①] 丹阳墓葬残缺较多,南京西善桥的《竹林七贤与荣启期》却保存极为完整,图像作浮雕形式,具有很强的立体感,且整个画面融图画、雕刻、设色于一体,给人以强烈的立体感与视觉冲击,极为珍贵,现藏于南京博物院。《竹林七贤与荣启期》砖画是现今已发现的最早的魏晋人物画实物,也是现存最早的竹林七贤人物组图。砖画图共有两幅,各长2.44米,高0.88米,由砖石300多块砌成,分别嵌于墓室南北两壁中部,墓室南壁砖画对称排列,自外而内依次是嵇康、阮籍、山涛、王戎四人,北壁自外而内依次是向秀、刘伶、阮咸、荣启期四人,每个人物上面有榜题名字对应,字体处于楷隶之间。间以银杏、垂柳、阔叶竹、长松、槐树为背景,营造了贤人坐树下沉思的意境,树形婀娜多姿,既富有装饰意味,又烘托了一种安然悠闲的氛围,同时又把整体的砖画分割成不同的组成部分,对构图起到了重要作用。整幅砖画潇洒飘逸的线条与坚硬的砖墙壁形成对比,正如竹林七贤的柔韧与残酷的时代所形成的对比一样给人以强烈的震撼,他们的形象如坚硬的岩石上灿然生长的茅草与绿树,既给人以无限的惊叹,又给人以莫名的惆怅之感,这种柔顺的倔强在荒蛮的时代里凸显着自身的生硬与安详,在无奈的沉默中坦然接受着世界的荒诞与冷酷。谢赫《画论》中把绘画的"气韵生动"作为绘画"六法"之首,张彦远《历代名画记》中也认为"气韵生动"是"形似"与"骨气"兼备的结果,无论怎样,《竹林七贤与荣启期》都已达到了形神兼备,气韵生动的艺术效果。

至于《竹林七贤与荣启期》的作者,金维诺认为是戴逵,[②]林树中、武翔认为是陆探微,[③]罗宗真、谢稚柳等认为是顾恺之,宿白也指出以竹林七贤为题材的绘画作品与顾恺之的密切关系,[④]尤振尧等认为直接出自工匠之手,[⑤]杨泓则认为"把这几幅砖画及各墓中出土的其余砖画,视为了解这一历史阶段,即以顾恺之为代表的东晋南朝绘画新风格的典型标本,看来比硬去确认它一定是哪一名家的手笔更接近客观事物的原貌"[⑥]。无论砖画作者是谁,其卓越的艺术成就都是令世人震惊的,特别是它为我们理解当时的绘画风格及审美风尚提供了实物的印证。砖画上八位高士均席地而坐,姿态、神情与服饰各不相同,均根据不同的性格特征与传说典故刻画,人物神态大都心气沉郁,只有嵇康抬头远望,给人以不屈不挠,志在高远的感觉。图中嵇康头梳双髻,双手弹琴,赤足坐于垫上,右

---

① 罗宗真:《南京西善桥南朝墓及其砖刻壁画》,《文物》1960年第8、9期。
② 金维诺:《我国古代杰出的雕塑家戴逵和戴颙》,《人民日报》1961年5月24日。
③ 林树中:《江苏丹阳南齐陵墓砖印壁画探讨》,《文物》1977年1期;武翔:《江苏六朝画像砖研究》,《东南文化》1997年第1期。
④ 宿白:《张彦远和〈历代名画记〉》,文物出版社2008年版,第43页。
⑤ 尤振尧:《江苏丹阳胡桥、建山两座南朝墓葬》,《文物》1980年第2期。
⑥ 杨泓:《东晋、南朝拼镶砖画的源流及演变》,文物出版社编辑部:《文物与考古论集》,文物出版社1986年版,第225页。

为一株银杏树,呈双枝树形,是《晋书·嵇康传》"弹琴咏诗自足于怀"的再现。嵇康是七贤中最超绝、最坚决与世俗政权对抗的人物,宁愿赴死也不改独立志向,也就是他自己《释私论》中所说的"越名教而任自然"。①《五言赠秀才》诗显示出他知道"云网塞四区","世路多崄巇",深明"谋极身必危"的道理,自己也很想"自谓绝尘埃","慷慨高山陂",但孤傲的个性终使他在这个人人自危险恶无比的政治环境中无法"逍遥游太清",所以《世说新语·栖逸》中记载当他游于汲郡山中遇见道士孙登的时候,孙登就说他"君才则高矣,保身之道不足"。②抗拒时势乃是嵇康刚强性格所致,陈寅恪指出他"为曹孟德曾孙女婿",姻亲关系仅是其一面,并不是他拒绝投降的根本理由,阮籍就是靠着醉酒摆脱了与司马联姻的困局的。很显然,嵇康不愿意采取像阮籍那样屈身自保的策略,而这正是《竹林七贤与荣启期》画像中嵇康目光高远的根本原因,他始终以自己的好恶与原则为依据,决不低眉屈辱自己以保身心。《世说新语·文学》也曾描写钟会对嵇康既畏惧又希望得到认可的心理:"钟会撰《四本论》始毕,甚欲使嵇公一见,置怀中,既定,畏其难,怀不敢出,于户外遥掷,便回急走。"③陈寅恪《书世说新语文学类钟会撰四本论始毕条后》曾就钟会与嵇康的关系说:"今考嵇、钟两人,虽为政治上之死敌,而表面上仍相往还,终因毋丘俭举兵,士季竟劝司马氏杀害叔夜。"④但嵇康对钟会如何呢?《世说新语·简傲》说:"钟士季精有才理,先不识嵇康,钟要于时贤俊者之士,俱往寻康。康方大树下锻,向子期为佐鼓排。康扬槌不辍,傍若无人,移时不交一言。钟起去,康曰:'何所闻而来?何所见而去?'钟曰:'闻所闻而来,见所见而去。'"⑤嵇康的挑战姿态无疑直接导致了钟会的憎恨与诬告,最后被杀于东市。他与山涛的绝交也是一样,山涛将要从政做官,临行前推举嵇康,但遭到了嵇康毅然的拒绝,并写出了著名的《与山巨源绝交书》,不惜展示自己"醒醒"的一面,以显示不屑与其为伍的决心。砖画中八人的神情只有嵇康的脸稍微昂天朝上,表明他宁死不屈的决心,所以《世说新语·雅量》关于他临死前弹奏《广陵散》的描述正是他心高气傲的准确表现:"嵇中散临刑东市,神气不变,索琴弹之,奏《广陵散》。曲终,曰:'袁孝尼尝请学此散,吾靳固不与,《广陵散》于今绝矣!'"⑥所以画中描绘了他仪态舒展、坚信自我的坐像,由画像可见其神情高远,志坚洒脱,不为外物所动的豪迈情怀。嵇康《送秀才入军》中说:"息徒兰圃,秣马华山。流磻平皋,垂纶长川。目送归鸿,手挥五弦。俯仰自得,游心太玄。嘉彼钓叟,得鱼忘筌。郢人逝矣,谁与尽言。"游荡在长满兰草的田野之

① 嵇康著,戴明扬校注:《嵇康集》,人民文学出版社 1962 年版,第 234 页。
② 刘义庆著,张㧑之译注:《世说新语译注》,上海古籍出版社 1996 年版,第 552 页。
③ 刘义庆著,张㧑之译注:《世说新语译注》,上海古籍出版社 1996 年版,第 151 页。
④ 陈寅恪:《金明馆丛稿初编》,三联书店 2001 年版,第 54 页。
⑤ 刘义庆著,张㧑之译注:《世说新语译注》,上海古籍出版社 1996 年版,第 648 页。
⑥ 刘义庆著,张㧑之译注:《世说新语译注》,上海古籍出版社 1996 年版,第 278 页。

上,在鲜花遍野的山坡上放马,弋鸟钓鱼,目送归鸿,手挥五弦,无不是隐士们所向往的志在山水,心游万仞,人道合一的境界,嵇康用形象的语言表达自己崇高的人生理想与信念,但这种飘然世外,悠然自得的神情仅能在想象之中神会心契,要在现实之中、在绘画之中表达出来就很难了,所以顾恺之说"手挥五弦易,目送归鸿难"。而此画作正是表现嵇康手挥五弦,目送归鸿,心游物外,与造化归一的精神境界,可以说嵇康之性格孤傲,神态飘逸,气定神闲尽在其悠然举目远望之间,这也是他自己所向往的"目送归鸿"的情景。当年梅兰芳在日本人占领上海时画竹于墙上,题诗"傲骨迎风舞,虚怀抱竹坚",并蓄须以明志向,应该是想到了嵇康凌然于东市及其"《广陵散》于今绝矣"的名言吧。

图5-1 竹林七贤与荣启期砖刻画——嵇康像,作者不详,南京博物院藏

砖画中嵇康挥手拨弄膝盖上的古琴,古琴的选择不仅体现了嵇康作为一个音乐家的基本身份,更通过古琴的形象加强了整幅画作的隐逸情调。古琴在中国传统中是一件十分具有人文韵味的文化道具,是古代文人高士的标志性因素,钟子期与伯牙知"音"的故事更加深了这种高洁与神秘之感,这也是我们在古代隐逸画中能常常看到文人携琴或侍童抱琴在山中游玩的根本原因。悠然抚琴的神态使我们对嵇康产生了无限的遐想:孤傲的性情,诗、书、画、乐兼善的天才,打铁饮酒的潇洒,英年被害的惨痛,从容就义的豪迈都融入了这看似简单的图像之中,因为它抓住了嵇康遗世独立的超拔神情,我们似乎从图画中聆听到了嵇康那"此时无声胜有声"的《广陵散》,看似虚无缥缈的主题却精准地表达了嵇康的

向往与个性。嵇康与陶渊明对音乐的相似态度更能使我们明白音乐对当时文人的重要意义，此砖画八人中就有嵇康、阮咸、荣启期三人以音乐为主题。

陶渊明的诗句中有很多地方提到了音乐与琴，如《归去来兮辞》中"悦亲戚之情话，乐琴书以消忧"，《闲情赋》中"泛清瑟以自欣"，《和郭主簿》中"息交游闲艺，卧起弄书琴"，《自祭文》中"欣以素牍，和以七弦"等，但陶渊明岂是一个如嵇康一样能写出《声无哀乐论》的音乐家呢？他甚至是一个对音乐并不内行的人，正如沈约《陶潜传》所说："潜不解音声，而蓄素琴一张，无弦，每有酒适，辄抚弄以寄其意。"正如昭明太子撰《陶渊明传》中所说的："渊明不解音律，而蓄无弦琴一张，每酒适辄抚弄以寄其意。"①《南史·隐逸列传》也有相同记载。正如《庄子·齐物论》所说："有成与亏，故昭氏之鼓琴也；无成与亏，故昭氏之不鼓琴也。"有现实的鼓琴，也有心中想象体验到的鼓琴，但识琴中趣，何劳弦上声？陶渊明的音乐只有他自己才能体会到吧。很显然，陶渊明注重的并不是人造的声律，而是庄子所谓天籁，抚弄琴弦发出的乃是琴的天籁，天籁的寄托哪是人为的乐曲所能表达的呢？这是竹林七贤和那些隐逸山水的文人的一个终极理想，追求《老子》所谓"听之不足闻""大音希声"的最高境界，在整个音乐行为过程中对现实物理声音的听觉行为被对高远的道的体验所代替。所以《庄子·让王》中讲到颜回"家贫居卑"，不愿仕，且"鼓琴足以自娱"，不仅仅是因为颜回有足够的"丝田"，更是因为颜回"所学夫子之道足以自乐"。这种自娱自乐如果没有"道"的支撑是不可能的，正如"手挥五弦"如果没有"心游万仞"的支撑一样，不能体现"道"的音乐与艺术对那些求"道"的隐士来说是毫无意义的，这也是孔子"穷于陈蔡之间，七日不火食"而犹能"弦歌于室内"的根本原因。孔子与颜回的"弦歌"并不是《庄子·盗跖》篇中盗跖所说的众人之情"耳欲听声"，而是求"道"的一种方式与途径。可以想象，此时孔子与颜回的音乐，正如嵇康与陶潜的音乐一样，并不是那种急管繁弦的发泄与抗争，而是阮籍所谓的"五声无味"的恬淡之乐，这种恬淡之乐又怎能满足众人声色犬马的要求呢？所以《庄子·天运》中批评了那种不能欣赏这种终极"无言而心悦"的"天乐"的人："故有焱氏为之颂曰：'听之不闻其声，视之不见其形，充满天地，苞裹六极。'汝欲听之而无接焉，而故惑也。"②正如郭庆藩所说："至乐寂寥，超于视听，故幽冥昏暗而无声响矣。"③但这种"无乐之乐"的"乐之至"即终极的音乐又有谁能真正体会到呢？正如又有谁能从《竹林七贤与荣启期》中体认到嵇康"手挥五弦""目送归鸿"的精神境界呢？所以《老子》十二章说"五音令人耳聋"，《庄子·天地》也说"五声乱耳"，一般的庸人是不能在"听乎无声"之中"独闻和焉"的，所谓心静声淡、琴手俱忘的境界也只有那些心志高远的

---

① 袁行霈：《陶渊明集笺注》，中华书局 2003 年版，第 609、612 页。
② 陈鼓应：《庄子今注今译》，中华书局 1983 年版，第 66、367、761 页。
③ 郭庆藩：《庄子集释》，中华书局 1961 年版，第 509 页。

高士才能达到吧！博得众彩的繁手淫声何时与那些曲高和寡的阳春白雪和谐相处过呢？嵇康的书法也表现了他超凡脱俗的个性，唐张怀瓘甚至说他的书法"意不在乎笔墨，若高逸之士，虽在布衣，有傲然之色"。[①] 嵇康正直、高傲、刚毅、反叛，不肯随俗，这正是鲁迅在魏晋士人中最推崇嵇康的原因，所以费时二十余年不断修订《嵇康集》。但鲁迅也看到了嵇康的另一面，嵇康临死前在《诫子书》中告诫儿子的各种琐碎的话，和秉性高傲的嵇康判若两人，而这也是嵇康另一面真实的写照，反映了他对隐士孙登告诫的话的反思，及对现实人生的深察与无奈，这与阮籍反对儿子加入竹林之游的告诫形成了呼应。

图5-2　竹林七贤与荣启期砖刻画——阮籍像

　　竹林七贤另一重要人物，也是砖画南壁自外而内的第二人物阮籍。他身后为一棵槐树，与嵇康相对，由一棵双枝松树相隔。图中阮籍头戴帻，身着长袍，赤足坐垫上，左手支垫，右手置膝上，侧身吹指作啸状，或作饮酒状，身前有酒器置于盘中。他的重要特征可以说是隐忍，《晋书》列传十九《阮籍传》说他看见礼俗之人就用白眼，由此遭到礼仪之人忌恨。这应该是他的早期，但随着时势险恶的加剧，自己愈来愈深地卷入政治的漩涡之中，内心的斗争也愈来愈尖锐，《咏怀》诗其五与其六十三便发出了"一身不自保""何况恋妻子""终身履薄冰，谁知我心

①　华东师范大学古籍整理研究室选编：《历代书法论文选》，上海书画出版社1979年版，第185页。

焦"的叹息，①胸中所怀的"汤火"已经不能以青白眼来解决了，只能如《世说新语·德行》所说的"至慎，每与之言，言皆玄远，未尝臧否人物"，②以玄远的诗歌来寄托自我，最后竟到了连醉六十日，晋文帝无法提亲的地步，这种"终日不开一言"的做法竟使老谋深算的钟会也无可奈何。《大人先生传》中把"惟法是修，惟礼是克"的君子当作裤裆中"逃乎深缝，匿乎坏絮，自以为吉宅也"的群虱的豪情也渐渐飘散了，只剩下了钟嵘《诗品》所说的"言在耳目之内，情寄八荒之表"，"厥旨渊放，归趣难求"。③ 刘勰在《文心雕龙》中也说他"阮旨遥深"，"响逸而调远"。④ 其实阮籍的基本风格也是如此，虽然王戎也说跟随嵇康二十年，未尝"见其喜愠之色"，从他与钟会的关系来看，嵇康的激愤与阮籍的"精神自损消"是根本不同的，因为阮籍所担心的"但恐须臾间，魂气随风飘"，嵇康并不担心，阮籍就是靠自己的隐忍来自全的，虽然多次辞官，"遗落世事"，但仍然"恒游府内，朝宴必与焉"，虽然"礼法之士疾之若仇"，而"帝每保护之"，他的隐忍被司马昭叹为"至慎"。所以鲁迅在《魏晋风度及文章与药及酒之关系》中比较阮籍与嵇康时说："嵇阮二人的脾气都很大；阮籍老年时改得很好，嵇康就始终都是极坏的。……后来阮籍竟做到'口不臧否人物'的地步，嵇康却全不改变。结果阮得终其天年，而嵇竟丧于司马氏之手，与孔融何晏等一样，遭了不幸的杀害。这大概是因为吃药和吃酒之分的缘故：吃药可以成仙，仙是可以骄视俗人的；饮酒不会成仙，所以敷衍了事。"⑤然阮籍外表的中和冲淡里压抑着不可遏止的痛心与焦虑，"贤者处蒿莱"并不是很情愿的，所谓"泪下沾衣裳""忧伤以终老"乃是面对惊惧险恶环境的必然代价。砖画上我们看到的阮籍是隐忍之后的阮籍，他的主要特征就是饮酒，以酒来抵抗一切，酒壶，酒杯，神情淡然，身体弯曲，正是他压制自我身心以适应周遭环境的象征。在所有画像中，阮籍是最沉浸自我的一个，他右手举着酒壶，两眼专注于酒的神情，特别是左手伏地，好似饮酒正酣，已不胜酒力。如《世说新语·容止》中所谓"其醉也，傀俄若玉山之将崩"，而身后的松树及飘然富有动感的衣物无疑也是对"肃肃如松下风，高而徐引""岩岩若孤松之独立"的描写的刻画。

当然阮籍的酒也是竹林隐士们共同的话题与爱好，如酒是陶渊明诗歌的基本主题一样，后来的李白、苏东坡无不如此。《世说新语·任诞》大都是关于酒的故事：竹林七贤大都"肆意酣畅"，阮籍也是如此，"胸中垒块，须酒浇之"。阮籍之醉酒与其说是解脱倒不如说是麻醉，即使是在母亲去世的时候仍然"进酒肉"，

---

① 阮籍著，李志均等点校：《阮籍集》，上海古籍出版社 1978 年版，第 85、122 页。

② 刘义庆著，张㧑之译注：《世说新语译注》，上海古籍出版社 1996 年版，第 11 页。

③ 周振甫：《〈诗品〉译注》，江苏教育出版社 2006 年版，第 44 页。

④ 刘勰：《文心雕龙·明诗》，范文澜《文心雕龙注》上，中华书局 1958 年版，第 67 页。刘勰：《文心雕龙·体性》，范文澜《文心雕龙注》下，中华书局 1958 年版，第 506 页。

⑤ 鲁迅：《鲁迅全集》第三卷，人民文学出版社 2005 年版，第 532 页。

他要求担任步兵校尉一职就是因为那里"厨中有贮酒数百斛",虽然还没达到刘伶酒醉"脱衣裸形在屋中"的地步。阮籍与山涛背坐,中有一槐树相隔。图中山涛头裹巾,赤足曲膝坐于垫上,挽袖露手,左手执杯,前置酒器,是《晋书·山涛传》"涛饮酒至八斗方醉,极本量而止"的呈现。山涛的形象虽也以酒为主题,不过他的形象与阮籍的形象形成了鲜明的对比与对称:阮籍右手举杯,山涛左手举杯,阮籍左手触地,山涛右手放在半空之中,似乎在言说什么。阮籍的面容清癯,双目沉浸在杯酒之中,神情淡然,目无旁视,心无杂念,微微倾斜的身体正是已不胜酒力的说明。但山涛身材魁梧挺立,神志清醒,从容优雅,充满了入世的情怀,目光注视着对酒之人,似乎在言谈着"正事",显示了山涛"别调"的基本性格。整幅画面充满了一种世俗的情怀,这与嵇康《与山巨源绝交书》中所描写的"足下旁通,多可而少怪;吾直性狭中,多所不堪"①的基本性情是一致的,然而正是这种世俗性情使得嵇康临终把自己的幼孤托付于他,依垂的杨柳正与他笔挺的身材形成了对比,也与前两者身旁的树木形成对比:嵇康面对的松树挺拔玉立,正如他宁折不屈的性格,阮籍身后的松树郁郁沉沉正如他口不臧否人物的隐忍,山涛的性格则是随波逐流,如杨柳之随风飘摇,树木之神情与人之神情相对应,树木之弯曲度也随人物性格之弯曲度相适应。嵇康之挺拔身躯也与山涛之挺拔身躯相对应,但其二者之政治取向却形成了另一个层面的对比,这一切都是他们内心世界价值观念的真实反应,也是砖画艺术家对二者精神与外貌多角度关联的深刻体察。从画中人的手中之物也可看出被画者的基本特点:嵇康手中是琴;阮籍手中是酒杯;山涛手中虽然也是酒杯,但其神情更像是在交谈,酒并不是图画的焦点;王戎手中的则是如意,这个既象征舒适,又充满世俗情趣的装饰之物正反映了他的入世之深,其神情也是表里如一了。阮籍沉浸酒力之中,没有像嵇康那样引颈就戮,而是"寿终",但阮籍的"寿终"之路显得如此漫长而又时刻充满着悲苦,他在为司马昭写出接受封爵的《劝进表》后不久便在悲愤、失望、自责中离开了人世,年五十四岁,为"终生履薄冰"画上了句号。这个年龄虽说"寿终",但无论是和高升仕途的山涛、王戎相比,还是与最终归隐的刘伶相比都不过是短命而已。在文学史上对阮籍批评最有代表性的就是宋人叶梦得的《避暑录话》,他说阮籍为"诡谲"之士,是"佯欲远昭而阴实附之",因为"礼法之士疾籍如仇,昭则每为保护",他的"保全"其实也不过是他自己所说的处在裤裆之中"偶不遭火焚"的群虱之一罢了。余嘉锡笺疏《世说新语》也采取了这个说法,他说:"观阮籍《咏怀诗》,则籍之附昭,或非其本心。然既已惧死而畏势,自昵于昭,为昭所亲爱,……恐一旦司马氏事败,以逆党见诛,故沉湎于酒,阳狂放诞,外示疏远,以避祸耳。后人谓籍之自放礼法之外,端为免司马昭之猜忌及钟会辈之馋毁,非也。"又云:"嗣宗阳狂玩世,志求苟免,知括囊之无咎,故纵酒以自全。然不免草

---

① 嵇康著,戴明扬校注:《嵇康集》,人民文学出版社 1962 年版,第 113 页。

劝进之文词,为马昭之狎客,智虽足多,行固无取。"①与嵇康相比,阮籍的行为谈不上与翠竹、古琴一般的高雅,他内心的苦闷与争斗也谈不上老庄的宁静自然,他的无奈不过是千古文人雅士躲避政治灾祸的常态而已。

图5-3 竹林七贤与荣启期砖刻画——王戎像

山涛对面为王戎,中有一柳树相隔。图中王戎头露髻,仰首、曲膝,赤足坐于垫上,左手靠几,右手弄一如意,前置酒具,后为一株银杏,正是《晋书》列传十三《王戎传》"为人短小任率,不修威仪,善发谈端"及庾信《对酒歌》"王戎如意舞"的表现。王戎位于南壁砖画最后一位,也是竹林七贤中年龄最小的一位,画中的王戎像也稍显年少,其出身富贵,家有万贯,但喜欢清谈。竹林七贤中他比较崇尚山涛,所以画像也相对而坐,他和山涛一样最后做官到位列三公,也是七贤中的"别调",只不过比山涛走得更远。如果说山涛以孔孟为旨归的话,那王戎的世俗之气已成为他文学及绘画形象的基本特点:他为人吝啬,最后与权贵彻底妥协,以致彻底丧失了早期的竹林之气。画中的王戎,身靠钱柜,面对元宝,手舞如意,都是他彰显自己身份富贵的表现。当然,酒也是他必不可少之物,所以也有酒壶相伴。王戎跷脚屈身,神情慵懒,充分显示其悠然自得无所事事而又畅谈不已的样子,甚至给人似在享受辩难对方取胜的快意的感觉,至于他手中的如意正来自

① 余嘉锡:《世说新语笺疏》,中华书局1983年版,第537、729页。

庾信《对酒歌》中的"王戎舞如意"。如意虽是文人雅士清谈之工具,但依照梁简文帝萧纲诗中的描绘,"腕动苔花玉,衫随如意风",如意清谈已和嵇康之政治决绝不可同日而语了。图画中王戎有聪明伶俐、身材短小的特点,很容易使人想起他"树在道边而多子,必苦李也"的少年智慧。《世说新语·伤逝》曾记载王戎说:"王濬冲为尚书令,著公服,乘轺车,经黄公酒垆下过。顾谓后车客:'吾昔与嵇叔夜、阮嗣宗共酣饮于此垆。竹林之游,亦预其末。自嵇生夭、阮公亡以来,便为时所羁绁。今日视此虽近,邈若山河。'"①晚唐诗人陆龟蒙《和袭美春夕酒醒》一诗中说"几年无事傍江湖,醉倒黄公旧酒垆"也是指此事。这番看似简单的话语正准确道出了王戎复杂矛盾的内心世界:身处庙堂之上,心在江湖之间,身着官服,坐在轻便的马车上却以过去的竹林轶事为荣。他回忆自己当初的潇洒自由,情不自禁地说出这样令人扼腕的话:自嵇康早逝,阮籍亡故以来,自己为时势所累,路过旧游之地,恍然有隔世之感。但这种看似自我辩解又有自我解嘲意味的叹息实是双栖两好的心态,乃是大多数中国传统文人知识分子一直追求的"内圣外王"效果。《晋书·王戎传》曾记载王戎"观猛兽而神色自若",识"道边多子苦李"的少年老成,显示了他在应变世态时的超人智慧,这与他"醉倒黄公旧酒垆"作高远襟怀名士姿态的自我欣赏,甚至是爱财如命、士无特操、无事傍江湖的基本倾向都是一致的。在政治失准的残酷时代,他既没有像嵇康那样英勇赴死,也没有像阮籍那样以醉酒自保,而是主动投靠了司马氏,这在当时士人之中应该是很具有代表性的,戴逵《竹林七贤论》中说王戎"晦默于危乱之际,获免忧祸,既明且哲,于是在矣",是很有道理的,这是动乱之际部分软弱文人切肤之体会。至于余嘉锡认为戴逵的评价乃是出于"名士相为护惜","阿私所好,非公论也",则是从另一个角度指出了二者同病相怜,同时也与希望"九一八"事变之后的中国知识分子能挺身救国,反对《世说新语》清谈误国的想法密切相关,但文人知识分子又有多少能如嵇康那样挺身而出的呢,即便如反复批评山涛、王戎行为的文人们自己,正如庄子所说"论则贱之,行则下之",也是政治残酷环境中知识分子另一常态。至于王戎对过去的留恋与惋惜更多的不是一种忧愤,而是一种自我的欣赏,所以图画中描写他以酒、钱、如意为伴,神态悠闲,弯腰屈膝,多有自我欣赏的意味,似在卖弄自己少年多智的姿态,是非常准确反映了他的内心世界与价值理念的。砖画八人中,王戎特有的身体造型也是令人值得思考的问题之一。

南面四人画像,一高一低,错落有致,嵇康身体直立,但悠然自得,阮籍身体稍屈,是由于沉于酒力,山涛身体挺拔是由于他自我形象的控制,至于王戎身材既小,又弯曲不直,并不像《世说新语》所说的他为母亲去世因"死孝"而形成的所谓"哀毁骨立",而更多是卑躬屈膝而又自我欣赏的意味,真是画者对他政治态度与人生准的所作的生动形象的刻画。王戎家资万贯,富甲京城,却对女儿女婿吝

---

① 刘义庆著,张㧑之译注:《世说新语译注》,上海古籍出版社 1996 年版,第 538—539 页。

啬无比,犹如莎士比亚《威尼斯商人》中的夏洛克。《世说新语》对王戎贪婪吝啬的特点有精彩的描述,其"俭啬"一篇共九条,有四条都是记载王戎的,可见其吝啬之有名。在血腥残忍的八王之乱中与时沉浮,随势卷舒,随波逐流,最终安然无恙的机巧也是七贤中较为少见的。所以颜延之《五君咏》为嵇康、阮籍、刘伶、阮咸、向秀五人各为一诗,但并没有山涛、王戎二人,就因为二者世俗之心均盛,图中山涛身躯的笔挺来自他对自身能适应世俗的信心,而王戎身躯的柔曲则来自他身材的短小与自己"不欲为异"隐忍保全的策略,其在政治形态上的表现都是一致的。萧统因为颜延之《五君咏》没有山涛、王戎,又作了《咏山涛王戎诗二首并序》,说:"山公弘识量,早厕竹林欢。聿来值英主,身游廊庙端。位隆五教职,才周五品官。为君翻已易,居臣良不难。""濬冲如萧散,薄莫至中台。徵神归鉴景,晦行属聚财。嵇生袭玄夜,阮籍变青灰。留连追宴绪,垆下独徘徊。"①萧统说山涛也是以他从政为主,所谓"为君翻已易""位隆五教职","为人臣"不难的是山涛,但对于嵇康、阮籍却比登天还难。至于王戎主要提到他"晦行属聚财"和在嵇康、阮籍去世后的"垆下独徘徊",说他身居庙堂之上,仍然怀念着早期的山林之游与酒肆的欢乐,"性简要,不治仪望,自遇甚薄"的标榜与"产业过丰"的对比都充分说明了他内心的真正抉择,所以说砖画更直接鲜明地刻画了他的内心世界和现实价值取向。由此看来,山涛与王戎作为竹林七贤中最有争议的人物,其争议并不仅仅是儒道人生观的争议,而是山涛、王戎自身矛盾性的争议,王戎的世俗性早已是竹林之中众所周知的事实,正如《世说新语》所说,当嵇康、阮籍、山涛、刘伶在竹林酣饮的时候,面对王戎的到来,阮籍说:"俗物已复来败人意!"这个俗人又来败坏我们的雅兴了,王戎便笑着回答:"卿辈意,亦复可败邪?"你们的雅兴也是可以败坏的吗? 一般人在引用该文的时候往往仅仅强调阮籍对王戎"俗物"的评价,《世说新语》也把此段归入《排调》一章,以说明阮籍对王戎的嘲笑戏弄最让人感兴趣,然而,王戎的回答不正揭示了阮籍的矛盾之处吗? 想极力借助酒力超然脱俗的人又何尝脱俗了呢? 王戎也许正如他自己在儿子早逝时所说的"情之所钟,正在我辈",他既不能达到"圣人忘情"的地步——这个地步可以用嵇康来表示,也没有达到"最下不及情"的地步,他仅仅是一个平常的人,他对儿子的情感与对母亲的情感和对世俗权势的情感都是一样的,他不过是残酷政治斗争中知识分子常态之一种代表而已。

倚树面对观者沉思的向秀是第二组图的第一位,这是唯一一位直面我们观者的画像。画中的向秀头戴垂带帻,一肩袒露,赤足盘膝坐于垫上,斜倚银杏树,闭目沉思,神情萧索,是八人中唯一有愁苦神情的人,似在向众人无声地表达他对人生与世界荒诞的无奈。庶族出身的向秀既没有嵇康显赫的背景,也没有他"身长七尺八寸""孤松独立""龙章凤姿"的容貌,没有阮籍整天沉醉在酒中的大

---

① 逯钦立辑校:《先秦汉魏晋南北朝诗》,中华书局 1982 年版,第 1795 页。

图5-4　竹林七贤与荣启期砖刻画——向秀像

祸大福,也没有王戎屈伸自由的处世技巧,更没有山涛的飞黄腾达,他只是一介喜好老庄,也能解读老庄曲尽其妙的文儒而已。山涛之所以愿与他为友,就是因为他解读老庄使山涛体会到了高妙玄远的境界,有一种"出尘埃而窥绝冥"的感觉。向秀注《庄子》实是郭象注《庄子》的先驱,无论是郭象"述而广之"还是"窃以为己注"都说明了向秀对老庄研究的独特贡献,虽然此前嵇康曾劝他放弃注庄子的想法,但最后还是他说服了嵇康,甚至使好友吕安发出了"庄周不死"的感叹。向秀注《庄子》中的儒道互补、以儒为进以道为退的基本态度正是他人生理念的曲折表达。其实,《论语》中孔子不也说过"天下有道则见,无道则隐","邦有道,不废;邦无道,免于刑戮"吗? 由此可见,孔子并不是在任何时候都主张入世的,在无道的乱世,他的主张也是像阮籍那样逃避,只不过他主张的是隐居山水之中,而不是隐居在酒罐之间。"宁武子,邦有道,则知;邦无道,则愚。其知可及也,其愚不可及也。"①(《论语·公冶长》)"邦有道,危言危行;邦无道,危行言逊。"②(《论语·宪问》)"邦有道,贫且贱焉,耻也;邦无道,富且贵焉,耻也。"③(《论语·泰伯》)"饭疏食饮水,曲肱而枕之,乐亦在其中矣。不义而富且贵,于我

---

① 杨伯峻:《论语译注》,中华书局1980年版,第50页。
② 杨伯峻:《论语译注》,中华书局1980年版,第146页。
③ 杨伯峻:《论语译注》,中华书局1980年版,第82页。

如浮云。"①(《论语·述而》)所谓国家政治清明的时候就表现正直,积极从政,得到重用,混乱的时候就难得糊涂,言行谦和,逃避刑罚,出世与入世两种看似对立的态度一直都是和谐地统一在孔子的人生理想里。然而现实与历史的逻辑告诉我们:处在动乱之中的时势难道不是更需要拯救吗? 虽然这种拯救并不是老庄那样的自我解脱,更不是山涛、王戎那样的随顺潮流,嵇康的愤然抗争却正是孔子都有些无法企及的济世救人悲天怜人的情怀。所以向秀在心理上崇尚嵇康,甚至是有些心理上的依赖,正是他同嵇康一样有着救世救人悲天悯人情怀的表现。当嵇康打铁时,他拉着风箱,畅谈不已,旁若无人;同好友吕安于山阳灌园自给之时也是形影相随,乐不思蜀;当钟会被嵇康奚落时,他无疑是站在嵇康一边的。这不仅是由于二者所共同具有的避世心理,更是二者所共同具有的抗争心理所决定的。虽然这种抗争随着嵇康与吕安的被杀而渐渐失去了依托,往日意气风发的情怀也随风而散,他脸上的愁苦在其他人物身上是没有的,因为随着大势所趋,各人都在权势的狂风暴雨中按照自己预设的人生价值准则坚定地找到了依托,要么决然抗拒,要么以沉默逃避,要么欣然前往,要么逍遥自适,只有他还沉浸在过去,时刻徘徊在两者之间,在飞黄腾达的山涛与英雄赴义的嵇康之间始终无法找到自己的归宿。精神与情感的依靠——自己的朋友与榜样都已随风散去,只有自己孤独留在自己的世界里,而又无法适应残酷与世俗的现实,也看不清渺不可期的未来,既无嵇康、阮咸、荣启期寄托神思的音乐,也无阮籍、山涛、刘伶、王戎放纵身心的酒量,八人之中只有他形影相吊,孤独无依,他的郁郁早逝也是情理之中了。所以画面上的沉思,甚至可以说是愁苦正是其他人所无法体验的,似乎他正在向人诉说他对昔日友谊的怀念与人生的无奈。在残酷的现实面前,孤苦无依的向秀最后还是选择了妥协,应诏去了洛阳。

《世说新语·言语》中当司马昭故作惊讶地问他"闻有箕山之志,何以至此"时,他只好回答"巢、许狷介之士,未达尧心,岂足多慕",他内心的屈辱与悲苦是可想而知的,陈寅恪曾说他"改节自图"了,但他又何尝从"改节"中获得过快乐与尊严呢? 他不过是"在朝不任职,容迹而已",他的主要精力都用来注释《庄子》了,也许两位学术先贤郑玄的归隐与王弼的被害更加深了他对政治的厌恶与恐惧,所以他在《思旧赋》中描写自己从洛阳归来路过嵇康故居闻笛生情的情景,让无数人扼腕叹息。在竹林七贤中向秀与嵇康的感情是最为深厚的,《世说新语》中记述二人打铁,配合默契,乐在其中,共同对敌,羞辱钟会的情景已成为文坛佳话。但如今好友已逝,自己却违背了当初的志向,迫于压力,走到了当初曾被自己嘲笑的钟会的路上去了,这迫不得已的从政,与山涛、王戎的逍遥于庙堂之上有根本不同,但阴阳两隔的友谊,水火不容的两种人生之路,又怎能是一句"迫不得已"就心安理得了呢? 政治夹缝中的进退维谷与大户望族之争中的残兵剩卒

---

① 杨伯峻:《论语译注》,中华书局 1980 年版,第 70—71 页。

都使他深感人生的悲哀,夕阳西下颓墙残垣中传出的凄凉笛声不禁令人想起嵇康临刑时回顾日影索琴弹奏《广陵散》的情景,越发勾起了他对往昔一同游乐的怀恋,其压抑愁苦的神情、欲言又止的恍惚使鲁迅在《为了忘却的记念》中说:"年青时读向子期《思旧赋》,很怪他为什么只有寥寥的几行,刚开头却又煞了尾。然而,现在我懂得了。"①这种欲言又止的踌躇缘自当时险恶的政治环境和自己无言的痛苦与愤懑,砖画中向秀低垂的眉毛、额上的皱纹、无望的神情正表明了他的愁苦。这与向秀对自身的认识也是密切相关的,他不像山涛、王戎那样在上流社会中伸缩自如,他有孔孟的济世思想,他的愁苦不仅来自自身的遭遇,也来自他人生的理想,那就是儒道合一的理念。《世说新语·文学》中说向秀注《庄子》"妙析奇致,大畅玄风",既为郭象所袭,自然也彰显在郭象注《庄子》里,二者共同推崇孔子为圣人,和庄子的绝圣弃智,"非尧舜,薄汤武"根本不同。② 特别是他的《难嵇叔夜养生论》鲜明地表达了儒家人生的基本理念:"且夫嗜欲、好荣恶辱、好逸恶劳,皆生于自然",而且引用了孔子的"富与贵,是人之所欲也"来为自己辩解,既然"富贵,天地之情","人含五行而生",那"口思五味,目思五色,感而思室,饥而求食,自然之理"也是正常的了,只不过人的欲望要受到礼的控制,也就是"但当节之以礼耳",那种"背情失性"的言论是"不本天理"的,③这样他和孔子的观点也就没有什么本质的差别了。由此可见,向秀的《难嵇叔夜养生论》既体现了他儒道互释,自然名教合一,经世致用的基本思想,同时也反映了他冷静、清晰、思辨的个性。从砖画像中可以看出其与他人形象之差异:嵇康、阮籍、刘伶、阮咸四人始终以老庄为依归,越名教而任自然,其画中神情也是自然舒展,无所牵挂的样子,山涛、王戎虽好老庄,然沉浸仕途,或以昂扬之态以示功成名就,或以悠闲自得以显尊贵优裕,只有向秀时刻处于二者之间,既不能以老庄来解脱自我,也不能以孔孟齐家济身,孤苦无依,愤懑的世俗情怀溢于言表。

图中刘伶与向秀有柳树相隔,其露髻,曲右膝,赤足坐于垫上,左手持耳杯,右手作蘸酒状,双目凝视酒杯,似在品尝杯中之物,正表现其嗜酒如命的情景。刘伶是竹林七贤中社会地位最低的一个,他出身贫寒,相貌丑陋,《晋书·刘伶传》说他"身长六尺,容貌甚陋",《世说新语·容止》说他"身长六尺,貌甚丑悴,而悠悠忽忽,土木形骸"。他几乎没有任何魏晋士人所引以为豪的长处,既无嵇康的豪族贵戚,也无山涛的魁伟相貌,既无阮籍的文学天赋,也无王戎的随机应变,他的人生、文学,甚至是关于他的砖画主题只有一个,那就是"酒"。刘伶在中国文学史与艺术史上以"酒鬼"著称,其坐车携酒,仆人荷锄相随,"死便埋我"的口头禅,已成为豪饮者乐此不疲的经典话语。《世说新语·任诞》说他"病酒","纵

---

① 鲁迅:《鲁迅全集》第四卷,人民文学出版社 2005 年版,第 502 页。
② 汤用彤:《魏晋玄学论稿》,上海古籍出版社 2001 年版,第 95 页。
③ 鲁迅编:《嵇康集》,鲁迅先生纪念委员会编印 1964 年版,第 52 页。

酒放达,或脱衣裸形在屋中",他向妻子求酒,"以天地为栋宇,屋室为裈衣"的名言,也成为魏晋文人潇洒超脱的典型。至于刘伶的《酒德颂》中所说的"唯酒是务",也是他言行如一的另一明证。他对酒的颂歌被称作文学史上第一次对酒的诗意化。所以图画中的刘伶都是酒的化身,往往是酒不离身,在唐孙位《高逸图》中也是双手举杯,还回首目视酒坛,似乎贪得无厌,一举数得。20世纪80年代流行的连环画《杜康醉刘伶》也是以酒为主题。此砖画也是如此,刘伶左手举杯,右手似在蘸酒品尝,神情专注,又似沉浸在酒的美味之中,其瘦削枯萎的形体,不仅与他史上所传丑陋的形貌相一致,且是以酒为唯一至尊的必然结果。他值得一提的优势就是乱世中能得以"寿终"。

图5-5 竹林七贤与荣启期砖刻画——刘伶像

酒是竹林七贤的基本主题,也是《竹林七贤与荣启期》的基本主题,此砖画中阮籍、山涛、刘伶正在饮酒,王戎则以酒杯相伴,七贤中占四贤。至于文学形象更是与酒密不可分:阮籍的以酒避祸,嵇康的清心寡欲,刘伶的痛饮豪饮,阮咸的与猪沉沦,山涛、王戎的节制有度,向秀的中和两全等都从酒的角度反映他们对人生、自然与自我的理解与态度。竹林七贤中最为好酒者三人:一是阮籍,以酒避世。二是刘伶,既是避世,也是确有酒瘾。至于阮咸,在竹林七贤中文学成就最少的一位,他之所以被历代文人所反复提及,首先在于他的豪饮,其以瓮盛酒与猪共饮的大名早已是闻名于世,这使人不禁想起第欧根尼与狗抢食的逸事。

同时阮咸还以音乐家著称于世,酒与音乐就是阮咸生命中的两大精神支柱。竹林七贤中嵇康的《琴赋》《声无哀乐论》及他与《广陵散》的关系已是竹林七贤必谈的话题。阮咸的音乐成就不下于嵇康,他虽然没有嵇康的文采,但作为一位杰出的音乐家,特别是作为乐器阮的发明者,南京砖画中就描述了阮咸在弹奏阮时的情景。砖画中的阮咸戴帻,垂带飘拂,赤足盘膝坐于垫上,正挽袖持拨弹阮,表现了《晋书·阮咸传》"妙解音律,善弹琵琶"的特点。他面目沉静,似在专心演奏音乐,又似在沉思,沉浸在短暂的音乐间歇之中。阮优雅的外形,恬静、柔和、富有诗意的琴声往往使人产生无限的遐想,那就是隐士们所极力追求的清静自然,明月入怀,"万物不能移也"的精神境界,也就是王维"深林人不知,明月来相照"中所体现出的空旷而高远的人生襟怀,白居易《和令狐仆射小饮听阮咸》、钱选《五君咏阮咸》、《水浒传》八十一回描写李师师弹阮燕青配箫"玉佩齐鸣,黄莺对啭"的情景,都表现了阮在音乐与文化上的独特意蕴。此砖画七贤中以音乐为主题者两人,一是嵇康,一是阮咸,二者皆以音乐闻名,二人在音乐上的独特贡献都充分展示了魏晋士人多才多艺,潇洒自由的本真情怀。特别是阮咸追求姑母鲜卑婢女并与其成亲生子的故事,显示了他不为种族所限,不为阶层所困的价值理念,也显示了他在审美上能充分吸收来自不同地域文化的艺术成就,打破宗族文化藩篱,成就新艺术新形式的巨大勇气,而这正是艺术进步的根本动力。阮咸的儿子阮瞻也继承了父亲的天赋,善弹琵琶,且随性而至,不问长幼贵贱,来人即为演奏,从不厌烦。

位于北壁最后位置,也是此砖画结尾处的是荣启期。砖画之所以要在竹林七贤之外再加上荣启期,应该是由砖画的基本结构决定的,砖画欲两面装饰墓室,但七贤人数为单,难以在两壁形成完美和谐的对称,而和谐对称正是中国传统审美观念的一个基本原则,再加荣启期的基本人生理念也与七贤是一致的,嵇康《琴赋》描写求仙时,就说:"于是遁世之士,荣期、绮季之俦,乃相与登飞梁,越幽壑,援琼枝,陟峻崿,以游乎其下。"①嵇康《高士传》也列有其名,荣启期与商山四皓都是嵇康崇拜的高士,也是魏晋流行的绘画题材,选择荣启期来共同组成一组绘画,在逻辑上应该是合理的。荣启期被放在最后的位置也说明此画作以竹林七贤为主的创作初衷。图中的荣启期端坐在银杏树之下,腰系绳索,长须披发,正盘膝坐于垫上,面对阔叶竹鼓琴高歌,正是陶渊明《饮酒》诗之二所赞诵的形象:"九十行带索,饥寒况当年。不赖固穷节,百世当谁传?"《咏贫士》之三也说他"荣叟老带索,欣然方弹琴"②。荣启期的典故出于《列子·天瑞》中孔子游泰山见荣启期的情景:"孔子游于太山,见荣启期行乎郕之野,鹿裘带索,鼓琴而歌。孔子问曰:'先生所以乐,何也?'对曰:'吾乐甚多:天生万物,唯人为贵,

① 嵇康著,戴明扬校注:《嵇康集》,人民文学出版社 1962 年版,第 88 页。
② 袁行霈:《陶渊明集笺注》,中华书局 2003 年版,第 242、368 页。

而吾得为人,是一乐也。男女之别,男尊女卑,故以男为贵;吾既得为男矣,是二乐也。人生有不见日月、不免襁褓者,吾既已行年九十矣,是三乐也。贫者士之常也,死者人之终也,处常得终,当何忧哉?'孔子曰:'善乎! 能自宽者也。'"①荣启期能在身穿粗皮衣,腰缠粗麻绳的时候依然弹琴唱歌,乐在其中,并且为自己找到了快乐的理由,所以孔子认为他是一个"善于自我宽慰的人"。现藏美波士顿美术馆的传宋人佚名《孔子见荣启期图》纨扇就表现了这个故事。②画中七贤除山涛、向秀外大都坐姿悠闲,甚至是有些散漫,多赤脚露腿,只有荣启期盘腿端坐,双手抚琴,神态似有所思,又无所牵挂,形象较为庄重,和以酒为友的七贤比起来,荣启期似更加接近儒家的形质彬彬。竹林七贤无论是抗拒时势,还是顺应潮流,都和环境发生着不可分割的联系,只有荣启期能生活在自身之中,和动荡的外界无牵无挂,甚至对孔子的诘问也毫不在意,他和竹林七贤都有超脱时代追求悠然人生的共同追求,但也只有荣启期才真正达到了以生为乐的目标,把荣启期放在最末,也是砖画荣启期与竹林七贤故事的完美结束。虽然孔子"自我安慰"的评价也隐含了他的少许不满,荣启期的人生并不是内圣外王的完美人生,没有从根本上解决现实问题,不过是仅仅通过改变内心来达到心灵的自我满足。然而,当荣启期、陶渊明、竹林七贤等仁人高士们面对残酷的历史与无法实现的理想时,怎能不会看到:古往今来,心高气傲的读书人如过江之鲫,顺心称意飞黄腾达者能有几人? 这些飞黄腾达者又有多少没有以丧节失魂为代价呢? 即如孔子之受阳货嘲笑,司马迁关于"仁者寿"之悲愤,王国维于《〈红楼梦〉评论》中对释迦、耶稣之诘问,无不彰显了现实与理想之绝对对立之结局。所以君子固穷乃是乱世仁人高士无可逃避之必然结局,自古而然,那些不愿意随波逐流的洁身自好者就更应该安于贫困了,所以陶渊明用荣启期的固守贫困来表达自己坚持《论语》"君子固穷"的人生理念:如果没有坚守贫困以保气节的传统,那百世之后谁还会有兴趣重新讨论起荣启期与陶渊明贫而乐的故事呢? 如此,南京西善桥的这幅《竹林七贤与荣启期》砖画的意义也就显得索然无味了。

第二节 《高逸图》与历代竹林七贤图及其元素构成

在中国绘画史上竹林七贤是一个备受艺术家青睐的题材。《历代名画记》记载了大量与竹林七贤有关的图像,如卷五就记载顾恺之曾作阮修像、阮咸像、古贤像、荣启期像、七贤像等,史道硕曾作古贤图、七贤图、酒德颂图、琴赋图、嵇中散诗画,戴逵曾作孙绰高士像、嵇阮像、嵇阮十九首诗图。《历代名画记》卷五引

---

① 严北溟:《列子译注》,上海古籍出版社1986年版,第10页。
② 林树中:《再谈南朝墓〈七贤与荣启期〉砖印壁画》,《艺术探索》2005年第2期。

顾恺之《论画》评戴逵《七贤》画说:"唯嵇生一像欲佳。"论《嵇轻车诗》画说:"作啸人似人啸,然容悴不似中散。处置意事既佳,又林木雍容调畅,亦有天趣。自七贤以来,并戴手也。"①戴逵应是画"七贤"最早的名画家,此前也有人画过,但戴逵的成就远超过他们。《历代名画记》卷六载陆探微作竹林像、荣启期像,宗炳作嵇中散白画;《历代名画记》卷七载毛惠远作中朝名士图、七贤藤纸图,宗测画阮籍遇孙登于行障上。其他如《晋书·顾恺之传》记载:"恺之每重嵇康四言诗,因为之图。"《世说新语·巧艺》中也记载顾恺之论画嵇康《赠秀才入军》云:"手挥五弦易,目送飞鸿难。"从现存文物来看,除前文论述的南京西善桥《竹林七贤与荣启期》砖画外,还有不少与竹林七贤有关的图像,如山东济南两座墓葬装饰有竹林七贤图,分别为东八里洼北朝壁画墓,②临朐治源镇北齐崔芬壁画墓,③南京与丹阳为砖画,山东为屏风画,此屏风画人物均衣衫宽博,袒胸露腹,席地而坐树下,为竹林七贤像。但人物旁出现鞍马这种北朝墓室壁画中常见的题材,说明绘画者已根据当时社会流行的绘画形式或墓主的个人爱好进行了加工。这一切都说明当时七贤作为绘画题材已较为流行,七贤早已成为中国诗画领域共同的母题。这些砖画也来自当时的墓葬传统,据《历代名画记》卷四记载,后汉赵岐在为自己预先营造墓地时就把春秋时代的名臣吴国的季札、郑国的子产、齐国的晏婴、晋国的叔向四人画在客席上,把自己的画像放在主座上,并在各画像上书写了赞与颂,以表达自己的人生志向,这与南京西善桥七贤图的构思基本一致,④甚至《南史·齐本纪下第五》记载齐东昏侯萧宝卷在修建玉寿殿时"窗间尽画神仙,又作七贤,皆以美女侍侧"⑤,表现了姚最《续画品》中所说的"九楼之上,备表仙灵;四门之墉,广图贤圣"的社会风气,既然建立祠庙,想必也应该有塑像或壁画之类置于其中,以志纪念。虽然这些艺术作品早已湮没不存,但仍可反映出竹林七贤的故事在当时就已成为图像艺术的流行题材,也可说从另一个角度彰显了竹林七贤的广泛影响。这些竹林七贤图无论从艺术成就还是从保存完整程度上,以南京西善桥的最为突出。丹阳墓壁画初看在画面大小、人物形象、浅雕画风及树木装饰等方面与西善桥墓画极为相似,但通过仔细对比,发现人物年龄与表情、树木绘画的繁简、器物形状却有不同,有专家经过研究认为:"这三幅《七贤》画,并非同一时代,也不是出于同一画师之手,更不是同一印模烧制而成的墓砖。"⑥在谈到南京西善桥与丹阳《七贤与荣启期》之关系时,林树中说:"经比较,

① 冈村繁著,俞慰刚译:《历代名画记译注》,上海古籍出版社2002年版,第283—285页。
② 山东省文物考古研究所:《山东济南东八里洼北朝壁画墓》,《文物》1989年第4期。
③ 中国墓室壁画全集编辑委员会编:《中国美术分类全集·中国墓室壁画全集1汉魏晋南北朝》,河北教育出版社2011年版,第148—150页。
④ 张彦远:《历代名画记》,上海人民美术出版社1964年版,第85页。
⑤ 李延寿:《南史》第一册,中华书局1975年版,第153页。
⑥ 南京博物院:《试谈〈竹林七贤及荣启期〉砖印壁画问题》,《文物》1980年第2期。

丹阳壁画《七贤与荣启期》的构图，人物形象、风格，都与南京出土的基本相同，但某些细部却有不少差异。如王戎眼角多鱼尾纹，显得年老。阮咸满脸皱纹，胡子满腮，也完全是个老头。而南京的壁画，这两人则作年青的形象，比较符合竹林之游时二人的年纪。刘伶像，南京壁画左手持耳杯，丹阳的左手放下，不持杯。南京壁画榜题都直书其名，丹阳壁画有的称'山司徒'，'阮步兵'，加以官号。丹阳壁画的人名在砌砖时很多都弄错了。可以看出，这些壁画和制作都有共同的母本，这种母本六朝与唐人称'样'，即后来所称的'粉本'。在复制或再创作时，作者可随己意在原稿的基础上加以改动，但基本布局与造型不失母本的风貌。"① 丹阳胡桥吴家村墓所绘《七贤图》把阮籍与王戎身份置放颠倒，把"左腕倚箱，右手舞如意"当了阮籍，按照庾信《乐府·对酒歌》中"王戎如意舞"的描述，其人物形象应是王戎。另一面也把荣启期与向秀、阮咸与刘伶等身份搞错了。至于建山金家村墓《竹林七贤与荣启期画》所绘人物及树木风格与胡桥吴家村墓略同，仅局部有简繁之别，也存在人物姓名与人物画像不符的错乱现象。② 由此看来，人物身份的确定往往依据文学文献对其身份及性格特征的记载，虽然制作图像的画家所依据的并非文学文本，而是更为直接的图像"样本"或"粉本"，当然这些样本和粉本的根据最终也来自文学的记载与描述。总之，这些壁画虽然基本布局及其画风大致相同，但每座墓的壁画应该是专门绘制、刻模、拼砌的，由于墓葬年代不同，也不可能是统一制作的。山东北齐崔芬墓与东八里洼墓中屏风画的树下人物均褒衣博带，姿态悠闲，席地坐树下，构图与人物形貌特征明显仿效南朝《竹林七贤和荣启期》砖画，区别只是崔芬墓壁画树下人像侧面还有女侍，这也是南齐东昏侯萧宝卷时开始流行的画法。由此可见，山东《七贤》画无论在内容，还是在艺术风格上都源自南方《七贤》画，同时也说明山东地区在南北文化交流中所起到的重要作用。其他地区出土的魏晋高士形象也与竹林七贤有着密不可分的关系，河南邓县学庄南朝墓四皓模印砖画中也刻画了秦末汉初商山四皓拒绝汉高祖礼聘，在深山密林中席地而坐，悠然自得，弹琴、吹笙、饮酒的情景，不禁使沈从文联想到陶渊明"采菊东篱下，悠然见南山"的诗句。③ 此画像砖左有榜题"商山四皓"，此画人物形象生动逼真，细致传神，原有艳丽色彩，可惜现已不存。1997 年南昌火车站出土了商山四皓东晋漆盘，四皓为：东园公、用里先生、夏黄公、绮里季。盘内底中央描绘了这四位皓首长髯老人休闲娱乐的情景，四人或弹琴，或静坐，或手中持物，均表现出安然自得的神情。宁夏固原唐梁元珍墓砖室壁画五人均为带方形冠站在树下的老人，有人认为是魏晋高士形象。

　　唐宋以来有很多画家都画有竹林七贤图，如唐代的韦鉴、常粲、孙位，五代的

① 林树中：《江苏丹阳南齐陵墓砖印壁画探讨》，《文物》1977 年第 1 期。
② 南京博物院：《江苏丹阳胡桥、建山两座南朝墓葬》，《文物》1980 年第 2 期。
③ 沈从文：《花花朵朵坛坛罐罐——沈从文文物与艺术研究文集》，外文出版社 1994 年版，第 88—89 页。

支仲元,宋代的李公麟、石恪、萧照,元代的钱选、赵孟頫、刘贯道,明代仇英、杜堇,清代华喦,甚至日本江户时代狩野雪信的《竹林七贤图》等都已成为中外艺术史中的杰作。《洛阳存古阁石刻竹林七贤图》也是一幅著名的文图结合的艺术品,石刻上文下图,上部刻"晋河内竹林七贤图并史传"一行,其后依次镌刻山涛、向秀、阮籍、阮咸四人史传,下部刻四人图像作围坐状,分别为山涛、向秀、阮籍、阮咸,其他三贤缺失。罗振玉在《洛阳存古阁藏石目》中断定为金代石刻,承名世则认为可能更早。[1] 其著名的竹林图还有:北宋赵佶《听琴图》画中人物凭虚启琴,从听者或昂首凝虑,或低首深思的神情来看,似乎表达了魏晋之士衣着华茂,正襟危坐,有儒家正统之君子神态,似孙位《高逸图》。[2] 南宋无款《竹林拨阮图》中溪边竹林下,三位文士,一人持酒瓶斟酒,一人抱阮接杯,一人凝神等待,一童子站立服侍,一童子在戏水,茂林修竹,寂静清幽,正表达了竹林名士的人生境界。[3] 元盛懋《秋舸清啸图》描写一篷舟前头左一隐士半昂对天长啸,前有酒具,似正酣醉,身后有阮,船后有童子在摇橹。岸上巨树飘摇,对岸高山舒缓,河岸开阔,描写了竹林七贤中的阮籍,嗜酒能啸。但身后的阮似乎又暗示主人公应是阮咸。[4] 明仇英《停琴听阮图轴》描写了两位隐士一位弹琴,一位弹阮,高山流水,茂林修竹,使人联想到七贤。[5] 清颜峄《秋林舒啸图轴》中一高士静坐于苍松翠柏之下,巨石之上,一高士长啸于岩石之下,有侍从相随,使人联想到阮籍善于长啸。清王树毂《人物图册》之三为一高士树下执杖回望,侍从手持古琴跟随,题诗:"一身萧散寸心闲,势利奔趋总不关。白眼看人成一笑,水边林下对青山。"诗既描写了阮籍白眼看人,又表白了自己清高自傲的情怀。清吕焕成《春山听阮图轴》很容易使人联想到阮咸。至于清黄鼎《醉儒图轴》虽为临宋画家龙爽《醉儒图》,描写一隐士在巨松下酒醉袒胸凸肚卧倒在酒坛边,下有兽皮作垫,身后还有两酒坛,一条瀑布从上而降,几乎和竹林七贤标准形象无异。[6] 历代还出现了大量具有七贤风格的高逸图,如麦积山石窟北魏雕塑《第127号窟正壁龛主佛头光伎乐天之三》中伎乐天手持乐器应为阮。北周泥塑《第4号窟第三龛前廊正壁薄肉塑弹阮飞天》采用浮雕式手法,融镶嵌绘塑一体,造型精准飞动,有迎面飞来之

① 承名世:《论孙位〈高逸图〉的故实及与顾恺之画风的关系》,《文物》1965年第8期。

② 中国美术全集编辑委员会编:《中国美术全集·绘画编3 两宋绘画上》,文物出版社1988年版,第44页。

③ 中国美术全集编辑委员会编:《中国美术全集·绘画编4 两宋绘画下》,文物出版社1988年版,第178页。

④ 中国美术全集编辑委员会编:《中国美术全集·绘画编5 元代绘画》,文物出版社1989年版,第120页。

⑤ 中国美术全集编辑委员会编:《中国美术全集·绘画编7 明代绘画中》,上海人民美术出版社1989年版,第69页。

⑥ 中国美术全集编辑委员会编:《中国美术全集·绘画编10 清代绘画中》,上海人民美术出版社1989年版,第63、65、77、85页。

感,有竹林七贤之神采。① 李唐、赵孟頫、仇英等画过《高逸图》,但这些《高逸图》已与"竹林七贤"关系不大,仅仅继承了其游历山水、寄情世外的精神追求。如文徵明《松壑高逸图》山峰重叠,巨树林立,瀑泉溪流穿插其间,中有亭台楼阁,有人漫步林间,有人坐石观瀑,有人观望山色,整幅画给人以茂密繁复之感。董其昌《高逸图》则与此相反,此画是与友泛舟荆溪时的即兴之作,画中近景虬树林立,中间江面开阔,远处山峦层叠,山溪树林中茅舍数间,透出清寂萧索的意境。现代画家中以竹林七贤为题材的也很多,其中著名的有傅抱石、钱松喦、范曾等绘制的《竹林七贤图》。

图5-6　竹林七贤图,傅抱石,北京故宫博物院藏

其他艺术形式取材自七贤的作品也是不胜枚举,如明清时期就开始流行的各种瓷器、雕刻、天津杨柳青年画等艺术作品就常出现竹林七贤的图像。元代著名工匠朱碧山曾制作一件银质槎形酒杯"银槎",槎身为老树枝丫,一道人倚槎而坐,左手执卷专心读书。槎尾刻"龙槎"二字,杯口刻杜本题句,槎腹下刻"百杯狂李白,一醉老刘伶。知得酒中趣,方留世上名"楷书二十字,把刘伶与李白相提并论。② 作者朱碧山以制作精妙银器闻名,银槎杯代表了元代银器工艺高超的水平。《中国美术全集·工艺美术编10金银玻璃珐琅器》也选编了此器物。③ 民间艺术中更是把酒仙刘伶与诗仙李白相提并论,如清初浙江余杭民间年画《酒中仙圣》也是把刘伶与李白相提并论,图中酒仙敞怀袒胸,把爵畅饮,下有刘伶、李

① 中国美术全集编辑委员会编:《中国美术全集·雕塑编8麦积山石窟雕塑》,人民美术出版社1988年版,第92、134页。

② 中国美术全集编辑委员会编:《中国美术全集·雕塑编6元明清雕塑》,人民美术出版社1988年版,第62页。

③ 中国美术全集编辑委员会编:《中国美术全集·工艺美术编10金银玻璃珐琅器》,文物出版社1987年版,第80页。

白醉倒卧席。① 明代万历"竹林七贤图长方形剔红盘"中朱漆上雕刻魏晋竹林七贤的故事。红色竹林中七贤正在或交谈或饮酒或饮茶或弹琴等。四周为折枝花卉纹,有梅花、牡丹、芙蓉、桃花等。② 清《尚勋竹林七贤图八骏图笔筒》笔筒扁圆,两边分刻竹林七贤与八骏图。③ 图中翠竹挺立,山林泉水之间有七贤与童子聚乐于此,七贤中题壁一人,对弈两人,观棋倦而欠身者一人,扶肩同行者两人,祖腹举杯者一人,五六童子分别捧砚,汲泉,烹茶,斟酒等。至于与竹林线图风格密切相关的艺术创作更是数不胜数了。此外,竹林七贤的诗文也常常成为书法家不断书写的题材,王僧虔《论书》中说:"谢安亦入能书录,亦自重,为子敬书嵇康诗。"由此可见,谢安与王献之都景仰嵇康的名气,并以书法形式书写嵇康的诗。后来书法也是如此。如赵构书《真草书养生论卷》,赵孟频书《与山巨源绝交书》《琴赋》与《酒德颂》,文徵明书《琴赋》,董其昌书《酒德颂》,陈继儒书《酒赋》,祝允明草书《嵇康酒会诗》与《琴赋》,八大山人书《酒德颂》等,可谓不胜枚举,特别是《琴赋》与《酒德颂》由于短小精美成为历代书法家不断书写的作品,与琴和酒往往成为书法家的人生主题也是一致的。清钱沣《七贤祠记》则以颜书的形貌表达了对竹林名士的真切情感,虽然颜体宏阔沉稳的书风与竹林七贤潇洒自然的风格有异。④ 当然竹林七贤对书法家的影响不仅表现在具体的书风的影响上,更重要的是表现在对人生及审美观念的影响上,如清书法家梅植之平生爱好操琴,得嵇叔夜琴一张,因号嵇庵,曾书散文一篇被《中国美术全集·书法篆刻编6清代书法》收录。⑤ 篆刻方面也是如此。明文彭篆刻《琴罢倚松玩鹤》款文为:"先生别业有古松一株,蓄二鹤于内。公余之暇,每与余啸傲其间,抚琴玩鹤,洵可乐也。"有竹林七贤之之风,特别是"啸""琴""松"等意象的出现更点明了其与竹林之风的关系。其他明清很多篆刻都表明了这种密切的关系,如明何震篆刻《放情诗酒》、明苏宣《深得酒仙三昧》、明胡正言《栖神静乐》、明程邃《少壮三好音律书酒》、清吴先声《多情怀酒伴余事作诗人》、清林皋《案有黄庭尊有酒》、清徐坚《左图且书右琴与壶》、清杨瀚《天与湖山供坐啸》、清张熊《晋梓竹堂》、清严坤《酒气拂拂从十指出》。⑥ 由此可见竹林七贤不仅成为历代画家取材的对象,其文学

① 中国美术全集编辑委员会编:《中国美术全集·绘画编21民间年画》,人民美术出版社1985年版,第184页。

② 中国美术全集编辑委员会编:《中国美术全集·工艺美术编8漆器》,文物出版社1989年版,第138页。

③ 中国美术全集编辑委员会编:《中国美术全集·工艺美术编11竹木牙雕角器》,文物出版社1987年版,第32页。

④ 中国美术全集编辑委员会编:《中国美术全集·书法篆刻编6清代书法》,上海人民美术出版社1989年版,第121页。

⑤ 中国美术全集编辑委员会编:《中国美术全集·书法篆刻编6清代书法》,上海人民美术出版社1989年版,第160页。

⑥ 中国美术全集编辑委员会编:《中国美术全集·书法篆刻编7玺印篆刻》,上海人民美术出版社1989年版,第79、81、86、99、103、115、119、129、161、171、177页。

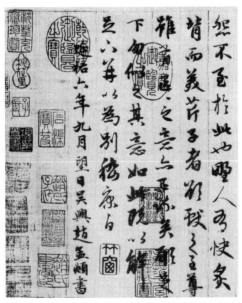

图5-7　嵇叔夜与山巨源绝交书，赵孟頫，北京故宫
博物院藏　　　　　　　　

图5-8　高逸图——阮籍像，孙位，上海博物
馆藏

创作也同样全面而深刻地影响着艺术家的艺术创作。

　　从南朝至明清产生的很多著名的"七贤"画中流传下来且最为著名的就是唐末孙位的《高逸图》，[①]它是由承名世考证为"七贤"图的。[②] 唐末著名画家孙位也是一位性情疏野、襟抱超然，好饮酒，喜与僧道交游甚于显贵的画家，黄休复《益州名画录》中将孙位定为"逸格"。孙位《高逸图》在构图、画风、人物、树木布局等各个方面都与《竹林七贤与荣启期》砖画有着密切的关系，此图仍以人物形象为主，与古朴的《竹林七贤与荣启期》相比，色彩明丽，人物华贵，让人耳目一新的同时，也让人深感竹林七贤的悲苦早已化为令人羡慕的荣华富贵。孙位《高逸图》现藏上海博物馆，绢本彩色，纵45.2厘米，横为168.7厘米，卷首有宋徽宗赵佶瘦金体题"孙位高逸图"。《高逸图》现存四人，分别为山涛、王戎、刘伶、阮籍，其他三人嵇康、向秀、阮咸已缺失。这四位高士形态各异，都戴小冠，褒衣博带，长髯飘拂，分别有自己的侍从陪伴坐在华丽的地毯上，每段之间隔以树木、芭蕉、菊花、太湖石，画面优雅静谧，与色彩艳丽图案繁复的花毯形成对比。右边第一位为山涛，后有嶙峋怪石，山涛身材魁伟丰腴，有贵族气质，赤膊袒胸，披衣抱右膝坐于花毯之上，座毯艳丽华贵，神态深沉凝重，露出孤傲的神色，旁有酒器，大有王羲之祖腹东床之意。旁有童子捧着古琴侍奉。第二人为王戎，后有太湖石与芭蕉，旁有一香炉，一双髻侍童正捧着一大卷书侍于身后，王戎形貌与嵇康相比

---

① 中国美术全集编辑委员会编：《中国美术全集·绘画编2隋唐五代》，人民美术出版社1984年版，第83页。

② 承名世：《论孙位〈高逸图〉的故实及与顾恺之画风的关系》，《文物》1965年第8期。

较清瘦，裸足趺坐，右手持长柄如意，左手放在右手上，前有展开的书卷，褒衣博带坐于华丽花毯上，似是高谈阔论后的凝神静思。第三位为刘伶，刘伶其貌不扬，后有一太湖石与一大丛盛开的菊花。因为刘伶写过《酒德颂》，并盛传其饮酒奇闻逸事，所以画像也是描写他嗜酒如命。画中一童子正跪着递上一唾壶，刘伶正抱着喝光的酒杯，回首看着童子递上的唾壶，双眼迷离，似已沉浸在酒醉的胜景之中。第四人为阮籍，他双手持有作为名士标志的麈尾，面带微笑，盘腿侧身倚坐在花毯之上，洒脱傲然，似有得意之情，与众所周知的至慎、沉酒自保、穷途而哭的性格不同，前有两高足盘放着桃子，旁有童子捧着盘中酒杯躬身侍立。由此可见，《高逸图》不仅保存着与前七贤图在构图上的相似，同时能把文献记载与传说中的竹林形象一览无余地展示在图像之中，自然也展示了画家自己对七贤性格的理解，但绢帛质地的《高逸图》与砖质的七贤像呈现出完全不同的艺术效果。特别是《竹林七贤与荣启期》画像砖所使用的砖胚及其特殊的加工工艺使砖画产生了一种特殊的审美效果，其艺术形式虽承继了东汉砖制墓室壁画，但这种木模印制的壁画与普通画像砖并不完全相同，它不仅仅表现在线条的粗细大小与阴阳之别，甚至是有无边饰等方面，而是表现在它有其独特的加工方式与其所产生的独特的审美魅力及艺术价值上。南京西善桥的砖印壁画不是用刀在砖坯上雕刻出来，而是先雕刻出深浅合适的阴线，用木模印制到砖坯上，变成凸出的阳线，然后经过烧制、拼贴而成，以刀代笔，把毛笔绘出的柔软线条表现为突兀刚硬的线条，经过焙烧的方法使线条更显刚劲圆美，其刚强流畅之美更加凸显，对于表现有魏晋风骨的文人士大夫有着特有的魅力。因此，此砖画与画像砖、画像石及不易保存在墓下的壁画展示了迥然有异的艺术效果，特别是与浑沉雄大的汉画像砖不同，它是以流动如春蚕吐丝一般的线条为造型手段，追求人物神韵，展示了一种简约玄淡、空灵挺拔、超然绝俗的艺术风格。当然《竹林七贤与荣启期》砖画也是一个大批无名工匠介入艺术创作的过程，工匠在雕刻、制模、焙烧、拼接等过程中，也会因其知识、技艺、审美观等不同进而对砖画的最后形成产生重要影响，以至于使最后的砖画与粉本相距甚大，离文学文本的七贤自然也愈来愈远，南京与丹阳砖画水平的高低不同就是证明。郑珉中则根据《竹林七贤与荣启期》图像中嵇康与荣启期弹琴手势"画得拙劣"，甚至出现了"琴徽画反""把琴放颠倒""把弹琴的人画成左手弹弦而右手按弦"的"悖谬状态"，推断出"此画应出自当时的工匠之手"，"认为它不应该是出自《历代名画记》中张彦远列举的六朝几个著名文人画家之手，而应当是当时工匠画家的创作。这个论点的证据就在画像中的嵇康、荣启期这两个弹琴人的身上"。因为"嵇康弹琴的两只手，竟画成是反折的，左手更是扭曲的。荣启期的手也是反折的，从袖中伸出的左手也是弯曲的"[①]。

---

① 郑珉中：《对南京西善桥六朝墓画像的看法》，《故宫博物院院刊》1986 年第 3 期。

从以上"竹林七贤图"的分析来看,此类图的构成往往都是山、水、细竹为林的自然环境再加七贤图所特有的形象元素构成,如褒衣博带、赤膊袒胸、席地而坐的文人,饮酒、交谈、昂天长啸、沉吟远望神情,再加酒、古琴、阮、书画等道具就构成了典型的竹林七贤图,其中酒、琴、凝神远望,这些来自文学传记记载的元素往往作为七贤图的典型标志而被反复刻画。如南京西善桥的《竹林七贤与荣启期》画像砖就典型地表现了这种图像的基本构成,画中人物多褒衣博带,赤足端坐,袒胸抚膝,凝神静思,表现了傲世自足的神态。"引琴而弹"的嵇康悠然远望,"嗜酒能啸"的阮籍微笑着吹指长啸,"饮酒至八斗方醉"的山涛的豪饮,"手挥如意"的王戎的遐想,"雅好老庄之学"的向秀的凝神沉思,"止则操卮执斛,动则挈榼提壶"的刘伶的醉酒,"妙解音律,善弹琵琶"的阮咸的弹阮,"鹿裘带索,鼓琴而歌"的荣启期的鼓琴而歌,无不如此,这些人物形象的基本构成完全符合《晋书》中《嵇康传》《阮籍传》《山涛传》《向秀传》《刘伶传》《阮咸传》的记载,甚至《高士传》中关于荣启期的描述。至于后期的"竹林七贤图"也往往是细竹为林,人物皆鹿皮花毯席地而坐,吟咏唱和,或对语,或抚琴,或对弈,或凝望远山,身旁摆着笔砚、书卷、酒器,皆名士风范,再加童子几人等就构成了历代"竹林七贤图"的基本构图要素,唐孙位《高逸图》就是典型代表。早期的竹林画像到了明代虽还继承了细竹为林的构图传统,但随着文人雅集的盛行,人物形象则往往与兰亭集的构图类似,被表现为三三两两在山林中饮酒对弈、弹琴赏画的文人雅集了,七贤也与孙位《高逸图》中一样侍者相伴左右,随时侍奉,表现了文人士大夫优裕而闲适的隐逸生活,所谓的魏晋风骨已荡然无存,如南京博物院藏明人佚名卷轴《七贤图》与南朝"七贤"画像旨趣已是迥然不同了,这充分表明历代画家在取材七贤表达七贤个性的同时也愈来愈融入时代的特点和艺术家自身的审美趣味及个性追求。至于南朝人物画所特有的体态清瘦修长、气质秀丽俊美的秀骨清像曾在当时流行的羽人、飞仙、佛教石刻造像上多有表现,但这种从何晏开始男性追求女性阴柔之美的名士风貌乃是魏晋时期贵族世族特殊的审美要求,不仅是名士崇尚清谈玄学及老庄审美观念的具体表现,也是饮酒服药的直接结果,但这种图像特点对后世"竹林七贤图"并不具有恒久的价值。在所有贤人高士构图中,酒的主题作为魏晋名士风度的一个重要组成部分,往往被反复夸张地刻画,正如《世说新语·任诞》中王恭所谓:"名士不必须奇才,但使常得无事,痛饮酒,熟读《离骚》,便可称名士。"魏晋风度中一个重要物质就是酒,酒既能壮胆以增强勇气,如嵇康之慷慨激昂,同时更能沉浸其中以消极躲避,正如阮籍之躲避司马。儒家注重德行节义,讲求修身养性,很少颂酒,从《尚书·酒诰》中我们就可看出。从曹操"何以解忧,唯有杜康"开始就看到世人,特别是文人知识分子在乱世从酒中求得解脱的无奈之举,在竹林七贤与陶渊明更为明显,至于阮籍连醉六十余天以避晋文帝提亲之事,并躲避钟会借谈论时事之机以罗织罪名,酒所具有的明哲保身的功效在阮籍身上发挥到了极致,也就是《世说新语·任诞》中王光禄所说"酒正使人人自远"。当然陶渊明身上也有酒的主题,萧统在《陶渊明集序》中说:"陶渊明诗篇篇有酒,吾观其意不在酒,亦寄酒为迹焉"①。李白《戏赠郑溧阳》中也说:"陶令日日醉,不知五柳春。素琴本无弦,漉酒用葛巾。清风北窗下,自谓羲皇人。何时到栗里,一见平生亲。""日日醉"可谓对陶渊明形象进行了典型性的刻画,其隐逸的基本元素大都具备了:酒、柳、琴、葛巾,内容包括衣着、行为、爱好、用具、精神状态与生活状况等,其实这是图像与文学中陶渊明与竹林七贤所共同具有的特征。在竹林七贤图像的构成中,竹子也往往成为富有标志性的元素之一,然而令人困惑的是,《竹林七贤与荣启期》砖画为何没有竹林为背景呢?砖画上出现了很多种植物树种,如银杏、槐树、松树、柳树等,其中,杏树五棵、垂柳两棵、槐树一棵、青松一棵,唯荣启期和阮咸之间有一棵阔叶竹,更没有大片的竹林为背景,这是为何呢?这是否会成为否认竹林七贤存在的根据呢?竹子以节为义的寓意,其虚心、高雅、洁净、身影婆娑、经冬不凋的潇洒神气都给中国文人以无限的想象。《诗经·卫风·淇奥》就以竹子起兴赞美了才德并茂的君子:"青青""猗猗"的绿竹犹如文采风流的美君子,精心雕琢的象牙美玉,所谓"如切如磋,如琢如磨","如金如锡,如圭如璧",其"宽兮绰兮""善戏谑兮""不为虐兮"的个性,及水中傲然独立的风采与魏晋士人在艰苦生活环境里追求人格独立的志向是多么神似。② 所以《世说新语·任诞》讲王徽之即使在临时居住的别人的房子前也要栽种竹子,并说出了千古传颂的话"不可一日无此君"。当然"日暮倚修竹"的悲怨凄苦也是君子守节自持的象征,王徽之对竹子的喜好无疑推动了后来士人对竹林的向往。苏东坡《于潜僧绿筠轩》中著名的"宁可食无肉,不可居无竹"也应该是从这里来的吧。屈原《九歌·山鬼》"余处幽篁兮终不见天"的清寂孤冷,古诗《冉冉孤竹生》"君亮执高节"与王羲之《兰亭集序》中"茂林修竹"的高雅,陶渊明《桃花源诗》中"桑竹垂余荫"与郑板桥的"老夫只栽竹"的独立,都正说明了竹子首要的意义就在于它与金石同在的"节",而这正是魏晋风骨的根本所在。梅兰芳在日本入侵中国时画竹于墙,拒绝演唱;蒋兆和的《盲人拿竹子》画及配诗"莫笑吾无目,但凭这只竹。人间黑暗地,有目岂吾如"都说明了竹子如同"玉"一样在中国文化中所特有的比德意义,也就是晋戴凯之《竹谱》中所说的"其可比于全德君子矣"。但这种比德主要为活着的隐士而言的,而为来世祈福的墓室壁画往往以可能的荣华富贵为主旨,是来世的富贵与平安,而不是什么清贫的气节主宰着艺术家及墓室主人的基本价值取向。竹林七贤虽然是仁人高士,但作为墓室壁画的主题却还是要因时就俗,避祸就福,根据约定俗成的植物所具有的文化含义来最终做出取舍,并不因墓主人或者艺术家个人的爱好而改变,正如北魏的高士墓室壁画已加上鞍马为伴一样,这也许是《竹林七贤与荣启期》中

---

① 袁行霈:《陶渊明集笺注》,中华书局 2003 年版,第 613 页。
② 程俊英:《诗经译注》,上海古籍出版社 2004 年版,第 84—85 页。

没有出现多过竹画主题的根本原因。当然正如刘勰《文心雕龙》中为何没有提到陶渊明一样，当初墓室主人及壁画创作者的初衷已很难揣度了，也许是墓室的主人虽然对竹林七贤的人格及才气崇拜至极，但对竹林本身，或者对以竹林作为一种墓室艺术装饰并不具有很大的兴趣，也是可能的。当然，如果八个独立的人物之间都点缀以竹子，显然不如目前各人物间杂以多种树木的艺术效果更好。

第三节　文图中的竹林七贤形象及其价值取向

竹林七贤虽然史籍多有记载，如《三国志·魏书·王卫二刘傅传》中裴松之注引东晋孙盛《魏氏春秋》提到"游于竹林，号为七贤"，戴逵著有《竹林七贤论》，《水经注》卷九清水条记载"袁彦伯《竹林七贤传》"，刘义庆《世说新语》中更多提到了竹林七贤的故事等，但仍有人反对竹林七贤的说法，如陈寅恪说："'七贤'所取为《论语》'作者七人'的事数，意义与东汉末年'三君''八俊'等名称相同，即为标榜之义，西晋末年，僧徒比附内典、外书的'格义'风气盛行，东晋之初，乃取天竺'竹林'之名，加于'七贤'之上，成为'竹林七贤'。""'竹林'则非为地名，亦非真有什么'竹林'。"①其否认竹林七贤的存在某种程度上也就否认了竹林七贤的价值与意义。对竹林七贤及其代表的价值观的反对在中国历史上从未断绝。《文选》四十九卷干宝《晋纪·总论》也批评了这种以老庄为宗而黜六经的做法，甚至有人把这些祖述阮籍蔑视礼法之人比作禽兽，像刘伶"脱衣裸形在屋中"自然难容于信仰儒家礼法之人。邓粲《晋纪》称阮籍母死，"与人围棋如故，对者求止，籍不肯，留决胜赌。既而饮酒三斗。"《世说新语·任诞》中说他母丧"散发坐床，箕踞不哭"，"当葬母，蒸一肥豚，饮酒二斗，然后临诀"，虽然最后都"一号""吐血""废顿"良久，即使在今日也很难得到认同。颜之推《颜氏家训·勉学篇》云："山巨源以蓄积取讥，背多藏厚亡之文也……稽叔夜排俗取祸，岂和光同尘之流也……阮嗣宗沉酒荒迷，乖畏途相诫之譬也……彼诸人者，并其领袖，玄宗所归。"②在颜之推看来，山涛因为贪吝而遭到世人的讥讽，所以颜延之没有给他作诗赞颂；稽康因为与流俗抗争而被杀，并不是和光同尘之人；阮籍纵酒自沉，也是违背了险途应该小心的古训。这些精研老庄的玄学名士并不能完全做到心身合一，而注重修身治世的颜之推并不推崇这种对身心与社会无利的道家之学。葛洪《抱朴子》也批评了时人对七贤的不当追风："世人闻戴叔鸾、阮嗣宗傲俗自放，见谓大度。而不量其材力，非傲生之匹，而慕学之：或乱项科头，或裸袒蹲夷，或濯脚于稠众，或溲便于人前，或停客而独食，或行酒而止所亲。

---

① 万绳楠整理：《陈寅恪魏晋南北朝史讲演录》，黄山书社 1987 年版，第 49—50 页。
② 颜之推著，檀作文译注：《颜氏家训》，中华书局 2011 年版，第 115—116 页。

此盖左袵之所为，非诸夏之快事也。夫以戴、阮之才学，犹以跌踔自病，得失财不相补，向使二生敬蹈检括，恂恂以接物，兢兢以御用，其至到何适但尔哉！况不及之远者，而遵修其业，其速祸危身，将不移阴，何徒不以清德见待而已乎！"①这些在葛洪看来自然是国家败亡的原因。所以顾炎武《日知录》卷十三说："有亡国，有亡天下，亡国与亡天下奚辨？曰：易姓改号，谓之亡国。仁义充塞，而至于率兽食人，人将相食，谓之亡天下。魏晋人之清谈，何以亡天下，是孟子所谓杨、墨之言，至于使天下无父无君而入于禽兽者也。"②就是画有《竹林七贤》的戴逵也不同意这种完全放任自由的人生态度，蔡元培在他的《中国伦理学史》中更说："清谈家之思想，非截然舍儒而合于道、佛也。彼盖灭裂而杂糅之。彼以道家之无为主义为本，而于佛家则仅取其厌世思想，于儒家则留其阶级思想及有命论。有阶级思想，而道、佛两家之人类平等观，儒、佛两家之利他主义，皆以不相容而去之。有厌世思想，则儒家之克己，道家之清净，以至佛教之苦行，皆以为徒自拘苦而去之。有命论及无为主义，则儒家之积善，佛教之济度，又以为不相容而去之。于是其所余之观念，自等也，厌世也，有命而无可为也，遂集合而为苟生之惟我论矣。"③刘大杰在他的《魏晋思想论》中说蔡元培，"他对当日人生观的构成的分析，其见解是相当精确的。""这种生活，影响社会的秩序，损害青年的心灵，那力量是极大的。朝廷是如此，家庭是如此，君臣、父子、朋友之间都是如此，那政治怎会不腐败，民族的精神，怎么不衰颓呢？后人批评两晋之亡，亡于清谈，这虽是稍稍过头，然而清谈家若想完完全全卸脱这种责任，这却是不可能的。"④

我们也可把竹林七贤与陶渊明在中国艺术史中的地位互相比较一下来说明其对中国文化的意义。陶渊明与竹林七贤都追求"志在守朴，养素全真"的人生境界，有着相似的人生主张，甚至是艺术风格，但七贤多在官府任职，并处于当时的主流文化之中，陶渊明则彻底摆脱了官场的羁绊，这也是他以后受到重视的一大原因，也是注重经世治国"负重必在任栋梁"的刘勰忽视他的重要原因。《文心雕龙》为何没有陶渊明？其一就是陶渊明并不具有刘勰所主张的儒家的价值观念，虽然陶诗有老庄清新自然的一面，但老庄也有波澜壮阔、汪洋捭阖的一面，而这在陶渊明诗中很少，陶氏虽有不为五斗米折腰的气概，却做着类似乞讨之事，这在自强不息的刘勰看来也是不合适的，从刘勰把《文心雕龙》送给沈约，请其认可就可看出，他与陶渊明并不是一类人。追求潇洒自然"一人之乐"的陶氏与后来遁入空门追求"众人之乐"的刘勰很难融合在一起，陶氏的"一人之乐"在草根

① 杨明照：《抱朴子外篇校笺》下，中华书局 1997 年版，第 29—32 页。
② 顾炎武：《顾炎武全集》卷 18，上海古籍出版社 2011 年版，第 527 页。
③ 蔡元培：《中国伦理学史》，上海古籍出版社 2014 年版，第 66—68 页。
④ 刘大杰：《魏晋思想论》，上海古籍出版社 1998 年版，第 107、204 页。

出身的刘勰看来不过是文人的自我安慰罢了。中国文学史上推崇陶渊明者多指向其避世的一面，如杜甫崇拜陶渊明，很想模仿陶渊明的生活方式及其性情："浊酒寻陶令，丹砂访葛洪。江湖漂短褐，霜雪满飞蓬。"①但"牢落乾坤大，周流道术空。谬惭知蓟子，真怯笑扬雄"，很难模仿。杜甫追求的毕竟是"致君尧舜上，再使风俗淳"，"安得广厦千万间，大庇天下寒士聚欢颜"，"会当凌绝顶，一览众山小"，而陶渊明追求的是，"但得琴中趣，何劳弦上音"，"田园将芜，胡不归"，二者的区别还是巨大的，归去田园远离残酷的现实自然是消停无忧，淡泊名利，淡薄的应该是一己之名利，但天下大众之名利如也要淡漠，每个人都回归自然，那还要知识分子干吗呢？杜甫《可惜》道："宽心应是酒，遣兴莫过诗。此意陶潜解，吾生后汝期。"②杜甫的无奈正是他寻找陶氏的根本原因，但二者的目标恐怕是不同的，正如孔子所说"天下有道，丘不与易焉"，陶渊明的回归与杜甫的入世也是无法调和的矛盾。与杜甫类似，白居易《效陶潜体十六首》中讲："先生去已久，纸墨有遗文。篇篇劝我饮，此外无所云。我从老大来，窃慕其为人。其他不可及，且效醉昏昏。"③与陶渊明隐于南山竹篱之下不同，他是隐于庙堂之上，所以《中隐》中说："大隐住朝市，小隐入丘樊"，"唯此中隐士，致身吉且安"。白居易在效法陶渊明的同时，也并非是毫无批评地全盘接受，而是带着无奈，带着抱怨，带着不情愿去步其后尘。这与欧阳修对陶渊明的态度相似，他说"吾爱陶渊明，爱酒又爱闲"，欧阳修对陶渊明也是各取所需。元人赵孟頫也是如此，他在《题归去来图》称赏陶渊明："弃官亦易耳，忍穷北窗下。抚琴三叹息，世久无此贤。"从赵孟頫的一生来看，他也仅仅是在诗歌里赞叹一下，真实的生活是不愿模仿的。令人困惑的倒是对田园诗情有独钟的王维却对陶渊明持非常激烈的批评，他在《与魏居士书》说："近有陶潜，不肯把板屈腰见督邮。安食公田数顷，忘大守小。苟身心相离，理事俱如，则何往而不适？"王维尖锐地指出了陶渊明内心的复杂性，当然这也不意味着王维已经解决了这个问题。对陶渊明推崇较为极端的就是苏轼，他说"渊明吾所师，夫子乃其后"。苏轼把陶渊明放在李杜之上，又说陶渊明："欲仕则仕，不以求之为嫌；欲隐则隐，不以去之为高。饥则叩门而乞食；饱则鸡黍以延客。古今贤之，贵其真也。"④苏轼晚年在《与苏辙书》中说："深愧渊明，欲以晚节师范其万一。"⑤但从他一生的从政经历来看，也多是口头上的模仿，老来都没有归隐，那什么时候归隐呢？林语堂《苏东坡传》中就可看出其官场之中的艰难苦困，由此可见，苏轼有他内心的苦衷，这种苦衷恐怕不是模仿陶渊明所能

① 仇兆鳌：《杜甫详注》，中华书局 1979 年版，第 69 页。

② 仇兆鳌：《杜甫详注》，中华书局 1979 年版，第 803 页。

③ 顾学颉点校：《白居易全集》，中华书局 1979 年版，第 66 页。

④ 孔凡礼点校：《苏轼文集》，中华书局 1986 年版，第 2148 页。

⑤ 北京大学、北京师范大学中文系教师同学编：《陶渊明研究资料汇编》（上册），中华书局 1962 年版，第 35 页。

解决的,也许是遇到挫折时只好拿陶氏来说事。明沈周《仿戴进谢太傅游东山图轴》描写了东晋太傅谢安隐居会稽东山不仕,携众乐伎出游的情景。青峰入云,岩壁耸立,苍松翠柏,云气缭绕,宫殿深藏,流水潺潺,谢安曳杖悠然漫步,有梅花鹿相随,一乐伎前引,众乐伎手持乐器,悠然跟随,神态各异。描写了一幅深山享乐图。① 以刘伶、李白自居的郑板桥也是如此。这些极力推崇陶渊明的诗人往往忽视了陶渊明身上儒家文化的成分,而这与竹林七贤以老庄为主的倾向不同。虽然陶渊明也有热爱自然,饮酒为诗的一面,但在最终的人生理念上还是以儒家为代表,所以在历代"虎溪三笑"的绘画题材中,陶渊明是以儒家文化代表身份出现的。陶渊明在绘画中出现的形象也多儒雅中庸,既无对世人不屑一顾的形貌,也无对抗政体的激情,整体上乃是一种"悠然见南山"的情调,然竹林七贤就不同了,特别是嵇康的抗争与刘伶的醉酒乃是儒家所极力反对而不为的"素隐行怪"。

竹林七贤内部巨大的差异也是今日的我们应该加以反思的,后人对竹林七贤每人的评价也根本不同。他们都是当时的士大夫阶层,嵇康为魏中散大夫,阮籍为魏步兵校尉,山涛、王戎为西晋司徒,向秀为西晋黄门侍郎,阮咸是西晋始平太守,刘伶为西晋建威参军,其中王戎、山涛在西晋官做得最大,《晋书·王戎传》《世说新语·俭啬》中都有关于他吝啬的记载。王戎做官能"苟媚取容","与时舒卷",可谓是长袖善舞,八面玲珑之人。山涛虽不能与王戎相比,但其能在官场左右逢源、得以善终,也是不相上下的,所以,《昭明文选》中颜延之《五君咏》除山涛、王戎外五人,都作诗赞颂。竹林七贤中嵇康与阮籍的差异是七贤人生态度及人生结局差异的标志。鲁迅在《魏晋风度及文章与药及酒之关系》中也对阮籍与嵇康进行了对比,他说:"阮籍作文章和诗都很好,他的诗文虽然也很慷慨激昂,但许多意思都是隐而不显的。嵇康的论文,比阮籍更好,思想新颖,往往与古时旧说反对。"②嵇康在《与山巨源绝交书》中"非汤武而薄周孔",和标榜"以孝治天下"的司马氏相对立,他的《巢由图》画也是与尧舜不合作的大隐士,嵇康的被杀完全是由他的不妥协造成的。阮籍虽也倡导"越名教而任自然",说"礼岂为吾辈设耶",他抨击推崇儒家礼教的圣人,甚至把他们比作裤裆里的虱子,但他更加倾向采取明哲保身的态度,以"至慎"和"酒"作为防身的武器来躲避政治的强权,最终保住了性命。竹林七贤的内部矛盾性也体现在陶渊明身上,世人多强调陶渊明的离世与静穆,但鲁迅在《〈题未定〉草(七)》中说"陶潜正因为并非'浑身是静穆',所以他伟大",特别是他在《魏晋风度及文章与药及酒之关系》中论述了陶潜的平和,同时指出他并没有忘情于世,他说:"到东晋,风气变了。社会思想平静得多,各处都夹入了佛教的思想。再至晋末,乱也看惯了,篡也看惯了,文章便

---

① 中国美术全集编辑委员会编:《中国美术全集·绘画编7明代绘画中》,上海人民美术出版社1988年版,第11页。

② 鲁迅:《鲁迅全集》第三卷,人民文学出版社2005年版,第533页。

更和平。代表平和的文章的人有陶潜。他的态度是随便饮酒,乞食,高兴的时候就谈论和作文章,无尤无怨。所以现在有人称他为'田园诗人',是个非常和平的田园诗人。……但《陶集》里有《述酒》一篇,是说当时政治的。这样看来,可见他于世事也并没有遗忘和冷淡,不过他的态度比嵇康阮籍自然得多,不至于招人注意罢了……据我的意思,即使是从前的人,那诗文完全超于政治的所谓'田园诗人','山林诗人',是没有的。完全超出于人间世的,也是没有的。既然是超出于世,则当然连诗文也没有。"①

魏晋为中国历史上罕有的乱世,残酷的现实使文人不得不立意玄远,在形而上的思辨中逃避现实的苦难,同时在铁与血的网罟面前又不得不深思难全其身的困惑,对精神自由的追求与残酷现实中行动的委曲求全形成了鲜明的对照。自东汉的党祸以后,曹氏与司马氏的斗争愈演愈烈,名士或参与其中,或难以躲避,少有全者,士大夫为远离祸患,保全性命,不臧否人物,亦不议论时事,学术自然也转向纯粹的理论问题,而变得虚无缥缈了。竹林七贤与文学绘画中的"魏晋风度及魏晋风骨"是历代中国文化发生深刻变化及中国政权更迭时都会出现的理论及现实问题,对文学与绘画中竹林七贤图的研究使我们以新的视角重新审视了这个使中国知识分子魂牵梦绕的老话题,关于其价值取向的争论也是我们不能回避的理论问题。竹林七贤对中国传统诗画的影响主要表现在其崇尚自然超逸淡雅的生活情趣,竹琴之雅韵、诗酒之超拔等都成为中国传统文人诗画不可或缺的共同主题,它们均集中体现在关于七贤的各种诗画之中。但这仅仅是中国古代知识分子向往的理想精神境界,其真实的生活却如竹林七贤的现实一样充满了各种矛盾与纠结,正如向秀原和嵇康相好,但在嵇康被杀后,被迫屈服于司马氏的淫威,竟到司马氏那里称赞司马昭为尧舜,以此躲过一劫。竹林七贤的内部差异是非常巨大的,虽然他们和占据主导地位的官方文化都保持着距离,但以嵇康为代表的主要是一种抗争的态度,其最终的结局就是毁灭。另一种在竹林七贤中占据主导地位的,就是以阮籍为首的隐忍的态度,他和陶渊明一样以酒为主题,酒虽有抵抗不合作的一面,但更多的是回避与躲闪。这才是魏晋风度的主要所指,其主要态度基本上是被动消极地忍受,而不是积极主动地改造、进取,历代文人画家也多是采取了这种态度,这在鲁迅的文章中被分析得最为深刻贴切,他对陶渊明及竹林七贤所谓潇洒自由精神的解剖可谓是对中国文学艺术中所谓魏晋风度解剖最为精深独到的,对我们如何理解魏晋风度、魏晋风骨,如何理解它在中国传统文化中的地位及其意义有着重要的理论意义。"慷慨以任气,磊落以使才"才能有真正的"魏晋风骨",所谓无忧无虑,潇洒自然,又何来风骨呢? 与嵇康的慷慨悲歌相比,阮籍沉浸酒中过分的隐忍也就是保存性命而已,何来潇洒自由,陶渊明之隐居桃花源又怎能建立桃花源? 魏晋时期文化内部的巨

---

① 鲁迅:《鲁迅全集》第三卷,人民文学出版社 2005 年版,第 537—538 页。

大差异甚至是对立,是我们准确把握魏晋文化基本特点的重要理论依据。由此可见流行本王羲之的《兰亭集序》并不与魏晋时代所呈现的动荡的社会特征相一致,而是与当时文人知识分子所极力追求的价值倾向与主流的风格相一致,它仅仅与魏晋士人所尽力追求的内心平静风格相统一。文人对时代的躲避并没产生崇高,崇高乃是对时代的抗争,而不是把时代的矛盾消解在内心的平静之中。正如徐复观在《中国艺术精神·自序》中说:"中国的山水画,则是在长期专制政治的压迫,及一般士大夫的利欲熏心的现实之下,想超越社会,向自然中去,以获得精神的自由,保持精神的纯洁,恢复生命的疲困而成立的,这是反省性的反映。"①魏晋风度、魏晋风骨问题乃是中国文学艺术史上的老问题,宋朝被元朝取代时很多艺术家,如赵孟頫等都面临着竹林七贤的现实问题,作为宋朝遗民的钱选采取了和赵孟頫根本不同的人生态度,与新朝的不合作、隐居、醉酒是其与竹林七贤相同的人生写照。他在《题竹林七贤图》中说:"昔人好沉酣,人事不复理。但进杯中物,应世聊尔耳。悠悠天地间,愉乐本无愧。诸贤各有心,流俗无轻议。"②明朝被清朝取代时也是一样,如石涛等,同样中国近现代也是如此,竹林七贤乃是边缘与中心不断更迭,不断斗争,此消彼长的老问题,因此在中国文学艺术史上有着普遍的意义,它是艺术家与文学家在社会动荡及更迭时所共同面对的基本人生机遇问题,牟宗三在谈到魏晋时代的名士时说:"在君主专制之下,知识分子不是被杀就是被辱,而表现为气节之士。气节之士当然很可赞佩,但不是应当有的而且是很可悲的。这并不表示一个人不应重视气节,重视道德;而是气节之士是在君主专制的特殊形态下出现的人物,好像'家贫出孝子''国乱出忠臣',并不是孝子、忠臣不好,但谁愿意家贫、国乱呢? 因此当家贫、国乱时才出现的孝子、忠臣,就多少有些不祥。就在这层意义上,我们说那具有特殊性格的气节之士不是应当有的。魏晋时代的名士也很少能得善终。因此知识分子在君主专制之下要想保全自己,在出处进退之间是很困难的。"③魏晋时代各名士的悲剧是时代的悲剧,也是文化的悲剧。西方也是一样,正如印象派与占据主导地位的浪漫派及古典主义的争论一样。虽然竹林之清谈是否如顾炎武《日知录》中所说"亡天下","孟子所谓杨、墨之言使天下无父无君而入于禽兽者也",注重清谈的魏晋士人是不是就成了庄子所谓盗窃仁义的大盗,还是令人怀疑的。竹林之中差异是如此之大,权势、金钱、生命对每一位都有着不同,甚至是截然对立的意义,也就无法谈到都冠之以"大盗"的罪名。

无论怎样,西善桥的这幅著名的《竹林七贤与荣启期》砖画最终使我们能够穿越千年的时空得以目睹那个时代人对于七贤精神的理解与形象的刻画,得以

① 徐复观:《中国艺术精神》,华东师范大学出版社 2001 年版,自序第 5 页。
② 袁行霈:《陶渊明影像——文学史与绘画史之交叉研究》,中华书局 2009 年版,第 34 页。
③ 牟宗三:《中国哲学十九讲》,上海古籍出版社 2005 年版,第 151 页。

感受魏晋士人所谓风骨、风度的真正所指。竹林七贤的人生悲剧应使我们清醒认识到魏晋的自由是残酷的自由，《世说新语》中刻画的魏晋士人的笑是含泪的自我解嘲，是黑色幽默的苦笑，是严酷环境中知识分子的自我解嘲，既不是苏格拉底为求真而死，也不是如耶稣与释迦牟尼为善而舍身，同样也不是如孔子为仁义而颠沛流离，更不是老庄的真解脱，即如陶渊明的解脱也是一己之解脱，而非众生与世人之解脱，更谈不上真正的精神自由与解放，这与他们在现实阶层中所处的地位是一致的，也决定了他们在现实政治斗争与权力的纠葛中往往成为身不由己的依附者与牺牲品。《颜氏家训·杂艺》中就告诫世人对艺术"不须过精。夫巧者劳而智者忧，常为人所役，更觉为累；韦仲将遗戒，深有以也"。此处是指《世说新语·巧艺》中所记述的典故："韦仲将能书。魏明帝起殿，欲安榜，使仲将登梯题之。既下，头鬓皓然。因敕儿孙勿复学书。"①颐养性情的书画诗歌在现实的权力面前是软弱无力的，他们所能做的也只有逃避。当然颜之推也看到了艺术对于不同人的不同命运，既有王廙所称赞的王羲之那样能给家族带来荣誉，同时如果尊贵的地位一旦丧失，也会因此而受累："王褒地胄清华，才学优敏，后虽入关，亦被礼遇。犹以书工，崎岖碑碣之间，辛苦笔砚之役，尝悔恨曰：'假使吾不知书，可不至今日邪？'以此观之，慎勿以书自命。"②由此可见精通艺术也是一把双刃剑，不仅能使无名小卒为众人所知，也能使他们自己为权力所役使。所以颜之推又说："若官未通显，每被公私使令，亦为猥役。"③由此可见画家的地位与书法家的地位是相同的。至于《晋书·隐逸传》所载戴逵精于鼓琴，但拒绝"为王门伶人"，而这种艺术的价值也就只有定在学不为人，自娱而已的限度内了。同样，张彦远《历代名画记》卷九《唐朝上》记载，唐朝刚刚平定的时候，有外国使者来朝，皇帝就召阎立本为外国使节画像；太宗的弟弟虢王李元凤为百姓射杀老虎，为表彰他的勇猛，阎立本又被召去为李元凤画像。致使阎立本"奔走流汗，俯伏池侧，手挥丹素，目瞻坐宾，不胜愧赧。退戒其子曰：'吾少好读书属词，今独以丹青见知，躬厮役之务，辱莫大焉！尔宜深戒，勿习此艺。'"阎立本因为皇帝画像，当着众人的面，手拿画笔颜料，仰视众臣，汗流浃背，羞愧不已，并为此而警示后人，不要以此为业。同时张彦远又与《世说新语·巧艺》中记载的关于韦诞的故事进行了比较：艺术与美在等级森严的中国传统社会，它们不过是权力阶层的一个消费品罢了，何谈艺术之独立性与艺术家之尊严价值。《南齐书·王僧虔传》说："太祖善书，及即位，笃好不已。与僧虔赌书毕，谓僧虔曰：'谁为第一？'僧虔曰：'臣书第一，陛下亦第一。'上笑曰：'卿可谓善自为谋矣。'"④由此看出当时

---

① 刘义庆著，张㧑之译注：《世说新语译注》，上海古籍出版社1996年版，第601页。

② 刘义庆著，张㧑之译注：《世说新语译注》，上海古籍出版社1996年版，第303页。

③ 颜之推著，檀作文译注：《颜氏家训》，中华书局2011年版，第303—307页。

④ 萧子显：《南齐书》第二册，中华书局1983年版，第592—596页。

士人知识分子，包括文学家与艺术家的共同命运。所以刘勰在《文心雕龙·程器》中讲："孔光负衡据鼎，而佞媚董贤，况班马之贱职，潘岳之下位哉？王戎开国上秩，而鬻官嚣俗，况马杜之磐悬，丁路之贫薄哉？""将相以位隆特达，文士以职卑多诮；此江河所以腾涌，涓流所以寸折者也。"[①]这乃是刘勰自己的切身感受，因为他写出《文心雕龙》"未为时流所称"，"欲取定于沈约。约时贵盛，无由自达，乃负其书候约出，干之于车前，状若货鬻者"。[②] 所以鲁迅说，"江河所以腾涌，涓流所以寸折者"深刻地揭示了中国传统文化内在的痼疾，"东方恶习，尽此数言"，[③]那就是权力对学术的一统天下。由此看来，魏晋文学与艺术的辉煌同样是以无数巨大的悲剧为代价的，也就是国家不幸诗家幸的另一个例证。其实，欧洲文艺复兴也是如此，看看米开朗琪罗与达·芬奇被其雇主所困的情景就可了然了。艺术与权力的关系及其对艺术生产、消费及欣赏的深刻影响乃是时代的悲剧。我们也因此应对文学史及艺术史中对魏晋风度的美化及过度的赞美保持距离与清醒，不应毫无批判地推崇与认可，因为他们也是魏晋历史悲剧的一部分。

---

① 范文澜：《文心雕龙注》(下)，中华书局1958年版，第719页。
② 范文澜：《文心雕龙注》(上)，中华书局1958年版，第1页。
③ 鲁迅：《鲁迅全集》第一卷，人民文学出版社2005年版，第78页。

第六章　苏蕙《璇玑图》与历代图像诗

第一节　《璇玑图》本事

　　《璇玑图》的作者是十六国前秦女子苏蕙（359—?），她是我国古代文学史上一位著名的女诗人。《晋书·列女传》记载："窦滔妻苏氏，始平人也，名蕙，字若兰，善属文。滔，苻坚时为秦州刺史，被徙流沙。苏氏思之，织锦为回文旋图诗以赠滔。宛转循环以读之，词甚凄惋，凡八百四十字，文多不录。"①苏蕙也是一位富有民间传奇色彩的女诗人，关于她的民间传说层出不穷，《法门寺纪事》《法门寺传奇》等书中都有较详细的记载。综合各种史料和民间传说大致可以看出她的人生概貌。苏蕙，字若兰，是陈留令苏道质的第三女儿，家住武功县以北偏西的苏坊。苏坊以汉代名臣苏武牌坊而得名。这里地处漆水河谷，风景秀丽。据《法门寺纪事》说，苏蕙从小天资聪慧，仪容秀美。她 3 岁学字，5 岁学诗，7 岁学画，9 岁学绣，12 岁学织锦；及笄之年，已是姿容美艳的书香闺秀，提亲的人络绎不绝。苏蕙与窦滔的爱情与婚姻不仅是《璇玑图》创作的最初动因，也是解读《璇玑图》的主要依据。窦滔出身扶风郡一名门望族，祖父为右将军窦真。窦滔，字连波，自幼立志好学，经常在法门寺（当时叫阿育王寺）内习文练武。前秦建元十年（374）的一天，他在寺西池畔练武，英俊飒爽，仰身射箭，飞鸟应声落地；俯身射水，水面即出带矢游鱼，池岸上则宝剑与经书相伴，显示了窦滔的文武全才。16 岁的苏蕙恰好随父前来游玩，看到生气勃勃、一表人才的窦滔，顿生仰慕之心。后由双方家长做主，两人于当年结为夫妻。窦滔"风神秀伟，赅通经史，允文允武，时论高之"。苻坚认定窦滔是一位难得的人才，大约建元十一年（375），即派他前去秦州守地安民，以备在条件成熟时西取凉州。窦滔于是带着年仅 17 岁的新婚妻子苏蕙去上邽就任，他们当时的住所就在今甘肃省天水市西关的育生巷。故宅今名务农巷，当地民众称之为"织锦台"。窦滔、苏蕙在秦州过了一段幸福美满的生活，可惜好景不长，和谐的家庭生活被一件意外事故破坏。窦滔风流倜傥，在苏蕙之外又爱上了一位女子赵阳台。赵能歌善舞，"歌舞之妙，无出其右"，

---

① 房玄龄等：《晋书》（第八册），中华书局 1974 年版，第 2523 页。

窦滔置之别所，经常与其会面，事情后被苏蕙发觉。苏蕙无法容忍，想方设法把赵阳台弄到手，苦加捶辱，窦滔深以为憾。赵阳台在受辱之余，心自然有所不甘，抓住苏蕙的一些短处，在窦滔面前进谗毁谤，窦滔对苏蕙由是更加疏远。窦滔被派往秦州，本为进攻凉州做准备，但在攻取凉州的战役中窦滔不仅没有立功，反而由于"忤旨"被谪戍敦煌。前秦建元十五年（379），苻坚从东晋手中攻陷襄阳，苻坚赦免了窦滔，并拜为安南将军，前去镇守襄阳。窦滔赴任时，本来要求苏蕙同去，苏蕙埋怨丈夫不能公平待己，怒气难消，不愿偕行，窦滔只好独携赵阳台而去。时日渐长，留在秦州的苏蕙，备感孤独，逐步感到悔恨。正如她诗中所描述的：白天"长思君，念好仇。伤摧容，发叹愁"，时而"厢东步"，时而"阶西游"，时而"桑圃憩"，时而"桃林休"。但是，不论怎样散心，总是排遣不了巢被鸠占的愤恨。夜晚，望着经天明月，大地一片宁静，她深深感到孤寂，经常在想：自己这样"饰容华"是为了谁呢？尽管自己打扮得"香生英，色耀葩"，但是"家无君"，白天"斜日倚，泪沾裳"的情景一一浮上心头。"情中伤，路旷遐"，前往襄阳的路程是那样艰难遥远，"钦岑幽岩峻嵯峨，深渊重涯经网罗"，"津河隔塞殊山梁，民下感旷悲路长"，倚门望而不归，去又去不了……往往梦中见到亲人，欣喜异常，然一觉醒来，才知道是一场空欢喜，"惊所梦，怀叹嗟"。这一切都深深地融进了她的诗歌里。她痛恨赵阳台像当年赵飞燕扰乱汉成帝的宫闱那样，破坏了自己好端端的家庭："班宠婕妤，乱辇汉成"，"妾嬖赵氏，飞燕实生"。同时她又埋怨自己的丈夫是非不分，不能"虑微察深，祸在防萌"，"察微虑远，慎在未形"，以致"弃故遗旧"，"爱间亲违"，使事情闹到夫妻分离的地步。她为自己悲苦的命运叫冤："我生何冤，丁是艰苦！"但她又深悔自己的迁就容忍，不能奋起反抗："掩羞悲怨，卑贱何如！"于是她决定用自己的诗来抒发自己的悲愤，用自己的才情来抗争这不公的命运，以诚挚的言辞讲清道理，诉说自己的怀念，表示自己的伤感，规劝丈夫，以深沉的感情打动亲人，真是纤手写华章，哀怨起骚人。苏蕙反复吟诵从内心发出的诗歌，这位才高手妙的女诗人甚至想到，曹植的《镜铭》"华屏列耀，藻帐垂阴"，可从后往前回读，自己的诗歌是不是也同样可以这样呢？苏蕙找出一首试作，反复调整字句，竟然获得成功。这使她大受鼓舞，探索的勇气倍增，索性将全部诗歌逐篇加工成回文诗。但这些诗篇怎样才能送到远方亲人的手里又难住了苏蕙，然而心灵手巧的苏蕙幼年就巧于织锦，于是设想用各色彩线将诗织在锦上，送到远方亲人的手里。于是她决定把三言、四言、五言、七言诗，四句、六句、十二句诗，这些规格各不相同的诗，打破逐字从上而下，逐句从右向左，逐首相接平铺直叙的常规方法，对图案进行了创造性的设计，不仅对诗作在写法上再次进行调整，达到一字数用于不同诗的衔接处，又特别注意了和谐音韵，对用字反复调整，将所有诗综合排列，融于一图。最后选好丝线，架起织机，开始操作，终于织成了美丽的诗图，时为前秦建元十七年（381）。苏蕙织就《璇玑图》，派人送至襄阳，诗图鲜艳美丽，但不少人担心《璇玑图》不能解读，苏蕙笑着说：

"徘徊宛转,自为语言;非我佳人,莫之能解。"才情高超的窦滔收到《璇玑图》后,捧览诗图,反复研读,果然融会贯通,并被诗中反复吟咏的深情感动,决心重归旧好。

现藏中国国家图书馆的宋代著名女诗人朱淑贞的手抄本《〈璇玑诗图〉绎诗》。纵横 8 寸,上下左右各为 29 行。按当时度制,1 寸合今 2.45 厘米,8 寸为19.6 厘米,每字平均约为 0.7 厘米×0.7 厘米,加上四边,估计《璇玑图》的大小应约 25 厘米×25 厘米。中空一格,共计 840 字,纵横反复,皆为文章。传世《璇玑图》有 840 字、841 字两种版本。两者最大区别在于中心是否空格:中心空格、无"心"字者,为 840 字本,有"心"字者为 841 字本。现在广为流传的是 841 字本,它被收录在小说《镜花缘》里。十多年前,所有木刻及铅字印刷的都是此图,一般人比较容易找到。据研究,两种版本中最接近苏蕙原著的应是世所稀见、只有极少手抄本传世的 840 字本。亲见其二:一为朱淑贞抄本,现存中国国家图书馆;一为管道升抄本,藏于大英博物馆,中国国家图书馆有其照相底版。朱、管二位都是文学史上著名的女诗人,这两件抄件是否为其原作,未详。840 字本在1996 年出版的《诗苑珍品璇玑图》里第一次得到印刷,开始为世人所知。据断定,840 字本的产生在时间上应早于 841 字本:首先,《璇玑图》字数见之于史籍,记载最早者为初唐编纂的《晋书》,其明确指出:苏蕙"织锦为回文旋图诗……凡八百四十字"。降至宋、元,朱淑贞、管道升两个抄本也都是 840 字图,而 841 字全图始见于宋代《回文聚类》。从诗图内容看,840 字图较为符合一个富有才华与抗争精神的女性形象,841 字图在对待女性的态度上却较为保守、固陋。如840 字图"辛苦君身客外方"在 841 字图中改为"身荣君仁离殊方",将妻子对丈夫的体贴和安慰改为了势利与讨好。840 字图"人之女体有柔刚"在 841 字图中改为"人贱为女有柔刚",把性格的刚柔改为了女性的自轻自贱。此种情况在两种版本中多次出现。总之,840 字图表现的是一位温柔、多情、坚强、自尊、自爱、与丈夫人格完全平等的身心健全的女子;而 841 字图中则过多表现了女性的鄙贱与自卑,前者体现了古代北方女子健康向上的形象,后者则是宋元明以来妇女屈辱人格的反映,是男尊女卑的专制时代知识分子对诗图胡乱篡改的结果。从文风看,840 字图诗风古朴,可以明显觉察出《诗经》的影响。诸如:"君子好逑"(《关雎》),"岂无膏沐? 谁适为容。"(《伯兮》),"南有乔木,不可休息"(《汉广》),"采葑采菲,无以下体"(《谷风》)等。[1] 而 841 字图却颇多迂腐意味,如 840 字图"残草绿,乱花飞"在 841 字图中竟改成了"遗孤妾,散离群",缺少了优美的风景描写,代之而来的是声声哀鸣。841 字图与 840 字图最根本的差别是 841 图中心多了一个"心"字,可能是当初中心空白,后人辗转抄写,为定位置,就在空白处写上一个"心"字,久之混同正文。令人惊奇的是,"心"字的插入,又相当协韵,自

---

[1] 金启华译注:《诗经全译》,凤凰出版社 2018 年版,第 2、13、50、96 页。

然解读又多出了不少诗,在那种以读诗愈多愈佳的文化环境中,也就令人无法冷静地加以对待了,以至讹传到现在。但无可否认的是:这些带"心"字的诗句,大都质量平平,与其他诗也都不甚般配,有些解读甚至显得很勉强,如"奸因女孽至深微,识知别改明玑心",实在令人费解。

璇玑图

蕖筝流脆激弦商秦西发声悲摧藏淳风和咏宜高堂嗔忧增慕怀惨伤仁
芳娟月夜君无家楚姿淑窕窈伯召南周风兴自后妃荒从是敬孝克基智
兰华容饰谁为妍间闱中节厉女楚郑卫姬河广思归淫持所慎念阙恭怀
蕙香生英色耀葩越逶逶路遐望咏歌长叹不能奋飞绝雍和家远恒疑德
秀斜日依泪沾裳隔顾其人硕奏双商清调歌我衮衣诚思克慎敦节容圣
敷情中伤路旷遐土追相声同徵宫调弦谱感我情悲臧庸顽肆谗愚滋虞
阳嗟叹怀梦所惊乡谁为容冶色姿艳华色翠羽葳蕤所慈孝念逊谦蒙唐
春方外客身君苦辛苦艰难生患多殷忧缠情将如何钦苍穹矢终笃志贞
墙禽心音春身深加冤何生我备文繁虎龙怀伤思悼岑萌茭容城贞明妙
面伯改曳濡我日兼丁是艰苦扬彩华雕旌悲感戚叹幽防犹苟倾忠难重
娘在者竹物平润愁漫漫愁琐丽壮观饰容乖情独抱岩在炎不在我受华
意诚惑风品集浸瘁婴是忧阻光美耀绣衣谁者我盼峻祸盛义戒害肤勋
惑旧违玉德疾恨少章时桑诗终始诗情明仁颜贞寒嵯深宠姬后凶源业
故弃爱飘地愆构精微盛弩雅恋图璇玑灼贤衰物岁峨察渐班妾奸祸昌
新故间佩天辜罪神恨昭感兴眷诗　始怨别改知识深微致宠婴谗因嫉
霜遗亲鸣施何积遐元叶孟鹿作氏苏平义行华终凋渊虑人婕佞所沩
冰旧违玉德因怨幽微倾宣鸣此丽词理兴士容始松重远伐好氏人恃降
齐君殊步贵备其旷怨悲羞掩事往感年衰思感靡宁涯慎用乱飞作恣泆
洁乎我之乎尝根远卑贱何如眺远劳深情情伤孜孜经在昭辇燕乱恶配
志惟同汉均苦难分念是旧感味薄消酒卮时依枕屏网未青汉实帏骄英
清钦衮滨云辛寻凤谁为独居调琴非故声形劳想追罗形肯成生庭盈皇
纯贞志一专所当麟沙流鱼札书浮沈华英翳耀潜阳林西照景薄榆桑伦
望云浮寄身轻飞龙施何激愤违志壮心违一生苦思光长君思念好仇匹
远辉光饰宜彩文昭为谁与将身饰丽华美俯仰容仪流愁叹发容摧伤飘
空鸾掩镜凤孤帏德亏不盈无衰有盛惟替无日不悲电厢东步阶西游迹
阔飞花乱绿草残怀移西日白年往时旧游倏忽若驰迅休林桃憩圃桑沉
疏春阳和鸿雁归圣资何情忧感悼衰志节上通神祇催扬沙尘清泉流江
爱微尘通感明神皇辞成者作体下遗葑菲采者无私生鸠双巢凤孤翔湘
亲刚柔有体女之人房幽处己闵微身长路悲旷感下民梁山殊塞隔河津

图6-1 《璇玑图》

第二节　《璇玑图》的解读和本诗

《璇玑图》文图合一的艺术形式既是美丽的图像同时又蕴涵着多首优秀的诗篇。按传统的、人们习以为常的方法,从上而下,从右而左读,就像走进"迷魂阵",怎么也读不出诗来,后世为其解读,曾经大费脑筋。由于难解,民间甚至传说,苏蕙是天上的织女星下凡,《织锦回文诗》内藏有天机,天机不可泄露,有人甚至因研究诗图泄露天机而遭了大祸,而历代因忽视《璇玑图》诗图合一的艺术形式而导致误读的也不在少数。《璇玑图》的解读也为难了当代一些学者。由中华书局出版、逯钦立辑校的《先秦汉魏晋南北朝诗》竟然把好端端的一个四方四正的诗图按散文排为长方形,弄得面目全非,无法阅读。北京师范大学出版社重印的李渔小说《合锦回文传》,其中的《璇玑图》同样也是按散文排列的,而且将原来的竖排改为横排,闻名历史的这幅杰作,经过这样的"处理",就变成了无法解读的"文字垃圾"。这都是忽视《璇玑图》诗图合一的艺术形式的直接结果。

《璇玑图》文图合一的艺术形式是解读它的根本关键。陡兀而起的大方块文学形式、色彩斑斓的诗歌组合、大片令人似懂非懂的诗句、巧妙至极的织造技术、悲喜离合的爱情故事,这一切都完美地融合在这个由诗歌与图画构成的艺术形式里,它的无穷的艺术魅力也尽显于此。诗图的解读成了一个提供给历代文人学士久食不厌的诱饵,无数人想征服它,久而久之竟形成了这样一种社会风气:谁能解开,谁就算有才情,得诗愈多,愈说明才情高妙。这种风气在清代李渔的小说《合锦回文传》中表现得淋漓尽致:神童梁栋材和才女桑梦兰,各有《璇玑图》半幅,又各从中绎出诗若干,彼此倾慕,经过无量曲折,终成夫妻。梦兰又把另一才女梦蕙介绍给自己的丈夫,三人同结连理,彼此唱和。这种以多解为贵的社会风气对《璇玑图》的解读有积极作用,但也带来了解读中某些勉强凑数、粗制滥造的消极影响。历代解读《璇玑图》,上至皇室下至普通百姓、寺院僧人都有参与,但以文人居多。其中,比较重要的有宋代著名画家、被后人誉为"宋画第一"的李公麟,与李清照齐名的宋代杰出女诗人朱淑贞,元代有赵孟頫夫人、以书画著称于世的才女管道升,明代有著名学者康万民,清代有著名小说家李汝珍,今人则有贵州大学张启成教授、西北师大赵逵夫教授、西北政法学院吕夷、刘淑芳等,他们都对诗图的解读作出了贡献。于是,积历代之努力,《璇玑图》里被解读出来的诗越来越多。朱淑贞从中读出 81 首。武则天在《〈璇玑图〉记》中说"题诗二百余首"。明万历间安徽诸生侯珦曾衍苏氏回文得诗 800 首,著有《衍回文诗》。《带经堂诗话》卷二十、卷二十六载黄庭坚诗"千诗织就回文锦,如此阳台暮雨何? 亦有英灵苏蕙子,只无悔过窦连波",此诗说明黄氏从诗图中破解出了1 000 首之多。《璇玑图》曾被李汝珍收录在著名小说《镜花缘》里,随着小说的流传,诗图在民间广为人知,根据小说里提供的解读方法,读出的诗,除遗漏、错误和重复者外为 2042 首,数量超出上述诸家。管道升在《〈璇玑诗图〉跋》中说,她从诗图中得诗 3518 首。这其中,明人起宗道人把诗图解读推向了一个高潮。因为他的解读方法传世,所以影响很大。起宗读法详见《名媛诗归》。起宗将《璇玑图》一分为七,每图有每图的解读方法,按其读法,自称可得三、四、五、六、七言诗3752 首,《词源》及各种工具书均沿用此数。但此数实误,将"图三读法之一、二"

绎出的诗，多算了 8 首，全图绎诗应为 3744 首。但是，根据李蔚多年研究《璇玑图》，苏蕙原作仅为 46 首，加上回读所得，共 92 首。超出苏蕙本诗、解出的千万首所谓"璇玑图诗"，绝大多数为按"叶韵"解读出来的七言诗，其中好诗不少，但也有些是勉强成诗，需要按苏蕙原诗推导，才能大致得知其意，更有一些纯属于文字游戏，不成其为诗。所谓"叶韵"是指音韵因时制宜的应用。我国诗的押韵原来比较简单，后来要求越来越严格。由于区域、时代之不同，同一字的读音是有若干差别的。在苏蕙以后的南北朝时期语音已与几百年前有所不同，按当时语音读《诗经》，韵多不合。为符合原韵，学者提出某字需临时改读某音，称为"叶韵"。后人并以此应用于其他古代韵文，此风至宋代而大盛，后人解读《璇玑图》，采取的就是"叶韵"，只求大体谐韵。

据李蔚解读，苏蕙本诗 46 首原文列举标号如下：

其一：仁智怀德圣虞唐，贞妙重华勋业昌。嫔沩降沤配英皇，伦匹飘迹沉江湘。

其二：津河隔塞殊山梁，民下感旷悲路长。身微闵己处幽房，人之女体有柔刚。

其三：亲爱疏阔空远望，纯清志洁齐冰霜。新故惑意娘面墙，春阳敷秀蕙兰芳。

其四：蓁筝流脆激弦商，秦西发声悲摧藏。淳风和咏宜高堂，嗔忧增慕怀惨伤。

其五：钦岑幽岩峻嵯峨，深渊重涯经网罗。林阳潜耀翳英华，沈浮书札鱼流沙。

其六：麟凤分远旷幽遐，精神少瘁愁兼加。辛苦惟艰生患多，殷忧缠情将如何？

其七：贞志笃终矢穹苍，钦所箴诫绝淫荒。秦楚间越隔土乡，辛苦君身客外方。

其八：纯贞志一专所当，麟龙昭德怀圣皇。民生催迅电流光，林西照景薄榆桑。

以上七言 8 首。

其九：龙虎繁文备，扬彩华雕旐。容饰观壮丽，光美耀绣衣。

其十：诗雅兴鹿鸣，宣孟感翳桑。时盛昭叶倾，微元恨徽章。

十一：寒岁识凋松，始终知物贞。颜衰改华容，士行别贤仁。

十二：衰年感往事，眺远劳深情。厄酒消薄味，调琴非故声。

以上五言 4 首。

十三：悼思伤怀，悲感戚叹。抱独情乖，谁者我盼？

十四：思感靡宁，孜孜伤情。时依枕屏，追想劳形。

十五：我生何冤，丁是艰苦。琐愁漫漫，婴是忧阻。

十六：掩羞悲怨，卑贱何如！感旧是念，谁为独居？

十七：所因祸源，肤受难明。祸因所恃，恣恶骄盈。

十八：佞谗奸凶，害我忠贞。奸谗佞人，作乱帏庭。

十九：赵璧妾后，戒在倾城。妾璧赵氏，飞燕实生。

二十：婕宠班姬，义不苟容。班宠婕好，乱辇汉成。

二一：人致渐宠，盛炎犹荧。渐致人伐，用昭青青。

二二：虑微察深，祸在防萌。察微虑远，慎在未形。

二三：周南召伯，窈窕淑姿。召南周风，兴自后妃。

二四：卫郑楚女，励节中闱。楚郑卫姬，河广思归。

二五：长歌咏望，遐路逶迤。咏歌长叹，不能奋飞。

二六：清商双奏，硕人其颀。双商清调，歌我衮衣。

二七：弦调宫徵，同声相追。宫调弦谱，感我情悲。

二八：华艳姿色，冶容为谁？姿艳华色，翠羽葳蕤。

二九：构罪积怨，其根难寻。积罪构恨，浸润日深。

三十：愆辜何因，备尝苦辛。何辜愆疾，集乎我身？

三一：地天施德，贵乎均云。施天地德，品物濡春。

三二：飘佩鸣玉，步之汉滨。鸣佩飘玉，风竹曳音。

三三：爱间亲违，殊我同衾。亲间爱违，惑者改心。

三四：弃故遗旧，君乎惟钦。遗故弃旧，诚在伯禽。

三五：心壮志违，愤激何施？志壮心违，一生苦思！

三六：华丽饰身，将与谁为？饰丽华美，俯仰容仪。

三七：惟盛有衰，无盈不亏。有盛惟替，无日不悲。

三八：旧时往年，白日西移。往时旧游，倏忽若驰！

三九：志衰悼感，忧情何资？悼衰志节，上通神祇。

四十：葑遗下体，作者成辞。下遗葑菲，采者无私。

以上四言诗 28 首。

四一：基克孝，敬是从。恭厥念，慎所持。疑悒远，家和雍。容节敦，慎克思。滋愚谗，肆顽庸。蒙谦逊，念孝慈。

四二：仇好念，思君长。伤摧容，发叹愁。游西阶，步东厢。桑圃憩，桃林休。流泉清，尘沙扬。翔孤凤，巢双鸠。

四三：家无君，夜月娟。妍为谁，饰容华。葩耀色，英生香。裳沾泪，倚日斜。退旷路，伤中情。惊所梦，怀叹嗟。

四四：飞轻身，寄浮云。文彩宣，饰光辉。帏孤凤，镜掩鸾。残草绿，乱花飞。归雁鸿，和阳春。神明感，通忧微。

以上三言诗 4 首。

四五：怨义兴理，辞丽此作。眷恋终始，诗情明灼。

四六：诗图璇玑，始平苏氏。

以上四言诗 2 首。

总之，本诗 46 首。其中，三言诗 4 首，四言诗 30 首，五言诗 4 首，七言诗 8 首。

第三节　嵌诗入图

一、三环八系的总体构架

《璇玑图》主要采用三环八系的总体构架以完成嵌诗入图的。三环八系的总体构架可谓巧妙无比，鬼斧神工，为古今中外所仅有。环内套环的三环构架如同大殿里的主梁将整个大厦高高撑起，巍然壮观。苏蕙以四首七言诗，诗诗衔接，按顺时针紧排，构成坚固的外环（三环），风吹不进，水洒不入。从右上开始，四边接连，右、下、左、上依次为本诗第一首、第二首、第三首、第四首。而后，以另两首七言诗，诗诗衔接，按顺时针紧排，构成中环（二环）。二诗也是紧密联系，不容异物。从右上开始，四边循序接连，依次为本诗第五首、第六首。最后，用一首说明创作主旨的四言诗（本诗第四十五首），诗句顺时针衔接，组成内环（一环）。其图如下：

图 6 - 1a

三环建成后，二、三环之间又以两首七言诗，每句一条，织为八条系带，分别嵌入，以巩固架构。两首诗，分别为本诗第七首："贞志笃终矢穹苍，钦所箴诫绝淫荒。秦楚间越隔土乡，辛苦君身客外方。"及本诗第八首："纯贞志一专所当，麟龙昭德怀圣皇。民生催迅电流光，林西照景薄榆桑。"其图如下：

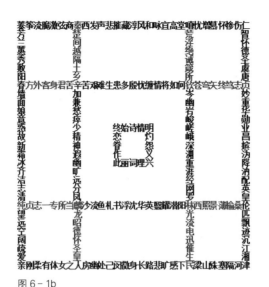

图 6 - 1b

二、一字多用

在三环八系的总体构架中苏蕙采用了"一字多用"的手法。早在写作时,为了排列的巧妙苏蕙就有意安排此法。如,本诗十七:"所因祸源,肤受难明。祸因所恃,恣恶骄盈。"其中,第一句的"所因祸"和第三句的"祸因所"完全相同,只是一为顺读,一为逆读。类似者,共有 72 字。后来在构架时,苏蕙又感到在环、系衔接处也必须"一字多用"才能组成有机的结合。例如,三环右侧的"贞"字,既要用之于环诗"贞妙重华勋业昌",又要用于系诗"贞志笃忠矢穹苍"。二环右上角"钦"字,同样既要用于二环的环诗,又要用于八系的系诗。类似的,有 8 字。以上,全图"一字多用"者,共 80 字。《璇玑图》一字多用,使图里的许多诗焊接在了一起,彼此相连,无法分开,此 80 字,都是不同的诗所共用,哪一首也少不了它们。共用字的存在使《璇玑图》诸诗有机结合,成为一个无法拆开的有机整体,或者说,它是三维的立体构架,不是二维的平面排列。从中硬拉出一首,使其独立,相关的诗句就会无法存在,诗图的整个大厦就会垮掉。而如果只是"诗群"形式,抽出任何一首,也不会因此而影响到其他诗的生命。所以说,《璇玑图》的总体构架本身就是一个创新,可名曰"群诗",是诗的形式在发展史上的一种质的飞跃。

三、56 韵脚的巧妙安排

苏蕙在处理诗歌的韵律时也巧妙安排了 56 韵脚,从而使整个结构看起来美观和谐。苏蕙在搭架子时就感到音韵的棘手,不仅就一首诗而言句的末字和句的首字都必须谐韵,顺读、逆读才能成诗,而且就整个诗图而言,各诗之间同样需要谐韵,一字多用不仅在词的意义上,而且要在音韵上协调,才能组织成为一个有机的血肉相连的整体。以框架右上角的两条系带为例:"贞志笃终矢穹苍","钦所箴诫绝淫荒",作为同一首诗里的两句,每句末字即"苍""荒"要谐韵,才能顺读为诗,同时每句首字即"贞""钦"也要谐韵,才能回读成诗,而作为整体诗图,两句首、末四字,其音韵又要符合三、二环上其他相关诗句的要求。例如,"贞"字,既是"贞志笃终矢穹苍"一句回读为"苍穹矢终笃志贞"的韵脚,又是三环里"贞妙重华勋业昌"一句回读为"昌业勋华重妙贞"的落韵;"钦"字,既是"钦所箴诫绝淫荒"一句回读为"荒淫绝诫箴所钦"的韵脚,又是二环"钦岑幽岩峻嵯峨"一句回读为"峨嵯峻岩幽岑钦"的落韵。由此可见艺术的要求难度之高。根据这个高难度的要求,苏蕙不知经过多少次反复的推敲、修订,最后终于完成了全图 56 个韵脚的安排。其中,三环有 32 韵,二环 16 韵,八系 8 韵。

如果说三环、八系的架构是诗图构建中的钢筋水泥,使其坚固异常、牢不可动,是外部形象,那么,苏蕙对韵脚的安排就更是神来之笔,使整个诗图波动着韵律的美感,充满迷人的魅力,是内秀之美。具体说,三环有 32 韵字,分为两组:其中,一组为:唐、昌、皇、湘、梁、长、房、刚、望、霜、墙、芳、商、藏、堂、伤。另一组为:贞、嫔、伦、津、民、身、人、亲、纯、新、春、蓁、秦、淳、嗔。二环 16 韵字。一组为:深、林、沈、麟、神、辛、殷、钦。另一组为:多、何、峨、罗、华、沙、遐、加。前四字同韵,后四字同韵。八系 8 韵字:苍、荒、乡、方、当、皇、光、桑。下面是 56 韵字的分布:

图 6-1c

整个诗图于是就像一张大网,韵脚就像网结,连通着整张大网,成为提得起、放得下的活体,为通篇交叉读诗,在必不可少的音韵的协调上提供了基础。《璇玑图》所以能够另外读出很多诗就是由于韵脚安排得特别出色。

四、移诗入图

框架建起、韵脚安排妥帖以后,苏蕙便移诗入图,着手填写其余的诗。三言诗四首按左右方向排列织入三环内的四角。其图如下:

图 6 - 1d

四言诗二十四首织入二、三环中间地带的中部。上下两块,横输;左右两块,竖输。其图如下:

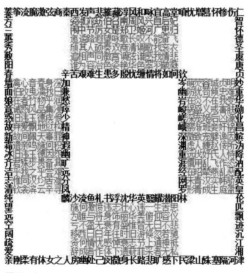

图 6 - 1e

四言诗四首横输于二环内的四角。其诗:右上角为本诗十三,右下角为本诗十四,左上角为本诗十五,左下角为本诗十六。其图如下:

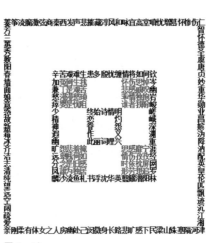

图 6 - 1f

五言诗四首织于一、二环之间地带中间位置的上下左右。上下者，左右织入；左右者，上下织入。其诗为：上方为本诗九，左方为本诗十，右方为本诗十一，下方为本诗十二。其图如下：

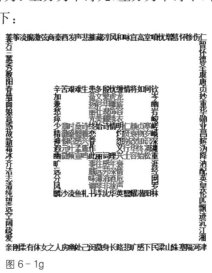

图 6 - 1g

四言诗一首，即本诗四十六"诗图璇玑，始平苏氏"，织入一环之内，顺时针方向，其图如下：

图 6 - 1h

至此,本诗 46 首全部完美地嵌入诗图。

第四节 《璇玑图》的艺术创造及其后续影响

苏蕙命名其诗图为"璇玑",是取自北斗七星。"璇"指"天璇"星,"玑"指"天玑"星,它们是北斗七星里的两颗星名。北斗七星里的"天枢""天璇""天玑""天权"四星的分布呈四方形,组成北斗七星的"斗",其余三星"玉衡""开阳""摇光"分布为线形,组成北斗七星的"柄"。北斗七星以北极星为中心逆时针旋转,一昼夜旋转一周,周而复始。但是,北斗七星无论怎样旋转,其顶端的"天璇""天枢"二星与北极星总是形成一条直线。二星间的距离,向上延长五倍就是北极星。"天玑"星虽与"天璇"星为邻,但它与其他诸星一起,依"天玑—天枢"线旋转,"天玑—天枢"线虽然永远与北斗星为一条线而不变,斗柄的指向却始终在变化着。北斗七星的斗,亦称"璇玑",柄称"玉衡"。但苏蕙名诗图为"璇玑"者,并非取"斗"义;指的是诗之旋转嵌入,犹如北斗七星之不断旋转。

《璇玑图》最大的贡献就在于它在形式上是诗、图结合的完美创造。中国古诗写法遵循汉文从上而下、从右而左的习惯,汉代苏伯玉妻的《盘中诗》首先打破这种传统,将诗盘旋输入圆盘,但是构造简单,且不能回读。苏蕙则大大发展了诗的旋转输入,可谓是登峰造极,彻底打破了原来的格式,是诗在形式上的极大解放。这种形式上的"破旧立新"主要表现为五种情况:一是二、三环间四角的三言诗,一、二环间四角的四言诗,和一、二环间上下两边的五言诗,字书固然从右而左,但是,句书却是从上而下排列,不是传统的自右而左。二是二环的两首诗,第一首的前两句从上而下,后两句从右而左,排列古怪,全诗呈直角形;第二首,虽然也呈直角形,但字的书写和句的排列不是从下而上,就是从左而右,二者都是反传统的。三是二、三环间带的四边,各有六首四言诗。其中,上下两块,每首的前两句的写法符合从右而左的规矩,可后两句反其道而行:字书、句书都是从左而右排列。而左右两块,情况又有不同:每首前两句字书、句书,从上而下排列,符合传统,但每首的后两句无论字书、句书都是从下而上排列。还有一个特殊的地方:每块每首,中间三字,都是一字二用,也属前所未有。四是环书,这完全是稀奇的创造。一环是一首四言诗,从右边开始,顺时针逐字逐句转着书写,呈四方形。一环内,也是一首四言诗,但仅两句,从左边开始,顺时针书写,构成一个同样的四方形。五是飞书,这是最不可想象的天才之笔。组成"八系"的两首七言诗,第一首的第一句"贞志笃终矢穹苍",从三环的右边飞入诗图,第二句"钦所箴诚绝淫荒",再从诗图内紧邻处的二环右上角飞出,落脚在三环上边的临近处。第三句"秦楚间越隔土乡",从三环上边的另一处飞入诗图;再从临近处的二环左上角飞出,落脚在三环左边的临近处,是为诗的第四句"辛苦君身客外方"。第二首同样：第一句"纯贞志一专所当"，从三环左边的另一处飞入，再从临近处的二环左下角飞出，落脚在三环下边的临近处，是为第二句"麟龙昭德怀圣皇"。第三句"民生催迅电流光"，从三环下边的另一处飞入，再从临近处的二环右下角飞出，为第四句"林西照景薄榆桑"。

《璇玑图》这种在书写形式上的匠心独运是正统写法与非正统写法相互交错完美融合的结果。其中正统写法和正统写法的变体（一行一首）并存，同时非正统写法也斑驳陆离，各种不同写法，彼此穿插，琳琅满目，融于一图。但它们又是繁而不乱，按照一定的规律排列，非但没有杂乱无章之感，反而更显新颖别致之趣，令人百寻不烦，千读不厌，趣味无穷。特别是它在艺术上独创"诗中套诗"手法更是如此。"诗中套诗"有两种情况，一是韵脚安排奇特，出现了复合诗；一是长诗套短诗。第一种情况，以三环右边为例，自上而下读，得七言诗一首："仁智怀德圣虞唐，贞妙重华勋业昌。娰沩降沩配英皇，伦匹飘迹沉江湘。"自上而下，退一字读，同样可以得七言诗一首："智怀德圣虞唐贞，妙重华勋业昌娰。沩降沩配英皇伦，匹飘迹沉江湘津。"短短 28 个字，却包含着两首各 28 个字的七言诗。第二种情况，以二、三环之间右下角三言诗为例。蛇行通读是一首长诗："仇好念，思君长。愁叹发，容摧伤。游西阶，步东厢。休林桃，憩圃桑。流泉清，尘沙扬。鸠双巢，凤孤翔。"并句内容相近，有思念对象、思念情况、散步所至、休息所止、周围环境、心头感慨六个方面，两个半边均有相类似的描述，因此，从中线左右拆开，蛇行而读，就又成为这样两首诗，意境同样可以得到圆满表达：其一（右半边）："仇好念，容摧伤。游西阶，憩圃桑。清泉流，凤孤翔。"其二（左半边）："长君思，发叹愁。厢东步，桃林休。扬沙尘，巢双鸠。"《璇玑图》的回读更是充分发挥了诗歌长于抒情的艺术特色，诸诗由于可以回读，反复吟诵，使诗的抒情功能得到了极大的发挥。例如，一、二环之间左上角的四言诗，从右上角起，蛇行顺读为："我生何冤，丁是艰苦。琐愁漫漫，婴是忧阻。"而回读的结果则为："阻忧是婴，漫漫愁琐！苦艰是丁，冤何生我。"两诗连接起来，反复吟诵，正如徘徊往返于林间，自会体会到感情的深刻抒发，绝非一首单诗（无论顺读或回读）所可比拟的，通过诗中那透入骨髓的哀伤，可以极容易地体味回文的妙处。

刘勰说："回文所兴，则道原为始。"①道原作品惜乎未传，此前的《盘中诗》又不能回读。曹植的《镜铭》虽可回读，但仅有八字，过于简单，谈不到有多大的社会影响。苏蕙的诗则不然，它体系庞大，花样翻新，情感充沛，使人耳目为之一新。一出现，就以其充沛磅礴的威力席卷文苑，后人纷纷仿效，掀起了回文创造的热潮，历千余年而不衰，终至成为我国诗歌创作中重要的文学样式。早在晋末和南朝就迅速涌现出一群作者，《金石索》谓：若兰"作《回文锦》，遂开齐梁之先，

---

① 刘勰著，范文澜注：《文心雕龙注》，人民文学出版社 1958 年版，第 68 页。

一时效作此体"。当时新著就有谢灵运《回文集》十卷、佚名《五岳七星回文诗》一卷、《杂诗图》一卷等。至唐代回文大盛,武则天《苏氏织锦回文记》说:"锦字回文盛传于世,是近代闺怨之宗旨。属文之士,咸龟镜焉。"①唐景福二年(893)湖南卢逊赴京会试,首先献《回文诗》300首而登第。此风至宋尤烈。淳化三年(1804)宋太宗亲试进士,王博文以回文诗百篇为公卷,人谓之"王回文"。清代嘉庆九年(1804)仁宗视察翰林院,命群臣赋咏,编修蒋祥墀进《回文诗》七律30首。回文在民间也十分盛行。范阳卢母王氏于景龙二年(708)撰《天宝回文诗》,凡812字。玄宗朝东平太守薛自勤作为"瑞诗"上献。陕西户县(今鄠邑区)书法家张玉德撰《雁字回文诗》七律300首,以雁喻字,刻石二十四通,规模宏大,有"三绝碑"之称,曾"远近争抄,一时纸贵",是我国现存最长的回文石刻。宋代民间回文的撰写织造甚至形成了一种社会文化气氛,著名道学家、大儒朱熹所作《次圭甫韵》《呈秀野》"菩萨蛮"二调,在当时"几于家弦户诵"。刘子翚《汴京纪事》诗之十一说"一时风物堪魂断,机女犹挑韵字纱"。有清一代回文创作与其他文事一样"超明越元,抗衡宋唐","情必极貌以写物,辞必穷力而追新",盛极一时,达到了巅峰。历代回文作者有1 400余家,作品在万件以上,其形式有:回文诗、回文词、回文曲(如元代仲龙子《回文曲·普天乐》23首、清代宋存标《闺情回文·懒画眉》、无名氏南曲二套《百花咏》)、回文赋(如清代石庞《雪赋》《春赋》等)、回文对联等,还有顺读为诗而逆读为词(如王远甫的《虞美人·夜饮》、刘大白的《昏黄》)或顺读为词而逆读为诗者(如张芬的《虞美人》词)等,可谓不胜枚举,层出不穷。上海学者丁胜源、周汉芳经半个世纪的辛苦努力编纂完成了大型《回文集》,计6册、64卷、300多万字,属"十二五"国家重点出版规划四百种精品项目,已由国家图书馆出版社出版。此书集历代回文作品之大成,是我国有史以来最权威、学术价值最高的一部回文总集,为今后我国回文体文学的学习、研究、宣传打下了扎实的基础。

美丽的《璇玑图》和女诗人曲折的爱情婚姻故事深深打动了历代文人学士的心,不少诗人包括李白、苏轼、秦观等都曾以此为题材写过作品,历代不少画家包括张萱、周昉、仇英都描绘过苏窦故事或苏蕙肖像。1998年赵鹏珍(蓝河)用中国画描绘了苏蕙诗句"春阳敷秀蕙兰芳"的意境,此为历史上第一次用绘画手段表达苏蕙诗意。画面并未直接表现春天的明媚太阳,而是一切沐浴在阳光下,春意盎然:蓓蕾初放的娇嫩花朵,伸展动人的枝叶,既表现了女诗人织锦时窗外美丽的自然环境,又是若兰纯洁灵魂的写照。

苏州丝绸博物馆早在1995年就开始了《璇玑图》复原的研究,三年努力终于成功,色彩斑斓的《璇玑图》重新面世,此复原图为28厘米×28厘米,比原图略大,填补了我国科研的一项空白,弥足珍贵。苏窦故事对陕、甘民间文化的影响

---

① 李蔚:《诗苑珍品:璇玑图》,东方出版社1996年版,第21页。

也不可忽视，当地的民间传说、广泛流传的回文诗、大量的《璇玑图》印刷旅游纪念品等都是此艺术形式的表现。

总之，《璇玑图》不仅开启了锦上织诗、绣字、绣经的先河，更在五言"居文词之要"的时代独创了以七言为诗图的骨架，打破了七言诗被视为"体小而俗"的观念，同时推动了历代闺怨诗的发展与繁荣，当然《璇玑图》最大的贡献还是首先表现在它完美的诗图一体的艺术形式。

第五节　图像诗的历史发展

汉代苏伯玉妻的《盘中诗》，既是诗，又是图，是已知的中国第一首图像诗，只是太过单薄，没有能够打开局面。《璇玑图》不同，它特殊的美丽，均衡文雅的版面设计，繁复的色彩，稀见的织造技术，柔软宝贵的质地，加上内涵丰富而又形式多样的诗作，奇巧的构图，诗与图天衣无缝的融合，悲喜交集的爱情故事，包含着令人着迷、深不可测的解读诱惑，这一切都是如此突出、特殊，极富魔力，一下就震撼了文坛。在它的带动下，在回文创作勃兴的同时，以它为样板，突破常规写法，变诗为图的图像诗也大行其道，形成另一股诗潮。

据丁胜源、周汉芳收集，《璇玑图》以后到 20 世纪 30 年代，一千多年间，我国创作的图像诗，形式繁多，千姿百态，琳琅满目，计达 600 种。中国图像诗的发展基本可以分为中国古典图像诗和中国现代图像诗两个阶段。下面就图像诗发展的古典阶段仅举数例：

一、组诗为环、叠字玉环

图6-2　叠字玉环，秦观《客怀》

其诗：静思伊久阻归期，久阻归期忆别离。忆别离时闻漏转，时闻漏转静思伊。

二、组诗为环、拆字玉环

图6-3 拆字玉环,宋庠《寄范希文》

读法:五言,从下方中央"花"字起,逆时针方向读,至"飞"字止;又从"飞"字起,顺时针方向读,至"花"字止。七言,亦从"花"字起,将"花"字拆作"艹"(草)、"化","麻"字拆作"广"(读 yǎn,就山崖建成的房子)、"林","沙"字拆作"少""水","槁"字拆作"木""高",顺时针方向,首字拆开读;句末用合全之"麻""沙""花"为韵。回读,逆时针方向,以末字拆开读,次用辞字之合全者为起字。其诗:

五言　花开近翠微,槁荻露滩矶。沙平接阔野,麻乱聚萤飞。

回读　飞萤聚乱麻,野阔接平沙。矶滩露荻槁,微翠近开花。

七言　草化飞萤聚乱麻,广林野阔接平沙。少水矶滩露荻槁,木高微翠近开花。

回读　花开近翠微木高,槁荻露滩矶水少。沙平接阔野广林,麻乱聚萤飞化草。

三、一字多用,花樽

图6-4 花樽,《菩萨蛮·秋闺》词

其词:乱云飞过横山半,半山横过飞云乱。红叶乱飘空,空飘乱叶红。鸟啼过树杪,杪树过啼鸟。愁掩半窗幽,幽窗半掩愁。

四、以"永结同心"之意的同心结,编织情诗,形意互彰

图6-5 柳带同心结,万树《春怨》词

其词:

(如梦令) 花里共君醒梦,柳下共君迎送。把酒共君斟,折柳渭城三弄。谁共,谁共,今夜月明花冻。

(归国谣) 莺啄檐花巧作鸣,夜来啼怨倍分明。看花,泪与花同落;踏草,愁随草共生。鱼与雁,久无凭。恨同笺草寄离情,共谁醉卧青楼醒。试忆将离,哽咽声。

五、以诗造塔,七层宝塔

诗

绮美

环奇

明月夜

落花时

能助欢笑

亦伤别离

调清金石怨

吟苦鬼神愁

天下只应我爱

时间唯有君知

自从都尉别苏句

便道司空送白辞

图6-6 七层宝塔,白居易《一七令·赋字诗》

六、列诗为屏风，百花屏

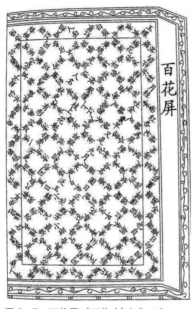

图6-7 百花屏，《百花咏》南曲二套

分左右二幅。每幅四围近边皆花名，共100种。右幅，《步步娇》，从右上角，"玉蝶梅花"起，斜读至边转折，至"开相向"止。《山坡羊》，"日蔷薇"起，斜读至边转折，至"有异香"止。《五更转》，"每到春"起，至"篱傍"止。《江水儿》，"虞美秋纱"起，至"相像"止。《黄莺儿》，"夏日小池"起，至"萍扬"止。《琥珀猫儿坠》，"秋渐来"起，至"红妆"止。《尾声》，"还将芦荻"起，至左上角"洛阳"止。左幅，从右上角"棟子花开"起，牌名句字与右同，至左上角"出柳枝"止。

南曲其一：

【步步娇】玉蝶梅花春初放，雪压琼枝上。花魁领众芳。更绿萼红梅掩映清况，小砌占春光。正山茶，玉茗开相向。

【山坡羊】日蔷薇风前摇扬，夜蔷薇月中开放。论清幽无如水仙、鼓子花，怎能同宝相？人面妆，娇羞对晓窗，和他素奈红杏为屏障。金谷名园日正长，群芳最，新奇是佛桑，丁香腊梅，花有异香。

【五更转】每到春，花无量。极妖妍，是海棠。杨妃睡足、睡足鲛绡帐，远望无分杏红梨绛。桃李花、兰蕙草虽殊样，算来都有、都有花神掌。便似他踯躅金钱，也自敷华篱傍。

【江水儿】虞美秋纱艳，盆中各擅长。鸡冠虎耳，只取同形相。是谁却把走兽飞禽相标榜？杜鹃、蛱蝶、黄雀、牵牛广，总是前人名状。更有形容，取锦带绣球相像。

【黄莺儿】夏日小池塘,绕亭台,荷芰芳。有红蕖白藕青莲漾。趁朝来早凉,到晚来夕阳。共清清一溪,菱角菖蒲长。露为霜,金风乍起,红蓼白蘋扬。

【琥珀猫儿坠】渐秋来,丹桂月桂吐金囊。早又是,九月茱萸泛玉觞,看纷纷石菊蜀葵黄。喜秋棠木瑾同开,真似素质红妆。

【尾声】还将芦荻芙蓉望,多冷落,晓来江上。再等到,嫩蕊繁英满洛阳。

南曲其二:

【步步娇】楝子花开春残矣,花信风初止。群葩总入诗。便野菊山樱满眼佳致,独有艳阳时。多碧桃,郁李铺红紫。

【山坡羊】菊花红落霞难比,菊花黄傲霜堪喜。数瑶华应推木香、素珠轻,争得同栀子,姊妹齐,翩翩彩袖携,紫花荆树唐棣如兄弟。浅淡浓深各斗奇,相依最。情长是紫薇,辛夷玉兰,花坞与麓。

【五更转】人尽知,薇花紫。却原来,有白薇。翠薇尤足、尤足称珍异。但不如他仙琼花瑞。香粉团、月粉树都同类,芬如檀麝、檀麝犹难继。怎似他茉莉玫瑰,占断人间香气。

【江儿水】柚子香橼近,浓开碧玉枝。黄橙绿橘,一样清芬至。相期都到夏日,薰风香飘坠。款冬、枳壳、甘菊、金银蕊,总入药笼良剂。更有仙家,采枸杞松花佳味。

【黄莺儿】乔木影离披,有柔条,每附依。看株藤瓠子凌霄寄,向朱楼碧池,在红亭翠堤。蝶和蜂往来,百合长春里。曲阑西,争妍竞丽,金凤玉簪菲。

【琥珀猫儿坠】种北堂,萱草榴子召多儿。不独为,蠲忿忘忧照眼宜,更将他万寿八仙移。到荼蘼天棘莓墙,又早红粉丝丝。

【尾声】花王芍药牡丹希,压尽了,人间凡卉。管不得,舞絮颠(癫)狂出柳枝。

从以上分析来看,中国古代图像诗基本上是沿用了《璇玑图》"寓诗于图、嵌诗入图"的基本方式,把诗歌与图像结合在一起。进入近现代,中国图像诗的发展产生了极大的变化。其表现,一是图像诗的现代化,二是图像诗的科学化。所谓"图像诗的现代化"主要指:图像诗旧有形式的完全突破,新的形式接踵而至。所谓"图像诗的科学化",主要指它融合于网络,产生了一种划时代的新形式的"超文本诗"。

20世纪初期我国新文化运动兴起,文言被白话取代,诗的形式所受的限制被打破,作品的造型美引起诗人们的进一步关注。在历史上,图像诗的图像是具象的、静止的,即使佳作,采取的是比较高级的形意结合的手法,除了文字所蕴含的意象而外,也很难触发读者更多的想象。进入新时代以后,图像诗在沿用原有传统,使作品在形式上图像化为玉环、同心结等而外,新诗在排列上出现了空前的全新的探索。试举数例如下:

长诗《水上琴声》是这样用诗句的奇巧排列来表现春雨的:

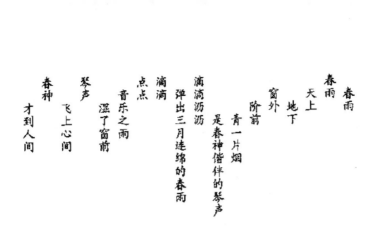

春雨

天上
地下

窗外
阶前

青一片烟

是春神偕伴的琴声

滴滴沥沥
弹出三月连绵的春雨

滴滴
音乐之雨

点点
湿了窗前

琴声
飞上心间

春神
才到人间

以具象渲染诗的形体,墨色深浅恰如其分,读诗如置身春雨里:到处淅淅沥沥,朦朦胧胧,春雨带着特有的清爽,若有若无的声息,弥漫充塞于天地之间,滋润着万物……诗的意境,大为浓烈。

经过新文化运动的洗礼,中国图像诗跨越了一大步:由具象进入抽象,图像诗具有了不同于传统的新形式,弥漫在这一形式之中的意象也得到了新的提升。与此同时,诗也由静态表现进入动态表现,表面看来凝固的文字却无处不是流动的画面的显示,诗的美感于是得到更强烈地体现,作品形意结合更加扎实完美,作品的艺术效果也更为强烈。

20 世纪中叶,我国社会经历了一次极大的动荡,文学的艺术性一并受到冲击,社会无暇也没有心情对作品精雕细刻。刚刚开始的诗形的这一解放,很快就被社会的剧烈变动所打断。现在,随着动荡时代的过去,作品的艺术特性被重新重视起来,一度整体沉寂的图像诗再次开始走红。特别由于现代科学技术突飞猛进的发展,图像艺术的影响力大增,读图日益盛行,社会接受由文字主导逐步向图像主导过渡。适应此一时代的社会需要,图像诗日益成为宠儿,也产生了很多富有影响的图像诗人与作品。诗人尹才干从 1978 年开始就大力提倡并推动图像派诗歌运动,其作品有:《童年》《蝴蝶》《乡村的勋章》《走不出那逝去的心境》《寒潮》等。其他图像诗人还有:李自国、喻大翔、黄文科、向阳、郑敏、杨炼等。诗图形式也更加丰富多样,有:环、扇、雁、伞、梯、钟、龟、靶、山、风筝、火焰、五星、五环、六角、螺旋形,乃至手机、风扇等。以诗组成的汉字则有:田、甲、井、天、苗、草等。至于图像诗的研究,出版的专业书籍有:《尹才干图像诗选读》《中国历代图像诗》《中外图像诗选集》(2011 年电子版)、《中国形象诗学》《诗歌文体学导论》等,惠远飞、王学东、林辉、沈谦、雄风等发表了富有影响的研究论文,网络、报纸、杂志就"读图时代的新诗嬗变:在图画世界中感悟诗美"等问题进行了热烈的讨论,建立了"中华图诗馆"网站,图像诗作为一种新的文体已被编入教育部审定的大学教材。

回顾中国图像诗的发展,从早期千余年的写实、图像静止,到后来新文化运动开始后的虚实兼顾、寓动于静、重视写虚、增强图像动感,以至"超文本诗"的产生,其发展围绕着一条主线:调动受众的艺术想象力。图像诗是随着受众艺术想象力的发展而不断从初级走向高级的。但凡选材得当,越是虚写,画面留出的空白越大,越是富于动感,越能激发读者的想象力,作品就越显得厚重。文学作品的成败和受众艺术想象力密切相关,受众的艺术想象力在接受作品的过程中能否得到激发、得到多大程度的激发,决定着作品艺术成就的高低,作品是靠受众艺术想象力的发挥与配合而最终完成;同时,作品又在培育着、发展着受众的艺术想象力,作品与受众在图像诗的欣赏过程中形成互动,在互动中共同成长。和其他诗作相比,图像诗在文字表意之外增加了图像的直观性,多了一个调动读者艺术想象力的手段,读者在读诗时,除字意的领会之外还同时得到视觉的有力补充,想象力因文字与图像两方面的共同触发而被调动得更加充分,从而对诗的意境的领会与美的感受更加完满。"超文本诗"再加上活泼、趣味无穷的动感,吸引受众的参与创造,艺术魅力自然倍增。古典诗歌的创作讲究锤词炼字,讲究音韵。图像诗则不尽然,它要求超越,既要注意文字的锤炼、音韵的协调,要求意境的描绘和情绪的渲染,更要求字词句的创造性排列、诗图的巧妙构建、动画的出色设计。要说"形象思维",它就是"形象思维"的新阶段,一种更高级、更完整的"形象思维",甚或可以说,它是另一类"形象思维":它通过文字与构图两个方面的协同作用来激发美感,制造意境。诗人苦思苦吟的重点已不再在锤词炼字和音韵的斟酌上,而是在诗的字词句的排列上,在诗的构图上,尤其在诗图的动态化上。图像诗介乎传统诗、传统画之间,和传统诗相同的地方在于二者所用的材料都是语言文字,不同之处在于:传统诗不考虑诗形,而图像诗重点则在诗图的和谐共建。图像诗和传统国画相同的地方在于二者的表达都要诉诸具象,图画完全靠具象,图像诗则主要靠具象;不同处在于构建具象的材料不同,一个完全靠笔墨,一个完全靠文字。因此,图像诗展现的是诗的一个新的无限的创造性空间,字词句的排列与图像的构建,尤其是图像的动化,是图像诗之为图像诗的特点所在,也是它所特有的优势。发挥这一优势,实现文图的密切结合,用二者的融合与动化来增强美感、构建意境,以求更加强烈地调动、激发读者的艺术想象力。沿着这条路继续前进,图像诗的未来将更加令人神往。

第七章 文学与图像中的陶渊明

陶渊明是晋宋时期忠于理想，精于诗文的一位大文人。他的诗文传达了他的理想，从中可见他丰富多彩的人生追求。他出生于没落的仕宦家庭，他的曾祖父陶侃官至八州都督，封长沙郡公，去世后，追赠大司马。他的祖父和父亲也都曾做过太守和县令之类的地方官。受家族影响，陶渊明少年时心怀大志，意欲大展宏图，广济苍生。这样的思想在他回忆少年情怀的诗文中有具体体现：

《拟古》其八：“少时壮且厉，抚剑独行游。”

《杂诗》其五：“忆我少壮时，无乐自欣豫。猛志逸四海，骞翮思远翥。”①

由此可见，陶渊明曾怀有儒家建功立业的理想抱负，无奈他生活在晋宋朝局动荡、家族没落的时代。他 29 岁进入仕途，任州祭酒；36 岁时在江州刺史桓玄的州府中任官吏；40 岁时又复出为刘裕镇军将军府参军，同年 8 月，为彭泽令；41 岁弃职隐居，此后再未出仕。陶渊明在断断续续为官的十多年里，不仅难以改变社会，实现儒家“兼济天下”的理想抱负，而且还要面对自己越来越恶化的经济状况。39 岁那年，他迫于生计不得不亲自耕种。生活让陶渊明明白了自己“少无适俗韵，性本爱丘山”（归园田居·其一），因此他选择了田园归隐的生活。归隐后，陶渊明诗文中出现的菊花、飞鸟相伴的生活和采菊、饮酒的日子浸透着他高逸、静谧的理想。

陶渊明的理想生活体现了中国文人共同的精神追求。陶渊明作品中菊花、柳树、飞鸟、农舍等物象以及采菊、饮酒的行为是中国古代文人“借以表示其理想人格的一种符号”②，体现了中国文人对大自然的依赖与对自由生活的向往。故此，在文学领域，出现了苏轼等文人创作的“和陶诗”。相关诗人以创作的诗文表现对陶渊明人生理想的认同和肯定。同样，在绘画领域也出现了以陶渊明诗文为摹本的创作，李公麟、王蒙、董其昌等诸多画家都创作了相关的作品。长期以来，学术界较为重视陶渊明理想人格对后世文学的重要影响，对陶渊明理想人格在绘画领域的价值还需要进一步研究。正是因为对陶渊明理想人格的认同，从

---

① 逯钦立校注：《陶渊明集》，中华书局 1979 年版，第 113、117 页。

② 袁行霈：《陶渊明影像》，中华书局 2009 年版，第 124 页。

唐代开始,绘画领域不断出现陶渊明诗文画。宋代李公麟创作了多幅相关画作,陶渊明的形象由此开始成型,其后元代的钱选、何澄都有继承性的创作和发展。明代开始,画家们开始将自我生活感受和境况表现在绘画中,董其昌、陈洪绶等人的绘画较前人新颖和复杂。清代是这种创作的又一高峰,石涛、查士标等著名画家都有相关的创造和创新。陶渊明诗文画创作因为诸多画家参与而凸显了丰富生动、意趣盎然、意境高远的艺术征象。陶渊明的诗文在不同时期的绘画作品中或体现为具体单一的场景,或体现为较为完备的生活景象,或体现为空灵、高远的意境。诗文的语言文字与绘画的图像在不同画作的表现中形成了形态多样的文图关系。纵观这种文图关系,不仅可以透视相关绘画的发展,而且可以发现陶渊明诗文影响后世画家创作的精神符码,从而揭示存在于相关文人理想世界中的精神符号。

第一节　绘画作品中的陶渊明诗文

陶渊明的诗文是中国古代绘画创作青睐的题材。现有的相关史料显示,唐代就出现了陶渊明诗文绘画,李昭道创作的《桃源图》[1]应该是较早以陶渊明诗文为基础创作的作品,但是作品未能流传至今,人们也就难以辨析陶渊明诗文在这幅绘画中的原初形态。到了宋代,陶渊明的《归去来兮辞》等诗文成为绘画创作普遍青睐的文本,出现了李公麟《渊明归隐图》等艺术精品,陶渊明的诗文成为绘画作品艺术构成的一部分,绘画创作注重再现陶渊明诗文中的景象。宋元之际的钱选是擅长以陶渊明诗文为题材创作的又一画家,他的《归去来图》不仅再现了陶渊明诗文中的景象,而且表明这个时代的画家在对陶渊明诗文的再创造中开始突破语言文意的束缚,追求意趣高远的境界。元代的何澄、赵孟𫖯皆为擅长陶渊明诗文再创作的画家,他们在不断地推进绘画领域对于陶渊明诗文的个性化创造。明清时代是中国绘画全面兴盛时期,画家乐于在作品中表现自我生命体验与美好的精神向往,陶渊明诗中的意境成为众多画家努力创造的对象。明代周位的《渊明逸致图》,李在与马轼、夏芷合作的《归去来兮辞图》,董其昌的《采菊望山图》,清代石涛的《陶渊明诗意图》、戴本孝《陶渊明诗意图》皆为其中优秀的作品。陶渊明的诗文体现的作者自我人生追求,契合于文人较为普遍的意愿与理想,故此以陶渊明诗文为源文本[2]的绘画作品或注重模仿原文,再现诗文中的景象,或追求创造性地转译源文本,表现诗文的意趣,或介于两者之间,既有

---

① 明代詹景风在《玄览编》中记有李昭道的《桃源图》,见袁行霈:《陶渊明影像》,中华书局 2009 年版,第 4 页。

② "源文本"较早由赵宪章教授在《超文性戏仿文体解读》一文中提出,见《湖南师范大学社会科学学报》2004 年第 5 期。

源文本的零星景象,又有其意趣与灵动。这种模仿与再创造使得相关的诗文中的语言文字与绘画作品中的图像之间形成了多重复杂的关系。语言与图像之间的相互模仿、相互关照是这种创作得以存在的基础,文图互文、文图互动是使文学诗文与绘画创作形成精神关联的重要手段。陶渊明的诗文在相关创作的多重关系与多种表现手段中呈现出纷繁复杂的形态与特点。

一、绘画作品中陶渊明诗文存在的形态

陶渊明诗文是以语言文字表现的艺术作品,相关的绘画作品是以线条、色彩等符号表现的艺术作品,因此在历代绘画作品中,陶渊明诗文的存在就不仅表现为相关的语言文字,而且已经转译为画作中场景、意境、境界的内容也是陶渊明诗文存在的重要构成。绘画世界中的陶渊明诗文主要具有三种存在形态:

其一,完整的诗文展现于绘画作品中。

元代之前,画家乐于将陶渊明诗文完整地录入画作。现藏于北京故宫博物院,传为唐代陆曜所作的《六逸图》中有一段是表现陶渊明的图像。画面中,陶渊明席地而坐,身旁一童子相助,正在"葛巾漉酒"。位于陶渊明左侧下方的地上有一纸卷,上面书写着陶渊明《饮酒》其五的完整诗句。这是人们能够见到的较早录有陶渊明诗文的绘画,诗文短小,画作简练。到了宋代,陶渊明较长的诗文开始出现在绘画作品中,画作题为李公麟所作的《渊明归隐图》《归去来辞图》皆录有陶渊明《归去来兮辞》的诗文。南宋无名氏创作的《陶渊明归去来兮图》也录有《归去来兮辞》原文。《归去来兮辞》原文较长,这个时代的画作继承了顾恺之《洛神赋图》连续表现的方式,将原文分段录于连续性的画作之中。李公麟的《渊明归隐图》分七段录有《归去来兮辞》。此画作的画心部分以七幅图表现了《归去来兮辞》中连续出现的情节。《归去来兮辞》原文在绘画作品中得到完整的展现。第一段图表现的是源文本中从"归去来兮,田园将芜胡不归"到"三径就荒,松菊犹存"描写的情景。画中,陶渊明乘舟归来,岸边童仆迎接,屋舍门前家人等待。第二段图表现的是源文本中从"携幼入室,有酒盈樽"到"倚南窗以寄傲,审容膝之易安"描写的情景,表现了陶渊明上岸后与家人饮酒的景象。第三段图表现的是源文本中从"园日涉以成趣,门虽设而常关"到"景翳翳以将入,抚孤松而盘桓"描写的情景,表现了陶渊明立于孤松旁的怡然和洒脱。第四段图表现的是源文本中从"归去来兮,请息交以绝游"到"农人告余以春及,将有事于西畴"描写的情景,表现了陶渊明家中高朋满座,促膝畅谈的景象。第五段图表现的是源文本中从"或命巾车,或棹孤舟"到"感吾生之行休"描写的情景,表现了陶渊明乘车将去耕耘的景象。第六段图表现的是源文本中从"已矣乎!寓形宇内复几时"到"怀良辰以孤往,或植杖而耘耔"描写的情景,表现了陶渊明耕耘的景象。第七段图表现的是源文本中从"登东皋以舒啸"到"乐夫天命复奚疑"描写的情景,表现了

陶渊明怡然自得的生活。① 元代开始,画家在相关创作中,较多关注画面的创作,录用的陶渊明诗文也因此往往被置于画面之后。何澄的《陶潜归庄图》(图7-1)表现了陶渊明归庄隐居的情景,在画面之后录有张仲寿书写的《归去来兮辞》。元代之后的画家,较少像李公麟这样将陶渊明诗文完整地录入并忠实地再现,即使有人在创作中录入了陶渊明诗文的全文,其主要的意义也不在于忠实地去再现诗文的场景,而是注重发挥个性化想象,表现诗文语言中无形的意境空间。明代董其昌的《采菊望山图》中录有陶渊明《饮酒》其五的全文。画作中的陶渊明诗文由董其昌以行书撰写而成,字体收放自如、疏密得体、浓淡相融,在视觉中形成自由、开放、俊逸的审美张力,与画面的美感相互呼应,相互融合,意境高远。清代戴本孝的《陶渊明诗意图》、黄慎的《桃花源图》分别录有陶渊明诗歌与《桃花源诗并记》的全文,但是画作的创作与董其昌《采菊望山图》的创作相似,凸显的不是诗歌描绘的景象,而是高远、空灵的意境,文字与图像在表现中相互照应,画作意趣高远。在这些作品中,陶渊明诗文的语言文字已经成为具有显性视觉冲击力的表现符号,图像也不再是转译文字信息的服务媒介。可见,陶渊明诗文在不同时代的绘画创作中的价值与意义是不断演绎和发展的。

图7-1　陶潜归庄图,何澄,吉林省博物馆藏

　　其二,相关的诗文展现于绘画作品中。

　　陶渊明的诗文体现了诸多文人的精神理想,后代诸多文人不仅认同陶渊明的诗文,还视陶渊明为知己,仿效他的创作,出现了文学领域的"和陶"诗文。这样的诗文以表现和陶渊明诗文相通的精神、情感为目的,诗文中常见源于陶渊明诗文的语句和景象。"和陶"诗文也出现在绘画作品中,并且是画作着力表现的

---

① 逯钦立校注:《陶渊明集》,中华书局1979年版,第159—162页。

内容,如明代唐寅的《采菊图》是表现陶渊明和童子采菊的景象。画作中未录陶渊明诗文的原文,但是有唐寅自己撰写的题款:

> 东篱寄趣,悠悠自然。鞠有黄花,仰见南山。好友我遗,清酒如泉。一举如醉,物我忘言。夫斯民也,无怀葛天。晋昌唐寅。

题款体现了唐寅创作的心境和意图。题款中东篱、黄花、南山、清酒等景象,"悠悠""物我忘言"等境界皆与陶渊明的诗歌《饮酒》有关,体现了《饮酒》中的情景与陶渊明的精神理想。画作着力表现的就是陶渊明《饮酒》中所表现的形象,画中陶渊明头戴葛巾,衣带飘飘,神情飘然,身旁男童手持菊花。可以说唐寅的题款再现了陶渊明诗文的内容,因此在画作中形成了诗文与画面图像相互应和的文图关系,展现了陶渊明诗文的审美魅力。明代的陆治创作的《彭泽高踪》是表现陶渊明手持菊花,独坐古松之下的情景,陆治也以题款的形式再现了陶渊明诗文中的景象与境界,陶渊明的诗文也因为这样的题记进入绘画作品,并与绘画作品中的图像形成相互照应的审美关系。

和题款相似,画作中的题诗也是表现绘画创作者创作意图的重要内容。元代王蒙的《桃源春晓图》是表现陶渊明《桃花源记(并诗)》中景象、意境的作品。画作中有如下题诗:

> 空山无人瑶草长,桃花满□流水香。渔郎短棹花间发,两岸飞飞赏香雪。
> 花飞烟暝正愁人,一溪绿水流明月。明月团团如有意,春夜沉沉花下宿。
> 月明风细衾枕寒,天风吹佩玉珊珊。白云洞口千峰碧,流水桃花非世间。

诗文中"桃花""棹""溪""绿水""洞口""流水""非世间"等词语再现了陶渊明《桃花源记(并诗)》中的场景与意境。此诗将陶渊明的诗文引进了画作,画面中,山溪纵横,两旁桃花盛开,群树环抱重岩,叠嶂有势,溪水中有一渔夫缘溪而上,表现了陶渊明笔下渔人初进桃花源的景象。画作中,陶渊明诗文语言与《桃源春景图》图像形成了相互应和的审美关系。明代文徵明的《桃源别境图》将桃花源表现为人间仙境,作品中录有王维的名作《桃源行》:

> 渔舟逐水爱山春,两岸桃花夹去津。坐看红树不知远,行尽青溪不见人。
> 山口潜行始隈隩,山开旷望旋平陆。遥看一处攒云树,近入千家散花竹。
> 樵客初传汉姓名,居人未改秦衣服。居人共住武陵源,还从物外起田园。
> 月明松下房栊静,日出云中鸡犬喧。惊闻俗客争来集,竞引还家问都邑。
> 平明闾巷扫花开,薄暮渔樵乘水入。初因避地去人间,及至成仙遂不还。
> 峡里谁知有人事,世中遥望空云山。不疑灵境难闻见,尘心未尽思乡县。
> 出洞无论隔山水,辞家终拟长游衍。自谓经过旧不迷,安知峰壑今来变。
> 当时只记入山深,青溪几度到云林。春来遍是桃花水,不辨仙源何处寻。①

诗文再现了陶渊明《桃花源记(并诗)》中的景象与寻觅的过程,这些也是《桃

---

① 陈铁民校注:《王维集校注》,中华书局 1997 年版,第 16—17 页。

源别境图》里注重表现的。画面中可见桃花、溪水、山洞、农家等景象,也见渔人与农人相见、农人耕作的场面,《桃花源记(并诗)》中部分诗文因为画作录入的《桃源行》而进入绘画作品中,与画面图像形成相互文饰的审美关系。

其三,诗文的意境体现在绘画作品中。

在以陶渊明诗文为基础创作的绘画中,有一部分作品着力表现陶渊明诗文的意境,但是画作中未录陶渊明诗文的原文,陶渊明诗文的相关意境在绘画作品中成为重要的潜在构成元素。绘画表现的诗文意境主要存在于两个方面:

一方面是以诗文提及的物象为核心营造的意境。菊花是陶渊明诗文表现的重要形象,陶渊明将自己高洁、脱俗的品质寄寓于菊花形象之上。宋代梁楷的《东篱高士图》是表现陶渊明隐逸生活的一个片段,画中陶渊明手持菊花。明代陆治的《彭泽高宗》是表现陶渊明孤坐于松树之下的情景,此时的陶渊明也手捧菊花。明代陈洪绶的《玩菊图》是表现陶渊明欣赏菊花的情景,画面中陶渊明面对菊花,神情怡然、脱俗。这些画作以菊花为创造对象,表现了陶渊明诗文中"采菊东篱下,悠然见南山""秋菊有佳色""三径就荒,松菊犹存"等语句体现的意境,显现了陶渊明高逸的精神风格。酒是陶渊明诗文中乐于表现的又一个重要对象,陶渊明将自我率性、豁达的精神理想寄托于酒的描绘之中。元代赵孟頫的画作《渊明归去来辞》是表现陶渊明归隐生活图景的作品,图中陶渊明行于路中,衣带飘飘,身后一童仆携酒相随。明代周位的《渊明逸致图》是表现陶渊明醉酒的形象,画中陶渊明衣宽带解,无力站立,陶渊明醉酒神态极为传神。明代丁云鹏的《漉酒图》是表现陶渊明与童仆漉酒的情景,图中陶渊明与童仆以葛巾漉酒,神情专注、认真。酒是这些画作表现陶渊明形象的重要元素,同时画家通过酒与陶渊明的形象塑造,创造了陶渊明诗文中由酒象征的超逸、狂放的精神境界。

另一方面是以诗文的意境为直接表现对象,创造画中意境。明清时期,在以陶渊明诗文为基础的绘画中,出现了多位专注于陶渊明诗文意境创作的画家。在以具有象征意义的物象表现意境的绘画作品中,陶渊明的人物面貌清晰,但是在专注于陶渊明诗文意境创作的画作中,陶渊明形象不再清晰,画作中的陶渊明面貌模糊,甚至有的画中未见人物,只现意境。清代石涛绘有多幅陶渊明诗意图画,汇集为《陶渊明诗意》册页,现藏于北京故宫博物院。其中"狗吠深巷中,鸡鸣桑树颠"一幅,只见远山、近树、茅屋,有人立于屋前,难辨身份,能听到鸡鸣狗吠之声,难寻其身,这样的景象很好地表现了陶渊明《归园田居》的意境。册页中"悠然见南山""平生不止酒,止酒情无喜"等幅画作皆分别表现了陶渊明《饮酒》《止酒》等诗文的意境。元代钱选的《归去来兮辞图》表现了陶渊明乘船归隐的情景,画作中未录《归去来兮辞》原文,但是有后人乾隆题写的诗一首:"泉明归去赋清辞,寄傲壶觞谢世知。千载隐名偏藉甚,画图每写泛舟时。"乾隆诗歌中的"归去""隐名""泛舟"皆显陶渊明《归去来兮辞》中的景象和意境。可见乾隆认为

图7-2 归去来兮辞图,钱选,纽约大都会艺术博物馆藏

陶渊明诗文的景象与意境是钱选《归去来兮辞图》着力表现的对象。

二、陶渊明诗文与绘画的图像

陶渊明诗文、诗文景象、诗文的意境是诸多绘画表现的内容,相关的绘画作品有的注重写实,有的注重写意,有的作品介于两者之间,写实与写意兼顾,因此在这样的绘画作品中就形成了陶渊明诗文与绘画图像的不同关系。注重写实的绘画作品在表现陶渊明诗文时,注重对诗文实有景象的模仿,偏重对诗文实境的再现。在这样创作中陶渊明诗文成为绘画图像模仿、再现的对象。注重写意的绘画作品在表现陶渊明诗文时,注重对诗文的意境进行创造性表现。在这样的创作中陶渊明诗文意境成为绘画创作的基础。正是在写实性与写意性相结合的创作中,绘画作品表现了存在与陶渊明诗文中的情景与意境,诗文中归隐、寻访桃花源的过程以及理想化的生活与境界也因此进入了绘画世界。

在宋代有多幅绘画作品展示了陶渊明《归去来兮辞》中描绘的归隐过程。李公麟的《渊明归隐图》分为七段再现了陶渊明《归去来兮辞》中连续出现的情景,描绘了陶渊明归隐的过程。前文已有叙述。南宋时有人创作了名为《陶渊明归去来兮辞》的绘画作品,这幅作品相似于李公麟《渊明归隐图》的创作方式,分为多段表现了《归去来兮辞》中的归隐过程。画卷第一段描绘了陶渊明离开彭泽县欲回家归隐的情景。陶渊明神情坚定,衣带飘飘。接着第二段是陶渊明乘舟靠岸的情景。陶渊明站立于船头,衣带飘飘,岸边童仆相迎,屋舍前家人门前等候。第三段里表现陶渊明在家中与家人宴饮的情景。大人坐于宴席上端,幼子坐于宴席下首,旁边有童仆、侍女端水应侍。第四段描绘了归隐中陶渊明站在小院里、孤松旁的情景。陶渊明手持拐杖,神态洒脱。第五段表现了陶渊明在家中招待友人的情景。陶渊明在屋里招待三人,门口亦有三人叩门。第六段展现了陶渊明坐车外出的景象。陶渊明坐于车上,前有车夫,后有仆人。

寻访桃花源也是绘画作品乐于表现的重要内容,在这样的画作中,陶渊明的《桃花源记(并诗)》的情节和过程得到图像化展示。明代文徵明的《桃源别境图》就分段展现了寻访桃花源的情节与过程。第一部分画面表现了进入桃花源前的景象。小船停在桃花源外,船旁的溪水、桃花隐喻桃花源里的美好景色。第二部分是进入桃花源的情景。渔人正与桃花源里的农人交谈,多人交谈,体态各异。第三部分是描绘桃花源人们的生活场景。这里有挑担路过的柴夫,有耕种的农人,还有闲适的老人。第四部分可见一位隐士面对飞流直下的瀑布,神态怡然。

陶渊明诗文表现的理想的隐逸生活与隐逸情怀也是画作着力表现的。饮酒和赏菊就是其中重要的构成部分。在以饮酒为题材的画作中,陆曜的《六隐图》展现了陶渊明与童仆漉酒的景象,赵孟𫖯的《渊明归去来辞》描绘了童仆为陶渊明备酒的图景,李公麟的《渊明归隐图》表现了陶渊明宴饮宾客的场景,周位的《渊明逸致图》展现了陶渊明醉酒的状态。在以赏菊为题材的画作中,宋代梁楷的《东篱高士图》表现了陶渊明手持菊花的情景,明代陆治的《彭泽高宗》中有陶渊明手捧菊花的景象,明代张风的《渊明嗅菊图》表现了陶渊明弯腰嗅菊的状态,清代陈洪绶的《渊明簪花图》描绘了陶渊明头簪菊花的形象。饮酒和赏菊是陶渊明诗文中表现的凝聚了陶渊明精神情结的行为,但是与饮酒、赏菊相关的具体行为与状态是画家创造性表现的结果。在画家的想象与创造中,陶渊明饮酒与赏菊等精神情结得到具象化,这种情结还在不同画家的共同创造中系统性地被具象化,陶渊明的饮酒形象与赏菊形象因此在绘画世界获得了丰富的内涵。同样借助于画家的想象和创造,图画世界出现了陶渊明理想中的生活景象。李公麟的《渊明归隐图》展现了陶渊明归隐后与家人、友人团聚的温馨、安逸情景;宋代李唐创作的《四时山水》表现了陶渊明生活在绿树环抱之中的静谧和超然;明代李在创作的《归去来兮辞图》表现了陶渊明置身崇山峻岭、群鸟飞翔之中的自由和怡然。陶渊明诗文世界里的理想生活与生活理想在画家的创造中具体化、系统化,形成了渐次丰满的过程。

不同时代的历史语境与文化艺术生成语境孕育了画家不同的创作追求,相对而言,元代之前人们在相关的创作中比较重视对源文本景象的再现,陶渊明诗文语言描绘的景象成为画家创作模仿的对象,画作的空间构成,人物身形结构,物象的空间比例、色彩、线条等等表现元素皆极力转译陶渊明诗文语言的信息。元代之前,在陆曜、李公麟、梁楷等人创作的基础上,陶渊明的图像化形象与他的理想化生活开始有了初步的定型。画面中的陶渊明多为头戴葛巾,衣带飘飘,神情怡然的形象。画面反映的场景和情节多源自陶渊明诗文语言描绘的景象与过程之原貌,陶渊明多生活在菊花相伴,家人团聚的闲适环境之中。到了元代,定型化的陶渊明形象得到继承,也有一定程度的发展,何澄与钱选画作中的陶渊明形象依然体现前朝绘画中相关形象的特点,但是在这个阶段,画家在创作中主动表现自我体验与感慨,改变了前朝绘画以客观模仿为主要目的的创作方式。钱选的《归去来兮辞图》中撰写了题跋:"衡门树五柳,东篱采丛菊。长啸有余清,无奈酒不足。当世宜沉酣,作邑召侮辱。乘兴赋归欤,千载一辞独。"本题跋表现了陶渊明归隐缘由和归隐境况,但是"当世宜沉酣,作邑召侮辱"这样的语句也显现了书写者的处世体验和感慨。明代之后，绘画创作者习惯于在创作中渗透自我情感，表现自我情怀，因此以陶渊明诗文为基础创作的绘画作品呈现了不同画家自我感情和认识经验。例如，明代张风的《渊明嗅菊图》表现陶渊明嗅菊花的形象，这种刻画并非出自陶渊明诗文，应该是"出于他本人的想象"，"融入了他自己的情感"①。正是在不同时代绘画创作的继承与发展中，陶渊明诗文进入绘画世界，渗透着人们对诗文和自我人生的理解，成就了生动可视、纷繁复杂的图像空间，形成了陶渊明诗文与绘画图像的多重关系。

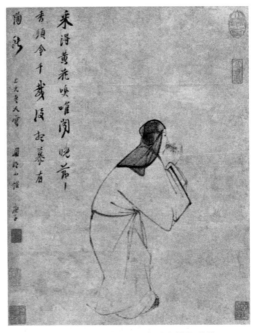

图7-3 渊明嗅菊图，张风，北京故宫博物院藏

第二节 陶渊明诗文及其历代绘画作品

文学经过先秦两汉的发展，在魏晋南北朝时期渐显成熟。文学语言是人们传达精神、情感的重要符号。存在于文学中的"诗言志"传统，因为人性的审美诉求而备受重视。陆机在《文赋》中提出"诗缘情而绮靡"，强调文学在表现情感、性情、精神等人性内涵中的功能与意义，肯定了文学在实现人性精神审美传达中的价值。丰富的人性审美需求让文人们不能满足已有的文学语言表现形式，不断在探寻更为丰富的表现途径。他们在前人"言不尽意"的认识基础上，对语言符号又有了新的思考。陆机在《文赋》中提出："恒患意不称物，文不逮意。盖非知之难，能之难也。"②认为文章不能完备地传达意义，是因为语言表达的局限。这种意识早在王弼的《周易·明象》中就已经存在。王弼毕生致力于玄学，在论及玄意传达时，他说："夫象者，出意者也；言者，名象者也。尽意莫若象，尽象莫若言。"③在王弼看来，玄言之意存在于"象"之中，生动的"象"成形于语言之中，语言是不能直接传达玄意的，玄意之美在于"象"。通过言意之辨，人们认识到了"言"与"意"的根本关系，肯定了文学中的语言与绘画中的图像符号，在实现人性

---

① 袁行霈：《陶渊明影像》，中华书局2009年版，第63—64页。
② 陆机：《文赋》，杜保宪：《魏晋南北朝文论选析》，山东教育出版社1983年，第18、32页。
③ 王弼著，孔颖达疏：《周易注疏》，中央编译出版社2012年，第437页。

内涵传达中的重要价值及其在表达功能上的互补性。对此,陆机有明确的认识,他认为语言善于表现事物,图像善于描画物形,陆机肯定了图像符号与文字语言一样具有独立的审美传达价值。在文艺创作实践中,图像在这个时代已经与文学语言一样成为人们实现审美诉求的表现形式。在创作中,艺术家们不仅以语言或图像符号独立地实现审美传达,还在它们之间取长补短,相互借鉴,极尽语言与图像符号的传达优势,在文学作品与图像作品之间实现文图符号的会通,人性精神与审美内涵在不同符号的会通中被重写与再创造,文学作品与图像艺术会通式的创作在这个时代成为普遍的文化现象。

陶渊明的诗文正是创作于文学与绘画等艺术繁荣的魏晋南北朝时期,在文学创作中,人们意识到在表现领域具有权威地位的文学语言的局限,陆机认为语言难以完尽地表现意义,那文学意义又如何得以完备地表现?古人有言:"圣人立象以尽意。"这个时代的王弼继承古人的思想,并阐发了言、象、意的关系,认为文学语言可以借助形象实现意义表达。刘勰在《文心雕龙》中提出驾驭文思的首要方法就是如同工匠那样"窥意象而运斤",即凭借内心意象进行创作。文学领域对形象的重视引起人们对图像的关注,陆机认识到图像符号与语言在表现上各具优势,陆机的态度体现文学领域对图像符号表现功能的肯定。正是在这样对图像符号关注与肯定的历史语境中,陶渊明诗文创作表现出明显的图像与空间意识,例如,《桃花源记(并诗)》的文学语言在创造"桃花源"世界中就超越了文学的表现常态,模仿图像符号的表现方式,形成了图景式的表现状态。"桃花源"是凝聚着传统文人对于自由、和睦等向往的精神原型,但是陶渊明却能以图景式的表现方式将抽象的精神原型幻化为可视、可感的桃花源世界。

一方面,"桃花源"原型显现于语言描绘的如画图景之中。

《桃花源记(并诗)》的文学语言叙述了武陵渔人发现桃花林,进入桃花源,离开并复寻桃花源的过程,但是作品主要描绘的是武陵渔人见到的桃花源,桃花源原型的具象化也是完成于桃花源里如画景象描绘之中。一方面,桃花源形态在宛若图画的场景中得到体现。桃花源自然图景:桃花盛开,芳草青绿,溪水流动,农田平旷,农舍俨然;桃花源人生活图景:日出而作,日落而息,春天播种,秋天收获;桃花源社会风尚图景:邻里亲善、和睦、团结互助,对武陵渔人有问必答,家家户户好酒款待。这些如画图景构成了桃花源世界,桃花源优美的自然、和睦的人与人关系、安逸和乐的生活、自由的生命构成了"桃花源"文学原型的显现形态。另一方面,原型特质在体现图景特点的场域中获得表现。"场域"是指相对独立的精神空间。在《桃花源记(并诗)》中,文学语言的能指与所指功能共同作用形成和转化的具有特定生长机制的精神世界,构成了作品的文学场域。自然场景的优美、生活图景的安逸、社会图景的和睦,这些体现场景特质的元素在整体上化生为文学场域的蕴含,显现了"桃花源"文学原型的特质。在创作中,对比的方法显现并突出了"桃花源"原型的特质。在《桃花源记(并诗)》中,桃花源是一个显在世界，与之相比还有一个武陵渔人所来的外在世界，这是一个潜在的世界，这两个世界在作品中形成潜在对比：外面战争、灾难不断，桃花源里人们和平、安全；外面人们冲突、纷争不停，桃花源里人们亲善、友好；外面人们需要交纳苛捐杂税，民不聊生，桃花源里人们日出而作、日落而息，生活安逸。这两个场域与特点的差异显现于文中一句"此人一一为具言，皆叹惋"，农人在听到武陵渔人叙述外面世界之后都感叹不已，虽然文学语言并未直接描述渔人言说的外面世界内容，但是外面世界却因为渔人的惊叹、惋惜而显现出与桃花源不同的形态与特质，"桃花源"文学原型的特质也在对比的形态与特点中显现出来。

另一方面，"桃花源"文学原型的语言表现进入了图像化的表现状态。

陶渊明通过对"桃花源"图景式的描绘，创造了承载着集体理想体验的"桃花源"文学原型，作品将叙事时间与图像空间相结合，表现的空间和图像意识已经超出了文学常有的表现性，进入了文学与图像皆有的表现状态。在场景描绘中，作者重视场景的空间远近、内外、上下的位置与布局，"忽逢桃花林……落英缤纷"这一段只有 22 个字，但是从远近、上下、内外等空间构成描绘出桃花源自然图景的不同层次，从远到近的景象是大片的桃花林、流动的溪水、芳香的青草、落地的桃花，景象在视觉上的大小差异显现了它们之间从远到近的关系，这些景象之间因为武陵渔人发现桃花源的立足点而形成从外到内的关系，同时景象在视觉上因为物象的高矮而形成从上到下的关系，桃花林的自然图景在不同层次的景象中显现出来。在创作中，作者注重运用白描的手法。"土地平旷，屋舍俨然，有良田美池桑竹之属。阡陌交通，鸡犬相闻。"这段文字是描绘桃花源生活环境的，语言平淡自然，不加修饰，描写的也是农村极常见的景象，白描方法将它们点染成质朴、自然、静谧的田园图画。

《桃花源记（并诗）》这些图像式的表现状态见证了陶渊明诗文语言对图像符号表现方式的参照和追求。后世图像作品中出现的陶渊明诗文中的文学图景式元素更是直观地体现了这种图景式表现已经超出了文学语言原有的表现界线，达到文图融通的审美境界。我们从诸多在当代存有真迹或摹本的图像作品中可以看到陶渊明诗文的文学元素对后世图像作品创作的影响。这些作品的题目皆有桃花、桃源、归去、菊、酒，画作中皆有桃花、渔舟、渔人、溪水、良田、美池、农人、松树、酒、菊等源于陶渊明诗文的文学元素。这些文学元素在图像世界整体地展现了陶渊明诗文的文学场景与文学场域，它们见证了陶渊明诗文的图景式表现状态契合于图像艺术的表现，已经被图像艺术吸纳，文学场景与文学场域被置于图像符号创作的作品中。

陶渊明诗文本身固有的图像空间与后世绘画对陶渊明诗文的再创造使得陶渊明诗文与相关的图像之间形成了丰富而复杂的文图关系，下文将以《归去来兮辞》与《桃花源记（并诗）》两文与图像的关系为例，探寻陶渊明诗文及其历代绘画作品之文图关系的复杂形态。

一、《归去来兮辞》与相关绘画的文图置换

陶渊明在《归去来兮辞》的创作中,以如画的景象展现了自己对朝堂之隐的不适与对田园隐逸的期待,将无形的情感表现于有形的图景之中。主要的图景包括:其一,归庄景象。归家途中,作者以"问"与"恨"二字表现了自己归家途中急切的心情,"舟遥遥"与"风飘飘"体现了作者在归家途中的欣喜与愉快,在急切归隐的诗人身前,仆人欢迎,稚子候门,一幅归隐图景体现了诗人归隐的迫切意愿。其二,隐居景象。妻儿相伴,畅饮美酒,闲暇之时,作者漫步于松竹小径,依南窗遐思,看倦鸟归巢,温馨、闲适的画卷显现了隐居中作者的安逸与自得。其三,会友景象。作者与友人谈心,以琴会友,真心交流让作者愉快,琴瑟之音让作者忘了忧愁,一幅隐逸图景尽显作者的坦然与高逸。其四,幻化景象。幻化是陶渊明净化世俗凡尘的一种方式,他认为人生如幻化,在他的《归园田居》其四中有言:"人生似幻化,终当归空无。"[1]因此他在《归去来兮辞》中以幻化的方式摹写了理想生活的景象:树木欣荣,泉水缓动,赏良辰美景,扶杖耕种,放声长啸,自谓乐天知命,自由图景显现了隐逸中诗人的玄远与淡静。在上述多种图景的创作中,作者由院里到院外再到远山进行描绘,体现出明显的由近及远的空间意识,而且这些空间与朝市形成反差。院落里的柴门、小径、松菊及远空、白云、自由的小鸟与朝市的繁杂与浑浊形成反差,体现出幽静、空玄的隐逸格调;院落外,亲友亲切交谈、琴瑟会友与朝市尔虞我诈、志趣不投形成反差,体现出安逸、温馨的隐逸风格;远山中,作者思绪飞扬、幻化中自己登山坡仰天长啸、临溪流吟诵诗歌,这种景象与朝市中自己形体受局限形成反差,体现了自由、玄妙的隐逸精神。正是在这样的描写中,具体的物象与整体的空间都体现出隐逸的品格,作者的隐逸情结也在这些景象与空间中得到体现。

《归去来兮辞》文学语言对空间元素与其品格构成的重视,显现了语言文字对擅长空间传达的图像符号表现参照的模仿,文图符号在作品中形成了会通关系,这种会通关系使得《归去来兮辞》契合于图像符号的再创造,因此出现了大量的置换《归去来兮辞》语言内涵的图像创作。具体体现于如下几个方面。

首先,对《归去来兮辞》文字语言描绘之景象的置换。

在以《归去来兮辞》为模仿对象的图像作品创作中,图像符号注重对源文本中语言描绘的景象内容的模仿与再现,主要体现于两个方面。其一,对《归去来兮辞》全文景象的模仿。这种模仿方式主要集中于唐宋时代。现藏于美国华盛顿弗利尔美术馆的李公麟的《渊明归隐图》就是模仿《归去来兮辞》全文景象的作品。作品整体上依次再现了《归去来兮辞》中陶渊明乘船归来、携妻入室、园中散

---

① 逯钦立校注:《陶渊明集》(卷二),中华书局 1979 年版,第 42 页。

步、琴瑟会友以及在田园中耕种的情景,《归去来兮辞》文学语言描绘的主要景象在图像符号的表现中皆得以表现。现藏于美国波士顿艺术博物馆的南宋无名氏的《陶渊明归去来兮图》与现藏于台北"故宫博物院"的李公麟的《归去来辞图》皆展现了《归去来兮辞》多个文学情景,能在整体上反映源文本的景象内容。其二,再现和模仿了《归去来兮辞》的部分景象。宋代之后,再现《归去来兮辞》的内容依然是诸多图像表现归隐情结的方式,但是图像创作主要以《归去来兮辞》语言描绘的部分景象为模仿对象。元代钱选的《归去来兮辞图》表现了《归去来兮辞》中陶渊明乘舟归来一段景象。船上陶渊明与家人隔水相望,岸上土坯草房前有五棵柳树,一妇人婀娜候立于门边,两仆人欣喜上前迎接。元代何澄的《陶潜归庄图》与元代赵孟頫的《渊明归去来辞》图以及明代李在、马轼、夏芷合作的《归去来兮辞图》皆表现了《归去来兮辞》的部分场景。《陶潜归庄图》表现了陶渊明归庄之时,两仆人以绳索拉船上岸,多人迎接的场景。《渊明归去来辞》展现了陶渊明上岸之后衣带飘逸,步态轻盈,两仆童随后而行的场景。《归去来兮辞图》中李在的创作展现了源文本中"云无心以出岫,鸟倦飞而知还"的情景,马轼创作的部分展现了源文本中"僮仆欢迎,稚子候门"的景象,夏芷创作的部分显现了源文本中"或棹孤舟"而"善万物之得时"的一段场景。展现《归去来兮辞》整体或部分景象的图像作品多录有源文本的语言内容,例如,李公麟的《渊明归隐图》的图上与何澄的《陶潜归庄图》的图后都录有《归去来兮辞》的全文,有的作品虽未录有原文,却也有体现《归去来兮辞》文意的文字,例如钱选的《归去来兮辞图》的题跋中有"乘兴赋归欤,千载一辞独",言明了画作与《归去来兮辞》的内在联系。

图7-4 渊明归去来辞,赵孟頫,台北"故宫博物院"藏

其次,图像符号对《归去来兮辞》中文字语言描绘之具体物象的文图置换。

在"文图"会通的置换性创作中,图像符号以《归去来兮辞》中表征隐逸情结的物象为主要表现对象。酒与菊花是这种创作表现的重要物象。唐人陆曜的《六隐图》有"陶潜葛巾漉酒"一段,展现了陶渊明正以葛巾滤酒,身旁一仆童协助的情景。这个画面是对萧统在《陶渊明传》中有关于陶渊明语言描述的参照,但

图 7-5　玩菊图,陈洪绶,台北"故宫博物院"藏

是作品整体上反映的是陶渊明归庄后的隐逸生活,它体现了《归去来兮辞》中"足以为酒""有酒盈樽"的话语的意义。以酒为符号表现陶渊明隐逸情结的重要绘画作品还有明代丁云鹏的《漉酒图》,这幅画作依然以"酒"为符号表现陶渊明的隐逸情结,画面中陶渊明身着白衣,黑发长须,身旁柳树高大,山花绽放,他与两仆童正在滤酒。菊花也是众多画作表现陶渊明隐逸情结的重要符号。明代张风的《渊明嗅菊图》与陈洪绶的《玩菊图》《陶渊明簪花图》皆以菊花为表现人物的主要元素。《渊明嗅菊图》中陶渊明着风帽,捧菊而嗅,陶醉至极;《玩菊图》中陶渊明坐于菊花旁,正沉思遐想;《陶渊明簪花图》中陶渊明头簪菊花,身边侍女也手捧菊花。陶渊明喜爱菊花,《归去来兮辞》中"三径就荒,松菊犹存"言出了菊花是陶渊明隐逸环境的重要构成元素,《饮酒》等诗作中关于菊花的诗句见证了菊花在陶渊明隐逸生活中的重要性,正是受到这些作品的影响,上述图像作品以菊花为符号表现隐逸情感。酒与菊花等物象在这些作品中是核心构成,图像符号多以这些物象为主要描画与表现对象,它们也被置于作品空间的中心位置,突显了画作的隐逸格调,图像符号因此以物象置换表征了《归去来兮辞》语言蕴含的隐逸情趣。

其三,图像符号对《归去来兮辞》中文字语言描绘之幻化景象的置换。

在《归去来兮辞》中,文学语言描绘的隐逸生活更多源自作者的幻化与想象,幻化的情景体现了作者的期待与希望,也折射出隐逸者精神的根本需求,这吸引了后世图像符号对语言描绘的理想隐逸状态的再创造,在"文图"会通性创作中将文学文本中理想的隐逸图景置换于图像作品之中。周位的《渊明逸致图》表现了陶渊明醉酒怡然的理想隐逸状态,画中陶渊明酒醉未醒,一人相扶,他站立难稳,醉态中尽显超远与高逸。李在创作的《归去来兮辞图》之"云无心以出岫"部分,表现了陶渊明玄妙、神远的隐逸状态,画面中,陶渊明仰首远眺自由飞翔的群鸟,神情投入、表情专注,神态中尽显玄远与空灵。在这些图景的创作中,作者注重创造陶渊明的神态与作品空间的意境,《渊明逸致图》主要以陶渊明人物形象为主要描画对象,但是作品中疏密有致的笔线、重虚轻实的构图重在表现陶渊明逸致的神态。在《归去来兮辞图》之"云无心以出岫"中,陶渊明的人物图像只占画面整体的较小部分,画面中较大部分是树木、崇山与虚渺的空间,整体上视野开阔,形成高远、超逸的意境。正是在这样的人物精神与意境的描绘中,《归去来兮辞》文学语言中的幻化景象被置换于图像作品之中。

二、《桃花源记(并诗)》与其相关绘画的文图置换

《桃花源记(并诗)》语言表现的图像化空间成为图像作品中的内容是文艺创作的成果。从《桃花源记(并诗)》的文学元素到图像作品中的图像内容需要经过文学符号与图像符号之间的置换性创作。文学语言与图像语言分属两种语言系统,文学语言显现为所指和能指,连接概念与音响,所指与能指的任意性使得文学语言能够和表现对象形成精准的对应关系,图像符号缺乏文学语言音响系统的能指功能,和表现对象难以形成精准对应关系。所以可以说对于同一表现对象而言,文学语言与图像符号完全是两种异质符号,而且这两种异质符号其符号构成、表现、传播、接受方式都具有各自的独立性,因此这两种符号之间会通与置换的前提是两者之间存在相通之处。我们从现存的"桃花源"题材的文图作品可以看到它们两者之间的交叉点是追求和平、自由、安逸的理想精神。陶渊明以图像式的文学场景和文学场域创造"桃花源"文学原型,激活了集体理想心理的深层模式,无疑为图像符号打开了通向理想国的通道,因此可以说对"桃花源"理想的追求是引发"桃花源"文图置换创作的直接缘由。正是因为受"桃花源"文学原型的引发,相关绘画作品反复以"桃花源"文学原型为演绎的中心,这些作品以色彩、线条、构图、空间等图像符号置换了原文本中构成"桃花源"文学原型的文学场景、文学场域、文学意象等文学元素,创造了图像世界的"桃花源"。

其一,桃源场景的文图置换。

图像符号善于展现空间构成中的物象与场景,却难以表现时间流动中事件发展的过程。在"桃花源"题材的图像作品中能够见到多数作品的场景是源自图像符号对《桃花源(并诗)》语言叙事时间定格化的展现,展现了某个时间被"凝固"的文学场景。其中《桃花源记(并诗)》中渔人发现桃花源、桃花源人生活、渔人与桃花源人对话等被定格的文学场景是图像置换的重点。这些图像作品有的重在展现《桃花源记(并诗)》时间叙事中完整的文学场景,如明代文徵明的《桃源别境图》,画面自左到右展现了桃花源内外的场景,一条山脉隔断了桃花源内外世界,桃花源外山脉纵横、树木繁茂,溪水两旁桃花红艳绽放,这是对《桃花源记(并诗)》中武陵渔人"缘溪行"之后,在进入桃花源之前,见到的"忽逢桃花林……芳草鲜美,落英缤纷"的自然景象的图像化表达。桃花源里群山环抱,桃花盛开,土地平坦,桃花树下有农人的屋舍,有耕种和休闲的农人,这是对《桃花源记(并诗)》中渔人进入桃花源后见到的"土地平坦,屋舍俨然""往来种作,男女衣着,悉如外人"等场景的图画化表达。有的作品在较为完整的场景中凸显某个部分,如

宋代马和之的《桃花源图》，图画中有溪中停泊的小舟、云雾缭绕的山丘、花开枝头的桃树、锄地归来的农人、闲适下棋的人们、自在行走的小狗与耕牛，画作兼顾武陵渔人发现和进入桃花源的场景。但是其重点表现的是山丘、桃花之旁的几群人，一群是和渔人对话的男人，一群是会心聊天的女人，画作通过缩短人与山丘的高度比率，凸显了这两群人在画面中的主体地位，从而在空间上将部分图像场景凸显出来，这包括《桃花源记（并诗）》中"见渔人，乃大惊，问所从来。具答之"的桃花源人初见渔人好奇的图像场景与"此人——为具言所闻，皆叹惋"，渔人与桃花源人深入细聊图像场景。有的图像作品力求展现《桃花源记（并诗）》中某一部分文学场景，清代王翚创作的《桃花渔艇图》以武陵渔人洞口所见为描绘视角，展现了初见桃花源的场景：溪水自上而下，溪流两岸桃花盛开，绿草如茵，云水相连，一只渔艇自溪水上游由远将近。在这些文图置换的创作中，图像符号中的色彩、线条、构图以及空间将《桃花源记（并诗）》存在于思想中的抽象物象、情景、空间和过程有形化、具象化。红色的桃花、绿色的芳草、流动的溪水、古朴的农舍、对话的人群、静谧的村庄，这些源自人们想象的桃花源场景进入图像世界，构成图像世界自然、生活、社会风尚等图景，形成了可见可感的世外桃源。

图 7-6　桃花鱼艇图，王翚，台北"故宫博物院"藏

其二，文学场域的文图置换。

《桃花源记（并诗）》的文字叙事描绘了桃花源内外两个文学场域，桃花源内是理想的世界，这个理想世界的构成因为创造者不同的视角与立场而存在差异，因此图像呈现的图景也存在很大差异，但是无论画作表现的是关于《桃花源记（并诗）》的何种图景，它们都体现了《桃花源记（并诗）》文学语言表现的"桃花源"场域。一方面，在创作中，他们借助图像符号的感性渲染实现文学场

域的置换与再创造。红色的桃花、绿色的芳草,这些能够体现和感染思绪与情感的色彩,虽然在不同的作品中存在轻重多少的差异,但是皆会表现出明丽的效果和风格,溪水、小船、农舍、农人在不同的作品中,其构图有大小之别、空间有远近差异,但皆体现出安逸、和谐的风格,即便是构成物象、人形的线条也有长短差异,但还是能以不同的风格体现环境的静谧与自由。这些富有意味的图像符号将《桃花源记(并诗)》中的文学场域引进了图像世界,图像世界也因此出现了和平、自由、和睦、安逸的世外桃源。另一方面,他们借助图画中的文学语言营造和点明场域空间的寓意与内涵。例如,王蒙的《桃源春晓图》右上角题有诗句,其中包括"白云洞口千峰碧,流水桃花非人间",文徵明的《桃源别境图》拖尾处有王维的《桃源行》,吴伟业《桃源图》的卷末亦书有《桃源行》,这些诗句的文学语言与图像符号通过"文图"互文,点明和丰富了图像场域的内涵。再一方面,他们注重以图像的意境表现场域空间的韵味与寓意。中国绘画在创作中形成了"留白"传统,主张在画面、章法精美协调之中留下空白,供人想象。宗白华认为在虚白空间中幻现的花、鸟、树、石等物象都"负荷着无限的深意、无边的深情"[1]。"桃花源"题材的图像作品多有留白空间,这些空间是绘画者抒写情意的重要符号,它们与实有的景象在结构上虚实相生,在内容上情景交融,化生出意蕴深远的艺术意境,优美、静谧、安逸的艺术意境在整体上显现出图像场域的特点。

其三,文学意蕴的文图置换。

在"桃花源"题材的图像作品中,有些画面并未显现《桃花源记(并诗)》中的文学场景或文学场域,但是因为文学意蕴的"文图"会通而置换了"桃花源"文学原型。文学意象是具有象征意义的艺术形象,在"桃花源"题材的文图置换性创作中,意象象征是实现"桃花源"意蕴在文图之间置换的重要途径。在"桃花源"题材的图像创作中,《桃花源记(并诗)》中桃花、小溪、洞口、小舟、房舍等富有意味的形象成为象征世外桃源意蕴的意象。元代王蒙的《桃源春晓图》,整个作品以自上而下纵贯画面的溪流为主体,溪流两旁树木繁茂,在溪流树木深处可见庙宇、楼堂,整个作品并无直接展现《桃花源记(并诗)》完整的文学场景,但是溪旁盛开的桃花,溪中自上而下的小舟等象征"桃花源"的意象却传达了源文本的清净、幽远的文学意蕴。视觉隐喻也是文学意蕴文图置换的重要方式。作用于人感觉的色彩、构图等视觉符号在"桃花源"题材的图像作品中隐喻性地传达了《桃花源记(并诗)》的语言意蕴。明代仇英的《桃源仙境图》中三位衣着白色的高人名士,他们一人忘情地弹琴,两人痴迷地聆听,在人物上方,全景式构图绘出的迷离远空、层峦叠嶂和楼宇是整个作品的主体部分,画中虽无农舍、农人,但是桃花点缀的全景构图释放出源文本中神秘、祥和的文学意蕴。清代王翚

---

① 宗白华:《美学散步》,上海人民出版社 1981 年版,第 84 页。

图7-7　桃源仙境图，仇英，天津艺术博物
馆藏

在《桃花渔艇图》中大胆地运用了色彩符号，整个作品有几大色块构成，它们分别是溪流两旁桃花红色、两岸草地绿色、天空和浮云呼应的柔白，这些色彩在色块及色块对比的张力中释放出源文本中语言描绘的富有活力、生气的生命意蕴。在多种方法的文图置换中，"桃花源"文学原型在图像作品中显现出意趣丰满的审美景象，图像世界形成了意蕴丰富的"桃花源"。

图像世界的"桃花源"在文图置换中形成了可视的场景、可感的场域、令人神往的意蕴，它们在历代图像创作中渐次丰满，不断地演绎出"桃花源"文学原型新的形态与意蕴。

在"文图"会通的实践中，图像符号凭借其感性的张力，显现出强势的表现功能。文学语言通过概念，在线性排列中传达意义，其表现内敛、含蓄。图像符号通过色彩、图形，在空间展现中传达意义，其表现感性、开放。在文图符号会通性的表现中，图像符号凭借其感性的张力，成为彰显语言意义的重要媒介。在文图分体的文学与绘画文本中，陶渊明诗文语言与相关绘画的图像之"文图"会通的要义在于以图像语言表现文学作品、以文学语言表现绘画作品。文学语言擅长表现时间过程，图像符号擅长表现空间形态，这两种符号在会通中虽相互模仿、相互借鉴，但是难以相互兼容，因此也无法消解两种符号的冲突。语言表现图像作品是对图像作品的整体把握，因此语言表现受到文图符号介质差异的影响大，而图像符号表现文学作品是截取一段场景与画面，因此受到介质差异的影响小。这使得图像符号在互仿性会通中体现出较语言强势的表现状态。赵宪章在《语图互仿的顺势与逆势》一文中将语言模仿图像称作"逆势而上"[1]，将图像模仿语言称作"顺势而为"，他认为语言模仿图像文本，是无法超越文图符号的冲突的，所以模仿遭遇阻障，必然表现为"逆势而上"，而图像模仿语言，只是选取"那一顷刻"，不存在符号冲突，因此表现为"顺势而为"。赵宪章所言的文图模仿中的"逆势而上"与"顺势而为"也体现了文图符号在会通中弱势与强势的差异。图像符

---

① 赵宪章：《语图互仿的顺势与逆势》，《中国社会科学》2011年第3期。

号在"顺势而为"的表现中,成为彰显文学意义的重要符号,表现出较强的表现态势。陶渊明诗文在图像符号不断的表现中得到广泛传播,形成较大影响。

第三节　图像创作中的陶渊明精神符号

陶渊明成长在一个传统的仕宦家族,他青年时期精神结构中治国、平天下的志向反映了诸多文人的愿望,后来他归园田居的选择也契合于诸多仕途难顺的文人之理想。因此他的人生经历及其体现的精神在后世自然受到文人的肯定和认同。苏轼认为陶渊明能"仕"能"隐",苏轼欣赏陶渊明出仕为官的直爽和归隐选择的豁达。后世诸多画家对陶渊明诗文的模仿与再创造也反映了这些文人对陶渊明人生选择与精神追求的仰慕。画家以构图、色彩、线条、空间布置等符号和方法将能够体现陶渊明精神追求的物象具象化,存在于陶渊明诗文中的具有隐喻和象征意义的物象更是绘画创作表现的主要内容,画家们创作物象,赋予物象以隐喻、象征的内涵,因此在历代相关的绘画作品中出现了诸多能够体现陶渊明精神情结和原型结构的意象形象。菊花、饮酒、归舟、洞口、桃花等等意象在相关绘画作品中都是显现陶渊明精神品格的艺术符号。菊花开放在暮秋时节,这时天气转冷,百花殆尽,菊花却能耐寒傲霜。菊花在初冷时节不与他花争艳,孤傲独放,坚贞高洁,就像隐逸于田园的陶渊明不与他人争宠夺利,逸致高远。陶渊明尤爱深秋气节的菊花,他曾言:

> 秋菊有佳色,裛露掇其英。
>
> 泛此忘忧物,远我遗世情。
>
> 一觞虽独进,杯尽壶自倾。
>
> 日入群动息,归鸟趋林鸣。
>
> 啸傲东轩下,聊复得此生。[①]

陶渊明认为东晋王朝气数已尽,刘裕篡位已成定局,他自觉壮志难酬,于是写下这首诗歌。他在遭遇挫折,理想破灭时感慨人生无奈,却赞美秋菊孤傲高洁,立志终生隐逸。正是因为陶渊明在诗文中将自我精神追求与菊花的品质联系在一起了,因此后世文人视菊花为隐喻陶渊明个性品格的精神符号,乐于在文艺创作中赋予菊花以人的品质,以花喻人。不同画作中的陶渊明或手捧菊花,或头戴菊花,或置身开满菊花的田园里,显然画作中的菊花形象创作运用了中国文化传统的"比德"方式,以菊花喻人,形象化地象征了陶渊明超然独立、脱俗洒脱的人格。和陶渊明创造的菊花一样,在他笔下反复出现的饮酒、归舟、洞口、桃花等等内容都与他的精神追求直接相关,这些内容成为显现陶渊明个性品格的精神符号。在后世绘画作品中,这些精神符号是创作和表现的重要内容,但是诸多

---

① 逯钦立校注:《陶渊明集》(卷三),中华书局1979年版,第90页。

画家的创作意图不仅在于表现这些能够显现陶渊明品格的意象符号,而且要在这些意象符号的综合性表现中显现陶渊明内在的精神情结和理想构成。归隐情结与桃花源原型就是诸多画家着力表现的对象,在历代画家的创作中,它们呈现出不断丰富,渐次丰满的演绎过程,成为后人解读陶渊明精神情结和理想构成及其影响的重要依据。

一、图像世界中的隐逸情结

隐逸是中国古代文人持守理想的处世行为,这种行为显现了文人逸致、高远的人生追求。魏晋南北朝之前,文学语言是传达隐逸情志的主要媒介;陶渊明的《归去来兮辞》出现之后,图像成为文人表现隐逸志趣的重要符号。从《归去来兮辞》到图像作品的文图置换性创作成为人们表现隐逸情趣及其时代演进的重要方式。"文图"会通是成就这种置换性创作的重要途径,在"文图"会通的置换性创作中,无形的隐逸情思化生出可视的图景,不同时代文人的隐逸情结在图像作品中显现出不断演绎的空间景象。图像世界出现了纷繁复杂的隐逸符号。

首先探讨一下《归去来兮辞》中的隐逸情结。陶渊明三次出仕为官,三次归园隐逸,他的诗文记载了他三仕三隐中的艰辛体验。在诸多隐逸诗作中,《归去来兮辞》集中体现了陶渊明的隐逸情结。《归去来兮辞》是陶渊明在最后一次辞官归隐之后而创作的文章,反映了他在亦"吏"与亦"隐"中的整体感知。作品虽主要描绘了诗人理想中的田园归隐生活,但字里行间流露出诗人对朝市之隐的不适。作者在朝市之隐与田园之隐的对比中表现了自己对田园隐逸生活的向往,因此作品内容主要分为两个方面:一方面是对于朝堂为官的反思。作者在序言中提出自己出仕为官违背内心本意,在为官期间深深感到有愧于平生的志愿,可见他在官府之中持守理想的辛苦。辞官之后,他不禁感慨自己为官期间"心为形役",心志被身体奴役,理想为现实压抑,自己难以融入朝市,他说"世与我而相违",简单几句就表现了一个在朝为官而持守理想的隐士之尴尬与彷徨。另一方面是对理想生活的勾画。《归去来兮辞》主要抒写的是作者理想中的田园隐逸生活,这种生活与朝市形成了对比。在朝市中,人的心志受到压抑;在田园隐逸,人的精神安逸、自由。作者在对归家之初家人相聚与每日散步的描绘中展现了田园隐逸的安逸图景,而朝市中人与人难以沟通,作者在对与亲戚亲切交流与农人真诚相告的描述中展现了田园隐逸的和睦图景。田园隐逸的安逸与和睦反衬出朝市隐逸的尴尬与痛苦,《归去来兮辞》通过生命个体不同的隐逸体验,准确地把握了古代文人两种传统隐逸状态中的精神心理。

一种是山林之隐中的出世精神。《归去来兮辞》表现的田园隐逸中的安逸反映了文人在山林之隐中的出世精神。这种精神具有悠久的形成历史,它源自道家"无为"的思想观念。许由是古籍载录中出现较早的隐逸贤人。司马迁的《史记·伯夷列传》中有言:"余登箕山,其上盖有许由冢云。"①晋代皇甫谧的《高士传》中有关于许由隐逸的描述:尧欲让位于许由,许由不应,许由的朋友巢父得知此事,认为这样的事情染污了自己的耳朵,因此去池边洗耳。后尧又欲招许由为九州长,许由也去水边洗耳。许由隐逸于山林,选择无所作为成全自己的隐逸思想,体现了文人的出世精神。

一种是朝市之隐的入世精神。《归去来兮辞》表现的朝市隐逸中的痛苦根源于传统朝市之隐中的入世精神,这种精神生成于志在齐家、治国、平天下的文人内心。范蠡是一位著名的隐逸贤人。据《史记·越王勾践世家》记录:范蠡为越王勾践谋事二十多年,亲率越军打败吴国,一雪会稽之耻,随后他因为认识到越王"为人长颈鸟喙,可与共患难,不可与共乐"②,而急流勇退,离开越国,隐居于齐国。据史书记录,范蠡身居朝市,深谙世事,能够矢志不渝,即使隐逸于齐国之后也能有所作为,成为人们景仰的商人。范蠡以有所作为而实现自己的隐逸理想,可见范蠡的隐逸体现了文人的入世精神。

比较而言,隐逸作为文人存身全志的方式,持守理想的途径在儒道两家思想中存在根本的差异。儒家持守的理想其根基扎于现实,因此儒家主张的隐逸并不排斥凡尘俗世,而是主张积极入世,有所作为。而道家持守的理想其根基扎于精神,因此道家主张的隐逸排斥凡尘俗世,主张摒弃俗世干扰,隐入山林静心修炼。魏晋之后,随着隐逸实践的发展,人们逐步认识到隐于朝市与隐于山林的不同。魏晋之前,对于文人来说,朝市之隐与山林之隐存在本质差异,不能兼而有之,正如有学者所言,"魏晋之前,儒式之隐与道式之隐是绝不混杂的"③,隐逸文人不在朝堂之隐与山林之隐之间兼而践行。例如,先秦时代的巢父、许由、庄子,汉代的田何、谭贤、严光、梁鸿、赵康等众多隐士皆终身未仕,他们多隐于山林,并不干涉朝政,但是到了魏晋之际,儒学与道学日渐融会,隐逸山林之中的文人也能参与朝政,陶弘景身居茅山,却力助梁武帝执政,人称"山中宰相"。

由此可见,魏晋南北朝时期,山林之隐与朝堂之隐开始成为众多文人兼而有之的隐逸路径。正是在这样的隐逸实践基础上,《归去来兮辞》能够以一己之感准确把握两种隐逸精神,在后世两种隐逸方式日渐会通的实践中,这种准确的把握引发了后人的精神共鸣,因此出现了众多隐逸文艺作品对《归去来兮辞》的模仿,其中包括图像作品对《归去来兮辞》的再创造。《归去来兮辞》创作中的图景式的表现,吸引了大量的图像作品对它的模仿,因此,在众多模仿《归去来兮辞》的文艺创作中,从《归去来兮辞》到相关图像作品的"文图"会通的置换性创作成

① 司马迁著,易行校:《史记》卷六十一《伯夷列传》,线装书局2006年版,第281页。
② 司马迁著,易行校:《史记》卷四十一《越王勾践世家》,线装书局2006年版,第197页。
③ 高原:《"隐逸"新概念与亦隐非隐的陶渊明》,《兰州大学学报》1997年第2期。

为演绎《归去来兮辞》隐逸情结的重要方式。

陶渊明的隐逸情结是如何演绎成图像的呢？在"文图"会通的置换性创作中，图像符号通过对《归去来兮辞》文学语言的模仿，置换了源文本中归隐景象，但是创作者置换的根本目的并不在于再现，而是意在表现，他们要在置换的景象中表现自我的隐逸情结。钱选在置换性画作中曾题言，"余不敏，亦图此以自况"①，指明自己对陶渊明作品置换性创作的目的在于表现自我状况。正是在这样表现自我隐逸情结的创作中，魏晋之后日益繁荣的朝市之隐与山林之隐在图像作品中显现出蕴含丰富的可视图景。

其一，安逸、和睦的朝市隐逸图景。

在古代，受儒学教化影响，"兼济天下"是文人的理想，入仕为官也是他们自然的选择，但是世事难料，朝政复杂，文人的理想难以抵挡不谐力量的挑战，因此出现了身处朝市而持守理想的"吏隐"现象。朝廷的俸禄让"吏隐"文人获得了物质财富的保障，他们的居所、庭院、花园无不渗透着他们隐逸的理想。文人"吏隐"在唐宋时代较为兴盛。唐宋王朝礼待隐士。《旧唐书·隐逸传序》记载，唐高宗与武则天遍访山林与隐逸之宅，重视隐逸之才。在这个时代因为朝廷对隐逸贤人的重视，甚至出现了文人隐逸于终南山以寻求入仕捷径的现象。宋代实行士大夫治天下的文官政治，进一步推进尊重隐逸人才的政策。重视隐逸人才促使唐宋"吏隐"兴盛，因此陶渊明亦仕亦隐的隐逸情结受到文人的重视。苏轼肯定了陶渊明亦仕亦隐的行为，表现了与陶渊明情感的共鸣。"吏隐"文人身为朝堂官宦，但因为专制政治难以成全理想，所以只能在私人空间与场所追求理想，追寻陶渊明的隐逸情趣，在这些隐逸文人的朝市之外存在与朝堂形成鲜明对比的私人空间。这个时代的文图置换性作品注重表现"吏隐"文人私人空间的存在形态，《归去来兮辞》中理想的隐逸情景成为他们创造"吏隐"文人私人空间的重要依托，他们通过对《归去来兮辞》理想式隐逸情景的模仿与置换，展现"吏隐"文人安逸、和睦的隐逸图景。诸多作品通过"文图"会通性创作，模仿与置换了《归去来兮辞》相关的环节与图景，但是他们模仿与置换的真正目的是要表现"吏隐"文人的隐逸图景，因此置换性作品的图景与《归去来兮辞》景象表现出明显的差异。李公麟的《渊明归隐图》是体现这种差异的杰出作品。画面虽表现了《归去来兮辞》文学语言描绘的景象，但是与《归去来兮辞》的景象不尽一致，这种不一致突出地体现在人员数量上。特别是在陶渊明归庄、与妻儿相聚、与朋友聚会以及去农田耕作的图景中，人物众多。在陶渊明归庄图景中，岸上有五人忙于接船上岸，船上有三人划舟。在与妻儿相聚的图景中，一家五人之外还有多位侍女服侍于左右。在与朋友聚会的图景中更是车马成群、宾客盈门，多位宾客席地而坐，众多侍童立其左右。在去农田耕作的图景中，多人服侍陶渊明，或牵马车，或

---

① 袁行霈：《陶渊明影像》，中华书局 2009 年版，第 33 页。

担工具,或背酒坛。图像中侍人众多与《归去来兮辞》中"瓶无储粟""饥冻虽切"的贫寒相背,图像中宾客盈门的热闹与《归去来兮辞》中"请息交以绝游""悦亲戚之情话"的淡静相离,①可见画面中侍从众多与宾客盈门体现了唐宋时代"吏隐"文人财富殷实,门客众多的真实生存状态,作品正是在这样的状态中,表现了"吏隐"文人安逸、和睦的隐逸生活。

其二,淡静、高逸的山林隐逸图景。

在文人隐逸传统中,与朝市隐逸相对的是于山林之中的隐逸。隐逸于山林之中的文人不能满足于朝市之中有限的自由,他们在山林、田园之中追寻自然与自由,静修高逸与超远的志趣。许由、严光、陶弘景、陆羽、林逋都是隐于山林的隐士,他们远离朝政,静养心志。自元代开始,文人隐逸于山林的现象日渐兴盛。在元代,轻视儒生是普遍的社会风气,诸多文人笑傲山林、寄情山水、怡然自得,陶渊明的田园情结受到他们的重视,对陶渊明作品的再创造寄托了他们对生活与生命的思考。在这个时代,和陶诗兴盛,郝经、刘因等文人以诗文表现自己与陶渊明相通的情志,并以此传达隐逸的诉求。明清之际,陶渊明作为晋宋易代之际的遗民被众多文人尊崇,人们关注陶渊明,尊重陶渊明,欣赏和追求陶渊明高逸的情趣,陶渊明的不仕而隐也成为众多文人的选择。陶渊明高洁的品质,超逸、自由的精神一时成为当时文人隐逸精神的重要构成。受时代隐逸风气的影响,元明清的文图置换性创作注重体现高洁的志趣和超逸的精神,因此这个时代的作品创作力求突破源文本的束缚,彰显创作者的主体情趣,体现不仕文人的高逸情怀。具体体现于两个方面:一方面,通过对《归去来兮辞》局部景象的"文图"会通性描绘,体现了文人对淡静与空灵的珍视。钱选的《归去来兮辞图》、赵孟頫的《渊明归去来辞》、马轼的《归去来辞图》之"稚子侯门"等作品皆表现了《归去来兮辞》中文学语言创造的局部景象,这种取材方式有利于摆脱源文本既成意象的束缚,集中创造某部分景象,从而突出表现的主体情趣。因此在这样的作品中,人物数量较前世作品变少,人物所占空间变小,占有画幅较大比例的物象与虚白空间营造了寂静的意境。正是在这样的创作中,钱选的《归去来兮辞图》以绿树、绿草创造的意境,赵孟頫《渊明归去来辞》以开阔的远空意境,马轼的《归去来辞图》以人与人疏远的空间意境,有效地表现了山林之隐的淡静与空灵。另一方面,通过对陶渊明人像的创造表现了隐逸文人对高逸、超远品格的追求。创造陶渊明像是人们表现隐逸品格的重要方式,据《宣和画谱》记载,唐代郑虔所画陶渊明像就是"画陶潜,风气高逸"②。到了明清时代,人们不再只满足于借助陶渊明人像来表现隐逸品格,而是将陶渊明像推展为具体情境中的创造对象,并通过对陶渊明形象的创造以体现山林隐士的高逸与超远。周位的《渊明逸致》图中陶

---

① 逯钦立校注:《陶渊明集》,中华书局 1979 年版,第 159、161 页。

② 王伯敏:《画学集成》(六朝一元),河北美术出版社 2002 年版,第 480 页。

渊明醉酒的怡然,李在《归去来辞图》中陶渊明的致远,无不传达出山林隐士的品格,表现了山林之隐淡静、高逸的生活。

二、图像世界中的桃花源原型

"桃花源"与"乌托邦"是中外文学作品创造的两个常常被相提并论的理想社会,它们反映了人类对和平、自由、安逸生活的向往。"桃花源"最初成形于陶渊明的《桃花源记(并诗)》,体现了陶渊明的理想精神。它的意蕴既承传了"小国寡民"等文化理想,也在后世历代桃花源题材的文艺创作中得到不断丰富与发展,其中"桃花源"文学原型的图像置换就是体现陶渊明精神理想的重要途径,也是推进"桃花源"内涵演绎的重要方式。晋宋之后的历代画家对桃花源世界的创造成就了图像世界纷繁复杂的桃花源精神符号。

首先探讨一下"桃花源"文学原型。陶渊明创造的"桃花源"承传和发展了中国古代"小国寡民""大同社会"等文化理想,这些理想蕴含的抽象思想与情感在《桃花源记(并诗)》的文学场景、文学场域中得到显现,形成了精神原型。在中国文化发展的历史中,"桃花源"蕴含着丰富的理想精神和情感。《礼记·礼运》中有言:"人不独亲其亲,不独子其子。使老有所终,壮有所用,幼有所长,鳏寡孤独废疾者,皆有所养。"①善待亲人,也善待他人,人人皆有所用、皆有所养,这是儒家文化倡导的"大同社会"的理想生活。《道德经》第八十章关于"小国寡民"有言:"使有什伯之器而不用……甘其食,美其服,安其居,乐其俗。"②在小国的民众,不用打仗,可以享受美味,穿着美服,行为快乐,居住安逸,这是道家理想的安逸、自由的生存状态。随着理想化生存要求在文化心理积淀中的深入,道家"小国寡民"的精神体认渗入个体生命体验,生命自觉地要求摆脱各种关系束缚、追寻自由,各种理想"小国"也先后出现。《庄子·逍遥游》中有言:"北冥有鱼,其名为鲲。鲲之大,不知其几千里也。化而为鸟,其名为鹏。鹏之背,不知其几千里也,怒而飞,其翼若垂天之云。是鸟也,海运则将徙于南冥。南冥者,天池也。"③能够自由飞翔与遨游的鲲鹏象征了人们对生命自由境界的想象,"鲲鹏世界"成为语言描绘的人们理想的生存环境。魏晋之后,五胡之争、南北分裂,社会动乱,不安险恶的生存环境更激起了人们对和平、自由、安逸生活的向往,与此同时,具有坚实经济基础的魏晋文人名士偏安一隅,独享安逸。偏安一隅的文人名士乐在其中,享受安逸的生活,这为人们关于理想国的想象提供了模式与目标。上述两方面因素激发了人们关于理想社会的整体想象,在这个时代的语言文本中出

① 杨天宇:《礼记译注》,上海古籍出版社 1997 年版,第 362 页。
② 王弼:《老子注》,《诸子集成》(第三册),中华书局 1954 年版,第 46—47 页。
③ 郭庆著:《庄子集释》,《诸子集成》,中华书局 1954 年版,第 2 页。

现了人们理想的社会,《列子》与《桃花源记(并诗)》是其中的力作。《列子·黄帝篇》中有言:"昼寝而梦,游于华胥氏之国。……其国无师长,自然而已;其民无嗜欲,自然而已。不知乐生,不知恶死,故无夭殇;不知亲己,不知疏物,故无爱憎。"①长期积淀在人们心理中关于理想生活的想象在《列子》言语中形成了具体的形态特点:人是自由的,没有生死之忧;人与人是和睦的,没有亲疏远近之别;社会是安逸的,没有战争、动乱困扰。与《列子》的理性言说不同,晋代末年陶渊明的《桃花源记(并诗)》将人们关于理想国的心理经验,形象化地表现于"桃花源"自然、社会、生活的图景之中:桃花源里,草木葱茏,土地平坦开阔,农舍整齐有序,良田美池相依,桑树竹子竞长,鸡鸣狗叫相伴,邻里和睦,没有等级差别,没有苛捐杂税,桃花源人日出而作,日落而息,生活安逸、自由。"桃花源"在形象化表现中成为传承和发展人们理想生活精神体验的载体,激活了理想国文化中的深层心理模式与文艺表现的关系,形成了与理想国文化具有共同性与相通性的"桃花源"文学原型。

其次探讨一下"桃花源"原型的图像演绎。"桃花源"原型的图像置换并不是单纯的图像复制与图像重写,这是因为创作者真正目的在于创造和表现社会理想,因此每一次图像置换都是对"桃花源"原型意义的重新发现与表现。媒介符号的差异、创作者的立场与擅长能力的不同是成就他们创造的关键。图像置换的创造性首先得益于图像符号的虚指功能。

赵宪章在《语图符号的实指和虚指》一文中指出,文图符号的差异首先是因为它们各自"有着不同的生成机制"②,他认为文学语言所指功能与能指功能关联的任意性,成就了文学语言对客观世界的精准意指,而图像符号对客观世界的意指遵循的是"相似性"原则,必须以源物象为参照,渗入主体的心理经验,因此产生了符号的虚指功能。在"桃花源"文学原型的图文置换中,图像符号的虚指功能突出地体现于如下两方面:其一,从整体创作来看,"桃花源"题材的图像作品是在文学作品基础上的再创作,其图像符号直接面对的是文学作品描绘的桃花源世界,这样的世界是存在于人们思想中的虚拟世界,图像符号只能遵循相似性原则描绘文学世界的渔人、溪流、小舟、桃花源人、屋舍等空间物象以及渔夫见洞口、进桃花源、与桃花源人交流、离开桃花源的时间过程。其二,从细节表现来看,图像符号不能表现时间发展的整个过程,只能表现时间发展的某个瞬间,但是创作者却意在通过某一个瞬间的定格空间隐喻过程中的动态,所以莱辛说画家选择画面的某一个顷刻"就要看它能否产生最大效果了,最能产生效果的只能是可以让想象自由活动的那一顷刻了"③,在"桃花源"文学原型的图像置换中,

① 杨伯峻:《列子集释》,中华书局 1979 年版,第 41 页。
② 赵宪章:《语图符号的实指和虚指》,《文学评论》2012 年第 2 期。
③ 莱辛著,朱光潜译:《拉奥孔》,人民出版社 1979 年版,第 18 页。

图像符号指向的不仅是客观存在的场景与状态,它需要遵循相似性原则,通过动作状态、色彩、人物关系表现隐喻过程与时间发展。因此可以说,在图文置换性创作中,图像符号表现不仅有可触摸的客观物象,而且有存在于人们心理经验中的形象与主观想象中的时间过程,表现对象的主体性赋予图像符号以创造性空间,成就了图文置换的创造性。

图像置换的创造性得益于不同创作者的学养与擅长。

"桃花源"题材图像作品的创作者有的是擅长传统技法的宫廷画家,有的是饱读书文的诗人,有的是放荡不羁的怪人狂士,不同的身份和素养成就了他们不同的艺术立场与表现特长。明代仇英为画工出身,他的《桃源仙境图》虽也峰峦叠起,云蒸雾漫,若仙若幻,但是画工善于细腻刻画的技法却是成就他画作独成一家的重要缘由。在他的精工刻画中,画作的三层结构层次清晰,第一层为近景,溪水、小桥以及桥上捧瓯的书童;第二层为中景,可见岩石连起,古树盘绕;第三层为远景,山峦叠嶂、云雾弥漫之间可见高屋楼宇;在第一层与第二层之间可见抚琴、听琴的三位高士和立于岸边的又一书童。创作中,表现人物动作的笔法采用了传统的简略、夸张方法,笔画线条集中体现人物动作单一形态,用笔细腻、夸张,表现物象的色彩以青绿为主,运用了兼工带写式"小青绿"传统方法,色彩耀目,整个画面显现出传统、细腻的风格。清代吴伟业是著名的诗人,他的《圆圆曲》《洛阳行》《永和宫词》都是传世诗作名篇,在他的《桃源图》中渗透了诗人的想象和表现力,这幅作品的画面在整体上反映了农村景象,有四处勾连的流水、成片的农田、聚居的农人屋舍、山岩、树木,但是,作者并未依照《桃花源记(并诗)》展现故事情节,而是以山水为主体,盛开的桃花在山水之间成为自然的灵魂,岸边的小舟仿佛在告诉人们这就是武陵渔人造访的仙境,在画卷的末端作者书有王维的《桃源行》,画面和诗歌在视觉与思维两个层面体现了诗人对仙境的向往,表现了诗人作画的特点,故此,有学者感慨这是一幅具有诗意的作品,认为"这是不同于其他专工绘事的画家地方"①。黄慎是"扬州八怪"之一,他的《桃花源图》体现了富有个性的艺术家的创造力,画中的人物虽有远近大小之别,但风格相似,创作者以短线描绘人物的形体与动态,深入有力而传神有趣,画中有创作者擅长的狂草书写的《桃花源记(并诗)》,笔画长短交错,断多连少,展现书写的力度与节奏,与画中笔线节奏相呼应,互相渗透,传达出创作者对桃花源的个性化态度与表达。创作者的学养和擅长为图文置换的创造性注入了生命活力,使得"桃花源"文学原型的图像置换成为一个富有创造性的艺术活动。

正是因为图像符号的创造力与创作主体的创造性,"桃花源"文学原型在不同时代的文图置换性创作中呈现出不断演绎的形态与意蕴。

《桃花源记(并诗)》创作于刘裕弑君篡位的第二年。陶渊明是一个曾经胸怀

---

① 袁行霈:《陶渊明影像》,中华书局 2009 年版,第 104 页。

远大理想的诗人,他少年时代"游好在六经"(《饮酒》),并且"猛志逸四海"(《杂诗》),具有发奋报国的远大理想,可是现实的境遇却是战争频繁、社会混乱、民不聊生,他无法改变现实,也不愿意干预现状,他以创造的"桃花源"——一个与现实世界形成鲜明反差的理想社会形态,寄托自己对美好社会的向往。随着历史的变迁与文艺创作的历史语境的变化,"桃花源"文学原型的原初寓意在图文置换性创作中不断得到演绎与发展。

唐代道教兴盛,李氏王朝自谓老子李耳后人,推动了道教的发展。受道教影响,人们注重修行,认为得道能够成仙,神仙世界成为人们向往的理想世界。受这种文化的影响,文图置换中的"桃花源"题材图像作品主要描绘的就是神仙世界。韩愈的《桃源图》诗云"神仙有无何渺茫,桃源之说诚荒唐",表达了自己对桃花源图仙境的不认同,可见他见到的画作就是将桃花源表现为神仙世界。唐人舒元舆在《录桃源画记》一文中具体描绘了所见画中神仙世界的景象。因此可以说"桃花源"文学原型在唐代的相关画作中显现出超凡脱俗的仙境形态与逍遥自由的审美意蕴。

这种仙境意蕴在宋代"桃花源"题材的绘画中也有承传,例如马和之的《桃源图》,画作左侧云雾缭绕之中显现巍峨楼宇的非凡气势。但是在宋代,儒学兴盛,程朱理学消解了诸多自魏晋以来自由、个性的现实价值,注重现实规范与事物原则成为文学艺术的重要追求,再加上随着宋代市民经济的繁荣,文艺注重表现现实生活与生活的现实性理想。"桃花源"在创作者世俗化视角中成为与现实生活根脉相连的理想世界。马和之的《桃源图》虽有局部表现出仙境特点,但是整体上画作表现的是具体现实生活情境特点的世俗生活,画作有渔人与桃花源人聊天的情景,有众人对弈的情景,有众人饮酒的情景,这些情景如生活画面,画中人物线条粗细有度,墨色浓重,反映了生活常态动作态势,画中见耕牛、农人屋舍、小犬,皆显生活气息。这样以生活视角观察"桃花源"的绘画作品在宋代还有李唐的《四时山水》第一幅,佚名的《桃花源图》(藏于台北"故宫博物院")等作品。这些作品中的"桃花源"皆体现出自由、安逸的现实形态与和睦、快乐的生活意味。

到了元代,汉儒的地位下降,诸多文人面对民族歧视选择笑傲山林,因此林泉空远成为这个时代"桃花源"图像创作的一个重要意蕴目标,王蒙的《桃源春晓图》突出地反映了这样的追求。整幅画作未见《桃花源记(并诗)》中的桃花源人、屋舍等生活景况,却以纵贯上下的山溪为主体,山溪两旁重岩叠嶂,树木繁茂,桃花盛开,溪流下端有一渔船,渔船上渔人正在划桨,溪流上方,云雾之间可见高屋楼宇。在画作的右上方有题画诗,其中有云:"白云洞口千峰碧,流水桃花非人间。"在王蒙看来,这幅画表现的不是人间的生活,它是作者心中自由逍遥的理想世界,因此在他笔下,"桃花源"显现出高洁、空寂的形态与隐逸、空灵的意蕴。

明清时期是文化多元时代,各种文化在这个时期都有了深入的发展,并且渗透和影响到人们的生活。文徵明的画作《桃源别境图》体现了这个时期文化多元性特点,这幅画作题有王维的诗歌《桃源行》,王维感慨"春来遍是桃花水,不辨仙源何处寻",认为桃源就是"仙源",桃花源世界是神仙世界。文徵明以王维的诗题于画中显现了画作的仙境诉求,画作中山峦起伏、水域开阔、松树遒劲、桃花盛开,堪称人间仙境。但是在这幅画里也可见耕作的农人,居家晾衣的女子,草房茅屋以及交谈的人群,因此这幅画既体现了作者仙境理想,也表现出注重世俗的创作理想。正如文徵明的诗作《桃源图》所言"世上神仙知不远,桃花只待有缘人",他将人间仙境和人们的现实理想统一在一起。同样体现这个时期文化多元的还有仇英的《桃源仙境图》,将桃花源画作世外仙境,高山流水、古树桃花显现了仙境与生活场景的差异,但是在流水旁,岩石上有三位身着长袍的高士和他们的书童,三位高士或弹琴,或聆听,仙境中出现了享受仙境的凡人,可见仙界与凡世在画作的形态与意蕴中已经融为一体。

"桃花源"是体现了陶渊明和诸多画家心理体验的文学原型,"桃花源"文学原型的文图置换反映了人们对理想社会追寻的坚守。文图置换真正目的是要吸纳源文本的审美元素,且在表现中突破原有语言符号的局限,更好地显现陶渊明的理想,并且创造新的理想社会。不同时代人们心理经验中的理想社会正是在"桃花源"文学原型的文图置换中不断显现和发展,"桃花源"精神意蕴也在这样的创作中得到不断演绎与丰富。

小结

以陶渊明诗文为基础的绘画创作是文学语言与绘画图像之间"文图"会通式的创作。这种"文图"会通是促进文学与图像艺术繁荣的重要因素,它影响到文图实践的诸多层面,其中文图创作中的主体创造途径、文本题材、符号表现功能等层面集中体现了这种影响的价值与意义。

这种"文图"会通拓宽了图文创作主体的创造途径。魏晋之前,文人习惯于通过语言或图像符号的创造实现情意传达,文学语言或图像符号的创造体现了文人的文艺追求与创造能力。魏晋之后,在"文图"会通的实践中,"文图"会通成为文人体现主观情意的重要途径,也是文人展示自我创造能力的重要方式。李公麟、赵孟頫、陈洪绶、石涛、查士标等文人在以陶渊明诗文为基础的绘画创作中体现出杰出的创造能力。其实接受者对他们文本的肯定也正是对他们"文图"会通创造力的认同。

这种"文图"会通丰富了文学与图像艺术创作的题材。在文艺实践中,这种"文图"会通是存在于文学与绘画艺术之间的一种创造,它形成于文学与绘画艺术之间的会通性创作。图像符号对文学作品的演绎是"文图"会通生成和发展的基础。文学与图像艺术正是在"文图"会通的实践中,获得了丰富的题材,为相关创作注入了素材与营养,从而促进了文图创作的发展与繁荣。

这种"文图"会通增强了文学语言与图像符号的表现力。"文图"会通是文学语言与图像符号在适应文艺繁荣发展中产生的会合贯通,也是文图符号谋求突破表现局限、增强表现功能的重要方式。在"文图"会通中,图像符号通过对陶渊明诗文语言符号表现的模仿,增强了表现时间过程的功能,能够在图像空间中抒写"如诗"情怀。可见,"文图"会通为文图符号的表现注入了活力,促进了文图艺术的发展。

在这种"文图"会通的实践中,图像符号凭借其感性的张力,显现出强势的表现功能。文学语言通过概念,在线性排列中传达意义,其表现内敛、含蓄。图像符号通过色彩、图形,在空间展现中传达意义,其表现感性、开放。文图符号在会通性的表现中,图像符号凭借其感性的张力,成为彰显语言意义的重要媒介。在文图分体的文本中,"文图"会通的要义在于以图像语言表现文学作品。文学语言擅长表现时间过程,图像符号擅长表现空间形态,这两种符号在会通中虽相互模仿、相互借鉴,却难以相互兼容,因此也无法消解两种符号的冲突。语言表现图像作品是对图像作品的整体把握,因此语言表现受到文图符号介质差异的影响大,而图像符号表现文学作品是截取一段场景与画面,因此受到介质差异的影响小。这使得图像符号在互仿性会通中体现出较语言强势的表现状态。

在这种"文图"会通的实践中,文学语言与图像符号相互依存、同存共处。图像符号并没能因为其感性彰显功能而获得绝对主要的地位,相反语言却因为具有能够精准地指明客观对象的"实指"①功能,在意义表现中发挥着主要作用,成为文本意义表现中的强势符号。录有源文本语言的图像作品集中体现了语言表意功能的重要性。在这些作品中,图像没有因为其较强的感性彰显功能而成为作品表现意义的主要符号,语言却因为其实指功能,成为人们获取图像文本意义的重要媒介。在录有源文本的绘画作品中,语言是言明图像意义的主要媒介,也是人们把握图像作品意义的主要依据。

由此可见,在这种"文图"会通性实践中,文图符号在意义的彰显与表现中皆有强弱的差异与对立,但是这种对立并不意味着文图符号之间的对抗与分裂,相反,在文图符号强弱对立之下存在的是文图符号的彼此合作。赵宪章说"在语言和图像的互仿中,语言失去的只是自身的非直观性,它所得到的却是'图像直观'这一忠诚的侍臣"②。他认为,在图像模仿语言的创造中,图像符号体现出较强的表现功能,消解了语言表现中非直观性的局限,但是最终图像也只是成为语言的"忠诚的侍臣"。其实这种"忠诚"就是图像符号谋求与语言合作的态度,忠诚

---

① 赵宪章:《语图符号的实指和虚指》,《文学评论》2012 年第 2 期。
② 赵宪章:《语图互仿的顺势与逆势》,《中国社会科学》2011 年第 3 期。

的态度不仅存在于强势的图像符号之表现中，它也存在于强势的语言之意义表现中。可以说，因为"忠诚"，所以强势的图像符号力求彰显文字语言的意义。文图符号因为这种"忠诚"的合作，相互依存，难以分开。离开文字的图像是难以明确意义的图像，脱离图像的语言是缺乏感性张力的语言。文图之间的这种关系见证了陶渊明诗文及相关绘画是相互依存、相互影响的两个部分。

第八章　魏晋南北朝文学中的战乱与图像中的乱世英雄

　　魏晋南北朝是一个战乱频发，社会动荡的历史时期，这一时期各种社会矛盾的激化使得战争成为极端矛盾的主要解决方式，在这样的社会背景下涌现出了许多乱世英雄。同时，这一时期又是我国古代艺术文化的繁荣时期，伴随人性的自觉和对人的主体性的觉醒，各种艺术形式开始走向成熟和繁荣。在这样特殊的历史背景下，魏晋南北朝时期的英雄成为各种艺术形式表现的重要对象，特别是在文学与图像中，艺术家借助各种艺术形式表现战乱中的英雄形象，其实也是对于现实动荡社会的一种自我安慰和寄托。这一时期的文学和图像为后人创造了许多典型的英雄人物，也为后世的文学和图像提供了许多优秀的图文资源。

第一节　文图整合：神话学视阈中的关羽形象

　　三国时期的蜀将关羽在中国可谓家喻户晓，妇孺皆知。他的生平事迹最早见于陈寿所著的《三国志》及裴松之对此书的注。经过历朝历代对关羽形象的丰富和"扭曲"，其逐渐成为中国传统文化中特定的文化符号而与其原本的面貌发生了偏离。与其说今天的关羽是历史人物中的关羽，倒不如说是文化"塑模"的关羽。关羽在中国传统文化中被定义为忠义信勇的儒将式人物，这一文化上的定位虽然可以在陈寿的《三国志》中寻到蛛丝马迹，但是如果与历史中的关羽进行比较似乎又存在着明显的不一致。不过，这种历史原型和文化阐释中的拮据关系并未被人们所在意，而是被当作了正当的言说或者文化形象演进中的必然。然而，关羽形象的演进或者文化意义符码的丰富真是如人们想象的那么自然并符合历史必然吗？本文主要以关羽的语言文本和图像文本作为研究的基础，运用罗兰·巴特的神话学方法，说明文图关系是如何共同塑造关羽"神话"形象的。

一、关羽的历史史实与图像

　　陈寿的《三国志》是纪传体史书，这一写史形式以司马迁的《史记》为滥觞，长久不衰。这类传记要求史学家以客观事实为基础，秉笔直书，以质朴无华的文辞进行写作,反映历史人物的真实情况,所以具有较高的可信度。陈寿《三国志》卷三十六蜀书六《关张马黄赵传》中专为关羽立传,内容简略,千字左右,不但对关羽的生年和家世语焉不详,而且只选录了其人生中的几个重要片段。在《三国志》中关羽的生平事迹在其他传记中还有零散的出现,但是作者并未记入本传中。一方面是为了避免不同传记在相同材料上的交叉重复,另一方面也与陈寿对史料的主观取舍有关。裴松之注关羽本传是他从不同的史籍中搜集到的有关关羽的材料,其中《蜀记》引用六则,数量最多,《典略》一则,《江表传》一则,《傅子》一则,《吴历》一则,《魏书》一则。裴松之注的内容主要是关羽本人的言行和与其有关的史实,它被插入关羽本传中对正文进行补充和评论,应该被当作是与《三国志》共同呈现关羽历史形象的一个部分。可见,关羽本传是关羽历史形象的主要来源,《三国志》中其他传记中有关关羽的记载和裴松之注关羽本传则可以当作其补充。从内容上看,关羽本传中大致概括了关羽的事迹有:亡命奔涿郡,追随刘备,委寄曹操,刺颜良,辞曹归刘,独守荆州,刮骨疗毒,北伐襄樊,痛失荆州,命丧临沮等。在关羽传记中,陈寿以史学家的精神,遵照"言直事核"的记史标准和"爱而知其丑"的记人原则,不仅记录了这位历史名将的忠义勇武,而且也直陈了他的许多缺点和不足,这与今天我们所理解的关羽形象内涵存在很大的差异。

伴随着关羽形象的传播,有关关羽的图像也开始出现。最早的关羽图像出现在三国时期,《三国志》卷十七魏书十七《于禁传》记载曹丕命人图画水淹七军于壁羞辱于禁事:"帝使像于陵屋画关羽战克、庞德愤怒、禁降服之状。禁见,惭恚发病薨。"[①]这说明三国时期就有关羽图像存在,但是该图像并未保存下来,其具体的内容我们也无从知晓。目前可见到署名为"宋马远作"的刻石画像《关圣像》,此关羽图像的作者和年代都被学界存疑,假如果真是马远所作,那么它就是现存最早的关羽图像了。图中关羽隆准凤目,器宇轩昂,颇有英雄之气,透着阳刚之美。周仓执刀侍候,豹头环眼,异常威猛。图像与真人等高,衣纹须眉刚柔有致,富有书法意味。而目前现存比较可信的最早的关羽图像是1909年内蒙古黑水城出土的金代平阳府徐家印的版画《义勇武安王》像,宋真宗赵恒赐关羽庙额曰"义勇",追封王号曰"武安王"。这幅民间年画中,关羽头戴软巾,身穿锦袖袍服,脚登云头高靴,侧身握拳,坐于靠背交椅上,神色庄严。其侧,一兵士捧印,前后又有四兵士擎刀、执旗侍立于旁,旗上楷书"关"字,背景辅以苍松翠石,晴空朵云,边框绘有回纹图案。人物神貌高古,衣装甲胄笔法有力,构图疏密多样而又和谐。与后代所画关平立前,周仓在后,关羽捻须居中而坐的画面布局不同。客观地讲,在明清之前关羽图像并未大量出现,佳作也更是寥寥无几。到了明清之际,伴随着关羽形象越来越为人所熟知,尤其是俗文学的发展,三国历史故事在市民阶层中的流传,关羽的形象得到广泛传播和积累,演变成了《三国演义》中

---

① 陈寿撰,裴松之注:《三国志》,中华书局1999年版,第394页。

的文学形象,有关他的图像作品才越来越多,佳作也不断产生。在民间,由于关羽的故事在市井坊间流传颇广,以其为题材的图像数量颇多,仅王树村所编《关公百图》中收录的具有代表性的民间创作的关羽图像就有百幅。在官方,因为关羽形象所蕴含的忠义勇武的品质有利于维护统治,所以统治者对关羽进行大力赞扬和神话,关羽图像创作也得到了宫廷画家的关注。明代宫廷画家商喜的《关羽擒将图》(图8-1)是最著名的一幅关羽题材的画作。画中关羽赤面凤眼,长须伟躯,倚石而坐,两旁侍立周仓、关平二人,阶下木桩上绑着侧目而怒的赤身汉子。根据刘侗《帝京景物略》记载,城南关王庙壁画中存有商喜描写三国吴将姚彬偷盗关羽坐骑的故事,与此图情节颇为相似,而且商喜这幅画明显带有壁画特点,尺幅宏巨。但是,也有学者认为此画内容为《三国志》中关羽水淹七军,生擒庞德的故事。它究竟属于哪个故事题材还尚无定论,但是这并不影响它在关羽形象神话言说中的作用。

图8-1 关羽擒将图,商喜,北京故宫博物院藏

在关羽形象的历史演变中,其历史形象是以语言符号的方式确立的,日后关羽形象的丰富和神话也是在这一基础上进行的,至于其图像符号则多是以语言塑造的关羽形象为模仿对象,但是这种模仿又并非是"忠诚"的,在特定的历史时期它在有意无意地满足着当时神话意识形态的需要。关羽形象的语言和图像的关系就是在这样的前提中开始互动的。

二、关羽形象的神话学分析

在关羽神话的生成中,关羽形象的语言符号和图像符号为其提供了神话言说的材料,但是在开始讨论关羽形象的文图关系对关羽神话的作用之前,有必要理清神话言说的概念，以及神话言说中文图材料在其中所占的地位和作用。在《神话修辞术》的第二部分《今日之神话》中，罗兰·巴特系统地阐述了神话学理论。他认为"神话是一种言说方式"，基本上可以被看作是一种意识形态。那么这种神话的言说方式究竟是如何构成的呢？罗兰·巴特将索绪尔的语言学符号理论运用到神话学的分析之中，认为："神话是个特殊的系统，因为它是根据在它之前就已经存在的符号学链而建立的：它是个次生的符号学系统。在初生系统里为符号（亦即概念和印象的联结总体），在次生系统里变成单一的能指。"他对于初生系统中的能指和所指并没有做过多的说明，因为他认为初生系统只是通过能指和所指联结的符号为次生的神话系统提供材料，所以，"神话在它们身上只看到了同样的原材料，它们的同一性在于它们都简化为单一的语言状态"。① 正是由于神话系统的能指的特殊性，导致了作为次生系统的神话，其能指就具有了两面性，它既是初生系统里的符号又是神话次生系统里的能指，既是语言学系统的终端又是神话学系统的开端。在语言层面上（初生系统的终端），神话的能指被罗兰·巴特称作意义；在神话层面上，则被他称为形式。由此可见，神话是由两个符号学系统组成的，一种是语言系统，即"抽象的整体语言"，罗兰·巴特称之为"作为对象（工具、素材）的群体语言"，神话正是掌握了这种群体语言才得以构建自身系统；另一种是神话系统，罗兰·巴特称之为"释言之言"，它是次生语言系统，神话正是以次生语言谈论、解释初生语言，并最终将真实扭曲为神话言说。在语言符号和图像符号中出现的关羽形象如果仅从单一的符号学角度来讲，它们就是初生系统中的符号，也就是这些语言和图像为神话言说提供了可供扭曲的材料。一旦它们被次生系统中的神话言说所劫掠，它们原本的符号意义就成为了神话言说系统中的能指形式。明代山西太原关帝庙中的关羽彩塑像（图8-2）就运用了这样隐晦的神话方式。这尊泥塑像头着黑色头巾，面颊金色，身穿战甲，外裹白边绿袍，背后有折枝花饰，右臂肩胸部盔甲外露，腰

图8-2　关羽塑像，作者不详，北京故宫博物院藏

① 罗兰·巴特著，屠友祥、温晋仪译：《神话修辞术：批评与真实》，上海人民出版社2009年版，第169—175页。

束带,足蹬如意纹靴。右手握带端,左手扬起,两足叉立,身微侧作挺立势,姿态英武挺拔,面貌丰伟,蚕眉凤眼,形象威武,神情坚毅。从审美的角度来看,这尊塑像的衣饰神态的刻画技艺高超,成功地表现了人物性格,给人以一种阳刚的美感。但是,这种阳刚之美的流溢只是图像符号艺术特性的凸显,甚至在这个纯粹符号审美的过程中静穆和崇高的审美快感将它所描绘的关羽形象本身都遗忘了。这个时候这尊塑像就成为了一个合格的神话言说的材料,因为它将图像符号表现的关羽本真形象抽空,然后当它被置放在关帝庙这一具有意识形态的言说之地时,图像符号通过艺术形式体现的阳刚之美被自然地言说成为关羽本质中从来就不可或缺的一个部分,这一个过程中关羽成为了阳刚之美的化身。

当然,关羽形象材料成为神话言说的能指只是关羽神话言说的前提。在神话学中,罗兰·巴特虽然继承了索绪尔整体语言和个体语言的二分法,也关注整体语言的社会性,但是他对整体语言和个体语言的地位认识却是与索绪尔完全颠倒的。他认为作为神话的个体语言实际上会扭曲和改变整体语言,在整体语言中,能指和所指之间联结的任意性导致符号的形成在神话学中是刚好颠倒的,因为神话的言说方式是为了恰到好处地传播经过精心加工的材料与观念的。这也就是为什么有关关羽的语言文本和图像文本在形式上无论存在多么大的差异,却都可以指向同一个言说的方向的原因,因为预先设定的能指意识好像一根线一样将它们都串联在神话言说的逻辑当中。神话系统所指当中的不变者或常数就是一种意识形态,罗兰·巴特给它保留了概念这一名称。然而,"蕴含于神话中的信息实际上是一种含混的信息,由随物赋形且毫无边界限定的联想构成。"神话概念(神话所指)的根本特性是适应性,它以一定的方式在整体性的神话能指符号中抓取与神话(意识形态)相契合的形式一面,而放弃了神话能指意义的一面,从而达到一种个体语言对整体语言扭曲的言说方式,形成神话系统中的符号,罗兰·巴特称之为意指作用。因此,"将神话的概念与神话的意义联结起来的关系,本质上是一种扭曲的关系"。在关羽神话言说中,次生系统的所指预先准备了一种它要植入能指形式中的意识形态,但是这个概念确实是一个含混的信息,因为它会根据时代的不同体现不同的意义,所以我们可以说关羽神话言说的内容其实是一个概念,但是这个概念却是不具体且飘渺的命名。

罗兰·巴特认为"宇宙具有无限的暗示性",所以一切都可以神话。"世上每一物都可以从封闭而缄默的存在转变为适合社会自由利用的言说状态,因为无论是否合乎情理,任何法律都不禁止谈论种种事物。"[①]这就为符号的神话化提供了可能。但是,我们希望神话学更进一步回答的是这样一个问题:初生系统

---

① 罗兰·巴特著,屠友祥、温晋仪译:《神话修辞术:批评与真实》,上海人民出版社 2009 年版,第 169—183 页。

中的符号何以能够成为神话言说？要回答这一问题我们还是要从神话（或称意识形态）的目的入手,神话（或称意识形态）是人们对事物的固定理解,是约定俗成的意见,它是人为的文化的结果,并不是真理。但是,它总是能够呈现为貌似"自然的"产物,从而僭越了真理和自然的地位。也就是说,神话的目的就是要将主观意图通过自然而然的方式呈现在人们的认知世界中。用罗兰·巴特的话讲就是"神话是一种被过分地正当化的言说方式"。倘若要揭示神话系统这种言说方式,揭示神话系统中已经固定的所指（概念）,揭示意识形态的存在,就不可能在这种不在场的形式的观念中寻找答案,而是要探究形成神话意指作用的所指与能指同初生符号系统的关系。神话之所以能够成立,是因为神话的形式（神话系统的能指）已经由初生系统的符号形成,初生系统的符号包含了能指（形式）和所指（意义）两项,它在转为神话符号系统的能指（形式）过程中,保持了初级符号系统的能指（形式）不变的情况,却扭曲改变了初级符号系统的所指（意义）,使得同样的能指形式负担着不同的所指意义,并且这所指意义得到了集体的认同,成为了神话（意识形态）。

就像上面所讲的,一切皆可神话,神话是次生系统的所指（概念）对初生系统符号意义从未终止过的扭曲,符号的意义在关羽神话言说中被抽空,变为贫瘠而空洞的形式,这种形式被关羽神话系统所利用,在不同的时期总能找到合适的概念,呈现合适的意识形态。诚然,关羽形象的神话言说一定不是永恒的和自然的。他的文图材料作为初生符号系统早已被神话符号系统所劫掠,被言说成具有意识形态的神话意指作用中的关羽形象,从而偏离了关羽形象的本真。"可以设想非常古老的神话,但不存在永恒的神话",这是因为是人类历史使现实之物转变成神话言说的方式,只有人类历史决定了神话语言的生死。"无论久远与否,神话都只可能具有历史这一基石,因为神话是历史选择的言说方式：神话不可能从事物的'原始状态（天然状态）'中突然涌现。"[①]所以,关羽形象不但不是永恒的,而且也不像人们想象的那样是有序自然地演变而来,它可以形成、改变、解体,甚至是完全消失。关羽形象是在不同时期根据一定的条件和需要所构建起来的,他不是一出现就是现在我们所认知的情况,也同样将不会一直保持现有的形象而成为永恒。实际上,从陈寿《三国志》开始,关羽形象的构建就一直在发生变化,而且有的时候甚至出现过分裂和矛盾的形象构建路径,而非我们以为的那样是必然的合规律运动。今日的关羽形象被意指为忠义与勇武,阳刚与儒雅并存的儒将形象。但是,在关羽形象演变的历史中,根据神话概念言说的关羽形象却是复杂的,神话概念为了达到意指作用,经常会突出历史中关羽的某一方面的特征,而有意忽略其他的特征,或者是在神话的构建中本身就存在内部颠覆神话生成的矛盾现象。某个历史阶段对历史中的关羽人物某个特点的有意凸显其

---

① 罗兰·巴特著,屠友祥、温晋仪译：《神话修辞术：批评与真实》,上海人民出版社2009年版,第170页。

实就是对其历史真实的扭曲与神话。自关羽以历史人物出现以来,其形象一直存在各种言说方式。在魏晋南北朝,由于中国历史处在战乱动荡的特殊时期,虽然玄言清谈之风盛行,但是面对家国离散的现实,尚武侠义精神也同样是时代的主流。因此,关羽作为并不遥远的三国时代的著名武将,在这一时代常被人们所传扬和比附。这一时期的关羽经常和张飞并称,而且为了表扬当时的武将勇猛也经常将其以"关、张"之勇进行比附①,在这个时期关羽总是和张飞放在一起讨论,实际上也就说明当时人们对关羽形象的认识还停留在和张飞一样的武夫形象。可以清楚地发现这一时期有意将关羽勇武的形象进行强化,从而忽略或者弱化了他原本人物特质中的其他部分,有意将其神话成一个勇猛的战将,激励当时的世人。到了隋唐五代,关羽形象中的勇武神话被封建社会鼎盛时期的和平景象所遗忘,被掩埋在历史的潮流中,并且由于受到三国时期的分裂局面和以曹魏为正统思想的影响,唐朝统治集团在倡导文治武功时,并不将蜀汉将领关羽作为褒颂的对象,而在民间关羽形象甚至还保留着鬼怪的特色。宋代孙光宪《北梦琐言》中就有记载:"唐咸通乱离后,坊巷讹言关三郎鬼兵入城,家家恐悚。"②又,唐末范摅《云溪友议》:"蜀前军关羽,守荆州……玉泉祠,天下谓四绝之境。或言此祠鬼兴土木之功而树,祠曰'三郎神'。三郎,即关三郎也。"③可见,关三郎即是关羽,他在唐代民间传说中的鬼怪形象与我们现代认识的关羽形象完全是分裂的。但是从某种意义上讲,他的鬼怪形象也可以认为是对他勇武神话言说的极端突出,毕竟暴力和鬼怪在人的内心都能造成一种精神上的恐惧。从宋代开始关羽的"今日之神话"形象逐渐确立下来,这主要得益于两个方面,一是统治者对关羽形象的直接神话,从宋代皇帝为关羽赐庙额、封王,甚至到明朝关羽被封为帝,他在正统思想中的地位逐步确立。另一方面则是俗文学的发展,三国历史故事在世俗阶层中广泛传播。苏轼《东坡志林》:"王彭尝云:涂巷中小儿薄劣,其家所厌苦,辄与钱,令聚坐听说古话,至说三国事,闻刘玄德败,颦蹙眉有出涕者;闻曹操败,即喜唱快。以是知君子小人之泽,百世不斩。"④特别是《三国志通俗演义》中关羽文学形象的形成标志着关羽在这一时期神话形象的定型,而他自宋朝以来,特别是到明清之际所呈现的神话形象一直是相对稳定的忠义勇武的儒将形象,这说明这一时期的关羽形象言说已经得到了广泛的接受与认可。

从对关羽形象在各个时期的不同神话言说可以看到,所谓的关羽形象其实

---

① 赵翼著,王树民校正:《廿二史札记校正》,中华书局 1984 年版。卷七《关张之勇》中记载"汉以后称勇者,必推关、张",并且列举了数十位可以比附关张之勇的魏晋南北朝武将,可见,将关羽和张飞并颂就是对关羽勇武的推崇,将后人比之于他也是以勇武为比附的标准。

② 孙光宪:《北梦琐言》,中华书局 1960 年版,第 97 页。

③ 范摅:《云溪友议》,古典文学出版社 1957 年版,第 19 页。

④ 苏轼:《东坡志林》,学苑出版社 2000 年版,第 21 页。

是一种主观意识形态的言说方式,并非是真实的关羽,而且这一形象的产生和演变也并不是想象的那样具有逻辑性和历史演变的客观规律性。神话言说总是预先植入概念,然后寻找可以呈现概念的意义,并将其空洞化为形式,最后实现神话的言说目的。作为关羽神话生成的材料,有关关羽的语言文本和图像文本在罗兰·巴特的神话学理论中却并未被真正地重视,他强调可被神话的材料在形式上可以是多种多样的,但是在本质上并没有任何的差异。"此类言说方式是一种信息。因此,它除了口头言说之外,还可以是其他事物;它可由文字或表象构成:不仅写下的言辞,而且照片、电影、报道、竞技、戏剧表演、广告,这些都可以用作神话言说方式的载体。"也就是说,在关公形象的神话过程中,无论是作为语言文本的材料,如《三国志》《三国志通俗演义》,还是作为图像文本的材料,如关公题材的绘画作品、雕塑、石刻等,神话都无一例外地"在它们身上只看到了同样的原材料,它们的同一性在于它们都简化为单一的语言状态。涉及的不管是文字的书写还是绘画线条的书写,神话从它们身上想看到的都只是诸符号的一个总体,只是一个整体性的符号,它是初生符号学链的最后一项"。神话作为次生符号系统,它只需要关注材料符号的整体项就可以,只要这整体项与神话相适应。"就是基于这一原因,符号学家可以用同样的方式处理文字和图像:他从这两者当中所接受的,就是它们都是符号,它们都迈入了神话的门槛,具有同样的意指功能,两者也都构成了作为对象(工具、素材)的群体语言。"虽然,罗兰·巴特强调语言和图像作为神话的材料"这种内容并非无关紧要",并且也论述了语言材料与图像材料的不同:"图像的确比文字更具强制性,它一下子加强了意义(强制性地规定意义),而不是把意义逐步地分析、分散开来呈现。"不过,他最终还是坚持"但这不再是一个本质性的差异"。他实际上并不关心初生符号材料的构成类型,但是,他却看到了两者之间的联系:"图像一具有意义,就成为了一种文字:它们就像文字一样,也导致述说。"以神话言说的角度,不论是语言还是图像,一旦进入了神话言说的过程,它们都会以叙事的方式来展开言说,让概念变得自然而然的也是这种叙事所要达到的目的。虽然有关神话材料的问题在罗兰·巴特对于神话学次生系统的过分关注中被弱化,但是"概念通过各种形式展现的这种重复,对神话修辞学家来说很珍贵,使他能够破译神话:正是对某种行为的重复、强调,才泄漏了它的意图"①。可以看到,神话言说最终可以被归为一种述说,但是展现述说的各种形式并非是统一而无差别的,语言符号和图像符号在凸显神话的时候既能将自身的符号特点发挥出来,又能在所谓形式展现的重复中保持呈现神话意图的合作关系。

---

① 罗兰·巴特著,屠友祥、温晋仪译:《神话修辞术:批评与真实》,上海人民出版社 2009 年版,第 170—180 页。

三、文图关系中的关羽当代形象内涵

关羽"今日"形象神话被意指为忠义勇武的儒将形象,而这一形象的定型也主要是在宋以后,特别是明清之际。尤其值得注意的是这一时期的民间文学十分繁荣,像《三国志平话》《三国志通俗演义》这类民间文学在市民阶层中有极大的影响,关羽文学形象也逐渐通过俗文学的方式定型。巧合的是,这一时期也恰恰是关羽图像出现最为繁荣的时期,而图像文本的丰富为关羽神话言说提供了必不可少的图像材料。关羽神话形象的言说是一个历史流变的过程,但是神话言说从来不关心历史流变中的继承关系,甚至是否存在神话言说的历史继承在罗兰·巴特那里都是存疑的。古老的神话言说是无意义的,当下神话言说的运作方式和其所要植入的意识形态才是神话学关注的焦点。所以,当关羽忠义勇武的儒将形象生成并一直延续到当下的这个时段,其神话依然是"今日"之神话,也是我们分析的场域。那么,当下关羽神话言说中语言和图像的关系是如何为关羽神话形象的呈现提供独特的材料支持的呢?

在神话言说中,语言为神话提供"扭曲"的基础,图像为神话提供"扭曲"的场所。语言符号的特点是以时间的线性方式进行叙事的,它同时又是一个充满隐喻的符号系统。这就决定对它所呈现的事物必须以线性的方式从整体上进行把握,并且即使是它所讲述的真实事物也常常会因为自身符号的隐喻特性而词不达意留下语言的"间隙"。神话就是利用语言符号这一既整体又含混的特点。此时,语言的"意义变成了形式,就摒弃了偶然性;它空洞化了,变得贫瘠,历史不复存在,只留下了文字",而神话就是以这样看似正当的依据开始自己的言说。在《三国志》中,关羽的生平事迹最初以史传形式记载并流传下来,从结构上看,《关张马黄赵传》中的关羽传是关羽的历史形象来源的主体,这部传记确切的时间只出现两次,一是"建安五年"(200)曹操东征,擒羽以归,一是"二十四年"(219)关羽水淹七军,败走麦城。大部分事情的先后关系都是从语言叙述本身的线性顺序出发的,而作者又以"初""尝""先是"等时间副词表示对事物的插叙或者补叙,这种史传体只是保证了形式上的客观,但是并未填补语言符号本身的不确定性,这为关羽形象的言说提供了可能。反观图像符号,它是一种基于人类生理特征的视觉符号,它以感性直观的方式作用于人的感受,所以更容易给人以真实感。对于神话来说,"实际上,倾注于概念中的与其说是真实,不如说是对真实的认知"[①]而图像符号则非常有利于在神话中展现这种视觉真实的特性,它并非是对于事实的不忠,而是以局部的真实在空间中展现为整体的真实,从而达到神话言说

---

① 罗兰·巴特著,屠友祥、温晋仪译:《神话修辞术:批评与真实》,上海人民出版社 2009 年版,第 178—180 页。

中概念对意义的扭曲。它们在关羽形象的神话过程中都起到了重要的作用。

《三国志》裴松之注有一段引自《江表传》："羽好左氏传,讽诵略皆上口。"①这一记载只是告诉了我们历史当中的关羽喜爱阅读《左氏春秋》这一事实,但是正是裴松之这一句简单的注释,成为了神话劫掠的目标,并且逐渐扭曲成为《三国志通俗演义》中的"关羽夜读春秋"的形象,这为以后神话关羽为儒将形象提供了言说的依据。而这一种言说的实现在借助图像提供的"扭曲"场所之后就变得很容易达成。清光绪十六年(1890),上海广百宋斋排印的《图像三国志演义》卷首石印插图《关壮穆》即是对历史上关羽喜读春秋的神话呈现。图中关羽头扎软巾,身穿团花绣袍,腰系玉带,面留美髯,坐于扶手椅上,俯身阅读《左氏春秋》。旁有周仓身穿战袍,挂金甲,手握青龙偃月刀侍立于侧。地上置书一函,裹以锦巾。这幅图像表面上似乎是对《三国志》中关羽历史人物的再现,其实是神话利用了语言符号对于这一事实记录的含混性和整体性,将图像变为神话言说的场所,在这里"羽好左氏传"已经被神话所劫掠,它借以图像的感性直观表现出对历史事实的还原,其实神话已经将原本历史符号层面的意义形式化,在将这一形式的"空壳"还回时,里面装入的早已不是原来的东西,而是一种全新的言说方式,这里的关羽形象早已变成了这幅图像上题字所呈现的神话概念:"神威能奋武,儒雅更知文。天日心如镜,春秋义薄云。"与此图类似的图像还有清代山东堂邑套色版印的《夜读关公》和清代北京彩印纸马的《夜读关公》(图8-3),这两幅作品同样是以"羽好左氏传"为基础创作的,它们都共同呈现出关羽虽为武将,但是书不离身,通文达礼的儒将形象。关羽神话所要言说的另一个方面是其忠义形象。而在关羽的文图关系中依然可以看到二者相互之间配合所产生的神话效果。《三国志》中记载着"曹公擒关羽以归,拜为偏将军",后来"羽尽封其所赐,拜书告辞"的故事。② 从历史事实来讲,这则故事当然体现了关羽有情有义的忠

图8-3　夜读关公,作者不详

---

① 陈寿撰,裴松之注:《三国志》,中华书局1999年版,第699页。
② 陈寿撰,裴松之注:《三国志》,中华书局1999年版,第697页。

义品格,但是他投降曹操为其所用,"策马刺良于万众之中"也是不争的事实,要是以封建道德来评判这一事件可以说是其人生中的污点。但是,神话的能指具有两面性,一面是语言的符号,一面是神话的能指。这一事件中包含的意义,在神话言说中只是以形式来呈现,而呈现的形式又与蕴含的意义无关。所以,关羽人生中的"污点"不但没有妨碍他的忠义形象的神话,而且还成为了神话言说的重要材料。后来在《三国志通俗演义》中"关羽屯土山约三事""关羽封金挂印""千里走单骑"等故事情节就是以《三国志》中的记载为依据,通过文学形象的塑造来神话关羽忠义形象的。这在关羽图像中也有所呈现,明代木刻插图《张辽义说云长》(图8-4),此图又名《屯土山关公约三事》(曹操欲收关公为部将,令张辽只身至山头劝说关羽,张以暂时降曹营为上,关羽以"降汉帝,不降曹操;二嫂以皇叔俸禄赡养;但知刘备去向,便当辞去"为条件)。图像中关羽虽为被困之将,但是构图上明显有意突出他的伟岸形象,他的人物体积明显比张辽要大很多,而且所居位置也在张辽之上,关羽面部表情威严,而张辽则显出有意讨好关羽的笑容,整幅画面不但没有给人留下关羽是降将的印象,反而他的投降带有了几分忠义的色彩。明代木刻插画《云长封金挂印》中关羽得知刘备下落后欲辞别曹操,曹操为留住关羽赏赐其银两,并授之"汉寿亭侯"印,但是关羽不为所动。在图像中,关羽大义凛然,对于名利处之淡然,与画面中阿谀谄媚的仆人形象形成了鲜明的对比。关羽在告别了曹操以后,如何回到刘备那里在《三国志》中并没有记载,这也为神话的言说提供了机会,而在明代木刻插画《关云长独行千里》(图8-5)中,神话言说再次借用图像呈现关羽的忠义精神。图像中刻画了关羽立马桥上,将辞曹操,夺关闯路,体现了关羽的义勇精神。以上这些图像虽然只是以空间片段的形式出现,但是将它们以逻辑的顺序串联起来很容易就能看到

图8-4 张辽义说云长,作者不详

图8-5 关云长独行千里,作者不详

这一图像言说背后的概念呈现，它们尽管不如语言的线性言说更有理据，但是它们的组合同样可以达到线性叙事的逻辑效果。

可以看出，"神话是一种被窃取又还回来的言说方式。只不过还回来的言说方式已不完全是原先被窃走的那番模样了：它被还回来的时候，并没有确切地放回到它原来所在的位置上"。① 语言和图像作为神话的材料在被神话言说的过程实际上是一个意义被概念扭曲的过程，只是语言往往成为了貌似真实的言说的依据，而图像则更像是被言说的手段。

另外，在神话言说中，语言偏向于对神话概念的确指，图像偏向于对神话概念的凸显。虽然在神话言说的过程中意义被空洞化为神话的形式，它被神话的概念所扭曲和劫掠，但是作为材料的意义符号必然是有一种模糊的内涵或者形式会与模糊的概念相契合，不然我们就不能解释为什么神话可以任意地劫掠一种意义使之贫瘠而对其他的意义则无能为力。在语言符号方面，语言作为神话生成的材料往往会对神话的概念起到确指的作用，因为语言具有可名性，语言符号的能指和所指具有任意性，它可以准确地指称事物及其意义。人们往往相信"白纸黑字"，立此存照的东西，神话言说则是借用了语言的可名性，将语言符号所表达的意义劫掠又还回，但是还回的内容则是在语言可名性的外衣掩盖下的神话概念。关羽神话形象的确立在很大一方面得益于《三国志平话》《三国志通俗演义》这些文学作品对其进行的神话作用，这些俗文学作品就是通过对《三国志》中关羽历史形象的劫掠完成其神话的目的。《三国志》以史传的形式，言简意赅地塑造了关羽的历史形象，它的作用不仅是为后世提供了人物演绎的基础，更重要的是为这种演绎提供了"自然化言说"的外衣，让神话得以"合理地"将意义置换为神话概念。再看图像符号，由于神话的确立并非是个体的行为，而是群体的意识形态遭到扭曲，图像具有直观的可悦性，它可以明确地作用于神话的接受层面，让神话能够更加直接地影响神话的接受者。可悦性的背后仍然是以神话言说的方式进行的，它利用图像符号的这一特点是为了在感官愉悦的简单直接中遗忘掉复杂的思考过程，从而直接凸显神话的目的。图像的凸显是一种言说的策略，它回避神话所不需要的意义，而以纯化的方式突出某些神话的概念。《三国志》作为语言材料文本虽然内容简洁，言简意赅，但是它具有的可名性是一种天赋的符号特性，它使得后来的《三国志平话》《三国志通俗演义》等作品在描绘关羽形象时，无不是对《三国志》的演义和修饰。但是这种文学形象中的关羽虽然不能被认为是绝对的真实，但是它却可以借以语言的可名性达到真实的认知效果。它们在被神话言说的同时又在以语言符号的特点来确指这部分言说的真实性，从而为神话的自然化开辟了道路。图像虽然没有这样的特点，但是它却具有可悦性，关羽图像形象一般都是以语言为模仿对象，在模仿的过程中，神话

---

① 罗兰·巴特著，屠友祥、温晋仪译：《神话修辞术：批评与真实》，上海人民出版社 2009 年版，第 186 页。

言说的概念也不会放弃这个扩大神话传播效果的机会,它随着语言的模仿一同被图像所接受。这一点主要体现在图像被神话劫掠后采取了一种通过可悦性的方式凸显局部的真实来完成意义对概念的"忠诚"。关羽神话形象自宋朝以后由于受到朱熹理学的影响,开始被塑造成为一个儒将的形象,甚至为了凸显其儒雅的形象有时候不惜将其本来的阳刚勇武形象遮蔽掉,这之间就形成了一种事实和神话的矛盾。但是,图像材料的言说则能够很好地调和这个矛盾。历史上的关羽并非总是后人看到的温文尔雅的君子形象,在《三国志》记载中,关羽刚愎自用,暴躁易怒。裴松之注关羽责备刘备的事情:"蜀记曰:初,刘备在许,与曹公共猎。猎中,众散,羽劝备杀公,备不从。及在夏口,飘飘江渚,羽怒曰:'往日猎中,若从羽言,可无今日之困。'"还有一次是孙权希望和关羽攀亲,关羽辱骂来使:"权遣使为子索羽女,羽骂辱其使,不许婚。"[①]而且,在《三国志》裴松之注中还记载了一件事情:曹操与刘备在下邳围攻吕布时,"关羽启公,布使秦宜禄行求救,乞娶其妻,公许之。临破,又屡启于公。公疑其有异色,先遣迎看,因自留之,羽心不自安"。[②]可见,关羽对于女色也是十分喜爱,这与希望塑造他为儒将形象可是格格不入的。其实,作为一个早年"亡命奔涿郡"的武夫,希望关羽有着儒士般的优雅也确实不是一件容易的事情。但是,如果从图像创作的角度来讲,关羽图像并没有造假或者不实,它只是扭曲了关羽形象原来的一些特质,这种扭曲是一种策略性的回避。莱辛在《拉奥孔》中提出了视觉艺术的"顷刻"理论,"最能产生效果的只能是可以让想象自由活动的那一顷刻了"。[③]但是,这一顷刻的判断标准是什么呢?莱辛只告诉我们:"绘画在它的同时并列的构图里,只能运用动作中的某一顷刻,所以就要选择最富于孕育性的那一顷刻。"[④]但这里所提到的"选择最富于孕育性的那一顷刻"实际上还是一种人的主观取舍,这就为意识形态的进入提供了可能性,在关羽图像中这一"顷刻"在神话的"关照"下被选择在了最能表现关羽儒将形象那一刻。将关羽图像中的面部表情进行分析,我们会发现在图像的创作中关羽的面部特征最大的特点不只是赤面,而且还透着一种"不怒自威"的神态,这与对他形象"最富于孕育性的那一顷刻"的选择有关。在关羽图像中,大部分的图像无论题材如何,所用的视觉表现方式如何,都基本上将关羽的面部表情塑造成平和严肃、儒雅大气的表情,但是同时又有一种盛气凌人的阳刚之气。在商喜的《关羽擒将图》中这一点表现得特别明显,画中关羽的儒雅是通过木桩上绑着的侧目而怒的赤身汉子来衬托的,同样是武将身份,一个淡定从容一副儒将派头,另一个则是脾气乖戾、怒不可遏的武夫形象。为了回

---

① 陈寿撰,裴松之注:《三国志》,中华书局 1999 年版,第 698 页。
② 陈寿撰,裴松之注:《三国志》,中华书局 1999 年版,第 697 页。
③ 莱辛著,朱光潜译:《拉奥孔》,商务印书馆 2013 年版,第 20 页。
④ 莱辛著,朱光潜译:《拉奥孔》,商务印书馆 2013 年版,第 91 页。

图8-6　关圣大帝，作者不详

避关羽历史形象中的武夫本质，甚至在一些民间年画中更为极端。例如，清代北京木刻纸马《关圣大帝》（图8-6）中，此幅"关圣大帝"纸马为关圣大帝头戴冕旒冠，面露喜悦之色，手捧镇圭而坐，左右有周仓、关平侍立于前。在这些关羽图像中，它有意忽略了关羽的怒气，因为这与要塑造关羽儒将神话的概念相抵触，它没有欺骗任何人，只是用回避的策略扭曲了人们对关羽历史形象的认识，而植入了"儒将"这一神话概念。如果说文字是在无意中被扭曲成为神话"劫掠"的语言，那么从上面的分析可以看出，关羽图像则是有意识地为神话的生成进行言说，它是策略性凸显神话的要素。

　　总之，在神话学中，"形式并没有消除意义，它只是使意义空洞化了，只是远离了意义，它使之处在可掌控、可安排的境地。大家觉得意义将要消亡，但这是延期之中的死亡：意义失去了自身的价值，但保存了生命，神话的形式就从这生命中吸取养分，得到充实"。无论是语言还是图像，尽管在本质上只是一种神话利用的材料，但是由于其符号自身的特点，被神话展开进行言说的方式也就各有特色了。"在言说状态的神话中，这种展开是线性的；在视觉状态的神话里，这种展开是多向度的。"①还应该看到，语言和图像对神话生成的贡献不仅在于为其提供了必要的材料，而且在于确立起来的神话在文图之间的相互关系还有利于进一步巩固神话的效果，并使之在神话的历史阶段中保持稳定。

第二节　"陈元达锁谏"史实与《锁谏图》绘画

　　"陈元达锁谏"是中国古代非常有趣的"净谏"故事，故事讲述了十六国时期汉赵君主刘聪欲为其宠爱的刘皇后建造凰仪殿，廷尉陈元达闻知此事净谏刘聪，刘聪大怒欲斩其全家，陈元达将自己锁于树上继续冒死进谏。后因刘皇后从中斡旋调节君臣二人之间的矛盾，最后刘聪接受了陈元达的意见并赞扬其净谏行为。"陈元达锁谏"故事在叙述上情节跌宕起伏，在人物形象上生动饱满，在内容上具有政治教化功能，这一故事文本内涵的丰富性为后世画家进行图像创作提

---

① 罗兰・巴特著，屠友祥、温晋仪译：《神话修辞术：批评与真实》，上海人民出版社2009年版，第179—182页。

供了重要的基础。进而,"陈元达锁谏"故事在语言符号之外又演绎出了一个以视觉符号为主的艺术世界。

一、"陈元达锁谏"史实

"陈元达锁谏"一事在中国古代文献中多有收录,最早应见于北魏崔鸿所撰的《十六国春秋》,但是这部史书已经亡佚,目前存世的都是后人的辑本。在传世的辑本中,以清代汤球的《十六国春秋辑补》最为可信。① 在唐代房玄龄等人编撰的《晋书》中也有相关的记录,宋代李昉等人编撰的《太平御览》和司马光《资治通鉴》亦有著录。

"陈元达锁谏"一事,据《十六国春秋辑补》云:

聪将起凤仪殿于后庭,廷尉陈元达谏曰:"臣闻古之圣王,爱国如家,故皇天亦祐之如子。夫天生蒸民而树之君者,使为之父母以刑赏之,不欲使殿屎黎元,而荡逸一人,晋氏暗虐,视百姓如草莽,故上天剿绝其祚,乃眷皇汉,苍生引领息肩,怀更苏之望有日矣。我高祖光文皇帝,靖言惟兹,痛心疾首,故身衣大布,居不重茵,先皇后嫔,服无绮彩,重逆群臣之请,故建南北宫焉,今光极之前,足以朝群后飨万国矣,昭德温明已后,足可以容六宫列十二等矣。陛下龙兴以来,外殄二京不世之寇,内兴殿观四十余所,重之以饥馑疾疫,死亡相属,兵疲于外,人怨于内,为之父母,固若是乎。伏闻诏旨,将营凤仪,中官新立,诚臣等乐为子来者也。窃以大难未夷,宫宇粗给,今之新营,尤实非宜,臣闻太宗承高祖之业,惠吕息役之后,以四海之富,天下之殷,尚以百金之费而辍露台,历代垂美,为不朽之迹,故能断狱四百,拟于成康,陛下之所有,不过太宗二郡地耳,战守之备者,岂仅匈奴南越而已哉? 孝文之广,思费如彼,陛下之狭,欲损如此。愚臣所以敢冒死犯颜色冒不测之祸者也。"聪大怒曰:"吾为万机主,将营二宫,岂问汝鼠子乎! 不杀此奴,沮乱朕心,朕殿何当得成邪! 将出斩之,并其妻子同枭东市,使群鼠共穴。"时在逍遥园李中堂,元达抱堂下树叫曰:"臣所言者,社稷之计也,而陛下杀臣,若死者有知,臣要当上诉陛下于天,下诉陛下于先帝。朱云有云:'臣得与龙逢比干,游于地下足矣。'"未审陛下何如主耳,元达先锁腰而入,及至,即以锁绕树,左右曳之不能动。聪怒甚,刘氏时在后堂闻之,而密遣中常侍,私敕左右停刑。于是手疏启曰:"伏闻敕旨,将为妾营殿,今四海未一,祸难犹繁,廷尉之言,社稷之计,当赏以美爵,而反欲诛之,陛下此怒,由妾而起,廷尉之祸,由妾而招。

---

① 崔鸿《十六国春秋》原本在北宋官修书目《崇文总目》中已不列其名,关于它散佚的时间学界尚无定论。目前传世的三个主要版本均非原书,分别是:屠乔孙刊百卷本《十六国春秋》,何镗刊十六卷简本《十六国春秋》,汤球辑本《十六国春秋辑补》。其中汤球辑本信而有征,是目前流传的最优秀的版本,故本文以汤球《十六国春秋辑补》为据。参见陈长琦、周群:《〈十六国春秋〉散佚考略》,《学术研究》2005 年第7 期,第95—100 页。

自古国败家丧，未始不由妇人，妾每览古事，忿之不已。何意今日，妾自为之，后人视妾，犹妾之视前人，复何面目，仰侍巾栉，请归死北堂，以塞陛下误惑之过。"聪览之色变，曰："朕比来得微风之患，喜怒不自由。元达忠臣，命其冠履就坐。"引元达以刘后表示曰："外辅如公等，内辅如此后，朕亦何忧矣。"改逍遥园为纳贤园，李中堂为愧贤堂。①

在《晋书·列传第六十六》和《晋书·载记第二》均记录有"陈元达锁谏"一事。与《十六国春秋辑补》所不同的是，在叙事内容不变的情况下，《晋书·列传第六十六》中"陈元达锁谏"一事是以刘聪妻刘氏的角度来叙述的，主要反映刘氏在整个事件中的态度和行动。而《晋书·载记第二》所记录的内容则完全和《十六国春秋辑补》一致。②《太平御览》在卷一百四十二皇亲部八、卷一百七十五居处部三、卷一百七十六居处部四和四百五十四人事部九十五这四处记录了"陈元达锁谏"一事。《太平御览》和《十六国春秋辑补》相比，内容上也基本一致。其中值得注意的是在卷一百七十六居处部四曰："廷尉陈元达极谏，聪怒，将斩之，聪时幸逍遥园李中堂，元达抱堂下树叫曰：'臣所言者，社稷之计。'聪免之，于是，易李中堂为愧贤堂。"③虽然整体上《太平御览》和《十六国春秋辑补》相比在"陈元达锁谏"一事的叙述上并无区别，但是，单从卷一百七十六居处部四这一处记载就可以看到史学家在有意回避刘聪妻刘氏在整个事件中所发挥的作用。

《资治通鉴》与清代汤球的《十六国春秋辑补》的大部分内容基本一致，只是当陈元达劝谏不成，惹怒刘聪要被斩首之时，同僚为陈元达求情这段在其他史籍中都并未收录。这段记录如下：

大司徒任颛、光禄大夫朱纪、范隆、骠骑大将军河间王易等叩头出血曰："元达为先帝所知，受命之初，即引置门下，尽忠竭虑，知无不言。臣等窃禄偷安，每见之未尝不发愧。今所言虽狂直，愿陛下容之。因谏诤而斩列卿，其如后世何！"聪默然。④

从史籍记载来看，"陈元达锁谏"一事充满了伦理教化的政治色彩。在中国古代"君君臣臣父父子子"的封建伦理制度中，这一类"劝谏"故事往往是中国古代艺术创作的重要题材。从"陈元达锁谏"故事本身来看，人物形象离奇乖戾，叙事情节一波三折，这些都为艺术创作提供了非常合适的原始素材。正是基于以上原因，以其为主题的绘画创作才会层出不穷，这不仅丰富了"陈元达锁谏"故事的艺术表现形式，促进了"规鉴画"的发展和创新，而且也有利于"陈元达锁谏"故事所体现的政治教化功能的传播。

---

① 汤球：《十六国春秋辑补卷三·前赵录三·刘聪》，《十六国春秋辑补（一）》，中华书局 1985 年版，第 24—25 页。

② 房玄龄等撰：《晋书》，中华书局 1974 年版，第 2519—2520,2663—2664 页。

③ 李昉等撰：《太平御览》，中华书局 1960 年影印版，第 694、854、857、2087 页。

④ 司马光编著：《资治通鉴》（第六册），中华书局 1956 年版，第 2792—2793 页。

在绘画创作方面,以"陈元达锁谏"一事为题材的《锁谏图》绘画在古代绘画史中占有重要的地位,其至已经成为了一种"规鉴画"创作的"语法"和反复演绎的主题。目前被认为最早的一幅《锁谏图》作品可能是由唐代阎立本创作的,原作已不存于世。现在仅有后人摹本存世,藏于美国弗利尔美术馆。

明代袁中道《游居柿录》中记载:"吴嗣先寓见阎立本《职贡图》,贾秋壑收藏。阎立德《锁谏图》,宣和赏鉴。"①阎立德乃阎立本的兄长,亦为画家,故也可能有《锁谏图》创作于世,只是现今不存而已。

唐代后期的蜀地画家常粲也创作过一系列的《锁谏图》作品。《宣和画谱》记载常粲有《陈元达锁谏》图一幅,并称其"笔下独取播种、锁谏等事,备之形容,则亦诗人主文而谲谏之义也"。②又据《历代著录画目正续编》记载,常粲以此题材所创作的画作共有五幅③,可见画家对这一题材的钟爱和"陈元达锁谏"在当时的影响。不过,常粲所作的这些画作也都未能流传下来。

北宋画家张敦礼也曾创作过《锁谏图》,但也已经遗失。据汤垕《古今画鉴》记载,他曾见过张敦礼创作《锁谏图》:"江南见'陈元达锁树谏图',其忠义之气,突出缣素。"张敦礼创作《锁谏图》的意图,从他自己的画论中就可以找到答案,其论画曰:"画之为艺虽小,至于使人鉴别善恶,耸人观听,为补岂可侪于众工哉。"④张敦礼的绘画观强调艺术的政治功能,艺术被认为是一种明教化、助人伦的手段。而他的《锁谏图》创作正好符合其绘画观念。

根据令狐彪《宋代画院研究》中的《历代著录宋代画院画家画目》记载,《石渠宝笈》(初编)有记录苏汉臣作《锁谏图》,《铁网珊瑚》有记录张训礼作《陈元达锁树谏图》,《古芬阁书画记》有记录陈中居作《锁谏图》⑤。不过,这些画作亦未能流传于世。

元代有一幅流传至今的《锁谏图》,作者不详,无款,现藏于天津博物馆。该作品画面构图方式与其他传世的《锁谏图》有明显不同,更加符合古人"规鉴画"的创作模式。

到明清以后,《锁谏图》的创作多以人物白描笔法为主。明代仇英《锁谏遗烈》以"陈元达锁谏"为创作题材,画面构图与弗利尔美术馆藏《锁谏图》相似,但是构图有所简化,以白描手法突出故事人物形象。明代祝文郁《陈元达锁谏图》和清代罗聘《锁谏图》在创作手法上亦是如此,后文还将详细介绍。

明代陈丹衷作有卷纸设色本《临锁谏图》,现藏于吉林省博物馆,《中国古代

---

① 袁中道著,步问影校注:《游居柿录》,上海远东出版社 1996 年版,第 85 页。

② 俞剑华标点注译:《宣和画谱》,人民美术出版社 1964 年版,第 56 页。

③ 福开森、容庚编:《历代著录画目正续编(正编)》,北京图书馆出版社 2007 年版,第 263 页。

④ 汤垕:《画鉴》,人民美术出版社 1959 年版,第 46 页。

⑤ 令狐彪:《宋代画院研究》,人民美术出版社 2011 年版,第 172、185、197 页。

书画图目》中有收录此条目（未收录图版），但是至今并未公开出版。①

清代黄初民亦有《陈元达锁谏图》，仿照弗利尔美术馆藏《锁谏图》而作，设色艳俗，难为佳品。

综上，在中国绘画史上，以"陈元达锁谏"一事为题材的画作数量非常多，而且从唐代到清代历经各个朝代，人们对这一题材的创作依旧方兴未艾，这也说明了以"锁谏图"为题材的画作在中国古代绘画中的重要地位。但是，目前流传下来的"锁谏图"绘画作品并不多，大都佚失。目前仍传世可见的有：美国弗利尔美术馆藏《锁谏图》，天津博物馆藏元代无款《锁谏图》，明代祝文郁《陈元达锁谏图》，明代仇英《锁谏遗烈》，北京故宫博物院藏清代罗聘《锁谏图》，清代黄初民《陈元达锁谏图》这六幅作品。

图8-7　锁谏图，阎立本（摹本），弗利尔美术馆藏

二、文图互仿中的《锁谏图》创作

美国华盛顿弗利尔美术馆所藏的《锁谏图》摹本（图8-7）是已知现存的最早一幅以"陈元达锁谏"为题材的绘画作品。此画虽然被认为是阎立本的摹本，但是在《历代名画记》中未有关于阎立本创作《锁谏图》的记载，只在宋代郭若虚《图画见闻志》卷一中的《叙图画名意》中有"唐阎立本有《陈元达锁谏图》"②一语。但是，石守谦在《风格与世变：中国绘画十论》一书中对这幅画作进行过详细的考据，又认为这幅《锁谏图》"极可能是明人根据唐代后期蜀地画家常粲所作的古本而画的"③。所以，此画的原作者一直以来都存在争议。尽管在原作者的问题上尚可存疑，但是从成画时间上讲，这是一件唐人画作的摹本基本可以确定。故此它依旧能够保持原作的风貌。此画表现的是"陈元达锁谏"故事的高潮部分：陈元达劝谏不成，抱树自锁，卫士拽之不得，刘聪见之怒火中烧，刘皇后正遣人送上手疏欲缓解矛盾。画作可以分为三个部分：中部为刘聪，其周围环绕手执凿脑斧并驱使猎犬的侍卫。右部为将自己锁于树上的陈元达，其后是要将其拽开的两个侍卫，其前是为其求情的两位手中持笏的大臣。左部为闻讯而来的

①《中国古代书画图目》，文物出版社1997年版，第362页。

② 郭若虚：《图画见闻志》，江苏美术出版社2007年版，第10页。

③ 石守谦：《风格与世变——中国绘画十论》，北京大学出版社2008年版，第117页。

刘皇后,一对宫人为其打扇,一宫人持行障相随,其前是负责向刘聪呈送刘皇后手疏的宫人。同样是历史故事画,这幅画作比之南唐顾闳中《韩熙载夜宴图》所采用的连环画式的线性叙事方式,虽在构图上未按照线性顺序展开,但它依然是一幅具有叙事内涵的历史故事画,只不过这种叙事是在同一时间的不同画面空间展开的,其叙事方式是一种非线性方式。

画家选择何种构图方式,一方面和画家使用的视觉符号本身息息相关,另一方面和画家的创作意图也是密不可分的。从视觉符号的特性来讲,要将"陈元达锁谏"故事从文字记载的语言符号转换成绘画所采用的视觉符号在文图符号的转化上存在一个扬长避短的问题。莱辛在其著作《拉奥孔》中就"诗画关系"(即文图关系)问题进行过非常经典的讨论。他提出了"诗画异质"的观点,认为绘画和诗相比,前者擅于描绘空间中的静态,后者擅于叙述时间中的动作。二者是不同性质的符号艺术,当以视觉符号表现空间静态的绘画要模仿以语言符号表现时间动作的诗时,两种符号间的差异便导致文图互仿中的矛盾和困难。莱辛清楚地明白绘画模仿诗存在的局限性,同时也承认这一局限并非是绝对的,在一定程度上是可以克服的。他认为"绘画也能模仿动作,但是只能通过物体,用暗示的方式去模仿动作"。为了解决视觉符号在模仿语言符号中存在的问题,莱辛提出了"顷刻"理论。他以美为原则,认为在视觉符号模仿语言符号的过程中要选择"最富于孕育性的那一顷刻"。① 这幅弗利尔本《锁谏图》与莱辛的"顷刻"理论不谋而合,它并没有试图去描绘"陈元达锁谏"一事的具体动作过程,而是选择在整个事件中"最富于孕育性的那一顷刻",将时间上的线性叙事转化为空间上的非线性陈列,从而以空间静态暗示时间动态,将人物矛盾和情节转折的关键点作为绘画的表现内容。其实,如果我们以此来考察《韩熙载夜宴图》也会发现,虽然此画是以连环画的形式在叙述一个完整的"时间轴",但是就每一个单幅画面来讲,它依旧是描绘了每一个时段中最有代表性的"顷刻",依然是以空间的方式在记叙时间。

这里强调视觉符号和语言符号之间的差异并不只是简单地从符号层面对"陈元达锁谏"故事和《锁谏图》进行艺术表现形式上的区分,而是要从《锁谏图》对"陈元达锁谏"故事的模仿中发现符号转化中存在的主题意义上的疏离。古代史学家常以"言直事核""秉笔直书"为记史的根本原则,但是这并不代表在尊重客观事实的基础上史学家不可以表达自己的态度和立场。"当历史学家成功地发现历史事实中隐含的故事时,他们便为历史事实提供了可行的解释。"②新历史主义认为当历史事实成为历史学家记录的对象时,他们会找到一个合适的文

① 莱辛著,朱光潜译:《拉奥孔》,商务印书馆2013年版,第91页。
② 海登·怀特:《作为文学虚构的历史本文》,张京媛主编《新历史主义与文学批评》,北京大学出版社1993年版,第163页。

学叙事话语将其进行合理化叙述。"陈元达锁谏"故事也是如此，在记录此事的各种史料之中，陈元达的形象被有意突出。从叙事结构分析，陈元达相对于故事中出现的其他人物，是史学家所费笔墨最多的人物，并且他劝谏刘聪的那些说辞也是全文记录，甚至有些过于繁复，但是史家仍然不厌其烦地记录在册，故事的主要篇幅也都是围绕陈元达的所言所行为叙事中心。史学家在记录"陈元达锁谏"故事时，对陈元达谏臣形象的突出有其明显的用意，那就是希望借陈元达的事迹来塑造一个刚正不阿的"为人臣者"的典范，为后人树立榜样。

　　然而，画家创作亦有其自己的意图。当"陈元达锁谏"故事从语言符号转化成为视觉符号以后，其内涵和实际功用都发生了微妙的变化，这一变化的实现就是在画家运用视觉符号选择"最富于孕育性的那一顷刻"时完成的。当画家模仿史学家记录的"陈元达锁谏"故事时，他主观选取的再现场景实际上是对文献史料的再创造，在这个过程中画家的意图消解了史学家的意图，对客观史料也有了全新的解读。只不过这一解读在通过另外一种符号处理过后隐秘在符号差异之中，而被人忽略其本身的主观性。"视觉的能指可以在几个向度上同时并发；而听觉的能指却只有时间上的一条线，它的要素相继出现，构成一个链条。"[1]视觉符号相对于"以听觉的能指"为再现基础的语言符号而言，其优势是可以不受语言符号线性思维的约束，而以非线性的方式展开空间上的叙事，形成一种理解上的"空间复调"。这幅弗利尔本《锁谏图》很好地运用了这一点，如前所述，它不是按照文字符号叙事的线性时间方式展开情节的，而是将绘画中的各个人物形象组合在同一个具有内在逻辑的共时整体画面中，对图像的解读就至少产生了三个向度，正与前面对这幅绘画的描述可以分为左中右三个部分相吻合。这样，在图像的每一个向度上就是一个独立的意义单位，而且这些单位又必须统一在整体画面之中才能产生意义，如此就在整体的绘画结构下产生了"空间复调"读解的多元空间。经由视觉符号表现的"陈元达锁谏"故事就不再如语言符号一般只是突出陈元达的谏臣形象。在这幅画作的中部对于刘聪怒火中烧的表情描述和对其周围猎犬和侍卫的刻画，意在表现刘聪的荒淫骄奢与暴躁自大的性格特征，画家很明显包含了批评的态度。这一部分的目的是以反面典型的方式规鉴"为人君者"，以此为戒，虚怀纳谏。在画作的左部，画家又为我们塑造了一个理想的贤后形象。在技法上，运用"春蚕吐丝"的线描方式对刘皇后的服饰和发饰进行刻画，以表现其落落大方的高贵仪态。同时，画家笔下的刘皇后表情沉静祥和，端庄温婉。刘皇后的这一形象又非常巧妙地与画面中部的刘聪形象形成了对比，画家有意在这种反差中塑造刘皇后的贤后形象，以表扬其知书达理、蕙质兰心的高洁品格，也是为后世的皇后提供一个辅佐君王的贤后典范。如此可见，在《锁谏图》中画家合理而巧妙地利用了视觉符号在空间中的非线性多向度叙事特

----

[1] 费尔迪南·德·索绪尔著，高名凯译：《普通语言学教程》，商务印书馆 1980 年版，第 106 页。

点,为整个画面营造了意义丰富的"空间复调"结构,这就与以线性叙事为基础的语言符号在叙述"陈元达锁谏"故事中仅对陈元达形象的突出产生了内涵上的疏离。从表面上看,这只是一个符号性质差异所导致的艺术形式问题,而实质上则是《锁谏图》创作者与记录"陈元达锁谏"一事的史学家在主题表现和预设接受主体上的巨大差异。"陈元达锁谏"历史事实是为了树立为臣子者勇于进谏的典型,其预设接受主体主要是在朝为官的官员。而《锁谏图》的内容主题貌似都是围绕进谏展开,但是它的主题既有激励为臣者的勇于诤谏,又有要求为君者的虚怀纳谏,还有赞颂为皇后者的温淑贤良,其预设接受主体更加的多元化,有臣子、君王和皇后。从南宋诗人刘克庄的诗作中就可以印证这一点:他在观阅画作《锁谏图》后有感而发创作《锁谏图》一诗:"谠言直触大单于,赖有阏氏上谏书。若把汉唐宫苑比,玉环飞燕总输渠。"[1]虽然现在已经无法确定当年刘克庄所见的是否就是这幅《锁谏图》,但是从他诗中描述的内容来看,他见到的那幅《锁谏图》基本构图应与此作相当,即便不是此作,主题内容上也应相近。刘克庄在观阅过《锁谏图》后,并未将评论重点放在"陈元达锁谏"之事上,反而将此事作为背景用以赞颂刘皇后的贤德。这可以证明,图像对观阅者的接受体验来讲确实是一种多向度并立的视觉符号,其中并不存在孰先孰后的问题,观阅者可以凭借主观选择对并立的视觉向度做出自由的选择。至少这些主题因素出现在观者视野中的选择地位是平等的,而非如时间线性文字符号在叙述过程中会不经意地造成等级上的差异。

总之,这幅弗利尔本《锁谏图》实际上与"陈元达锁谏"史实所要表达的主题存在一定意义上的疏离,而视觉符号的"空间复调"结构为其与语言线性符号在意图表达上的疏离提供了可能性。

三、从文图互仿到文图疏离

在中国古代,对物的意图的把握是以语言为基础的,对物的形象的把握则以图像为依据。张彦远在《历代名画记》中引用陆机"宣物莫大于言,存形莫善于画"[2]这句话已经明确了古代语言符号和图像符号的地位和功能,确立了一种以语言理解世界,领悟内涵的语言逻各斯中心主义,语言对意图阐释的绝对垄断,导致它不能允许任何他者符号的挑战。弗利尔本《锁谏图》以视觉符号的多元阐释企图消解语言的阐释地位,自然会被语言符号使用主体所察觉,最终不能逃避被语言单向度意义所规训的结果。

"陈元达锁谏"故事之所以被古代史书反复记载,不仅是因为史学家对陈元

---

① 刘克庄著,辛更儒校注:《刘克庄集笺校》(第二册),中华书局2011年版,第445页。
② 张彦远:《历代名画记》,江苏美术出版社2007年版,第2页。

达谏臣形象的青睐，更重要的是这一故事以君主刘聪最终醒悟，虚怀纳谏的大团圆结局构建了一个典范式的"君使臣以礼，臣事君以忠"[①]的理想君臣关系，这也是史学家记载此事的最终政治目的。

画家按照美的标准选择的"顷刻"是为了追求内容上的寓意丰富，而史学家则是以政治理想为标准来选择所要表达的内容。这种艺术与政治之间的间隙其实就是图像符号对语言符号阐释地位的挑战，二者的拮据关系往往又都是以语言符号所阐释的政治功能为最终的胜利者，但是又不是以全然牺牲艺术为代价。在中国绘画史中，艺术与政治之间始终存在着这种博弈关系，为了调和二者的拮据关系，在艺术和政治之间找到合适的解决之道，于是发展出了"规鉴画"这一特殊的绘画题材，从而实现了绘画艺术的政治规鉴作用。

就这幅弗利尔本《锁谏图》而言，它在图像结构安排上，忠实于文字史实中出现的重要情节，不仅为故事中的重要人物在画面中安排了符合各自身份的位置，并且对其形态也都有忠实的描述。在选取的情节上，画家也是忠实于文字史实的描述选取了故事情节的高潮阶段，而这个阶段正是容易产生意义混淆的顷刻，这削弱了规谏意义和政治理想的顺利表达。这里的艺术真实并未妨碍到艺术再现，却由于过分追求艺术表现的细节真实阻碍了"君使臣以礼，臣事君以忠"的经典规鉴模式的生成。黄庭坚在看过一卷《锁谏图》后跋云：

> 陈元达，千载人也，惜乎创业作画者胸中无千载韵耳。吾友马中玉云："《锁谏图》规摹病俗，人物非不足也。"以余考之，中玉英鉴也。使元达作此嘴鼻，岂能死谏不悔哉！然画笔亦入能品，不易得也。[②]

黄庭坚所见者，并非此摹本，应为同一祖源的另一个摹本。然此画陈元达也合其"无千载韵"的批评，黄庭坚认为陈元达乃是能死谏不悔的"千载人"，必须具有合于理想典型之相貌，"使元达作此嘴鼻，岂能死谏不悔哉"说明画中陈元达的形象很难与其"千载韵"相辉映。《锁谏图》中，画家为追求真实也是按照客观标准来描绘陈元达的面部特征，根据史实记载陈元达是匈奴人，故画中陈元达形象乃是胡人之像，粗犷且多须髯，也符合黄庭坚"使元达作此嘴鼻，岂能死谏不悔哉"的评价。黄庭坚的这句评价往往被认为是从"气韵"的角度来分析中国艺术精神的特质[③]，其实并未注意到黄庭坚已将艺术"气韵"与艺术政治功用紧密结合起来，至少在此处气韵并非完全是艺术上的追求，而是一种达到理想政治模式的手段。追求"千载韵"的目的是为了能够成功地兑现政治效果，艺术对真实的过分追求反而不能起到规鉴的政治效果，需要把握艺术的"气韵"以实现其政治目的。

---

① 杨伯峻译注：《论语译注》，中华书局 2006 年版，第 32 页。
② 黄庭坚著，屠友祥校注：《题摹锁谏图》，《山谷题跋校注》卷三，上海远东出版社 2011 年版，第 65 页。
③ 徐复观：《中国艺术精神》，广西师范大学出版社 2007 年版，第 292 页。

　　《锁谏图》所遇到的这种艺术与政治的拮据关系在中国古代"规鉴画"中是一个非常普遍的问题，而南宋时期的两幅"规鉴画"《却坐图》（图8－8）和《折槛图》在对二者关系的处理上则显得更为妥当，也对以后的《锁谏图》创作有所启发。

　　这两幅画同为南宋绢本挂轴，均无款。《却坐图》所画史实是西汉袁盎于上林苑中谏文帝不应与其宠妃慎夫人同坐的故事。据《史记》载：

图8－8　却坐图，作者不详，台北"故宫博物院"藏

　　上幸上林，皇后、慎夫人从。其在禁中，常同席坐。及坐，郎署长布席，袁盎引却慎夫人坐。慎夫人怒，不肯坐。上亦怒，起，入禁中。盎因前说曰："臣闻尊卑有序则上下和。今陛下既已立后，慎夫人乃妾，妾主岂可与同坐哉！适所以失尊卑矣。且陛下幸之，即厚赐之。陛下所以为慎夫人，适所以祸之。陛下独不见'人彘'乎？"于是上乃说，召语慎夫人。慎夫人赐盎金五十斤。①

　　画中文帝坐于御座，其左为一同陪坐的皇后，其右立者乃不肯就座的慎夫人，文帝望着进谏的袁盎，袁盎左后侧有一手持武器卫士，三部分之间构成一个三角形的构图关系。这里所要传达的不是"为人臣者"要勇于上谏的主题，而是更加强调"为人君者"要善于纳谏。何以证明？如果画家是以《史记》中文字史实为创作的依据，那么选择"袁盎引却慎夫人坐，慎夫人怒，不肯坐。上亦怒，起，入禁中。盎因前说曰……"这一部分为创作的"顷刻"在技术和艺术表达上都是没有任何不妥的，但是由于画作规鉴的目的并非是为了突出袁盎，而是以"君使臣以礼，臣事君以忠"的政治理想为创作目的，所以就有意回避了史实中的慎夫人和文帝发怒的事实，而以最终文帝宽容纳谏，遵守尊卑之礼的内容入画。这幅《却坐图》最关心的是如何传达伦理教化和政治理想，故没有一味过分地遵循史实细节。《汉书·文帝纪》记载文帝："身衣弋绨，所幸慎夫人衣不曳地，帷帐无文绣，以示敦朴，为天下先。"②画面中，慎夫人的服饰并非《汉书》记载的"衣不曳地"，文帝也不是身衣弋绨。画家对袁盎的细部描绘更是无任何特殊之处，他和

────────────────

① 司马迁：《史记》第四册，中华书局2011年版，第2396页。
② 班固：《汉书》，中华书局1962年版，第134页。

《锁谏图》中的陈元达比简直是毫无个人特点，这种不重视个人特征描画的方式也反映出画家有意在将故事的具体时代背景淡化，从而抽演出一个理想的君臣关系模式。

另一幅《折槛图》所作事实为汉成帝时槐里令朱云上书切谏，请斩佞臣安昌侯张禹，成帝大怒，欲诛云，云攀折殿槛。后来成帝觉悟，命保留折坏的殿槛，以旌直臣。据《汉书·朱云传》：

> 至成帝时，丞相故安昌侯张禹以帝师位特进，甚尊重。云上书求见，公卿在前。云曰："今朝廷大臣上不能匡主，下亡以益民，皆尸位素餐，孔子所谓'鄙夫不可与事君''苟患失之，亡所不至'者也。臣愿赐尚方斩马剑，断佞臣一人以厉其余。"上问："谁也？"对曰："安昌侯张禹。"上大怒，曰："小臣居下讪上，廷辱师傅，罪死不赦。"御史将云下，云攀殿槛，槛折。云呼曰："臣得下从龙逢、比干游于地下，足矣！未知圣朝何知耳？"御史遂将云去，于是左将军辛庆忌免冠解印绶，叩头殿下曰："此臣素著狂直于世，使其言是，不可诛；其言非，固当容之。臣敢以死争。"庆忌叩头流血。上意解，然后得已。及后当治槛，上曰："勿易！因而辑之，以旌直臣。"[1]

根据《汉书》记载，朱云只是一个曾经以槐里令小官遭元帝废锢的"小臣"。以如此低的身份竟然敢批评位高权重的张禹，还抗命折槛，自比龙逢、比干，责问成帝"未知圣朝何如耳"。他本人故事的戏剧性和趣味性和陈元达锁谏一事比较有过之而无不及，但是《折槛图》根据史实的规鉴之义却不在朱云敢谏，这和《锁谏图》对陈元达的突出存在很大不同。观此画，其构图模式与《却坐图》一样成三角结构；图右为成帝及其侍从，藏匿在成帝背后的是被朱云状告的张禹，从这里也可以看出其与成帝密切的关系；顺着成帝的视线在图左与其对视的是朱云，他正为摆脱身后两名侍卫的拉扯，左手勾攀身边的槛栏，继续向成帝进谏；画面的中部偏下处则是正在深揖进言的辛庆忌。

虽然画者所画的朱云、成帝较《却坐图》的个人描绘稍加细致，对于重现当时的特定氛围有一定的帮助，但是与史实相比，它和《却坐图》一样对史实的选取做了一些合乎其目的的微调，而这又与忠实于文字史实的《锁谏图》相去甚远。文字史实中故事高潮的部分是折槛与辛庆忌叩头流血，但是画面中均未有反映，槛未折，辛庆忌也未叩求，甚至连"免冠解印绶"的场面也淡化了，这一切都是为了消解史实中激烈的场面。辛庆忌上言的时间是在朱云被卫士拖出去之后，亦在槛栏折断之后，但是画中朱云所攀的槛栏并未折断而辛庆忌已经上前进言。从叙事时间来讲，"画面时间"乃是朱云攀槛与辛庆忌上言相吻合，这里却漏掉了最戏剧性的折槛和叩头流血两段。画作对事件发生的处所也做了改变，成帝接见朱云是在殿内，整个事件也是发生在殿内，全然未提及花园，然而画面则是以花

---

① 班固：《汉书》，中华书局 1962 年版，第 2915 页。

园为背景。总之，最终目的还是为了突出规鉴行为中君臣恪守本分的理想政治模式。

从这两幅图中可以看出，"规鉴画"的创作在解决艺术与政治的拮据关系时，运用了视觉符号可以将不同时空的事件汇集到同一空间的特点，并且可以有选择性地选取语言符号中的史实材料，为既定的意图服务。从而，在一定程度上缓解了视觉艺术对史实的忠实与其政治功用间的冲突，在保留艺术性的同时也使得图像的内涵得到纯化和明确。

元代无款《锁谏图》很明显受到了南宋"规鉴画"的启发，这幅现藏于天津博物馆的《锁谏图》在主题上依旧是表现"陈元达锁谏"一事，但是在画面构图上却与弗利尔本《锁谏图》有很大的不同。它也是目前发现的《锁谏图》创作中唯一一幅与弗利尔本《锁谏图》构图风格不同的画作，从中也能看出画家在有意调和弗利尔本《锁谏图》带来的文图疏离问题。

这幅画作选取的表现时间与弗利尔本基本一致，都是在"陈元达锁谏"故事的高潮部分。有所不同的是，这幅画作并未完整地再现史实，它与弗利尔本相比时间上是一致的，但是空间的选取却又不同。最大的区别就是刘皇后的形象被完全从画面中剔除，只留下侍女呈送手疏的画面。其目的有二：其一，不直接描绘刘皇后的形象，只是以"画外之音"的方式间接交代她的存在，可以防止视觉符号表达的多向度特征对画面主体意义的干扰，从而达到纯化主题的作用。其二，以侍女呈递手疏的巧妙手法引出刘皇后的存在，可以防止过分强调画家的主观意图而导致对历史史实的忽略所带来的对故事真实性的怀疑。另外，从人物刻画的角度来讲，相较弗利尔本《锁谏图》，这幅天津博物馆藏的《锁谏图》在人物塑造上更加凸显画家的主观政治意图。换句话说，画家为了防止黄庭坚所说的由于过分追求真实而导致"无千载韵"的情况发生，并未完全遵循历史史实来刻画人物的原本形象，而是将人物塑造得更加理想化。刘聪的面部表情不再是文献描写的"大怒"，取而代之的是一副虚怀若谷、安详平和的表情。他的形象也较其他人物稍大，且位于整幅画面的视觉焦点，其他人物都是簇拥在其周围。这样的构图方式在中国古代的宗教题材画作中经常出现，作者借用这一构图技法来神圣化刘聪的形象，甚至有意识地在将刘聪虚化为一个圣明君主的象征化符号。在这幅画作中一个最违背历史史实的地方就是画作中的陈元达并未用锁链将自己锁于树上，而只是用双手抱住大树。这一特殊的处理方式虽然违背了历史真实，但是整个画面的气氛相较于弗利尔本《锁谏图》的确是缓和许多，进谏过程中的冲突场面也较文献中的记载削弱了许多。

总之，这幅《锁谏图》在处理政治和艺术的关系上吸取了南宋"规鉴画"的创作经验，与弗利尔本《锁谏图》相比，在表达画作的政治意图上更加明确和直接，有利于"君使臣以礼，臣事君以忠"这一理想君臣观念的传达。虽然，在真实性的传达上它比之弗利尔本有明显的主观"修正"，甚至违背史实的情况。不过，由于视觉符号对语言符号的模仿本来就不可能是一一对应的关系，它们的互仿往往是建立在美的基础之上，而非绝对的真实。就算是弗利尔本《锁谏图》也并非是完全遵照语言文献记载的"复制"。所以，天津博物馆藏的《锁谏图》对艺术真实的把握并不妨碍整体真实性的达成，同时又为政治意图的顺利传达提供了便利。画家在以史实为基础的前提下，对一些有碍于主题表达的细节进行了修改，这种修改从严格意义上讲当然是对历史的违背，却为"规鉴画"主题的达成提供了条件。

明清时期的《锁谏图》大都是以弗利尔本《锁谏图》为摹本进行创作，以人物白描为主，虽然只是对前人的模仿，但是也体现出了一些变化。

明代仇英的人物白描画作《锁谏遗烈》明显是弗利尔本《锁谏图》的仿作，画家最大限度地删减了原作的内容，只保留了能够突出主题的人物形象，手持"凿脑斧"的侍卫和猎狗形象都被隐去，甚至连衬托环境的自然景观也几乎完全被删除。在画面中，右起为陈元达将自己锁于树上，前为两位为其求情的大臣，再往前是刘聪和呈上手疏的侍女。画家使用白描手法，且构图简练紧凑，这就使得整幅画面简洁明畅，主题畅快明晰，观阅者结合画作引首的标题"锁谏遗烈"可以顺利地理解画作所要表达的规鉴内涵。但是，由于画面过于简单，视觉上显得太过单调且在艺术审美上并无太大的创新。明代祝文郁《陈元达锁谏图》（图 8-9）依旧是模仿的弗利尔本《锁谏图》，这幅墨色纸本手绢在构图结构上完全复制了弗利尔本。画作不施艳彩，总体以人物白描为主，在细节的处理上却与弗利尔本有所不同。这幅画作中陈元达身上未套锁链，人物的面部表情相较弗利尔本的写实手法更为缓和，无论是刘聪还是陈元达面部情绪都趋于平淡，这样就舒缓了原作净谏场景中的紧张气氛，从而展现给观阅者一副理想的君受臣谏的场景。清代罗聘《锁谏图》（图 8-10）引首有陈半丁题曰："貌合神存。两峰仿阎立本锁谏图，沉古可佳，能品也。"这幅画作同样是以弗利尔本《锁谏图》为构图程式，但

图 8-9 陈元达锁谏图，祝文郁，私人收藏

图 8-10 锁谏图，罗聘，北京故宫博物院藏

与仇英《锁谏遗烈》同为人物白描。罗聘的《锁谏图》含有写意的趣味在里面,他也是以简化的方式对原作进行提炼,在人物的表现上更加轻松舒缓,在用笔技法上将原作中许多凸显细节真实的详尽描绘化为了一种写意的手法一笔带过,却又能交代清楚事件的来龙去脉。例如,在原作中人物的服饰都是按照严格的历史文献重现出来的,在罗聘的画作中这些都变得无足轻重,只以写意线条的白描方式表现出来,从而营造出"貌合神存"的意境。然而,如果从"规鉴画"的意图呈现来讲,临摹却未尽神妙,未臻化境,这与罗聘受商业经济影响,以鬻画为生有关,使其作品难以至于绝伦。清代黄初民还曾绘有《陈元达锁谏图》(图 8 - 11),但是从绘画技法到艺术表现形式都是完全模仿弗利尔本《锁谏图》,设色稍显浮夸艳丽,在前人创作基础上也没有大的突破和新意。从艺术角度讲难为上品,可见此时的《锁谏图》创作已经趋于没落。

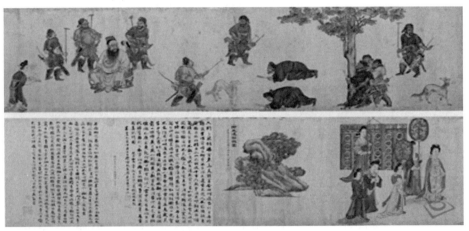

图 8 - 11 陈元达锁谏图,黄初民,私人收藏

客观地讲,明清时期的《锁谏图》创作虽也在某些方面体现了画家的个人才华和时代特色,但是总体而言不如之前的《锁谏图》作品优秀,大都是模仿之作,缺乏创新和突破,更像是这个时期画家的习作。

以"陈元达锁谏"故事为基础而创作的《锁谏图》是古代"规鉴画"中十分重要的题材。不过,在《锁谏图》的早期创作中,它与"陈元达锁谏"的历史史实所希望传达的政治意图存在明显的疏离,而这种疏离主要是艺术对历史真实的复现与政治功能之间的拮据。在这个阶段的《锁谏图》创作还不能被称为严格意义上的"规鉴画",直到吸取了南宋"规鉴画"的特点,开始注重以艺术真实来处理细节真实之后,《锁谏图》才得以称为实质意义上的"规鉴画",成为宣传"君使臣以礼,臣事君以忠"这一理想的君臣政治模式的手段。当然,从艺术的角度讲,我们也不能回避明清以来《锁谏图》创作趋向衰落的事实。

第三节 《木兰诗》与"木兰从军"系列图像

《木兰诗》是中国古代一首脍炙人口的乐府诗,它与《孔雀东南飞》并称"乐府双璧"。诗中所塑造的木兰形象更是家喻户晓,妇孺皆知。此诗描述了一位名叫木兰的传奇女子,女扮男装,替父从军,征战多年,立下军功,最终与家人团聚的故事。全诗节奏轻快,语言质朴,生动细致,并以铺陈、顶针、对偶、互文等修辞手法讲述了一个富有浪漫色彩的传奇故事。同时,还刻画了一个具有传奇色彩的女英雄的形象,表现了木兰孝顺善良、勇敢卫国和英勇无畏的优秀品质。在《木兰诗》的创作和流传过程中,木兰的形象不仅在文学上得到了接受和阐释,并且还出现了以《木兰诗》为基础的图像创作,这就在木兰文学形象的基础上又开拓了一个视觉艺术的世界。

一、文学中的木兰形象

有关《木兰诗》的成诗年代和作者一直以来都存在争论。刘克庄《后村诗话》云:"《焦仲卿妻》诗,六朝人所作也。《木兰诗》,唐人所作也。《乐府》惟此二篇作叙事体,有始有卒,虽词多质俚,然有古意。"①也就是自那时起,有关《木兰诗》创作的时代问题成为争论的焦点。其中,主要以"北魏说"和"隋唐说"最为流行。

时至今日,流行最广的乐府诗集是宋人郭茂倩编的《乐府诗集》。其书中《木兰诗》题注云:"《古今乐录》曰'木兰不知名,浙江西道观察使兼御史中丞韦元甫续附入'。"②郭茂倩所提及的《古今乐录》早已亡佚,在《隋书·经籍志》《旧唐书·经籍志》《宋史·艺文志》中都有记载,而唐宋时期却无人据此考证《木兰诗》的作者和成书时代。据《玉海》记载:"中兴书目《古今乐录》十三卷陈光大二年僧智匠撰起汉迄陈后周王朴上疏曰宣示《古今乐录》。"③可知,《古今乐录》成书于光大二年(568),智匠大约生活在梁陈之际。这是否就可以说,《木兰诗》至少在南朝时就已经出现了呢?非也。

郭茂倩《乐府诗集》中《木兰诗》被归入"梁鼓角横吹曲",而其关于"梁鼓角横吹曲"的题解却又让人产生了疑惑,《乐府诗集》卷第二十五横吹曲辞五"梁鼓角横吹曲"曰:

《古今乐录》曰:"梁鼓角横吹曲有《企喻》《琅琊王》《钜鹿公主》《紫骝马》《黄淡思》《地驱乐》《雀劳利》《慕容垂》《陇头流水》等歌三十六曲。二十五曲有歌有

---

① 刘克庄:《后村诗话》,中华书局 1983 年版,第 6 页。
② 郭茂倩:《乐府诗集》,中华书局 1979 年版,第 373 页。
③ 王应麟:《玉海》,江苏古籍出版社 1987 年版,第 1921 页。

声,十一曲有歌。是时乐府胡吹旧曲有《大白净皇太子》《小白净皇太子》《雍台》《擒台》《胡遵》《利苲女》《淳于王》《捉搦》《东平刘生》《单迪历》《鲁爽》《半和企喻》《比敦》《胡度来》十四曲。三曲有歌,十一曲亡。又有《隔谷》《地驱乐》《紫骝马》《折杨柳》《幽州马客吟》《慕容家自鲁企由谷》《陇头》《魏高阳王乐人》等歌二十七曲,合前三曲,凡三十曲。总六十六曲。"江淹《横吹赋》云:"奏《白台》之二曲,起《关山》之一引。采菱谢而自罢,绿水惭而不进。"则《白台》《关山》又是三曲。按歌辞有《木兰》一曲,不知起于何代也。①

从这段题解中可以确定智匠在《古今乐录》中收集了"梁鼓角横吹曲"六十六首,而《木兰诗》并未在其中,只是郭茂倩后来收集进去的。这样一来就与宋人郭茂倩《乐府诗集》题注相冲突,所以《古今乐录》就不能够作为《木兰诗》的证明材料。

虽然《古今乐录》不可以成为《木兰诗》成于北魏时期的证明,但是也不意味着它就源于隋唐。目前所见最早的《木兰诗》版本是南宋曾慥《类说》辑录的初唐吴兢《古乐府》中所收录的《木兰促织》,而他将此诗归入古乐府,假如此诗为唐人所作,那么吴兢就不会将其归入古乐府,这本身就说明《木兰诗》并非当世之作。另一个佐证是唐代李冗《独异志》曰:"古有女木兰者,代其父从征,身备戎装,凡十三年,同穴之卒,不知其是女儿。"②这一句中也说是"古有女木兰",强调非唐时之人。杜甫在《兵车行》中自注"耶孃妻子走相送"一句云"古乐府'不闻耶孃哭子声,但闻黄河水流鸣溅溅'"③也是一个重要的辅证。我们至多可以说《木兰诗》和木兰形象在唐代十分流行。

那么,《木兰诗》究竟应是何时而作呢? 如果不能从外部版本得到答案,不若从文本自身寻找结果。初唐吴兢《古乐府》已经亡佚,但是南宋曾慥《类说》辑录了其轶文《木兰促织》,这是《木兰诗》版本中最早可查的文献。开篇如下:

促织何唧唧,木兰当户织。不闻机杼声,但闻女叹息。问女何所忆,女亦无所忆。昨夜见兵帖,可汗大点兵。④

而这开篇的八句诗歌与郭茂倩《乐府诗集》所收录《折杨柳》的文章表达程式极为相似:

门前一株枣,岁岁不知老。阿婆不嫁女,那得孙儿抱。敕敕何力力,女子临窗织。不闻机杼声,只闻女叹息。问女何所思,问女何所忆。阿婆许嫁女,今年无消息。⑤

---

① 郭茂倩:《乐府诗集》,中华书局 1979 年版,第 362 页。
② 李冗、张读:《独异志 宣室志》,中华书局 1983 年版,第 7 页。
③ 杨伦:《杜诗镜铨》,中华书局 1962 年版,第 33 页。
④ 北京图书馆古籍出版编辑组:《北京图书馆古籍珍本丛刊·62·子部·杂家类》,书目文献出版社 1988 年版,第 856 页。
⑤ 郭茂倩:《乐府诗集》,中华书局 1979 年版,第 370 页。

在"梁鼓角横吹曲"题解中明确记载《折杨柳》是从《古今乐录》继承收录所得,故时间上应在南北朝时期或更久,并且根据郭茂倩《乐府诗集》卷二十一"横吹曲辞一"题解所云:

> 横吹曲,其始亦谓之鼓吹,马上奏之,盖军中之乐也。北狄诸国,皆马上作乐,故自汉已来,北狄乐总归鼓吹署。其后分为二部,有箫笳者为鼓吹,用之朝会、道路,亦以给赐。汉武帝时,南越七郡,皆给鼓吹是也。有鼓角者为横吹,用之军中,马上所奏者是也。[1]

说明这本是北方民族最早的艺术形式,后来传到南方。所以,《折杨柳》应是一首北朝乐府,风格直率简练,有别于南朝婉约之风,值得注意的是其诗词与《木兰促织》开篇十分相似。只不过,《木兰促织》是反其道而行之,用其过渡到征父从军的忧思,而非女子待嫁的闺愁。如以民歌流传的特点来讲,二者应属同时同地之作,因此,《木兰诗》最早的版本应该是北朝时期。

至于《木兰诗》的作者是谁,北朝时期刚出现的《木兰诗》版本未必如郭氏《乐府诗集》这样成熟,前面提到的吴兢收录《木兰促织》一篇即可证明。所以,《木兰诗》从其产生到定型经历了一个漫长的道路,它应该是一个文人群体创作的结果,故而很难讲《木兰诗》的作者是谁。

二、木兰形象的历史演变

到北宋郭茂倩编撰《乐府诗集》时,收录了两个版本的《木兰诗》,其中第一首被后人广为传颂,它的出现标志着《木兰诗》最终定型。而第二首一般认为是韦元甫根据第一首而改编的版本,风格更像文人之作,内容也是以赞扬忠君爱国为主。

一般流行于世的《木兰诗》版本是郭茂倩《乐府诗集》中所收录的第一个版本。诗云:

唧唧复唧唧(一作促织何唧唧),木兰当户织。不闻机杼声,唯闻女叹息。问女何所思,问女何所忆。女亦无所思,女亦无所忆。昨夜见军帖,可汗大点兵。军书十二卷,卷卷有爷名。阿爷无大儿,木兰无长兄。愿为市鞍马,从此替爷征。东市买骏马,西市买鞍鞯,南市买辔头,北市买长鞭。旦(一作朝)辞爷娘去,暮宿黄河边。不闻爷娘唤女声,但闻黄河流水鸣溅溅。旦辞黄河去,暮至(一作宿)黑山头。不闻爷娘唤女声,但闻燕山胡骑鸣啾啾。万里赴戎机,关山度若飞。朔气传金柝,寒光照铁衣。将军百战死,壮士十年归。归来见天子,天子坐明堂。策勋十二转,赏赐(一作赐物)百千强。可汗问所欲,"木兰不用尚书郎(一作欲与木兰赏,不愿尚书郎),愿驰千里足(段成式《酉阳杂俎》云"愿借明驼千里足"),送儿

---

[1] 郭茂倩:《乐府诗集》,中华书局 1979 年版,第 309 页。

还故乡"。爷娘闻女来，出郭相扶将。阿姊闻妹来，当户理红妆。小弟闻姊来，磨刀霍霍向猪羊。开我东阁门，坐我西阁床，脱我战时袍，著我旧时裳。当窗理云鬓，挂（一作对）镜贴花黄。出门看火伴，火伴皆（一作始）惊（忙）惶。"同行十二年，不知木兰是女郎。"雄兔脚扑朔，雌兔眼迷离。双（一作两）兔傍地走，安能辨我是雄雌。①

这首诗塑造了一个朴实清纯的木兰形象，她孝顺父母、勇敢坚韧、不为名利、忠君爱国。诗中描写的故事充满了传奇色彩，但是也说明了当时普通百姓面对战争和统治者征召兵役的无奈和悲凉，如果从这一层意思来讲，木兰代父从军的传奇故事又有了悲剧的成分。

然而，历代研究者在研究《木兰诗》的时候，总是倾向于将木兰作为一个历史人物来看待，甚至还有许多人用琐碎的饾饤考据去研究木兰的姓氏、籍贯和年代等问题，并且还经常引发争论。其实，《木兰诗》既然是文学作品，诗中的木兰也就只是一个文学形象，并且如前所讲《木兰诗》这样的民歌在流传过程中必然会经过许多人的加工、润色，甚至是修改，在历史上也不只是独此一个版本。所以，诗中的木兰形象也不是某个具体的所指，她应该被当作一个文学符号的能指来加以理解和阐释。

实际上，正是因为《木兰诗》对木兰在文学上的塑造是如此成功，才使得后人相信了木兰的真实存在并对其事迹进行广泛宣传。在许多地方民间都出现过有关木兰的传说，人们凭借自己的想象编造出许多木兰代父从军的情节，而在许多县志中甚至记载了历代文人对木兰进行的歌颂、评论甚至是所谓的考证内容。各个时代的统治者又经常借用木兰的英雄形象在各地修建祠堂庙宇，将木兰尊为神灵。正是在这样的一种民间文化与文人书写，大众话语与官方话语的交织下，使得散见于地方志中的各种传说和文人著述中所产生的木兰形象同原本的《木兰诗》中的质朴的木兰形象产生了很大的差异。而且这种以语言文字所创作的木兰传说在广义上也应算作是一种文学书写，这就为后人理解木兰形象提供了多种言说的可能性。

传说中的木兰故事主要集中在四个地区的县志之中。

河北完县（今顺平县）。在《完县志》中有田暧附传《木兰祠》，其中有载："木兰戍于完地，盖完之御灾捍患者，在法宜祀，乃忠孝大节，足风百世。"②此地传说木兰是汉代孝文帝时人。万历《保定府志》中也有木兰生平的记载："木兰，汉魏氏，名木兰，亳州人。汉文帝尝屯兵于完，兰因随父来此，遂为完人。"③而在《完县新志》卷八风土第六民间传说页十六有一段非常有趣的记载："木兰将军饮马

---

① 郭茂倩编：《乐府诗集》，中华书局 1979 年版，第 373—374 页。
② 马俊华、苏丽湘：《木兰文献大观》，河南人民出版社 1993 年版，第 38 页。
③ 马俊华、苏丽湘：《木兰文献大观》，河南人民出版社 1993 年版，第 16 页。

于城县莲池,靴为泥陷,露出细小之足,恐为人窥破,羞惭而死。县人因建祠于池旁,以作纪念,今庙仍在焉。"①这段记录应当是后人虚构的。但是,从有关完县对木兰的记载可以看出,它们都是在以忠孝和妇道的封建伦常来塑造木兰形象。

亳州县志。此处传说木兰是隋代人。《亳州志》记载:"木兰,一名花弧,姓魏氏,亳州东魏村人。隋恭帝时,募兵戍北方,木兰父当往而老,弟妹俱幼,木兰乃请于父代行。历十二年,身接十有八阵,树殊勋,人不知其女子也。后奏凯还,天子嘉其功,除尚书,不受,恳奏省亲。乃命军士卫至其家,释戎服而服巾帼,同来者皆大惊骇。军士还奏,帝召赴阙,欲纳之宫。对曰:'臣无媲君之礼。'以死拒之,帝惊悯,赠将军,谥孝烈。乡人为立祠,岁以四月八日致祭,盖其生辰云。"②此处记载加进了皇帝欲纳木兰进宫,木兰誓死不从,最后皇帝惊悯谥其为孝烈的情节。这个情节依然是以儒家对女性的封建道德观念在塑造木兰的形象。虽有忤逆君上的情节,但是本质上还是一种对妇德的宣扬。

河南商丘。此地木兰传说基本与亳州传说一致,康熙《商丘县志》中对木兰的记载与亳州地区几乎无异,仅是"今商丘营郭镇,有寺存,盖其故家云"③一句,与亳州传说中的籍贯不同。

湖北黄陂。此地传说木兰是唐人,《黄陂县志》中都有相关的记载,并且传说木兰葬身于此,"至今其冢犹在木兰山下,祠在山巅,后人题坊曰'忠孝勇节'"④。

当然,中国古人向来有将名人纳入自己生活地区为荣的嗜好。所以,有关木兰是何地之人的争论一直存在并持续到现在。其实,木兰是否真有其人尚不能确定,何况其生平籍贯呢?但是,这里却有一个不争的事实,就是《木兰诗》所描写的木兰形象和传奇故事确实引起了广大人民的关注和喜爱,所以统治阶级就利用木兰在民间的影响力以封建忠孝观念来重新构建木兰形象,基本上都是在将她塑造为一个孝顺忠君的封建女英雄形象。从而脱离了《木兰诗》中质朴的农家女孩形象,并且对后人以木兰为题材创作的文学作品进行了一种观念上的规范。

由于《木兰诗》与木兰传说被历代文人所津津乐道,尤其是在戏曲、小说等通俗文学中木兰形象更是被不断再现和加工。明代徐渭的《四声猿》是最早描写木兰故事的戏曲剧本,其名曰《雌木兰替父从军》。这部杂剧中突出了木兰英勇豪爽的特点,但是又略带粗犷之气。比如,第一折写木兰演武时唱:"[鹊踏枝]打磨出苗叶鲜,栽排上绵木杆,抵多少月舞梨花,丈八蛇钻,等待得脚儿松,大步重那拈,直翻身戳倒黑山尖。"⑤这明显是带有一种男性色彩的描写,徐渭只是将男子

① 马俊华、苏丽湘:《木兰文献大观》,河南人民出版社1993年版,第72页。

② 钟泰、宗能徵、刘治堂纂修:《中国地方志集成·安徽府县志辑·光绪亳州志民国亳县志略》,江苏古籍出版社1998年版,第431页。

③ 马俊华、苏丽湘:《木兰文献大观》,河南人民出版社1993年版,第36页。

④ 马俊华、苏丽湘:《木兰文献大观》,河南人民出版社1993年版,第22页。

⑤ 徐渭:《四声猿》,上海古籍出版社1984年版,第46页。

的性别特征移植到了木兰的女性形象之上。徐渭并未意识到他以对木兰女性身份的消解来塑造木兰形象,实际上是对于木兰僭越封建男权社会的"惩罚",依旧是以封建道德对女性的观念来看待木兰。

徐渭之后,在小说领域也出现了许多描写木兰的作品,它们在塑造木兰形象上依旧是以封建正统思想为依据来遮蔽《木兰诗》中木兰本来的质朴形象。冯梦龙编刊《古今小说》第二十八卷《李秀卿义结黄贞女》在"入话"部分写木兰代父从军的故事,突出强调木兰"役满而归依旧是个童身,边廷上万千军士没一人看得出他是女子"①,虽然内容有些市井庸俗的低俗趣味,但是依旧在侧重于表现木兰的贞洁。清代道光初年《忠孝勇烈奇女子木兰将军传》是一部全面描述了木兰从军事迹的小说。此书作者为马祖,全书三十二回,十余万言,取材黄陂县(今黄陂区)有关木兰的传说写就。书中设计了大量以儒释道为代表的人物来和木兰进行周旋,以大量的议论阐释各种封建道德,木兰形象反而被淹没,只是作者封建思想的传声筒,严重损害了木兰原有的艺术形象。

然而,随着古代封建社会的没落,封建礼教随之衰落,木兰也逐渐从忠孝观念的樊笼中解放出来,开始被时代赋予新的社会意识。近代以来,与木兰有关的文学作品开始强调其民主平等和男女平等的观念。1920年代,随着五四新文化运动的开展,梅兰芳根据徐渭《雌木兰代父从军》改编出京剧《木兰从军》,这个时候木兰就不再是封建道德的化身,而是站在其对立面,成为妇女解放,反对封建礼教的先驱。到了抗日战争时期周贻白改编话剧《花木兰》,首次赋予木兰爱国主义精神,突出其反对侵略的民族主义思想。在抗美援朝时期,由陈宪章、王景中改编,常香玉出演的豫剧《花木兰》为了鼓舞当时中国人民志愿军抗美援朝保家卫国的决心,也在改编中有意突出了爱国主义的主题思想。在赴抗美援朝前线慰问演出时,该剧极大地鼓舞了中国人民志愿军的士气。

《木兰诗》自从产生以来,对于木兰形象的文学阐释就从未停止过,无论是被地方县志所记载的民间木兰传说,还是各个时代文人对于木兰形象的文学创作,它们都是在以木兰的原始形象为基础,结合时代话语和"神话"要求对木兰进行新的阐释。这个木兰形象形成和流变的过程是以语言为基础的,那么在图像创作领域木兰形象又是以何种方式展现出来的呢?

三、图像创作中的木兰形象

《木兰诗》产生的时代虽然距今已远,但是木兰形象在今日却依旧耳熟能详,其原因就在于木兰形象在产生与发展的过程中,不仅以语言的形式通过各种文学作品和传说被人们接受,而且还以图像的形式通过对木兰形象的描绘来直观

---

① 冯梦龙编:《古本小说集成·古今小说》,上海古籍出版社1994年版,第1083页。

图8-12　女武士木兰,作者不详,石雕

体现木兰形象,这种视觉形象对木兰形象的构建更加利于木兰形象深入人心。

在中国历史上,木兰题材的图像创作蔚为大观,这也可见木兰形象在中国传统文化中的影响力。甚至在美国人爱伯哈德编撰的《中国文化象征词典》中,他将木兰作为中国文化中的一个重要的象征。在这本书中,他还收录了一幅《女武士木兰》(图8-12)石雕图。在这幅图像中,虽然木兰身穿衣物颇具男子之风,但是她手持宝剑剑穗的纹样和她衣服上的花朵佩饰还是表现出了她的女性身份。另外,作者在刻画木兰和其身后跟随侍从的面部特征的时候,明显是用了柔和的线条,这也在告诉画作的观看者这里的战士是一个女扮男装的女子。这幅石雕最有特点的地方是木兰的坐骑并非如《木兰诗》中所描写的是一匹马,而更像是一匹骆驼,可能模仿的是《木兰诗》中"愿借明驼千里足"一句。

虽然《木兰诗》成诗年代很早,民间流传的木兰传说也十分丰富,但是木兰图像大量出现却是从明清开始的。主要是因为自明朝以后,市井文化开始繁荣,俗文学大量的出现,其中木兰作为中国家喻户晓的传奇女英雄,她的事迹在民间有着很高的知名度,所以也是当时文学创作的重要内容。所以,这一时期的木兰图像也大都是以插图的形式,跟随由《木兰诗》和木兰传说演义出的文学作品进入人们的视野。

由于木兰图像是以图书插图的形式出现的,图像就有义务配合书中所要表达的木兰形象的深层内涵。如前所述,在中国古代封建道德观念的解读中,木兰形象由北朝民歌中《木兰诗》中纯朴的平民女子形象化为一个忠孝两全的女英雄形象。所以,明清时期木兰图像为了配合文学作品中对木兰形象的阐释,往往也有意凸显其忠孝勇武的封建英雄形象。

在明朝吕坤所撰《闺范图说》中,有插图《木兰代成》(图8-13)与文字相互配合,以图文并茂的方式展现了木兰的形象。在这幅图像中,作者描绘的是《木兰诗》中"爷娘闻女来,出郭相扶将。阿姊闻妹来,当户理红妆。小弟闻姊来,磨刀霍霍向猪羊"的场景。画面中的木兰并没有衣锦还乡的气派场面,而是只有身后一匹战马相陪,木兰一身戎装对父母行礼,父母在家门口迎接木兰。在明代新安汪氏编《列女传》(图8-14)中也有类似的场景,在《列女传》插图中,木兰征战多年,终得还家。父母出门迎接木兰,木兰亦是一身戎装对父母行礼,父母亦是在家门口迎接木兰。如果只是从画面来理解这两幅画,其实并未体现出太多封建道德言说的内容,但是如果我们细心地将这两幅图像与其反映的《木兰诗》中的场面进行比较,我们就会发现其中所暗含的封建尊卑意味。诗中讲"爷娘闻女来,出郭相扶将",明确提到父母是在"郭"外迎接木兰,在古汉语中"郭"字的意思非常明确,指的是"城外围着城的墙",可见诗中所要体现的是父母对于女儿回家的激动之情,已经按捺不住心中的喜悦要到城外迎接,希望早日见到木兰。诗中体现的完全是一种家人久别重逢后的欣喜之情。而在这两幅图像中,首先都有意将"出郭相扶将"的场景置换成了父母在家门口迎接木兰的情景。这一个简单的场景改变不是作者的疏忽或是为了构图的紧凑,而是要体现出一种封建伦理中的长幼尊卑,纵然是孩子多年在外征战不归,父母也要以尊者的身份迎接归来的孩子,显然"出郭相扶将"有些降尊纡贵的意思。而且,图像中描绘木兰归家以后也并非是诗中描写的"开我东阁门,坐我西阁床,脱我战时袍,著我旧时裳"那样急于回到女儿身,更不是如我们今天所想象的一家人终得团聚后的喜极而泣。而是如画面中描绘的,完全是封建家庭那一套礼仪制度,首先是给父母作揖请安,然后父母也以长者的姿态温婉敦厚地接受木兰行礼。这样一来,在《木兰诗》中原先充满欢乐祥和气氛的家庭团圆场景被图像作者完全以一种道德伦理的言说方式变得四平八稳,毫无个性,木兰形象也由鲜活生动的归家女子变为一个遵从封建长幼尊卑的女子形象,无非是这位女子身穿了一身军服而已。

图 8-13 木兰代戍,作者不详

图 8-14 木兰,作者不详

客观地讲,从《木兰诗》诞生的那天起,木兰故事之所以能够引起人们的关注并流传至今,有一个最重要的因素就是她的性别因素。在中国古代从军征战向来都是男人的事情,而木兰以女性身份进入男性占有绝对权威的领域,自然会引起人们猎奇之心。木兰以女性身份从军这件事本身就充满了戏剧性和故事性,这也就难怪人们会对此津津乐道。然而,木兰的女性身份在为木兰故事的流传提供契机的时候,也招来了对于木兰形象的歪曲阐释。因为在中国传统封建伦理中,女子以"无才"为德,"三从四德"的封建妇德观紧紧地束缚着女性的行为。而《木兰诗》中的木兰形象很明显与古代封建伦理中的女性定位有强烈的反差,所以她必然招致整个封建价值观念的关注。但是,由于《木兰诗》在文学上的重要性和木兰故事的传奇性,直接对木兰形象进行颠覆性阐释必然不能与木兰故事引发人性中的好奇心相抗衡。于是,封建道德伦理统治下的话语体制就转而以一种顺势而为的方式对木兰的女性身份进行利用和改造(比如,前面所讲的修庙洗脚和天子纳妾)。对于木兰形象的这种重新构造不仅不会因为否定木兰的性别特征而遭到阻碍,反而利用了木兰的女性身份塑造一个符合统治要求的女性形象。但是,在图像创作中,对于木兰女性身份的认同问题却并非是顺势而为的。讲述木兰故事时,其女性身份和代父从军是绝对不可能回避的话题,因为木兰以女性身份介入传统观念中的男性绝对权威领域的这种戏剧性冲突是木兰故事得以流传的根本。而同时,正是这种女性身份与封建道德中男权话语统治的违和,使得木兰在视觉再现中必然要被进行策略化的改造,最终达到封建男权社会的要求。

这样一种矛盾可以被看作是民间大众与统治文化之间的一种对抗,一方面是民间文化对木兰这一具有颠覆性形象的渴望,另一方面则是统治文化对木兰形象的"规训"。在明代崇祯时期开始繁荣的天津杨柳青年画中就有对于木兰形象的创作。它属于民间手工艺所产生的一种民间艺术形式,在它所描绘的木兰形象中,木兰的女性身份得到了张扬。这幅《木兰》图像(图8-15)表现的是木兰从军中的一个场景。木兰处于画面正中,她身着的不是真正的军服,而是戏曲舞台上的戏服。作者以木兰女性所特有的婀娜身姿搭配颜色艳丽的服装,并在华丽的服饰纹案和细致精美的配饰衬托下,更加体现出木兰的女性之美。作者对木兰面部的描绘也极力凸显其女性化的特征,木兰面部轮廓被塑造为古代美女标准的"鹅蛋脸",柳叶眉,丹凤眼,肤如凝脂。作者描绘木兰手握长弓的姿势

图8-15　木兰年画,作者不详,天津杨柳青年画

时,更是以女性的柔美与弓箭的硬朗为对比,凸显木兰手如柔荑的优雅姿态。总之,此图像中的木兰形象并未因为其代父从军,女扮男装而淹没了其女性身份,而是在整体上给人以女性所独有的秀雅绝俗,气若幽兰的柔美形象。图像中的题词中写道:"木兰本是女娇娃。"这里的"女娇娃"正好就与图像中的木兰形象形成了互衬,很好地解释了图像所要表现的木兰形象内涵。

由于杨柳青年画是一种民间艺术,它更多反映的是普通民众质朴的审美观念和思想意识。所以,木兰的女性形象还能得以保留和彰显。而在擅长画人物的旧式文人金古良所创作《南陵无双谱》中,木兰则以一种更加接近男子气质的形象出现。《南陵无双谱》是清初浙派版画的力作,刊刻于清康熙三十三年(1694),绘者从汉代至宋1400多年间,挑选了40位名人,除花木兰外,还有如项羽、苏武、李白、司马迁等人,绘成绣像并题诗文。由于这些人物事迹举世无双,故此图册又称为《无双谱》。这幅《木兰》(图8-16)图像的构图十分简练,木兰身着戎装,一足踏于石上,以弓步而蹲,双手持弓箭,宝剑挎于腰间。作者对木兰的面部描绘中有意淡化去其女性的特征,整幅画面中唯一能突出其女性特点的地方就是她那双与整个身体比例明显不协调的小脚。在这幅《木兰》图像中,作者的创作意图十分明显,木兰代父从军的事迹当然是史无前例的,值得宣扬。但是这里作者只想突出木兰作为一个忠君卫国的战士形象,而非是一个女性战士。显然木兰的作为与封建妇女道德观念有背离之处,但是,过于忽略其女性身份则有碍于木兰故事的传奇性,所以,图像作者十分巧妙地以木兰的"小脚"为其女性身份的符号象征,这样不仅可以交代其女性身份,又十分符合封建道德对女性身份认同的规范标准。而在清代张绍贤的通俗文学作品《北魏奇史闺孝烈传》中的插图《花木兰》(图8-17)则是完全无视了木兰的女性身份。这幅图像在构图程式上几乎与《南陵无双谱》中的木兰图像一致,但是这幅图像却完全删去了《南陵无双谱》中本来就所剩无几的女性特征,无论是面部的女性塑造还是木兰的那双"小脚"都在这幅插图中荡然无存。如果不是图像中有标明图中人物身份的"花木兰"字样,观者完全不可能将其与女性联系起来。

图8-16　木兰,金古良

图8-17　花木兰,作者不详

　　在明清时期出现的对木兰图像的女性身份的改造,根本上是由于男权社会对女性地位僭越的规训,但是这并不意味着所有文人画家都参与到了这种话语压迫中来,特别是到了清末,随着封建统治的衰落,其一脉相承的封建妇女道德观念也开始式微,对木兰图像的创作也更加关注其女英雄的特质和对木兰境遇的同情。清末画家钱慧安创作的绘画《代父从戎》(图8-18)表现出了对木兰女英雄形象的认可。在这幅图画中,作者以硬朗的线条勾画了木兰的女杰形象,图像中木兰身穿布衣,双手叉于胸前,宝剑和弓箭挂于腰间,脸高高扬起,神态从容自信,甚至旁边的战马也被作者以棱角分明的线条表现得苍劲有力。整个画面很容易让我们联系到《木兰诗》中"万里赴戎机,关山度若飞。朔气传金柝,寒光照铁衣。将军百战死,壮士十年归"的诗句。在这幅图像中木兰女中豪杰英勇大气的形象跃然纸上,作家成功地将其塑造成为了女强人的形象。而曾经参与中国最早的旬刊画报《点石斋画报》创作的吴有如,给予木兰更多的是一种同情。他创作的《木兰》绘画(图8-19)表现的是木兰代父从军的一个场景,整幅画面在时间上给人秋冬之际,寒风凛冽、草木凋敝之感。画面中冷风吹起战马的鬃毛,木兰整理被风吹散的行装,树木萧瑟河水寒潆,无处不透着凄凉的情愫。这里作者没有将木兰当作后世万人敬仰的传奇英雄,也没有将她当作是僭越男权社会规则的女子,而更多的是对她出于无奈被迫做出代父从军举动的怜悯。作者在"画中说明"说道:"父病不能从军为有司所苦木兰代父戍边十二年",这里清楚地表达出作者对于木兰被"有司"所苦,不得不从军的同情,所以才会在图像中塑造出木兰从军的艰辛场面。可见,作者将木兰从神坛上放回人间,以一种对普通女性悲惨遭遇的惋惜来创作这幅木兰图像,这里的木兰虽然不见传说中的忠孝勇烈,却更加与《木兰诗》中木兰的纯朴相近。

图8-18　代父从戎,钱慧安

图8-19　木兰,吴有如

　　当历史跨入现代以后,随着封建统治的结束,木兰形象逐渐被从封建观念中解救出来,同时被赋予了新的时代特色,其形象逐渐与妇女解放和反对封建礼教的时代主题相结合。1912年著名京剧大师梅兰芳根据徐渭《雌木兰替父从军》改编的京剧《木兰从军》(图8-20)就凸显了木兰形象中的反封建色彩。全剧共

29场,分头、二本两次演完。根据故事情节的需要,梅兰芳既唱旦角,又反串小生。剧中的花木兰六易服装,长枪扎靠,英姿威武。唱段以西皮为主,辅以二黄唢呐腔和昆曲。当时这出戏的上演,对提高妇女的信心,鼓励妇女解放起到重要作用。木兰图像在内容上不仅出现了新的含义,而且在创作技法上也有了很大的变化,这主要得益于当时商业美术的繁荣。木兰本来在中国就是家喻户晓的女中豪杰,在民国时期她的传奇形象被商业美术家广泛利用,而这些商业美术画家在一定程度上接受了西方绘画中的技法,却又未放弃中国传统仕女画的特色。李慕白所绘的《木兰从军》(图8-21)就是当时商业美术中木兰图像的代表作。因为是商业美术作品,图中的木兰形象在色调的搭配上更加鲜亮明快,更富视觉效果。虽然从木兰的着装仪态和面部轮廓可以看到都是东方元素,但是作者所采用的技法和设色方式则完全是西方水彩画的套路。整幅画面从设计布局、色彩运用到物体表现方式完全是以西方技法为主,但是又不失古代绘画中的古典气质。虽然此时的木兰形象被大量运用在商业美术中,但是伴随着民族危机的加深,这些木兰绘画中也被赋予了爱国主义的思想,激励当时的人们加入到反对侵略的战争之中。在抗战期间,由制版大师郑梅清发起的绘制《木兰荣归》图(图8-22)的行动得到了杭稚英、吴志厂、谢之光、金肇光、金梅生、李慕白等12名当时出名的商业美术画家的配合。这幅集体创作的《木兰荣归》也成为了一幅脍炙人口的杰作。"整幅画由郑梅清设计,周柏生起稿,杭稚英画花木兰,吴志厂画双亲,谢之光、金肇光画木兰姐弟,金梅生画孩童,李慕白画副将,由戈湘岚、田清泉勾勒双马及护兵,最后由杨俊生作背景,著名画家郑午昌题跋:'此图系上海十大艺人精心妙手所合绘。制作精美,用意深长,洵为当代美术画片之杰构。'"[1]图像中,木兰率军荣归故里的昂扬景象虽然与《木兰诗》本身有些许的出入,但是画面中激昂的氛围却可以感染当时处于民族危难中的国人,以木兰为榜样,坚持抗战,赢得胜利。

图8-20 京剧《木兰从军》剧照,梅兰芳饰演

图8-21 木兰从军,李慕白

图8-22 木兰荣归,集体创作

① 黄玉涛:《浅析民国时期爱国主义题材广告成功的原因》,《新闻界》2007年第4期。

中华人民共和国成立之后,木兰图像创作依旧以妇女解放和爱国思想为主题。改编自马少波京剧剧本《花木兰》的豫剧《花木兰》在抗美援朝的背景之下产生,常香玉担任主演,其中那句"谁说女子不如男"的台词更是家喻户晓。在这部戏曲中,木兰故事本身的内涵和悲剧成分被消隐在国际主义和反帝爱国的主题下,女子在战争中的身份地位得到了凸显。到了20世纪50年代,刘旦宅所绘制的《木兰从军》系列漫画也继承了爱国主义的传统,并且与当时的阶级话语相结合又体现出反对阶级压迫的性质。这在顾颉刚为刘旦宅《木兰从军》所作的序中就有体现。他认为木兰形象是"伟大的爱国主义精神的女英雄",同时也体现了"最真实的人民受压迫的历史"。①

进入新时期以后,根据木兰形象创作的图像作品更是丰富多彩,并且主要集中在影视剧的创作领域。木兰形象也在全球化的语境中漂洋过海成为世界文化中的一分子,美国迪士尼公司分别于1998年和2004年以木兰为题材拍摄了两部动画片——《花木兰》和《花木兰2》。一时间这位中国古代的女英雄为世界人民所知。但是,随之而来的还有对于这种文化全球化的担忧,因为在美国动画片中,木兰形象并非是传统文化中《木兰诗》所表现的那个木兰形象,而是杂糅了西方价值观和视角的东方符号。动画片中的木兰,更像是换上了东方华服的西方公主历险记,其中的东方元素只是一种异域风情的猎奇,完全是以西方的话语阐释东方民族的英雄形象。木兰其人也被塑造得更像是具有印第安血统的女子形象。

总之,《木兰诗》中所诞生的木兰形象,在中国有着悠久的历史。她的文学形象和民间传说为她的图像创作提供了重要的参照文本。但是,在木兰图像的创作中,各个时代会根据当时的具体需要对木兰图像进行加工改造让其呈现出具体的时代精神。不过,这些木兰图像的再创作在本质上依然必须遵从木兰形象在《木兰诗》中的原初形象,毕竟每个时代在木兰图像上所凸显的意识形态特点乃是木兰形象本来就具有的特征,只是在不同的语境中需要凸显不同的层面。

第四节　曹操《短歌行》等诗作与相关主题绘画

叱咤风云的曹操一直被认为是东汉末年乱世中的枭雄,却不知这位善于权谋的政治家与精通兵法的军事家,同时还是一位杰出的文学家。他的诗歌意境宏大,笔调朗畅,气魄雄伟,慷慨激昂,往往以抒发远大的政治抱负,感叹人生短暂壮志难酬和反映人民生活疾苦为主要内容。他的散文清俊整饬,雄健深沉,具有强烈的时代特征,成为"建安文学"重要的代表人物。鲁迅曾评价其为"改造文

---

① 顾颉刚:《木兰从军》序言,上海人民美术出版社1955年版。

章的祖师"①,曹操与其子曹丕、曹植在文学史上合称"三曹"。曹操在中国历史上和中国文学史上的突出地位,促使其成为后世图像艺术创作的一个重要对象。在曹操的文学创作中,以战争为题材的文学创作有着特殊的地位。因为,它是曹操一统天下的政治抱负和慷慨激昂的人生理想在文学中的展现。而无论是《三国志》中的记载,还是民间流传的通俗小说《三国演义》,对曹操个性与形象的塑造也往往都是通过凸显其在战争中的事迹来表现其人物形象特征。所以,对于图像创作者来说,不管是为了再现,抑或是为了重塑曹操的艺术形象,在战争背景下描绘曹操的个人形象就成为其创作的重要途径。不过,图像创作者对曹操战争文学形象中的自我塑造并非完全地接受,其中也有他们自我态度的呈现。

一、战争主题文学创作中曹操自我形象的塑造

东汉末年军阀割据,战争频繁,生灵涂炭,民不聊生。曹操作为当时杰出的政治家和军事家对于战争及其所带来的危害有着直观的感受,在他的文学创作中,战争题材也是其表现的重要方面。不过,曹操对于战争及其后果的认识并非是片面的,而是辩证的和积极的。在他的文学创作中,反映战争题材的作品可以大致分为两类:

1. 反映战争的残酷

东汉末年群雄混战,地方土地兼并严重,地主豪强纷纷成立私人武装,盘剥百姓。中央政治黑暗,宦官专权,皇权架空,不修政事。加之,天灾不断,人民纷纷揭竿而起,发生大规模的黄巾之乱。这一时期的战争给人民的生产生活带来了极大的灾难,各方势力彼此互相交战,百姓生活自然苦不堪言。

曹操对于战争所带来的后果有很清楚的认识,并且在他的文学创作中也有所体现。例如,曹操的诗歌《薤露》和《蒿里》就是对董卓的暴行和当时各路豪强讨伐董卓的战争情况的反映。

诗歌《薤露》②是曹操目睹董卓专权后的惨状,哀痛感伤,挥笔所作:

> 惟汉廿二世,所任诚不良。
>
> 沐猴而冠带,知小而谋强。
>
> 犹豫不敢断,因狩执君王。
>
> 白虹为贯日,己亦先受殃。
>
> 贼臣持国柄,杀主灭宇京。
>
> 荡覆帝基业,宗庙以燔丧。

---

① 鲁迅:《鲁迅全集》第三卷,人民文学出版社 2005 年版,第 525 页。

② 曹操著,张海雨主编:《曹操全书》,金城出版社 1995 年版,第 212—213 页。

> 播越西迁移，号泣而且行。
>
> 瞻彼洛城郭，微子为哀伤。

汉灵帝中平六年(189)，汉灵帝死，之后太子刘辩即位，何太后临朝，宦官张让、段珪等把持朝政。何太后之兄、大将军何进谋诛宦官，但因何太后的阻止而犹豫不决，只好密召凉州军阀董卓进京，以期铲除宦官势力，收回政柄。然而事情泄露，张让等人杀了何进后，又劫持少帝和陈留王奔小平津。此时董卓率兵进京，再度劫还。然后董卓在这次进军京城中窃取国家大权，旋废少帝为弘农王，不久又将其杀死，立陈留王刘协为汉献帝。董卓为了便于进行统治，更是放火烧毁了洛阳，挟持献帝与官民西迁长安，使得当时哀鸿遍野，民不聊生。曹操在此诗中反映的就是董卓专权给国家和人民带来的灾难，在动乱中少帝被毒害，都城洛阳被焚为平地，百姓流离失所，被迫迁往长安。明代钟惺在《古诗归》中称此诗"贼臣持国柄"六句是"汉末实录，真诗史也"①。

在《薤露》的姊妹篇《蒿里》②中，曹操记述了汉献帝初平元年(190)，关东各郡地方官起兵讨伐董卓，推举袁绍为盟主，却各怀异心，最终相互火拼，导致长期军阀混战局面形成。诗曰：

> 关东有义士，兴兵讨群凶。
>
> 初期会盟津，乃心在咸阳。
>
> 军合力不齐，踌躇而雁行。
>
> 势利使人争，嗣还自相戕。
>
> 淮南弟称号，刻玺于北方。
>
> 铠甲生虮虱，万姓以死亡。
>
> 白骨露于野，千里无鸡鸣。
>
> 生民百遗一，念之断人肠。

在此诗中，曹操真实地再现了这一段战争史，揭露了军阀割据所造成的"白骨露于野，千里无鸡鸣"和"生民百遗一，念之断人肠"的惨状。

从曹操的诗作中我们不难看出他对战争的厌恶和对百姓的同情，由于长期的军阀战争，人民生活已经十分疾苦，社会基本生产也遭到破坏。《魏志·武帝纪》中记载，曹操在官渡之战中击败袁绍，又击败奉袁绍命令略取汝南的刘备之后，于建安七年(202)春正月驻军谯县时，颁布《军谯令》③：

> 吾起义兵，为天下除暴乱。旧土人民，死丧略尽，国中终日行，不见所识，使吾凄怆伤怀。其举义兵以来，将士绝无后者，求其亲戚以后之。授土田，官给耕牛。置学师以教之。为存者立庙，使祀其先人。魂而有灵，吾百年之后何恨哉！

---

① 河北师范学院中文系古典文学教研组编：《三曹资料汇编》，中华书局 1980 年版，第 18 页。

② 曹操著，张海雨主编：《曹操全书》，金城出版社 1995 年版，第 215 页。

③ 曹操著，张海雨主编：《曹操全书》，金城出版社 1995 年版，第 77 页。

此令命为阵亡将士立庙,抚恤家属,曹操以质朴的语言表达了对于遭受战争之苦的民众的关切,令人生恻隐之心。文中有关战争后社会现实的描写又从侧面反映了军阀混战对社会生活带来的危害。曹操的诗歌《谣俗词》①则对于当时战争所造成的社会萧条景象有管中窥豹般的体现,诗中云:

> 瓮中无斗储,发箧无尺缯。
>
> 友来从我贷,不知所以应。

这首诗讲述了一个贫困的无食无衣者因无力帮助自己的朋友而感到内疚,通过这首诗也能够反映出当时人民生活的疾苦和社会的凋敝。而《步出夏门行》的第三章《土不同》②:

> 乡土不同,河朔隆寒。
>
> 流澌浮漂,舟船行难。
>
> 锥不入地,蘴藾深奥。
>
> 水竭不流,冰坚可蹈。
>
> 士隐者贫,勇侠轻非。
>
> 心常叹怨,戚戚多悲。
>
> 幸甚至哉,歌以咏志。

虽然表面上是在描写河北的风土人情,其实体现了曹操对于常年战争所导致的秩序混乱和人民生活在"士隐者贫,勇侠轻非"的社会中的担忧。

战争的基础是人,各个地方豪强为取得战争的胜利以各种方式征召百姓入伍,随着军阀混战规模的扩大,兵源数量也随之增加,动辄就是数十万的军队战争,这对于被征召为士兵的普通百姓也是一种悲剧。曹操作为当时军阀混战中的一支重要力量对于军队战争的残酷性有着切身的体会。在《魏志·武帝纪》中有一段记载,建安十三年(208),曹操在赤壁之战中受挫,同时遇到军内发生疫情,将士伤亡惨重。第二年七月,曹操为抚恤死亡将士家属,鼓励军队士气,颁布《存恤吏士家室令》③:

> 自顷以来,军数征行,或遇疫气,吏士死亡不归,家室怨旷,百姓流离,而仁者岂乐之哉? 不得已也。其令死者家无基业不能自存者,县官勿绝廪,长吏存恤抚循,以称吾意。

在曹操的这道命令中,我们可以看到当时军队士兵战死惨重,家属又无所依托,流离失所的悲惨场景。虽然这是一道抚恤军属的命令,但是我们从中依旧能够感受到战争的残酷和军士的生活之苦。在曹操的诗作中,描写从军艰辛和战

---

① 曹操著,张海雨主编:《曹操全书》,金城出版社 1995 年版,第 222 页。

② 曹操著,张海雨主编:《曹操全书》,金城出版社 1995 年版,第 28 页。

③ 曹操著,张海雨主编:《曹操全书》,金城出版社 1995 年版,第 126 页。

争之苦的诗作主要有《却东西门行》《苦寒行》和《秋胡行》三篇。《却东西门行》[①]反映了将士常年在外征战怀念故乡的心情,也说明长期征战对于人民生活带来的痛苦。诗曰:

> 鸿雁出塞北,乃在无人乡。举翅万余里,行止自成行。
>
> 冬节食南稻,春日复北翔。田中有转蓬,随风远飘扬。
>
> 长与故根绝,万岁不相当。奈何此征夫,安得去四方!
>
> 戎马不解鞍,铠甲不离旁。冉冉老将至,何时反故乡!
>
> 神龙藏深泉,猛兽步高冈。狐死归首丘,故乡安可忘!

诗中"长与故根绝,万岁不相当","冉冉老将至,何时反故乡"体现了征战四方的将士久别家乡的思乡之苦,而"戎马不解鞍,铠甲不离旁"又说明了行军打仗的生活之艰难。此诗为曹操晚年之作,时值其大败于赤壁,统一中国的霸业受挫,加之年事渐高,面对连年战火,因而忧郁忧思,产生了怀乡之情,但是诗中又体现了诗人招纳贤士建功立业统一天下的决心。如果在《却东西门行》中曹操尚且能从军队远征跋涉中看到希望,激励自己一统天下,那么在《苦寒行》[②]一诗中作者则更多地表现寒冬行军的艰苦险恶和自己内心的感慨悲凉。诗曰:

> 北上太行山,艰哉何巍巍!
>
> 羊肠坂诘屈,车轮为之摧。
>
> 树木何萧瑟,北风声正悲。
>
> 熊罴对我蹲,虎豹夹路啼。
>
> 溪谷少人民,雪落何霏霏!
>
> 延颈长叹息,远行多所怀。
>
> 我心何怫郁,思欲一东归。
>
> 水深桥梁绝,中路正徘徊。
>
> 迷惑失故路,薄暮无宿栖。
>
> 行行日已远,人马同时饥。
>
> 担囊行取薪,斧冰持作糜。
>
> 悲彼《东山》诗,悠悠使我哀。

曹操此诗中的消沉抑郁与其当时所面临的复杂情况有很大的关系。据考证,这首诗是建安十一年(206)春,曹操亲征高干途中于行军中作成的。建安十年(205),原本已经投降曹操的袁绍外甥高干在曹操北征乌桓之时趁机叛变,据守壶关。建安十一年正月,曹操不得已率领连年征战疲惫不堪的军士,冒着北方冬春凛冽的寒风,翻越巍峨险峻的太行山,平定高干叛乱。诗中以白描的手法体

---

① 曹操著,张海雨主编:《曹操全书》,金城出版社 1995 年版,第 220 页。

② 曹操著,张海雨主编:《曹操全书》,金城出版社 1995 年版,第 218—219 页。

现了太行山行军过程中道路的艰险、气候的寒冷、自然环境的恶劣，以及常年用兵后作者对军旅生活的疲困和厌战之情。此时的曹操不再有往日诗歌中的激昂而更多的是对于戎马生涯的反思和苍凉悲壮之情。

而同样是外出征战，当曹操在三国鼎立之势确立以后，西征张鲁之时又体现出完全不同的心境。据《魏志·武帝纪》：建安二十年（215）"三月，公西征张鲁，至陈仓……夏四月，公自陈仓以出散关，至河池"。①《秋胡行》②一诗就是在这一历史背景下创作的，此时的曹操年已61，感到实现统一的艰难，但是又不愿轻易放弃征战天下的理想。所以，在第一首诗中云：

晨上散关山，此道当何难。牛顿不起，车堕谷间。坐盘石之上，弹五弦之琴。作清角韵，意中迷烦。歌以言志，晨上散关山。（一解）

他既感觉到了征战的艰苦，自感迷烦，又可以气定神闲地以琴瑟自娱，说明此时他时常在欲求不得又欲罢不能的复杂心境中徘徊。但是，我们也应该看到，无论作者的心境如何变化，军士征战的艰苦却是始终不变的事实，也是曹操敢于直面的事实。

在文学创作中，他从不避讳战争的残酷悲壮，直接呈现战争给人民带来的灾难，同时述说自己从军征战的艰辛。但是，换个角度讲，他对于战争所带来的各种灾难和痛苦的直接描绘反而有利于曹操树立自己乱世"救星"的形象，他文学创作中的战争越是惨烈，越可以体现其以匡扶汉室和涤荡诸恶为己任的义军首领的形象，反映作者以军事手段统一天下，平定战争的人生理想。

时代的动荡不安在给人民带来巨大的灾难的同时，也为乱世枭雄提供了登上历史的舞台。东汉末年皇室衰微，天下大乱，中央无力回天。由此，地方豪强为求自保组织起自己的武装部队，后来逐渐演变成为武力割据的军阀势力。曹操即是在这样的历史背景下崛起的，他出身于军阀，在诸强混战中崭露头角。但是，他又"奉天子以令不臣"③，希望通过战争的方式统一全国。他的许多文学作品都表现出在战争中成就霸业，一统天下的夙愿。

曹操的《短歌行》第一首和《步出夏门行》中的《观沧海》《龟虽寿》两篇最具代表性。在《三国演义》第四十八回有曹操在赤壁之战前横槊赋诗的描写，此诗即为《短歌行》④。曹操在平定北方割据势力以后，亲率大军直达长江北岸，准备渡江消灭孙权和刘备，进而统一全中国。此诗的第一首就是在上述背景之下创作出来，通过宴会的歌唱，以沉稳顿挫的笔调抒写了诗人统一天下的雄心壮志和求贤若渴的心情。诗曰：

---

① 陈寿撰，裴松之注：《三国志》，中华书局1999年版，第32页。

② 曹操著，张海雨主编：《曹操全书》，金城出版社1995年版，第12页。

③ 陈寿撰，裴松之注：《三国志》，中华书局1999年版，第282页。

④ 曹操著，张海雨主编：《曹操全书》，金城出版社1995年版，第18页。

对酒当歌，人生几何！譬如朝露，去日苦多。

慨当以慷，忧思难忘。何以解忧？唯有杜康。

青青子衿，悠悠我心。但为君故，沉吟至今。

呦呦鹿鸣，食野之苹。我有嘉宾，鼓瑟吹笙。

明明如月，何时可掇？忧从中来，不可断绝。

越陌度阡，枉用相存。契阔谈䜩，心念旧恩。

月明星稀，乌鹊南飞。绕树三匝，何枝可依？

山不厌高，海不厌深。周公吐哺，天下归心。

　　诗文中虽然并未有一句是直接描写战争的，但是理解此诗却又离不开当时的战争背景。曹操一生戎马，最大的夙愿就是统一天下，此时他已经进入迟暮之年，可是大业依旧未成。所以，他才会有"对酒当歌，人生几何！譬如朝露，去日苦多"的感慨。他一直以统一天下为己任，加之此时年事已高，便引用"子衿"和"鹿鸣"两个典故来表达自己求贤若渴，征战天下的愿望。即使诗中未曾出现直接的战争描写，我们通过历史背景的分析也可以看到曹操在诗中表达出的慨叹与延揽人才的心愿都是出于他以武力征服天下的目的。

　　《观沧海》和《龟虽寿》都是《步出夏门行》中的篇章，是曹操在北征乌桓胜利以后所作。《观沧海》①描写作者登山望海的场景，诗云：

东临碣石，以观沧海。

水何澹澹，山岛竦峙。

树木丛生，百草丰茂。

秋风萧瑟，洪波涌起。

日月之行，若出其中；

星汉灿烂，若出其里。

幸甚至哉，歌以咏志。

　　此诗从文意上讲是在描写观海景象，而实则流露了曹操在北征乌桓，军事统一北方后的心境。诗中所描写的情景是典型的秋季环境，但是诗人不但没有悲秋意绪，反而在"秋风萧瑟，洪波涌起"之中看到了"树木丛生，百草丰茂"的生意盎然。这充分体现了作者踌躇满志，意欲争夺天下的理想和叱咤风云的英雄豪情。

　　而在接下来的《龟虽寿》②中，曹操则在抒发豪情壮志的同时感慨人生难免一死，进入迟暮之年更应该努力完成未竟的事业。诗曰：

神龟虽寿，犹有竟时。

腾蛇乘雾，终为土灰。

---

① 曹操著，张海雨主编：《曹操全书》，金城出版社 1995 年版，第 26 页。

② 曹操著，张海雨主编：《曹操全书》，金城出版社 1995 年版，第 28 页。

> 老骥伏枥,志在千里;
>
> 烈士暮年,壮心不已。
>
> 盈缩之期,不但在天;
>
> 养怡之福,可得永年。
>
> 幸甚至哉,歌以咏志。

曹操此时已 53 岁,但是征伐天下的事业却渺然无期,但是他并未悲观,而是以比喻的方式勉励自己老当益壮,体现了他积极进取的精神和军事统一全国的愿望。

综上可见,在曹操的文学创作中战争题材是其创作的重要内容,这与其一生征伐天下的人生理想密切相关。也正因曹操一生的戎马生涯,其对战争的认识也是独特的,他在承认战争所带来的灾难的同时,也看到了战争的积极方面,并且在其文学创作中以一种激昂慷慨的英雄豪情来表现自己通过战争方式统一全国的理想。曹操对战争的文学创作既有以现实主义的方法描写战争的残酷以及带给人民的灾难,又有以浪漫主义的方式来体现自己如何通过战争的手段统一天下的英雄豪情。

二、涉及曹操的战争图像创作

曹操一生的大部分精力都投入到了完成国家统一的事业之中,征战天下的军事活动也是他生命中的主要活动,所以,对于其战争中的形象描绘成为后人图像创作的主要方面。应该说,在曹操的文学创作中,他以一种艺术的手法将自己的军事生涯进行了艺术再现,为读者塑造了一个以军事一统天下,匡扶汉室,昂扬豪迈的乱世英雄的形象。但是,他以文学的方式对战争以及战争中自我形象的塑造并未完全在有关他的战争图像创作中得到体现,并且这些图像中的曹操形象往往与他自我塑造的文学形象相去甚远。大致概括起来,与曹操有关的战争图像创作主要有三类:

第一类主要是表现曹操所参与的战争场景的宏大与壮观。这一类图像主要是体现当时战争场面上的宏大,用以再现当时战争的激烈壮观。曹操所生活的时代群雄逐鹿,天下大乱,每一次的混战都是一场大规模的军事行为,人数上少则上万,多则以十万计。曹操在剿灭青州地区的黄巾匪徒之后,仅受降者就有三十万之多,可见当时战争规模之大。① 在后世的图像创作中,有些艺术家热衷于将创作的视角投射在宏观的战争场面中,在这些图像中曹操的个人形象并未得到凸显,甚至隐匿在图像之中,但是它们却为我们再现了战争的全景。

在清代木版年画《新绘三国志前本曹兵百万下江南》(图 8 – 23)中,艺术家

---

① 参见《三国志·武帝纪》:"冬,受降卒三十余万,男女百余万口,收其精锐者,号为青州兵。"引自陈寿撰,裴松之注:《三国志》,中华书局 1999 年版,第 7 页。

图 8-23　新绘三国志前本曹兵百万下江南,上海图书馆藏

将《三国演义》中蒋干盗书、草船借箭、打黄盖、连环计、火烧赤壁、华容道等十六
个故事情节融合在一张图像中表现,这种高度浓缩的构图方式是我国古代叙事
性木版画的特色。在这幅图像中,整幅画面由一个个独立的故事单元构成,每一
个故事单元配有简略的文字解说,这些独立的意义单元又能够在构图技法上和
谐地表现赤壁鏖战的内容。从而,这幅图像不仅能够表现出尽量多的故事内容,
而且可以在整体上给人一种宏大叙事的图像效果,以一种全景视角展现这次战
争的复杂激烈。虽然这幅图像在构图中人物数量有限,但是它却以丰富的图像
信息暗示给人以宏观的心理感受。当然,这幅图像的作者明显是对曹操有贬损
之意,在图的左下处,有文字称其为"奸雄"。但是,不能回避的事实是它所展示
的战争的宏大场景却与曹操以战争为题材的文学作品所追求的宏大意境是一
致的。

　　《"摆亮子"曹操发兵》(图 8-24)。"摆亮子"在皮影戏中是"亮箱"的一场
戏,"曹操发兵"是《三国演义》剧目《当阳桥》影戏中的一场。这些皮影主要用戏
剧化的手法"以一当百"地展现出曹操发兵时的壮观景象。在皮影表演中,由于
受到具体艺术形式的限制,舞台上每个场景出现的人数往往不会过多,像"摆亮
子"这样的情况只有在为了表现大场景的情况下才会出现。皮影中人物表情惟
妙惟肖,人物雕饰也十分细致,反映出了曹操出征时声势浩大的景象。

　　《长坂坡》这幅图像描绘的是赵子龙单骑救主,大闹长坂坡的故事。建安十
三年(208),刘备被曹操击溃,携民众逃走。此战,刘备辎重军队损失惨重,两个
女儿被曹纯俘虏,刘备因张飞据水断桥赢得逃亡时间,而甘夫人和刘禅在赵云的
保护下幸免于难,这幅图像反映的就是此历史事实。在这幅图像中,赵云居于画
面的中心位置,周围是曹操军队的将领,他们将赵云围住,而曹操则是在画面的
右上角远远地观望赵云。虽然这幅图像的主要内容是为了反映赵云救主的英雄
事迹,但是仅从画面表现出的内容也可以看出长坂坡大战的激烈程度,而曹操则
正是这场战争的发起者。这幅图像虽然并未将曹操作为主要人物来描绘,但是

图8-24　"摆亮子"曹操发兵，作者不详

从图像中我们依旧能够感觉到曹操文学作品中体现出来的对战争场面的描述。

在宏大的战争场景中，曹操个人形象的塑造虽然被置于比较次要的地位，但是这一类的宏观战争图像创作却是对曹操文学中战争书写的一种图像上的宏观概括，也是曹操在文学中塑造自己征战形象的一个不可或缺的战争背景。

第二类主要是曹操文学作品对战争中自我形象塑造的直接再现。曹操文学作品中的战争和战争景象描写只是其言外之象，对于一个志在统一天下的政治家来讲，战争只是其达到目的的一种手段。他对战争和战争景象的描写不只是他长期征战所见景象的复现，更重要的是为了抒发自己胸怀天下的远大理想，所以他文学创作中的一些表现自己豪情壮志的作品，其实就是其戎马生涯中对统一大业的眷恋。而在图像创作中，许多艺术家注意到了这一点，曹操在战争中所形成的豪迈激昂，一统山河的理想与气魄，并未在具体的战争环境中直接表现，而是借用了他抒发自己情感的文章为模仿的对象，展开对其战争中自我形象塑造的图像创作。

范曾画作《东临碣石》和刘旦宅绘制的《观沧海》都是根据曹操的诗作《观沧海》创作而成的。这两幅画作都是对原诗《观沧海》的复现，但是严格地讲它们都是对原诗的意境的再现，而非是一种直观的事实性重现。两位画家并未直接根据曹操诗作中描绘的景物进行完全对应的再现，比如诗中"山岛"、树木百草、日月星汉之类的描述并未在画家创作的图像中得到体现，但是它们却对诗人所要表现的情怀和志向有传神的表达。在两幅画作中，对景物的描绘只是起到衬托作用，而对人物的描绘才是关键。在范曾的《东临碣石》中，描绘的是曹操的侧面形象，曹操骑在马上低眉凝视大海，流露出一种士大夫忧国忧民的神情，这与诗中悲秋意绪所展现的忧思意境有很大的关系。这幅图像表现了曹操在北征乌桓后的矛盾，既有一统天下的情怀，又有忧国忧民的愁思。而在刘旦宅的《观沧海》中，曹操披着披风，骑在战马之上，身上配有宝剑，颇有儒将之风。图像中绘制的

图8-25　宴长江曹操赋诗,广百宋斋

是曹操的正面像,背后的沧海完全是以一种写意手法展现出来,曹操昂首而立,似与雄浑的沧海融为一体。这里的曹操形象相对于范曾所画的就更加踌躇满志,表现出一副舍我其谁的英雄气概。

这两幅画所描绘的是曹操观沧海的情景,表面上看似并非是战争中的曹操形象,其实这里有一个重要的历史背景便是曹操此时刚刚在军事上统一北方,正是其一统天下的黄金时期。此刻登临碣石观沧海颇有一览天下小的英雄豪情。所以,这两幅图像刚好是反映出在军事上取得重大胜利以后的曹操抒发自己雄心壮志的一副场景,依然是对曹操在战争中自我形象塑造的一种直接再现和模仿。

如果前面两幅图像是对曹操创作的展现昂扬理想和远大抱负的诗作意境的直接模仿,那么《宴长江曹操赋诗》(图8-25)则是对其诗作《短歌行》创作现场的重新展现。这幅图像是以插图的形式出现的,它是以《三国演义》第四十八回中曹操在赤壁之战前横槊赋诗为内容进行的创作。图像创作者在这里并没有选择以曹操《短歌行》中的内容为表现对象,主要是因为插图要表现的是文本故事中对赤壁之战中曹操形象的再现,而非是对其诗作的重现。虽然创作者并未直接描绘诗作中的内容,但是他却将曹操通过诗歌所要表达的精进进取、一统山河的思想愿望从容地呈现出来。在图像中,曹操被其部将簇拥在船头,手持长槊,眺望远方,临江赋诗。图像为了更好地处理曹操在征战中的自我形象,同时又体现其赋诗畅怀的豪情,对其人物形象也进行了精心的安排,一方面在曹操的服饰上创作者采用的是文官的服饰,而另一方面创作者有意让其手上握长槊的行为又暗示其正处在征战之中。这幅图像虽然对《短歌行》中的内容没有明显的阐释与表现,但是以曹操诗作中所表达的豪迈意境入画,从图像中我们依旧可以感受到诗作中深沉而激昂,慷慨而雄壮,忧郁而大气的诗人风骨。

第三类主要是与曹操在征战中塑造的自我形象的冲突。曹操在其战争题材的文学作品中有意将自己塑造成为一个慷慨激昂、身肩重任、为主征战的乱世英雄形象。但是,在民间文学和绘画中,他塑造的自我形象和民间所接受的形象之间却存在着巨大的差异,民间文学和图像在对其历史形象和文学自我塑造的形象进行接受时有意进行了歪曲阐释和刻意误读。在唐朝以前,曹操的形象还可算是一个正面的英雄形象。在唐人的许多诗文中都体现了对曹操的敬重,例如刘庭琦《铜雀台》、李邕《铜雀妓》、刘禹锡《魏宫词二首》这些作品都明显体现出对曹操的褒扬。尤其是李颀的《送刘方平》诗中写道"请君骑马望西陵,为我殷勤吊魏武"①,饱含对曹操的敬佩,说明唐人对曹操的评价还是十分积极的。但是,到了南宋以后,由于南北对峙局面的产生,双方都需要挣得正统的地位。这一情况很容易让人联想到东汉末年以魏代汉的历史。所以,偏安的南宋王朝就有意将曹操塑造为一个篡权的反面角色。到明代以后,随着以《三国演义》为代表的民间文学的广泛传播,其民间文学中的"尊刘贬曹"思想深入人心,所以民间的一些曹操图像创作也受到了这一思想的影响。

《割须弃袍》此图像上半部分描绘的是《三国演义》第五十八回曹操率军与马超在潼关交兵,曹军兵败被马超追击,曹操狼狈逃窜为了不被马超认出来,把胡须割掉,把长袍丢弃的故事。《三国志·魏书·武帝纪》裴松之注引《曹瞒传》:"公将过河,前队适渡,超等奄至,公犹坐胡床不起。张郃等见事急,共引公入船。河水急,比渡,流四五里,超等骑追射之,矢下如雨。诸将见军败,不知公所在,皆惶惧,至见,乃悲喜,或流涕。公大笑曰:'今日几为小贼所困乎!'"②可见,在历史上确有曹操被马超追击兵败之事,但是割须弃袍则是后人杜撰出来以体现曹操狡诈的故事。在这幅图像中,马超军队于岸上射箭攻击曹操,曹操则在许褚等兵将的保护下狼狈逃走。曹操并未以武将打扮出现,相反更像是一个只会纸上谈兵的文官形象,他双手护头,面部长须已经割去,一副狼狈逃窜的模样。在这里完全见不到曹操在其文学作品中体现出的那种在战场上凛于众人的英雄豪情,见到的是落荒而逃的战败者,一个胆小懦弱、狡诈自私的奸臣形象。

《三江口周郎纵火》(图8-26),此图像反映的是《三国志》中曹操赤壁之战的故事。"公至赤壁,与备战,不利。"③《三国志》中对赤壁之战的记载非常简略,而且没有任何的情感色彩在内,但是由于《三国演义》中对赤壁之战的艺术渲染,在其图像的创作中也流露出了对曹操兵败赤壁的一种讽刺。画面

图8-26 三江口周郎纵火,广百宋斋

---

① 刘宝和评注:《李颀诗评注》,山西教育出版社1990年版,第210页。

② 陈寿撰,裴松之注:《三国志》,中华书局,1999年版,第25页。

③ 陈寿撰,裴松之注:《三国志》,中华书局1999年版,第22页。

中展现的是火烧曹操战船的景象,图像构图十分壮观,画面上方是曹操战船燃烧的景象,而中部和中上部的兵将们却并未表现出溃败的景象,相反从他们的表情中可以体现出视死如归,同仇敌忾,预备反击的坚毅。与兵士的态度不同的则是画面下方曹操在被众人搀扶之下惊慌逃跑的景象,在这一行为的对比中就体现了曹操临阵脱逃的畏战心理。整个画面的留白部分刚好是一个自上而下的 S 形构图模式,它将兵士严阵以待的行为与曹操仓皇逃跑的景象进行了绘画叙事上的对比,从而在反差之中对曹操在战争中的形象进行了无言的嘲笑。

《华容道》这幅图像取材于《三国演义》第五十回曹操赤壁兵败以后,败走华容道的故事。图像中表现的是曹操在从乌林向华容道败退的途中遇到关羽伏兵,曹操军队几经打击已无力再战,曹操只好哀求关羽念及旧情放其生路,关羽最终义释曹操的故事。这幅图像中的人物采用的是京剧中的扮相,曹操被扮为京剧中的白脸,这一扮相一般用于表现奸诈之人,这也说明了图像作者对曹操的态度。从构图上看,关羽所处的画面位置明显高于曹操的位置,这一构图也在暗示曹操此时的尴尬处境和没落的地位。其实,根据《三国志·魏书·武帝纪》裴松之注引《山阳公载记》:"公船舰为备所烧,引军从华容道步归,遇泥泞,道不通,天又大风,悉使赢兵负草填之,骑乃得过。赢兵为人马所蹈籍,陷泥中,死者甚众。军既得出,公大喜,诸将问之,公曰:'刘备,吾俦也。但得计少晚;向使早放火,吾徒无类矣。'备寻亦放火而无所及。"①也就是说,曹操败走华容道确有其事,但是并无关羽义释曹操的历史记载,这只是小说中虚构的情节。正是明清以后民间文学对曹操形象的贬低,才会出现在图像再现中对曹操征战时形象的贬损。

自南宋以后,民间文学对于三国中"尊刘贬曹"倾向的延续对图像创作领域有直接的影响,曹操在战争中的形象与其文学创作中自我战争形象也大相径庭。曹操自己塑造的那个乱世枭雄的形象在明清版画、年画等民间美术作品中已经荡然无存,取而代之的是曹操的奸臣贼子形象,这与图像创作者个人对曹操的误解不可分割。

此外,还有其他一些视觉艺术形式对曹操战争中的形象进行过再现。毛泽东曾经挥毫书写过《短歌行》《观沧海》和《龟虽寿》三首诗,并评价曹操的诗"气魄雄伟,慷慨悲凉,是真男子,大手笔"②,其书法成功地再现了曹操诗作中恢宏大气的英雄风骨。

文学作品中战争题材描写的目的是为了塑造自己的英雄形象,而以其文学作品为创作蓝本的图像往往能够遵从文学作者对其自身形象的诉求。但是由于一些历史原因,曹操在民间的奸雄形象又使得民间图像创作中的曹操战争形象有很大扭曲,与曹操本人的文学自我塑造有很大差距。

---

① 陈寿撰,裴松之注:《三国志》,中华书局 1999 年版,第 22 页。
② 白金华:《毛泽东谈作家与作品》,吉林人民出版社 1993 年版,第 8 页。

第九章　《文心雕龙》的文图理论

赵宪章在《文学与图像》第一卷中说："文学就是'语象'的艺术，'象'使文学作为语言文本确立了它的自主性。"①的确，正是"象"让语言的艺术最终产生了有别于哲学语言的文学语言和文学作品。实际上，文学中的"象"不仅是从此岸到彼岸的桥梁，同时也有其独立存在的价值和意义。作为中国文论史上最重要的文本，刘勰的《文心雕龙》自然不会忽略这一重要理论问题。从"言、象、意"关系的论述到天象、地形之美以及人文之象的概括，从"形神之辨"的参与到"神与物游""神用象通"乃至"意象"这一重要文艺美学范畴的创设，从"隐秀"之美到"写气图貌"，刘勰不仅很看重"象"，很推崇"象"，而且试图用"象"来解决文学创作过程中"言不尽意"的千古困局。可以说，借助"象"完成由"意"到"言"的演进，从而实现文学创作从内部语言向外部语言的有效转化，最终形成"物色尽而情有余"的出色作品，乃是刘勰文图理论的理论基点和核心。

第一节　言、象、意的关系

一个文学作品的产生不是一蹴而就的，它有先后继起的三个阶段，这就是"意"—"象"—"言"，即从酝酿文学作品到文学作品的具体构思再到将文学作品形诸物质载体的书写共三个阶段。但在中国古代文学领域中的"言""象""意"问题，它的探讨首先是从哲学层面入手的。

一、哲学层面的"言""象""意"

中国古典哲学长期关注言意关系问题。作为一个关于语言如何在思维中运行以及能否充分表达思维成果的问题，主要有三种观点："言尽意论""言不尽意论""立象尽意论"。

"言尽意论"的论述主要见于儒家学说。孔子主张"辞达而已矣"②，表明了

---

① 赵宪章、顾华明主编：《文学与图像·创刊辞》（第一卷），江苏教育出版社 2012 年版，第 2—3 页。
② 刘宝楠：《论语正义》，河北人民出版社 1986 年版，第 439 页。

孔子认为语言可以充分表达人的思维内容。在这里,言只是达意的媒介和载体。同时,对于语言修饰的问题,孔子也仅是主张"言以足志,文以足言……言之无文,行而不远"①,说明语言的修饰只是为了"足志",即表达主体内心的志向。魏晋时期的欧阳建有专文《言尽意论》对此说进行了更为系统的阐述,他认为事物事理要靠语言才能得以表达,语言能反映事物事理,对于人们表达和交流思想有重要作用。

"言不尽意论"的论述主要见于老庄学说。老庄在其论说中一直传达着他们对"语言可以传达心意"这一观点的怀疑。老子在《道德经》里说:"信言不美,美言不信""善者不辩,辩者不善。"②庄子在《秋水》中说:"可以言论者,物之粗也;可以意致者,物之精也;言之所不能论,意之所不能致者,不期精粗焉。"③在《外物》中说:"筌者所以在鱼,得鱼而忘筌;蹄者所以在兔,得兔而忘蹄;言者所以在意,得意而忘言。"④老庄在言意关系上的主张显示了他们弃言和废言的趋势,也开启了"言不尽意论"。

"立象尽意论"的提出主要是在《易传》中。《易传》同老庄一样,也认为"书不尽言,言不尽意"。但与老庄不同的是,对于"圣人之意",《易传》则认为是可见的。这是因为"圣人立象以尽意,设卦以尽情伪,系辞焉以尽其言"⑤,"意"虽然是难以言传的,但通过"立象"的方式,"言"就能够"尽意"。这里的"言"指卦辞和爻辞,"象"是卦象和爻象,《系辞》有云:"圣人有以见天下之赜,而拟诸其形容,象其物宜,是故谓之象。"⑥故此"象"实乃对万物的模拟,近似文学中的"象"。"象"作为一个中介加入"言"和"意"的中间,使圣人之意最终通过"立象尽意"的方式达到。对此,魏晋时代的玄学家王弼将《易传》中的"言""象""意"的特定含义(卦辞、卦象、意义)推而广之,赋予"言""象""意"以一般意义,判明"言""象""意"的关系。王弼首先肯定"言""象"是表达"意"的工具和手段,其意义并不在于本身而在于它们所具有的"媒介"作用,使用"言""象"是为了求得对"意"的把握。他认为:

夫象者,出意者也。言者,明象者也。尽意莫若象,尽象莫若言。言生于象,故可寻言以观象;象生于意,故可寻象以观意。意以象尽,象以言著。故言者,所以明象,得象而忘言;象者,所以存意,得意而忘象。犹蹄者所以在兔,得兔而忘蹄;筌者所以在鱼,得鱼而忘筌也。然则,言者,象之蹄也;象者,意之筌也。是故,存言者,非得象者也;存象者,非得意者也。象生于意而存象焉,则所存者乃

---

① 李梦生:《左传译注》,上海古籍出版社 2004 年版,第 803 页。
② 陈鼓应:《老子注释及评介》,中华书局 1984 年版,第 361 页。
③ 陈鼓应:《庄子今注今译》,中华书局 1983 年版,第 418 页。
④ 陈鼓应:《庄子今注今译》,中华书局 1983 年版,第 725 页。
⑤ 周振甫:《周易译注》,中华书局 1991 年版,第 249 页。
⑥ 周振甫:《周易译注》,中华书局 1991 年版,第 236 页。

非其象也；言生于象而存言焉，则所存者乃非其言也。然则，忘象者，乃得意者也；忘言者，乃得象者也。得意在忘象，得象在忘言。故立象以尽意，而象可忘也；重画以尽情，而画可忘也。①

王弼这段论述的中心意旨是表明"言""象"是得"意"的工具，依靠"言""象"把握住对"意"的认知之后，再把"言""象"都忘掉就是真正得道。若用文论的话来说，就是"言"是文学作品中所使用的语言，"象"是形象，"意"是形象所表征的意义，因此，"意"要通过"象"而表达出来，这更加确立了"象"作为一个中间环节存在于"言""意"之间的必要性。同时，"言"和"象"的关系，并不是单向的，而是一种双向的彼此依赖的关系，正如引文中所说"寻言以观象""象以言著"。

魏晋时期对"言、象、意"这一命题的考察，在哲学层面上已然非常精深，它给后世方法论上的启示是：从具体的"言""象"出发，从有限出发，而不拘于有限，然后自能进入无限的空间。

魏晋南北朝时期是文学自觉时代，这样的学术背景也正为"言、象、意"理论走进文学领域提供了良好的契机。特别是对于文学活动的认识，汉以前以及汉代都多谈"诗言志"，但到了魏晋南北朝时期，此说渐渐向"言意"的方向发展。如在陆机的《文赋》中，他对文学活动的过程是这样描绘的：

每自属文，尤见其情。恒患意不称物，文不逮意。盖非知之难，能之难也。故作《文赋》以述先士之盛藻，因论作文之利害所由，他日殆可谓曲尽其妙。②

陆机认为文学活动是一个表达或说外在化"意"而非"志"的过程。对于这一从"志"到"意"的转变，蔡宗齐认为："以'意'代替'志'，陆机有效地甩开了从前的社会政治包袱，把文学活动视为一个没有公开功用目的的美学追求。"③蔡宗齐之所以说"陆机有效地甩开了从前的社会政治包袱"，是因为通过考察魏晋南北朝之前的"诗言志"传统可以看出，"志"（有时也用"意志"）一般是指一种自发的言辞行为，其言辞内容多是对社会政治状况或事件的评述或响应。从某种角度说，这种"诗言志"的行为甚至可以看作是一种社会政治行为。但到了六朝时代，陆机笔下的"言意"是不公开的、非自发的言辞行为，文学活动在陆机眼中是非常私人的写作过程。所以，这种"意"是没有什么社会政治内涵的。也正因为此，对于作者这种私人和唯我的"意"的表达，就有了不同于"志"的表达思路，它需要作者把这种个人化的东西借助一个大众都能懂得的具有普世性质的"形象"去表达。这种"形象"在作者构思时便是一种虚幻的心象，在刘勰那里就是"意象"。借助这种"意象"，作者才有希望以有形文字为媒介创作出真正的作品。杨明曾

① 楼宇烈：《王弼集校释》，中华书局 1980 年版，第 609 页。
② 张少康：《文赋集释》，人民文学出版社 2002 年版，第 1 页。
③ 蔡宗齐著，陈婧译：《先秦汉晋言实之论与陆机刘勰的文学创作论》，《中国文学研究》总第十九辑 2012 年，第 21 页。

指出:"魏晋南朝文论与汉代主流意识——儒家的文论不同,它不再屈从、附属于政教目的,其功利性大为减弱,而审美方面、探讨文学内部规律的内容大为发展。这是魏晋南朝文论与汉代文论的重大区别,是文学进入'自觉时代'的重要标志。就这一点而言,魏晋南朝文论的发达与哲学思潮可能有相当的关系。"①

自此,古典的"言意之辨"渐渐从哲学、玄学向诗学进行转化,"言、象、意"在文论领域显出了其独特的意义和价值,从而深深地影响了后世文艺理论的发展。

二、《文心雕龙》中的"言、象、意"

若从文论的角度来看,无论"言""意"关系如何,仅仅将语言定位为达意的媒介、工具和外化形态,就会忽视语言的本体价值。从文学的角度来看"言"和"意",应该立足于文学是一种语言的艺术这样一个立场去考察"言""意"之间的关系。文学之"言"的艺术性就在于从"言"到"意"这一传达过程的中间有一个中介——"象",而"言"和"象"的关系在一定程度上也可认为是文图关系的一种表征。由此以"象"为中介环节来考察"言""意"关系便可作为文论领域内一个独有的考察角度。

首先在文论中以"象"为中介环节来考察"言""意"关系的是陆机。陆机在其《文赋》中提出了"意称物"和"文逮意"的问题。所谓"意称物"是指创作中作家构思后的思维成果,即意象和创作客体的物象彼此相称而融合;而"文逮意"则是指通过合理地运用语言文字而把主体思维后的意象成果表现出来。这两个问题形成了一个"物—意—文"的构思思路,对此,陆机是这样描述的:

> 其始也,皆收视反听,耽思傍讯,精骛八极,心游万仞。其致也,情瞳昽而弥鲜,物昭晰而互进。倾群言之沥液,漱六艺之芳润。浮天渊以安流,濯下泉而潜浸。于是沉辞怫悦,若游鱼衔钩而出重渊之深;浮藻联翩,若翰鸟缨缴而坠曾云之峻。收百世之阙文,采千载之遗韵。谢朝华于已披,启夕秀于未振。观古今于须臾,抚四海于一瞬。②

在陆机笔下的"物—意—文"其实就是"言""意"之辨中的"意—象—言",只是具体的用词不同。根据陆机的描述,构思活动的展开是以丰富的艺术想象开始的,在"精骛八极,心游万仞"的过程中,作家的思维活动与现实中的客观物象紧密结合在一起,"情瞳昽而弥鲜,物昭晰而互进",感情的加深进度和意象的建构进度是同时进行的。当艺术意象在作家的思维过程中形成之后,就需要用语言文字作为物质手段,使它具体地呈现出来。在这一"痛苦"的过程中,为了能够让艺

---

① 杨明:《关于魏晋哲学与文论关系的一些思考——读汤用彤先生〈魏晋玄学与文学理论〉志疑》,《复旦学报(社会科学版)》2012 年第 5 期。
② 张少康:《文赋集释》,人民文学出版社 2002 年版,第 36 页。

术意象有恰切贴合的语言文字加以描述,就要"倾群言之沥液,漱六艺之芳润"。可"物—意—文"的层层顺达是很难做到的,特别是在"沉辞怫悦"的阶段,也就是"意—文"的过程中,有时用言语描述意象艰难得好似在重重深渊中钓鱼,而有时用言语描述意象又容易得仿佛中箭之鸟从云端坠落。正因"意—文"之间的关系如此难以把握,陆机才于《文赋》篇首即感叹"恒患意不称物,文不逮意"。

后于陆机出世的刘勰在其"体大而虑周"[①]的《文心雕龙》中也同样指出了"言、象、意"三者之间存在的无法回避的差异性。刘勰不仅是一个文论家,也是一个思想家,他注定要以哲学的视野来考察文学创作。"言、象、意"三者之间关系的分析成为刘勰论文学创作的首篇《文心雕龙·神思》的内在论说主线。

《神思》开篇即说:

文之思也,其神远矣。故寂然凝虑,思接千载;悄焉动容,视通万里;吟咏之间,吐纳珠玉之声;眉睫之前,卷舒风云之色;其思理之致乎。故思理为妙,神与物游。神居胸臆,而志气统其关键;物沿耳目,而辞令管其枢机。枢机方通,则物无隐貌;关键将塞,则神有遁心。[②]

在刘勰看来,于寂然间开启的"思"之过程,作者是可以千载而上又万世而下的。被某一个事物或事件刺激的作者沉沦于"眉睫之前,卷舒风云之色"的"神与物游"的过程中,并不时拿语言来统筹安排作者内心中澎湃涌动之"思",并给它一个保持和定格。

这一段刘勰对构思的分析,说明了与神思交融的"物"若想以"无隐貌"的形式表达出来,就必须通过"辞令"即语言。如果没有语言,构思中"无隐貌"的"物"就无法得以展现。这里需要指出的是,刘勰对语言和意象之间关系的认识不是一维的。第一,在他看来,利用语言这种媒介,构思中的意象才能为思维所把握住,即用语言抓住闪念而出的微弱如火光的模糊之"象";第二,利用语言这种媒介,神思中闪出的点点火光才能被语言越拨越旺,最终成为如在目前的炯炯之"象"。可以说,语言不仅伴随着创作的始终,也伴随着意象生成的始终。刘勰对此的真知灼见已为当代的研究成果所认同,在文学作品生成的前两个阶段,即"意"和"象"的生成过程中也是有言语活动的,只是此时的言语活动是以内部语言的形式悄悄地进行的,仅作为一个附带的过程"黏附"在主要过程之上,但其作用不能忽视:在"意"的酝酿过程的某些点上,是需要"辞令"来聚合的,以帮助作者去把握其构思过程中的那份飘忽不定的"意"。

在上述认识的基础上,刘勰对构思的过程进一步分析:

是以陶钧文思,贵在虚静,疏瀹五藏,澡雪精神,积学以储宝,酌理以富才,研阅以穷照,驯致以绎辞,然后使玄解之宰,寻声律而定墨;独照之匠,窥意象而运

---

① 章学诚著,刘公纯标点:《文史通义·诗话》,中华书局 1956 年版,第 157 页。
② 刘勰:《文心雕龙·神思》,范文澜《文心雕龙注》,人民文学出版社 1958 年版,第 493 页。

斤;此盖驭文之首术,谋篇之大端。夫神思方运,万涂竞萌,规矩虚位,刻镂无形,登山则情满于山,观海则意溢于海,我才之多少,将与风云而并驱矣。方其搦翰,气倍辞前,暨乎篇成,半折心始。何则?意翻空而易奇,言征实而难巧也。是以意授于思,言授于意,密则无际,疏则千里。或理在方寸而求之域表,或义在咫尺而思隔山河。①

"虚静"和"澡雪"是说一个作家在构思的过程中要保持内心的"无",忘记一切,全身心地投入对文学作品的构思中来。而在落笔之前,"学"与"才","辞"与"声"最终使神思之物得以成形。对于"窥意象而运斤",陆侃如、牟世金注曰:"窥:视。意象:意中之象,指构思过程中客观事物在作者头脑中构成的形象。"②所谓"意中之象",即心灵里或冥想中所生发出的"象",虽说是"构成的形象",但这一形象只要不形诸物质载体之上,便始终在不断地生成中,并期待被"规矩虚位,刻镂无形"之"言"带出。

对神思的描述至此,刘勰对构思的过程提出一个表述思路,即"思—意—言",这同前述陆机所言之"物—意—文"的关系是大致相同的。这种相同首先表现在:刘勰所谓"思"和陆机所谓"物"指构思这一精神活动或所要构思的客观物象,刘勰所论之"意"和陆机所论之"意"均乃艺术构思后的思维成果,也就是意象,而刘勰所用之"言"和陆机所用之"文"也都是语言的意思。其次,他们对构思过程的剖析基本一致,即从物象进入主体的构思中,渐次生成意象,再从意象的内在于构思主体到构思主体将其形诸物质载体。最后,无论是刘勰认为既可能"密则无际"也有可能"疏则千里"的"意授于思,言授于意",还是陆机"恒患"之"意不称物,文不逮意",这些都反映了他们对"思""意""言"或说"物""意"文"三者之间存在着差异性的认识。也正是因为这个差异性,才带来了"言不尽意"的痛苦,这正是"方其搦翰,气倍辞前;暨乎篇成,半折心始"。当作者提笔之时,气势充沛、文思泉涌;而一旦成篇,却与原先所想相差甚远。造成这种情况的原因是"意翻空而易奇,言征实而难巧也",容易出奇的意象和讲究实在的语言之间的转化是有难度的。作者构思后脑中幻化出的那个意象,是可以随意"骛八极""游万仞""接千载""通万里"的真切可寻、如在目前的"象"。但若要描述出此"象",人类的物化语言远没有人类思维的那份超越和无限。对此,黄侃解释道:"寻思与文不能相傅,由于思多变状,文有定形;加以研文常迟,驰思常速,以迟追速,则文歉于意,以常驭变,则思溢于文。"③至此,刘勰对审美主体思维机制的关注已经从一般的外部形态描述进入内在本体原因的分析,从陆机肇始的语言工具论导向了语言本体论,他探讨的是文思的生成,和内部语言能否充分而有效地转化

---

① 刘勰:《文心雕龙·神思》,范文澜《文心雕龙注》,人民文学出版社 1958 年版,第493—494 页。
② 陆侃如、牟世金:《文心雕龙译注》,齐鲁书社 1982 年版,第87 页。
③ 黄侃:《文心雕龙札记》,中华书局 1962 年版,第92 页。

为外部语言的问题。

当然现代心理学的成果显示,内部语言充分而有效地转化为外部语言不是件易事。因此,内部语言所具有的片段性、简略性、压缩性、超语法性等特点,与外部语言所具有的完整性、规范性等特点是完全错位的,这就导致了"言不尽意"的客观结果。"这样一种对情感生活的认识,是不可能用普通的语言表达出来的,之所以不可表达,原因并不在于所要表达的观念崇高之极、神圣之极或神秘之极,而是由于情感的存在形式与推理性语言所具有的形式在逻辑上互不对应,这种不对应性就使得任何一种精确无误的情感和情绪概念都不可能由文字语言的逻辑形式表现出来。"①的确,"由于情感的存在形式与推理性语言所具有的形式在逻辑上互不对应"造成了"言"无法做到对"意"的直达。因此,必须用"象"来表达。同时,作家在"象"这个过程会展开联想、想象,并以表象记忆为基础,在此之上对原有表象进行重构。因此,"象"的构思过程也绝非是对作者表现记忆的复写或重现,而是一个真正的创造性的过程,是一个融再现与表现于一体的审美意象的创造过程。所以,借助"象"完成由"意"到"言"的递进,实现从内部语言向外部语言的有效转化,便是刘勰文图理论中的理论基点。

那么具体到文学创作中,"思""意""言"三者之间究竟是如何互动才达到文学作品内蕴的完美呈现呢?上文提到,"神思"的有效成果是生成意象,但这个生成的过程并非从主体之情志到构思中的意象这样一个单向的过程,而是一种你来我往,情景交融的双向交流过程。我们先来看一下视艺术为人类情感的符号形式的美国著名艺术理论家苏珊·朗格是怎样描述这个过程的,她在《艺术问题》一书中说:

这样一些东西在我们的感受中就像森林中的灯光那样变幻不定、互相交叉和重叠,当它们没有互相抵消和掩盖时,便又聚集成一定的形状,但这种形状又在时时地分解着,或是在激烈的冲突中爆发为激情,或是在这种冲突中变得面目全非。②

在这段论述里,苏珊·朗格认为,艺术符号所传达的是一种极其复杂又特殊的内在于内心的"东西",这"东西"里有情感、欲念、感知、想象和理解,当然核心应该是情感。这"东西"来自外在现实,是作家在现实生活的"千淘万漉"后,对现实生活的一种认识和反映。同时,这种认识也是一种审美观照和审美体验、审美感悟和审美发现。千余年前的刘勰对这个阶段的认识同苏珊·朗格一样,也是强调情感对于酝酿的巨大作用。《神思》篇有云:"夫神思方运,万涂竞萌,规矩虚位,刻镂无形。登山则情满于山,观海则意溢于海。"对作者来说,刚开始创作的时候,客观外物纷纷涌至作者的目前,构思初期作者的情感一下子被激发出来,

---

① 苏珊·朗格著,滕守尧等译:《艺术问题》,中国社会科学出版社1983年版,第87页。

② 苏珊·朗格著,滕守尧等译:《艺术问题》,中国社会科学出版社1983年版,第21页。

并把情感投入到眼前的景色之中。随着景色的变换而再激发出不同的情感,所以才会登山则将情投之于山,观海就把情撒向大海。整个过程主体情感汹涌澎湃,而这种主体情志和自然万物的交感就是艺术构思的鲜明特征。

为了能够将自己的情志和精神感悟传递给读者,作家就要"神用象通,情变所孕",在用"象"通"神"的过程中,作家要做到"物以貌求,心以理应"①。这种心物交感,在《文心雕龙·物色》篇中有精到的描述:"写气图貌,既随物以宛转;属采附声,亦与心而徘徊。"②此处的"写气图貌"和"属采附声"便是前文所说的"辞令管其枢机"的问题。融合了主体情志的客体外物,此时便成了渗透主体之"意"的"意象"。刘勰将"言、象、意"这一哲学命题带入文学领域,至此在构思阶段,"意"完全超越了其本身的哲学层面的普通意义,而真正上升为诗学或美学的范畴。

而对于从"象"至"言"这个层面,我们都清楚,当作家想把这一审美意象表达于物质载体之上的时候,"言"作为一种外部的书面的言语活动便开启了它的"痛苦"的历程。之所以说"痛苦",是因为"言"与"象"之间的异质性和不对应性。作家要做的就是用抽象之"言"去表现具体之"象";或者说,把具体之"象"投射到抽象之"言"上,这种难度又怎能不会让作家感到"痛苦"呢?但虽说过程痛苦,可细数古往今来大量优秀的文学作品,可以看到很多作家都在历经痛苦之后,成功地塑造出了流传百世的艺术形象,像杜丽娘和朱丽叶,哈姆雷特和孔乙己。这种"言"和"象"的成功对接,一是由于在语言系统中,就某个单独的词来看可能具有一定的抽象性,但如果按某种方式把这些词联系成句子,就可能构成对某种形象的赋写和描绘,就可能从这些句子中透露出形象来。再者,作家在描绘形象时还可以创造性地运用一些特殊的表达技巧和手段以强化语言的造型性和表现力。诸如字形、音韵、声调、隐喻、叙事视角等技巧和手段的运用,都可以加强语言的形象表现力。

当代的研究成果已经对文学创作的最后一个阶段——书写阶段有很全面的揭示,在刘勰的理论中,他则用"隐秀"很巧妙地从美学的角度做了阐发。《文心雕龙·隐秀》篇开篇即表明:"隐也者,文外之重旨者也;秀也者,篇中之独拔者也。隐以复意为工,秀以卓绝为巧。"③范文澜注曰:"重旨者,辞约而义富,含味无穷,陆士衡云'文外曲致';此隐之谓也。独拔者,即士衡所云'一篇之警策'也。"④刘勰借"隐秀"提出了他对文学的要求,作品要有多重意旨,让读者能从中感受到丰富的趣味;作品的语言要秀拔、秀丽,举例来说如《诗经》中"灼灼状桃花

---

① 刘勰:《文心雕龙·神思》,范文澜《文心雕龙注》,人民文学出版社 1958 年版,第 495 页。
② 刘勰:《文心雕龙·物色》,范文澜《文心雕龙注》,人民文学出版社 1958 年版,第 693 页。
③ 刘勰:《文心雕龙·隐秀》,范文澜《文心雕龙注》,人民文学出版社 1958 年版,第 632 页。
④ 刘勰:《文心雕龙·隐秀》,范文澜《文心雕龙注》,人民文学出版社 1958 年版,第 633 页。

之鲜,依依尽杨柳之貌,杲杲为出日之容,瀌瀌拟雨雪之状"①便是"秀句"中的翘楚。刘勰之所以提出"隐秀",与南朝时文学创作中"辞人爱奇,言贵浮诡,饰羽尚画,文绣鞶帨:离本弥甚,将遂讹滥"②的创作倾向分不开的。过于追求言辞的华丽新奇,而弱于营造隐藏在言辞之下的曲包之意,刘宋初年文坛的这种倾向与中国自古以来的"微言大义"之传统是相背离的。所以刘勰在此重申,文学的语言要秀美、秀丽、独拔、卓绝,但也要"言有尽而意无穷"③,也就是《隐秀》篇"赞"中所说的"余味曲包"。黄侃曾这样评论过《隐秀》,他说:"然隐秀之原,存乎神思,意有所寄,言所不追,理具文中,神余象表,则隐生焉;意有所重,明以单辞,超越常音,独标茗颖,则秀生焉。"④这段分析清楚地说明了"神思"中的"隐秀"。经过"神思"之后内构出的意象,如果用语言表达出来便是"明象",就是"秀",而作者的那份"意"则是"隐"的部分,言辞秀拔而含义隐微,便是文学创作最后一个书写阶段要做到的美学要求。刘勰虽然不是第一个确立意境理论的人,却是奠定了基础的人。他让"言不尽意"的哲学问题在文学理论的范畴内演化出对"言外之意""文外曲致"的美学追求。

刘勰对"言不尽意"诗学价值的挖掘和美学意义的阐发是前无古人的,这不仅反映出中国古代诗歌语言表达能力不断提升的事实,也彰显出中国古代所追求的一种超越语言有限性的文化精神,以"言不尽"作为诗歌创作的出发点,以"意无穷"作为最终的归结点,这与一些西方现代语言哲学思想是相契合的。如巴赫金在其《文学作品的内容、材料与形式问题》中提出:

艺术家在语言上所做的大量工作,其最终目的是克服语言,因为审美客体是在话语的界限内,即语言本身的界限内生成的;但是,对材料的这种克服,具有纯内在的性质,艺术家不是通过否定,而是通过对语言的内在提炼,摆脱语言学规定性上的语言;艺术家仿佛就是用语言自己的语言武器来战胜语言,从语言学角度提炼语言,从而迫使语言超越自身。⑤

语言的窘境其实从某种程度上促进了其"内在的完善",迫使艺术家从语言自身去寻找出路,寻找语言的潜力。刘勰在《文心雕龙》中就极大地肯定了语言的潜在诗性能力,说明"言与意的矛盾和差异恰恰为诗学语言提供了可以发挥其能动性的余地,'意'乃无限精微、深远难尽,而言则可含蓄蕴藉、余味曲包,以'情在词外'来包孕意的无限性。这样一种思维方式和语言策略极大地促发着人们不断突破语言作为载体的僵化陈规,而开掘语言自身的隐喻、象征及意义的生产和呈现机制,使语言能显现万物的存在,其本身成为存在的言说。而这正是刘勰

---

① 刘勰:《文心雕龙·物色》,范文澜《文心雕龙注》,人民文学出版社 1958 年版,第 693 页。

② 刘勰:《文心雕龙·序志》,范文澜《文心雕龙注》,人民文学出版社 1958 年版,第 726 页。

③ 郭绍虞:《沧浪诗话校释》,人民文学出版社 1961 年版,第 24 页。

④ 黄侃:《文心雕龙札记》,中华书局 1962 年版,第 197 页。

⑤ 巴赫金:《巴赫金文论选》,中国社会科学出版社 1996 年版,第 294—295 页。

在《文心雕龙》中对语言诗性特征确立的价值"①。

由上可知,刘勰通过阐释文学构思中的"思—意—言"的互动和转化进程完成了言意之辨的诗学转换。这一诗学转换让"言、象、意"在文学领域成为了一个由表及里的审美层次结构。而这一转化中最值得强调的是,刘勰对哲学命题"言、象、意"中"象"的内涵作了彻底的改变,从而推进了言意之辨的诗学转换。钱锺书在《管锥编》中论《易》象和《诗》兴时说:"《易》之有象,取譬明理也,'所以喻道,而非道也'(语本《淮南子·说山训》)。求道之能喻而理之能明,初不拘泥于某象,变其象也可;及道之既喻而理之既明,亦不恋着于象,舍象也可。到岸舍筏、见月忽指、获鱼兔而弃筌蹄,胥得意忘言之谓也。词章之拟象比喻则异乎是。诗也者,有象之言,依象以成言;舍象忘言,是无诗矣,变象易言,是别为一诗甚且非诗矣。故《易》之拟象不即,指示意义之符(sign)也;《诗》之比喻不离,体示意义之迹(icon)也。不即者可以取代,不离者勿容更张。"②钱锺书在这段话里指出,哲学语言只是摆明论点、陈述道理的工具而已,一旦所要说的论点和道理说清了,比喻也就失去了其意义,这正是"到岸舍筏、见月忽指"。但文学语言本身就是目的,"诗"是"有象之言",而且还是"依象以成言",文学作品是靠形象去感染和启迪读者,是断不会"舍象忘言"的。如果"变象易言",此作品就非文学作品了。所以,文学中的"象"不仅是从此岸到彼岸的桥梁,同时也有其独立的存在地位。赵宪章在《文学与图像》第一卷中说:"文学就是'语象'的艺术,'象'使文学作为语言文本确立了它的自主性"③,是"象"让语言的艺术性最终产生了有别于哲学语言的文学语言和文学作品。从"神用象通"到"境生象外",刘勰很看重"象",很推崇"象",他用"象",试图解决文学创作领域"言不尽意"的千古困局。

第二节　天象、地形与人文

刘勰所处的齐梁时代,思想纷呈,学派林立,学者们乐于在本质与现象、运动与静止、认识和对象、天道和人事等方面展开新的探讨。上一节我们已经提到,刘勰是站在哲学的高度上来考察文学创作的,对于文学的起源问题,他也是从"自然之道"的角度予以考察的。

一、天象与地形之美

首先我们要明确,"自然"在中国文学的传统中有两重意思,第一是说与人类

---

① 贾奋然:《文心雕龙"言意之辨"论》,《中国文学研究》2000 年第 1 期。
② 钱锺书:《管锥编》第一册,中华书局 1979 年版,第 12 页。
③ 赵宪章、顾华明主编:《文学与图像·创刊辞》(第一卷),江苏教育出版社 2012 年版,第 2—3 页。

社会相对应的自然界。这个自然界之"自然"最早是被人们用来当作"致用"和"比德"的材料，以及人物活动环境的背景。直至大赋出现，再到山水诗的兴起，自然界之"自然"不仅仅是"致用"和"比德"的材料，更是审美的主要对象。而另外一重意思，是说创作方法要从眼前的自然景物出发，表现生动而真实的自然世界，但又不囿于其中，最终表现出的是山水的精神意趣。六朝时期人的觉醒很大程度是表现在士大夫对自然山水的钟爱上，这一觉醒带来了对自然山水审美意识的发现和拓展；反过来说，这种觉醒和拓展又深化了人们对艺术审美特征的认识，从而促进了自然山水文学和绘画的大发展。

在这种思想氛围中的刘勰，对于文学从何而来的考察，就是从自然中寻找答案的。刘勰认为自然界一切事物皆有"文"：

> 傍及万品，动植皆文：龙凤以藻绘呈瑞，虎豹以炳蔚凝姿；云霞雕色，有逾画工之妙；草木贲华，无待锦匠之奇：夫岂外饰，盖自然耳。①

> 若乃山林皋壤，实文思之奥府，略语则阙，详说则繁。然屈平所以能洞监《风》《骚》之情者，抑亦江山之助乎！②

有着艳丽鳞羽的龙凤，有着华美皮毛的虎豹，无须画工点染就赏心悦目的五彩云霞，不劳匠人修饰就夺人眼目的朵朵鲜花，这种种"山林皋壤"之间的动物和植物本身就是最美的篇章。因此，刘勰直言这美丽的大自然"实文思之奥府"，在他看来自然界的各种事物都是作者可以取材的源泉。"山林皋壤"不仅是作者可以取材的源泉，它本身的存在还能引起人们愉悦之情。我国古人早有体察，如《庄子·知北游》中就说："山林与！皋壤与！使我欣欣然而乐与！"③此外，刘勰不仅从内容上指出大自然对文学写作的重要性，更极富真知灼见地从文学的形式角度，考察了大自然对文学创作的影响。如《文心雕龙·丽辞》篇："造化赋形，支体必双；神理为用，事不孤立。夫心生文辞，运裁百虑；高下相须，自然成对。"④所谓"丽辞"是谈语言的对偶，属于形式技巧问题，但刘勰一样认为，大自然赋予万物的形体，本来就是成双成对的，所以"事不孤立"乃是自然而然的。

回首看一看南朝时的诗歌创作，正如清沈德潜在《说诗晬语》中所言："诗至于宋，性情渐隐，声色大开，诗运一转关也。"⑤南朝诗人在诗歌创作上"情必极貌以写物"，非常乐于表现对自然山水景物的描写与刻画。因此才有了"宋初文咏，体有因革，庄老告退，而山水方滋"⑥。刘勰更是在《物色》篇中直言山水诗"窥情风景之上，钻貌草木之中"，可谓对声色物象极尽描摹之能事。山水诗的蔚然兴

---

① 刘勰：《文心雕龙·原道》，范文澜《文心雕龙注》，人民文学出版社 1958 年版，第 1 页。

② 刘勰：《文心雕龙·物色》，范文澜《文心雕龙注》，人民文学出版社 1958 年版，第 694—695 页。

③ 陈鼓应：《庄子今注今译》，中华书局 1983 年版，第 588 页。

④ 刘勰：《文心雕龙·丽辞》，范文澜《文心雕龙注》，人民文学出版社 1958 年版，第 588 页。

⑤ 沈德潜著，霍松林校注：《说诗晬语》，人民文学出版社 1979 年版，第 203 页。

⑥ 刘勰：《文心雕龙·明诗》，范文澜《文心雕龙注》，人民文学出版社 1958 年版，第 67 页。

起,让自然与人的距离,自然与人文的距离,自然与文学的距离都有了更进一步的拉近。此时山水诗与自然的关系,便真如叶燮所说:"诗者,天地无色之画。"①

在这一文学创作潮流涌动中的刘勰,在《原道》里反复阐释的一个核心问题就是人与自然的关系。对于广阔的自然来说,人是渺小的,而人之文更是从天之文和地之文中萌生出来的。对于这个问题刘勰是站在哲学的高度上去探索文学之奥秘的:

> 文之为德也大矣,与天地并生者何哉! 夫玄黄色杂,方圆体分,日月叠璧,以垂丽天之象;山川焕绮,以铺理地之形:此盖道之文也。仰观吐曜,俯察含章,高卑定位,故两仪既生矣。惟人参之,性灵所钟,是谓三才。为五行之秀,实天地之心,心生而言立,言立而文明,自然之道也。②

从宇宙混沌到天地分判,日圆月满,如交替出现的两块璧玉,显示出美丽的天象;山明水秀,如色彩华丽的锦缎,展现出条理清晰的地形。刘勰以为,这都是"道之文",也就是说,随着天地万物之产生,天地之"文"也就产生了,这是不以人的意志为转移的规律。这个天地之"文",其实质即为天地之美,是自然界的美。主持编撰《四库全书》的纪昀曾说:"文以载道,明其当然;文原于道,明其本然。"③何为"本然",刘永济《文心雕龙原道篇释义》曰:"此篇论文原天道之文。既以日月山川为道之文,复以云霞草木为自然之文,是其所谓道,亦自然也。"④刘勰把《原道》置于《文心雕龙》的首位,充分表明他认可中国文学所一以贯之的人与自然相交融的表达方式。刘勰认为天上呈现出光辉的景象,地上展露出绚丽的风光,天地之间则出现了富有聪明才智的人类;人这一宇宙间最特殊的,也是最有创造性的精灵,永远跟宇宙是一个不可分割的整体,也就是刘勰说的天、地、人成为"三才"。但同时,作为天地之中心的人,作为天地之主宰的人,在天地都尚且有"文"的前提下,人类之文也必将产生,这正是"心生而言立,言立而文明,自然之道也"。人类产生了表达内心世界的语言,有了语言,便会形成文章,这是自然而然的道理。在充分回答了"与天地并生者何哉"的问题后,他在论证人类之文产生的合理性和必然性时提出了一个经典的反问:"夫以无识之物,郁然有彩,有心之器,其无文欤!"⑤自然之物都有文采,那有感官、有思想、有意识的人怎能不通过自然之物形成自己的文章呢? 在文学自觉的六朝时代,刘勰将作者的主动性充分地提了出来。在"日月叠璧,以垂丽天之象;山川焕绮,以铺理地之形"的自然中,作为"三才"之一的人必定会将"天之象""地之形"纳入文学创

---

① 叶燮:《赤霞楼诗集序》,于民主编《中国美学史资料选编》,复旦大学出版社 2008 年版,第 496 页。

② 刘勰:《文心雕龙·原道》,范文澜《文心雕龙注》,人民文学出版社 1958 年版,第 1—2 页。

③ 转引自詹锳:《文心雕龙义证》,《詹锳全集》(卷一),河北教育出版社 1989 年版,第 1 页。

④ 刘永济:《文心雕龙校释附征引文录》,武汉大学出版社 1989 年版,第 1 页。

⑤ 刘勰:《文心雕龙·原道》,范文澜《文心雕龙注》,人民文学出版社 1958 年版,第 1 页。

作的视野，"登山则情满于山，观海则意溢于海"①，于是自然界在人类的笔下便有了一幅新的图像，那便是"人文"的世界。

对于"人文"世界的创设，刘勰的表述是：

> 人文之元，肇自太极，幽赞神明，易象惟先。庖牺画其始，仲尼翼其终。而乾坤两位，独制文言。言之文也，天地之心哉！若乃河图孕乎八卦，洛书韫乎九畴，玉版金镂之实，丹文绿牒之华，谁其尸之，亦神理而已。②

伏羲首先画了八卦，孔子为了阐述其理写下了"十翼"，即《上彖》《下彖》《上象》《下象》《上系》《下系》《文言》《说卦》《序卦》《杂卦》。其中《文言》是对《乾》《坤》二卦的解释，所以刘勰说："而乾坤两位，独制文言。言之文也，天地之心哉！"他是要用孔子特地为象征天地的《乾》《坤》二卦而作《文言》这一例证说明言之有文乃"自然之道"。同时，不仅《文言》的产生体现了"自然之道"的精神，而且相传黄河中有龙献图而孕育八卦，洛水中有龟献书而编成洛书，还有玉版上刻着金字，绿简上刻着红字等等人文现象，它们的产生也都是由"神理"——"自然之道"所主宰的。

具体到"人文"世界的历史，刘勰从文字的产生"鸟迹代绳"谈起，并将"人文"代表定位于符合"自然之道"精神的典籍——那些文质彬彬、辞采芬芳，同时还具有强大的感染力和教育作用的文，如商周时代的《雅》《颂》等。到了孔子，则"独秀前哲"："熔钧六经，必金声而玉振；雕琢情性，组织辞令，木铎起而千里应，席珍流而万世响，写天地之辉光，晓生民之耳目矣"③。由孔子来整理"六经"，则"六经"必有文质彬彬的集大成风范，同时，这些能够抒发思想感情的言辞美妙的华章具有巨大的感召力，从而实现描写天地之辉光、开启世人之聪明的重要作用。至此，"自然之道"的精神已经找到了最符合其内涵的载体那就是文之"道"，同时，刘勰还指出集中体现文之"道"理想的代表，就是圣人：

> 爰自风姓，暨于孔氏，玄圣创典，素王述训，莫不原道心以敷章，研神理而设教，取象乎河洛，问数乎蓍龟，观天文以极变，察人文以成化；然后能经纬区宇，弥纶彝宪，发辉事业，彪炳辞义。故知道沿圣以垂文，圣因文而明道，旁通而无滞，日用而不匮。易曰：鼓天下之动者，存乎辞。辞之所以能鼓天下者，乃道之文也。④

《易》由伏羲始创，孔子阐释。先圣们从《河图》和《洛书》那里学到了法式，用蓍草和龟甲来占卜吉凶，凭借"观乎天文，以察时变；观乎人文，以化成天下"⑤。自然之道依靠圣人而留存在文章里面，圣人通过文章阐发自然之道，方能通行无

① 刘勰：《文心雕龙·神思》，范文澜《文心雕龙注》，人民文学出版社1958年版，第493—494页。
② 刘勰：《文心雕龙·原道》，范文澜《文心雕龙注》，人民文学出版社1958年版，第2页。
③ 刘勰：《文心雕龙·原道》，范文澜《文心雕龙注》，人民文学出版社1958年版，第2页。
④ 刘勰：《文心雕龙·原道》，范文澜《文心雕龙注》，人民文学出版社1958年版，第2—3页。
⑤ 郭丹：《先秦两汉文论全编》，上海远东出版社2012年版，第12页。

阻,用之不竭。文辞最终能发挥鼓动天下之作用,乃是由于它符合自然之道的缘故。刘勰再次从自然之道的角度去谈人文,并将圣人作为从"自然之道"到人类之文、从"道之文"到"文之道"的理论中介,正所谓"道沿圣以垂文,圣因文而明道"。

刘勰在《征圣》篇举例说,宋国招待贵宾,因宾主谈话都富有文采,所以孔子让弟子予以记录,这正是"以多文举礼"。此外,孔子还赞扬因为善于辞令而为国立功、所谓"以文辞为功"的郑国的子产,说他"言以足志,文以足言"。需要指出的是,刘勰从《原道》篇谈"文"开始,对"文"的分析是从天象、地形之美来谈的。所以,他论的"文"无论从哪方面看,也都可以说是"美"的同义语。因此,通过上述刘勰对孔子这位圣人的"征",我们可以看出刘勰的"征圣",实际上仍然是在验证"自然之道",证明人类有美的文的合理性和必然性。

那么具体到这些圣人们的"人文"成果,就该是那些"恒久之至道,不刊之鸿教"的经典了,它们乃是永恒的真理、不变的教义。它们"洞性灵之奥区,极文章之骨髓""义既极乎性情,辞亦匠于文理"[①];换言之,只有那些深入人的灵魂,表现人的性情的文章才是经典,才是能够反映"自然之道"的经典。

刘勰所谓"本乎道,师乎圣,体乎经"[②],实际上在论述文学本质的基础上,确立了文章写作的法则。在他看来,第一,文是美的,天地万物的"无识之物"都"郁然有彩",更何况我们这些"有心之器"的人呢? 所以,我们人类也必然有"无识之物"那般"郁然有彩"的美的文。第二,文章之美在于表现人的心灵世界,所谓"心生而言立,言立而文明",人类必然有美的文是因为人类独具思想感情。第三,文章之美应当遵循"自然之道",应该向天地学习,自然而然不加"外饰",这正是"夫岂外饰,盖自然耳",所谓"形立则章成矣,声发则文生矣",皆为此意。第四,文章之美的理想是文质彬彬、辞采芬芳,美也有度,只有做到无过无不及才能"金声而玉振"。第五,这种"文"便具有了巨大的艺术感染力和教育作用,所谓"写天地之辉光,晓生民之耳目矣"[③]。

通过上述分析,可以看出,刘勰通过天象、地形、动物、植物的自然之美,探讨了人文的本质。他的这一做法不仅体现了文艺自觉时代先进的文艺观念,又为纠正齐梁时期过分注重形式雕琢而忽略自然之美的"讹滥"文风指明了正确的方向。

二、人文之象

在上述对天象、地形、人文之间关系论述的基础上,我们还应该考察一下从

① 刘勰:《文心雕龙·宗经》,范文澜《文心雕龙注》,人民文学出版社 1958 年版,第 21 页。

② 刘勰:《文心雕龙·序志》,范文澜《文心雕龙注》,人民文学出版社 1958 年版,第 727 页。

③ 刘勰:《文心雕龙·原道》,范文澜《文心雕龙注》,人民文学出版社 1958 年版,第 1—2 页。

天象、地形到人文的"转换"过程的思维是如何的。

刘勰在《原道》篇认为"人文之元,肇自太极"。"易象"这种形成于殷商之际的卦爻符号,是有图形可见的可感知之象。它从经验世界出发,最终又落回到具体感性之中。《易传·系辞》说"见乃谓之象",突出的就是"象"的直观可视性。刘勰从卦爻象开始谈文学,表现了他的真知灼见和哲学高度。自先秦以来,中国的思维传统就表现出重象、重直观的特点,后人对这种思维方式定名为"观物取象"或"取象思维"。这种思维方式起源于原始时代,发展形成于《易经》。卦爻象正是"观物取象"的结果,"圣人有以见天下之赜,而拟诸其形容,象其物宜,是故谓之象"。① 圣人对天下的幽深有所洞察,于是模拟了它们的形貌,象征物的意义,因此称之为象。正是这种观物取象的思维,才产生了八卦。即所谓乾为天,坤为地,震为雷,巽为风,艮为山,兑为泽,坎为水,离为火。可见,卦爻象是通过对天地、鸟兽、人物即宇宙万物的综合观测,后经概括、抽象、简化而来,是自然界物象的一种显现和传达,同时更是中国古人试图表现宇宙万物变化的一种方式和揭示事物本质的一种尝试。由此,我们可以说《易经》是通过"形象",一种"抽象"的形象,来说明哲理的。这类"形象",以两种方式体现:一是依赖于卦爻象的暗示,一是借助于卦爻辞文字的描述。用这两种方式相结合后所展示的《易》象,融会贯通,互相依存,共同表达《易经》的内在意义。《易》象的本质,在于取"形象"以尽"意",即立象尽意。我们可以举个例子,如《困·六三》爻辞:"困于石,据于蒺藜,入于其宫,不见其妻,凶。"这是说一个人被石头绊了一跤,伸手又抓在蒺藜上面,回到家中,又不见了妻子,故筮遇此爻凶。这个爻辞所说明的抽象道理是人处困境切不可依靠坏人,否则没有好下场,但这个抽象道理是通过具体事物的表述来展现的。赵宪章在《语图符号的实指和虚指——文学与图像关系新论》一文中,对这种用"相似性"的"语象如画"的方式来说明抽象事理之文本进行了分析,他说:"只有超越语言,借助图像的相似性原理,才能理解它(语象)的真义。这就是语言进入艺术世界之后的意指形制——溢出'字面义'的'语象义'。其中,从'字面义'向'语象义'的延宕,就是语言从实指向虚指的延宕,即语言从观念符号向语象符号的变体。这时,'语象'作为艺术符号,它的意指已经漂移出自身的本义而变体为'喻体'虚指,并通过'相似性'和'喻旨'发生意义关联。语言进入艺术之后,就是这样由'任意性'变身为'相似性',类似图像生成机制的'语象机制'由此生成。"② 以前面所举爻辞之例来说,它的整个爻辞就是由语言构成的"语象隐喻",即以"语象如画"间接地、迂回地表达真正的意指,即某一方面的人生哲理。文学语言就是这样通过"语象"中介和图像发生了必然联系。

同时,在中国古代哲学领域及文论领域,这种能够建构出"语象隐喻"的思维

① 郭丹:《先秦两汉文论全编》,上海远东出版社 2012 年版,第 19 页。
② 赵宪章:《语图符号的实指和虚指——文学与图像关系新论》,《文学评论》2012 年第 2 期。

方式,或说用对具体事物的描述去启发人们的想象,及说明一个抽象事理的思维方式,即"取象"思维方式。对这种思考方式影响下的中国文学,闻一多曾有很精准的表达:"在我们中国文学里,尤其不应当忽视视觉一层,因为我们的文字是象形的,我们中国人鉴赏文艺的时候,至少有一半的印象是要靠眼睛来传达的。"①朱良志曾联系中国古代文论中的"直寻说""直致说"等,阐释了中国的整个抒情艺术对感觉效果的强调程度之高,和其自身所具有的"鲜明、逼真、传神、豁人耳目、如在目前"的特点。② 可以说,这是我国古代艺术表达的一种民族特色,这种民族特色的文化根源和美学根源,正在于这种"见乃谓之象"的思维方式。

当人掌握了这种思维方式,以这种思维方式来思考世界、人生与自然的时候,对于文学起源的考察,就会产生直接的影响。在刘勰看来,仰观苍天,日月星辰发出耀眼的光芒;俯察大地,山川万物蕴含着秀美的景象。高低有序、上下定位,因此也就出现了象征天地、阴阳等相对立而并存的"两仪"。而人与天地并生,合称"三才"。人为性灵所钟,乃天地之心,从而由心产生了语言,又由语言产生了文学。刘勰对"人文"起源的分析,表明了他对《周易》观物取象的思维方式有着深刻的理解和自觉的运用,他对"弥纶天地之道"的易道之象有着独到的理解和认识,并最终在对文学创作的探讨中,将这种易之象向文之象的方向转换。当今哲学界热议的"象思维"问题,或许可以较好地说明为什么从易之象向文之象的转换会那么水到渠成。最早明确提出"象思维"这一概念的王树人指出:"象思维富于诗意联想,具有超越现实和动态之特点……象思维具有混沌性,表现为无序、无规则、随即、自组织等……象思维在'象之流动与转化'中进行,主要有比兴、象征、隐喻等形式……象思维在诗意联想中趋向一种主客一体的体悟。"③对深深根植于中国古代传统文化及思维方式中的象思维有深刻体悟的刘勰,清楚地认识到可以借用这种哲学的思考方式去考察文学的产生和创作。因此,在他看来,日月山川、龙凤虎豹、云霞草木等等天地动植之文,若不经由人的介入(感应、观照等),在内心中进行融通和转化,并以一定的形式呈现出来,那就仍然是现实中的具体之象。在这个转换的过程中,他突出了"万物之灵"人的作用,凸显了文由心明、象由心生的道理。

而人之所以能够将天象地形进行转换,是因为作为"有心之器"的人,心中有情,胸中有志,于是天与地都可照射上情志的光与色,让这些自然之物在作品中成为注入了生命主体之内在灵性的崭新的天之象和地之象。王树人曾指出,"'情志'筑象,乃是一切美的创造所必须遵循的最基本的原理。"④"在人所及的

① 闻一多:《诗的格律》,《唐诗杂论·诗与批评》,三联书店 1999 年版,第 167—168 页。
② 朱良志:《中国艺术的生命精神》,安徽教育出版社 1995 年版,第 162 页。
③ 王树人:《中国哲学与文化之根》,《河北学刊》2007 年第 5 期。
④ 王树人:《回归原创之思——"象思维"视野下的中国智慧》,江苏人民出版社 2012 年版,第 341 页。

世界中,'情志'是一种经天纬地的光与色。'情志'之所及,如同画家在画布或画纸上着色的笔,所到之处笔走龙蛇,水流山青,霞蒸云锦,气象万千。正是'情志'所孕育所抒发的诗意光芒,才使世界变得光辉灿烂。无论悲欢离合,也无论哀怨愁苦,只要是其情真切而自然地流淌,都能显现出动人的流美。①从这个理论基础上,比对魏晋南北朝时期的思想及文学创作状况及其发展过程,更可以看出情志作为我们"有心之器"的独特之处,以及在将天象和地形转换为人文的过程中的重要作用。

魏晋南北朝时期,文人们不再去理会汉儒所谓"性善情恶"的偏见,转而追求"逍遥"和"适性",并毫不避讳地将"情"作为人性的一部分而主张尚情。"竹林七贤"之一的王戎更是直言:"情之所钟,正在我辈。"李泽厚说:"如果说,人的主题是封建前期的文艺新内容;那么,文的自觉则是它的新形式。""文的自觉(形式)和人的主题(内容)同是魏晋的产物。"②的确,当这种思想领域的风尚影响到了文学创作领域,这一时期文学表现的主要对象便是人,文学表现的主要内容便是人的性情。于是曹操的乐府诗"感于哀乐,缘事而发"③,曹植的诗"情兼雅怨"④,王粲作诗"发愀怆之词"⑤。而文学理论领域内也出现了情感美论,如陆机的"诗缘情而绮靡""言寡情而鲜爱"⑥,挚虞的"情之发,因辞以形之",诗"以情义为主"⑦等等。

刘勰更是在前人基础上,于《文心雕龙》中专列《情采》一篇,专论"情"。刘勰认为,世间的文采有三种,一为天文,二为地文,三为人文。其中人文又有三种:"一曰形文,五色是也;二曰声文,五音是也;三曰情文,五性是也。五色杂而成黼黻,五音比而成韶夏,五性发而为辞章,神理之数也。"⑧刘勰把文章称为"情文",说明他认为"情"是文章之美的所在。还说:"物以情观,故词必巧丽。"⑨意即如果用情感去观照客观外物,写出来的文辞肯定巧妙且美丽。但如果"繁采寡情,味之必厌",⑩意即再繁复的文采,少了情感,也是不会为读者所认同的。所以,"情"才是文学创作的主要内容。甚至,对于文人来说,情感的重要程度都能直接决定他是否具备文人之身份。可见,情感对于一个创作者来说是何等重要。

同时,情感的饱满状态对创作而言是很重要的,所谓"登山则情满于山,观海则意溢于海";此外,构思的过程,或说构筑象的过程,也是一个情感和外物的双

① 王树人:《回归原创之思——"象思维"视野下的中国智慧》,江苏人民出版社2012年版,第344页。
② 李泽厚:《美学三书》,天津社会科学院出版社2003年版,第88—89页。
③ 郭丹:《先秦两汉文论全编》,上海远东出版社2012年版,第746页。
④ 钟嵘著,陈延杰注:《诗品注》,人民文学出版社1962年版,第20页。
⑤ 钟嵘著,陈延杰注:《诗品注》,人民文学出版社1962年版,第22页。
⑥ 穆克宏、郭丹:《魏晋南北朝文论全编》,上海远东出版社2012年版,第51—52页。
⑦ 穆克宏、郭丹:《魏晋南北朝文论全编》,上海远东出版社2012年版,第78—79页。
⑧ 刘勰:《文心雕龙·情采》,范文澜《文心雕龙注》,人民文学出版社1958年版,第537页。
⑨ 刘勰:《文心雕龙·诠赋》,范文澜《文心雕龙注》,人民文学出版社1958年版,第136页。
⑩ 刘勰:《文心雕龙·情采》,范文澜《文心雕龙注》,人民文学出版社1958年版,第539页。

向交流过程，即刘勰所谓"情以物兴，物以情观""情往似赠，兴来如答"。

为外物所触发的作家，经过内心情志的激荡，构筑出可以传达的象，表现着作家眼中的天地之美、人世百态。可以说，刘勰对这一"有心之器"能够广纳天象、地形从而创设人文的关键是因其用"心"这个角度去阐释，是非常高屋建瓴的，直指问题关键的。《毛诗序》有云："在心为志，发言为诗。"《说文解字》对"志"的解释是"从心之声，志者心之所之也"。而在《广韵》中，"志"的意思是"爱慕也"。这两种解释说明，心是志的存在和活动场所，同时，志也是一种心的情感倾向。中国传统文论自古就有"诗言志"的说法，同时，还有上文刚刚提及的"诗缘情"的主张。刘勰在此基础上，把这两种理论综合在一起，他在《附会》中明确地说"必以情志为神明"①。这正如王元化所说："刘勰在总结了《诗》的创作经验的同时，也总结了《骚》的创作路线。"②"情志"作为人类之心最独特之处，正好沟通了天地人"三才"，用"情志"所筑之象来彰显天地之美、日月之光，才能最终达到一种人与天地、宇宙和谐圆融、有机相通的境界。而"情志"所筑之象在借助语言进一步落实的过程中，也是在不断地创生和再创造。由于诗用语言的隐喻性和象征性，诗所呈现出来的情志之象，更具有无限丰富的意义生成可能性，因而更显得摇曳多姿，韵味无穷。可以说，正是由于心有情志，而情志在语言介入的同时又生成了无限可能的象，从而让人文之光幻化多变，让天象和地形之美在人文中也呈现出了远比物象本身更蕴含丰富、包孕深广的美。

第三节　神用象通与形神兼备

魏晋南北朝时期，在哲学领域除了"言意之辨"，还有一个"形神之辨"的论争颇为激烈。魏晋南北朝时期尚处佛教发展的初级阶段，佛典教义尚未得到广泛流布，且因佛法本身的幽深和繁碎，使得此时期的中国人并未广泛接受它。为了能够消除中土人民对佛家思想的排斥，佛学的支持者和反对者之间进行了一场激烈的论争，其中尤以"形神"关系的论争最为激烈。"形神之辨"的结果对文学理论产生了重要影响。

一、形神之辨与"形似"

实际上，形神问题早在先秦时代就已提出，如《庄子·在宥》："抱神以静，形

---

① 刘勰：《文心雕龙·附会》，范文澜《文心雕龙注》，人民文学出版社 1958 年版，第 650 页。
② 王元化：《文心雕龙讲疏》，三联书店 2012 年版，第 212 页。

将自正""神将守形,形乃长生"①。《荀子·解蔽》:"心者,形之君也,而神明之主也。"②汉代对形神问题表述最多的是《淮南子》,其中有"神贵于形""神制则形从,形胜则神穷"③等等。总体而言,先秦两汉时期,人们对这个问题的观点主要分两种。一种观点是"神"就是"精气",是一种精微之气。"精气"藏于"心"中,"精气"可自由出入于"心",在这里"心"是"形"的代表。这种观点强调精神的主导作用。另一种观点是,"形神"互相依附,但占主导地位的是"形",如果"神"没有了"形"的话,"神"也就不复存在了。印度佛教和先秦两汉的"形神"思想都承认"形""神"的同时存在,这成为了佛教支持者打开佛教在中土流传大门的一个切入点,也成就了"形神之辨"。

佛教的中心义理是因果轮回,而"形神"关系是因果轮回得以成立的前提条件。佛教在形神关系上主张形灭神不灭,从上述典籍的例子中我们可以看出,佛教跟我国本土自身的形神观有相同之处。当佛教的形神观跟我国本土的形神观相结合之后,重神轻形的思想更加鲜明。齐梁之际的范缜明确反对佛教的形体不能永存但精神可以长存的观点,他在其著作《神灭论》中用刀的"刃利"关联譬喻形神关系,"神之与质,犹利之于刃;形之于用,犹刃之于利。利之名非刃也,刃之名非利也,然而舍利无刃,舍刃无利。未闻刃没而利存,岂容神亡而形在!""形神"的同一关系正如"刃利"的同一,即无形无神,无刃无利,有形有神,有刃有利。他的这一观点引得佛教的支持者对其大加挞伐,群起而攻之,甚至惊动了当时的皇帝梁武帝。而那位对刘勰一生都产生了重要影响的著名佛学大师僧祐更是针对反佛者的六大疑问,特意编撰了一本诠释和传播佛教思想,以达到弘教明道之目的的《弘明集》。这本典籍中有着众多对"形神"关系进行分析的论文,全面而深刻地标举着他们"形神非一"的观点。佛教虽然主张神不灭论,但也并非就要轻视或废弃形,佛教对神和形的定位是,神要通过形来显现。我们以佛教雕塑来说明这个问题。对于佛教为什么要造那么多佛像,为什么对形的描绘和刻画精益求精,原因只有一个——让佛之神寄寓在其中。也就是说神佛要借佛像来显灵,慧远在《万佛影铭序》中称"神道无方,触象而寄"④。有了像,神就有了寄寓之处,就能显示出其灵验。谢灵运在《佛影铭》中也说:"岂唯象形也笃,故亦传心者极矣。"⑤因此,佛教造像往往是既重视神又重视形,从这个角度就能很容易地理解为何有些佛像要镀金,要雕工精细,色彩考究了。慧远曾说:"每希想光晷,仿佛容仪,寤寐兴怀,若形心目。……遂命门人,铸而像焉。夫形理虽殊,阶涂有

---

① 陈鼓应:《庄子今注今译》,中华书局 1983 年版,第 279 页。

② 郭丹:《先秦两汉文论全编》,上海远东出版社 2012 年版,第 243 页。

③ 刘安撰,陈静注译:《淮南子》,中州古籍出版社 2010 年版,第 231 页。

④ 严可均校辑:《全上古三代秦汉三国六朝文》,中华书局 1958 年版,第 2130 页。

⑤ 严可均校辑:《全上古三代秦汉三国六朝文》,中华书局 1958 年版,第 2618 页。

渐;精粗诚异,悟亦有因。是故拟状灵范,启殊津之心;仪形神模,辟百虑之会。"①这段话解释了慧远为何对佛像塑造的要求很高,原因就是神触象而寄寓其中。处在这种氛围中的刘勰,在其《神思》篇中提出了"神用象通"的命题,张少康认为这正是从佛教雕塑艺术中神触象而寄的思想内涵发展而来,并成为文学创作中作家的"神"借"象"而体现的一种理论性概括。

除了护佛者和反佛者对形神问题非常关注外,魏晋以来,受到玄学的影响,人物品评对形神问题也极为重视。汤用彤曾指出:"汉代相人以筋骨,魏晋识鉴在神明。"②当这种重神的倾向成为人们所普遍认可和接受的共识的时候,魏晋风度就显著于那个时代了。《世说新语》中就有不少对"神"的描述,如"神姿高彻"③"神情散朗"④"神超形越"⑤"神怀挺率"⑥"风神清令"⑦等等。这种"神"无形无质却融于人的一举一动中,不时展现却又难于定格。它近似于一种精神层面的"无形之象",只可意会不可言传。这种人物品评的风气影响了诸多艺术领域,如音乐、书法、绘画、文学等,并引申出"传神写照"等说。

再考察文学创作领域,这一时期,山水诗勃然兴起,自然景物霎时间成为诗歌表现的主要对象。当山水诗取代了玄言诗,诗歌的表现手法也随之改变,刘勰对此有很精到的表述:"自近代以来,文贵形似:窥情风景之上,钻貌草木之中。吟咏所发,志惟深远;体物为妙,功在密附。"这里所说的"形似",是指对风景、草木等事物的描摹,也就是"体物"。在山水诗产生的初期,诗歌创作存在描写过分细致的特点,有时候甚至会为写景而写景。但这种情景割裂、过分雕饰、辞繁情寡的缺点并不应该成为评价山水诗巨大功绩的障碍。山水诗中的山水景物本身成为具有独立价值的审美对象,使得性情的抒发得以隐藏在山水景物的背后。这一转变直接成就了除古诗言情直白外,情景交融的新诗境。那么这种"形似"的观念是否就意味着不重传神呢?当然不是。其实文学创作领域中的"文贵形似"的问题,也同佛教造像一样,是为了让"神"更好地寄寓其中,更好地传达"神"。

分析上述刘勰对"文贵形似"的看法,这里所说的"形似"其实就是"体物"。中国诗歌的传统是向来注重"诗言志""诗缘情",描摹事物的外貌并非其擅长。若要达到"曲写毫芥""瞻言见貌",就更是难上加难。刘勰提出为了让体物可以顺利地进行,可以从两方面来促成,第一是"善于适要",即找出所要描述对象特

---

① 严可均校辑:《全上古三代秦汉三国六朝文》,中华书局1958年版,第2402页。

② 汤用彤:《魏晋玄学论稿》,三联书店2009年版,第39页。

③ 刘义庆撰,刘孝标注,龚斌校释:《世说新语校释》,上海古籍出版社2011年版,第826页。

④ 刘义庆撰,刘孝标注,龚斌校释:《世说新语校释》,上海古籍出版社2011年版,第1359页。

⑤ 刘义庆撰,刘孝标注,龚斌校释:《世说新语校释》,上海古籍出版社2011年版,第515页。

⑥ 刘义庆撰,刘孝标注,龚斌校释:《世说新语校释》,上海古籍出版社2011年版,第931页。

⑦ 刘义庆撰,刘孝标注,龚斌校释:《世说新语校释》,上海古籍出版社2011年版,第978页。

征中最突出的、最能反映其本质的那些方面，用"以少总多"的思维方式来进行创作，为了说明这个问题，他还特意举出《诗》《骚》，认为它们能称得上是艺术范式就在于它们能够"并据要害"①，即把握事物的关键特征。刘勰的这一认知已经与今天我们的认知科学中对"特征"的阐释有相近之处了，现代认知心理学认为："照特征说看来，特征和特征分析在模式识别中起着关键的作用。它认为外部刺激在人的长时记忆中，是以其各种特征来表征的，在模式识别过程中，首先要对刺激的特征进行分析，也即抽取刺激的有关特征，然后将这些抽取的特征加以合并，再与长时记忆中的各种刺激的特征进行比较，一旦获得最佳的匹配，外部刺激就被识别了。"②可见，刘勰之"善于适要"的说法是符合今天特征说所谓"比较"及求"最佳的匹配"。

第二是"析辞尚简"，即运用语言要简约巧妙，这不能不使我们想到格式塔心理学美学所提出的"简化"规律。阿恩海姆是格式塔心理学美学的代表人物，他对于视觉艺术的审美规律是从视觉的选择性质与简化功能两方面来着重研究的。他认为："视觉与照相是绝然不同的，它的活动不是一种像照相那样的消极的接受活动，而是一种积极的探索。视觉是高度选择性的，它不仅对那些能够吸引它的事物进行选择，而且对看到的任何一种事物进行选择。照相机忠实地记录下事物的一切细节，而视觉却不是这样。……观看，就意味着捕捉眼前事物的某几个最突出的特征。"这种视觉的选择性与简化功能对于文学创作的意义是什么呢？阿恩海姆认为："从一件复杂的事物身上选择出的几个突出的标记或特征，还能够唤起人们对这一复杂事物的回忆。事实上，这些突出的标志不仅足以使人把事物识别出来，而且能够传达一种生动的印象，使人觉得这就是那个真实事物的完整形象。"③格式塔心理学进行了诸多实验验证了这种"简化"原则，作为人类社会通行的一种规律，千余年前的刘勰能明确提出文学创作中需"尚简"，足见其眼光之高远，识见之超凡。

创作者在"善于适要"和"析辞尚简"的双重努力下，就能够以简约巧妙的言辞来表现所要描摹对象的精神风貌，这种生动而形象的展现"使味飘飘而轻举，情晔晔而更新"。显然，刘勰对"体物"的分析已经不仅仅是简单的"形似"问题了，而是把它与情思的表达结合起来，他要求"体物"的最终效果是"物色尽而情有余"④。从这个角度说，文学创作一方面是对客观事物的反映，但另一方面，文学创作对客观事物不是纯粹的机械复制，而是融进了主体情感对客观事物的再创造。因此，《神思》篇中的"神用象通，情变所孕。物以貌求，心以理应"，实则是

① 刘勰：《文心雕龙·物色》，范文澜《文心雕龙注》，人民文学出版社 1958 年版，第 694 页。
② 王甦、汪安圣：《认知心理学》，北京大学出版社 1992 年版，第 56 页。
③ 阿恩海姆著，滕守尧译：《艺术与视知觉——视觉艺术心理学》，中国社会科学出版社 1984 年版，第 50 页。
④ 刘勰：《文心雕龙·物色》，范文澜《文心雕龙注》，人民文学出版社 1958 年版，第 694 页。

告诉作家如何才能在文学创作中做到形神兼备。

二、"神用象通"

对于刘勰具体的形神观,我们通过他在《神思》篇中提出的两个很重要的观点——"神与物游""神用象通"来一探究竟。从这两个观点可以看出,刘勰认为文学创作中的作家主体精神,即所谓"神",与所要反映的客观外物之间在具体的构思过程中,存在一个融合统一的方式,这个方式就是塑造一个"象"。需要指出的是,这个"象"不等于"形神之辨"之中的"形",用当代文学理论的概念来定位,它可以定位为"形象"。这种形象是客观之物在作家内在所形成的映像,具有一定图像的功能,但由于主体因素的作用,这种图像并非直观的、诉诸视觉的图像,而是思维的、诉诸想象的图像。在《神思》中,刘勰用"窥意象而运斤"①一语为它命名了一个流传千古的范畴——"意象"。

那么"意象"构建的过程是怎样的呢?"目既往还,心亦吐纳","情往似赠,兴来如答"②,刘勰在《物色》篇如是说。的确,"意象"的构建不外乎三个关键因素——"物""情""辞"。"情以物迁,辞以情发"③,如何把主观和客观相交融是"意象"构建的核心问题。

这三个关键因素互相作用的过程就叫"神思",它包含着文学创作特有的情感孕育过程和创作主体用心体悟的过程。这个过程首先需要"虚静":"是以陶钧文思,贵在虚静,疏瀹五藏,澡雪精神。"刘勰指出,创作主体首先要将自己的精神集中起来,让自身处在一种宁静的状态中,五脏六腑都感到畅通无阻,精神好像受到了洗涤一样纯净无比之后,才能用自己的"玄解之宰"去体悟他想要反映的那个客观外物或某一种状态。这同他在《养气》篇中提出的"是以吐纳文艺,务在节宣,清和其心,调畅其气"④的要求是一致的。其实,这种创作过程中的"虚静"乃是一种审美的心态。苏轼的《送参廖师》是对这种心态的最好注解:"欲令诗语妙,无厌空且静。静故了群动,空故纳万境。"⑤只有在这种虚静、空旷的气氛中,作家才能潜心观察世间万物,让自己的想象插上飞翔的翅膀。

需要指出的是,刘勰所谈的虚静与老庄所说之虚静是有区别的。老子完全否定知识、技巧、制度等的存在意义和价值,老子的虚静要求人们无论在何种环境和地位中,都要将知识和欲望去除。这种虚静无疑是要求人们"无为"。庄子认为的虚静同样是以绝圣去智为前提的,正如他在《逍遥游》中对自由的描述,只

---

① 刘勰:《文心雕龙·神思》,范文澜《文心雕龙注》,人民文学出版社 1958 年版,第 493 页。

② 刘勰:《文心雕龙·物色》,范文澜《文心雕龙注》,人民文学出版社 1958 年版,第 695 页。

③ 刘勰:《文心雕龙·物色》,范文澜《文心雕龙注》,人民文学出版社 1958 年版,第 693 页。

④ 刘勰:《文心雕龙·养气》,范文澜《文心雕龙注》,人民文学出版社 1958 年版,第 647 页。

⑤ 苏轼著,冯应榴辑注,黄任轲、朱怀春校点:《苏轼诗集合注》,上海古籍出版社 2001 年版,第 864 页。

有到达"至人无己，神人无功，圣人无名"的境界才能"乘天地之正，而御六气之辩，以游无穷者，彼且恶乎待哉"。① 而刘勰的虚静是在去除杂念和物累之后所进入的一种沉寂宁静、专心致志的状态。这种状态能够让创作主体进入到一种纯粹的创作状态，继而"寂然凝虑，思接千载"，感受客观外物的玄妙与丰富多彩，进入一种"神与物游"的状态，并最终达到将所思所感诉诸笔端。所以，这种"神思"所需要的虚静反而需要那些老庄所弃绝的东西，需要创作主体"积学以储宝，酌理以富才，研阅以穷照，驯致以绎辞"，意即在平时就要积累学识以充实自己的修养，精研事理以丰富自己的才华，反思自己的生活经历以探其究竟，梳理自己的情志以熟练地运用文辞；同时，还要做到"博而能一"，意即见识广博，又能突出重点。陆机也说构思前要"伫中区以玄览，颐情志于典坟"②，即首先要深刻地观察万物以引起文思的萌发，又要钻研古籍以培养高洁的品行并从中汲取丰富的辞藻。

在虚静的状态下，创作者开始以主体之心灵接受、感受客观外物。《乐记》有云："凡音之起，由人心生也。人心之动，物使之然也。感于物而动，故形于声。"③刘勰描述这个过程是"山沓水匝，树杂云合；目既往还，心亦吐纳"，"写气图貌，既随物以宛转；属采附声，亦与心而徘徊"。在心物互动的过程中，心被物激荡，物被心染上色彩，达到"物以情观"的层次。

当心与物之间建立起了互相"赠答"的联系后，创作者就可以进入一种最理想的"神思"状态，那就是"神与物游"。陆机对此描述道："其致也，情曈昽而弥鲜，物昭晰而互进。"当客观外物用其形貌来打动创作者的心扉时，它所拨动的就是创作者内心的"情"，这正是"物以貌求，心以理应"。刘勰和陆机其实已经在各自的描述中，阐述了形象思维的基本特点：情感与形象在构思过程中是密不可分的。尽管这种形象存在于想象之中，但也是具体可感的，有可倾听之"声"——"吟咏之间，吐纳珠玉之声"，有可观看之"色"——"眉睫之前，卷舒风云之色"。在这个时期，创作者的内心"万涂竞萌"，思绪纷繁，唯有"规矩虚位，刻镂无形"，创作者才能最终达到"登山则情满于山，观海则意溢于海"的最佳状态。这种最佳状态下的创作者，可以让自己内在之"神"感应到所要反映之外物自身的意蕴，并经由外物自身的意蕴或精神进一步激发和提升创作者的情志。所以说，"神与物游"之"游"字说明了神思过程是一个动态发展的过程。心物之间的关系不是静止不动的，而是在这对矛盾的不断冲突下完成审美活动的，构思也是"神思"的过程。任何一位作者都想在矛盾中不断前行并最终达到"观古今于须臾，抚四海于一瞬"的境地。在这对矛盾中，心对物的感受是主体对客体的超越，但这种超

---

① 陈鼓应：《庄子今注今译》，中华书局 1983 年版，第 14 页。

② 穆克宏、郭丹：《魏晋南北朝文论全编》，上海远东出版社 2012 年版，第 50 页。

③ 吉联抗：《乐记译注》，音乐出版社 1958 年版，第 1 页。

越并非无限制的、任意的，主体也要受到来自客体的限制。因为，构思的开端是从那些实打实的客观物象开始的，所以，这些物象势必成为"意象"形成的基础。此外，主体也要受到其自身的限制。作家固有的早先经验以及需要、情绪、态度的价值观念等个人因素也都会影响心对物的超越。

文学创作过程中的这种心物关系，客观外物与主体情感之间的互相摇荡，所谓"情以物迁，辞以情发"正是此意。对这种审美活动的内核，朱光潜说："美不仅在物，亦不仅在心，它在心与物的关系上面……它是心借物的形象来表现情趣。世间并没有天生自在、俯拾即是的美，凡是美都要经过心灵的创造。"①

刘勰"神与物游"论对后世产生了重要的影响。如唐代王昌龄的"诗思"说："搜求于象，心入于境，神会于物，因心而得。"②宋代苏轼道："故其神与万物交，其智与百工通。"③清代黄宗羲云："古之人情与物相游，而不能相舍。"④凡此种种，都是发源于刘勰的这一经典命题。

客观外物与主体情感之间互相交融后的结果就是"情变所孕"的"意象"产生了。这个"意象"的产生基本上可以说代表着"神思"的成熟。但这个结果能否顺利产生，刘勰认为还有两点非常关键，一是志气，一是语言，所谓"志气统其关键"，"辞令管其枢机"。只有这两个"关键"和"枢机"都"通"了，才能避免神思会"塞"。"神用象通"之"通"的目的需要言辞的介入才能真正实现，并且只有正确合适的艺术语言才能正确、真实地传达客观物象，并最终形成审美意象，即所谓"枢机方通，则物无隐貌"。当然这种描述有可能"密则无际"，也有可能"疏则千里"。但无论最终呈现出来的结果如何，言辞乃"文章之宅宇也"，只有语言才能传达作者无形的情意，"心既托声于言，言亦寄形于字，讽诵则绩在宫商，临文则能归字形矣"⑤。文字的字音、字形都可传神，没了音律和字形的作品是不具意蕴和生命的，所谓"必以情志为神明，事义为骨髓，辞采为肌肤，宫商为声气"⑥，正是此意。作者通过言辞来传达意象，读者借助言辞来接受和再创造意象。所以意象必须通过言辞才能得以最终传达直至接受，否则就只是心象。在我们认识到言辞对意象的必要性之后，我们还要看到它对意象的重要性，也就是只有贴切的言辞才能透彻地传达意象。任何一个作家在创作时，都希望即物达情，情与景可以做到完美结合。刘勰特举《诗经》中的意象为例，"故灼灼状桃花之鲜，依依尽杨柳之貌，杲杲为出日之容"；又曰："皎日嘒星，一言穷理；参差沃若，两字穷

---

① 朱光潜：《无言之美》，北京大学出版社 2005 年版，第 28 页。

② 郭绍虞主编：《中国历代文论选》第二册，上海古籍出版社 1979 年版，第 89 页。

③ 苏轼著，孔凡礼点校：《苏轼文集》卷七十，中华书局 1986 年版，第 2211 页。

④ 郭绍虞主编：《中国历代文论选》第四册，上海古籍出版社 1980 年版，第 264 页。

⑤ 刘勰：《文心雕龙·练字》，范文澜《文心雕龙注》，人民文学出版社 1958 年版，第 624 页。

⑥ 刘勰：《文心雕龙·附会》，范文澜《文心雕龙注》，人民文学出版社 1958 年版，第 650 页。

形"①,这些例子都很好地体现了语言所具备的恰切的描写功能,做到了情景的完美结合。对此,朱光潜曾说:"这种情只有这种景恰可表现,绝对不可换一个方式来说而仍是原来那种风味。"②

在刘勰的分析中,意象的创构就是把言辞描绘之"形"和作者内在情志之"神"有机地统一在一起,因此,这种"象"包括两方面,一是自然物象,一是人文之象,它们都是形成意象的基础。而它们二者之间的关系是,主体通过想象达到自然物象和人文之象的统一、实象与虚象的统一,并在这种统一中以有限的"形"传达无限的"神",也就是顾恺之所说的"以形写神"。

三、"窥意象而运斤"

刘勰在《神思》篇中旗帜鲜明地标举"意象",认为它的创造是"驭文之首术,谋篇之大端"③。可以说,刘勰所创造的"意象"这一文艺美学概念以及对其产生过程的描述,乃是符合艺术构思的基本规律的。刘勰的这一理论在千余年前就能做到如此精到,也源于他对中国传统文化的一种传承。

上一节我们已经提到《周易》中已经开始谈"象","意象"理论的源头可归于《周易》。"象也者,像此者也。"④这算是对"象"最早最明确的"定义"。而"圣人立象以尽意"⑤,则首次出现了有联系的"意"与"象",这算最早的关于意象的论述,并对意象概念的形成起了关键性的作用。而老子和庄子对这个问题的论述,不仅从"象"和"物"之间的关系入手去讨论"象"——"道之为物,惟恍惟惚。惚兮恍兮,其中有象;恍兮惚兮,其中有物"⑥,还从"言""象""意"之间关系入手去讨论"意"的到达问题——"筌者所以在鱼,得鱼而忘筌;蹄者所以在兔,得兔而忘蹄;言者所以在得意,得意而忘言。"⑦这些都是很著名的阐发"象"及"言""象""意"之间关系的命题。特别是对于后者,也就是三者间关系的问题,在魏晋玄学中,这个问题兴盛了很久。特别是著名的玄学家王弼对此问题有几个很经典的陈述,如"夫象者,出意者也;言者,明象者也。尽意莫若象,尽象莫若言。言生于象,故可寻言以观象;得象而忘言;象者所以存意,得意而忘象"以及"故言者所以明象,得象而忘言;象者所以存意,得意而忘象。犹蹄者所以在兔,得兔而忘蹄;

① 刘勰:《文心雕龙·物色》,范文澜《文心雕龙注》,人民文学出版社 1958 年版,第 693—694 页。

② 朱光潜:《朱光潜全集》(第四卷),安徽教育出版社 1988 年版,第 334 页。

③ 刘勰:《文心雕龙·神思》,范文澜《文心雕龙注》,人民文学出版社 1958 年版,第 493 页。

④ 郭丹:《先秦两汉文论全编》,上海远东出版社 2012 年版,第 22 页。

⑤ 郭丹:《先秦两汉文论全编》,上海远东出版社 2012 年版,第 20 页。

⑥ 陈鼓应:《老子注释及评介》,中华书局 1984 年版,第 148 页。

⑦ 陈鼓应:《庄子今注今译》,中华书局 1983 年版,第 725 页。

筌者所以在鱼,得鱼而忘筌者也"。① 这些从哲学层面上对"言""象""意"的阐释,无疑会启发人们对艺术创作活动中"意""象"关系的思考。

两汉时期,更是总结出《诗经》中"赋""比""兴"的艺术表现手法。这一组范畴,直指"意"与"象"的关系问题。这一组从具体作品中剥离出的文学创作理论,算是对哲学领域内"立象以尽意"命题的一种在文论领域内的尝试性发展。并且,这组范畴已言及"意"和"象"之间以何种方式互相存在,并结合成统一的审美意象,最终又以某种方式感发读者。它们已经涉及了审美意象产生的方式与结构的特点。而刘勰对"三义"的阐释,特别是对于"比""兴"的论述,其实也是在说作者该如何将内构的意象外化的方法。他在《比兴》篇中说:"比者,附也;兴者,起也。附理者切类以指事,起情者依微以拟议;起情故(兴)体以立,附理故(比)例以生。"刘勰指出,所谓"比",也就是比附的意思;所谓"兴",也就是兴起的意思。对事理进行比附,也就是用类似的例子来说明事理;所谓兴起感情,也就是由某种微小的事物引发作者的思想感情。对于比兴的重要性,刘勰在"赞"中说:"诗人比兴,触物圆览。物虽胡越,合则肝胆。拟容取心,断辞必敢。攒杂咏歌,如川之涣。"②在他看来,即使情与物,意与象仿佛南越北胡一样相距甚远,但如果作家能够合理地运用"比兴",就可以使情与物、意与象结合得如肝胆一样无间,而使用"比兴"手法也能使得作品生动感人有如春水荡漾。

总之,刘勰作为首位将"意"和"象"合成为"意象"一词的文论家,他的这一创建奠定了中国古代文论形象思维范畴的审美理论基础,对中国美学史、文学理论与诗歌创作都产生了重大的影响。

六朝之后的唐朝,诗歌大兴,创作实践方面的空前鼎盛,让"意象"在形式和内容上都有了进一步的发展,并且出现了与之相应的"意境""气象""境象""象外之象"等等艺术理论,构建了一个逐渐完善的艺术表现框架。诸多文论家都承继了刘勰对于"神思""意象"等方面的理论。随着时间的推移,理论向着更完善的方向深化。如王昌龄的"诗有三格"说:"一曰生思:久用静思,未契意象,力疲智竭,放安神思,心偶照镜,率然而生。二曰感思:寻味前言,吟讽古制,感而生思。三曰取思:搜求于象,心入于境,神会于物,因心而得。"③司空图的"是有真迹,如不可知。意象欲出,造化已奇"④,都对"意象"的本质有符合艺术规律的把握。宋代著名诗人和诗论家黄庭坚则在《同韵和元明兄知命弟九日相忆》中说:"革囊南渡传诗句,摹写相思意象真。"其中"意象"一词的运用正承刘勰之命意。元代的杨载,明代的王廷相、何景明等都针对"意象"有进一步的阐发。而《诗数》作者

① 楼宇烈:《王弼集校释》,中华书局 1980 年版,第 609 页。

② 刘勰:《文心雕龙·比兴》,范文澜《文心雕龙注》,人民文学出版社 1958 年版,第 601—603 页。

③ 郭绍虞主编:《中国历代文论选》第二册,上海古籍出版社 1979 年版,第 89 页。

④ 司空图著,郭绍虞集解:《诗品集解》,人民文学出版社 1963 年版,第 26 页。

胡应麟更是直言："古诗之妙，专求意象"①，他还用"意象"来品评诗作，如论《大风》和《秋风》就说它们"虽词语寂寥，而意象靡尽"。不仅诗歌，戏曲也同样讲究"意象"之有无。如明代沈德符说："杂剧如《王粲登楼》《韩信胯下》《关大王单刀会》《赵太祖风云会》之属，不特词之高秀，而意象悲壮，自足笼盖一时。"②显然，与诗歌一样，对戏曲的品评也是推崇"意象"。

到了清代，著名文论家叶燮在其《原诗》中说："可言之理，人人能言之，又安在诗人之言之！可征之事，人人能述之，又安在诗人之述之！必有不可言之理，不可述之事，遇之于默会意象之表，而理与事无不灿然于前者也。"又说："要之作诗者，实写理、事、情，可以言言，可以解解，即为俗儒之作。惟不可名言之理，不可施见之事，不可径达之情，则幽渺以为理，想象以为事，惝恍以为情，方为理至事至情至之语。"③可见，叶燮对"意象"的考察更加深入，极大地丰富和发展了在此之前的"意象"理论。他不仅讲明了"意象"的形成过程，更直指"意象"对创作的重要性。同时，他还揭示了运用形象思维进行艺术创作的要义：意象需要经历一整套完整的形象思维过程，如想象、联想、虚构、概括、加工等才能完成。

当然，对"意象"的构建过程描述最直观的当属著名的扬州八怪之一郑板桥的"三竹论"，从作家亲眼所见之"眼中竹"（物象）到经过神思之后的"胸中竹"（意象）再到形诸画笔端的"画中竹"（艺象），这一完整的形象思维过程突出说明了意象是浸染着作者主观情感的，从某种程度上说，意象是具象化了的情理世界。

另外还需要指出一点，刘勰对于意象营构过程中声律作用的阐述是很有真知灼见的。《神思》开篇即说："吟咏之间，吐纳珠玉之声"，结尾"赞"词又强调"刻镂声律"，可见，在刘勰这里意象传神的不仅是靠"象"，也靠"声"。宋人范温在《潜溪诗眼》中即以"盖尝闻之撞钟，大声已去，余音复来，悠扬婉转，声外之音"来描述"神韵"。而关于诗"声"之"神"，明人刘绘对此更是有精到的论述：

> 诗独无益者乎？融融乎文之精，琅琅乎"响"之"神"也……诗者，乐之体也，乐者，诗之灵也。乐不藉诗章则音空而不实，诗不比于管弦者则神懑而不鬯。由是论之，诗必考音声，审律吕，详清浊高下之变后，可以穷阴阳之奥，宣宇宙之和……若必欲完全求美，如嫫姝备选，骏马入图，次其先后，摘其瑜瑕，恐非所以论一代名"音"之"神趣"矣。（《答乔学宪三石论诗书》）④

"象"能传神，"声"亦能传神，刘勰对"神思"过程中"神"之传递的途径和方式的分析可谓精微又精到。后世将声律和形象合并在一起论述"神"的文人多沿袭了刘勰的理路，如明人周复俊所云：

---

① 郭绍虞主编：《中国历代文论选》第三册，上海古籍出版社 1980 年版，第 114 页。

② 李汉秋、袁有芬编：《关汉卿研究资料》，上海古籍出版社 1988 年版，第 41 页。

③ 叶燮著，霍松林校注：《原诗》，人民文学出版社 1979 年版，第 30、32 页。

④ 《明文海》卷 160，中华书局 1987 年影印本，第 1605 页。

余于昔年梦有告之曰："诗如镜中花、谷中音、水中月。"寐以谘诸座宾，莫有觉者，或乃曰："诗体轻微，专务刊脱，减迹销形，上乘匪远。"余曰："审若兹，则镜无花矣，然镜未尝无花也；谷无音矣，然谷未尝无音也。无花无音，神罔附矣，何以言诗？"……擅称合作者，似音非音，似影非影，风容将格响争驰，色韵与情神交澈，若近而远，若远而近，斯为至矣。(《评点唐音序》)①

从对"意象"论的形成和发展过程的梳理来看，我们不得不说刘勰"神用象通"这一命题为主体精神和客观物象的融合方式提供了正确的途径和解决方法。文学创作构思若要达到"通"之目的，必求主体之"神"与客体之"形"能够用一个有效而合理的载体来承载，这个载体便是那形神兼备的"象"。

第四节　写气图貌与境生象外

在上一节中，我们针对刘勰《神思》篇着重论述了艺术构思的问题，并从"神用象通"之"象"的构筑过程，点明了其所具有的形神兼备的特质。但具体到艺术构思中，心物是如何交融的？情景是如何相合的？文章又是如何描写自然的？这些问题刘勰都在《物色》篇中给予了解答。

一、自然感召与写气图貌

文学实践的对象是建构人与自然的关系，这是因为人的感情的宣发离不开对日月山川的体悟。从原始歌谣和神话中，我们看到了人类早期对自然的那份崇拜。但到了《诗经》阶段，这份崇拜有了转变，对此德国汉学家 W. 顾彬曾说："《诗经》中的自然观有五个特征：一、早期的自然观与农业及建立在农业基础上的宗教祭礼有密切的关联；二、被描绘的自然开始时是农民的自然，它独立于被贵族占为己有的'自然引子'的自然环境；三、进入诗人意识的只是日常环境中的各种自然现象，通常作为'自然引子'（兴）并以质朴的形式在诗的头两句中加以表现；四、这些自然描写并不是诗的主题，而是表现个人的客观世界的手段，因此也就没有真正客观的自然描写；五、自然现象中什么能引起诗人的兴趣且被选择来当作描写对象并加以渲染，这取决于作者的'意图'，它应能表现作者对人生的看法并借助自然使其形象生动。因此，景物的状态更能引起诗人的兴趣。"②自《诗经》起，中国古人在自然事物和人的情感宣发之间架起了一道桥梁，自此之后心物之间的融通就成了艺术创造的主要方式。

---

① 四库全书存目丛书编纂委员会编：《泾林诗文集》，《四库全书存目丛书·集部九八》，齐鲁书社 1997 年版，第 117 页。

② 顾彬著，马树德译：《中国文人的自然观》，上海人民出版社 1990 年版，第 32 页。

《物色》开篇，刘勰就以优美的笔触绘声绘色地描绘了大自然对作家的感召：

春秋代序，阴阳惨舒，物色之动，心亦摇焉。盖阳气萌而玄驹步，阴律凝而丹鸟羞，微虫犹或入感，四时之动物深矣。若夫珪璋挺其惠心，英华秀其清气，物色相召，人谁获安？是以献岁发春，悦豫之情畅；滔滔孟夏，郁陶之心凝；天高气清，阴沉之志远；霰雪无垠，矜肃之虑深。岁有其物，物有其容；情以物迁，辞以情发。一叶且或迎意，虫声有足引心。况清风与明月同夜，白日与春林共朝哉！①

春夏秋冬，四季更替，寒冷的天气使人心情沉闷，温暖的日子使人感到舒畅；四季景色不断变换，人的心绪亦随之摇荡。当春天来到，蚂蚁便开始跑动；当秋色降临，萤火虫便需进食；这些微不足道的小虫尚且感物而动，四季变换对万物影响之深刻也就显然可见了。作为天地之精华的人类，其聪慧的心灵就像美玉，其清纯的气息犹如花香，面对自然景色的感召，又怎能无动于衷呢？所以，明媚的春天使人心悦情畅，炎热的夏季使人意绪烦躁，澄明的秋日使人遐想无限，如银的冬雪使人思虑深沉。一年四季景色不同，风貌各异，作家的感情随着景色的不同而变化，文章也就适应感情表现的需要而产生了。一叶落下尚能触动情怀，几声虫鸣便可引发思绪，何况清风明月之秋夜，丽日芳树之春晨呢？刘勰在这些描述中重点论述了物对心的感发作用。自然节气的变化引起物的变化，物的变化感发着人的心灵，这便是"物色之动，心亦摇焉"。刘勰在《明诗》中说："人禀七情，应物斯感，感物吟志，莫非自然。"②在《铨赋》中也指出："原夫登高之旨，盖睹物兴情。情以物兴，故义必明雅；物以情观，故词必巧丽。"③刘勰对心物关系的定位可谓对《乐记》中心物关系描述的继承和发展。《乐记》有云："凡音之起，由人心生也。人心之动，物使之然也。感于物而动，故形于声，声相应，故生变，变成方，谓之音。比音而乐之，及干戚羽旄，谓之乐。"④"乐"的创造是因为创作主体的心灵有了波动，而心灵会波动则是由于客观外物的感发。这算是中国最早的关于心物关系理论的阐发，此后的论述基本都是沿着这个路子进一步深入进去的。如陆机在《文赋》中就说：

伫中区以玄览，颐情志于典坟；遵四时以叹逝，瞻万物而思纷；悲落叶于劲秋，喜柔条于芳春；心懔懔以怀霜，志眇眇而临云。⑤

陆机在这里提出，作家之心不仅可以因自然界的万物而产生创作的冲动，更多的时候，这份"叹逝"和"思纷"中包含的是作家对自己社会生活的体悟和对个人遭际的感喟。

李泽厚有一段话是对这种心物关系的最佳注解："本来，自然有昼夜交替季

---

① 刘勰：《文心雕龙·物色》，范文澜《文心雕龙注》，人民文学出版社 1958 年版，第 693 页。

② 刘勰：《文心雕龙·明诗》，范文澜《文心雕龙注》，人民文学出版社 1958 年版，第 65 页。

③ 刘勰：《文心雕龙·铨赋》，范文澜《文心雕龙注》，人民文学出版社 1958 年版，第 136 页。

④ 吉联抗：《乐记译注》，音乐出版社 1958 年版，第 1 页。

⑤ 张少康：《文赋集释》，人民文学出版社 2002 年版，第 50 页。

节循环，人体有心脏节奏生老病死，心灵有喜怒哀乐七情六欲，难道它们之间（对象与情感之间、人与自然之间……）就没有某种相映对相呼应的形式、结构、秩序、规律、活力、生命吗？……欢快愉悦的心情与宽厚柔和的兰叶，激愤强劲的意绪与直硬折角的竹节；树木葱茏一片生意的春山与你欣快的情绪，木叶飘零的秋山与你萧瑟的心境；你站在一泻千丈的瀑布前的那种痛快感，你停在潺潺的小溪旁的闲适温情；你观赏暴风雨时获得的气势，你在柳条迎风时感到的轻盈……这里面不都有对象与情感相对应的形式感么？"①是的，如果对象和情感没有相对应的形式感，那作为情感主体与客观事物同构心理作用之下的产物——艺术作品，便不会产生。回顾中国古人所谓"四君子"的梅、兰、竹、菊，因其共有的清雅淡泊之感，不都在艺术作品中象征着表现对象的清高品格吗？此外，中国古人有折柳送别的习俗，不也是因为"柳"和"留"读音相近，可以通过赠送柳枝来表达送客者挽留客人的心意吗？所以，这种同构，既是创作主体进行审美活动或曰构思的基础，也是艺术语言产生的重要心理基础。

在刘勰的理论体系中，这种同构是通过"物—情—辞"三者之间的互相作用实现的。刘勰的这一创见是对之前所有心物关系理论的一个重要突破，之前的论述都没有涉及语言表现的问题，只局限于心受物之感发。那刘勰所谓"情以物迁，辞以情发"的创作过程论是如何形成的呢？其云：

> 是以诗人感物，联类不穷。流连万象之际，沉吟视听之区；写气图貌，既随物以宛转；属采附声，亦与心而徘徊。故灼灼状桃花之鲜，依依尽杨柳之貌，杲杲为出日之容，瀌瀌拟雨雪之状，喈喈逐黄鸟之声，喓喓学草虫之韵。皎日嘒星，一言穷理；参差沃若，两字穷形；并以少总多，情貌无遗矣。虽复思经千载，将何易夺？及离骚代兴，触类而长，物貌难尽，故重沓舒状，于是嵯峨之类聚，葳蕤之群积矣。及长卿之徒，诡势环声，模山范水，字必鱼贯，所谓诗人丽则而约言，辞人丽淫而繁句也。②

刘勰通过《诗经》与汉赋在创作方法上的对比，集中阐发了他对《诗经》创作特点的认同。他认为，《诗经》的作者因受到大自然的感召而创作，其特点在于"连类不穷"，意思是通过联想、类比、比兴等手法，使自己的情与自然的物互相生发，从而达到与自然万物的交融统一。这时的创作主体流连忘返于大千世界，沉思默想于所见所闻，真正与大自然合而为一了。具体到写作过程，便是"写气图貌"。所谓"写气图貌"联系刘勰在《定势》篇所说"是以绘事图色，文辞尽情"③，他想表达的主旨便是主张作家在文学创作中"以图绘的方式描绘有形的色与无

---

① 李泽厚：《审美与形式感》，《文艺报》1981 年第 6 期。
② 刘勰：《文心雕龙·物色》，范文澜《文心雕龙注》，人民文学出版社 1958 年版，第 693—694 页。
③ 刘勰：《文心雕龙·定势》，范文澜《文心雕龙注》，人民文学出版社 1958 年版，第 530 页。

形的气",这种描绘是一种对图像符号表现方式在文学领域的越界使用。①

刘勰所谓"写气图貌",乃是要求描摹外界景物之图像,表达内在之精神,在抒情状物的写作过程中,通过遣词造句,做到外物与作者内心情感相协调。这种"目既往还,心亦吐纳""情往似赠,兴来如答"的状态,就是心与物相交融的最佳效果了。那些《诗经》中的成功之作,对自然景物的描绘,不仅非常准确而形象,更是传达出诗人种种独特的心境。从《诗经》中刘勰总结出描绘自然事物的方法,那就是"以少总多,情貌无遗"。而以很少的字数去概括这广阔的天地之物谈何容易,更何况还要做到"情貌无遗"。既要充分表现主体之情感,又要准确描绘自然之景物,从而传达出心物交融的真切境界。这一切,都必须用最精练的语言来完成;或者说,只有做到语言的精练之极,才能真正达到"情貌无遗"之出神入化之境。

考察刘勰所处的南朝时代,"文贵形似,窥情风景之上,钻貌草木之中。吟咏所发,志惟深远;体物为妙,功在密附。故巧言切状,如印之印泥,不加雕削,而曲写毫芥。故能瞻言而见貌,印字而知时也。"②宋齐以来文学作品对自然的描绘注重"形似"。作者们都把自己的情志深深地隐藏在山水之间、草木之中。对于创作的效果只求"功在密附",即真切地描摹自然景色。这样的作品就像盖印章一样,毫发不差,让读者能通过作者的描述就窥见自然事物的原貌,知道季节的转换。这种"瞻言而见貌,即字而知时"的创作宗旨跟前述《诗经》之"情貌无遗"的创作宗旨是不一样的。《诗经》之"情貌无遗"是通过"以少总多"的创作方法来实现的,这种"无遗"的效果内含着主体之情与客体之形的完美交融,跟"不加雕削,而曲写毫芥"的只有"形似"的效果是不一样的。可见,刘勰对这种"近代以来"的"形似"创作倾向是持一定批评态度的。在《明诗》篇中他说:"宋初文咏,体有因革,庄老告退,而山水方滋,俪采百字之偶,争价一句之奇,情必极貌以写物,辞必穷力而追新,此近世之所竞也。"③刘勰对当时描摹自然的文风是有异议的,同为南朝人的裴子野在《雕虫论》中也对宋齐以来"深心主卉木,远致极风云""巧而不要,隐而不深"④的颓废文风进行了批评。对于这种文风的矫正,刘勰希望人们可以学习和承继《诗经》对自然的描写经验,以便更好地描写"物色"。而在描绘"物色"最佳的巅峰时期盛唐时代,无论王维还是孟浩然,他们都在描摹刻画自然山水的同时,重视对山水神韵的表现,并能够将主体的情志与客体的外物融为一体,创造出一派水乳交融的全新气象。可以说,盛唐诗人的山水诗是对刘勰"物色"理论的最佳印证。

---

① 王怀平:《言意之辨与魏晋南北朝语图符号的越界会通》,《云南社会科学》2013 年第 2 期,第 175 页。

② 刘勰:《文心雕龙·物色》,范文澜《文心雕龙注》,人民文学出版社 1958 年版,第 694 页。

③ 刘勰:《文心雕龙·明诗》,范文澜《文心雕龙注》,人民文学出版社 1958 年版,第 67 页。

④ 穆克宏、郭丹:《魏晋南北朝文论全编》,上海远东出版社 2012 年版,第 450 页。

那么,为何作家创作不能追求"不加雕削,而曲写毫芥"的风格呢? 刘勰说:

> 然物有恒姿,而思无定检,或率尔造极,或精思愈疏。且诗骚所标,并据要害;故后进锐笔,怯于争锋。莫不因方以借巧,即势以会奇,善于适要,则虽旧弥新矣。是以四序纷回,而入兴贵闲;物色虽繁,而析辞尚简:使味飘飘而轻举,情晔晔而更新。古来辞人,异代接武,莫不参伍以相变,因革以为功,物色尽而情有余者,晓会通也。①

客观景物各有相对固定的姿态,如果追求"不加雕削,而曲写毫芥",那么作品就会缺乏创造性。相对于客观景物,人的情思却是变化多端的,因此就算是客观景物相对固定,也会产生气象万千的描绘,以此成篇就能"虽旧弥新"。在具体的创作手法上,首先要"善于适要",即抓住描写对象的本质特征。法国著名文艺理论家丹纳在《艺术哲学》一书中说:"可见艺术品的本质在于把一个对象的基本特征,至少是重要的特征,表现得越占主导地位越好,越显明越好;艺术家为此特别删节那些遮盖特征的东西,挑出那些表明特征的东西。"②刘勰的"善于适要"正是此意。前文所举《诗经》《楚辞》中的诸多例子,因能够做到"并据要害"即是最佳的艺术范式。所以后世的创作者就需要"因方以借巧,即势以会奇",借鉴过去的写作方法而寻找创作的捷径,并适应文体的特点而求出奇制胜。此处对《诗经》《楚辞》"善于适要""并据要害"写作特点的指出,呼应了前文对《诗经》"以少总多""情貌无遗"创作特点的阐述。刘勰的反复申明,其实都在强调创作要以简驭繁,"物色虽繁,而析辞尚简"。在《文心雕龙》整部书中,刘勰于多处都展现出了他"尚简"的思想倾向。如《宗经》篇中的"辞约而旨丰,事近而喻远"③,《乐府》篇中的"陈思称李延年闲于增损古辞,多者则宜减之,明贵约也"④,《檄移》篇中的"陆机之《移百官》,言约而事显"⑤,《铭箴》篇中的"义典则弘,文约为美"⑥,《议对》篇中的"标以显义,约以正辞,文以辨洁为能,不以繁缛为巧"⑦,等等,都说明了刘勰对简约文风的提倡和推崇。

其实对"简"的崇尚不等于崇尚简单。阿恩海姆曾说:"'简化'在艺术领域里往往具有某种与'简单'相对立的另一种意思,它往往被看作艺术品的一个极重要的特征。……当某件艺术品被誉为具有简化性时,人们总是指这件作品把丰富的意义和多样化的形式组织在一个统一结构中。……因此,由艺术概念的统一所导致的简化性,绝不是与复杂相对应的性质,只有当它掌握了世界的无限丰

---

① 刘勰:《文心雕龙·物色》,范文澜《文心雕龙注》,人民文学出版社 1958 年版,第 694 页。
② 丹纳著,傅雷译:《艺术哲学》,人民文学出版社 1981 年版,第 27 页。
③ 刘勰:《文心雕龙·宗经》,范文澜《文心雕龙注》,人民文学出版社 1958 年版,第 22 页。
④ 刘勰:《文心雕龙·乐府》,范文澜《文心雕龙注》,人民文学出版社 1958 年版,第 103 页。
⑤ 刘勰:《文心雕龙·檄移》,范文澜《文心雕龙注》,人民文学出版社 1958 年版,第 379 页。
⑥ 刘勰:《文心雕龙·铭箴》,范文澜《文心雕龙注》,人民文学出版社 1958 年版,第 195 页。
⑦ 刘勰:《文心雕龙·议对》,范文澜《文心雕龙注》,人民文学出版社 1958 年版,第 438 页。

富性,而不是逃向贫乏和孤立时,才能显示出简化性的真正优点。"①阿恩海姆的这段话是对刘勰"物色虽繁,而析辞尚简;使味飘飘而轻举,情晔晔而更新"最好的注解。物色虽然极为繁复,但用辞却在简练,这样的描述必定使得作品的意味自然流出,情趣盎然而格外清新,最终达到"物色尽而情有余"②,展现出审美对象的"无限丰富性"。这种审美对象的"无限丰富性"使得"文已尽而意有余"③,留给了读者无穷无尽的想象空间。这种表达方式是中国文学的一种传统,正如涂光社所说:"古人不喜欢阖盘托出一览无余的艺术表现,鄙薄一旦展示终结影响力也随之消失的作品。内容深厚耐人玩味;模糊的具有启示性的艺术传达,能够左右观照者的情感活动和心理趋向,触发、激活和引导艺术的再创造……才受欢迎。就传神而言,准确描摹也许是必要的,但突出本质的、灵动的、最富个性和机趣的点睛之笔才是要害,点到辄止和有'文外之重旨'的间接传达为观照者留下品味和畅想的余地。"④

二、隐篇秀句与境生象外

涂光社所引"文外之重旨"一语,出自《文心雕龙·隐秀》篇,而《隐秀》篇中对"隐"和"秀"含义的分析,对"文外重旨"和"义生文外"的阐述,皆对后世的相关意境理论,如刘禹锡的"境生于象外"⑤和司空图的"象外之象,景外之景"⑥等产生了重大的影响。正如阮国华所说:"刘勰虽然未能正面揭橥意境论,但他却是唐以前从理论上为意境论的出现作贡献最大的一个。"⑦

何为"隐秀"?刘勰说:"隐也者,文外之重旨者也;秀也者,篇中之独拔者也。隐以复意为工,秀以卓绝为巧。"⑧所谓"隐",是指文辞之外具有多重含义、多重意旨,耐人寻味;所谓"秀",是指作品中特别突出的文句,这种文句秀拔、巧妙。"隐秀"共同表现出前人作品的美好,是作者才华的集中反映。

具体说来,具有"隐"之特质的文章,其含义往往简约却不简单。旨意杳渺而深远,非唾手可得,必经用心体悟方得作者之用心。这便是刘勰所谓"玩之者无

---

① 阿恩海姆著,滕守尧译:《艺术与视知觉——视觉艺术心理学》,中国社会科学出版社 1984 年版,第 66—68 页。

② 刘勰:《文心雕龙·物色》,范文澜《文心雕龙注》,人民文学出版社 1958 年版,第 694 页。

③ 钟嵘著,陈延杰注:《诗品注》,人民文学出版社 1962 年版,第 2 页。

④ 涂光社:《刘勰的简繁隐显之论——兼及文学传达中一种传统的审美取向》,中国《文心雕龙》学会编:《论刘勰及其文心雕龙》,学苑出版社 2000 年版,第 338 页。

⑤ 周祖譔编选:《隋唐五代文论选》,人民文学出版社 1990 年版,第 229 页。

⑥ 司空图著,郭绍虞集解:《诗品集解》,人民文学出版社 1963 年版,第 52 页。

⑦ 阮国华:《刘勰为意境论的出现所作的理论准备》,《文心雕龙学刊》第六辑,齐鲁书社 1992 年版,第 69 页。

⑧ 刘勰:《文心雕龙·隐秀》,范文澜《文心雕龙注》,人民文学出版社 1958 年版,第 632 页。

穷,味之者不厌矣"①。作家用心为读者创造的一片辽远的审美想象空间,是一片超越当下,追求无限精神自由的空间。孟子所言"言近旨远"正是刘勰对文章表达的追求之一,文字中包含丰富深远的意味,其绵绵无尽之意在言外。在第一节"言、象、意的关系"中,我们已经探讨过文字本身其实是无法完全蕴含所有的作者之意的,所以有一些意义就是文本的言外之意。但也正因为这种"复意"与"文外之重旨"的存在,才会有司空图所说的"韵外之致"②"味外之旨"③,用刘勰自己的话说就是"余味曲包"④。汤用彤在《魏晋玄学论稿·言意之辨》中说:"魏晋文学争尚隽永,《文心雕龙》推许隐秀,隽永谓甘美而义深长,情在词外曰隐,状溢目前曰秀,均可知当时文学亦用同一原理。"⑤

刘勰用比喻来说明"隐":"譬爻象之变互体,川渎之韫珠玉也。故互体变爻,而化成四象"⑥。"隐"正如卦象,一种特殊的符号具备一个能指意义,但其多层意义,也就是它的所指意义却丰富多样,远远超出符号本身。因此,我们说这份被"曲包"在内的"余味",其内在的张力和容量是巨大的。

刘勰所谓"秀",据宋人张戒在《岁寒堂诗话》中录存的今已成为佚文的两句解释:"情在词外曰隐,状溢目前曰秀。"⑦所谓"状溢目前",就是形象鲜明,如同在读者的眼前。作品中的"隐"要靠什么来彰显?要靠"秀"。刘勰说"秀也者,篇中之独拔者也",这种"独拔"仿佛魏晋时期对人物品鉴的用语,如"嵇康身长七尺八寸,风姿特秀"⑧,因此,这种"秀"即是文章整体美中最突出、最美的部分。当然,最突出之"秀"与文章的整体之"秀"是有机调和的。纪昀曾评点《隐秀》篇中的"秀句所以照文苑"说:"此'秀句'乃泛称佳篇。"⑨也就是说,对于文章的整体,刘勰的要求也是秀丽、秀美。詹锳在其《文心雕龙义证》中很好地点明了"秀句"的重要作用:"从'隐篇'和'秀句'的关系来看:'秀句'可以说是'隐篇'的眼睛和窗户,通过'秀句'打开'隐篇'的内容。"⑩从这个阐释来看,刘勰的这一"句秀"说对后世作家对诗句名言警句的锤炼产生了一定的影响。

虽然"隐秀"并称,但两者关系中,还是有主次之分的。刘勰表示要以"隐"为主导,"夫隐之为体,义主文外,秘响傍通,伏采潜发"⑪,虽然我们无从得见缺失

---

① 刘勰:《文心雕龙·隐秀》,范文澜《文心雕龙注》,人民文学出版社 1958 年版,第 635 页。
② 司空图著,郭绍虞集解:《诗品集解》,人民文学出版社 1963 年版,第 47 页。
③ 司空图著,郭绍虞集解:《诗品集解》,人民文学出版社 1963 年版,第 48 页。
④ 刘勰:《文心雕龙·隐秀》,范文澜《文心雕龙注》,人民文学出版社 1958 年版,第 633 页。
⑤ 汤用彤:《魏晋玄学论稿》,三联书店 2009 年版,第 39 页。
⑥ 刘勰:《文心雕龙·隐秀》,范文澜《文心雕龙注》,人民文学出版社 1958 年版,第 632 页。
⑦ 郭绍虞主编:《中国历代文论选》第二册,上海古籍出版社 1979 年版,第 375—376 页。
⑧ 刘义庆:《世说新语》,时代文艺出版社 2005 年版,第 184 页。
⑨ 刘勰著,黄叔琳注,纪昀评:《文心雕龙》,上海古籍出版社 2015 年版,第 233 页。
⑩ 詹锳:《文心雕龙义证》,上海古籍出版社 1989 年版,第 1483 页。
⑪ 刘勰:《文心雕龙·隐秀》,范文澜《文心雕龙注》,人民文学出版社 1958 年版,第 632 页。

的"秀之为用"部分，但凭借中国的"体用"范畴，可以想见，刘勰是把"隐"当作"体"的，也就是最根本和本质的东西。

虽然"隐"与"秀"有主有次，但在文章的整体之中，它们二者是和谐共生的，"根盛则颖峻，是以文之英蕤，有秀有隐"，"隐""秀"本是一棵树上的根与枝，实为一体，只是表现不同。换句话说，"隐"是"秀"的思想感情基础，"秀"是"隐"的内容的自然流露。过于"隐"，则生晦涩，过于"秀"，则失底蕴。为了不失偏颇，刘勰提出："或有晦塞为深，虽奥非隐；雕削取巧，虽美非秀矣。故自然会妙，譬卉木之耀英华；润色取美，譬缯帛之染朱绿。朱绿染缯，深而繁鲜；英华曜树，浅而炜烨。"①刘勰认为具备"隐秀"特质的作品乃是构思顺应时机而自然形成，并非冥思苦想的结果。那些刻意求工之作，虽然华丽但不能算是秀句了。所以时机相合而自然形成的妙句，犹如草木盛开的鲜花；经过加工而产生的丽句，则像丝绸染上的颜色。红绿染成的丝绸，颜色浓重而过分鲜丽；鲜花装点的草木，色彩淡雅而分外美丽。刘勰对这种"自然天成"的描绘很有后人诗句所云"文章本天成，妙手偶得之"②的意味。

当然，有过创作经历的人都知道这种自然天成是很难做到的。第一，把表现对象以生动逼真、自然贴切的方式表达出来，达到王国维所说的"语语都在目前"的"不隔"境界③，不是件容易的事。第二，既要传达作者的情志，又要"含不尽之意，见于言外"④，更是件令人为难的事。汤用彤从哲学的角度解释了造成"隐秀"并重会有难度的原因，其谓："'秀'谓'得意'于言中，而'隐'则'得意'于言外也。"⑤因此，"秀"的哲学基础是"言尽意"，用语言描摹出客观外物的形状，并以鲜明而生动的形象立于文本之中；而"隐"的哲学基础是"言不尽意"，创作主体内心的情感，没有客观外物的具体形状，且又不固定，如何"言"尽其意？所以，"隐秀"就是要通过文字来表达文字之外的东西，通过形象来阐释形象之外的意义，是言与不言、言内和言外、片言和多言的统一。语言是具有启发性和暗示性的，创作中事无巨细的刻画有时反而会让语言的启发性和暗示性无法得以施展，从而使审美对象所具备的内蕴仅仅局限于文字的描绘之中，无法超越语言，自然也就没有了读者自己品味出的那份滋味。司空图说"不着一字，尽得风流"⑥，叶燮说"诗之至处，妙在含蓄无垠，思致微渺，其寄托在可言不可言之间，其指归在可解不可解之会，言在此而意在彼，泯端倪而离形象，绝议论而穷思维"⑦，这些刘

---

① 刘勰：《文心雕龙·隐秀》，范文澜《文心雕龙注》，人民文学出版社 1958 年版，第 633 页。
② 陆游著，钱仲联校注：《剑南诗稿校注》，上海古籍出版社 2005 年版，第 4469 页。
③ 王国维：《王国维文学论著三种》，商务印书馆 2010 年版，第 31 页。
④ 郭绍虞主编：《中国历代文论选》第二册，上海古籍出版社 1979 年版，第 244 页。
⑤ 汤用彤：《魏晋玄学论稿》，三联书店 2009 年版，第 72 页。
⑥ 司空图著，郭绍虞集解：《诗品集解》，人民文学出版社 1963 年版，第 21 页。
⑦ 叶燮著，霍松林校注：《原诗》，人民文学出版社 1979 年版，第 30 页。

勰之后的诗论家,其论述都是要求创作要超越语言,去寻求文外的"余味",给读者留下再创作的愉悦空间。

刘勰对于"余味"的推崇,不仅可以从《隐秀》篇可见一斑,《比兴》篇中他对"兴"的阐释,亦可看出他对"余味"的大力褒赏。《比兴》云:"观夫兴之托谕,婉而成章,称名也小,取类也大。"诗人用"兴"来寄托讽喻之情,往往委婉而言;所举多为微小事物,但蕴含深广的意义。对于"兴"的推崇,刘勰将它定位为一种创作传统,他说:"炎汉虽盛,而辞人夸毗,诗刺道丧,故兴义销亡。"①他认为汉代的创作虽然兴盛,但辞赋家们缺乏独立的人格,丧失了《诗经》讽刺的创作传统,"兴"的意义也就逐渐减弱以至消亡了。所以,刘勰"兴"的思想与孔子"兴观群怨"说是一脉相承的。从艺术语言和形式的角度说,"兴"的运用给人以含蓄蕴藉、意味深长之美。作为艺术表现方法的"比兴"论,在中国古代有着悠久的传统;刘勰所论,具有承前启后的作用。稍后于刘勰的钟嵘在其《诗品序》中说:"故诗有三义焉:一曰兴,二曰比,三曰赋。文已尽而意有余,兴也;因物喻志,比也;直书其事,寓言写物,赋也。宏斯三义,酌而用之,干之以风力,润之以丹采,使味之者无极,闻之者动心,是诗之至也。"②钟嵘把"兴"摆在了"三义"之第一,可以看作是对刘勰强调"兴"的一种回应。而其中"文已尽而意有余"这一对"兴"的解释恰到好处地说明了运用"兴"的艺术效果。

通过上述分析,我们可以说,虽然刘勰没有明确提出意境的概念,但其《隐秀》篇中所透露出的思想已经对意境的美学特征做出了重要的概括。张少康曾说,意境的最基本美学特征是"以有形表现无形,以有限表现无限,以实境表现虚境,使有形描写和无形描写相结合,使有限的具体形象和想象中无限丰富形象相统一,使再现真实实景与它所暗示、象征的虚境融为一体,从而造成强烈的空间美、动态美、传神美,给人以最大的真实感和自然感"③。而这种"空间美、动态美、传神美","真实感、自然感",用刘勰自己的话说就是"视之则锦绘,听之则丝簧,味之则甘腴,佩之则芬芳"④。能够让读者从视觉上感觉如画,从听觉上感觉如乐,从味觉上感觉如美味,从触觉上感觉如有香囊在身,而读者的这些感觉就是"余味曲包"中的"味"。

"味"作为中国古代文学史上的一个重要的范畴,其地位之高,用司空图的话说就是"辨于味而后可以言诗"⑤。刘勰虽然没有完整提出过"味"的产生及其与"象""境"的关系,但他却注意到了"言"和"味"之间的微妙关系。在刘勰提出的"余味曲包"一句中,"余"是作者用"言"创造的,而"味"是读者对作品进行理解和

---

① 刘勰:《文心雕龙·比兴》,范文澜《文心雕龙注》,人民文学出版社 1958 年版,第 601—602 页。

② 钟嵘著,曹旭集注:《诗品集注》(增订本),上海古籍出版社 2011 年版,第 47 页。

③ 张少康:《论意境的美学特征》,《古典文艺美学论稿》,中国社会科学出版社 1988 年版,第 44 页。

④ 刘勰:《文心雕龙·总术》,范文澜《文心雕龙注》,人民文学出版社 1958 年版,第 656 页。

⑤ 司空图著,郭绍虞集解:《诗品集解》,人民文学出版社 1963 年版,第 47 页。

审美再创造的结果。刘勰用这样一个感官化的"味"字来概括读者对作者用意的理解，除了"余味曲包"之外，还可从其他篇目中看到，如《明诗》篇"至如张衡怨篇，清典可味"①，《情采》篇"繁采寡情，味之必厌"②，《声律》篇"是以声画妍媸，寄在吟咏，吟咏滋味，流于字句。气力穷于和韵③等等。这些"味"字的使用都说明了读者在"余"的空间内，有着个人化、感性化甚至是模糊化的心理体验。有了这份心理体验，就能开拓出广阔的想象天地，用今天的话说就是"一千个读者就有一千个哈姆雷特"。在刘勰心目中能够带给读者这种感受的理想之意境就是情景交融、意象交融、情采相合且又文质彬彬的完美的艺术境界。

因此可以说，刘勰在《隐秀》篇中所说的"隐"和"秀"是针对艺术形象中情与景、意和象来说的。它们之间的统一关系可以这样描述："隐"中见"情"见"意"，"秀"中存"景"存"象"；"情"在"景"中，"意"在"象"中，"隐"在"秀"中；"景"不能离开"情"而单独传达，"象"不能摆脱"意"而独立存在，"意"也不能脱离"象"而直接表达。

从刘勰的"隐秀"理论发展到唐宋的意境论，后世的理论家多以刘勰之理论为基点。如钟嵘在《诗品》中提出"文已尽而意有余"④为"兴"的解释；王昌龄在其《诗格》中云："诗有三境。一曰物境：欲为山水诗，则张泉石云峰之境，极丽绝秀者，神之于心，处身于境，视境于心，莹然掌中，然后用思，了然境象，故得形似。二曰情境：娱乐愁怨，皆张于意而处于身，然后驰思，深得其情。三曰意境：亦张之于意而思之于心，则得其真矣。"⑤其三境说实则已对意境做了更进一步的阐发。到了中唐，殷璠推崇诗歌"兴象"和"远出常情之外"⑥的诗境；皎然则进一步强调"诗情缘境发"⑦，且作诗要注重"采奇于象外"⑧"情在言外""旨冥句中"⑨等；权德舆也主张"意与境会"，刘禹锡则明确提出了"境生于象外"⑩。特别是刘禹锡的这一"境生象外"说，可谓得刘勰"隐秀"理论之精髓，不仅强调了具体实在的境象的重要性，同时也说明诗歌不能没有那一个供读者自由想象的虚的境象。后来的司空图在《与极浦书》中将此定位为"象外之象，景外之景"⑪，这种"象"和

---

① 刘勰：《文心雕龙·明诗》，范文澜《文心雕龙注》，人民文学出版社1958年版，第66页。
② 刘勰：《文心雕龙·情采》，范文澜《文心雕龙注》，人民文学出版社1958年版，第539页。
③ 刘勰：《文心雕龙·声律》，范文澜《文心雕龙注》，人民文学出版社1958年版，第553页。
④ 钟嵘著，陈延杰注：《诗品集注》，人民文学出版社1962年版，第2页。
⑤ 郭绍虞主编：《中国历代文论选》第二册，上海古籍出版社1979年版，第88—89页。
⑥ 周祖譔编选：《隋唐五代文论选》，人民文学出版社1990年版，第144页。
⑦ 郭绍虞主编：《中国历代文论选》第二册，上海古籍出版社1979年版，第83页。
⑧ 郭绍虞主编：《中国历代文论选》第二册，上海古籍出版社1979年版，第88页。
⑨ 郭绍虞主编：《中国历代文论选》第二册，上海古籍出版社1979年版，第87页。
⑩ 周祖譔编选：《隋唐五代文论选》第二册，人民文学出版社1990年版，第229页。
⑪ 司空图著，郭绍虞集解：《诗品集解》，人民文学出版社1963年版，第52页。

"景"正具有"言有尽而意无穷"①的特点。可以说,刘勰的理论对后世意境理论之形成与发展有着巨大的贡献。

小结

刘勰作为中国最出色的文论家,在力求解决"言不尽意"的尝试中,充分吸纳了"立象尽意论"的理论精华,通过阐释文学构思中"思—意—言"的互动和转化进程完成了言意之辨的诗学转换,让"象"真正成为从此岸到彼岸的桥梁,并确定了其独立的地位。因此,他的文图理论实则以中国古典哲学的言意之辨为理论起点。

有了这一理论支撑,刘勰放眼天地人,用中国古人惯用的"取象"的思维方式,从天象和地形之美中,找寻人文之象的"摹本";从形神关系中,创设出"意象"来统摄言辞描绘之"形"和作者情志之"神",并用"神用象通"这一具体的构思方式,为主体和客体的融合找寻到一条正确的解决途径。于是,"象"便成为了一个同时承载主体之"神"与客体之"形"的载体。

当神思成熟,点滴落笔,自然感召间的写气图貌,便有另一种"境"生于象外。这种"境"藏于隐篇秀句间,流露出"象"之"言有尽而意无穷"的审美特质。

可以说,一千五百余年前的《文心雕龙》,无论其文学观念还是文学起源论、文学创作论以及文学接受论,"象"均被纳入其理论核心之中;刘勰用"体大而虑周"的宏大建构和精妙论述,为中国古代的文图理论增添了重要而华美的一章,特别是用画论概念比拟文论的方法值得我们充分注意并作进一步研究。

---

① 郭绍虞:《沧浪诗话校释》,人民文学出版社 1961 年版,第 24 页。

第十章　魏晋南北朝的文图理论

　　艺术门类是否具有共通性历来备受关注。在西方,莱辛在《拉奥孔》中探讨了文学和美术的差异。新批评派韦勒克、沃伦在《文学理论》中认为它们之间毫无关系。但中国的情况并非如此。从魏晋开始,诗画之间概念的借用、融合非常普遍,而且在批评中也常常相互观照和借鉴,且中国诗和画间那种画之不足以诗明之,诗之不足以画绘之的关系源远流长。文图关系研究的核心内容为"文学语象如何外化和延宕为视觉图像,视觉图像在何种意义上可以被言说"。①

第一节　玄佛道思想与文图理论的生成

　　文图问题在抽象思维初创的魏晋时期已开始探讨。最显明的是汉末"如画"思维的产生②。《后汉书·马援传》记载传主"眉目如画",《金楼子·说蕃》记载萧遥"眉目如画"(《知不足斋丛书》本),还有"江山如画"等言语。至于魏晋,五言诗中已常见"如画"。左思《娇女诗》云"其姊字惠芳,面目粲如画"③;庾肩吾《和太子重云殿受戒》曰:"连阁翻如画,图云更似真"④。这些频繁出现的"如画",透露出文学和绘画的亲缘。而在正始玄学的影响下,"立象以尽意"成为谈论艺术最基本的逻辑。绘画是"立象"的艺术,文学是"立言"的艺术。而以上文图关系转换为文学能否构成图像并通过图像来表达和绘画到底为何"立象"并能否通过"象"来传达意义的问题。文学语言因不能尽意,首先必须借由语言立象,然后由"象"来"尽意"。文学发展了最基本途径来"立象":其一发挥汉字的基因,连缀同一形旁的汉字制造空间物态,即"形文""形似"的美感;文学发挥拟象的原始思维,以比兴触物取象,创造"意象",这要求在"立象"外要为意而存"尽意"而生。于是文图关系形成这样的核心思想:文学因为"立象"可以如画、如雕刻,构造视

---

① 赵宪章:《"文学图像论"之可能与不可能》,《山东师范大学学报(人文社会科学版)》2012 年 5 期。
② 周勋初:《魏晋南北朝文学论丛》,江苏古籍出版社 1999 年版,第 269 页。
③ 逯钦立辑校:《先秦汉魏南北朝诗》,中华书局 1983 年版,第 735—736 页。
④ 逯钦立辑校:《先秦汉魏南北朝诗》,中华书局 1983 年版,第 1988 页。

觉美感；绘画如同文学可以为"尽意"而存。

一、玄学思想与文图理论的生成

魏齐王曹芳正始年间（240—249）出现了何晏、王弼的玄学。玄学渊源于注释三玄，三玄即《周易》《老子》《庄子》。王弼在《周易略例·明象》一篇中探讨了"言""象""意"三者间的关系：

> 夫象者，出意也。言者，明象者也。尽意莫若象，尽象莫若言。言生于象，故可寻言以观象，象生于意，故可寻象以观意。意以象尽，象以言著。故言者所以明象，得象而忘言；象者，所以存意，得意而忘象。①

在确定"言""意""象"三者关系基础上，王弼研讨了"尽意"的方法和"得意"的过程。以"意"为本，"言""象"皆为尽意之用。"立意"在先，后"立象"，再"立言"。"得意"相反，先寻"言"，后寻"象"，再获"意"。王弼采纳庄子筌蹄比喻言象，明确言象乃中介，为"尽意"和"得意"之工具。作为言意之辨的关键人物，王弼因解经生成了"得意忘言"说。"此'得意忘言'便成为魏晋时代之新方法，时人用之解经典，用之证玄理，用之调和孔老，用之为生活准则，故亦用之于文学艺术也。"②

王弼之说首先解决了长期以来言不能尽意的困扰。既然王弼从《周易》中发现"尽意莫若象，尽象莫若言"，文学就应该积极地塑造象，实现"立象以尽意"。至于文学本体之"意"从何而来，王弼与何晏、钟会关于圣人有情无情之辩难确立了人生而有情的观点。从陆机《文赋》"遵四时以叹逝，瞻万物而思纷"③开始，到刘勰"情以物迁，辞以情发"（《文心雕龙·物色》）④，再到钟嵘《诗品序》，情和物之间构成了感物生情，借物生象，立象尽情的文学情志表现论。文学的创作被演绎为"神用象通，情变所孕"⑤（《神思》）的创作过程。至于"象"从何来，《周易》仰观俯察的取象给予了方向。作为创作总论的《神思》提出了"物以貌求，心以理应"的"比兴"的手法。最终作品完成，文学鉴赏则是一个读者不断追求作者原意的过程，刘勰《知音》云"夫缀文者情动而辞发，观文者披文以入情"。⑥ 可以说正是"言""象""意"三者关系的确立为文学的创作、鉴赏提供了认识论和方法论，由此促成了魏晋在文学实践基础上对许多本源文体的冥搜寻讨。这些理论对于中国汉字符号属性的研究更是催生了文学和图画的亲缘关系。正是在"立象"中，

---

① 王弼注，楼宇烈校：《王弼集校释》，中华书局 1980 年版，第 609 页。
② 汤用彤：《理学·佛学·玄学》，北京大学出版社 1991 年版，第 320 页。
③ 陆机著，张少康集释：《文赋集释》，人民文学出版社 2002 年版，第 20 页。
④ 刘勰：《文心雕龙·物色》，周振甫《文心雕龙今译》，中华书局 1986 年版，第 414 页。
⑤ 刘勰：《文心雕龙·物色》，周振甫《文心雕龙今译》，中华书局 1986 年版，第 253 页。
⑥ 刘勰：《文心雕龙·物色》，周振甫《文心雕龙今译》，中华书局 1986 年版，第 439 页。

刘勰发现汉字本身就具备形象性，汉赋这个文体已重视汉字的形象性，构造了"繁类以成艳"的美感。在思考汉字图像化的过程中，刘勰拈出了"文"来表达文字造型的潜质和美感。他的灵感应该来自刘熙在《释名》中对"文"的阐释。刘熙说："文也，会集众彩以成锦绣，会集众字以成辞义，如文绣然也。"①在此基础上，刘勰思索文学之所以为文学的本源。他认识到正是在缀字成篇的"会集"中构成了"文"，它仿若联辞结采的"锦绣"。刘勰发现了汉字可以构造出雕刻般的空间立体感，为此将文学创作界定为"立文之道"，并以"雕龙"命名这种美感。

而绘画毫无疑问是"立象"的艺术。正是在"立象以尽意"的目的论中，深受玄学影响的顾恺之需要思考立象需尽何意的问题。"以形写神"说应运而生。顾恺之认为人物画为"传神"而作，以表现画家的精神气象为旨归。无论是不轻易点睛，还是对于裴楷的"益三毛"之举，抑或将谢鲲放置于丘壑间都是对人物神韵的表现。至于山水画论，则以山水类比山水绘画。既然"山水以形媚道"，那"以形写形、以色貌色"的山水画则将"栖神感类"，将人类的精神和山水的精神融合为一体后一并传达。而鉴赏者玩味山水画时，更是"畅神"之活动。从宗炳开始，山水画论形成了山水之形传达山水之"灵"，山水之"灵"融汇了人类之"神"的观点，因而立山水之象可以传达自然之道成为共识。王微更言之凿凿地宣称山水与"易象同体"。这些都是言意之辨所催生的思想。

除得意忘言外，玄学解释学方法还有崇本举末或崇本息末。王弼《老子指略》云："《老子》之书，其几乎一言而蔽之。噫！崇本息末而已矣。"②他所崇尚的本是从老子哲学中发现的"无"。《晋书·王衍传》记载"祖述老庄，立论以为天地万物皆以无为本。无也者，开物成务，无往而不存者也"③。以无为本，崇本息末，这构成正始玄学的基本思维方式。在王弼看来，世界由本体之"无"和现象之"有"构成，但"夫无不可以无明，必因于有"。（韩康伯注《周易系辞》）崇本举末的关键乃确立本体。本体一旦确立，"万物虽贵，以无为用，不能舍无以为体也。"④（《老子三十八章注》）。"崇本举末"的方法极易把握。"王弼的玄学思想高于何晏，不在于抽象的程度更高，而在于结合具体的能力更强。王弼的方法论思想的主要特征也不在于'辨名析理'，而在于运用体用、本末的方法来处理'有'与'无'、现象与本体的关系，在抽象和具体之间架设了一道桥梁。"⑤

崇本举末的思潮催生了魏晋艺术的本体思维。人物画家顾恺之在讲形神关系时，就把"神"界定为"神仪在心""神属冥芒"，于是"神"就具有了"无"性，顺理成章地成为绘画所尽之"意"。宗炳沿袭，将人物之神转换为山水"秀""灵"

---

① 刘熙：《释名》，中华书局1985年版，第51页。

② 王弼著，楼宇烈校释：《王弼集校释》，中华书局1980年版，第198页。

③ 房玄龄等撰：《晋书》四，中华书局1974年版，第1236页。

④ 王弼著，楼宇烈校释：《王弼集校释》，中华书局1980年版，第94,548页。

⑤ 余敦康：《何晏、王弼方法论思想辨析》，《哲学研究》1986年第12期。

"趣灵"。而"神本亡端",故而"栖形感类",发展出"山水以形媚道"的哲理。此后王微亦云:"灵无见,故所托不动。"可以说,在魏晋画论中一直寻求"无",标举"无",确立"无",并将"无"建构为绘画所应尽之意,即绘画的本体。人物画之"写形传神",山水画之"山水以形媚道",无不是以"崇本举末"为方法论构筑而成。

至于文学,曹丕的"文本同而末异"的思想不断发展,从陆机的《文赋》到体大思精的《文心雕龙》,可谓硕果累累。《文心雕龙》五十篇采取的《易》"大衍之数"精心编排。《序志篇》云:"位理定名,彰乎《大易》之数,其为文用,四十九篇而已。"①而在文体建构和构思、创作中无处不见所谓"立文之本源也""此立赋之大体也"等等。刘勰更是在"文原于道"的宇宙本体上铺垫了情志本体论,正如《原道》开宗明义所讲的:"文之为德也大矣。"刘勰论证了"文原于道","道"创生了天文、地文以及人文。而这一切的创生都是不以人的意志为转移的。为表达或者说强调这种不可逆性、不可违性,刘勰以"自然"界定。自然之文就应该拥有龙凤般的"藻绘",虎豹似的"炳蔚",云霞般的"雕色",草木样的"贲华"。而"人文"亦如此。人与天地并立,为天地间性灵所钟、五行之秀、天地之心。"人文"为自然创生过程,人心萌动创造了语言,组织语言创作出文学。"夫以无识之物,郁然有彩,有心之器,其无文欤?"②刘勰借由反问认定文学就应当具有"文采"。《情采》称"文采"有"情文""形文"和"声文","形立则章成"构成"形文","声发则文生"构成"声文"。在《原道》中,刘勰因遵循"文"乃视觉美感而特别强调依靠"形立"而成的"形文"。他不仅从"形立"所呈现的美感——"藻绘"等来言说,而且从"形立"的方法进行强调,即所谓"藻绘呈瑞""炳蔚凝姿""雕色""贲华"。通由系列动词"呈""凝""雕""贲","文"被创造出来。也正是通由这样的动作,"文"具有切实而固定的物化形态。自然之"文"尚且如此,那"人文"呢?"人文"也需要创造,需要用心地"联辞"方能"结采",有意地编缀才能"成文"。语言连缀后创造了坚实的文学样貌,而这个样貌可以耳闻目测。刘勰在《原道》中提出"文原于道",最终是为了论证"原于道"的"文"应该具有属于自己的形式感,并以这种形式感生成美感,生成内容,而不仅仅是可有可无的"外饰"。

"文"之所以蕴含这样的内涵,与其字源有关。甲骨文有"文","文"即"纹",刻画在人身上的花纹。《周易·系辞》:"物相杂,故曰文。"③《贲卦》:"观乎人文,以化成天下。"④《国语·郑语》:"物一无文。"⑤最初的"文"被训为文饰与错杂。汉加强了人工修饰的意蕴。《说文解字》曰:"文,错画也,象交文。"《广雅·释诂》

---

① 刘勰:《文心雕龙·序志》,周振甫《文心雕龙今译》,中华书局1986年版,第456页。
② 刘勰:《文心雕龙·原道》,周振甫《文心雕龙今译》,中华书局1986年版,第11页。
③ 王弼著,楼宇烈校释:《王弼集校释》下,中华书局1980年版,第572页。
④ 王弼著,楼宇烈校释:《王弼集校释》上,中华书局1980年版,第326页。
⑤ 《国语》,上海古籍出版社1988年版,第516页。

曰:"文,饰也。"①可见,此时的"文"以会集众多,构成修饰,呈现视觉美感为本意。至六朝,"文"的修饰性被重申,具有文采的语言才能称之为文。于是,陆机有《文赋》,刘勰写作《文心雕龙》,创建了一套以"文"为中心的视觉形式论。刘勰既涵盖了"文"的多种内涵,也用"文"统率了通行的"丽""藻""绮靡"等文学观念。具体来说,刘勰的"文"至少具备了以下内涵:

(1)"文"即自然现象的图样或形象,作为宇宙之道的显示;(2)"文"即文化,人文制度的形式,与自然的"文"平行;(3)"文"即文饰;(4)"文"即文字,代表语言,而语言又表达人心,人心与宇宙之心合一。这些概念合并在"意"的结果,亦即,文学及宇宙原理之显示与文饰之言的表象这些概念。②

刘勰采用玄学崇本举末方法,标举"文",统摄构成"文"的形式及内容,建立文学的本体论。正是在玄学影响下,魏晋南北朝时期的文论形成两方面重要内容:"其一,探讨文之本质。宇宙之本体为一切事物之宗极,文亦自为道(明按:即指本无)之表现;其二,探讨如何方能找到适当的方法,以表现此宇宙本体(或云'通于天地之性,感受生命和宇宙之价值')。"③这两个方面的探讨集中于对于"文"的建构。在对于"文"的理论建构中,文学被视为在"立意"基础上进行的汉字编排、组织和联缀。而汉字的编码必然要充分发掘文字本身的属性,发挥文字本身形、音、义的特质。因此,文学首先要利用语言文字的符号特性。

在文学确立本体的过程中,汉字的符号特性被充分地研究并利用。而当绘画艺术取得成就时,更借助绘画艺术中的图像感来观照文学。于是,汉字符号能否生成图像,并以图像性超越语言的抽象性、线性被关注。由此催生了以"形""象"为核心的文学范畴,促使了文学和绘画间的融会贯通。从魏晋起,文学可以造成一定的绘画的效果,绘画可以达到一定的诗意,即诗中有画,画中有诗。

二、文学:"立象"以尽意

刘勰《文心雕龙·情采》云:

故立文之道,其理有三:一曰形文,五色是也;二曰声文,五音是也;三曰情文,五性是也。五色杂而成黼黻,五音比而成韶夏,五情发而为辞章,神理之数也。④

刘勰言说了"立文之道",即"文"构成的方法。这三种方法分别为"形文""声文""情文"。正是它们促使了符号编码演化为文学的表达。三者关系存有本末。

---

① 许慎:《说文解字》,中华书局 1963 年版,第 185 页。

② 刘若愚:《中国文学理论》,江苏教育出版社 2006 年版,第 36 页。

③ 杨明:《关于魏晋哲学与文论关系的一些思考——读汤用彤先生〈魏晋玄学与文学理论〉志疑》,《复旦学报》2012 年第 5 期。

④ 刘勰:《文心雕龙·情采》,周振甫《文心雕龙今译》,中华书局 1986 年版,第 287 页。

刘勰说："故情者文之经,辞者理之纬;经正而后纬成,理定而后辞畅:此立文之本源也。"此为刘勰的"体情之制",以情文为本。"以情文为本",文学就应当"为情而造文",写作必然"吟咏情性",此乃崇本举末。如果不这样做,力图"为文而造情",只能流于"繁采寡情",此乃弃本逐末。

"情文"是以情志为本,它对应于《情采》,也遥相呼应"文心者,为文之用心也"。"声文",专有《声律》篇探讨了文学的听觉美感,并以"声采""声画"称谓。"形文"却未做过多解说。因其以"五色"界定,让人联想陆机"遣言也贵妍","若五色之相宣",故论者多以语言描绘物体颜色。若此,最合其意指的只有《物色》中一段言辞:

> 至如《雅》咏棠华,"或黄或白";《骚》述秋兰,"绿叶""紫茎";凡摛表五色,贵在时见,若青黄屡出,则繁而不珍。①

这确以描绘颜色为摛文手段。除此外,当刘勰以"纺织""画绘"比喻作文时,也时时不忘色彩。《隐秀》篇:"故自然会妙,譬卉木之耀英华;润色取美,譬缯帛之染朱绿。"《正纬》篇:"朱紫沸腾""糅其雕蔚"都是极为典型的炫色耀采。六朝诗人在"形似"中也极为注重对色彩的摹写。如谢灵运之"余霞散成绮,澄江静如练"(《晚登三山还望京邑》)。但从"形文"的命名来看,除了"摹色"以外,"形文"既以"形"为文,也就包括了物象的形貌、状态、色彩等所有的可以目观的形式要素。《物色》中就要求"写气图貌,既随物以宛转;属采附声,亦与心而徘徊"②。对此,王元化分析说:

> "写气图貌,既随物以宛转;属采附声,亦与心而徘徊。"二语互文足义。气、貌、采、声四事,指的是自然的气象和形貌。写、图、属、附四字,则指作家的模写与表现,亦即《骆注》所云:"侔色揣称",摹拟比量之义。③

四个动词对应四个对象,极力张扬了对于外物逼真的模仿。而除了"气"稍稍虚拟,难以臆测之外,"貌""采""声"都是翔实的可辨可识的具体。"属采"与其他三者呈并列关系,一起构成了对于"物色"的模拟。而最善于模拟物色的文体就是"赋",刘勰正是在《诠赋》中完成了对"形文"的建构。

刘勰先给"赋"下了个定义,所谓"赋者,铺也,铺采摛文,体物写志也"。④"铺采摛文"之说来自司马相如。作为汉赋四大家之一,司马相如创作成就非凡,他将文学创作看作编织,揭示了语言文字能构成图像和式样的美的特点。而"靡丽""弘丽"也成为赋体文的语言风格。西晋时,文人对于赋体文学有了新的认知。挚虞在《文章流别论》中,把"赋"的文本特征概括为"以事形为本"。"事形"

---

① 刘勰:《文心雕龙·情采》,周振甫《文心雕龙今译》,中华书局1986年版,第416页。
② 刘勰:《文心雕龙·情采》,周振甫《文心雕龙今译》,中华书局1986年版,第415页。
③ 王元化:《文心雕龙讲疏》,上海古籍出版社1992年版,第90页。
④ 刘勰:《文心雕龙·诠赋》,周振甫《文心雕龙今译》,中华书局1986年版,第76页。

就是以形为事,写赋之人全力以赴用语言去描绘事物的形貌。比起过去以"情义为主"的"古诗之赋"来,以"事形为本"的赋,追逐语言的"立象"。而抛弃了"立意"追逐"立象",背离了内容强调了形式,使得赋"言当而辞无常矣"。在言辞夸奢中挚虞认为产生了四种失误:"夫假象过大,则与类相远";"逸辞过壮,则与事相违";"辩言过理,则与义相失";"丽靡过美,则与情相悖"。① 这四种过错已经完全违背了写作的本意,也伤害了文章经世之致用。

同时期的陆机在《文赋》中称"赋体物而浏亮"。"体物"之说不同于"以事形为本"。"体"作为一种认知方法来自玄学。王弼在《老子指略》里说:"不温不凉,不宫不商;听之不可得而闻,视之不可得而彰;体之不可得而知,味之不可得而尝。"②作为一个动词,体与听、视、味并列为一种认知方式。而作为认知方式,"体"的最终目的为"可得"。另据《三国志·魏书》卷二十八《钟会传》注引何劭《王弼传》有:"(圣人)神明茂,故能体冲和以通无。"同样为动作,"体"的对象是"冲和"之气,而其最终目的为"通无"。在《论语释疑》中,王弼注"志于道"云:"道者,无之称也,无不通也,无不由也。况之曰道,寂然无体,不可为象。是道不可体,故但志慕而已。"③由"道不可体"而言,"体"诚然为一种对有形可见物象的一种把握。但与"视""闻""触"的感官获得局部印象不同,"体"含有庄子"与万物一体"的整体性获得。郭象着重发挥"与万物一体"说。"然则体玄而极妙者,其所以会通万物之性,而陶铸天下之化。"(《庄子·逍遥游注》)④郭象将"体"擢升为玄学手段,认为要超越物象认知,穷理尽性,获得对"道"的体悟。"体"遂发展为"与化为体"。(《庄子·大宗师注》)⑤结合王弼、郭象之见,认为"体"是对外物的整体性认知,进而在此基础上会通万物,逼近自然本体。而"体物"目的为"悟道"。即体认此物之所以成其为此物的道理。陆机用"浏亮"这个形容水之清澈的词语来概说"体物"的效果,也就在于使道理澄明。而刘勰笃定"情文"为本不可动摇,确立"体物"必当"写志",故有"吟咏所发,志惟深远,体物为妙,功在密附"(《物色》)⑥之陈述。

既然"体物","物沿耳目,辞令管其枢机",认知"物"依赖的主要就是视、听这两种知觉。当这两种知觉占据着绝对地位时,文学便生成了以视觉构成的"形文",以听觉构成的"声文"。文学发展有先后,汉赋着力发展了"形文"。"极声貌以穷文","写物图貌,蔚似雕画","拟诸形容","象其物宜"等,都为"赋"体所呈现。而"形文"是如何构成的呢? 刘勰返归最基础的语言层面,写就《练字》。"立

---

① 郭绍虞主编:《中国历代文论选》第一册,上海古籍出版社1979年版,第191页。

② 王弼著,楼宇烈校释:《王弼集校释》上,中华书局1980年版,第195页。

③ 王弼著,楼宇烈校释:《王弼集校释》下,中华书局1980年版,第624页。

④ 郭庆藩撰,王孝鱼点校:《庄子集释》上,中华书局1961年版,第31—32页。

⑤ 郭庆藩撰,王孝鱼点校:《庄子集释》上,中华书局1961年版,第229页。

⑥ 刘勰:《文心雕龙·物色》,周振甫《文心雕龙今译》,中华书局1986年版,第417页。

文之道，惟字与义"，刘勰从汉字的形体开始了探寻。因"取象"造字，每个汉字都是凝固的形象，或简单或繁杂。刘勰认为"字形单复"本身就会产生"妍媸异体"的感觉。文学是语言的艺术，在"心既托声于言，言亦寄形于字"的过程中，动听与否在于文字音韵的和谐程度，而美观与否就归结于字形构造。文学乃大量物化符号的组织和编排。字和字排列在一起，这种排列本身构造出来一定的样态。这个物化的"样态"被刘勰称为"体貌"，"言语之体貌，而文章之宅宇也"。"体貌"乃汉字连缀后呈现于视觉的物质形态。"体貌"也有美丑之别。刘勰认为缀字属篇时一定要拣择避免丑态。他提出了四避：一避"诡异"，少用那些稀奇古怪难得一见的汉字。二避"联边"，虽然那是写赋状物的手段，但普通的写作最好不用，否则看起来密匝匝、仿佛"字林"。三避"重出"，即单调的重复，一个字一再出现让人烦厌。四避"单复"。字形有"肥瘠"，在作文时"瘠字累句"，则"纤疏而行劣"，若"肥字积文"，"则黯黕而篇暗"。在连字谋篇中也需要斟酌选择。要让肥胖的字和瘦弱的字错落有致地搭配，构成"磊落如珠"的美感。

刘勰的"四避"其实避开就是他所认定文字组织不当所导致的丑态。在书法艺术实践和理论臻于成熟的魏晋时期，王羲之、卫夫人发表了诸多对于文字形体如何表达才能构成美感的言说。受此启发，刘勰认为单个汉字的"字形"就关乎美丑，而积字连篇就更会呈现出多样的视觉感受。无论是让人瞠目结舌的"讻咴"、广袤蔓延的"字林"、一再谋面的"重出"，还是瘦字铺展的孤零零、肥字累积的黑压压，都是诉诸视觉的形体感。刘勰《练字》篇对于汉字字形的探讨是其"形文"说的基础。因形而生体，言语所呈现的"体貌"是充满了空间的立体感。刘勰将"人之立言，因字而生句，积句而成章，积章而成篇"（《章句》）比喻为盖房子。因此，在《章句》中有"设情有宅，置言有位；宅情曰章，位言曰句"①的描述。为汉字安排一个适宜的位置，用语言为自己感情搭建一个容留的居所，刘勰用诗意般的语言表达了对汉字这种符号的认知。也正是形象的汉字按照一定的形式原则比如对称、骈俪等组构成篇，给文学带来线性符号所不具有的空间感、立体感。这是刘勰极力以雕刻来类比文学的主要原因。

对于刘勰为何取名"雕龙"，历来聚讼不已。《序志》云："古来文章，以雕缛成体，岂取驺奭之群言雕龙也。"②将"为文之用心"看作内容，"雕龙"就被视作文辞制作的技巧和方法。而刘勰"岂"字领帅是否构成了反问，各家意见不一。论者多认为此处本为反面的诘问。反问本身表达了刘勰对"雕龙"的否定，即对语言形式美感的否定。如果这样，刘勰以此为标题就匪夷所思。"雕龙"之前，扬雄有"雕虫""雕玉"说。《诠赋》篇云：

逐末之俦，蔑弃其本，虽读千赋，愈惑体要；遂使繁华损枝，膏腴害骨，无贵风

---

① 刘勰：《文心雕龙·章句》，周振甫《文心雕龙今译》，中华书局1986年版，第308页。
② 刘勰：《文心雕龙·序志》，周振甫《文心雕龙今译》，中华书局1986年版，第452页。

轨,莫益劝戒,此扬子所以追悔于雕虫,贻诮于雾縠者也。①

扬子"雕虫"为悔恨汉赋一味"联辞结采"(《情采》)弃本逐末的堕落。赋家意图移风易俗,驰骛于劝诫,但在帝王眼里视同儿戏。汉宣帝云:"辞赋大者与古诗同义,小者辩丽可喜。辟如女工有绮縠,音乐有郑卫,今世俗犹皆以此娱悦耳目,辞赋比之,尚有仁义风谕,鸟兽草木多闻之观,贤于倡优博弈远矣。"(《汉书·王褒传》)②作家要以文章经国济世,帝王却拿来"娱悦耳目",长点见识。巨大的落差让扬雄颇有一种"种的是龙种,收获的是虱子"的悲怆和无奈。齐梁裴子野也将时代流行的"人自藻饰"风潮贬斥为"雕虫之艺",著作《雕虫论》。刘勰将这种背弃了"立意",单纯追求语言形式的风尚看作"雕虫"。如用心为文,刘勰则以"雕玉"待之。如《宗经》:"故文能宗经,体有六义……扬子以雕玉以作器,谓五经之含文也。"扬雄"雕玉"含有两层意蕴。一层:雕"玉",即璞玉才需琢之磨之,"雕琢只有在符应受雕者本质的前提下进行刻削,始取得真正益美的成果"。③二层:打造璞玉使之成为人之所美、人之所喜的"器物"。

鄙弃"雕虫",标举"雕玉",刘勰却将自己的作品标题为"雕龙"。"雕龙"之说并非为刘勰所创。《时序》的"驺奭以雕龙驰响",呼应《序志》之反问。受此启发,有论者以随后的"腾声飞实""出类拔萃"意蕴来界定"龙"象。这种解说以"驰响"取代了"雕龙",自然违逆刘勰本意。刘勰的"雕龙"取义于"镂心"。《情采》篇云:"综述性灵,敷写器象,镂心鸟迹之中,织辞鱼网之上。"④抒写性灵,描摹形象的作文,仿佛编织渔网一般地组织文辞,是人类使用"鸟迹"之文字对于心的镂刻。"镂心"之说亦可变换。《原道》赞扬孔子熔钧六经"雕琢情性,组织辞令",就把"心"具体为"情性"。《征圣》彪炳圣哲之功亦在"陶铸性情",而"陶铸"即为"雕琢",也是按照材质本性塑形成象。这也正是《神思》"陶钧文思"、《宗经》"性灵熔匠"的旨趣。"龙"之意象出于《周易》,它上天入地,自由变幻。刘勰采用"龙"象喻意人心变幻莫测,情性神明难摹。刘勰"雕龙"之意就是将人的内在情性雕刻成文。

值得关注的是,刘勰批评的是"辞人爱奇,言贵浮诡,饰羽尚画,文绣鞶帨"。他反对偏离了本体"为文而造情"(《情采》)的写作目的,将这些单纯追求语言形式的做法称之为"尚画"。"画"是以形色为主的模仿艺术。汉赋以"靡丽""弘丽"形色风格为美。自汉末以来,文学一直以"如画"表达形象美感。西晋陆机《文赋》形容文学谓之"暨音声之迭代,若五色之相宣"。但陆机却已自觉地不再用"丽",而是改用"藻"和"绮靡"。文中一直以"盛藻""丽藻""玉藻"等反复罗列。

---

① 刘勰:《文心雕龙·诠赋》,周振甫《文心雕龙今译》,中华书局 1986 年版,第 81 页。
② 班固:《汉书》卷六十四下,中华书局 1962 年版,第 2829 页。
③ 简良如:《〈文心雕龙〉之作为思想体系》,中国社会科学出版社 2011 年版,第 266 页。
④ 刘勰:《文心雕龙·情采》,周振甫《文心雕龙今译》,中华书局 1986 年版,第 286 页。

而"藻"乃水草中之有花纹者,"绮靡"之"绮"为编织物。它们都是具体的物象,陆机以此为比强调的是语言的可见可触的具象感。陆机在言说语言之美时已有强烈的本体意识。故"绮靡"以"诗缘情"为前提,"浏亮"以"赋体物"为结果。至于刘勰,他以起源于道的"文"来统观文学的形式美感,就是要加强以"情文"为本的观念。追根究底,文学创作是表现的艺术,是情动于中而形之于言的表现。因此,文学是"情以物迁,辞以情发"(《物色》)。不顾文学表现的功能,在语言形式上大张旗鼓地做文章,那是制作而成,以修饰为要,丽则丽矣,却"离本弥甚,将遂讹滥"。为了强调"因情立体,即体成势"(《定势》),刘勰以雕刻来比喻文学所造成的立体感。

刘勰所说的"体"既是一种语言表达的风格,也是一种体裁规范。他认为个性由才气学习构成。《体性》云:"夫才有天资,学慎始习,斫梓染丝,功在初化,器成采定,难可繁移。"①个人的语言表达风格很容易演变为一种习惯,此后几乎无法改变。遣词造句的习惯一旦凝固,就自然"因情立体"。以"模经为式"者,写出"典雅之懿","效《骚》命篇"者,必归"艳逸之华"(《定势》),立意浅显的肯定缺含蓄,措辞简明的肯定不会繁缛。刘勰强调"童子雕琢,必先雅制"(《体性》),方能八体间流转自如。而写作还需"即体成势也"(《定势》)。刘勰所说:"循体而成势,随变而立功",即依照不同体裁的需要构成文势。从以上的议论来看,刘勰所谓的"体"是一种成熟的式样、固定的规范。这些式样和规范是基于语言表达而生成。生成后具有非此即彼的稳定性,也具有鲜明的个性和时代性。称颂屈原之《离骚》时,刘勰以"金相玉式,艳溢锱毫"作赞。金玉之质地,金玉之式样,这完全以雕刻艺术观照文学。文学"体"性类似于"造型",如《乐府》所谓"八音摛文,树辞为体"。若"造型"既定,后来者也必须遵循"设模以位理,拟地以置心"(《情采》),按照既定的规矩、既有的样式去表达自己。这就是"情理设位,文采行乎其中"(《熔裁》)的要求。总之,刘勰描述文学创作时,有着强烈"体式"思维,总认为是要用情理作为材料,构筑一个占据了空间的形象。他舍弃女工之黼黻、经纬之编织、五色之绘画等比喻,而专取雕刻为喻,其宗旨就在于"古来文章,以雕缛成体"(《序志》)。比起绘画之喻来,刘勰以雕刻为喻截然有异。雕刻是在材料上进行的。无论玉石、金属还是黏土,必须尊重材质本身的特性才能创作。语言是文学的材质,文学创作就要发挥符号的特性。汉字是仰观俯察取象而生,那就发挥汉字的形象性,构造出"形文"的美。言语,"声含宫商""吐纳律吕",就讲究声律,追求和韵,构造声画。大自然赋予人类"自然成对",文学创作在语言形式上也就"句句相衔""字字相俪",构成"丽辞"(《丽辞》)。语言为个人所掌握,然人有才、气、学、习的差异,因而造成了语言使用的差异。这些差异在早年一旦形成,则"器成采定,难可翻移"。在这个意义上,刘勰将打磨语言风格称为"童子雕琢"。

---

① 刘勰:《文心雕龙·体性》,周振甫《文心雕龙今译》,中华书局1986年版,第260页。

刘勰把待雕刻的语言看作熔铸的材料。《辨骚》言："观其骨鲠所树,肌肤所附,虽取熔经意,亦自铸伟辞。"①除了对语言材质的强调外,刘勰采用雕刻为比喻还基于文学的艺术形象之可感、可触的特点。《丽辞》云："自扬马班蔡,崇盛丽辞,如宋画吴冶,刻形镂法,丽句与深采并流,偶意共逸韵俱发。"②"丽辞"造成了"句句相衔""宛转相承"的连绵不绝,"字字相俪""隔行悬合"的遥相呼应。而这些乃时间符号生成的空间感。更有如"形文",铸"形"成林,见山是山见水是水,既是模山范水之绝妙杰作,也是人类应目会心畅神之物,文学变成了可以赏心悦目的艺术品。

可见,同样是表达视觉形式美,刘勰的"雕龙"取自"如画",又高于"如画"。雕刻亦有绘画所具有的形色,可以将"如画"思维中的形式要素一并收纳,但雕刻又超越绘画。雕刻重视"质料",刘勰以此认为文学必当发挥汉字的天赋资质,以联边、比兴等构造形象。雕刻呈现立体,刘勰以此认为文学铸造了文章的"体貌""宅宇"。这主要表现于"赋"体。因"联字"构成了"形文",代表着山水或虫鱼等物象的式样接连不断、花样翻新,且被均匀地配置于东南西北等不同的空间。在观者看来,文学"以雕褥为体",立体、繁复、美丽的效果只能以雕刻概括之。以雕刻类比文学,以突出文学的"写物图貌,蔚似雕画"(《诠赋》)的形式美感、立体美感为刘勰的首创。它揭示了语言的特性,并认为文学一定要依顺文字的特性,发挥它的特性,延伸它的特性,构成属于它自己的美感。中国文学"宋画吴冶"的形式美感就创生于此。正是"形文"有效地突破了符号的线性,构成了文学作品的空间性和立体性,让文学变成如雕刻一般可以体认、可以感知的物象,也让文学流变为可以把玩的娱乐工具。而在文学构思中借助比兴构造意象,也正是对汉字"拟象"思维的进一步扩展。如果说文学在魏晋实现了自觉,那一定是文学主体的自觉和文学形式的自觉。而文学形式的自觉正是从原道之"文"的发现开始的。

在玄学濡染下,刘勰发挥了本末思维,形成了"文原于道"的本体论。在此本体之上,结合文学创作的实绩,刘勰寻绎了文学之所以成为文学的符号特性。借助其他艺术样式,如绘画、雕塑来观照汉字,刘勰发现了这种纯粹诉诸视觉之美的"形文"。如果说"形文"是一定规模的空间物态美的描摹的话,那"形似"就是局部物态的美。《诠赋》篇云："自近代以来,文贵形似。窥情风景之上,钻貌草木之中。"③"形似"也是以语言构造出的物态。它们出现在写作山水的五言诗歌中,亦形色兼备。但刘勰认为"形文"之美专属于体物之"赋",而诗歌本不需以"以形写形"为己任。何况它们在写形时以毫发毕现为追求,拒绝创造性的加工,

---

① 刘勰:《文心雕龙·辨骚》,周振甫《文心雕龙今译》,中华书局 1986 年版,第 45 页。

② 刘勰:《文心雕龙·丽辞》,周振甫《文心雕龙今译》,中华书局 1986 年版,第 317 页。

③ 刘勰:《文心雕龙·诠赋》,周振甫《文心雕龙今译》,中华书局 1986 年版,第 417 页。

已不再为美。故而"形似"乃客观之言,内含不满。

三、绘画:立象以"尽意"

中国绘画进入魏晋,最早以人物画为主。受到人物品藻的影响,形神论产生了。玄学理论日益浸润,绘画何为的探讨就此发轫。西晋陆机云,"宣物莫大于言,存形莫善于画"[①],为文图有别之论。东晋画家顾恺之重视"骨法",以笔铸造人之形体。但他认为"以形写神",在塑造形体外人物画应以"传神""通神"为目标。随着山水题材进入绘画,杂糅玄、佛、道等多种思想于一体的宗炳创立了山水画论。宗炳认为山水禀赋于自然并彰显着自然之道,它拥有"灵""神""秀"等形而上的特性。这些特性栖居于山水之中,造就了"山水质有而趣灵"的形神合一。既然"山水以形媚道",按照"类之成巧"的原则描画山水,就可以实现神超理得。至于南朝,宋王微《叙画》的本体意识更为浓厚。他认为山水"本乎形者融灵,而动者变心"。"融灵"之说强调形与灵水乳交融,难分难解。此前宗炳讲"栖形","栖形"强调"神"在"形"中短暂停留。"栖"与"融"虽一字变换,王微"融灵"说更为彻底和通透。于是,"图画非止艺行,成当与《易》象同体",王微将山水绘画直接界定为立象以尽意,遂使中国绘画逐渐生成本体之论。

曹植的《画赞序》是最早的专门画论。曹植将王充在《论衡·别通》中所提出的"见列人之面,孰与观其言行?置之空壁,形容具存,人不激劝者,不见其言行也"[②]进行了激情四射的想象,于是乎"见三皇五帝"而"莫不仰戴",见"三季暴主,莫不悲惋"之浩荡引发,将观画如见其人,想见其行,内心涌动着善恶,激荡着情绪,充满强烈道德评判的观赏经验展示出来。而有三绝之名的东晋著名画家顾恺之理论、实践并重。在玄学浸染之下,他的画论冲破了道德的藩篱,开创了以"传神"为核心的纯粹绘画美学思想。他认为,在人物绘画的阶段,只要遵循"世所并贵"的"美丽之形,尺寸之制,阴阳之数,纤妙之迹"[③],人物的各种形貌基本上就可以摹写完成。顾恺之认为绘画当另有"妙处"。《世说新语·巧艺》记载:

> 顾长康画人,或数年不点目精。人问其故,顾曰:"四体妍媸,本无关于妙处;传神写照,正在阿堵中。"[④]

"四体妍媸"即"美丽之形",形体的美丽"无关于妙处","妙处"在于能否"传神写照",而"传神"在于眼睛。人物品藻崇尚超越的个性,顾恺之认为人物画也应当

---

① 张彦远著,俞剑华注释:《历代名画记》,上海人民美术出版社 1964 年版,第 4—5 页。
② 黄晖:《论衡校释》,中华书局 1990 年版,第 596 页。
③ 顾恺之:《魏晋胜流画赞》,潘运告编著《汉魏六朝画论》,湖南美术出版社 1997 年版,第 274 页。
④ 徐震堮:《世说新语校笺》下,中华书局 1984 年版,第 388 页。原文中"妍媸"作"妍蚩"。

传达生命情态,渲染人物神韵。也就是说,人物"画"要"传神""通神"。而"神仪在心""神属冥芒"。所谓"冥芒",是目不可观耳不可闻,是"无"。那也就是说"神"本性为"无"。玄学逻辑"无不可以无明,必因于有",即神不可以"无"得,必须依靠写形。但写形能否传神,取决于画家的创造性和主体性。为此,他有"神属冥芒,居然有得一之想"的感慨,有"迁想妙得"之创作理论。"迁想",即围绕表现对象积极构思。他置谢鲲于丘壑,表达谢氏的玄远之志,为裴楷"益三毛"来传达其"神明",为殷仲堪采用飞白之法遮掩眼部疾患,都是在实践"以形传神"。点睛、经营位置、三毛之益都是形体创作的方法。匠心独运的"写形"能够传达对象的生命气象。可见"神"依赖于形而存在,依靠于形而建构,依恃于形而传达。

如此,以人物画为本,顾恺之自然将人物品鉴所形成的形神关系带入了画论。而形神关系的玄学探询其实已相当成熟。以有无为本体,以言意为方法,形神一体而神本形末,顾恺之的"以形写神",就是以物质性的形体传达形而上的精神。他甚至直接借用玄学筌蹄之喻,将绘画的功用定义为"荃生之用"。顾恺之的"荃生之用"是将人物形体、眼睛等"形"看作"筌蹄",将人物的"神"当作"意",绘画最高追求"以形写神""传神写照"就是"传神""写神""通神"。于是,人物画就是倚赖有限、有质的"形"来表现被界定为无限、寂无、虚空的"神"。借此,顾恺之以玄学思维建构出绘画本质论。

宗炳《画山水序》为中国第一篇山水画论。他说:"圣人含道映物,贤者澄怀味像,至于山水,质有而趣灵。夫圣人以神法道而贤者通;山水以形媚道而仁者乐,不亦几乎?"[①]"媚道"一词,多有诠释。李泽厚、刘纲纪说:"应解作亲顺、亲和,同时也有爱悦之意,并且是以富于魅力的形态与'道'相亲附,取悦于'道',并显示出'道'的神妙,也就是上文所记'质有而趣灵'。"[②]但"媚"意感情色彩浓烈。取悦多于亲近,归顺多于趋近。细细揣摩,仿佛山水只有一个凭借。除了自己的"形"之外一无所有,只有依靠着"形"才能打动"道"。这就可以理解,宗炳总是在"形"上萦绕。不仅说"以形写形,以色貌色""画象布色,构兹云岭",又说"栖形感类"。总之,山水画就是"形""色"当家,离开了"形色"无以为画。

"形"之外,宗炳摆列了纷纭复杂的概念,"道""理""神""灵""秀"等络绎不绝。"圣人含道应物""圣人以神法道""山水以形媚道"中的"道"应该为玄学中所讲的自然之道;"理绝于中古之上者""应目会心为理""神超理得""理如影迹"中的"理"当为"每个事物所以构成的具体规律、特殊规律"。[③]"圣人以神法道""应会感神""神超理得""神本亡端""万趣融其神思""畅神""神之所畅"中的"神"都

① 潘运告编著:《汉魏六朝画论》,湖南美术出版社1997年版,第288页。
② 李泽厚、刘纲纪:《中国美学史》,中国社会科学出版社1987年版,第512页。
③ 陈传席:《中国绘画美学史》,人民美术出版社1998年版,第28页。

是人类运行的精神。而"山水质有而趣灵""嵩、华之秀""玄牝之灵"中的"趣灵""秀""灵"则是区别于人类的山水精神。无论"道""理""神""灵""秀",它们都是形体以外的形而上本质。

这些形而上的本质和山水之形之间到底什么关系呢？宗炳以"神""理"论之。他说："神本亡端,栖形感类,理入影迹,诚能妙写,亦诚尽矣。"①"亡端"即"无"。本无的"神"只能栖息于"质有"的形体中。"栖"是暂时的驻足或停留,它强调的是此刻性、暂时性,一个"栖"字讲尽形神关系。这种理解与他的佛学思想一致。宗炳与谢灵运都是东晋名僧慧远的弟子。慧远信仰弥陀净土宗,立东林寺于庐山。慧远曾在谈论佛法中涉及形神关系。他在《万佛影铭》中云："神道无方,触象而寄。"②无形无相的"神道"因"象"而触发,旋即寄托于"象"。在《明报应论》中说："夫神形虽殊,相与为化,内外诚异,浑为一体。"③神形虽然相与融化,浑然一体却又内外有别。慧远认为形神是可以因象的偶然触发而短暂地融合,它们既本质迥异又可化合无间。宗炳的形神思想亦如老师。他反对何衡阳以薪火为例论证形神一体。他说："夫火者薪之所生,神非形之所作,意有精粗,感而得,形随之,精神极,则超形独存,无形而神存,法身常住之谓也。"(《又答何衡阳书》)④宗炳认为精神的本性神通广大,所以"神"超越了形体独自存在,即便形体不在了,精神还是周流六虚。但"神"可以短暂地依赖"形"来构造,来体现。他在《明佛论》中说："神非形作,合而不灭,人亦然矣。神也者,妙万物而为言矣。若资形以造,随形以灭,则以形为本,何妙以言乎？夫精神四达,并流无极,上际于天,下盘于地,圣之穷机,贤之研微。"⑤"神"和"形"的短暂的和合关系,就是命名为"栖"的缘由。因此,宗炳认为"至于山水,质有而趣灵""山水以形媚道",山水以自己质有的形象表现山水之精神。而山水画,是以画家游历过、目观过、感会过的山水为对象的绘画,可以经由描写山水,既传达山水灵秀之精神,也可以借此让人类精神交流、融会。山水绘画"传神""入理",则逼近道体。

《叙画》作者王微既是画家,也是玄学信仰者。在《与友人何偃书》中,王微自喻为识得暗夜的鸲鸟,"吾性知画";而"卿少陶玄风,淹雅修畅,自是正始中人"。⑥南朝宋人王微,称自己"正始中人",可见其对王弼玄学的悠然神往。也正是玄学的思想底蕴,王微借鉴颜延之之言,开门见山地表明了自己的立场："图画非止艺行,成当与《易》象同体。"⑦在写给颜延之的信中,王微屡屡将绘画与书

① 潘运告编著：《汉魏六朝画论》,湖南美术出版社 1997 年版,第 288 页。
② 巩本栋释译：《广弘明集》,东方出版社 2018 年版,第 151 页。
③ 严可均编纂：《全上古三代秦汉三国六朝文》,中华书局 1958 年版,第 2397 页。
④ 严可均编纂：《全上古三代秦汉三国六朝文》,中华书局 1958 年版,第 2545 页。
⑤ 严可均辑,宛育新校：《全宋文》卷二十一,商务印书馆 1999 年版,第 194 页。
⑥ 严可均编纂：《全上古三代秦汉三国六朝文》,中华书局 1958 年版,第 2538 页。
⑦ 潘运告编著：《汉魏六朝画论》,湖南美术出版社 1997 年版,第 294 页。

法相提并论。从中可见,当时流行着"自以书巧为高"的书法高于绘画论。王微写信目的意为绘画辩护。他要认真地核实两者之间的"攸同",最终为绘画"正名"。他要"正名"图画不是地图,"效异《山海》";他要"正名"绘画是艺术,是"形者融灵"的艺术;他要"正名",工具相同,画的笔触运行如书,也"横变纵化,故动生焉"。这样,在一个书法被成功地认可为生命表现的艺术年代,王微比附书法,想方设法地为绘画争取自己的独立功能和地位。

王微否定了"容势"观。首先:"绘画本乎形者融灵。"从古至今,绘画"非以案城域,辨方洲,标镇阜,划浸流",①即绘画不是地图,不以客观为追求,不以实用为鹄的,效用上自然不同于《山海经》。那山水画到底为何而作呢?王微斩钉截铁地说"本乎形者融灵"。"形"当然是山水的形象,"融"融合,融入,消失了痕迹的水乳交合的状态。大抵上你中有我,我中有你,但难以区分。"灵"是来自玄学的术语,表达的是与"有"相对的"无",所以他说"灵无见",也就是说在山水画中,"灵"是无法认知的。但"灵"来自"动",而动即是"变心"。在"灵"和"形"之间存有玄学本末有无的关系,"形"是"有","灵"是"无","形"为"灵"之所托,"灵"为"形"之表达。比起宗炳的"栖形感类"来,王微的形神关系论述中"融"论意义重大。这样,两者关系紧密深远,也更水乳交融。"融"更符合玄学虚空的本质。其次:目有所极,所见不周,不可能求取"容势"。因袭老子,玄学家亦认定绘画主体的人存有局限。老子说"大象无形",将人所认知的象推衍到极端,然后建构他的"无形"之大象。王微也说"目有所极"则"所见不周","所见不周"如何能求得"容势"?求不得"容势",人物画只能"以判躯之状"立形,以"画寸眸之明"为意求。而山水画的拟写更是"以一管之笔,拟太虚之体","太虚之体"玄妙绵邈,它是玄远的"道",是书法的"意",是宗炳的"神""理",是王微自己树立的"灵"。这样,山水画的"象"当然不是普通的物象,在功能上"成当与《易》象同体"。

如此,魏晋画论从顾恺之开始宣扬"以形传神",确立绘画本体为人物之"神",到宗炳的山水画论将"神"变化为"灵""秀",以代表山水精神。当绘画以人所目观耳闻的"应目会心"的山水之形象"类之","神"自当临时栖息于"形","形"携带并传达"神"。山水绘画的本体则是融合了一切形而上理念的"神""理"。王微将山水形象直接当作《周易》之象更是确立了"灵"乃绘画本体。创作论外,谢赫的六法以鉴赏为主。但其"气韵生动"从历史沿革来看,是对人物画的"神"和山水画的"灵"的统观。姚最《叙画品录》亦取"象"论,有"心师造化""立万象于胸怀"的理想,认为绘画是"课兹有限,应彼无方"的艺术。

纵观魏晋时最为重要的绘画理论,从人物至于山水,到创作涵括鉴赏,他们主要的思想都有着形-神,意-象的纠葛,弥散着"妙得""畅神"之类"丹青妙极,未易言尽"(《续画品录》)的神秘。他们的理论解决的是绘画为何而存在、如何存在

---

① 潘运告编著:《汉魏六朝画论》,湖南美术出版社 1997 年版,第 294 页。

的问题。他们的理论由不同的论家建构,面对迥异的对象人物或者山水,他们的答案却殊途同归,表现出惊人的一致。在他们看来,绘画毫无疑问是"应物象形"的,但"应物象形"以实现"气韵生动"为目的。以此为逻辑,顾恺之"以形"为"写神",宗炳"以形"为"媚道",王微"形者"为"融灵"。这些论述与王弼思想"夫象者,出意者也""尽意莫若象"几无二致。

应该说,正是在魏晋玄学思维催生下,魏晋各门类艺术着眼于"言""象"和"意"三者,从创作论、接受论等各种角度进行了如何"尽意"如何"得意"的思考,获得了前所未有的理论成就。文学在言不尽意的焦虑中,汲汲于"立象以尽意"。文论家发现了汉字符号早已在汉赋中利用字形"立象"的证据,创建了"形文""形似"。文学凭借着发挥符号基因特性的"形"象和使用形象思维的比兴创造出"意象",使得"立象"获得了理论和实践的双赢。受玄学思辨的启发,魏晋画论着力建构形神或形灵的本末关系。顾恺之的"神属冥芒"、宗炳的"神亡端"、王微的"灵无见",都以此将具体实在的客观之"形"确定为有、为末,无形无象之"神","灵"为无、为本。依此本体论,创作论的核心内容就是"立象",立人物之像,山水之象。而鉴赏论的逻辑则摒弃人物之形、山水之形,将画面内容的一切"象"当作筌蹄,去体悟和觉察"象"所蕴藏和暗示、融合和凝结的神、灵、理、意等形而上的特性,这些特性都是自然之"道"所造就的。而绘画的"得意",完成了审美的多重实现:观者与画面的精神气韵契合,观者与创作此象并赋予此象精神气韵的画家灵魂的契合。在玄学理论影响下,文学和绘画在本体上趋于一致,为"尽意"而存;在创作论上趋于一致,以"立象"为要;在鉴赏论上趋于接近,以言象为筌蹄,以"得意"为目的,文学在面对"形文""形似"时也要时常发挥视知觉的审美。

第二节　言、象、意与文图创作理论

魏晋玄学一个重要议题就是言意之辨。按《艺文类聚》卷十九欧阳建之《言尽意论》来看,论题并不在于言能否尽意。欧阳建持"言尽意"观,却不得不托名为"违众先生",去和一众"雷同君子"辩难。至于王弼,从其对于名称的看法可见其笃信言不尽意。他说:"名必有所分,称必有所由。有分则有不兼,有由则必有不尽。"[1]即无论"名""称"都是"不兼"都有"不尽",当然不能尽意。王弼在注解《周易》时发现了"象",他大谈特谈的是"立象以尽意"。至于荀粲,谈论的起点就是"立象以尽意"。他的"象外"之谈,怀疑的是"象"能否尽意。可见,言意之辨所辩论并非言能否尽意,而是如果语言不能尽意,那如何尽意?陆机在文学创作上第一次明确论及"言不尽意"。《文赋》说"意不称物,文不逮意",[2]作家之意不能

---

① 王弼著,楼宇烈校释:《王弼集校释》(上),中华书局 1980 年版,第 196 页。
② 萧统编,李善注:《文选》第二册,上海古籍出版社 1986 年版,第 762 页。

完全地对等于外物,而文字更不能追踪作家之意。在这里,言不尽意根深蒂固:构思阶段作为思维工具的语言不能尽意,在创作阶段作为表现工具的文字又不能尽意。之所以这样,陆机认为"意"本体上是"无"的,而"言"是有的。任何一种"无"都是"有"难以企及的。因而他说:"课虚无以责有,叩寂寞而求音。""虚无"和"寂寞"就是"无",人们要通过一系列的"课"和"叩"的努力才能从中求取"有"。据此,陆机将作文视为无中生有的创造性工作。刘勰因袭"言不尽意"观。《文心雕龙·序志》就说"言不尽意,圣人所难。识在瓶管,何能矩镬"①。其后具体到创作则说:"意翻空而易奇,言征实而难巧也。是以意授于思,言授于意,密则无际,疏则千里。"②刘勰对于"言征实"的"有"性和"意翻空"的"无"性界定同于陆机,甚至连创作之"规矩虚位,刻镂无形"也如出一辙。因此,在文学创作理论上,言不尽意乃最基本的逻辑起点。无论陆机还是刘勰,他们重点探讨的仍然是语言如何尽意,他们从王弼"立象以尽意"中得到启发。

绘画本为造型的艺术,绘画的表现对象一定要有实有的形体。但在玄学濡染下,从人物品鉴中开启的弃形得神促使画家为自己的绘画寻找更高的本体。顾恺之提出"以形写神",人物画的功能在于"传神",为此画家要发挥自己的创造性积极地"迁想妙得"。顾恺之的"传神"论为绘画艺术开启了本体之寻求。山水画勃兴后宗炳的"山水以形媚道"将绘画提升至体道、悟道的工具地位,遂使魏晋画论为自己"立象"之后到底要尽"何意"找到了哲学的皈依。

一、立象以尽意

王弼在《周易略例·明象》一篇中探讨了"言""象""意"三者间的关系。在易学范畴中,王弼的"象",指卦象,"言"指卦爻辞,"意"即卦象所蕴涵的义理,指"圣人之意"。这三者之间"意"为体,"言""象"皆为尽意之用。三者产生的过程依次为"言生于象""象生于意",即"意"在先,"意"生"象","象"生言;得意的过程"寻言以观象""寻象以观意",先寻"言",后寻"象",再获"意"。王弼在论述中鲜明地分述了三者间的先后、主次的关系。具体而言,王弼认为意在前,后有象,最后才有言;因此形成了意为主,象居中,言殿后的创生顺序。而当王弼将"意"确立为本体之后,"言""象"可以看作对于意的传达,纠葛在一起的三者可以简化为"象""意"二者。就"立象而尽意"而言,王弼的创见为以下两点:

一、象生于意。王弼在言说中分别表述为:"夫象者,出意者也""尽意莫若象""意以象尽""象者所以存意"。这几句话分别从"象"和"意"的角度进行了多重建构。即"象"生于意,"象"乃最能"尽意"之工具,意义完全能被"象"表达,

---

① 刘勰:《文心雕龙·序志》,周振甫《文心雕龙今译》,中华书局1986年版,第457页。
② 刘勰:《文心雕龙·神思》,周振甫《文心雕龙今译》,中华书局1986年版,第250页。

"象"将"意"存储下来。而其"象者所以存意"，王弼以"存意"界定。"存意"而非"托意"或"寓意"，因"意"和"象"浇筑为一体，使得"意"在"象"中，固然"蕴而不出"。这样的建构主旨只有一个，那就是"象"来自于"意"，生成于"意"。至于艺术的创作中，人们总是有了内心情思，才去寻找表达的方式和工具。这就是刘勰的"为情而造文"的文学本体论，顾恺之人物画论中寻思为何而"立象"的逻辑起点。

二、"随其事义而取象"这句话出自王弼的《周易·乾卦注》。他说："何也？夫易者，象也。象之所生，生于义也。有斯义，然后明之以其物，故以龙叙乾，以马明坤，随其事义而取象焉。"[①]王弼明确了"意"的统率作用。"有斯义，然后明之以其物"，[②]意谓先有乾之刚健，再有龙象；先有坤之柔顺，才有马象。这样，"象"完全因"意"而生，因"意"而有。基于此，魏晋人为我们留存了意居象前而谓之"意象"的术语。王弼认定："是故，触类可为其象，合义可为其征。"[③]"意"的主宰作用自然形成了"象"随"意"动，"象"随"意"变。王弼在《明象》中发问："义苟在健，何必马乎？类苟在顺，何必牛乎？爻苟合顺，何必坤乃为牛？义苟应健，何必乾乃为马？"[④]"刚健"不仅仅局限于马，而"柔顺"也并非一定是"牛"。在《周易》中，叙写"刚健"的另用壮羊、君子。若以"初起"为意，《咸》卦以"咸其拇"为象；《艮》卦则取象脚趾，谓为"艮其趾"也。"拇"为脚趾头，"趾"为"足趾"两者几乎同为一物，为象则二。同时，《周易》中每卦都有阴阳六爻。爻就是"变"，六爻演绎了爻"象"之随"意"而渐变。如《渐》卦，采用飞翔的水鸟"鸿"为整体卦象，而以飞鸿为象。于是有"鸿渐于干""鸿渐于磐""鸿渐于陆""鸿渐于木""鸿渐于陵"，从暂居于水边、到水边土堆、水边陆地至于山坡推演循序渐进之意。因之，"事义"不同，"触类"有别。而"取象"的原则只有一条，那就是"随其事义"而取之。

"立象以尽意"的说法不过为解释《周易》众多繁杂之象而起。王弼认为汉儒解经过于滞留于象，导致了伪说滋蔓。而如果明白"象自意生"，从"意义"出发去看待众象，可以删繁就简举本息末。王弼思想虽为解释经典而起，但为魏晋时代提供了最基本的抽象思辨，进而漫漶至艺术、人生。正是通过这场缘起于"言不尽意"的辩论，王弼发扬并树立了"立象以尽意"论，为中国的艺术思维指明了方向。

魏晋文学将"立象以尽意"既落实于实践，也总结为理论。如汉赋逶迤而至，魏晋之赋为体物之赋。眼见耳观之物即可赋之。如何与物一体，进行细腻入微

---

① 王弼著，楼宇烈校释：《王弼集校释》（下），中华书局 1980 年版，第 215 页。
② 王弼著，楼宇烈校释：《王弼集校释》（下），中华书局 1980 年版，第 215 页。
③ 王弼著，楼宇烈校释：《王弼集校释》（下），中华书局 1980 年版，第 609 页。
④ 王弼著，楼宇烈校释：《王弼集校释》（下），中华书局 1980 年版，第 609 页。

的描摹,再借助这个描摹以"写志"成为魏晋赋体创作的头等要事。陆机所谓"赋体物而浏亮"就是在物和心志之间寻找最透明的切入和最紧密的关联。以"写志"为由头,体物小赋多为日常所见之物,"体"得细致入微、"体"得迅捷即兴成为游戏竞争。《三国志·吴书·诸葛恪传》记载:蜀国使者费祎为孙权索笔作《麦赋》,诸葛恪也请笔作《磨赋》,皆被称善。《三国志·吴书·朱桓传》裴松之注引《文士传》记载:张俨赋犬,张纯赋席,朱异赋弩。"三人各随其所见而赋之。"(并见《太平御览》卷三四八引《杂记》)鲍照赋野鹅,刘祯赋瓜,潘尼赋琉璃碗都见载于历史。这些随其所见即兴而成的赋,通常篇幅不长,以拟物精细、才思敏捷而标榜。正如刘勰所言:"至于草区禽族,庶品杂类,则触兴致情,因变取会。拟诸形容,则言务纤密;象其物宜,则理贵侧附。"[1]在文学家眼中,但凡世间万物触目皆可为象,皆为心中情志所寓托之物。这类作品犹如绘画中的速写。"赋家写作这类作品,犹如画家临景构拟。"[2]而拟写当然是还原观察和认知的方式,于是视觉和听觉的感官经验一再被强调,由此生发了对汉字形象性的发掘,将"形文""形似"的思想发扬光大。除"体物"外,将内心幽渺的情思、自然界无形的观念转化为有形的具象也成为赋所热衷的内容。马融作《长笛赋》,起因在于"唯笛独无"(《文选》卷十八)。嵇康作《琴赋》,因别人之作"丽则丽矣,然未尽其理也。……故缀叙所怀,以为之赋"[3]。成公绥作《天地赋》,"天地之盛,可以致思矣,历观古人未之有赋。……遂为《天地赋》。"[4]《北史儒林(刘昼)传上》记录刘昼以"六合"制赋,自谓绝伦,结果魏收、邢子才不以为然。在这些赋作中,往往涉及如何具象玄远之愁思,如何描写音乐的感觉,如何拟写无边无际的天地,如何追踪无形无相的"六合"。这些问题的根底都在于如何进行文学化的"立象"。

魏晋同时还发展了"立象"的游戏风潮。虽说游戏,但恰在游戏中,人们对于如何"立象"进行尝试、进行创新、进行切磋,促使了形象思维的发生。如《世说新语·排调》载:

桓南郡与殷荆州语次,因共作了语。顾恺之曰:"火烧平原无遗燎。"桓曰:"白布缠棺竖旒旐。"殷曰:"投鱼深渊放飞鸟。"次复作危语。桓曰:"矛头淅米剑头炊。"殷曰:"百岁老翁攀枯枝。"顾曰:"井上辘轳卧婴儿。"殷有一参军在坐,云:"盲人骑瞎马,夜半临深池。"殷曰:"咄咄逼人!"仲堪眇目故也。[5]

顾恺之、桓温、殷仲堪等四人以"了""危"为意而各取其象。游戏规则为先"立意",参与者"立象"以表意。每个人均要围绕所立之意进行"立象",而后人之象又一定另辟蹊径、推陈出新。这基本上是按照王弼所说"尽意莫若象,尽象莫

---

① 刘勰:《文心雕龙·诠赋》,周振甫《文心雕龙今译》,中华书局 1986 年版,第 79 页。
② 周勋初:《魏晋南北朝文学论丛》,江苏古籍出版社 1999 年版,第 260 页。
③ 萧统编,李善注:《文选》第二册,上海古籍出版社 1986 年版,第 836 页。
④ 房玄龄等撰:《晋书》卷八,中华书局 1974 年版,第 2371 页。
⑤ 徐震堮:《世说新语校笺》,中华书局 1984 年版,第 440 页。

若言"所进行的一种创作的思维训练。在这种类似于游戏的训练中,将"立象"表意作为根本,以迥然不同、出类拔萃为标榜。

这类游戏在魏晋如雨后春笋,其他更如大言、小言、细言等不胜枚举。相传宋玉《大言赋》,开头云:"楚襄王与唐勒景差宋玉游于阳云之台,王曰:'能为寡人大言者上座。'"[1]后人亦步亦趋,争相续作。沈约《大言应令》:"隘此大泛庭,方知九陔局。穷天岂弥指,尽地不容足。"[2]萧统《大言》云:"观修鲲其若辙鲋,视沧海如滥觞。经二仪而局蹐,跨六合以翱翔。"[3]梁王锡、王规、张缵、殷钧等人竞相应合。又有"小语"之游戏。傅咸《小语赋》杜撰:楚襄王登阳云之台,景差、唐勒、宋玉侍。王曰:"能为小语者处上位。"景差曰:"玄蒐之子,形难为象。晨登蚁埃,薄暮不上,朝炊半粒,昼复得酿,烹一小虱,饱于乡党。"唐勒曰:"攀蚊髯,附蚋翼,我自谓重彼不极。邂逅有急相切逼,窜于针孔以自匿。"宋玉曰:"折薜足以为擢,舫粒糠而为舟;将远游以遐览,越蝉溺以横浮。若涉海之无涯,惧淹没于洪流,弥数旬而汔济,陟虮蚁之崇丘。未升半而九息,何时远乎杪头?"[4]萧统作《细言》,众人附和。此类游戏皆以所约定之"意"转化为"象",在"立象"上百花争艳,出奇制胜。"立象"者结藻清英,发别人未发之言,拟别人未拟之象。这一切都标志着在玄学的浸染下,"立象"思维从理论施用于实践的风潮。文学创作中形象思维由此而生。这种形象思维有二:"形文"和"形似"组合的"形"象;利用比兴创造的"意象"。而对于绘画艺术来说,形象是必定的,他们无需计较"立象"。它们寻求的是为何"立象",即绘画的功能是什么。在前面所讲的以"了""危"为主题的游戏中,参与者就有人物画家顾恺之。我们有理由相信,在这个"立象以尽意"的游戏启发下,顾恺之自然要思考这样的问题:人物画到底要传达什么?在此前,"君形"者的画论已被鄙视,在此时人物清谈以超越形体的神采为旨归。这些催生了顾恺之的"传神"思想,他也因此不断思考为何而画的本体问题。一句话,中国绘画在为尽何意上寻找答案。

二、形文与意象

《文心雕龙》之"文"不仅指文学,更指文采,指语言之妍丽。汉赋家司马相如云:"合纂组以成文,列锦绣而为质。"赋之为体当如编织锦绣,让辞采的组合鲜艳弘丽。扬雄晚年不满于赋体沉溺淫丽,辞人之赋于"雾縠之组丽"上过于恣肆。曹丕论文,亦直接承袭,称"诗赋欲丽"。陆机在《文赋》中张扬遣词"贵妍",但他

---

① 陆侃如:《宋玉》,亚东图书馆 1929 年版,附录第 63 页。
② 萧统著,俞绍初校注:《昭明太子集校注》,中州古籍出版社 2001 年版,第 4 页。
③ 萧统著,俞绍初校注:《昭明太子集校注》,中州古籍出版社 2001 年版,第 1 页。
④ 严可均辑,何宛屏等校:《全晋文》卷五十一,商务印书馆 1999 年版,第 528 页。

弃"丽"用"文",且最喜用"藻"形容"文"。"盛藻""玉藻",彬彬之"丽藻",联翩之"浮藻","藻思绮合,清丽芊眠"联袂而出。按李善注:"孔安国《尚书传》曰'藻,水草之有文者',故以喻文焉。"①鉴于此,陆机采用"文"的想法一清二楚。只有言辞华美,文采艳丽的语言才能被称为"文",这就是对于诗要求的"绮靡",对赋体物的"浏亮"。藻、绮之美都是诉诸眼睛的视觉美,也是"文"之犹如"纹"的形式美感。陆机不遗余力,在文章中精心地铺排了"文"的"五色"绚丽。"炳若褥绣,悽若繁枝"来自视觉的繁缛、明艳之冲击,"石韫玉而山辉,水怀珠而川媚,彼榛楛之勿剪,亦蒙荣于集翠"②无一不调动视觉经验,"播芳蕤之馥馥,发青条之森森"联合嗅觉、视觉之通感。行文需要或单独设喻,或视听联袂,"暨音声之迭代,若五色之相宣""文徽徽以溢目,音泠泠而盈耳"都是视听兼备。因此,不论绮靡、琼藻或珠玉争辉,陆机的"文"即文辞华美,音声和谐。

刘勰的"文"更多萌发于东汉刘熙《释名》中对"文"的定义。其云:"文也,会集众采以成锦绣;会集众字以成辞义,如文绣然。"③刘勰自然需要将"文"的形成落实到语言的层面,思考语言如何拟写形色,而文字又如何能会集成"文"。《物色》云:"写气图貌,既随物以宛转;属采附声,亦与心而徘徊。"④这是刘勰对语言摹写形象最为完整也最为细致的论述。刘勰认为人和世界接触,是以感官获得感性认知为前提的。"万象"都是从"视听"那里获得整体经验。于是语言就会发挥自己的摹写能力,叙写视听感知而得来的"物色"。"形文"常常是体物、写物以表意。而体物、写物无外乎"写气图貌"之模仿。"形文"之美在于汉字本身具备了拟象的基因。只要将这个基因发扬光大,就可以状写物色。刘勰采例于《诗经》,进行了不厌其烦的言说。他认定"灼灼"两字可以"状桃花之鲜"。《说文解字》中"灼"属"火部",其意为"灼,炙也。从火勺声"。或因"灼"的火字形旁,比喻花色明艳仿若炙烤眼睛,或因重叠后的"灼灼"形成的火焰之势渲染了桃花的炫目。至于绵长而细软的柳枝款款摇曳的风姿凭借"依依"可尽貌,"杲杲"本身"日在木上"故而为日出之容。还有"皎日""嘒星"一言就穷理;双声之"参差",叠韵之"沃若",两字可以"穷形"。刘勰举例时言之凿凿,义正辞严,后人也只能尽量去体会之,揣摩之。依循这些理解,对于外物之形象的"写""图""属""附"之赋形具有不可篡夺的客观性。通过拟写后,文字传达的是自然之物独一无二的具象性。万物尽量以原生态的样貌、声色进入文学表达的领域。一方面,情感的表达借助于多姿多色的万物而文采斐然;另一方面,人们更加精细地观察世界精准地模拟万象。前者形成了"人化的自然",而后者则是"自然的人化"。

---

① 萧统编,李善注:《文选》第二册,上海古籍出版社 1986 年版,第 762 页。

② 萧统编,李善注:《文选》第二册,上海古籍出版社 1986 年版,第 768 页。

③ 刘熙:《释名》,中华书局 1985 年版,第 51 页。

④ 刘勰:《文心雕龙·物色》,周振甫《文心雕龙今译》,中华书局 1986 年版,第 415 页。

鉴于语言在时间的序列里展开,文学还可以采取连缀、并置等方式呈现画面的效果。刘勰认为这种文字造型手段缘起于字形,开始于《离骚》,盛于汉赋,延续于以山水为内容的五言诗歌。《练字》篇就是对此的专门探讨。"字形"之所以能构成空间物体的形态就在于汉字本身的象形。作为世界第一本字书,中国第一部按照部首编排的字典《说文解字》的编纂者东汉人许慎说:"仓颉之初作书也,盖依类象形,故谓之文。其后形声相益,即谓之字。文者,物象之本;字者,言孳乳而寖多也。"①许慎认为"文"即对世界仰观俯察的摹写,"字"则是在"文"的基础上形成的。中国汉字本身就是一个个活生生的形象,见山似山见水似水。许慎所归结的造字六法,最基本的就是"象形",所谓"象形者,画成其物,随体诘诎,日月是也"。② 象形造字法本身就是如同绘画一般地凭借着视觉经验的模仿。凭借这个方法,人类描画了有形有象的客观实体。许慎将在象形基础上形成的形声、会意,都归为象形法。③ 他将众多的汉字按形体构造分成了 540 部,将9353 字分别归入 540 部。许慎在分析字形结构时有固定化的程式用语。对于象形字一般多使用这样的表述:"象形""象某形""象某某之形""从某,象某某""从某,象某某之形"这些用语。"象形"或者"象某形"界定了这个字的字源和字意。字形中隐藏着的字源、字意的信息渊源于文字的形体,而这些形体描摹了世界万物的客观实体。汉字的确为文学创作提供了一条最为直接、最为形象的方式方法。如果说"立象可尽意"的话,汉字本身就是一个个的具象,它们就可以传情达意。《说文解字》是东汉的字典,之前的西汉司马相如已经铺排,更早的屈原已经开始尝试。

因"取象"造字,每个汉字都是凝固的形象,或简单或繁杂。刘勰认为"字形单复"本身就会产生"妍媸异体"的感觉。如果一味地将笔画繁杂的字组合在一起,会造就眼睛无法摸索的黑暗。如果一味地只使用笔画简单的字,看上去就稀稀疏疏孤孤单单。《离骚》发轫,尝试嵯峨、葳蕤之类,用同一形旁的词语模拟物貌。汉司马相如、扬雄之流更将"联边"之法发挥到极致。"联边者,半字同文者也。状貌山川,古今咸用。"④刘勰认为这是"状貌山川"最普遍也最常见的方法。汉赋的"铺采摘文"其实就是制造"字林",集合某一个形旁的字,在排列后呈现空间样态。如司马相如《上林赋》云:

泪乎混流,顺阿而下,赴隘狭之口。触穹石,激堆埼,沸乎暴怒,汹涌彭湃。滭弗宓汩,偪侧泌㳿,横流逆折,转腾潎洌。滂濞沆溉,穹隆云桡,宛潬胶戾。逾波趋浥,涖涖下濑,批岩冲拥,奔扬滞沛。临坻注壑,瀺灂陨坠。沉沉隐隐,砰磅

---

① 许慎:《说文解字》,中华书局 1963 年版,第 314 页。

② 许慎:《说文解字》,中华书局 1963 年版,第 314 页。

③ 许慎:《说文解字》,中华书局 1963 年版,第 314 页。

④ 刘勰:《文心雕龙·练字》,周振甫《文心雕龙今译》,中华书局 1986 年版,第 35 页。

旬磕。潏潏淈淈，湁湆鼎沸。驰波跳沫，汩㶖漂疾，悠远长怀。寂潒无声，肆乎永归。然后灏溔潢漾，安翔徐回。翯乎滈滈，东注大湖，衍溢陂池。[1]

其他写木、写鱼、写石、写虫等等，无不是分门别类、触类而长。据历史记载司马相如、扬雄都有口吃之病，为扬长避短极力诉诸视觉，追逐文学中的视觉造型，构成了"夸目者尚奢"（陆机《文赋》）的状貌之法。这种"状貌"之法，以"聚类而成艳"。其他赋家更是连篇累牍聚类为文：写山则山字峦聚，写木则层林尽现，写虫则昆虫轰鸣，写草则众卉俱芳，写玉则琼玉争辉，其他或鱼或鸟不一而足。赋家并不限于所赋之物，常配置上下左右、东南西北等空间方位。如《子虚赋》，司马相如在写云梦泽时，就有"其东……""其南……""其西……""其中……""其北……"之铺陈，而在南方又有高埠之差，西方另有内外之别。这样上下四方，物以类聚，汪洋恣肆。而这毫无疑问造成了视觉上的空间感和立体感。刘勰描述为："自扬马张蔡，崇盛丽辞，如宋画吴冶，刻形镂法。"[2]也就是说，文学可以从汉字的某一个特性出发，创造一种纯粹的形式美。"形文"就是集合形旁相同的字，以缀字成篇的方式创造空间感和立体感。

"联边"等创造"形文"的手法继续沿袭，则产生了刘宋时代五言诗歌中的"形似"。刘勰说："自近代以来，文贵形似，窥情风景之上，钻貌草木之中。"[3]沈约在评价相如时，称相如"巧构形似"，则沈约的"形似"雷同于"形文"。但刘勰则弃"形文"言"形似"。这主要因为诗歌本身并不以拟写为己任。诗本为言志，所以体物、写物只为将自己的情思"密附"于其上。而现在舍本逐末，"巧言切状，如印之印泥，不加雕削，而曲写毫芥"。为切合物象的样貌精心营构文字，追求毫发毕至的精细，完全不进行灵性的加工，这样的"形似"虽从"形文"来，但处心积虑地追求"为文而造情"，结果越用心越遥远。何况时代在变，魏晋时代"析辞尚简"，诗歌也要革故鼎新。从刘勰的言说来看，他对"形似"颇有微词，认为它既不适于诗歌文体，也不适于时代。

总之，刘勰在追求语言的文采之美时，同时注意发挥汉字字形构成的视觉美。它通过集合众多形旁相同的汉字塑造了超越线性的空间感和立体感。在阅读中，随着时间流逝，汉字鱼贯而出，联翩而来，造成了眼睛对于"形体"的直接知觉，因而生成物体的形象感。但刘勰对"形文"的建构是遵循本末思维的，即情文是本，声文、形文为末。他说："文采所以饰言，而辩丽本于情性。"（《情采》）刘勰借此表明自己从来就不是一个形式主义者。"形"之为"文"从来就为了表达情志。文学的感发渊源于"物"，文学的想象围绕"物"，文学的表达自然也脱离不了"物"，因此只要有文学，自然要拟写万物。"登山则情满于山，观海则意溢于

---

① 费振刚、仇仲谦：《司马相如文选译》，凤凰出版社 2011 年版，第 19—20 页。

② 刘勰：《文心雕龙·丽辞》，周振甫《文心雕龙今译》，中华书局 1986 年版，第 317 页。

③ 刘勰：《文心雕龙·物色》，周振甫《文心雕龙今译》，中华书局 1986 年版，第 417 页。

海"，"形文"就自然生成。"形文"之美，美在依循语言符号本身的特性而构成，美在造成了炫目夺心的惊艳形式美感，即"因方以借巧，即势以会奇"是也。

除了发挥汉字字形铸造"形文"外，受益于言意之辨，文学发现了用"比兴"来"立象"的方法。如章学诚所指："深于比兴，即其深于取象者也。"（《文史通义·易教下》）刘勰在创作总论的《神思》篇中提出了"比兴"乃意象创作之方法，所谓"神用象通，情变所孕，物以貌求，心以理应。刻镂声律，萌芽比兴"。①《比兴》篇呼应《神思》，研讨了比兴如何能为情而造文，立象而尽意。刘勰在《比兴》中讨论了比兴如何"立象"，且比兴"立象"之殊途同归。他说："比者，附也；兴者，起也。附理者切类以指事，起情者依微以拟议。起情故兴体以立，附理故比例以生。"②"比者，附也"，"附理者切类以指事"，"比"就是将义理附加在物类之上以明示。"故金锡以喻明德，珪璋以譬秀民，螟蛉以类教诲，蜩螗以写号呼，浣衣以拟心忧，卷席以方志固，凡斯切象，皆比义也。"③凡金锡、珪璋、螟蛉、蜩螗、浣衣、卷席之类都是具体的"象"，当它们切合某种意味、意义、意蕴时就被作为代表这种意义的物而被拟写，于是"比"可以定义为"写物以附意，飏言以指事也"。简言之，"比"的构成就是"写物"，只不过这个物拟写的时候被赋予了义理。至于如何拟写没有一定之规，往往"取类不常"，"或喻于声，或方于貌，或拟于心，或譬于事"，都由写作者匠心独运。虽然拟写的物体繁杂多样，但"取类"以"切至为贵"，即一定要选取一个合适的角度、一个恰当的拟写方式使得比可以"切类以指事"。刘勰对于"切至""切类"的要求是象和义之间的神奇契合，只有契合巧妙才能将胡越之物"合为肝胆"，联结一体。

与"比"之显明相比，"兴"则隐秘。"兴者，起也。""起情者依微以拟议。起情故兴体以立。"④《神思》篇中刘勰说"情数诡杂"，则情感本身深邃幽微。依此，刘勰把情感的幽微和起情的偶然谓之"依微"。具体而言，"兴"是这样发生和形成的：接触外物时，内心的情感被突然唤起，被唤起的情感直接借助唤起的外"物"来展现。"兴"以外物直接呈现心意。如果说，"比"有一个附加，在附加中有一个说明和揭示的话，"兴"则托物寓情，被托谕的"物"因名而称、因象而写，却从来不予解说。如《诗经》中关雎和尸鸠作为自然界的鸟类在诗歌中出现，但为何出现却让人费尽思量。物象被抒写，物象被塑造，物象所携带的写作者的情感缺少线索很难发现。这就是"兴"在"起情"和"取类"后所面临的窘境：情感凝结于物象，隐藏于物象，是未曾说明的隐秘之花。情和物之间的关联奇怪而巧妙，一直以"明而未融"的状况存在，一定要依赖注解才能清楚明白。从"依微"开始，到

① 刘勰：《文心雕龙·神思》，周振甫《文心雕龙今译》，中华书局1986年版，第253页。
② 刘勰：《文心雕龙·比兴》，周振甫《文心雕龙今译》，中华书局1986年版，第324—325页。
③ 刘勰：《文心雕龙·比兴》，周振甫《文心雕龙今译》，中华书局1986年版，第326页。
④ 刘勰：《文心雕龙·比兴》，周振甫《文心雕龙今译》，中华书局1986年版，第324—325页。

"明而未融"结束，"兴"这种创作方式触物而生，托物寓情，却"隐而不发"。

以上是刘勰对"比兴"的认识。作为创作方式，"比兴"无论在过程、生成方式还是存在状态上确实存在差别。刘勰论"比"，强调义理对物象的追附；刘勰论"兴"，强调情感对物象的唤起和参与。后来论家遂以心物之先后来区别"比兴"，并认为因此导致了"比显""兴隐"。但刘勰之所以将"比兴"合并一起，且在辩说中时时缠夹不清，就因"比兴"共性良多。在《比兴》篇的"赞"言中明之："拟容取心，断辞必敢。攒杂咏歌，如川之涣。"①总括来说，一、"比兴"都是"拟容取心"。"拟容取心"与《神思》中"物以貌求，心以理应"是一回事。"心"乃主体的情思和义理，"容"乃外物的容貌和特征，它们的偶然遇合使得外物的描摹足以传达出情理。诗人比兴是主体之"心"对于身外之"物"的摹写，摹写之法或者"附类以指事"是以为"附理"之"比"，或者"依微以拟议"是为起情之"兴"，但"比""兴"皆从情理起，皆要"取类"，皆需"写物"。文学是再现的艺术，当内心情感需要表达时，情感只能外化、具体化、形象化。而"比兴"正是形象思维的创生方式，也是"情文"的形成路径。"比兴"让情理凝结为"象"，而携带着情理的"象"直接呈现为耳听目视的具象，使得言辞简约情感蕴藉。二、比兴皆要"取类"。无论"比"之"取类不常"，还是"兴""称名也小，取类也大"，作为一种创作方法的"比兴"都以"取类"生成。"称名也小，取类也大"（《比兴》）本之《周易》。《系辞下》云："其称名也小，其取类也大，其旨远，其辞文，其言曲而中。"②韩康伯注云："托象以明义，因小以喻大。"刘勰亦认同"比兴"造成了委婉曲折含蓄的表达，故《隐秀》中对此申明。刘勰认为"比兴"因"爻象之变"才导致了接受时的文外之意。总之，"比""兴"虽异，但从文章立意角度而言，它们都要"取类"立象，都有寄情托意的作用，自然都是形象传达的手段。从"比兴"在文学中的物质存在来看，它们都是心物融合的结果，都是以"取类"之后的"意象"为最终的表达模式。而"意象"最终都呈现着"蕴而不出"的外象内意的结构。而这个"意象"永远地等待着读者的接受。

诗和画是两种性质不同的艺术形式。绘画是空间艺术，运用形色进行再现；文学乃时间艺术，运用声音进行表现。莱辛说"前者是自然的符号，后者是人为的符号"③，"所以绘画，而且只有绘画，才能摹仿物体美"，诗人"就完全不去为美而描写物体美"④。可是经由以上的讨论，中国文学因使用媒介的不同，对物象的模拟却能达到一定的效果。组合形旁相同的字，结合空间分门别类以类相从，营造出"形文"和"形似"，这是充满着立体感的"形"象。而"比""兴"则以"取类"

① 刘勰：《文心雕龙·比兴》，周振甫《文心雕龙今译》，中华书局1986年版，第329页。
② 王弼著，楼宇烈校释：《王弼集校释》下，中华书局1980年版，第565页。
③ 莱辛著，朱光潜译：《拉奥孔》，人民文学出版社1979年版，第181页。
④ 莱辛著，朱光潜译：《拉奥孔》，人民文学出版社1979年版，第111页。

为原则营构出"意象"。"形象"和"意象"于是生成了中国文学的具象,生成了如画般的、如雕刻般的文学。它推翻了莱辛的理论,证明了每一种文化都有自己的个性和民族性。

三、绘画以"尽意"

如果说文学理论是在"立象"上大做文章,以构成语言文字的图画美的话,绘画理论则急于为自己的形象寻找意义。受玄学理论启发,作为造型艺术的绘画应该有最高的本体。魏晋画论就是按照这样的思路为自己确立本体的。

为达到形神兼得,顾恺之提出了"迁想妙得"的理论。《魏晋胜流画赞》云:"凡画,人最难,次山水,次狗马;台榭一定器耳,难成而易好,不待迁想妙得也。"[①]顾恺之认为,无生命的器物无需想象,而人物绘画却恰恰离不开想象。《世说新语·巧艺》中记载了几则这样的事:

顾长康画裴叔则,颊上益三毛。人问其故。顾曰:"裴楷俊朗有识具,正此是其识具,看画者寻之,定觉益三毛如有神明,殊胜未安时。"

顾长康好写起人形,欲图殷荆州。殷曰:"我形恶,不烦耳。"顾曰:"明府正为眼尔。但明点童子,飞白拂其上,使如轻云之蔽日。"

顾长康画谢幼舆在岩石里。人问其所以,顾曰:"谢云:'一丘一壑,自谓过之。'此子宜置丘壑中。"[②]

这是顾恺之"迁想妙得"之艺术实践。"迁想"是围绕着对象进行艺术想象,即艺术想象一定要以表现的对象为核心,一切围绕着表现的对象而展开。为此,他认为画家要有"明识",画家必须熟悉人物,了解人物,揣摩人物才能表现人物。裴楷其人,殷仲堪其人,谢鲲其人都要在描写前进行"明识"。而"迁想"的目的为了"妙得"。所谓"妙得"是画家利用技法、构图、色彩等一切手段,借由"写形"巧妙地传达出表现对象生命情态、个性气韵的"神"。"妙得"就是"传神写照"。"照"即心中的镜子,心中的镜子映射着对方的形象。"传神写照"也是画家按照自己的理解和认识表现对象的精神的过程。《晋书·本传》中载"楷风神超迈,容仪俊爽,博涉群书,特精理义,时人谓之玉人"[③]。为了突出裴楷的"风神",顾恺之不惜为其"颊上益三毛"。这三根毛发为顾恺之故意添加。之所以添加,他认为"看画者寻之"。当目光被吸引及停留时,会发现裴楷"光映照人"(《世说新语·容止》),"精明朗然"。(《世说新语·赏誉》)为遮蔽殷仲堪的目疾,顾恺之采用"飞白"之法。通过这样的艺术处理,既保证了人物的神韵,又巧妙地尊重了生

---

① 潘运告编著:《汉魏六朝画论》,湖南美术出版社1997年版,第273页。

② 徐震堮:《世说新语校笺》,中华书局1984年版,第387—388页。

③ 房玄龄等撰:《晋书》卷四,中华书局1974年版,第1048页。

活的真实。而"经营位置"同样也是造型的一个部分。谢鲲好《老》《易》，能歌善琴，是个玄学名士。史书载"晋明帝问谢鲲与庾亮相较何如。谢鲲回答说'端委庙堂，使百僚准则，鲲不如亮。一丘一壑，自谓过之'"①。谢鲲自认为庾亮应居于庙堂，而他自己更适合隐逸山林。既然谢鲲思慕山水、超凡脱尘，顾恺之就将其置身于丘壑。一旦与山水亲近就暗示了谢鲲的性情，映衬出谢鲲的志趣。总之，顾恺之人物绘画的本体是"传神"，"传神"是通过发挥"迁想妙得"完成的。顾恺之强调"全其想""迁想"等画家的主体性。既然"汉代相人以筋骨，魏晋识鉴在神明"②，人物画当然也要彰显人伦鉴识中所流传的独特风姿、内在神韵。因此，"传神写照"的核心要旨在于画家所传之神乃对象的生命情态，而非画家自己的。那是裴楷之神明、谢鲲之玄远、嵇康之俊雅，也就是画中人物所本然的精神气韵。对于画家来说，他不是要创造对象的个性，而是想方设法地借助细节或者经营位置来表现对象的个性。

从老子开始，玄学就以眼睛的有限性作为逻辑起点。宗炳说"昆仑之大，瞳子之小，迫目以寸，则其形莫睹"。③ 在近处看，我们的视觉的"小"无法囊括昆仑的"大"。这样，我们只能"远映"，也就是从远处看。山水画的摹写就是"远映"的艺术。既然这样，我们的摹写不是图真，而是"竖画三寸，当千仞之高；横墨数尺，体百里之迥"的相似。宗炳把这种相似称为"类之"。"类之"就是将自己亲身游历亲眼目睹的山水"以形写形，以色貌色"。而"类之成巧"则是理想状态："以应目会心为理者，类之成巧，则目亦同应，心亦俱会。"④宗炳强调的不是妙手偶得而是心灵观照。宗炳认为"应目会心为理"，即摹写山水的原则一定是经由画家"目亦同应，心亦俱会"的山水。画家感受过自然山川的神韵，领悟到自然山川所寄寓的道理，因而摹写时就会让山水所寄寓的"神""理"传达出来。

而绘画中的山水何以能寄寓"神""理"呢？宗炳受玄、佛的多重影响，他在庐山求教的慧远禅师乃本无宗的传人。这表现为宗炳弄出了一堆他自己才可以理解的概念。"圣人含道应物""圣人以神法道""山水以形媚道"的"道"。他也爱论"理"："理绝于千古之求者""以应目会心为理""神超理得""理入影迹"。他又有"神"论："应会感神。神超理得""神本亡端""畅神""神之所畅"。除此外，讲山水有"嵩、华之秀，玄牝之灵"。宗炳在使用这些概念时一定有自己的秉持。比如"道"是万物所遵循的规律，而"理"则是具体的规则，"神"多是指向人的精神，而"灵""秀"则是山水的精神。作这些区别其实意义不大。我们撇开它们在具体语用上的细微差别，则会发现无论"道""理""神""灵""秀"都是宗炳所极力宣扬无

① 房玄龄等撰：《晋书》卷五，中华书局 1974 年版，第 1378 页。

② 汤用彤：《汤用彤学术论文集》，中华书局 1983 年版，第 226 页。

③ 潘运告编著：《汉魏六朝画论》，湖南美术出版社 1997 年版，第 288 页。

④ 潘运告编著：《汉魏六朝画论》，湖南美术出版社 1997 年版，第 288 页。

形无相的形而上意识。也就是说，这些形而上意识存在于山水形象中，如果将感悟过的山水按照相似性的原则进行摹写，就可以将它们传达出来。山水形象是一个载体，既将画家与山水应会后的精神记载了下来，也将凭借着山水形象继续感动后来的接受者。宗炳解释说："神本亡端，栖形感类，理入影迹，诚能妙写，亦诚尽矣。"①即神、理无形无相，它们都栖居在山水形象中。只要按照相似性的原则对感悟过的山水进行模仿就可以表达。

王微显然受到了书法理论的启示。滥觞于东汉许慎"书者，如也"，书法在玄学融入后被王羲之建构为"意存笔先""字中发人意气"的书如其人之论。而书法之所以能尽意、写意，表现书写者生命情态，在于书写时笔墨在跌宕起伏千姿百态的运行中蕴蓄着情、饱含着意。王羲之所谓"点画之间皆有意"（《法书要录》），陶弘景说"手随意运，笔与手会"（《与梁武帝论书启》），都是确定书法在于运笔"立意"。身为画家的王微认定书画在同一工具前提下一定有相同处。他发展了山水绘画笔触论。他说"曲以为嵩高，趣以为方丈。以叐之画，齐乎太华；枉之点，表夫龙准"②。曲折用笔，则嵩山形出；运笔快速，方丈隐约；逸笔草草华山毕现；沉稳定点，高耸映目。王微运用书法批评中常见的"曲""趣""叐""点"四种笔法论述山水绘画的用笔造型。他要表明在笔的运行中，绘画如同书法一样都体现了创作者的心意。加上山水绘画在造型时，还留有想象的余地，如此"眉额颊辅，若晏笑兮。孤岩郁秀，若吐云兮"。把一座山画成一个人面时，你会觉得它好像笑意晏晏；让壁立千仞的岩石孤单苍翠，你就觉得似乎云烟酝酿。绘画在山水之"形象"的创造上、着色上都具有主体的创造性的变化。笔触在变，造型在变，这就构成了山水绘画的"横变纵化"。在千变万化中，创造了无穷无尽的"动"，在"动者变心"中，绘画正如书法一样传情达意。

王微因此认同颜延之的看法，"图画非止艺行，成当与《易》象同体"③。也就是说绘画的本体是依托形象来表达情理。当王微把山水形象看作《易》象，他的画论几乎就按照王弼的玄学建构起来。"本乎形者融灵，而动变者心也。灵亡所见，故所托不动。"④王微认为完成的静止的画面上存有两种关系，即"形"与"灵"。"形"是静的，看得见的；"灵"是动的，看不见的。它们之间的关系是"形"融了"灵"，"灵"寄寓于"形"。绘画也如此，在有限的形体中传达出的是无限的宇宙运行的规律。山水绘画是"以一管之笔，拟太虚之体"，人物绘画是"以判躯之状，画寸眸之明"。总之，人以有限的视觉手段通过有限的艺术去逼近自然之道。

---

① 潘运告编著：《汉魏六朝画论》，湖南美术出版社 1997 年版，第 288 页。
② 潘运告编著：《汉魏六朝画论》，湖南美术出版社 1997 年版，第 295 页。
③ 潘运告编著：《汉魏六朝画论》，湖南美术出版社 1997 年版，第 294 页。
④ 潘运告编著：《汉魏六朝画论》，湖南美术出版社 1997 年版，第 294 页。

姚最认为绘画乃"课兹有限，应彼无方"。这个说法与陆机"课虚无以责有，叩寂寞而求音"（《文赋》），及南朝齐王僧虔表达"情凭虚而测有，思沿想而图空"（《书赋》）的艺术创作论不同。它们强调文学和书法是依靠形象来尽意，所以创作的核心是化无形为有形，从虚空到落实。而姚最巧妙地颠覆了这说法，以此来表明绘画与别种艺术的"异途"。模拟自然的绘画一定要观察，观察之后要锻炼技法，以达到得心应手的摹写，这些即"有限"；而画作完成后，在笔墨的变化往复、色彩的斑斓绚丽中都藏有未尽的意蕴，笔法轻重缓急、一丝一毫的细微差别都带来形象和情感的微妙变化，这是"无方"。"有限"乃手的运作和施展，"无方"是心的调遣和驾驭，心手之间构成了手随心运的得之于心，应之于手的微妙呼应。姚最更加留意于创作过程，在过程化中突出了画家的以"心"为思维器官的自主性，使得画家的写意更为个体化。

综上所述，文学发挥自己符号的特性构造了"形文""形似"，在创作理论中以"比兴"生成"意象"来表达缥缈的情思，文学理论正是从"尽意"的角度完成了自己的"立象"之途。正是通过这样的"立象"，中国文学对自己的语言符号有了更深刻的思考，更纯粹的运用，创造了同雕刻相类似的模仿物象的效果。这让莱辛的断言，韦勒克、沃伦的文学理论都遭受了质疑。这同时也促使我们思考民族语言的特性以及文学的美之多重性。对于绘画来说，正是那包孕性的顷刻让形象有限，色彩固定。玄学的浸润促使了画家们重新思考绘画艺术的本质。从人物画的传神到山水画的"山水以形媚道"，绘画从玄学中获得了本体，将绘画建构为以形色为主但超越形色表达精神和自然之道的艺术。可以这样说，正是王弼的玄学让中国的艺术获得了抽象的思考，开始了本体的建构，从此确立了艺术的共通和融会。

第三节　"形似""形文"与文图美学思想

"形似"最初见于东晋时的人物品藻，如：桓豹奴是王丹阳外甥，形似其舅，桓甚讳之。宣武云："不恒相似，时似耳。恒似是形，时似是神。"[1]又如：沈约见筎，以为似外祖袁粲。谓仆射张稷曰："王郎非惟额类袁公，风韵都欲相似。"稷曰："袁公见人辄矜严，王郎见人必娱笑，唯此一条，不能酷似。"[2]在这些描述中，"似"有"形""神"之别，且"形似"而"神"不"似"。于是，基于血缘形成、无法更改的外形上的相像谓之"形似"；而属于个性气质的，构成个人差异性的精神因素谓之"神似"。随即"形似"出现于艺术批评的领域。宗炳在《画山水序》中明确提出山水画是对于山水的"以形写形，以色貌色"。他命名这种方法为"类之"，他的理

---

① 徐震堮：《世说新语校笺》，中华书局 1984 年版，第 434 页。
② 李延寿：《南史》，中华书局 1975 年版，第 609 页。

想是"类之成巧",观画图者"不以制小而累其似"。宗炳所说的"类之"就是"相似"。只是这个"类之"遵循的是"远映"的原则,"类之"的东西往往只是形和色。于是,山水画"竖画三寸,当千仞之高;横墨数尺,体百里之迥"。宗炳认为"神本亡端,栖形感类",即形神一体。当我们以相似原则模仿山水之"形"时,"形"本身就携载着山水的神韵。"如是,则嵩、华之秀,玄牝之灵,皆可得之于一图矣。"①因为有了这样的效果,所以山水画亦如山水,"山水以形媚道",山水画则"万趣融其神思"。人们欣赏山水画如同欣赏山水,是一个"畅神"的过程。宗炳的画评因此可缩略为"形似"之言。

"形似"一词出现于文学批评,最早见于沈约《宋书·谢灵运传论》,所谓:"相如巧为形似之言。"司马相如将文学创作看作编织,"合綦组以成文,列锦绣而为质",②力图让语言文字创作出图案的美,沈约故而以"形似"命之。与沈约同时的刘勰拒绝以"形似"言赋。承接挚虞《文章流别论》,"赋以事形为本",刘勰界定"赋者,铺也,铺采摛文,体物写志也"③。结合《情采》中彪炳文学"形文""声文""情文"三美,赋体所具备"繁类以成艳"的风格可以冠之以"形文"之名。刘勰"形似"出现于《物色》篇。他说:"自近代以来,文贵形似。窥情风景之上,钻貌草木之中,吟咏所发,志惟深远;体物为妙,功在密附。故巧言切状,如印之印泥;不加雕削,而曲写毫芥。"④此处"近代以来"实指刘宋时代的山水诗,而"形似"是他们所崇尚的语言特征。和赋体"写物图貌,蔚似雕画"的作法不同,他们钻研草木容貌,以逼真"切状"为追求。他们摒弃了作家应该要作的"雕削",以"君形"精神停留于细节和局部。虽然制造了似模似样的效果,却悖逆了山水精神。如果说"形文"是以形为美的话,"形似"无疑是反其道而行之,走上了背离文学本体的不归之路。

刘勰之后,"形似"之说普遍,尤其应用于批评五言诗歌。北齐颜之推《颜氏家训·文章》云:"何逊诗实为清巧,多形似之言。"⑤钟嵘《诗品》更是俯拾皆是,评张协诗:"巧构形似之言。"⑥评谢灵运亦云:"故尚巧似,而逸荡过之。"⑦又评颜延之云:"尚巧似";⑧评鲍照云:"然贵尚巧似,不避危仄"⑨等。可见"形似"作为创作风尚非常流行。

如此可见,因文体不同,魏晋文论存在着"形文"和"形似"的差别。随着赋体

---

① 潘运告编著:《汉魏六朝画论》,湖南美术出版社 1997 年版,第 288 页。

② 葛洪著,周天游校注:《西京杂记》,三秦出版社 2006 年版,第 93 页。

③ 刘勰:《文心雕龙·诠赋》,周振甫《文心雕龙今译》,中华书局 1986 年版,第 76 页。

④ 刘勰:《文心雕龙·物色》,周振甫《文心雕龙今译》,中华书局 1986 年版,第 417 页。

⑤ 颜之推著,王利器集解:《颜氏家训集解》,中华书局 1993 年版,第 361 页。

⑥ 何文焕辑:《历代诗品》,中华书局 1981 年版,第 9 页。

⑦ 何文焕辑:《历代诗品》,中华书局 1981 年版,第 9 页。

⑧ 何文焕辑:《历代诗品》,中华书局 1981 年版,第 13 页。

⑨ 何文焕辑:《历代诗品》,中华书局 1981 年版,第 14 页。

的式微,以形为文不合时宜。"形似"承接以"形"为美,着力在诗歌中打造局部图画感。"形文"和"形似"造成了文学空间感和立体感。也正因为这样,当对文学进行审美时,人们自然以空间艺术绘画、立体艺术雕刻对文学进行观照。文学"如画""以雕缛为体"之类的语言指向预示着文学视知觉审美的到来。视知觉以自己的完整性、迅捷性促成了美感之应目会心。在魏晋画论中,面对真正的空间艺术时,审美却强调了"气韵""神思"等意蕴的获得。除了"目之照形"视觉审美外,文图在意义本体上的共通建构催生了"得意忘言"方法论。其意蕴来自王弼玄学理论:"得意而忘象","得意在忘象"。前者言明一切的审美以"得意"为最终目标,言象不过是"尽意"的工具。后者言明"得意"必须以言、象为筌蹄,且行且忘之。只有遵循这样的途径和方法,人们才能从审美中获得意蕴,使得自己神超形越,冥合于大道。

一、目既往还,心亦吐纳

汉字"拟象"而生,汉字本身就充满着形象。用汉字缔造文学,汉字的形象催生了类似于雕刻般的"形文"和"形似"。"形文"出现于汉赋中,以"联边"字构造图案。如范文澜曾引用司马相如的《上林赋》片段,并云:"状貌山川,皆连接数十百字,汉赋此类极多,所谓字必鱼贯也。"①这类例子俯拾即是。木华《海赋》,水字词语宛如波浪汹涌,郭璞《江赋》亦毫不相让,水字形旁的字词几乎占了一半。其他赋家更是连篇累牍聚类为文。如谢灵运之《山居赋》②,先有空间之构造:"其居也,左湖右汀",于是有"近东……""近南……""近西……""近北……",再有"远东……""远南……""远西……""远北……"。然后写山居之景色:"水草则萍藻蕰葐,蘁蒲芹荪,蒹菰苹蘩,蕰荇菱莲。""其木则松柏檀栎,梗楠桐榆。㮚柘榖栋,楸梓柽樗。""鱼则鮋鱧鮒鲔,鳟鲩鲢鳊,鲂鮪鲨鳜,鳝鲤鲻鳢。""鸟则鹍鸿鸀鹉,鹭鹭鹡鸰。鸡鹊绣质,鹥鹳绶章。""山上则猨猱狸獾,犴獌獥猵。山下则熊罴豺虎,豲鹿麋麕。"这就是赋家最擅长的摹写之法,也是赋体最普遍而最为源远流长的内容铺陈。这种摹写,就是以"取类""聚类"为宗。即选择同一形旁的汉字聚合在一起。写山山字堆积,写木林木森森,发挥了汉语"以形貌形,以色貌色"的摹写能力。在大面积的铺张扬厉后,伴随着线性的阅读呈现给读者的是形旁所构造的"形文"。满眼是草,触目为木,蜂拥而至,目不暇接。或者群鱼优游,百鸟起舞,众兽奔突,纷至沓来,络绎不绝。同一形旁的汉字轮番登场缔造了连绵不断、栩栩如生的物象感。同时,这些山石草木、鸟兽虫鱼都被安置于或南或北或上或下的空间中,缔造了在一定空间中物象的有规律的重复和呼应。阅读

---

① 刘勰撰,范文澜注:《文心雕龙注》(下),人民文学出版社 1978 年版,第 696 页。

② 顾绍柏校注:《谢灵运集校注》,台北里仁书局 2004 年版,第 449—465 页。

时,汉字的"形旁"仿佛图式在空间中整饬有序地延展,既错落有致又宛转相联,浮现出类似于雕刻般的强烈的立体感。

汉语诗歌也不断地学习拟写物象形态。在东晋山水诗中"形似"之体焕然而生。仅以谢灵运《从近竹涧越岭溪行》为例。其诗云:

猿鸣诚知曙,谷幽光未显。岩下云方合,花上露犹泫。逶迤傍隈隩,迢递陟陉岘。过涧既厉急,登栈亦陵缅。川渚屡径复,乘流玩回转。蘋萍泛沉深,菰蒲冒清浅。企石挹飞泉,攀林摘叶卷。想见山阿人,薜萝若在眼。握兰勤徒结,折麻心莫展。情用赏为美,事昧竟谁辨? 观此遗物虑,一悟得所遣。①

此诗时空交织。空间则追踪着作者的行旅,在"逶迤"和"迢递"之间看见行行重行行。而作者眼前,山水景色仿如画卷慢慢展开:水中植物"蘋萍"有深浅之态,"菰蒲"有碧绿之色,再见泉水飞溅,林木高耸,薜萝遮目,兰麻丛生。在绵密的描绘中,谢诗的写景诚然是钟嵘所称赞的"寓目辄书,内无乏思,外无遗物,其繁富,宜哉"②的"形似"。

文学因构造了"形文""形似"等图像,发展出和绘画相似的视知觉审美。在审美中,目光所及之处直接触动和召唤视知觉经验。刘勰说:"至如气貌山海,体势宫殿,嵯峨揭业,熠耀焜煌之状,光采炜炜而欲然,声貌岌岌其将动矣。"③看见文字,眼前唤起的却是视觉的山形、火势、光艳、声貌,语言因编缀和铺排所构成的空间感、立体感应运而生。它有意识地打破语言的连续性、抽象性,构造了具有实在形体和色彩的图案。从这个角度来说,文学构造了"一朝综文,千年凝锦"(《才略》)"图文"之美。否则,文学创作"若气无奇类,文乏异采,碌碌丽辞,昏睡耳目"(《丽辞》)。

而"造型"后呈现出来的图案,迅速而快捷地诉诸视知觉的经验,触目而生情,应目而会心。"目之照形,目瞭则形无不分。"(《知音》)视觉对于"形"有鉴别力、辨析力,基本上见山是山,见水是水。这样,"瞻言而见貌,即字而知时"(《诠赋》),读者直接从文字铺陈中得出物有何貌,物在何时的理性认知。"形文"或者"形似",以自己的形态审美让美感的获得直接而敏锐。而在形状中所蕴结的"情意"也在观者内心呈现。"因为人的诸心理能力在任何时候都是作为一个整体活动着,一切知觉中都包含着思维。一切推理中都包含着直觉,一切观测中都包含着创造。"④刘勰就曾这样诉说:"故其叙情怨,则郁伊而易感;述离居,则怆怏而难怀;论山水,则循声而得貌;言节候,则披文而见时。"⑤这样,绣文锦章"造型"功成,无需字斟句酌的阅读,只要秋波流转的观赏,形象扑面而来,美丽油然而

---

① 逯钦立辑校:《先秦汉魏南北朝诗》,中华书局 1983 年版,第 1167 页。

② 何文焕辑:《历代诗品》,中华书局 1981 年版,第 9 页。

③ 刘勰:《文心雕龙·夸饰》,周振甫《文心雕龙今译》,中华书局 1986 年版,第 334 页。

④ 阿恩海姆著,滕守尧译:《艺术与视知觉》,中国社会科学出版社 1984 年版,第 5 页。

⑤ 刘勰:《文心雕龙·辨骚》,周振甫《文心雕龙今译》,中华书局 1986 年版,第 46 页。

生。刘勰将此称为"繁类以成艳"。换句话说,在"形文""形似"的鉴赏中,摒弃了阅读文字的理性思维,调动了观赏绘画的视觉经验。因此,文学以整体图画感、立体感生成了应于目会于心的视知觉审美。那就是眼睛迅速捕捉文字,随即在内心直接唤起形象。

文学语言创造了如同雕刻的形式美感,催发了对文学的审美的别种眼光。即便文章中所铺陈之物从未目睹,也从未听闻,甚至于汉字也未必能全部认识,但"形文""形似"所营造的"形象"所有的人一看即得,一见即知。视知觉审美造就了"目既往还,心亦吐纳"(《物色》)效应,心和目同步、同时,整体地呈现"物象"。因此,阅读演化为类似观赏的活动,不一定非得遵循单向度的线性运动。目光可以在物化的文本中仰观或俯察,远看或近睹。这种观而赏之触类旁通促成了文学的娱乐性。萧统在《文选序》中曾张扬"文"踵事增华,变本加厉的效果,其后一口气列举了三十多种实用的文体,最终认定文学"譬陶匏异器,并为入耳之娱;黼黻不同,俱为悦目之玩"。① 文学以自己的观赏性而被看作"娱乐"。由此,文学的美不仅仅在于文学情志的传达,还在于形式上的赏心悦目。

二、"得意"而忘象

魏晋时以"得意忘言"为审美理论。而"得意忘言"来自王弼之论:

故言者所以明象,得象而忘言;象者所以存意,得意而忘象。犹蹄者所以在兔,得兔而忘蹄;筌者所以在鱼,得鱼而忘筌也。然则,忘象者乃得意者也,忘言者乃得象者也。得意在忘象,得象在忘言。故立象以尽意,而象可忘也。重画以尽情,而画可忘也。(《明象》)②

王弼的"得意忘言"主要包括了三个方面:一是所得为"意",而非言、象;二是得来之途,经由"言""象"而达于"意";三是"得意"在乎不断地遗忘,先"忘言",再"忘象"。既然如此,魏晋画论以"传神""畅神""气韵"为各家要义,以"求意""得意"为旨归。魏晋文论则以"批文而入情""观文而见心",构造了以"知音"为内核的得意忘言论。

在《魏晋胜流画赞》中,顾恺之对当时流行的各家画作进行了品议。论《小列女》"不尽生气";《壮士》未"尽激扬之态";《列士》画蔺相如却"急烈";秦王对刺客竟"大闲";《嵇轻车诗》竟不顾嵇康优雅,画为"容悴"。顾恺之认为它们的缺憾在于未能有效地传达画中人物的"生气""情势""神态"。与之相映,《醉客》在画好人形后,将衣服以披着的方式"幔之",就有利地表现了其人之"醉神"。《东王公》则画出了"神灵"。"醉神"者,"神灵"者,既是画作的"妙处",也为观者"玄赏"所

---

① 萧统编,李善注:《文选》第一册,上海古籍出版社1986年版,第2页。
② 王弼著,楼宇烈校释:《王弼集校释》上,中华书局1980年版,第609页。

得。由此可见，观赏人物画以获得"形"所携带的"神"为目标。对于顾恺之来说，从观者"得意"角度思考如何"传神"也是"迁想妙得"的实质内涵。他为裴楷"颊上益三毛"。三毛之益，创造了接受者鉴赏时的"识具"。正是因此"识具"，让"看画者寻之"。一旦"寻之"，则会感受到、琢磨出裴楷"如有神明"。顾恺之主张"以形写神"，于是人物的形象就是一个载体。这个载体凝固了对象的"精神"，凝结了画家的"迁想"，最终还要依靠接受者的"心神"才能促使"传神"得以实现。在这个过程中诚然需要"得意"之途"得意"之方。如果说"识具"是得意之途，为审美提供了切入口的话，"明识"则是"得意"的主体要求。"得意"或者说"通神"都是在精神世界里完成的邂逅、契合，是"妙处不传"的以神会神。

宗炳鉴赏论的核心要旨是"畅神而已"。"畅神"讲究的是"神"畅，即人类精神的畅通无阻，它类似于庄子的逍遥游。精神的畅行首先必须摆脱质有、摆脱形器，必须"澄怀"，以虚静之心接物。之后在"畅神"中"味象""观道"。宗炳用"味"表明通过山水之形来认知山水精神的幽微。观赏者"披图幽对"，要"不违""天励之丛"，"独应""无人之野"。"不违""独应"就是玄学中王弼所说的顺应。在顺应中，观赏者带着自己的生命气质去欣赏，自己的精神和画家以及画家所表达的山水精神碰撞、融合，自己的精神被唤醒、被激活，窥见运行的大道，穷尽山水的本性。于是，无论山水具体之情状为灵秀还是险峻，鉴赏山水画如同人在崇山峻岭、茂林修竹的山水间游历，此时，精神运行舒畅，以此去映照熠熠生辉的圣人之意，融会山水带来的无穷意趣和情思。

谢赫《古画品录》为鉴赏论。他著有六法，云："六法者何？一、气韵生动是也；二、骨法用笔是也；三、应物象形是也；四、随类赋彩是也；五、经营位置是也；六、传移模写是也。"[1]以"气韵生动"为标榜，且位列第一。他评卫协的画"颇得壮气"，顾景秀的画"神韵气力"，丁光的画"乏于生气"。"壮气""气力""生气"以"气"为词根派生而成。他评顾景秀"神韵"，评顾绥"体韵"，评毛惠远"韵雅"，评戴逵"情韵"，以及六法中的"韵"等概念以"韵"为词根组合而成。而"气""韵"等概念都是绘画形象所表现出来的形而上特质。而这些形而上特质都是以"应物象形""随类赋彩""传移模写"等写形为基础的，因此，谢赫鉴赏论是以"得神""得韵"为核心的"得意"之说。谢赫的确如此践行。第一品五人，弃绝言象只观风韵。谢赫评陆探微"穷理尽性，事绝言象"取玄学之说，主张"得意忘言"。评张墨、荀勖"风范气候，极妙参神。但取精灵，遗其骨法。若拘以体物，则未见精粹；若取之象外，则方厌膏腴。可谓微妙也"。[2]谢赫指出赏鉴的两种方式：追求形似之"体物"，追求微妙之"取之象外"。以形似的"体物"为宗，则画作之美隐而不见；如果以"气韵"以"精灵"为要，则画作的精神超逸形象，余韵无穷。从第二

① 潘运告编著：《汉魏六朝画论》，湖南美术出版社1997年版，第301页。
② 潘运告编著：《汉魏六朝画论》，湖南美术出版社1997年版，第303页。

品开始,谢赫降格以求,以"赋彩制形"有无"新意"为主。此后越来越以笔迹、骨法等技法为评议标准。因之,谢赫以"气韵生动"为第一原则所进行的品评,超越了画面表现对象的形体,以"气韵"为审美的取向。它们在弃言绝象时设定了一个目的,这个目的就是彰炳绘画的本质在于"象外"之"立意",即画家的主体精神的展现。于是,顾骏之、袁蒨"新意",顾恺之"迹不逮意",张则"意思横逸",刘顼"用意绵密",宗炳"意足师放",都是谢赫的论断。谢赫做出这样的论断基于对画家的主体性的认定,绘画的本质在于"象外",绘画从来就是画家精神的表达,只不过这个精神借助象人象物而实现。第一流的画家展示了自己的精神。他们的画作不见意思,不见"气力",不见"笔迹",却穷尽物理人情,微妙高超。魏晋绘画鉴赏论以人类精神的获得、人类精神的畅通为内容,建构了"得意"审美论。

刘勰借伯牙高山流水觅知音的典故比喻鉴赏,写成《知音》。他将鉴赏描述为"沿波讨源,虽幽必显"的过程,要从字里行间体认出作者所传达的感情。阅读与创作是相反的过程,如果创作是"缀情以作文",则阅读是"披文而入情"。"披文"的关键要发挥心的洞照的能力,所谓"心之照理,譬目之照形,目瞭则形无不分,心敏则理无不达"。① 心的洞照这一说法来自佛教。僧肇云:"智有穷幽之鉴,而无知焉;神有应会之用,而无虑焉。"(《般若无知论》)②佛教的"照"以心为镜,指明要将自己的内心变成无知无虑的镜子。刘勰审美之"心"就是以"无"为底蕴,因而"无私于轻重,不偏于憎爱"。用这样的"心"来欣赏文学,就可以"平理若衡,照辞若镜",客观公正地审察和评判。

有了这样的审美之"心",文学鉴赏最终要达到什么样的审美目标呢? 刘勰从不同的角度对文学鉴赏有多种说法。一为"阅文情",即文学的鉴赏全然依靠眼睛的阅读完成的,于是有"六观"说:"一观位体,二观置辞,三观通变,四观奇正,五观事义,六观宫商。"③虽然"观宫商"并不依赖眼睛来完成,有"洞观"之意,但前五者的确是目观文辞。二与"缀文者情动而辞发"相逆,文学鉴赏为"披文以入情"。文学的创作在"情动而辞发"之后进行的"缀文"的操作。"缀文"是按照文学规律,发挥语言文字的形式美感(形和声)缀字成篇。与之对应,鉴赏就是先从语言文字的形式入手,挺进言象,抵达本体。所谓"披文"即扒开语言所构制的言、象等层层障碍,披荆斩棘,进入作者的情感。三是"观文辄见其心",即文学鉴赏是为了以自己虚无之心看见作者的心。和"六观"之后见优劣相比,"见心"之说可谓最终目的。"入情"还只是登堂入室,而"见心"则休戚与共。可以说,刘勰对于文学的鉴赏以"见心"为最高旨归。既然"见心",则见"为文之用心",情理尽在其中,皆得而明之,得而知之,这也就是赞语中所谓的"妙鉴"。既然"得意"为

---

① 刘勰:《文心雕龙·知音》,周振甫《文心雕龙今译》,中华书局 1986 年版,第 439 页。

② 严可均辑,何宛屏等校:《全晋文》卷一六四,商务印书馆 1999 年版,第 1804 页。

③ 刘勰:《文心雕龙·知音》,周振甫《文心雕龙今译》,中华书局 1986 年版,第 438 页。

见心，则演绎为"意会"。"观汝诸文，殊与意会，至于此书，弥见其美。"（萧统《答湘东王求文集及诗苑英华书》）①"意会"之法就是以心传心，"以心会心"。

艺术的审美本来就是对意蕴的获得。黑格尔说：

外在的因素——对于我们之所以有价值，并非它所直接呈现的；我们假定它里面还有一种内在的东西，即一种意蕴，一种贯注生气于外在形状的意蕴。那外在的形状的用处就在指引到这意蕴。……艺术应该具有意蕴，也是如此。它不只是用了某些线条、曲线、面、齿纹、石头浮雕、颜色、音调、文字乃至于其他媒介，就算尽了它的能事，而是要显现出一种内在的生气、情感、灵魂、风骨和精神，这就是我们所说的艺术作品的意蕴。②

黑格尔认为艺术的内在就是"意蕴"，所有的"外在的因素"不过是意蕴表达的感性形式。王弼的"义理说"其实就是"意蕴"说。既然艺术是主体表达世界的方式，对于艺术审美而言，是要深入感性的形式，然后抛开或者说悬置感性的形式获得"意蕴"。

三、得意在"忘象"

王弼的"得意忘言"说强调有所"忘"才能有所"得"。他从庄子哲学中拿来"忘"，铺筑了循序渐进地舍弃或者悬置的过程。这个过程要求从外到内，从有到无不断地抛置工具，直达本意。注解庄子的郭象则认为还要更彻底地"有无双遣"。其《庄子·秋水注》云："夫言意者有也；而所言所意者无也。故求之于言意之表，而入乎无言无意之域，而后至焉。"③郭象强调在理性中更悬置和隔绝，才能更深刻地"意冥""神会"。

无论文图，审美只有悬隔中介才能"得意"。在魏晋审美中无论文学还是绘画都强调忘言、忘象。荀粲是第一个提出"象外之意"的人，他认为："系辞焉以尽言，此非言乎系表者也。斯则象外之意，系表之言，故蕴而不出矣。"④而"象外"之说意味着"象"仅仅是一种通达的工具，人们要认识到它的中介性质。刘勰在《隐秀》篇中强调"隐"乃"文外之重旨"。"隐"就是比兴所构成的"意象"，这个意象类似于《周易》的"爻象之变"。而"隐"之所以为隐，在于"义生文外"，即在超越了语言才能窥知的意义。而在绘画鉴赏中，谢赫的"若拘以形体，则未见精粹；若取之象外，则方厌膏腴"是对于溢出言象之外意蕴的吟味、捕获。从绘画而言，人物画以形写神，山水画以形媚道，绘画鉴赏促成了事绝言象的"穷理尽性""气韵

---

① 郁沅、张明高编选：《魏晋南北朝文论选》，人民文学出版社 1996 年版，第 331 页。

② 黑格尔著，朱光潜译：《美学》第一卷，商务印书馆 1979 年版，第 24—25 页。

③ 郭庆藩撰，王孝鱼点校：《庄子集释》中，中华书局 1961 年版，第 32 页。

④ 陈寿著，裴松之注：《三国志》卷十《魏书·荀彧传》裴松之注引何劭《荀粲传》，中华书局 1959 年版，第 319—320 页。

生动"。无论文图，在鉴赏中都非常强调"忘象"方能得意。理论家所张扬的"情在辞外""义生文外""象外之意""气韵生动"都是对此的展开。

钱锺书说："诗藉文字语言，安身立命；成文亦如是，为言须如彼，方有文外远神、言表悠韵，斯神斯韵，端赖其文其言。品诗而忘言，欲遗弃迹象以求神，遏密声音以得韵，则犹飞翔而先剪翮、踊跃而不践地，视揠苗助长、凿趾益高，更谬悠矣。"①

钱锺书认为，文学存在是以语言这个物理的事实为依据，如果完全抛弃语言就不可思议。在"应于目"中，目光穿梭流连、瞻望盯凝，发挥了视知觉的观察和认知的作用。在"会于心"前，先"在言""在象"而后又"忘言""忘象"。虽然言、象只是中介，但必须依赖，必须停留，必须沉吟，才能促使悠然心会。而"会心"时，你可以把语言、形象视为透明或不存在一样。正如艾略特所说：

诗要透彻到我们看之不见诗，而见着诗欲呈现的东西；诗要透彻到，在我们阅读时，心不在诗，而在诗之"指向"。"跃出诗外"一如贝多芬晚年的作品"跃出音乐之外"一样。②

文学以情志为本体。但情志是人内心的思想，它虚无飘荡，必须经由文学化的手法表达出来才能深远生动。创作主要以"比兴"来"立象"。这个意象一旦生成，意义是隐藏的，是"秘响旁通"，是"伏采潜发"。而接受的过程是"沿波讨源，虽幽必显"（《文心雕龙·知音》）的过程。在这个过程中存有各种矛盾：比如开始和结束呈现着"正奇"的矛盾，你以为文章端正结果却奇特，比如有内外的"明润"互补。于是阅读就在停留、沉吟中获得美感，创作了"玩之者无穷，味之者不厌"的鉴赏效果。刘勰认为文学的鉴赏就只能以味觉来类比。因为味觉需要咀嚼和品尝，以此来对应对"意象"的体悟和揭示；味觉玄妙言不可及，对应阅读后心领神会的微妙美感，而文学的美也被延伸为"余味曲包"。

绘画首先是存形，画家"以形传神"。鉴赏者如何能从人物、山水的形体中求意、得意、悟道，魏晋绘画鉴赏论在"得意"上进行了大量的理论建构，以期提升绘画在模仿之外的艺术性、抽象性。顾恺之以"筌生之用"来指涉人物形象的工具性。他主张人物形象就是一个载体，这个载体凝固了对象的"精神"。对于接受者而言，要在"形象"鉴赏上下功夫。要发现裴楷的面颊上无端端地多了三根毛发，为此而停留、而琢磨、而沉思，发现其人不同寻常。而毛发本身，只是为接受者提供"寻之"的"识具"，最终发现裴楷的"神明"。以"传神"为本体，观者最终都要在画面中发现人物的精神面貌。以此为终点，经画家精心塑造过的形象皆可抛掷。

宗炳在《画山水序》中提出山水画若要"求意"，必须"心取"。所谓"理绝于中

① 钱锺书：《谈艺录》，中华书局 1984 年版，第 412 页。
② 叶维廉：《比较诗学——理论架构的探讨》，东大图书有限公司 1983 年版，第 208 页。

古之上者,可意求于千载之下;旨微于言象之外者,可心取于书策之内。况乎身所盘桓,目所绸缪,以形写形,以色貌色也"。① 所谓"心取"和他的"畅神"相近,都致力于"神超理得"。也就是说山水画虽然"以形写形,以色貌色",但观赏之所得是无端无形的神、理。而之所以必然"心取",因意旨深邃、幽微,存于言象之外,借此,宗炳认为:"山水、山水画是一种'道体',是道的有形有质的载体,是观道、体道的媒介。'画象布色,构兹云岭',目的是要'澄怀观道'。"②宗炳建构形神时以"栖"为名,也暗示了他对于"形"权宜之中介的定位。宗炳以"心取"之说排除了耳目视听之作用,相应地也排除了"神"所栖息的"形",理所化入的"影迹"。

南朝王微在《叙画》中提出山水画"成当与《易》象同体"。当王微将山水画提升到《易》象的高度,他就明确了作为造型艺术的绘画,必须具备有形之象("本乎形者"及"灵亡所见,而所托不动");而这有形之象,是融合了性灵,表达了情感的形象("本乎形者融灵,而动变者心也");所以,心动与画中形之"横变纵化"的"动"交相辉映;这样,绘画鉴赏就是"得意在忘象"。这是"金石之乐,珪璋之琛"所不能比拟。他说:

> 望秋云,神飞扬;临春风,思浩荡。虽有金石之乐,珪璋之琛,岂能仿佛之哉!披图按牒,效异《山海》。绿林扬风,白水激涧。呜呼! 岂独运诸指掌,亦以神明降之。此画之情也。③

王微以具体意象阐释了"得意在忘象"。眼观画中"秋云"之升,"春风"之起,观者则神思飞扬、心情浩荡。"秋云""春风"之象惹起了内在"神思";而内在情思一起,"秋云""春风"已然忘却。这就是"神明降之"的赏鉴。较之宗炳"畅神",王微将"忘象"的境界讲得更加彻底,将天人合一的审美情境演绎得更为空灵。

谢赫的《画品》,以"气韵生动"为第一要义。钱锺书说:

> 曰"气"曰"神",所以示别于形体;曰"韵",所以示别于声响。"神"寓体中,非同形体之显实;"韵"袅声外,非同声响之亮澈。然而神必托体方见,韵必随声得聆,非一亦非异,不即而不离。④

钱锺书认为,"气"对应可见的"形体","韵"对应可听的"声响"。可见之"形体"、可听之"声响"都是"有",不可见的"气"、不可听的"韵"是"无"。而"气韵"合称更是对其不可体认的"无"的强调。"无"和"有"构成了本末关系,"有"以无为本,"无"来自内藏的、可识别的、具体的"有"的显示。钱锺书对于"气韵生动"的分析让我们明确了谢赫以此为法进行赏鉴的缘由。在界定第一品的张墨、荀勖

① 潘运告编著:《汉魏六朝画论》,湖南美术出版社 1997 年版,第 288 页。

② 陈绶祥:《中国绘画断代史·魏晋南北朝绘画》,人民美术出版社 2004 年版,第 85 页。

③ 潘运告编著:《汉魏六朝画论》,湖南美术出版社 1997 年版,第 295 页。

④ 钱锺书:《管锥编》四,中华书局 1979 年版,第 1365 页。

时,谢赫说:"风范气候,极妙参神,但取精灵,遗其骨法。若拘以体物,则未见精粹;若取之象外,方厌膏腴。可谓微妙也。"①看到"极妙参神"时,会让人忆起宗炳"畅神",王微的"神明降之"。谢赫也以不可体察的"神明"为所得之意。他也说"精灵",和宗炳的"玄牝之灵",王微的"形者融灵"之"灵"一脉相承。他所谓"但取精灵""遗其骨法",要求的也是有"取"有"遗"。这个就是王弼的忘象得意的逻辑。之后谢赫提供了两种鉴赏的方式,一种谓之"体物"方法,一种谓之"象外"方法。他并没有具体解说两者间的差异,只是说,如果拘泥前一种方法,则两位画家的"精粹"见不到。如果秉承后一种方法,则发现画家之完美,堪称"微妙"。这个"微妙"呼应前面的"极妙参神",极力形容两位画家画作乃语言不能道尽的"神品"。"体物",陆机的《文赋》曾见。其云"赋体物而浏亮"。至于绘画鉴赏,"体物"当然是对画中物象是否逼真的考察。"体物"以形似为尺度,追求"象人之妙",象物之"格物精微"或者"形妙"。品评卫协时,谢赫说"虽不该备形妙,颇得壮气",也是不拘"体物"。也就是说,谢赫以弃"体物"立"象外"之法批评第一品五位画家。"象外"之法呼应于评价陆探微的"穷理尽性,事绝言象"。"绝言象"乃决绝地摒弃,一刀两断乃至一了百了的终结。"事绝言象"之"事"当是赏鉴本身。谢赫以此表明只有与言象彻底决裂才能达到对于物象本性、道理的深刻洞察。谢赫虽未以筌蹄为指涉,但其"遗其骨法""事绝言象"之说显豁,只为构建"得意在忘象"之宗旨。

姚最宣扬"心师造化""含毫命素,动必依真"的主体性。也正因此,姚最认为鉴赏之最高原则在于"意求"。他直接树立"摈落蹄筌,方穷致理"的美学标准。他大力破除谢赫高低之分,极为愤慨谢赫对顾恺之的贬低。品评之词,他常用轮扁斫轮为喻;他不重笔法,只论笔迹、笔力;不重画风,多议出身、门风。如此,姚最实践了得意而忘象的"求意"之途。

从顾恺之的"筌生之用"到姚最的"摈落蹄筌",魏晋绘画鉴赏以"形象"为工具,逐渐确立了得意忘言之原则。这个原则基本逻辑为"忘象"才能"得意"。于是,谢赫强调"但取精灵,遗其骨法""穷理尽性,事绝言象",姚最提出"摈落蹄筌,方穷致理",不断地强化和重申这个逻辑。在谢赫、姚最最为坚定和执着的贯彻下,得意忘言、得意忘象成为绘画艺术品评中最基本的原则。在这个原则催生下,如何得意,所得何意因人而异。于是以"得意""求意"为目标的绘画鉴赏成为一种独立自主的创造性工作,而极为个人化的批评则汇聚为汪洋恣肆的审美体验论。与此同时,以"意"为先验性存在,绘画以"意"为本,以"写意"为求,发展出文人画的崭新类型。

以上是对魏晋文图审美理论的总体回顾。有意思的是,无论文学还是绘画在言说审美时皆以"披"字明理。刘勰在《文心雕龙·知音》中称"披文而入情"。

---

① 潘运告编著:《汉魏六朝画论》,湖南美术出版社 1997 年版,第 303 页。

宗炳在《画山水序》中谓之"披图幽对",王微《叙画》有"披图按牒",谢赫《古画品录》亦云"披图可鉴"。玄风炽热的年代,秉承"辨名析理"原则,小小"披"字实有深意。《说文解字》云:"披,从旁持曰披,从手,皮声";《广雅》注:"披,张也"。从其篆体字源看,是一个用手剥开兽皮的动作。因"剥开"而持有,因"剥开"而显露、张扬。画论说"披"有一定的道理,毕竟画册是需要展开而观看的。文学鉴赏一定强调目观,强调阅读。而刘勰的"披文"之说,"披"应"文"而生,而"文"乃汉字缔造的图案。刘勰"披文"隐含着文学类似"图画"的美。刘勰从汉字字形中寻绎构成"立文之道"的基因,由此生发了汉字按照单纯的形式主义的原则构造"形文"和"形似"。既然它们以"形"为主,以"形"为美,读者接受时自然形成观画一样的视知觉的审美。从一个"披"字着实可见,文学和图画在审美上的共性是都要依靠视知觉。文图皆要发挥"目之照形"的能力,依照视知觉审美的"目亦同应,心亦俱会"的特性而进行,形成整体图像的审美经验和感受。同时,"披文""披图"也意味着"得意忘言"乃艰辛的创造性工作。文学因语言所不能尽意而以比兴手法创造出"意象","意象"经为文之用心淬炼,凝结了创作者情意,呈现着隐而不发的状态,由此,不论文图,"意"由语言符号或者形色凝固于既定的、物化的形象。文学所确立本体之"意"乃情志,绘画所确立的"意"乃人物之"神"、山水之"灵"以及"气韵"。它们依托着"形象",存在于"形象"。接受者拨开语言符号的丛林才能"入情""见心",观者从人物或者山水形色中寻求人物精神,体味自然之道。接受是在不断地解开物象蕴结、隐含的意义中进行的。它是需要更智慧更博观更神明更多生命体验的专业性工作。也就是说,接受者必须具有顾恺之所说的"明识",拥有刘勰所谓的"博观",要积极发挥自己"心照"的能力,如此才能完成鉴赏促成审美。"得意"而忘象的鉴赏美学强调了艺术语言的中介性,将文学中的言象、绘画中的形色都视作筌蹄之类的工具。在玄学和佛学浸染下,他们将"得意"建构为与"尽意"一样重要的艺术过程,不断地强调从"看画者寻之"的角度进行创作,充分地考虑作品在完成后读者或者观者的接受途径。而以"筌生之用""筌蹄""象外之法"为指涉,明确了忘言而得象,忘象而得意,得意在忘象的披阅寻绎。

在"画乃吾自画,书乃吾自书"的个性张扬下,艺术都是传达自我精神,亲和于自然之道的。艺术的鉴赏也是以自己丰富的心灵会合别人复杂的灵魂,所谓"应目会心"也。会心的鉴赏超越了实有,超越了形体,超越了言象。它以心物合一为前奏,以深入言象,但又超越言象为归趣,最终接受者生命的力量被唤起,感受到"气韵生动"感受到"辄见其心",艺术的美感就此产生。由此,文图因视知觉审美而共通,审美都以"得意"为要,以遗弃工具性的言象为途径。从魏晋开始生成了"得意而忘象""得意在忘象"的审美理论。后人以"得意忘言"而概括之。这个审美理论的核心要义就是那些蕴结了情感、携载了神灵、融合了气韵的"形象"和"意象"都只是工具,工具所指向的、所暗示的、所蕴涵的主体经验和情感生成的"美感状态"才是审美的目的。滋味论、兴趣论、神韵论、韵味论、妙悟论、趣味说无一例外地指示着——"不着一字,尽得风流"。

第四节 魏晋南北朝文图理论范畴的会通

魏晋以前,绘画的理论,尤其是系统的绘画理论几乎付之阙如。《庄子·田子方》记载"解衣般礴"之绘画状态。《韩非子·外储说上》提出:"画犬马难,画鬼魅易。"①汉代《淮南子·说山训》有"画西施之面,规孟贲之目"②的"君形"思想。这些皆残存小语。至于东晋顾恺之深受玄学影响,认为绘画一定有超越形体的更高艺术理想,提倡画家"迁想妙得""以形写神"。顾恺之的"传神"说为中国绘画艺术寻求了本体。与其他艺术一样,绘画本乎"尽意"。虽然所尽之意,因艺术门类不同而有区别,但"意"本于道、源于人、以"无"为体却几近相同。正是在艺术本体相同的基础上,中国艺术理论实现了融会贯通。媒介相同的书法和绘画首先渗透。其后绘画理论被文学借鉴,逐渐渗透和影响着文学理论。

最初,画论中术语和概念向文学批评平面移植。张少康曾列举了几个来自画论的范畴,顾恺之的"迁想妙得""以形写神",书法理论中的"意在笔先",宗炳山水画论中的"应目会心",刘勰的"风清骨峻"等。他认为"中国古代文学理论批评的发展和书画等艺术理论批评的发展,有着密切的关系,它们是在相互启发、相互促进、相互补充中,使一些共同的基础理论,不断得到丰富和深化"。③ 如顾恺之在《魏晋胜流画赞》中不断提及的"骨法",刘勰的《文心雕龙》专有《风骨》一篇,以绘画的骨法来形容语言。在文论中,"沉吟铺辞,莫先于骨","骨"是对于构造语言的要求。而"析辞必精""捶字坚而难移""结言端直",即精练、坚凝、端直的言辞才生成"文骨"。于是,黄侃认为无论风或骨都是以物为喻。"文之有辞,所以摅写中怀,显明条贯,譬之于物,则犹骨也。""必知风即文意,骨即文辞,然后不蹈空虚之弊。"④刘勰的"风骨"概念来自绘画,却又超越绘画。"骨法"在绘画中为"用笔"的技法,进入文学演变为汉字符号的编码。"骨法"作为绘画技法讲求用笔的力度,线条的刚健,文论中的"风骨"则讲求语言的锤炼、精要和坚实。两者在"力度"上所要求的坚固、遒劲是相同的。稍晚于刘勰的梁代谢赫,就将"骨法,用笔也"列为六法之一写入《古画品录》,又将创作理论转变为鉴赏方法。

影响文论最大的画论应该是形神论。因最早的绘画类型为人物画,顾恺之提出了"形"为传"神"之工具的"以形写神"论。宗炳山水画论创建了"神本亡端,

① 王先慎撰,钟哲点校:《韩非子集解》,中华书局1998年版,第270—271页。
② 刘文典撰:《淮南鸿烈集解》,中华书局1989年版,第540页。
③ 张少康:《文心与书画乐论》,北京大学出版社2006年版,第153页。
④ 黄侃:《文心雕龙札记》,中国人民大学出版社2004年版,第98页。

栖形感神"之说,认为形神乃暂时的联结,王微发展为"形者融灵"。画论中形神论被完整地建构起来。当魏晋文论对文学进行何为文学的终极追问时,"文"的形式美感被发掘,被建设。刘勰认为取象而生的汉字催生了文学形式之美。文学的形式之美以空间的物化样态为主,类似于雕刻。既类似于雕刻,绘画的"形神论"就被引入。刘勰在宗炳画论"以形写形,以色貌色"的观照中得到启发,阐述了文论的"形文""形似"。与此同时,与人物精神相关的"神",涵盖了创作和鉴赏从画论进入文论。宗炳"神思"一经提出直接被刘勰借用发展为文学创作总论。而顾恺之"妙得""妙处"之说,继之宗炳的"妙写",也被刘勰征用,以"思理为妙""体物为妙"推演,宣扬创作中基本规律和根本原则。其后"妙"论再度出现于画论,从创作摇身一变而为鉴赏论,谢赫彪炳为"微妙""极妙参神"。应该说,形、神、妙三个概念施用广泛,延续长久,各家关注,且均有理论建树,是文图融通理论中当之无愧的代表。

一、形

《周易·系辞上传》云:"形而上者谓之道,形而下者谓之器。"孔颖达《正义》云:"道是无体之名,形是有质之称。"[1] 从这里可以看出,"形"与"道"相对,以形之"有"和道之"无"对举。王弼玄学中,常云"名以定形""名号生乎形状"(《老子注》),将"形"进一步建构为可见可观可察的具体存在。

在人物绘画的阶段,"形"就是人物的各种形貌,在具体情境中的各种形态举止。顾恺之认为描画人物的"形"就要抓住"骨法"。"奇骨""天骨""骨法""隽骨""骨趣"都是构形。人物"兢战之形""尊卑贵贱之形"都是从骨法而立。从"骨"而立就让人物具备了基本的"美丽之形",让他们服从于形体比例的"尺寸之制",考虑位置中光线明暗、方位东西的"阴阳之数",恰当灵活地运用笔墨线条"纤妙之迹"。做到这些就完成了对于人物的基本摹写。作为"世所并贵"的追求,顾恺之虽也极力张扬,但认为人物绘画当另有"妙处"。所谓"四体妍蚩,本无关于妙处;传神写照,正在阿堵中。"(《世说新语·巧艺》)[2]。顾恺之认为形神之间存有本末关系,"神属冥芒""神仪在心",界定了"神"隶属于"道",具有不可认知的玄妙性。形神之间遂被演绎为形有神无的本末关系,神在形中,必然以形写神。人物画"以形写神",细节处理举足轻重。其中,心灵之窗的眼睛至关重要。首先,"点睛"要慎重。在摹写时,"若长短、刚软、深浅、广狭,与点睛之节,上下、大小、酽薄,有一毫小失,则神气与之俱失矣"。[3] 一个极为细小的"点睛",却

---

① 刘玉建:《周易正义导读》,齐鲁书社 2005 年版,第 398 页。
② 徐震堮:《世说新语校笺》,中华书局 1984 年版,第 388 页。
③ 潘运告编著:《汉魏六朝画论》,湖南美术出版社 1997 年版,第 266—267 页。

会让人物神色与之俱变。顾氏不轻易"点睛"。《太平御览》载,"顾恺之为人画扇,作嵇、阮,而不点睛,曰'点睛便欲语'"。[1] 对于"点睛"的慎重、拒绝甚至偏执都把最后这轻轻的一点神秘化了。而这种神秘关联着画中人物之"神"。其次,眼睛还需"实对"。"他所谓的'对',是指人物神情要有所寄托。"[2]顾恺之认为活生生的人在生活中一切的行为,不论作揖或者目观都一定有追随、施与的对象。画中人物眼睛自然一定要有着落,否则"空其实对",无可挽回地造成无法"通神"的大错。与"实对"相比,画中人物是否鲜明并不重要。"传神"除了依赖"点睛"之笔外,还期待着"益三毛"之细节的创造、放置于丘壑间的"经营位置",甚至于使用飞白等技法以遮瑕掩疾。"传神"必须依赖"写形","写形"才能"传神",这是顾恺之所坚持的原则。

山水画中,"形"则为山水形状。宗炳认为"山水质有而趣灵"。李泽厚、刘纲纪解释说:"这里所谓的'质有',即具有形质之意。山水有形质可见,可以说'质有'。而山水形质又是'佛'的神明、'精感'的体现和产物,所以说'趣灵',即具有灵妙的意趣。"[3]"质有"是山水的形象之美,它具体而实在,可以描摹而得,故绘画可以"以形写形,以色貌色"而"类之"。"趣灵"为"灵妙的意趣",乃山水所蕴蓄着的精神,即"嵩、华之秀,玄牝之灵"之"秀""灵"。山水本身,形灵一体,故而"山水以形媚道"。而山水绘画,如果能够按照"应目会心"的原则进行创作,则可以携带着人类的精神。而人类的精神和山水画之间的关系为"神本亡端,栖形感类,理入影迹"。"亡端",即千变万化,不可捉摸。宗炳认为"神"通广大无所不在,但"神"依然要依靠"形"来传达。宗炳用"栖"字建构形神关系。"栖",偶尔地驻足或停留,也就是说在那一刻"形"和"神"恰巧融为一体。人类的精神和此物存在的道理在山水形象中得以暂时寓居并被携载。因此,山水画的摹写将以"远映"为原则,"以形写形,以色貌色"地施行"类之"。

王微提出"本乎形者融灵"。"形",山水的形象;"灵",山水的精神。宗炳所说的"嵩、华之秀,玄牝之灵",王微以"灵"并举。"融"乃融合,化入,消失了各自形态的水乳交融。大抵盐入水中,难以区分。"灵"的特性乃"灵无见",即与"有"区别之"无"。"无见"的"灵"乃山水画的本体,也是山水"立象"所尽之意。而作为"所托者"的"形",它"不动",实在是与"无"相对比的"有"。基于形神一体、神无形有,王微认为山水画就是"以一管之笔,拟太虚之体"。比起宗炳的"栖形感类",王微的"形者融灵"更加深远,也更符合玄学虚空的本质。两者也有共同点,那就是对于"形"以及"形"所寄寓的"灵"的认识同出一辙,同时"灵"依然要寻找山水形象作为"托者"以表达自己,呈露自己。

① 鲁迅:《古小说钩沉》,齐鲁书社 1997 年版,第 46 页。
② 陈绶祥:《中国绘画断代史·魏晋南北朝绘画》,人民美术出版社 2004 年版,第 80 页。
③ 李泽厚、刘纲纪:《中国美学史》第二卷,中国社会科学出版社 1987 版,第 511 页。

绘画创作论中以形神关系的建构为契机，发展出造型、写形的创作论。当文学寻求自律进行本体建构时，汉字符号的形象特性逐渐被发掘。长期以来文学类似于绘画的美感被阐发，"文"和"采"等形式主义的语言批评被树立。此时，绘画理论中关于"形"的理论被借鉴，被引入。文论发展出"形"论。刘勰更是将以摹写山水为己任，以"铺采摛文""事形为本"的"赋"体建构为"形文"，将当时五言诗歌模山范水的风尚建构为"形似"。

绘画理论勃兴后，以绘画观照文学，文学发展出"形论"。挚虞《文章流别论》提出当下的"赋"体"以事形为本"。刘勰《文心雕龙》中《练字》《诠赋》《情采》《物色》等对此专门研讨。《练字》篇从汉字的"字形"开始，强调文学"事形"之本。汉字因仰观俯察取象万物而生，故符号本身就携带了代表其意义的"形旁"。当这些"形旁"的字被大规模地、有意地编缀在一起，并被交错安置于东南西北等各个空间方位时，就创造出某一个"形"的接连不断、鱼贯而出。这就是"赋"体中最擅长的"联边"之法。它生成了"形"在空间中的逶迤铺展，创造了"繁类以成艳"的美感。于是，"赋"体"极声貌以穷文""写物图貌，蔚似雕画""拟诸形容""象其物宜"（《诠赋》）。"赋"体这种"铺采摛文"就是文学中借助汉字进行的"以形写形，以色貌色"。结合《情采》，刘勰阐明文学具有"形文""声文"和"情文"之美。"情文"乃人的情性表现之美；"形文"就是语言构成的图画美；"声文"是语言构成的听觉美。"赋"体体性特征由此以"形文"概括。刘勰极为认可赋的"形文"美感，不遗余力地宣扬和分析。正是"形文"催生了文学创造出宛转相承的图案和式样，并且这些图案和式样在不同空间里遥相呼应，构成了绘画所无法表达的三维空间感。因此，刘勰认定"形文"之美只有以雕刻类比才最为恰当，于是以"雕龙"联合"文心"构成了著作标题。

"形文"之外，尚有"形似"。刘勰以"形文"概括"赋"的形式美感，以"形似"称谓五言诗歌。《物色》篇云："自近代以来，文贵形似。窥情风景之上，钻貌草木之中，吟咏所发，志惟深远；体物为妙，功在密附。故巧言切状，如印之印泥；不加雕削，而曲写毫芥。"①此处"形似"是指刘宋以来谢灵运等人的山水诗所崇尚的语言特征。山水诗推崇"形似"就是刻画山水形貌，即以"巧言"去"切状"。"状"是外物之"状"，具体而言是触目的风景和草木之"状"。他们认为山水诗好像山水画一样，也要遵循"类之成巧"原则摹写山水，就可以"以形媚道"。在宗炳"妙写"之下，刘勰亦有"成巧"之思，并不断地申说"体物为妙""巧言"之类。但文学尤其五言诗歌本非绘画，"切状"要适可而止。展现细节纤毛毕露，"不加雕削"进行自然主义的拟写违背了文学"写志"的初衷。刘勰认为语言的形式美感当然可以发挥，但要选择文体。如果说"赋"一定要"铺采摛文"的话，五言诗倒未必一定要这样。"诗者，持也，持人情性"。（《明诗》）山水诗应当借助拟写山川草木，以幽微

---

① 刘勰：《文心雕龙·物色》，周振甫《文心雕龙今译》，中华书局1986年版，第417页。

而宛转的方式以言说"志"。对于这种"形似"刘勰看起来颇有批评。

其后,五言山水诗的批评中"形似"蔚然风行。《梁书》卷三十三《王筠传》记载:王筠为沈约郊居宅所造的阁斋题写草木诗咏,书写于墙壁,不加篇题,沈约对人云:"此诗指物呈形,无暇题署。"①所谓的"指物呈形"就是对自然风物的逼真描摹,栩栩如生,让人一窥即知。北齐颜之推《颜氏家训·文章》云:"何逊诗实为清巧,多形似之言。"②钟嵘《诗品》评张协诗:"文体华净,少病累。又巧构形似之言。"评谢灵运:"杂有景阳之体。故尚巧似,而逸荡过之。"③又评颜延之云:"尚巧似,体裁绮密,情喻渊深。"④评鲍照云:"善制形状写物之词。……然贵尚巧似,不避危仄,颇伤清雅之调。"⑤可见"文贵形似"的诗学观在当时的弥漫。钟嵘在序言中认定五言诗歌"指事造形,穷情写物,最为详切"。"形似"乃写景之法,以"指事造形"为要。"形文""形似"之说是"文"的具象化,更是对语言文字所塑造出来的形式美的一种表达。在这种表达中,汉字发挥自己的特性,遵循自然审美的原则(如象形、对称等)构成了中国文学如雕刻般的立体感。

二、神

"神"表示微妙的变化,开始于《周易》。《系辞上传》云:"阴阳不测之谓神。"又云:"神无方而易无体。""知变化之道者,其知神之所为乎?"《说卦》云:"神也者妙万物而为言者也。"这就是说"'神'表示阴阳变化的'不测',表示万物变化的'妙'"。⑥何晏、王弼认为"形"有形有名属于"有"的范畴;而"神"寓变化之道,"神则无形者也"(《周易·观卦》注)⑦,"神,无形无方也"(《老子二十九章注》)⑧,它属于"无"的范畴。这样形神的关系建基于有无。既然"凡有皆始于无,故无形无名之时,则为万物之始"(《老子一章注》),则"神"为"形"之所本、所由,"形"为"神"之所用、所识。玄学家对形神有无、本末的分辨在玄学的领域内展开。这些研讨玄味盎然,意味渺茫,不若稽康之论切实。他的形神始于人性,终于养生。他承认形神一体,不可分离,"形恃神以立,神须形以存"。但形神实难并立,两者之间如同君臣,"精神之于形骸,犹国之有君也。神躁于中,而形丧于外;犹君昏于上,国乱于下也"(《养生论》)。所以养生之道,以养形为基,但更重要的是以

① 姚思廉:《梁书》第二册,中华书局 1973 年版,第 485 页。
② 颜之推著,王利器集解:《颜氏家训集解》,中华书局 1993 年版,第 361 页。
③ 何文焕辑:《历代诗品》,中华书局 1981 年版,第 9 页。
④ 何文焕辑:《历代诗品》,中华书局 1981 年版,第 13 页。
⑤ 何文焕辑:《历代诗品》,中华书局 1981 年版,第 14 页。
⑥ 张岱年:《中国古典哲学概念范畴要论》,中国社会科学出版社 1989 版,第 97 页。
⑦ 王弼著,楼宇烈校释:《王弼集校释》(上),中华书局 1980 年版,第 315 页。
⑧ 王弼著,楼宇烈校释:《王弼集校释》(上),中华书局 1980 年版,第 77 页。

"修性以保神，安心以全身"为主的"养心"。追随神明的风尚，追求神韵的情致，推崇得神而忘形，得意而忘象。

顾恺之"神"论以"神仪在心"和"神属冥芒"，让"神"具有不可认知的形而上特质。而"神"的传达必须依赖"迁想妙得"的积极想象。除了"迁想"，顾恺之还提出"全其想"，都是要围绕表现对象、了解表现对象以彻底表达他们的神采风韵。宗炳有"神本亡端，栖形感类，理入影迹"之说，也是对"神"之"无"性的揭示。因受佛教的影响，他对于形神还有深层次的认识。在《明佛论》中他说："神非形作，合而不灭，人亦然矣。神也者，妙万物而为言矣。若资形以造，随形以灭，则以形为本，何妙以言乎？夫精神四达，并流无极，上际于天，下盘于地，圣之穷机，贤之研微。"（《明佛论》）①"神"超越"形"而独立存在，却也会与"形"因缘际会暂时和合而使自己彰显。在一篇寥寥数语的小文中，"神"字共出现七次。既有圣人法道之"神"，也有关乎"妙写"时画家"应会感神，神超理得""神本亡端"的"神"，也有鉴赏时观者的"畅神"。总括来看，宗炳以"灵""秀"指示山水精神，"神"指向人类的精神。他认为作为"妙万物而为言"的"神"，它的存在超越时空。故而有超越时间之"圣贤应于绝代"，超越空间之"万趣融其神思"。"神思"最早见于曹植《宝刀赋》。曹植描述了宝刀的加工和制作，然后说："规圆景以定环，摅神思而造象。"②曹植所用的"神思"，指宝刀的制造者受到神启而造像。宗炳是否受到曹植影响并不清楚。按照宗炳的理解，"山水质有而趣灵"，"万趣"乃千山万水之精神气象。"神思"则是人类精神贯穿了创作和鉴赏的整个过程，既表现于"应目会心"的感物之后的"神超理得"，表现为"类之成巧"后的"栖形感类"，也最终成就观者欣赏时的"神之所畅"。就"神思"而言，以"思"配合着"神"构成的术语，揭示了创作和鉴赏中人的创造。也就是说，同样是模仿山水，有"巧"与不巧，"妙"与不妙的差别；同样是鉴赏绘画，有"应"与"不应"，"融"与"不融"的距离。宗炳的"神思"表征与自然万物接触并融合的人类精神。

刘勰《文心雕龙·神思》篇是对宗炳"神思"思想的进一步推进。刘勰对于"神思"的定义发轫于形神关系的思考。他说："古人云'形在江海之上，心存魏阙之下'，神思之谓也。"③身体和精神不在同一时空，这就是"神思"。接着，刘勰以"文之思矣，其神远矣"来界定"神思"。即"神思"乃是对于文学构思中精神游弋的界定。围绕着"思"，刘勰有以下界说。首先，一定在"寂然凝虑"的"虚静"中，"思"方能穿越千载，俯瞰万里。其次，"思"有理可循。据《总术》篇赞："思无定契，理有恒存。"刘勰认定"思"亦有规律可循，故称为"思理"。再次，"思理为妙，神与物游。"人类精神活动的玄妙在于始终与物相伴相随。这个思想来自顾恺之

---

① 严可均辑，宛育新校：《全宋文》卷二十一，商务印书馆 1999 年版，第 194 页。
② 曹植著，赵幼文校注：《曹植集校注》，人民文学出版社 1984 年版，第 160 页。
③ 刘勰：《文心雕龙·神思》，周振甫《文心雕龙今译》，中华书局 1986 年版，第 248 页。

的"迁想妙得"，刘勰阐发为"情随物迁，辞以情发"（《物色》）。"神与物游"是人类思维的凭借和本质，即"游"不是天马行空为所欲为，而是因外物而启，也与外物伴随。为何人类的思维一定要与外"物"彼此痴缠呢？刘勰认为这是人类的认知所决定的。"物"尤其是外"物"，是人类仰观俯察时知觉的对象和内容。认知以后，就以命名的方式存储为语言。当人类的精神活动时，自然不能避免地遣调语言，那也就是遣调与"物"相关的一切经验、知识。于是，人类思维永远脱离不了语言这个工具，也就永远脱离不了开始于"物"终结于"物"的内容。在人类认知中，第一层级的知觉器官为"耳目"，所谓"物沿耳目，辞令管其枢机"，因此"神"必当与"物"不离不弃。

刘勰将"神""思"组合，表达想象之自由、无限。想象之目的就是借助外物创造意象。但"物"，尤其是外"物"只是思维的津梁，必须对外物选择、改造，为我所用、为情意所赋予才能创生"象"。刘勰因此说："神用象通，情变所孕。物以貌求，心以理应。"①他明确了"象"源自情思变化；其次，"象"的孕育，来自"心""物"的融合；再有，在孕育的前后"象"贯通着整个精神活动。这一切的促成在于"神"的运行，即"神用"。刘勰对于"神远"的界定即是认同神的"无"性。神既然以"无"为本，"万物以无为用，以有为利"，刘勰因此以"神用"作赞。除此外，于《养气》篇，刘勰云："心虑言辞，神之用也。"刘勰将"神用"落实到了文学创作的符号层面，与征实之言建立关联。这样，两个"神用"联系着"立象""立言"，阐述着"窥意象而运斤"的玄妙。在"神用象通，情变所孕"中确立伴随着外物活动的情感所催生的"立象以尽意"，"心虑言辞，神之用也"则是"立言以尽象"。也就是说文学创作中"神思"是以"神"为用，萦绕于"物"、贯通于"象"、确定为"言"的形象思维。

在"神思"和"神用"外，刘勰还有"神明""神理"之说。《情采》篇中刘勰指出立文之道有"形文""声文""情文"。但他并未对三者关系进行建构，只是忽然以"神理之数"作结。"神理"概念在《文心雕龙》里六出，其中《原道》篇出现最为频繁。"谁其尸之？亦神理而已。""莫不原道心以敷章，研神理而设教。""道心惟微，神理设教。"有人认为"'神理'，就是'自然之道'的同义语。因为《原道篇》第一段讲的是关于宇宙本体的万物都有'文'，这是'自然之道'，因而从'天文引申到'人文'，便说到'神理'"。②"神理"的确是刘勰在描述"人文"时所采用的惯用术语，这也是他对于"人文"的神秘的宣扬。他第一次使用"神理"就来自对"人文之元，肇自太极"的辨析。人类为传达幽微"道"体，摹写外在物象创制了《周易》；再摹写《周易》之象，创作文字；文字创制以后，组织文辞雕琢情性。雕琢情性的文字正是人文之元的体现，也是自然之道的有机组成部分，所以观察天文、人文可窥知自然的变化。当刘勰对这一切创生进行回顾时，他找不到理由。于是猝

---

① 刘勰：《文心雕龙·神思》，周振甫《文心雕龙今译》，中华书局 1986 年版，第 253 页。
② 蒋祖怡：《文心雕龙论丛》，上海古籍出版社 1985 年版，第 27 页。

然发问："谁其尸之？"答曰："亦神理而已。""神理"与"道心"的多次并列，传达了刘勰对"神理"亦是"道心"的认定。"神理"如"道心"，人类无法认知。

魏晋画论，从顾恺之的"以形写神"开始就不断申明和强调神之"以无为本"。魏晋文论以此为基，以神为用，借鉴了宗炳的"神思"转换为创作总论，发展"神理"以显示"道心"精微。总之，"神"意味着人类的精神，它以自己的独立、绝对的存在被魏晋绘画论建构为本体，被文学理论演绎为艺术创作论中的想象。

三、妙

魏晋"妙"论渊源于玄学。《老子》第一章中，老子用"妙"言说"道"。云："故常无欲，以观其妙；常有欲，以观其徼。此两者同出而异名，同谓之玄，玄之又玄，众妙之门。"[①]王弼注曰："妙者，微之极也。万物始于微而后成，始于无而后生。故常无欲空虚，可以观其始物之妙。"[②]王弼认为"妙"就是对于"无"的一种表达。这个表达起于"微"的推演，微小到极端，肉眼不得见。于是老聃之"妙"无法认知，弃绝语言。顾恺之画论中"妙"论频出，主要呼应"传神"论，以"妙万物而为言"的玄妙来揭示"神"之变化无端。同时也暗示了自己幽微细致的审美感受无以传达。至于西晋郭象注《庄子》更喜以"妙"字形容超越语言的体悟。"然则体玄而极妙者，其所以会通万物之性而陶铸天下之化。"（《庄子·逍遥游注》）[③]他以"玄同""独化""冥而忘迹"等强调言ా语道断的直观领悟。

《世说新语·巧艺》记载"四体妍媸，本无关妙处"，言下之意即存有关乎"妙处"的东西。"妙处"乃"传神写照"。创作理论中有"迁想妙得"。"妙得"何意呢？马采说：

所谓"妙得"，就是妙得对象的"神气"——通过外部现象传达出内在精神。一个作家决不能是一个冷眼旁观者。他必须浸沉在所呼吸着生活着的境界里面，把自己与周围的事物打成一片，形成一个生活整体。从认识对象到表现对象，作家与对象之间是在精神上联系在一起的。只是当作家被对象所吸引所感动的时候，只有当作家以高度的热情企图把对象的灵魂描绘出来的时候，才有可能透过事物的表现形象接触到它的内心世界。在顾恺之提出的"迁想妙得"这四个字中，我们可以体会到作为一个作家的顾恺之，是怎样尖锐地感觉到一个作家的存在，一个作家最具有创造性的艺术劳动和构想力量了。[④]

从顾恺之的具体论述看，"妙得"不仅仅是画家与表现对象的神韵契合，还

---

① 王弼著，楼宇烈校释：《王弼集校释》上，中华书局 1980 年版，第 1—2 页。

② 王弼著，楼宇烈校释：《王弼集校释》上，中华书局 1980 年版，第 1 页。

③ 郭庆藩撰，王孝鱼点校：《庄子集释》，中华书局 1961 年版，第 31—32 页。

④ 马采：《艺术学与艺术史文集》，中山大学出版社 1997 年版，第 233 页。

可以被解读为观赏者所获得的审美感受。美术史论家俞剑华就认为"迁想妙得"有好几重意蕴："由此看来，画家与客观自然，画家与作品，观者与作品，观者与画家，彼此之间必须往来'迁想'，始能获得绘画的妙用。"①这揭示了"妙得"的拓展性。"妙处""妙得"外，可见的尚有"临见妙裁""妙画""妙合"等多种说法。在顾恺之的美学中，"神"以无为本，必须借助"形"而写之。与"神"相关的创作经验也都是难以言说的精微，顾恺之以"妙"以一举万。匹配于"妙"，顾恺之把绘画的审美界定为"自不待喻"的"玄赏"。"玄赏"同样为宣扬鉴赏经验，秘不可传。

宗炳有"妙写"，云："神本亡端，栖形感类，理入影迹，诚能妙写，亦诚尽矣。"②"妙写"即"类之成巧"。宗炳认为，在相似性的摹写中传达出了许多东西。这些东西既有"山水以形媚道"的"道"，"绝于中古之上者"的"理"，圣人法道之"神"，以及山水之"灵""秀"。当然，每一种形而上的特质都会以自己的方式存在于"形"。无端的"神"暂时地栖居于"形"中，而"理"则会入于绘画。宗炳特意借用了郭象玄学的"迹"糅合佛家的"影"，合成了他对于山水画的特别称呼——"影迹"。无论是"神"栖"形"中，还是"理入影迹"，这都是"妙写"的高明。在宗炳看来，正是因为人类精神的运行，才让山水进入了人类审美的境域。山水作为自然审美对象，是一定社会意识的产物。自然不能自发为美，也不能自动为美，它必须在人类自我意识高扬时才会来到。而山水之美在于山水既有形、色之"质实"，亦内有灵、秀等品性。因而，当以"应会感神为理"进行创作时，人类的精神与山水精神交汇、感应、交融。画作是画家的精神与山水精神"应会"的产物，鉴赏就是观者的精神与画作精神的"应会"。总之，山水绘画"类之成巧"时，山水形象才能携载着、寄寓着、融合着人类精神的山水之"灵""秀"。

顾恺之、宗炳的"妙"皆为创作论。进入文论后，刘勰的"妙"也关涉创作，《文心雕龙》中"妙"多指人类思维的超乎寻常。《神思》篇有"思理为妙"，《物色》中讲"体物为妙"，都是对臻于理想状态的期许。《神思》云："思理为妙，神与物游。神居胸臆，而志气统其关键；物沿耳目，而辞令管其枢机。枢机方通，则物无隐貌；关键将塞，则神有遁心。"③这里言明"神思"的高明就在于作家的精神永远与物伴随始终。既因物色感应而起情，也以物象的摹写或者意象的酝酿来写志，最终还将自己的情感蕴结于形象或意象中。这是对顾恺之"迁想妙得"的文学改造。经过改造后，顾恺之单向度的主体论被刘勰生发为主客二元论，即强调了"思"的主体之情思和客体之外物。还有一重改造是将绘画中的形色之"物"转换为文学中的辞令之"物"。绘画中"物"以形色的方式进入，也将以形色的方式展现。进入文学，"物"的形色必然被思维工具"辞令"所取代。"辞令"的思维是抽象的符

---

① 周积寅编：《俞剑华美术论文选》，山东美术出版社 1988 年版，第 266 页。

② 潘运告编著：《汉魏六朝画论》，湖南美术出版社 1997 年版，第 288 页。

③ 刘勰：《文心雕龙·神思》，周振甫《文心雕龙今译》，中华书局 1986 年版，第 248 页。

号思维。如此，从认知到拟写，都是以"辞令"为中介。或者"密则无际"或者"疏则千里"，个中道理，难以言明，自有玄妙。至于"妙"处，刘勰更有类比：

> 至于思表纤旨，文外曲致，言所不追，笔固知止。至精而后阐其妙，至变而后通其数，伊挚不能言鼎，轮扁不能语斤，至微矣乎？[①]

鼎中"和"味，伊挚难言；斫论之巧，轮扁难诉。这都是对于"微妙"的表述。刘勰以为文学的构思和想象亦是如此。既然语言无能为力，只能以"妙"称谓。《物色》中有："吟咏所发，志惟深远，体物为妙，功在密附。"[②]刘勰通常讲"附"都指"附理"，而"密附"就是"合则肝胆"融为一体的状态。"体物"最高超之处就是能够"切类以指事"（《比兴》），从物的摹写中水到渠成地体认其中蕴藏的道理。刘勰此言针对诗风而发。"玄言"诗人在以玄对山水时，常以山水图解玄言，或者生拉硬拽地在山水之后添加玄学的尾巴。从玄学的"体"字本意出发，"体物"本为"与物一体"，要求从物的视角观照自然。五言诗歌从物的拟写中自然生发出玄理，此之谓"妙"。

南朝谢赫将创作论上的"妙"施行于鉴赏。评论第一品卫协，有"虽不赅备形妙，颇得壮气"，评张墨、荀勖"风范气韵，极妙参神""若取之象外，则方厌膏腴。可谓微妙也"，其他有"绝妙""别体之妙，亦为入神"的说法。就谢赫的具体品评来说，他所谓的"妙"与以上诸子一脉相承，只是为了融合人物和山水的精神，他将"妙"的状态定义为六法之第一"气韵生动"。"气韵生动"以超越为宗旨，超越骨法用笔之笔迹，超越"体物"之类的形体，甚至超越山水或人物的表现对象。在这不断的超越中，绘画的艺术本质越来越抽象化，抽象为最细微、最流动、最根源、最能融通的"气"。人类的鉴赏由此完完全全地弃绝言象，汇流于"妙""神"等绝对精神。

"妙"即"无"，它深不可测。焦竑《老子翼》引吕吉甫注云："微妙玄通，深不可识，乃所以成圣而尽神也。微而后妙，妙而后玄，玄而后通，则深不可识矣。"起自玄学，"妙"与"神""微""玄"等都是对道体本"无"的解说。顾恺之绘画美学善用"妙"说，以醍醐灌顶，告知世人绘画本有更高意旨。其后宗炳之"妙写"，言山水"类之"能否"成巧"，谢赫以"妙"描绘无以言表的审美感受。而刘勰言说"妙"多是对创作和构思中"精微深远"的表达。后来，佛学"顿悟"流行，"妙"的"精微深远"被因袭，"不可言说"被发展，"不可思议"被注入，遂有"妙悟"之说。到宋严羽《沧浪诗话》标举"妙悟"，以"不涉理路，不落言筌"为要义。振叶寻根，"妙"说起自魏晋文图理论的融合，表达"不可言说""精微深远"的形而上抽象之精神。

"形""神""妙"这三个概念最早都诞生于玄学理论，王弼等玄学家对此多有言说。当绘画以玄学理论建构自己的本体时，"形神"发展为形有神无的本末关

① 刘勰：《文心雕龙·神思》，周振甫《文心雕龙今译》，中华书局 1986 年版，第 253 页。
② 刘勰：《文心雕龙·神思》，周振甫《文心雕龙今译》，中华书局 1986 年版，第 417 页。

系，"妙"说通于"神"论。刘勰不满于以"如画"类比文学，以图像艺术重新观照文学。他系统地建构了"文"之形式感，生发出"形文""形似"等概念，夯实"文"之质实；从最基本的符号层面汉字字形出发，结合以此为风格并成熟的"赋"体，发展为统宗会元的"形"论。刘勰发展"神思"，发展"妙"说，以显示文学创作之规律和玄妙。这三个概念在文图理论中因此而融会贯通。融通之因在于它们存有基本共性：它们都有着玄学的根基，它们都有着一以贯之的核心要义，它们都有着广泛的适用性。总之，六朝艺术理论在"立象以尽意"的本体基础上实现了融通，它们超越了具体的艺术门类，在艺术创作和艺术鉴赏等各个阶段"情往似赠，兴来如答"。

图像编目

彩图

彩图 1　列女仁智图（局部）；顾恺之；宋摹本；绢本设色，纵 25.8 厘米，横 470 厘米；北京故宫博物院藏

彩图 2　女史箴图（局部）；顾恺之；唐摹本；绢本设色，纵 24.8 厘米，横 348.2 厘米；大英博物馆藏

彩图 3　洛神赋图；顾恺之；宋摹本；绢本设色，纵 27.1 厘米，横 572.8 厘米；北京故宫博物院藏

彩图 4　司马金龙墓屏风漆画（局部）；作者不详；漆画，纵约 80 厘米，横 20 厘米；山西省大同市博物馆藏

1965 年在山西大同石家寨出土，木板漆画有面积较大者五块，分上下四层，每层高 19—20 厘米。

彩图 5　竹林七贤与荣启期砖刻画（南京西善桥出土）；作者不详；画砖图共有两幅，各长 2.44 米，高 0.88 米；南京博物院藏

砖画，1960 年南京西善桥南朝砖墓出土。画砖图共有两幅，各长 2.44 米，高 0.88 米，由砖石 300 多块砌成，分别嵌于墓室南北两壁中部，墓室南壁砖画对称排列。

彩图 6　陶渊明诗意图册；石涛；纸本设色，册页十二帧；每开纵 27 厘米，横 21.3 厘米；北京故宫博物院藏

绪论

第一章 魏晋南北朝图像与前代文学

第二章 魏晋南北朝文学与魏晋南北朝图像

第三章 魏晋南北朝山水诗与山水画

图 3－3 《盐场》画像砖；长 40.8 厘米，高 46.7 厘米；重庆市博物馆藏

图 3－4 《采莲》画像砖（残）；重庆市博物馆藏

图 3－5 狩猎壁画；新莽前后，陕西定边县郝滩 1 号墓墓室后壁下部；2003 年发现

图 3－6 狩猎图；敦煌莫高窟第 285 窟南壁

图 3－7 女史箴图（局部）；顾恺之；唐摹本；绢本设色，纵 24.8 厘米，横 248.2 厘米；大英博物馆藏

图 3－8 东王公壁画；甘肃酒泉丁家闸 5 号墓前室顶部东披；1978 年发掘

图 3－9 西王母壁画；甘肃酒泉丁家闸 5 号墓前室顶部西披；1978 年发掘

图 3－10、图 3－11 山林动物；敦煌莫高窟第 249 窟南披最下部局部

图 3－12 洛神赋图（局部）；顾恺之；宋摹本；绢本设色，纵 27.1 厘米，横 572.8 厘米；北京故宫博物院藏

图 3－13 菱形格本生故事画；新疆克孜尔石窟，第 17 窟主室券顶东侧壁

图 3－14 萨埵太子本生故事画（局部）；敦煌莫高窟第 428 窟东壁南侧

图 3－15、图 3－16 邙洛孝子石棺线刻画（局部）；纵 62.5 厘米，横 223.5 厘米；美国纳尔逊艺术博物馆藏

图 3－17 金谷园图（局部）；华嵒；纸本设色，纵 178.7 厘米，横 94.4 厘米；上海博物馆藏

图 3－18 雪山红树图；张僧繇；绢本设色，纵 118 厘米，横 60.8 厘米；台北"故宫博物院"藏

图 3－19 仙庄图（局部）；佚名；绢本设色，纵 188.5 厘米，横 103.3 厘米；北京故宫博物院藏

图 3-20　临戴进谢安东山图（局部）；沈周；绢本设色，纵 170.7 厘米，横 89.8 厘米；美国私人藏品

图 3-21　兰亭观鹅图；钱选；绢本设色，纵 23.2 厘米，横 92.7 厘米；美国大都会艺术博物馆藏

图 3-22　兰亭修禊图；文徵明；金笺设色，纵 24.2 厘米，横 60.1 厘米；北京故宫博物院藏

图 3-23　采薇图；李唐；绢本设色，纵 27.2 厘米，横 90.5 厘米；北京故宫博物院藏

图 3-24　六君子图；倪瓒；纸本水墨，纵 61.9 厘米，横 33.3 厘米；上海博物馆藏

图 3-25　岁寒三友图；赵孟坚；纸本水墨，纵 32.3 厘米，横 53.4 厘米；台北"故宫博物院"藏

图 3-26　洛神赋图；顾恺之；宋摹本；绢本设色，纵 26.3 厘米，横 641.6 厘米；辽宁博物馆藏

图 3-27　竹林七贤与荣启期砖刻画；南北各纵 80 厘米，横 240 厘米；南京博物院藏

第四章　曹植《洛神赋》与"洛神"图像

图 4-1　湖南长沙楚墓帛画龙凤人物图；作者不详；帛画，墨笔，设色；纵 31.2 厘米，横 23.2 厘米；湖南省博物馆藏

图 4-2　洛神赋图（辽宁本）；顾恺之；摹本；绢本设色，纵 26.3 厘米，横 646.1 厘米；辽宁省博物馆藏

图 4-3　洛神图；卫九鼎；纸本墨色，纵 90.8 厘米，横 31.8 厘米；台北"故宫博物院"藏

图 4-4　洛神图扇画；萧晨；纸本设色，纵 18.8 厘米，横 53.5 厘米；北京故

图4-5　洛神赋图（局部）；顾恺之；宋摹本；绢本设色，纵26.3厘米，横641.6厘米；辽宁博物馆藏

图4-6　洛神赋图（局部）；顾恺之；宋摹本；绢本设色，纵26.3厘米，横641.6厘米；辽宁博物馆藏

图4-7　洛神赋图（局部）；顾恺之；宋摹本；绢本设色，纵26.3厘米，横641.6厘米；辽宁博物馆藏

图4-8　洛神赋图（局部）；顾恺之；宋摹本；绢本设色，纵26.3厘米，横641.6厘米；辽宁博物馆藏

图4-9　洛神赋图（局部）；顾恺之；宋摹本；绢本设色，纵26.3厘米，横641.6厘米；辽宁博物馆藏

图4-10　洛神赋图（局部）；顾恺之；宋摹本；绢本设色，纵26.3厘米，横641.6厘米；辽宁博物馆藏

图4-11　洛神赋图（局部）；顾恺之；宋摹本；绢本设色，纵26.3厘米，横641.6厘米；辽宁博物馆藏

第五章　文学与图像中的竹林七贤

图5-1　竹林七贤与荣启期砖刻画——嵇康像；作者不详；砖画，南京西善桥南朝砖墓出土；画砖图共有两幅，各长2.44米，高0.88米，由砖石300多块砌成，分别嵌于墓室南北两壁中部，墓室南壁砖画对称排列；南京博物院藏

图5-2　竹林七贤与荣启期砖刻画——阮籍像

图5-3　竹林七贤与荣启期砖刻画——王戎像

图5-4　竹林七贤与荣启期砖刻画——向秀像

图5-5　竹林七贤与荣启期砖刻画——刘伶像

图 5-6　竹林七贤图;傅抱石;纸本设色,纵 137.3 厘米,横 40.6 厘米;北京故宫博物院藏

图 5-7　嵇叔夜与山巨源绝交书;赵孟𬳿;绢本,纵 21.8 厘米,横 254.7 厘米;北京故宫博物院藏

图 5-8　高逸图——阮籍像;孙位;绢本设色,纵 45.2 厘米,横 168.7 厘米;上海博物馆藏

第六章　苏蕙《璇玑图》与历代图像诗

图 6-1(a-h)　《璇玑图》

图 6-2　叠字玉环;秦观《客怀》

图 6-3　拆字玉环;宋庠《寄范希文》

图 6-4　花樽;《菩萨蛮·秋闺》词

图 6-5　柳带同心结;万树《春怨》词

图 6-6　七层宝塔;白居易《一七令·赋字诗》

图 6-7　百花屏;《百花咏》南曲二套

第七章　文学与图像中的陶渊明

图 7-1　陶潜归庄图;何澄;纸本水墨,纵 41 厘米,横 723.8 厘米;吉林省博物馆藏

图 7-2　归去来兮辞图;钱选;纸本设色,纵 26 厘米,横 106.6 厘米;纽约大都会艺术博物馆藏

图 7-3　渊明嗅菊图;张风;纸本墨笔,纵 34 厘米,横 27.1 厘米;北京故宫博物院藏

图 7-4　渊明归去来辞；赵孟頫；绢本浅设色，纵 27 厘米，横 72.5 厘米；台北"故宫博物院"藏

图 7-5　玩菊图；陈洪绶；纸本设色，纵 118.6 厘米，横 55.1 厘米；台北"故宫博物院"藏

图 7-6　桃花鱼艇图；王翚；纸本设色，纵 28.5 厘米，横 43 厘米；台北"故宫博物院"藏

图 7-7　桃源仙境图；仇英；绢本设色，纵 175 厘米，横 66.7 厘米；天津艺术博物馆藏

第八章　魏晋南北朝文学中的战乱与图像中的乱世英雄

图 8-1　关羽擒将图；商喜；绢本设色，纵 200 厘米，横 237 厘米；北京故宫博物院藏

图 8-2　关羽塑像；作者不详；泥塑，高 168 厘米；北京故宫博物院藏

图 8-3　夜读关公；作者不详；彩色纸马，纵 32 厘米，横 16 厘米

图 8-4　张辽义说云长；作者不详；木刻插图，纵 20 厘米，横 14 厘米

图 8-5　关云长独行千里；作者不详；木刻插图，纵 20 厘米，横 14 厘米

图 8-6　关圣大帝；作者不详；木刻插图，纵 24 厘米，横 23 厘米

图 8-7　锁谏图（弗利尔本）；阎立本；摹本；绢本设色，纵 36.9 厘米，横 207.9 厘米；弗利尔美术馆藏

图 8-8　却坐图；作者不详；绢本设色，纵 146.8 厘米，横 77.3 厘米；台北"故宫博物院"藏

图 8-9　陈元达锁谏图；祝文郁；纸本墨色，纵 221.5 厘米，横 25 厘米；私人收藏

图 8-10 锁谏图;罗聘;纸本墨色,纵 32 厘米,横 208 厘米;北京故宫博物院藏

图 8-11 陈元达锁谏图;黄初民;设色,纵 211 厘米,横 37 厘米;私人收藏

图 8-12 女武士木兰;作者不详;石雕

图 8-13 木兰代戍;作者不详

图 8-14 木兰;作者不详

图 8-15 木兰年画;作者不详;天津杨柳青年画

图 8-16 木兰;金古良

图 8-17 花木兰;作者不详

图 8-18 代父从戎;钱慧安

图 8-19 木兰;吴有如

图 8-20 京剧《木兰从军》剧照;梅兰芳饰演

图 8-21 木兰从军;李慕白

图 8-22 木兰荣归;集体创作

图 8-23 新绘三国志前本曹兵百万下江南;长 54 厘米,宽 32 厘米,彩色套印,三兴斋;上海图书馆藏

图 8-24 "摆亮子"曹操发兵;作者不详;陕西渭南;纵 56 厘米,横 120 厘米

图 8-25 宴长江曹操赋诗;广百宋斋

图 8-26 三江口周郎纵火;广百宋斋

参考文献

古典文献：

司马迁：《史记》，中华书局 2011 年版

班固：《汉书》，中华书局 1962 年版

陈寿：《三国志》，中华书局 1959 年版

范晔：《后汉书》，中华书局 1965 年版

房玄龄：《晋书》，中华书局 1974 年版

沈约：《宋书》，中华书局 1974 年版

萧子显：《南齐书》，中华书局 1972 年版

姚思廉：《梁书》，中华书局 1973 年版

姚思廉：《陈书》，中华书局 1972 年版

李延寿：《南史》，中华书局 1975 年版

魏收：《魏书》，中华书局 1974 年版

李百药：《北齐书》，中华书局 1972 年版

令狐德棻：《周书》，中华书局 1971 年版

李延寿：《北史》，中华书局 1974 年版

司马光：《资治通鉴》，中华书局 1956 年版

李昉：《太平御览》，中华书局 1960 年版

郭庆藩：《庄子集释》，中华书局 2004 年版

逯钦立：《先秦汉魏晋南北朝诗》，中华书局 1983 年版

张溥：《汉魏六朝百三家集》，上海古籍出版社 1994 年版

严可均：《全上古三代秦汉三国六朝文》，中华书局 1958 年版

许梿：《六朝文絜笺注》，黎经诰笺注，中华书局 1962 年版

萧统：《文选》，李善注，中华书局 1997 年版

徐陵：《玉台新咏》，吴兆宜注，穆克宏点校，中华书局 1986 年版

曹操：《曹操集》，中华书局编辑部编，中华书局 2012 年版

曹植：《曹植集校注》，赵幼文校注，人民文学出版社 1984 年版

蔡邕：《蔡邕集编年校注》，邓安生校注，河北教育出版社 2010 年版

王弼：《王弼集校释》，楼宇烈校释，中华书局 1980 年版

刘义庆：《世说新语笺疏》，余嘉锡笺疏，中华书局 1983 年版

阮籍：《阮籍集校注》，陈伯君校注，中华书局 1987 年版

阮籍：《阮籍集》，李志均等点校，上海古籍出版社 1978 年版

葛洪：《抱朴子外编校笺》，杨明照校笺，中华书局 2004 年版

葛洪：《抱朴子内编校释》，王明校笺，中华书局 1980 年版

嵇康：《嵇康集校注》，戴名扬校注，人民文学出版社 1962 年版

嵇康：《嵇康集》，鲁迅编，鲁迅先生纪念委员会编印 1964 年版

陆机:《陆机集》,金声涛点校,中华书局1982年版

潘岳:《潘岳集校注》,董志广校注,天津人民出版社1993年版

陶渊明:《陶渊明集》,王瑶编注,人民文学出版社1956年版

陶渊明:《陶渊明集》,逯钦立校注,中华书局1979年版

陶渊明:《陶渊明集笺注》,袁行霈撰,中华书局2003年版

谢灵运:《谢康乐诗注》,黄节注,人民文学1958年版

颜延之:《颜延之文集校注》,石磊校注,吉林大学出版社2005年版

颜之推:《颜氏家训集解》,王利器集解,中华书局1993年版

鲍照:《鲍参军集注》,钱仲联注,上海古籍出版社1980年版

沈约:《沈约集校笺》,陈庆元校笺,浙江古籍出版社1995年版

谢朓:《谢宣城集校注》,曹融南校注,上海古籍出版社1991年版

郭茂倩:《乐府诗集》,中华书局1979年版

郦道元:《水经注校》,王国维校,上海人民出版社1984年版

郦道元:《水经注校释》,陈桥驿校释,杭州大学出版社1999年版

苏轼:《苏轼文集》,中华书局1986年版

苏轼:《东坡志林》,学苑出版社2000年版

范文澜:《文心雕龙注》,人民文学出版社1958年版

杨明照:《增订文心雕龙校注》,中华书局2005年版

曹旭:《诗品集注》,上海古籍出版社2011年版

陆机:《文赋集释》,张少康集释,人民文学出版社2002年版

郭绍虞:《诗品集解》,人民出版社1963年版

郭绍虞:《沧浪诗话集释》,人民文学出版社1961年版

徐震堮:《世说新语校笺》,中华书局1984年版

穆克宏:《魏晋南北朝文论全编》,江苏教育出版社2004年版

周勋初:《魏晋南北朝文学论丛》,江苏古籍出版社1999年版

穆克宏:《魏晋南北朝文论全编》,上海远东出版社2012年版

王照圆:《列女传补注》,虞思征点校,华东师范大学出版社2012年版

国内专著:

赵宪章:《艺术与语言的关系研究》,人民出版社2013年版

赵宪章:《文体与图像》,人民文学出版社2014年版

许结:《赋体文学的文化阐释》,中华书局2005年版

许结、郭维森:《中国辞赋发展史》,江苏教育出版社1996年版

许结:《中国赋学历史与批评》,江苏教育出版社2001年版

程章灿:《魏晋南北朝赋史》,江苏古籍出版社1992年版

鲁迅:《魏晋风度及其他》,上海古籍出版2000年版

陈寅恪:《金明馆丛稿初编》,三联书店2001年版

陈寅恪:《魏晋南北朝史讲演录》,贵州人民出版社2007年版

吕思勉:《两晋南北朝史》,上海古籍出版社1983年版

汤用彤:《汉魏两晋南北朝佛教史(增订本)》,北京大学出版社2011年版

汤用彤:《魏晋玄学论稿》,上海古籍出版社2001年版

汤一介:《魏晋玄学论稿》,上海古籍出版社2001年版

范文澜:《中国通史》第二册,人民出版社1986年版

周一良:《魏晋南北朝史札记》,中华书局1985年版

唐长孺:《魏晋南北朝史论丛》,商务印书馆2010年版

贺昌群：《魏晋清谈思想初论》，商务印书馆 1999 年版

冯友兰：《中国哲学史新编》，人民出版社 1998 年版

任继愈：《中国哲学史》第二册，人民出版社 1979 年版

牟宗三：《中国哲学十九讲》，上海世纪出版集团 2005 年版

牟宗三：《才性与玄理》，台湾学生书局 1985 年

方立天：《魏晋南北朝佛教论丛》，中华书局 1995 年版

田余庆：《东晋门阀政治》，北京大学出版社 2000 年版

余冠英：《汉魏六朝诗论丛》，商务印书馆 2011 年版

黄侃：《文心雕龙札记》，上海古籍出版社 2006 年版

周振甫：《文心雕龙今译》，中华书局 1986 年版

牟世金：《文心雕龙研究》，人民文学出版社 1995 年版

戚良德：《文心雕龙校注通译》，上海古籍出版社 2008 年版

王元化：《文心雕龙讲疏》，上海古籍出版社 1992 年版

钟嵘：《诗品注》，陈延杰注，人民文学出版社 1980 年版

周振甫：《诗品译注》，江苏教育出版社 2006 年版

陈鼓应：《老子注释及评介》，中华书局 1984 年版

陈鼓应：《庄子今译今注》，中华书局 2001 年版

严北溟：《列子译注》，上海古籍出版社 1996 年版

杨伯峻：《论语译注》，中华书局 1980 年版

杨伯峻：《孟子译注》，中华书局 1960 年版

杨伯峻：《春秋左传注》，中华书局 1995 年版

汪受宽：《孝经译注》，上海古籍出版社 2004 年版

刘茂辰：《王羲之王献之全集笺证》，山东文艺出版社 1999 年版

刘师培：《中国中古文学史讲义》，上海古籍出版社 2000 年版

罗宗强：《魏晋南北朝文学思想史》，中华书局 2002 年版

王瑶：《中古文学史论》，商务印书馆 2011 年版

刘大杰：《中国文学发展史》，复旦大学出版社 2006 年版

刘大杰：《魏晋思想论》，上海古籍出版社 2000 年版

罗根泽：《魏晋六朝文学批评史》，台湾商务印书馆 1996 年版

朱东润：《中国文学批评史大纲》，上海古籍出版社 2007 年版

郭绍虞：《中国文学批评史》上，商务印书馆 2010 年版

徐公持：《魏晋文学史》，人民文学出版社 1999 年版

袁行霈：《陶渊明研究》，北京大学出版社 1987 年版

曹道衡：《南北朝文学编年史》，人民文学出版社 2000 年版

曹道衡：《中古文学史论文集》，中华书局 1986 年版

刘跃进：《门阀士族与永明文学》，三联书店 1996 年版

傅刚：《昭明文选研究》，中国社会科学出版社 2000 年版

张伯伟：《钟嵘诗品研究》，南京大学出版社 1993 年版

清水凯夫：《六朝文学论文集》，韩基国译，重庆出版社 1989 年版

陈钟凡：《汉魏六朝文学》，商务印书馆香港分馆 1964 年版

陆侃如：《中古文学系年》，人民文学出版社 1998 年版

王运熙、杨明：《中国文学批评史——魏晋南北朝卷》，上海古籍出版社 1996 年版

袁行霈：《陶渊明影像：文学史与绘画史之交叉研究》，中华书局 2009 年版

兴膳宏：《〈诗品〉和书画理论》，见曹旭编《中日韩〈诗品〉论文选评》，上海古籍出版社 2003
年版

赵超:《汉魏晋南北朝墓志汇编》,天津古籍出版社1992年版

赵万里:《汉魏南北朝墓志集释》,科学出版社1956年版

俞丰编:《经典碑帖释文译注》,上海书画出版社2012年版

张彦远:《法书要录》,人民美术出版社1984年版

华东师范大学古籍整理研究室选编:《历代书法论文选》,上海书画出版社2004年版

崔尔平:《历代书法论文选续编》,上海书画出版社2003年版

桑世昌:《兰亭考》,见卢辅圣主编《中国书画全书书目》第二册,上海书画出版社1993年版

郭沫若、高二适:《兰亭论辩》,文物出版社1973年版

山东石刻艺术博物馆:《北朝摩崖刻经研究》,齐鲁书社1991年版

郭廉夫:《王羲之评传》,南京大学出版社1996年版

沈尹默:《二王法书管窥》,上海教育出版社2003年版

潘天寿:《顾恺之》,上海人民美术出版社1979年版

徐邦达:《晋朝大画家顾恺之》,朝花美术出版社1957年版

吴诗初:《张僧繇》,上海人民美术出版社1983年版

袁杰编:《石涛陶渊明诗意图册》,紫禁城出版社2007年版

李蔚:《诗苑珍品璇玑图》,东方出版社1996年版

丁胜源、周汉芳:《回文集》,国家图书馆出版社2012年版

朱积孝:《绘图回文诗奇观》,中州古籍1990年版

卢辅圣主编:《中国书画全书书目》,上海书画出版社1993年版

福开森、容庚编:《历代著录画目正续编(正编)》,北京图书馆出版社2007年版

李祥林:《中国书画名家画语图解·顾恺之》,中国人民大学出版社2004年版

宗炳、王微:《画山水序·叙画》,人民美术出版社1985年版

俞剑华编著:《中国古代画论类编》,人民美术出版社1986年版

俞剑华注:《宣和画谱》,人民美术出版社1964年版

沈子丞编:《历代论画名著汇编》,文物出版社1982年版

陈传席:《六朝画论研究》,天津人民美术出版社2006年版

潘运告:《汉魏六朝书画论》,湖南美术出版社1997年

王伯敏注:《古画品录·续画品录》,人民美术出版社1958年版

张彦远:《历代名画记》,人民美术出版社2005年版

张彦远:《历代名画记》,俞剑华注释,上海人民美术出版社1964年版

郭思:《林泉高致》,中华书局2010年版

汤垕:《画鉴》,人民美术出版社1959年版

郭若虚:《图画见闻志》,江苏美术出版社2007年版

道济整理:《石涛画语录》,人民美术出版社1962年版

宿白:《张彦远和〈历代名画记〉》,文物出版社2008年版

傅抱石:《美术论文集》,上海古籍出版社2003年版

傅抱石:《中国古代山水画史的研究》,上海人民美术出版社1960年版

郑午昌:《中国画学全史》,上海书画出版社1985年版

金维诺:《中国美术·魏晋至隋唐》,中国人民大学出版社2004年版

陈绶祥:《魏晋南北朝绘画史》,人民美术出版社2000年版

周积寅:《中国画论辑要》,江苏美术出版社1985年版

温肇桐:《顾恺之新论》,四川美术出版社1985年版

温肇桐:《〈古画品录〉解析》,江苏美术出版社1992年版

俞剑华编:《顾恺之研究资料》,人民美术出版社1962年版

陈永志:《和林格尔汉墓壁画孝子传图辑录》,文物出版社2009年版

袁有根：《顾恺之研究》，民族出版社 2005 年版

马采：《顾恺之研究》，上海人民美术出版社 1958 年版

陈绶祥：《顾恺之》，文物出版社 1998 年版

张安治：《顾恺之》，中华书局 1961 年版

陈绶祥：《魏晋南北朝绘画史》，人民美术出版社 2000 年版

陈葆真：《〈洛神赋图〉与中国古代故事画》，浙江大学出版社 2012 年版

郑毓瑜：《六朝艺术理论中之审美观研究》，台湾大学中国文学研究所 1990 年博士论文

江苏省美术馆编：《六朝艺术》，江苏美术出版社 1996 年版

姚迁、古兵：《六朝艺术》，文物出版社 1981 年版

郑岩：《魏晋南北朝壁画墓研究》，文物出版社 2002 年版

马俊华：《木兰文献大观》，河南人民出版社 1993 年版

张岱年：《中国古典哲学概念范畴要论》，中国社会科学出版社 1987 年版

宗白华：《美学散步》，上海人民出版社 2004 年版

宗白华：《艺境》，北京大学出版社 1987 年版

徐复观：《中国艺术精神》，华东师范大学出版社 2004 年版。

李泽厚、刘纲纪：《中国美学史》，中国社会科学出版社 1987 年版

李泽厚：《美的历程》，中国社会科学出版社 1992 年版

钱锺书：《七缀集》，三联书店 2002 年版

王朝闻：《中国美术史》，齐鲁书社 2000 年版

郑振铎：《插图本中国文学史》，人民文学出版社 1957 年版

张蔷编：《郑振铎美术文集》，人民美术出版社 1985 年版

叶朗：《中国美学史大纲》，上海人民出版社 2005 年版

张少康：《古典文艺美学论稿》，中国社会科学出版社 1988 年版

张少康：《文心与书画乐论》，北京大学出版社 2006 年版

启功：《书法丛论》，文物出版社 2003 年版

刘纲纪：《书法美》，湖北教育出版社 1995 年版

沙孟海：《中国书法史图录》，上海人民美术出版社 2000 年版

沙孟海：《沙孟海论书文集》，上海书画出版社 1997 年版

傅抱石：《中国绘画变迁史》，上海古籍出版社 1998 年版

潘天寿：《中国绘画史》，上海人民美术出版社 1983 年版

陈师曾：《中国绘画史》，中国人民大学出版社 2004 年版

王伯敏：《中国绘画史》，上海人民美术出版社 1982 年版

徐邦达：《历代书画家传记考辨》，上海人民美术出版社 1983 年版

徐邦达：《中国绘画史图录》，上海美术出版社 1984 年版

卢辅圣：《〈历代名画记〉研究》，上海书画出版社 2007 年版

顾彬：《中国文人的自然观》，马树德译，上海人民出版社 1990 年版

熊秉明：《中国书法理论体系》，天津教育出版社 2003 年版

孙过庭：《书谱》，马永强译注，河南美术出版社 2002 年版

马国权：《书谱译注》，上海书画出版社 1980 年版

胡海帆、汤燕：《中国古代砖刻铭文集》，文物出版社 2008 年版

徐邦达：《中国绘画史图录》，上海人民美术出版社 1981 年版

石守谦：《风格与世变：中国绘画十论》，北京大学出版社 2008 年版

贺西林、李清泉：《中国墓室壁画史》，高等教育出版社 2009 年版

王世襄：《中国画论研究》，广西师范大学出版社 2010 年版

国外专著：

柏拉图：《文艺对话集》，朱光潜译，人民文学出版社1997年版

亚里士多德：《诗学》，罗念生译，人民文学出版社1997年版

黑格尔：《美学》，朱光潜译，商务印书馆1997年版

康德：《判断力批判》，宗白华、韦卓民译，商务印书馆1993年版

莱辛：《拉奥孔》，朱光潜译，人民文学出版社1979年版

席勒：《审美教育书简》，冯至译，上海人民出版社2003年版

索绪尔：《普通语言学教程》，高名凯译，商务印书馆2001年版

苏珊·伍德福德：《剑桥艺术史》，钱乘旦译，凤凰出版传媒集团2009年版

温克尔曼：《论古代艺术》，邵大箴译，中国人民大学出版社1989年版

佩特：《文艺复兴——艺术与诗的研究》，张岩冰译，广西师范大学出版社2000年版

沃尔夫林：《古典艺术——意大利文艺复兴艺术导论》，潘耀昌译，中国人民大学出版社2004年版

摩尔：《十九世纪绘画艺术》，孙宜学译，中国人民大学出版社2003年版

葛赛尔：《罗丹艺术》，傅雷译，中国社会科学出版社2001年版

里尔克：《罗丹论》，梁宗岱译，广西师范大学出版社2001年版

傅雷：《世界美术名作二十讲》，三联书店2002年版

丹纳：《艺术史哲学》，傅雷译，安徽文艺出版社1994年版

丹纳：《希腊的雕塑》，傅雷译，上海书画出版社2011年版

荷加斯：《美的分析》，杨成寅译，广西师范大学出版社2002年版

文杜里：《西方艺术批评史》，迟轲译，江苏教育出版社2005年版

迟轲编：《西方美术理论文选》，邵宏等译，江苏教育出版社2005年版

毕加索等：《现代艺术大师论艺术》，常宁生译，中国人民大学出版社2003年版

阿莱斯·艾尔雅维茨：《图像时代》，胡菊兰译，吉林人民出版社2003年版

罗兰·巴特：《神话修辞术：批评与真实》，屠友祥、温晋仪译，上海人民出版社2009年版

罗兰·巴特：《符号学原理》，李幼蒸译，百花文艺出版社2005年版

贡布里希：《艺术与错觉》，林夕等译，浙江摄影出版社1987年版

贡布里希：《象征的图像》，范景中译，上海书画出版社1990年版

贡布里希：《图像与眼睛——图画再现心理学的再研究》，范景忠等译，浙江摄影出版社1989年版

劳伦斯·比尼恩：《亚洲艺术中人的精神》，孙乃修译，辽宁人民出版社1988年版

杰西卡·罗森：《祖先与永恒：杰西卡·罗森中国考古艺术文集》，邓菲译，三联书店2012年版

高居翰：《图说中国绘画史》，李渝译，三联书店2014年版

高居翰：《高居翰作品序列》，夏春梅等译，三联书店2009年版

高居翰：《诗之旅：中国和日本的诗意绘画》，三联书店2012年版

巫鸿：《黄泉下的美术：宏观中国古代墓葬》，三联书店2010年版

巫鸿：《中国古代艺术与建筑中的纪念碑性》，上海人民出版社2009年版

巫鸿：《汉唐之间的视觉文化与物质文化》，文物出版社2003年版

巫鸿：《武梁祠：中国古代画像艺术的思想性》，柳杨、岑河译，三联书店2006年版

苏珊·朗格：《艺术问题》，滕守尧译，中国社会科学出版社1983年版

鲁道夫·阿恩海姆：《视觉思维》，滕守尧译，光明日报出版社1987年版

鲁道夫·阿恩海姆：《艺术与视知觉》，滕守尧译，中国社会科学出版社1985年版

E.潘诺夫斯基：《视觉艺术的含义》，傅志强译，辽宁人民出版社1987年版

尼古拉·米尔佐夫：《视觉文化导论》，倪伟译，江苏人民出版社2006年版

W. 米歇尔:《图像理论》,陈永国译,北京大学出版社 2006 年版

E. 潘诺夫斯基:《图像学研究:文艺复兴时期艺术的人文主题》,戚印平、范景中译,上海三联书店 2011 年版

曾布川宽:《六朝帝陵:以石兽砖画为中心》,傅江译,南京出版社 2004 年版

小野泽精一、福永光司、山井涌:《气的思想:中国自然观和人的观念的发展》,李庆译,上海人民出版社 1999 年版

中田勇次郎:《中国书论大系·第一卷·魏晋南北朝》,(东京)二玄社 1977 年版

真田但马:《中国书法史》,瀛生、吴绪彬译,人民美术出版社 1998 年版

中田勇次郎:《中国书法理论史》,卢永璘译,天津古籍出版社 1987 年版

冈村繁:《历代名画记译注》,俞慰刚译,上海古籍出版社 2009 年版

彼得·伯克:《图像证史》,杨豫译,北京大学出版社 2008 年版

海德格尔:《世界图像时代》,见《林中路》,孙周兴译,上海译文出版社 2004 年版

海德格尔:《诗·语言·诗》,彭富春译,文化艺术出版社 1991 年版

梅洛-庞蒂:《符号》,姜志辉译,商务印书馆 2003 年版

梅洛-庞蒂:《知觉现象学》,姜志辉译,商务印书馆 2001 年版

梅洛-庞蒂:《可见的与不可见的》,罗国祥译,商务印书馆 2008 年版

梅洛-庞蒂:《眼与心》,杨大春译,商务印书馆 2007 年版

德里达:《论文字学》,汪堂家译,上海译文出版社 2005 年版

维特根斯坦:《哲学研究》,陈嘉映译,上海人民出版社 2001 年版

艾柯:《符号学理论》,卢德平译,中国人民大学出版社 1990 年版

格雷马斯:《论意义》,冯学俊译,百花文艺出版社 2005 年版

福柯:《福柯集》,杜小真译,上海远东出版社 1998 年版

图像、影像资料:

后藤博山辑:《顾恺之画集》,平安精华社(京都)1923 年版

海外藏中国历代名画编委:《海外藏中国历代名画》,湖南美术出版社 1998 年版

张安治:《中国美术全集·绘画编·原始社会至南北朝绘画》,人民美术出版社 1988 年版

段文杰:《中国美术全集·绘画编·敦煌壁画》,上海人民出版社 1993 年版

宿白:《中国美术全集·绘画编·新疆石窟壁画》,文物出版社 1989 年版

宿白:《中国美术全集·绘画编·墓室壁画》,文物出版社 1989 年版

董玉翔:《中国美术全集·绘画编·麦积山等石窟壁画》,人民美术出版社 2006 年版

金维诺:《中国美术全集·绘画编·画像石画像砖》,黄山书社 2010 年版

河南省文化局文物工作队:《邓县彩色画像砖墓》,文物出版社 1958 年版

宁夏固原博物馆:《固原北魏墓漆棺画》,宁夏人民出版社 1988 年版

岳凤霞:《中国美术全集·绘画编·石刻线画》,上海人民美术出版社 1988 年版

李红编:《中国绘画全集·战国至唐》,浙江人民美术出版社 1997 年版

段文杰编:《中国敦煌壁画全集·敦煌北凉北魏》,天津人民美术出版社 2006 年版

吴健:《中国敦煌壁画全集·西魏》,天津人民美术出版社 2006 年版

段文杰编:《中国敦煌壁画全集·敦煌北周》,天津人民美术出版社 2006 年版

甘肃省文物考古研究所:《中国敦煌壁画全集·麦积山炳灵寺》,天津人民美术出版社 2006 年版

段文杰:《中国新疆壁画艺术·克孜尔石窟》,天津人民美术出版社 1995 年版

贺西林:《中国墓室壁画全集:汉魏晋南北朝》,河北教育出版社 2011 年版

周到:《中国画像石全集·石刻线画》,河南美术出版社 2000 年版

黄明兰:《洛阳北魏世俗石刻线画集》,人民美术出版社 1987 年版

黄明兰:《北魏孝子石棺线刻画》,人民美术出版社1983年版

郭建邦:《北魏宁懋石室线刻画》,人民美术出版社1983年版

顾恺之:《列女仁智图卷》,人民美术出版社2011年版

林树中:《中国美术全集·雕塑编·魏晋南北朝雕塑》,人民美术出版社2006年版

段文杰:《中国美术全集·雕塑编·敦煌彩塑》,上海人民美术出版社1990年版

孙纪元:《中国美术全集·雕塑编·麦积山石窟雕塑》,人民美术出版社1988年版

董玉翔:《中国美术全集·雕塑编·炳灵寺等石窟雕塑》,人民美术出版社2006年版

宿白:《中国美术全集·雕塑编·云冈石窟雕刻》,文物出版社1988年版

温玉成:《中国美术全集·雕塑编·龙门石窟雕刻》,文物出版社1988年版

张道一:《中国陵墓雕塑全集·两晋南北朝》,陕西人民美术出版社2007年版

段文杰:《中国石窟雕塑全集　1敦煌》,重庆出版社2001年版

孙纪元:《中国石窟雕塑全集　2甘肃》,重庆出版社2000年版

李治国:《中国石窟雕塑全集　3云冈》,重庆出版社2000年版

温玉成:《中国石窟雕塑全集　4龙门》,重庆出版社2001年版

朱伯谦:《中国陶瓷全集·三国两晋南北朝》,上海人民美术出版社2000年版

杨伯达:《中国玉器全集·秦汉南北朝》,河北美术出版社1993年版

陈全胜绘:《洛神赋》,上海人民美术出版社2009年版

萧玉田绘:《孔雀东南飞》,上海人民美术出版社2010年版

唐勇力绘:《木兰辞》,上海人民美术出版社2010年版

陈谋等绘:《陌上桑·洛神赋·木兰辞·古诗画意》,天津杨柳青书画出版社2002年版

杨仁恺编:《宋高宗草书〈洛神赋〉》,文物出版社1961年版

中国古代书画鉴定组:《中国古代书画目录》,文物出版社1982—1988年版

中国古代书画鉴定组:《中国古代书画目录》,文物出版社1996—2001年版

杨仁恺:《中国书画》,上海古籍出版社1990年版

中国古代书画鉴定组:《中国绘画全集》,文物出版社、浙江人民美术出版社2000—2001版

赖非:《中国书法全集·北朝摩崖刻经》,荣宝斋2000年版

华人德:《中国书法全集·三国两晋南北朝墓志》,荣宝斋1995年版

刘涛:《中国书法全集·王羲之、王献之》卷一,荣宝斋1991年版

刘涛:《中国书法全集·王羲之、王献之》卷二,荣宝斋1991年版

庄希祖:《中国书法全集·魏晋南朝名家》,荣宝斋1997年版

王靖宪:《中国书法艺术·第三卷·魏晋南北朝》,文物出版社1996年版

王靖宪:《中国法书全集·魏晋南北朝》,文物出版社2006年版

王靖宁:《中国美术全集·书法篆刻编·魏晋南北朝书法》,人民美术出版社2006年版

敦煌研究院:《敦煌书法库第二辑(魏晋南北朝时期)》,甘肃人民美术出版社1995年版

《中国美术全集·光盘CD‐ROM版·书法篆刻编·商周至秦汉书法·魏晋南北朝书法》,人民美术出版社2010年版

蔡志忠绘:《世说新语六朝的清谈》,三联书店2012年版

刘旦宅绘:《木兰从军》,上海人民美术出版社1955年版

严绍唐、凌涛绘:《木兰从军》,上海人民美术出版社2012年版

王亦秋绘:《〈兰亭〉传奇》,上海人民美术出版社2012年版

梅兰芳主演:《洛神赋》DVD,北京电影制片厂1995年版

北京京剧院:《洛神赋》DVD,北京文化艺术音像出版社2012年版

中央电视台《探索·发现》栏目组:《竹林七贤》DVD,中国国际电视总公司2009年版

张君秋主演:《刘兰芝》DVD,中国国际电视总公司2005年版

后　记

　　《中国文学图像关系史·魏晋南北朝卷》的撰写是按照全卷《中国文学图像关系史》统一的体例进行的。本卷《绪论》部分是对魏晋南北朝时期文图基本关系的概说，主要包括魏晋图像与前代文学之关联、魏晋文学图像的互生与融合、魏晋文学对后世图像的影响等基本问题。本卷第一章《魏晋南北朝图像与前代文学》、第二章《魏晋南北朝文学与魏晋南北朝图像》是对魏晋南北朝图像与前代文学、魏晋南北朝文学与魏晋南北朝图像关系更深入更具体的论述。其他七章，具体包括第三章《魏晋南北朝山水诗与山水画》、第四章《曹植〈洛神赋〉与"洛神"图像》、第五章《文学与图像中的竹林七贤》、第六章《苏蕙〈璇玑图〉与历代图像诗》、第七章《文学与图像中的陶渊明》、第八章《魏晋南北朝文学中的战乱与图像中的乱世英雄》、第九章《〈文心雕龙〉的文图理论》都是对魏晋南北朝时期产生的有代表性的经典文本的解读与分析。第十章《魏晋南北朝的文图理论》则是对魏晋南北朝时期文图理论的总结与阐释。

　　《中国文学图像关系史·魏晋南北朝卷》共分十个章节，各章节具体分工如下：《绪论》（邹广胜撰）、第一章《魏晋南北朝图像与前代文学》（邹广胜撰）、第二章《魏晋南北朝文学与魏晋南北朝图像》（邹广胜撰）、第三章《魏晋南北朝山水诗与山水画》（刘云飞撰）、第四章《曹植〈洛神赋〉与"洛神"图像》（刘涛撰）、第五章《文学与图像中的竹林七贤》（邹广胜撰）、第六章《苏蕙〈璇玑图〉与历代图像诗》（李蔚撰）、第七章《文学与图像中的陶渊明》（王怀平撰）、第八章《魏晋南北朝文学中的战乱与图像中的乱世英雄》（刘涛撰）、第九章《〈文心雕龙〉的文图理论》（张然、戚良德撰）、第十章《魏晋南北朝的文图理论》（张家梅撰）。

　　本卷的撰写者中既有卓有成果的前辈，也有锐意进取的后学，在坚守统一学术规范的要求下也保持着各自独立的学术风格与特点，而这也正是魏晋士人追求独立人格与精神自由的再现。

　　本书在撰写过程中得到了《中国文学图像关系史》全卷主编赵宪章教授及负责古代部分的副主编许结教授全面而细致的指导，江苏凤凰教育出版社的各位编辑特别是本卷责编周敬芝老师做了辛勤而细致的编校工作，孙蓉蓉教授做了大量的前期工作。他们对学术的赤诚与精益求精的精神为本卷的完成提供了充分的保证，谨致以衷心的感谢！不足之处还请学界同仁批评指正。

图书在版编目(CIP)数据

中国文学图像关系史.魏晋南北朝卷/赵宪章主编.—南京:江苏凤凰教育出版社,2020.12(2023.9重印)
ISBN 978 - 7 - 5499 - 9041 - 2

Ⅰ.①中…　Ⅱ.①赵…　Ⅲ.①中国文学-古代文学史-魏晋南北朝时代　Ⅳ.①I209

中国版本图书馆 CIP 数据核字(2020)第 234325 号

书　　名　中国文学图像关系史·魏晋南北朝卷
主　　编　赵宪章
本卷主编　邹广胜
策 划 人　顾华明
责任编辑　周敬芝
装帧设计　周　晨
监　　印　杨赤民
出版发行　江苏凤凰教育出版社(南京市湖南路 1 号 A 楼　邮编 210009)
苏教网址　http://www.1088.com.cn
照　　排　南京前锦排版服务有限公司
印　　刷　江苏凤凰通达印刷有限公司(电话:025 - 57572508)
厂　　址　南京市六合区冶山镇(邮编:211523)
开　　本　787 毫米×1092 毫米　1/16
印　　张　26.5
版　　次　2020 年 12 月第 1 版
印　　次　2023 年 9 月第 2 次印刷
书　　号　ISBN 978 - 7 - 5499 - 9041 - 2
定　　价　128.00 元
网店地址　http://jsfhjycbs.tmall.com
公 众 号　苏教服务(微信号:jsfhjyfw)
邮购电话　025 - 85406265,025 - 85400774
盗版举报　025 - 83658579

苏教版图书若有印装错误可向承印厂调换
提供盗版线索者给予重奖